RICHARD FORD

DER SPORTREPORTER

ROMAN

Aus dem Amerikanischen
von Hans Hermann

rororo

ROWOHLT

Die Originalausgabe erschien 1986 unter dem Titel
«The Sportswriter» bei Vintage Books / Random House Inc., New York
Umschlaggestaltung Büro Hamburg / Peter Wippermann
(Foto Ralph Gibson)

10.–12. Tausend Dezember 1995

Veröffentlicht im Rowohlt Taschenbuch Verlag GmbH,
Reinbek bei Hamburg, Mai 1991

Gesetzt aus Bembo auf Linotron 202
Gesamtherstellung Clausen & Bosse, Leck
Printed in Germany
1480-ISBN 3 499 12907 8

DER SPORTREPORTER

EINS

Ich heiße Frank Bascombe. Ich bin Sportreporter.

Seit vierzehn Jahren wohne ich hier in Haddam, New Jersey, in der Hoving Road 19; das große Haus im Tudorstil habe ich gekauft, als ein Band Short Stories von mir für sehr viel Geld an einen Filmproduzenten ging und meiner Frau und mir und unseren drei Kindern – von denen zwei noch nicht einmal geboren waren – ein angenehmes Leben in Aussicht stellte.

Wie dieses angenehme Leben – das von mir erwartete – im einzelnen aussah, kann ich heute nicht genau sagen, aber ich würde andererseits auch nicht behaupten, es sei nichts daraus geworden; es ist eben nur eine Menge dazwischengekommen. Ich bin zum Beispiel nicht mehr mit X verheiratet. Das Kind, das damals kam, als alles anfing, ist gestorben, obschon, wie bereits erwähnt, noch zwei andere da sind, quicklebendige und prächtige Kinder.

Ich habe, kurz nachdem wir von New York hierher gezogen waren, einen kurzen Roman angefangen und ihn, als die Hälfte geschrieben war, in die Schublade gelegt, wo er bis heute geblieben ist und wohl auch weiterhin bleiben wird, wenn nicht irgend etwas geschieht, das ich mir heute noch gar nicht vorstellen kann.

Vor zwölf Jahren, als ich sechsundzwanzig war und nicht so recht wußte, wie und was, wurde mir vom Herausgeber eines teuer aufgemachten New Yorker Sportmagazins, das Ihnen allen ein Begriff ist, der Job eines Sportreporters angeboten, weil ich als freier Mitarbeiter einen Artikel in einer ganz bestimmten Art geschrieben hatte, die ihm gefiel. Und zu meiner – und nicht nur meiner – Überraschung stellte ich die Arbeit an meinem Roman ein und nahm an.

Und von da an hat es für mich keine andere Arbeit mehr gegeben, nur noch diesen Job, wenn man einmal von den Urlaubszeiten absieht und von einer dreimonatigen Unterbrechung nach dem Tod meines Sohnes, als ich einen Neuanfang erwog und eine Stelle als Lehrer an einer kleinen Privatschule im westlichen Teil von Massachusetts annahm, wo es mir aber schon bald nicht mehr gefiel, so daß ich es kaum erwarten konnte wegzukommen und hierher nach New Jersey zurückzukehren und wieder Artikel für das Sportmagazin zu schreiben.

Mein Leben ist in diesen zwölf Jahren keineswegs übel gewesen, und das ist es auch heute noch nicht. Es ist in fast jeder Beziehung phantastisch gewesen. Und obwohl mir mit zunehmendem Alter immer mehr Dinge angst machen, und obwohl mir immer klarer wird, daß einem üble Dinge passieren können und auch tatsächlich passieren, gibt es sehr wenig, was mich wirklich beunruhigt oder nachts nicht schlafen läßt. Ich glaube immer noch an Liebe und Leidenschaft. Und ich würde nicht viel oder gar nichts ändern. Vielleicht würde ich mich nicht mehr scheiden lassen. Und mein Sohn, Ralph Bascombe, würde nicht sterben. Aber das ist, was diese Dinge betrifft, auch schon alles.

Warum, werden Sie vielleicht fragen, gibt einer eine vielversprechende Laufbahn als Schriftsteller auf – es gab ein paar gute Rezensionen –, um Sportreporter zu werden?

Das ist eine gute Frage. Im Moment will ich nur so viel dazu sagen: Wenn du bei der Arbeit des Sportreporters eines lernst – und sie bringt viel Wahres, aber auch eine Menge Lügen mit sich –, dann die Erkenntnis, daß du, wenn dein Leben etwas wert sein soll, früher oder später der Tatsache eines fürchterlichen, brennenden Bedauerns ins Auge sehen mußt. Aber du mußt es auch fertigbringen, ihm zu entrinnen, sonst ist dein Leben ruiniert.

Ich glaube, ich habe beides getan. Den Schmerz durchgestanden. Den Ruin vermieden. Und ich bin immer noch hier, um davon zu berichten.

Ich bin über den Eisenzaun in den Friedhof direkt hinter meinem Haus gestiegen. Es ist fünf Uhr morgens am Karfreitag, dem 20. April. Alle anderen Häuser in der Umgebung sind noch dunkel, und ich warte auf meine Ex-Frau. Es ist der Geburtstag meines Sohnes Ralph. Er wäre heute dreizehn geworden, fast schon ein Mann. Wir haben uns hier die letzten beiden Jahre frühmorgens vor Tagesbeginn getroffen, um ihm unsere Aufwartung zu machen. Davor sind wir als Mann und Frau immer gemeinsam herübergekommen.

Ein gespenstischer Nebel steigt aus dem Gras des Friedhofs auf, und hoch oben in der unteren Wolkenhöhe höre ich das Flügelrauschen vorüberziehender Gänse. Ein Polizeiauto ist mit leisem Schnurren durchs Tor hereingefahren, hat angehalten, die Scheinwerfer ausgeschaltet und angefangen, mich zu überwachen. Im Auto sah ich ein Streichholz aufflackern, sah das Gesicht des Polizisten, wie er auf ein Klemmbrett blickte.

Von der entlegenen Seite des «neuen Teils» äugt ein kleines Reh in meine Richtung. Hin und wieder funkelt das gelbe Tapetum in seinen Augen bis herüber zum alten Teil, wo die Bäume größer sind und wo in Sichtweite des Grabs mit meinem Sohn drei Unterzeichner der Unabhängigkeitserklärung begraben liegen, vom Grab meines Sohnes aus kann man ihre Gräber sehen.

Meine Nachbarn, die Deffeyes, spielen Tennis und rufen sich den Spielstand in gedämpft-höflichen Frühmorgenstimmen zu. «Entschuldigung.» – «Danke.» – «Vierzig-null.» Pock. Pock. Pock. «Vorteil für dich, Schatz.» – «Ja, danke.» – «Dein Spiel.» Pock. Pock. Ich höre, wie sie heftig und stoßweise durch die Nase atmen, höre das Scharren ihrer Füße. Sie sind schon in den Achtzigern und brauchen keinen Schlaf mehr, und so sind sie Tag und Nacht auf den Beinen. Sie haben matte Barium-Schwefel-Lampen installiert, damit das Licht nicht in meinen Hof fällt und mich am Schlafen hindert. Und wir sind gute Nachbarn geblieben, wenn nicht enge Freunde. Heute habe ich nicht mehr viel gemein mit ihnen und werde kaum einmal zu ihren Cocktailparties – oder zu denen anderer Leute – eingeladen. Die Leute in der Stadt sind bei aller Zurückhaltung immer noch freundlich zu mir, und in meinen Augen sind es gute Menschen, konservativ, anständig.

Es ist, wie ich inzwischen weiß, nicht leicht, einen geschiedenen Mann zum Nachbarn zu haben. In ihm schlummert das Chaos – der lebensfähige Gesellschaftsvertrag ist durch den zwielichtigen Aspekt des Sex in Frage gestellt. Die meisten meinen, sie müßten eine Entscheidung treffen, und es ist immer leichter, sich für die Ehefrau zu entscheiden, was denn auch fast alle meiner Nachbarn und Freunde getan haben. Und obwohl wir über die Garageneinfahrten und Hecken oder auf den Parkplätzen von Lebensmittelmärkten über die Dächer unserer Autos hinweg plaudern und uns über den Zustand unserer Dachunterseiten und Fallrohre und die Wahrscheinlichkeit eines frühen Winters austauschen, manchmal auch zaghafte Pläne für einen gegenseitigen Besuch machen, kommen wir praktisch nie zusammen. Und ich werde spielend damit fertig.

Der Karfreitag heute ist ein besonderer Tag für mich, ungeachtet der schon angesprochenen Besonderheit. Als ich heute morgen im Dunkeln aufwachte, hämmerte mein Herz wie ein Tamtam, und es kam mir so vor, als bahne sich eine Veränderung an, als sei diese Verträumtheit, an die sich Erwartungen knüpfen und die ich nun schon einige Zeit empfinde, im Begriff, von mir zu weichen, hinaus in die kühle, dunkle Morgendämmerung.

Heute breche ich nach Detroit auf und mache mich an das Porträt eines berühmten, ehemaligen Footballspielers, der in Walled Lake (Michigan) wohnt und seit einem Unfall beim Wasserskilauf an den Rollstuhl gefesselt ist, der aber für seine früheren Mannschaftskameraden dadurch zum leuchtenden Vorbild wurde, daß er tapfer und zielstrebig aufs College zurückkehrte, in Kommunikationswissenschaften seinen Abschluß machte, seine schwarze Physiotherapeutin heiratete und schließlich das Ehrenamt des Mannschaftsgeistlichen für seine alten Kameraden übernahm. Der «Beitrag zur gemeinsamen Sache» wird mein Aufhänger sein. Geschichten dieser Art machen mir Spaß, und sie bereiten mir wenig Mühe.

Die Sache wird aber dadurch spannender, daß ich meine neue Freundin Vicki Arcenault mitnehme. Sie ist erst vor kurzem von Dallas nach New Jersey heraufgezogen, aber ich bin schon jetzt ziemlich sicher, daß ich in sie verliebt bin (ich habe es noch nicht angesprochen, aus Angst, sie könnte mißtrauisch werden). Als ich mir vor zwei Monaten in meiner Garage beim Schleifen des Messers aus dem Rasenmäher den Daumen aufschlitzte, war es Schwester Arcenault, die mich in der Notaufnahme der Ärzteklinik zusammenflickte, und seither hat sich einiges entwickelt. Sie machte ihre Ausbildung an der Baylor University in Waco und zog hierher, als ihre Ehe kaputtging. Tatsächlich lebt ihre Familie unten in Barnegat Pines, nicht allzuweit weg, in einem neuen Wohngebiet dicht am Meer, und ich bin als Beweisstück Nummer eins beim Osteressen eingeplant – um ihnen den Beleg dafür zu liefern, daß sie den Wechsel in den Nordwesten erfolgreich vollzogen, einen zuverlässigen und gutherzigen Mann gefunden und die schlechten Zeiten einschließlich ihres hitzköpfigen Ehemannes Everett weit hinter sich gelassen hat. Ihr Vater, Wade, arbeitet an der Ausfahrt 9 der Schnellstraße, wo er die Straßenbenutzungsgebühr kassiert, und ich kann nicht erwarten, daß ihm der Altersunterschied zwischen uns gefällt. Vicki ist dreißig. Ich bin achtunddreißig. Er selbst ist erst in den Fünfzigern. Aber ich hoffe doch, daß ich ihn für mich einnehmen kann, und ich bin so erpicht darauf, wie das unter den Umständen nur möglich ist. Vicki ist eine liebenswerte, kesse kleine Person mit schwarzen Haaren, reizvoll breiten Backenknochen, einem starken texanischen Akzent und in ihren leidenschaftlichen Momenten von einer lockeren Selbstverständlichkeit, die einen Mann wie mich nachts vor Verlangen stöhnen lassen kann.

Soll keiner glauben, der Ausstieg aus einer Ehe gebe einem die Freiheit, fortan den unbeschwerten Schürzenjäger zu spielen oder irgendein exotisches Leben zu führen, das man vorher nie ganz gepackt hat. Weit gefehlt. Niemand kann das lange durchhalten. Der örtliche «Klub der Geschiedenen Männer», dem ich angehöre, hat mir das mehr als alles andere klargemacht – wir reden nicht viel über Frauen, wenn wir zusammen sind, und fühlen uns einfach erleichtert, unter Männern zu sein. Was der Ausstieg aus einer Ehe mir – und den meisten von uns – gebracht hat, war Enthaltsamkeit und größere Treue als je zuvor in meinem Leben, nur eben mit niemandem in der Nähe, dem diese Treue und Enthaltsamkeit gilt. Nichts als ein langer, leerer Augenblick. Allerdings sollte jeder irgendwann in seinem Leben eine Zeitlang allein sein. Nicht so, wie man als Kind in den Sommerferien allein ist oder im Einzelzimmer eines Wohnheims an irgendeiner idiotischen Schule, aber wenn man erwachsen ist. *Dann* sollte man allein sein. Es kann das Richtige sein. Am Ende ruht man vielleicht stärker in sich selber – wie die besten Sportler –, und dann hat es sich gelohnt. (Ein Basketballspieler, der zu seinem Spezialwurf von außerhalb der Zone ansetzt, ist nur noch die Verkörperung des einfachen Wunsches, der Ball möge durch den Ring fallen.) Jedenfalls ist es nicht leicht – kann es vermutlich auch nicht –, sich unerschrocken zu behaupten. Ich erledige meine Arbeit und erledige sie gut und erwarte weiterhin das Beste, ohne im entferntesten zu wissen, was es sein wird. Und die Dreingabe ist, daß dir ein hübsches kleines Ding wie Schwester Arcenault wie ein Geschenk des Himmels erscheint.

Die letzten paar Monate war ich nicht mehr unterwegs, und das Magazin hat für mich genügend Arbeit in New York gefunden. Vor Gericht wurde von X' tranigem Anwalt Alan vorgebracht, meine Reisen seien der Anlaß für unsere Schwierigkeiten gewesen, vor allem nach Ralphs Tod. Und obwohl das strenggenommen nicht stimmt – es war eine von X und mir gemeinsam erfundene Begründung für das Gericht –, ist richtig, daß ich die mit meiner Arbeit verbundenen Reisen schon immer genossen habe. Vicki hat in ihrem ganzen Leben nur zwei Landschaften kennengelernt: zum einen die flachen, nichtssagenden, trübseligen Prärien um Dallas und zum anderen New Jersey – eine seltsame Weltfremdheit in unseren Tagen. Aber ich werde ihr demnächst den Mittleren Westen zeigen, wo gute alte Normalität noch sozusagen in der feuchten Luft liegt und wo ich meine Studentenzeit verbracht habe.

Es stimmt schon, daß meine Arbeit als Sportreporter in vielen Punkten genauso aussieht, wie es sich wohl die meisten vorstellen: Ich sitze in Flugzeugen, betrete und verlasse Flughäfen, gehe in zentral gelegenen Hotels ein und aus, warte oft Stunden in Gängen und Umkleideräumen, besorge mir Mietwagen, habe Auseinandersetzungen mit unfreundlichen Portiers. Ich sitze spätnachts in fremden Bars, bin immer vor Tagesanbruch auf den Beinen, so wie heute morgen, und versuche, die Dinge im richtigen Verhältnis zu sehen. Aber das alles enthält auch ein Versprechen, ohne das ich, glaube ich, nicht glücklich wäre. Man kommt sehr früh zu der Erkenntnis, daß einen nichts jemals von sich selbst entfremden wird. Doch in diesen prosaischen und anonymen Großstädten des Landes, den Milwaukees, den St. Louises, den Seattles, den Detroits, sogar den New Jerseys, kann sich etwas Vielversprechendes und Unerwartetes abspielen. Eine Frau, die ich an dem College kennenlernte, an dem ich kurz unterrichtete, sagte einmal zu mir, ich könne unter zu vielen Möglichkeiten wählen, ich werde zu wenig von schierer Notwendigkeit zum Handeln gezwungen. Aber das ist nur eine Illusion und ihr eigener Fehler. Möglichkeiten brauchen wir alle. Und wenn ich in die gemauerte Welt dieser amerikanischen Städte hinausgehe, empfinde ich genau das. Jede Menge Möglichkeiten. Dinge, von denen ich keine Ahnung habe, die mir aber möglicherweise gefallen, sind hier und warten vielleicht auf mich. Selbst wenn sie's nicht tun. Die Heiterkeit eines Neuankömmlings. Gutes Licht in einem Restaurant, das einen besonders befriedigt. Ein Taxifahrer, der eine interessante Lebensgeschichte zu erzählen hat. Die lässige, vibrierende Stimme einer Frau, die du nicht kennst, der du aber in einer Bar, in der du nie gewesen bist, zuhören kannst, zu einem Zeitpunkt, zu dem du sonst allein gewesen wärst. Diese Dinge warten auf dich. Und was könnte besser sein, geheimnisvoller? Was könnte eine größere Vorfreude rechtfertigen? Nichts. Gar nichts.

Die Barium-Schwefel-Lampen am Tennisplatz der Deffeyes verlöschen. Delia Deffeyes geduldige und unbeschwerte Stimme, immer noch gedämpft, redet auf ihren Mann Caspar ein, während sie in ihrer gebügelten weißen Tenniskleidung auf das dunkle Haus zugehen, und sie versichert ihm mehrmals, er habe gut gespielt.

Der Himmel ist zu einem milchigen Auge geworden, und obwohl es Frühling ist und Ostern vor der Tür steht, hat dieser Morgen etwas seltsam Winterliches, als verhülle ein hoher Nebel die Morgensterne. Vom Mond ist nichts zu sehen.

Der Polizist hat endlich genug gesehen und rollt aus dem Friedhofstor hinaus auf die stillen Straßen. Ich höre eine Zeitung auf einen Gehweg klatschen. Weit weg höre ich den Vorortzug nach New York mit lautem Bimmeln in unseren Bahnhof einfahren – immer ein tröstliches Geräusch.

X' brauner Citation hält vor der blinkenden roten Ampel an der Constitution Street, gegenüber der neuen Bibliothek, und bewegt sich dann auf der Plum Road im Schrittempo, die Scheinwerfer aufgeblendet, den Friedhofszaun entlang. Das Reh ist verschwunden. Ich gehe ihr entgegen.

X, die ich in Ann Arbor kennengelernt habe, ist ein altmodisches, bodenständiges Michigan-Mädchen aus Birmingham. Ihr Vater Henry war ein Soapy Williams-Liberaler der alten Schule und besitzt immer noch eine Fabrik, in der Gummimanschetten für eine gewaltige Maschine ausgestanzt werden, die ihrerseits Kotflügel für Autos ausstanzt; heute ist er allerdings Republikaner und so reich wie ein Pharao. Ihre Mutter Irma lebt in Mission Viejo, und die beiden sind geschieden; dessenungeachtet schreibt mir ihre Mutter regelmäßig, denn sie glaubt, X und ich würden uns eines Tages wieder versöhnen, was so möglich erscheint wie alles andere.

X könnte, wenn sie wollte, wieder nach Michigan ziehen, eine Eigentumswohnung oder ein Landhaus kaufen oder sich auf dem Besitz ihres Vaters einrichten. Wir haben uns bei der Scheidung darüber unterhalten, und ich hatte keine Einwände. Aber ihr Stolz und ihre Unabhängigkeit lassen es nicht zu, daß sie jetzt ins elterliche Haus zurückkehrt. Außerdem hält sie viel von Familie und möchte, daß Paul und Clarissa in meiner Nähe sind, und ich bin glücklich bei der Vorstellung, daß es ihr gelungen ist, sich in ihrem neuen Leben einzurichten. Zuweilen werden wir erst dann richtig erwachsen, wenn wir einen einschneidenden Verlust erlitten haben, so daß unser Leben uns gewissermaßen einholt und wie eine Welle über uns hinwegspült und alles mit sich reißt.

Nach unserer Scheidung hat sie sich in einer weniger teuren, aber aufstrebenden Wohngegend von Haddam, die von den Einheimischen The Presidents genannt wird, ein Haus gekauft und eine Stelle als Golflehrerin im Country Club Cranbury Hills angenommen. Sie war eine der Mannschaftsführerinnen der Lady Wolverines im College und hat in letzter Zeit an einigen offenen Turnieren in der Region teilgenommen, und nachdem sie ihre kurzen Schläge stark verbessert hat, konnte sie sich im letzten Sommer einige Male auf vorderen Rängen placieren. Ich glaube, sie hat sich schon immer danach gesehnt, so etwas zu versuchen, und durch die Scheidung hat sie die Gelegenheit dazu bekommen.

Wie hat unser Leben ausgesehen? Ich kann mich heute kaum noch daran erinnern, aber ich erinnere mich an die Zeitspanne, die dieses Leben gedauert hat. Und ich erinnere mich gern daran.

Ich nehme an, unser Leben war das allgemein übliche, wie man so sagt. X war Hausfrau und brachte Kinder zur Welt, las Bücher, spielte Golf und hatte Freundinnen, während ich über Sport schrieb und in der Gegend herumfuhr, um meine Geschichten aufzulesen, heimkam, um sie aufzuschreiben, dabei oft tagelang in alten Kleidern durchs Haus geisterte und zwischendrin immer wieder mit dem Zug nach New York fuhr. X schien die bestmögliche Einstellung zu meinem Leben als Sportreporter gefunden zu haben. Sie fand das alles ganz in Ordnung, oder zumindest sagte sie das und schien glücklich. Sie glaubte, einen jungen Sherwood Anderson mit Perspektiven beim Film geheiratet zu haben, aber es störte sie nicht, daß es anders kam, und sie ließ es auch mich nie spüren. Ich fühlte mich so frei wie ein Vogel. Mit unseren drei Kindern machten wir Ferienreisen. Nach Cape Cod (das Ralph Cape Gott nannte), nach Searsport in Maine, zum Yellowstone-Nationalpark, zu den Schlachtfeldern aus dem Bürgerkrieg, Antietam und Bull Run. Wir zahlten Rechnungen, machten Einkäufe, gingen ins Kino, kauften Autos und Kameras und Versicherungen, grillten im Garten, gingen auf Cocktailparties, besuchten Schulen und flirteten miteinander in der netten, behutsamen Art von Erwachsenen. Ich blickte aus meinem Fenster, stand mit einem Gefühl der Genugtuung und des Stolzes auf das Erreichte bei Sonnenuntergang in meinem Garten, säuberte meine Regenrinnen, überprüfte meine Dachschindeln, befestigte die Sturmfenster, düngte regelmäßig, errechnete den Wert meines Hauses nach Abzug der Hypotheken, redete mit meinen Nachbarn in einem interessierten Ton – das normale, beifallslose Leben, das wir alle führen.

Doch gegen Ende unserer Ehe verlor ich mich in gelegentlichen Träumereien. Manchmal wachte ich morgens auf, sah X tief atmend neben mir liegen und erkannte sie nicht! Wußte nicht einmal, in welcher Stadt ich mich befand, wie alt ich war oder was für ein Leben ich führte, so sehr war ich in meine Träume verstrickt. Ich lag nur da und versuchte, das Nichtwissen zu verlängern, so gut ich konnte, versuchte, dieses angenehme, mir immer besser gefallende Gefühl des Entschwebens und Zurückblickens auf die alten Positionen auszukosten, solange es anhielt, während zwanzig Möglichkeiten des Wer, Wo und Was vorüberzogen. Bis ich plötzlich alles wieder richtig sah. Und dabei empfand ich ein Gefühl des – ja, was? – des

Verlusts, muß es wohl heißen, auch wenn ich nicht weiß, was für ein Verlust das gewesen sein soll. Mein Sohn war gestorben, aber ich will nicht sagen, daß das der Grund war oder daß irgend etwas jemals der einzige Grund für irgend etwas anderes ist. Ich weiß, daß man träumend durch ein im übrigen gutes Leben gehen kann, ohne jemals aufzuwachen: Fast hätte ich das selbst getan. Ich glaube, ich habe das jetzt überwunden, und die Zeit des Träumens liegt mehr oder weniger hinter mir, obwohl zwischen X und mir eine entschiedene Traurigkeit darüber herrscht, daß unsere Ehe vorbei ist, eine Traurigkeit, die nicht traurig stimmt. Es ist ein Gefühl wie bei einem Klassentreffen, wenn du spätabends eine deiner alten Lieblingsmelodien hörst, nur daß du jetzt ganz allein bist.

X tritt aus dem achatenen Friedhofslicht, mit wackligen Schritten und verschlafen, in flachen Schuhen, ausgebeulten Kordhosen und einem alten Trenchcoat, den ich ihr vor Jahren gab. Ihre Haare sind nach der neuesten Mode geschnitten, die mir gefällt. Sie ist groß und kräftig, brünett und hübsch und sieht jünger aus als sie ist, und sie ist erst siebenunddreißig. Als wir uns vor fünfzehn Jahren bei einer langweiligen Stunde des Büchersignierens in New York kennenlernten, führte sie in einem Modegeschäft an der Fifth Avenue Kleider vor, und sie neigt selbst heute noch dazu, die Schultern hängen zu lassen und auf eine lässige Art mit nach außen gestellten Füßen zu lange Schritte zu machen; doch wenn sie sich breitbeinig über einen Golfball stellt, kann sie ihn endlos weit weg schlagen. In mancher Hinsicht ist sie zu einer echten Athletin geworden, wie ich nicht viele kenne. Selbstredend empfinde ich nur die größte Bewunderung für sie und liebe sie, vom strengen Wortsinn abgesehen, in jeder Weise. Manchmal sehe ich sie unverhofft und von ihr unbemerkt auf der Straße oder in ihrem Wagen, und ich frage mich staunend: Was kann sie jetzt vom Leben wollen? Wie habe ich sie je lieben und dann gehen lassen können?

«Es ist noch kühl», sagt sie mit ihrer kleinen, festen Stimme, sobald sie in Hörweite ist, die Hände tief in den Taschen ihres Trenchcoats vergraben. Ich liebe diese Stimme. In mancher Hinsicht war es ihre Stimme, die ich zuerst liebte, die spitzen Vokale des Mittleren Westens, die knappe, vereiste Syntax: Benton Harbor wird da zu Binton Herbor, Grand Rapids zu Gren Repids. Es ist eine Stimme, die weiß, was als Minimum genügt, und die sich darauf verläßt. Im allgemeinen habe ich Frauen schon immer lieber reden hören als Männer.

Tatsächlich frage ich mich, wie meine eigene Stimme klingt? Ist es eine überzeugende, die Wahrheit wiedergebende Stimme? Oder eine pseudoaufrichtige, falsche Ex-Ehemann-Stimme, die Ärger heraufbeschwört? Ich habe eine Stimme, die wirklich mir gehört, eine ehrliche, irgendwie ländliche Stimme, mehr oder weniger wie ein Gebrauchtwagenverkäufer: eine ungekünstelte Stimme, die mit einer geradlinigen Anwendung der Tatsachen die schlichte Wahrheit aufzudekken hofft. Als Student habe ich diese Stimme eingeübt. «Na schön, okay, aber sieh mal die andere Seite», sagte ich dann laut vor mich hin. «Schon gut, schon gut.» – «Klar, aber denk doch mal nach.» Es ist vor allem das, was meine Sportreporterstimme ausmacht, obwohl ich mittlerweile nicht mehr übe.

X lehnt sich an den geschwungenen Marmorgrabstein eines Mannes namens Craig – in sicherer Entfernung von mir – und kneift die Lippen zusammen. Bis zu diesem Augenblick ist mir die Kälte nicht aufgefallen. Aber jetzt, da sie's erwähnt hat, friere ich bis auf die Knochen und wollte, ich hätte einen Pullover angezogen.

Diese Treffen vor Morgengrauen waren meine Idee, und rein theoretisch bieten sie zwei Leuten wie uns eine gute Gelegenheit, die noch verbleibende Vertrautheit miteinander zu teilen. In der Praxis sind sie so unangenehm wie eine Hinrichtung, und es ist durchaus vorstellbar, daß wir nächstes Jahr darauf verzichten, obschon es uns im letzten Jahr genauso ging. Es ist einfach, daß ich mich aufs Trauern nicht verstehe, und X auch nicht. Wir haben beide dafür weder die richtigen

Worte noch das Naturell, und so neigen wir eher dazu, die Zeit zu verplaudern, was nicht immer klug ist.

«Hat Paul von unserer Begegnung gestern abend erzählt?» frage ich. Paul, mein Sohn, ist zehn. Gestern abend hatte ich ein unerwartetes Zusammentreffen mit ihm, als er auf der dunklen Straße vor seinem Haus stand, während seine Mutter drin war und nicht wußte, daß ich draußen herumschlich. Wir unterhielten uns über Ralph und wo er jetzt sei und wie man ihn möglicherweise erreichen könne – was dazu führte, daß ich mich auf der Nachhausefahrt besser fühlte. X und ich sind uns prinzipiell darin einig, daß ich meine Besuche nicht heimlich machen solle, aber das war etwas anderes.

«Er hat mir erzählt, Daddy sitze im Dunkeln im Auto und beobachte das Haus wie die Polizei.» Sie sieht mich merkwürdig an.

«Es war einfach ein seltsamer Tag. Aber am Ende war alles wieder in Ordnung.» In Wirklichkeit war es viel mehr als nur ein seltsamer Tag.

«Du hättest ins Haus kommen können. Du bist dort immer willkommen.»

Ich zeige ihr ein gewinnendes Lächeln. «Beim nächstenmal denk ich dran.» (Manchmal tun wir seltsame Dinge und sagen, es handle sich um Zufälle, obwohl ich sie glauben machen möchte, daß es ein Zufall *war*.)

«Ich hab mich nur gefragt, ob irgend etwas los ist», sagt X.

«Nein, ich liebe ihn sehr.»

«Gut», sagt X und seufzt.

Ich habe mit einer Stimme gesprochen, die mich befriedigt, einer Stimme, die wirklich mir gehört.

X zieht eine Sandwichtüte aus ihrer Tasche, holt ein hartgekochtes Ei heraus, schält es und läßt die Schalen in die Tüte fallen. Wir haben uns eigentlich nicht viel zu sagen. Wir unterhalten uns mindestens zweimal in der Woche am Telefon, größtenteils über die Kinder, die mich nach der Schule besuchen, wenn X noch auf dem Golfplatz draußen zu tun hat. Gelegentlich begegne ich ihr zufällig beim Einkaufen oder beim Essen im *August Inn*; dann setze ich mich an den Nebentisch, und wir plaudern ein wenig, Stuhllehne an Stuhllehne. Wir haben immer versucht, eine moderne, getrennte Familie zu bleiben. Unser Treffen hier gilt nur dem Andenken an ein altes Leben, das wir verloren haben.

Es ist trotzdem eine gute Gelegenheit für ein Gespräch. Letztes Jahr erzählte mir X zum Beispiel, sie würde, wenn sie noch einmal von vorn anfangen könnte, mit dem Heiraten wahrscheinlich warten und erst mal versuchen, die Turnierserie für Berufsgolferinnen in Angriff zu nehmen. Ihr Vater habe sich ihr schon 1966 als Sponsor angetragen, sagte sie – davon hatte sie mir noch nie erzählt. Sie erwähnte nicht, ob sie mich auch dann zu gegebener Zeit geheiratet hätte. Sie sagte jedoch, sie wünschte, ich hätte meinen Roman zu Ende geschrieben, weil dann wahrscheinlich alles besser gelaufen wäre für uns, was mich überraschte. (Sie nahm das später wieder zurück.) Sie sagte mir auch, ohne besonders kritisch zu sein, sie sehe in mir einen Einzelgänger, was mich ebenfalls überraschte. Sie meinte, es sei ein Fehler von mir gewesen, so wenige oberflächliche Freundschaften in meinem Leben geschlossen und mich auf einige wenige Dinge konzentriert zu haben – auf sie, zum Beispiel. Oder auf meine Kinder. Meine Tätigkeit als Sportreporter und mein Dasein als normaler Bürger. Dadurch war ich ihrer Meinung nach für das Unerwartete nicht ausreichend gerüstet. Sie sagte, das liege daran, daß ich meine Eltern nicht genau kenne, auf eine Militärschule gegangen und im Süden aufgewachsen sei, der voller Verräter und Geheimniskrämer und unzuverlässiger Leute sei, worin ich ihr durchaus zustimme, auch wenn ich nie einen von ihnen gekannt habe. All das, meinte sie, habe mit dem Ausgang des Bürgerkrieges zu tun. Es sei viel besser, so wie sie an einem Ort aufgewachsen zu sein, der keine besonderen Merkmale aufweise, wo es keine dunklen Geheimnisse gebe, die einen nur verwirren oder alles komplizieren, und wo man sich ernsthafte Gedanken allenfalls über das Wetter mache.

«Hast du auch hin und wieder was zu lachen?» Sie schält das

Ei zu Ende und steckt die Tüte tief in ihre Manteltasche. Sie weiß von Vicki, und es hat seit der Scheidung noch ein paar andere Freundinnen gegeben, von denen die Kinder ihr mit Sicherheit erzählt haben. Aber sie glaubt wohl nicht, daß sich damit an meiner Grundsituation viel geändert hat. Und vielleicht hat sie ja recht. Jedenfalls befriedigt mich dieses offensichtlich vertrauliche und aufrichtige Gespräch sehr, etwas, was ich nicht sehr oft erlebe und was einem eine Ehe wirklich bieten kann.

«Da kannst du Gift drauf nehmen», sage ich. «Ich glaube, ich komme sehr gut zurecht, wenn du das meinst.»

«Wahrscheinlich meine ich das», sagt X und sieht dabei ihr gekochtes Ei an, als werfe es ein kleines, aber faszinierendes Problem auf. «Ich mache mir deinetwegen keine echten Sorgen.» Sie mustert mich mit einem taxierenden Blick. Möglicherweise denkt sie nach meiner Begegnung mit Paul am gestrigen Abend, ich hätte den Kopf verloren oder angefangen zu trinken.

«Ich seh mir Johnny an. Da gibt's immer was zu lachen», sage ich. «Ich glaube, er wird komischer, so wie unsereins älter wird. Aber danke der Nachfrage.» Ich komme mir ziemlich idiotisch vor. Lächelnd sehe ich sie an.

X knabbert einen winzigen Mäusebissen von ihrem weißen Ei. «Entschuldige, ich wollte nicht in deinem Leben herumschnüffeln.»

«Mein Leben ist ganz in Ordnung.»

X atmet hörbar aus und redet jetzt ganz leise: «Als ich heute morgen im Dunkeln aufwachte, stellte ich mir plötzlich vor, wie Ralph lachte. Ich mußte tatsächlich weinen. Aber ich dachte bei mir, du mußt dich mühen, dein Leben bis zum letzten auszuleben. Ralph hat sein ganzes Leben in neun Jahren hinter sich gebracht, und ich erinnere mich, daß er gelacht hat. Ich wollte nur sicher sein, daß du's auch tust. Du hast ein viel längeres Leben.»

«In zwei Wochen hab ich Geburtstag.»

«Glaubst du, du wirst wieder heiraten?» fragt X mit äußerster Förmlichkeit und blickt zu mir auf. Einen Augenblick rieche ich etwas Neues in der schweren Morgenluft, es ist ein Swimmingpool! Irgendwo in der Nähe. Das kühle, wäßrige, vororttypische Chlorbukett, das mich an den kommenden Sommer denken läßt und an all die anderen besseren Sommer in meiner Erinnerung. Es ist ein Kennzeichen der Vororte, die ich liebe, daß dir von Zeit zu Zeit ein Swimmingpool oder ein Holzkohlengrill oder ein Laubfeuer – Dinge, die du nie zu Gesicht bekommst – provozierend in die Nase steigen.

«Ich weiß nicht», antworte ich. Dabei wäre es mir viel lieber, ich könnte sagen: *Niemals, jede Wette, doch ich nicht.* Nur daß meine tatsächliche Antwort der Wahrheit näher kommt. Und im Handumdrehen ist der seiden-sommerliche Duft weg, und der Geruch des Schmutzes und der stumpfen Grabsteine hat seinen ihm zustehenden Platz zurückgewonnen. In der zitternden grauen Dämmerung geht auf der anderen Seite des Zauns in einem Fenster im zweiten Obergeschoß meines Hauses das Licht an. Bosobolo, mein afrikanischer Mieter, ist wach. Sein Tag beginnt, und ich sehe seine dunkle Gestalt am Fenster vorbeigehen. Über dem Friedhof drüben, in der anderen Richtung, sehe ich gelbe Lichter in der Hütte des Verwalters, neben der der grüne Kleinbagger von John Deere steht, mit dem die Gräber ausgehoben werden. Aus der Kirche Sankt Leos des Großen erklingt das Glockenspiel und ruft zum Karfreitagsgebet. «Christ ist gestorben, Christ ist gestorben.» (Ich glaube allerdings, es ist «Stabat Mater Dolorosa».)

«Ich glaube, ich werde wieder heiraten», sagt X beiläufig. Wen? frage ich mich.

«Wen?» Doch nicht – bitte schön – einen der Klubhauskönige mit den fetten Brieftaschen, einen dieser so gesund und munter wirkenden kräftigen Typen im grünen Sportsakko, die mit ihr fürs Wochenende zur Trapp Family Lodge fahren oder sie zu Spritztouren in die Pocono-Berge einladen, wo sie sich mittelmäßge Komiker reinziehen und sich auf Wasserbetten lieben. Ich hoffe ohne Hoffnung, daß es keiner von denen ist. Ich weiß alles über diese Typen. Die Kinder beschreiben sie mir. Sie fahren alle Oldsmobiles und tragen mit Quasten geschmückte Schuhe. Und es spricht sehr viel dafür, mit ihnen auszugehen, das gebe ich zu. Sie sollen ruhig ihr Geld ausgeben und die verfügbare Zeit genießen. Bestimmt sind es anständige Burschen. Aber sie sind nicht zum Heiraten.

«Na ja, einen Software-Verkäufer vielleicht», sagt X. «Oder einen Immobilienmakler. Hauptsache, ich kann ihn im Golf schlagen und herumkommandieren.» Mit hängenden Mundwinkeln und einem aufgesetzten, traurigen Lächeln sieht sie mich an und zieht die Schultern wie zu einem Achselzucken hoch. Doch dann fängt sie unverhofft und mit einem Kopfnicken an zu weinen, als wüßten wir beide davon und hätten damit rechnen müssen und als wäre ich irgendwie dafür verantwortlich, was ich irgendwie auch bin.

Das letzte Mal habe ich X nach dem Einbruch in unser Haus weinen sehen, als sie auf der Suche nach Dingen, die gestohlen worden sein könnten, einige Briefe fand, die mir eine Frau aus Blanding in Kansas geschrieben hatte. Ich weiß nicht, warum ich sie aufbewahrte. Sie bedeuteten mir wirklich nichts. Ich hatte mich vor Monaten mit der Frau getroffen, und auch da nur einmal. Aber ich steckte damals in den dichtesten Tiefen meiner Träume und brauchte – zumindest glaubte ich das – ein Ziel vor Augen, das vom Leben wegführte, auch wenn ich nicht plante, sie jemals wiederzusehen und wirklich vorhatte, die Briefe wegzuwerfen. Die Einbrecher hatten Polaroidbilder von unseren leeren Zimmern im Haus herumliegen lassen, die wir dann fanden, als wir von einer Vorstellung der *Thirty-Nine Steps* im Playhouse zurückkamen, und dazu an die Wohnzimmerwand gesprayt: «Wir sind die Angeschmierten». Ralph war schon zwei Jahre tot. Die Kinder waren bei ihrem Großvater im Huron Mountain Club, und ich war gerade von meiner Lehrtätigkeit am Berkshire College zurück und saß mehr oder weniger untätig im Haus herum, fühlte mich so unnütz wie eine taube Nuß, war aber sonst ganz guter Dinge. X fand die Briefe in einer Schublade meines Schreibtischs, als sie nach einem Strumpf voller Silberdollars schaute, die meine Mutter mir hinterlassen hatte, setzte sich auf den Boden, um sie zu lesen, und drückte sie mir in die Hand, als ich mit einer Liste fehlender Kameras, Radios und Angelgeräte ins Zimmer kam. Sie fragte, ob ich etwas zu sagen hätte, und als nichts kam, ging sie ins Schlafzimmer und fing an, mit einem Hammer und einer Brechstange ihre Aussteuertruhe auseinanderzunehmen. Sie schlug sie kurz und klein, trug die Stücke zum offenen Kamin und verbrannte sie, während ich draußen im Garten stand, Cassiopeia und die Zwillinge anschmachtete und mich unverwundbar fühlte, denn da waren ja meine Träume und eine eigenartige Belustigung, zu der mir fast alles in meinem Leben Anlaß geben konnte. Man hätte meinen können, daß ich in diesem Augenblick «in mir ruhte». Doch in Wirklichkeit war ich Lichtjahre von allem entfernt.

Kurz darauf kam X aus dem hellerleuchteten Haus, während der Rauch von ihrer Truhe aus dem Schornstein quoll – es war Juni –, setzte sich in einem anderen Teil des dunklen Gartens in einen Liegestuhl und weinte laut. Hinter einem großen Rhododendron im Dunkeln lauernd, redete ich mit Worten voller Hoffnung und ohne Trost auf sie ein, aber ich glaube nicht, daß sie mich hörte. Meine Stimme war inzwischen so leise geworden, daß keiner außer mir etwas hören konnte. Ich blickte hinauf zu dem Rauch, der, wie ich dann erfuhr, von ihrer Aussteuertruhe mit all den Kostbarkeiten stammte, den Speisekarten, abgerissenen Eintrittskarten, Fotos, Hotelrechnungen, Tischkarten, ihrem Hochzeitsschleier, und fragte mich, was es um alles in der Welt *gewesen sein könnte*, was nun in die klare geistlose New Jersey-Nacht entschwebte. Ich mußte an den Rauch denken, der einen neuen Papst ankündigt – *einen neuen Papst!* –, wenn mir das heute jemand glauben kann, unter diesen Umständen. Und vier Monate später war ich geschieden. Das alles kommt mir nun seltsam vor, weit weg, als sei es einem anderen zugestoßen und ich hätte nur davon gelesen. Aber das war damals mein Leben, und es ist jetzt mein Leben, und ich bin dennoch ganz guter Dinge. Auch das lernt man als Sportreporter: Es gibt keine transzendenten

Themen im Leben. Dinge sind ausnahmslos hier, und sie sind vorbei, und das muß genügen. Die andere Sicht der Dinge ist eine Lüge der Literatur und der Geisteswissenschaften, ein Grund dafür, daß ich als Lehrer keinen Erfolg hatte, und auch ein Grund, weshalb ich meinen Roman in die Schublade gelegt und nicht wieder herausgeholt habe.

«Ja, natürlich», sagt X und schnieft. Sie hat fast aufgehört zu weinen, obwohl ich nicht versucht habe, sie zu trösten (ein Privileg, das mir nicht mehr zusteht). Sie hebt den Blick zum milchigen Himmel und schnieft noch einmal. In der Hand hält sie immer noch das angeknabberte Ei. «Als ich im Dunkeln weinte, mußte ich denken, was für ein großer, netter Junge Ralph Bascombe heute wäre und daß ich siebenunddreißig bin, was nun mal so ist. Ich fragte mich, was wir alle eigentlich tun sollten.» Sie schüttelt den Kopf und preßt die Arme fest an den Bauch, wie ich das bei ihr schon lange nicht mehr gesehen habe. «Es ist nicht deine Schuld, Frank. Ich dachte nur, es wäre in Ordnung, in deiner Gegenwart zu weinen. Es ist meine Vorstellung von Kummer. Ist das nicht typisch Frau?»

Sie wartet jetzt darauf, daß ich etwas sage, daß ich uns von jenem alten Elend der Erinnerungen und des Lebens befreie. Ganz offensichtlich spürt sie, daß heute etwas Seltsames in der Luft liegt, ein frischer Wind, der eine dauerhafte Veränderung ahnen läßt. Und das kann ich, genau das kann ich glücklicherweise mit meinem Optimismus einen Tag oder wenigstens einen Morgen oder einen Augenblick zurückgewinnen, wenn alles dem Kummer ausgeliefert scheint. Meine einzige Charakterstärke, die manches ausgleicht, ist wahrscheinlich, daß ich gut bin, wenn es hart auf hart geht. Mit dem Erfolg komme ich schlechter zurecht.

«Vielleicht sollte ich ein Gedicht vorlesen», sage ich mit dem versöhnlichen Lächeln eines abgewiesenen Liebhabers.

«Ich glaube, ich hätte diesmal eines mitbringen sollen, nicht wahr?» sagt X und wischt sich die Augen. «Statt ein Gedicht zu bringen, hab ich geweint.» Die Tränen haben sie zu einem kleinen Mädchen gemacht.

«Laß mal, das macht nichts», sage ich und fingere in meiner Hosentasche nach dem Gedicht, das ich im Büro fotokopiert und mitgebracht habe, für den Fall, daß X nicht daran denken würde. Letztes Jahr hatte ich Housmans *‹Auf den Tod eines jungen Sportlers›* mitgenommen und den Fehler gemacht, es vorher nicht durchzulesen. Ich hatte es seit meinen Studententagen nicht mehr gelesen, aber dem Titel zufolge glaubte ich mich zu erinnern, es sei gut vorzulesen. Was es nicht war. Es redete viel zu nüchtern – und das auf eine verschwommene Art – von echten Sportlern, und das ist ein Thema, bei dem ich mich sehr erregen kann. Ralph war im Grunde genommen nicht sehr sportlich gewesen. Ich kam kaum über «Bewohner einer stilleren Stadt» hinaus, als ich schon abbrechen mußte und nur noch dasitzen und auf den bescheidenen Grabstein aus rotem Marmor und die kleine Inschrift RALPH BASCOMBE starren konnte.

«Housman haßte Frauen», hatte X in die schreckliche Stille hinein gesagt, während ich nur dasaß. «Das geht nicht gegen dich. Mir ist das nur wieder eingefallen, aus irgendeiner Vorlesung. Ich glaube, er war ein alter Päderast, der Ralph geliebt und uns gehaßt hätte. Nächstes Jahr bring ich ein Gedicht mit, wenn's dir recht ist.»

«Gut», hatte ich kläglich geantwortet. Und dann sagte sie, daß ich meinen Roman hätte zu Ende schreiben sollen und daß ich ein Einzelgänger sei und daß sie damals in den sechziger Jahren den Wunsch gehabt habe, die Turnierserie für Berufsgolferinnen zu spielen. Ich glaube, ich tat ihr leid – ich bin mir sogar sicher –, aber ich tat mir auch selbst leid.

«Hast du wieder ein Housman-Gedicht mitgebracht?» fragt sie jetzt grinsend, wendet sich dann ab und wirft ihr angeknabbertes Ei, so weit sie kann, zwischen die Grabsteine und Ulmen des alten Friedhofteils, wo es geräuschlos aufschlägt. Sie wirft in der Art eines Fängers beim Baseball, in einer eleganten Ausholbewegung am Ohr vorbei und dann schnurgerade in den Schatten. Ich bewundere ihre positive Haltung. Den Verlust eines Kindes zu betrauern, wenn man zwei andere hat, ist eine harte Angelegenheit. Und wir sind darin nicht sehr geübt, auch wenn für uns persönliche Würde und Zuneigung im Mittelpunkt stehen, weil wir nicht wollen, daß Ralphs Tod und unser Verlust sich in der Zukunft verfangen und dabei heimlich unser Leben ruinieren. In gewissem Sinn können wir hier nichts falsch machen.

Draußen auf der Constitution Street hat der Kundendienstwagen eines Installateurs vor der Ampel angehalten. Easler's Philco Repair, gefahren von Sid (früher bei Sid's Service, ein Bankrotteur). Er hat so manches Mal in meinem Haus gearbeitet und ist nun unterwegs zum Marktplatz, um sich in *The Coffee Spot* eine Tasse zu genehmigen, bevor er sich auf sein Tagespensum an Küchen und Kellern und verstopften Toiletten stürzt. Der Tag hat endgültig begonnen. Ein einzelner Fußgänger – ein Mann – ist auf dem Gehweg zu sehen, einer der wenigen Neger in der Stadt; in einem hellen, pflegeleichten Anzug ist er auf dem Weg zum Bahnhof. Der Himmel ist immer noch milchigweiß, aber vielleicht setzt sich die Sonne durch, bevor ich mit Vicki zur Motor City fahre.

«Kein Housman diesmal», sage ich.

«Also gut», sagt X lächelnd und setzt sich auf Craigs Grabstein, um zuzuhören. «Wenn du meinst.» Die vielen Lichter auf den Rückseiten der Häuser in meiner Straße verblassen im Tageslicht. Mir ist jetzt wärmer.

Es ist eine «Meditation» von Theodore Roethke, der auch die Universität von Michigan besucht hat, was X wissen wird, und ich beginne in meiner besten, glaubwürdigsten Stimme, als könne mein toter Sohn dort unten mithören:

«Aufgesucht hab ich die öden einsamen Weiten hinter dem Auge...»

X schüttelt schon den Kopf, noch bevor ich bei der zweiten Zeile bin, und ich breche ab und blicke sie fragend an.

Sie schiebt die Unterlippe vor und rührt sich nicht von ihrem Grabstein. «Ich mag das Gedicht nicht», sagt sie ganz sachlich.

Ich wußte, sie würde es kennen und ihre eigene Meinung davon haben. Sie ist immer noch ein eigensinniges Michigan-Mädchen, das feste Vorstellungen von allem hat und enttäuscht ist, wenn der Rest der Welt nicht denkt wie sie. So ein starkes, strammes, klarblickendes Mädchen sollte im Leben jedes Mannes einen Platz haben. Sie allein sind Grund genug für die Existenz des Mittleren Westens, denn dort gedeihen die meisten von ihnen. Ich spüre, wie die Spannung wie ein Fieber von mir auf sie übergreift. Möglicherweise ist es keine gute Idee, ein Gedicht über dem Grab eines kleinen Jungen zu lesen, der sich aus Gedichten nie etwas gemacht hat.

«Ich dachte mir schon, daß du's kennst», sage ich mit einer verbindlichen Stimme.

«Ich sollte eigentlich nicht sagen, daß ich es nicht mag», bemerkt X kühl. «Ich glaube einfach nicht daran, das ist alles.»

Es ist ein Gedicht über die Möglichkeit, sich vom Alltäglichen glücklich machen zu lassen – von Insekten, Schatten, dem Farbenspiel im Haar einer Frau –, auch etwas, von dem ich sehr viel halte. «Wenn ich es vorlese, denke ich immer, ich bin es, der da redet», sage ich.

«Ich glaube nicht, daß die verschiedenen Dinge in diesem Gedicht irgend jemand glücklich machen würden. Sie machen einen vielleicht nicht unglücklich, aber das ist auch schon alles», sagt X und gleitet von dem Grabstein. Sie lächelt auf eine Art, die mir nicht gefällt, schmallippig und geringschätzig, als irrte ich mich ihrer Meinung nach in allem, und als finde sie das amüsant. «Manchmal denke ich, niemand kann mehr glücklich sein.» Sie steckt die Hände in ihre Manteltaschen. Sie hat wahrscheinlich um sieben eine Stunde zu geben oder ein Seminar über das Durchschwingen, und sie ist innerlich schon weit, weit weg.

«So wie ich das sehe, sind wir alle auf den Rest unseres Lebens losgelassen worden», sage ich voller Hoffnung. «Hab ich nicht recht?»

Sie starrt auf das Grab unseres Sohnes, als horche er und finde es peinlich, uns zu hören. «Kann schon sein.»

«Wirst du tatsächlich heiraten?» Ich spüre, daß meine Augen ganz groß werden, als wüßte ich die Antwort im voraus. Wir sind plötzlich wie Bruder und Schwester, Hänsel und Gretel, die ihre Flucht in die Sicherheit planen.

«Ich weiß nicht.» Sie zuckt leicht mit den Schultern, wieder wie ein Mädchen, aber es sieht ganz nach Resignation aus. «Es gibt Leute, die mich heiraten wollen. Aber ich habe vielleicht schon ein Alter erreicht, wo ich keine Männer mehr brauche.»

«Vielleicht *solltest* du heiraten. Vielleicht würde es dich glücklich machen.» Ich glaube natürlich keine Sekunde daran. Ich bin selber bereit, sie wieder zu heiraten, das Leben zurück ins rechte Gleis zu bringen. Mir fehlt die reizvolle Ausschließlichkeit der Ehe, der feste Halt und die klare Richtung. X fehlt das offensichtlich auch. Es ist das, was uns beiden abgeht. Wir müssen uns nun alles ausdenken, da wir von Rechts wegen nichts eigenes mehr haben.

Sie schüttelt den Kopf. «Worüber habt ihr gestern abend gesprochen, du und Pauly? Ich hatte das Gefühl, es waren alles Männergeheimnisse, die mich nichts angehen. Ich hasse so was.»

«Wir haben über Ralph gesprochen. Paul vertritt die Theorie, daß wir ihn erreichen können, wenn wir eine Brieftaube nach Cape May schicken. Es war ein gutes Gespräch.»

X lächelt beim Gedanken an Paul, der auf seine Art mindestens ebenso verträumt ist, wie ich es je war. Ich hatte immer gedacht, daß X diesen Zug an ihm nie besonders mochte, eher Ralphs Bestimmtheit, die ihr näher und daher bewundernswert war. Als er mit der fürchterlichen Reyeschen Krankheit in der Klinik war, setzte er sich eines Tages im Delirium im Bett auf und sagte: «Die Ehe ist eine verdammt ernste Angelegenheit, besonders in Boston» – etwas, das er in *Bartlett's* gelesen hatte, in dem er gern blätterte, um Sätze auswendig zu lernen und dann zu zitieren. Ich brauchte sechs Wochen, um die Bemerkung zu Marquand zurückzuverfolgen. Und zu dem Zeitpunkt war er tot und lag bereits hier. Doch X freute sich darüber; für sie bewies es, daß sein Verstand auch im tiefen

Koma gut weiterarbeitete. Unglücklicherweise wurde der Spruch für die restliche Zeit unserer Ehe eine Art Motto, eine unbeabsichtigte Verwünschung, die Ralph uns mitgab.

«Deine neue Frisur gefällt mir», sage ich. Neu daran war eine Art Tolle im Nacken, die ihr sehr gut steht. Unser Treffen ist längst beendet, aber ich will noch nicht gehen.

X greift sich eine Strähne, hält sie in gerader Linie vom Kopf weg und versucht sie aus den Augenwinkeln zu sehen. «Ein bißchen aggressiv, findest du nicht?»

«Nein.» Und das meine ich wirklich so.

«Na ja, sie hatten so eine komische Länge, ich mußte was damit tun. Zu Hause gab es einen Aufschrei, als sie es sahen.» Sie lächelt, als werde ihr in diesem Moment klar, daß aus Kindern unsere Eltern werden, während wir uns einfach in Kinder zurückverwandeln. «Du kommst dir doch nicht alt vor, Frank, oder?» Sie wendet sich ab und blickt über den Friedhof hinaus. «Ich weiß nicht, wie ich auf all diese beschissenen Fragen komme. Ich fühle mich heute alt. Es ist bestimmt nur, weil du neununddreißig wirst.»

Der schwarze Mann hat auf der Constitution Street die nächste Ecke erreicht und wartet nun gegenüber der neuen Bücherei darauf, daß die Ampel von Rot auf Grün umspringt. Der Kundendienstwagen des Installateurs ist weg, und ein gelber Minibus hält und läßt an derselben Ecke schwarze Hausangestellte aussteigen. Es sind massige Frauen in weißen, zeltähnlichen Arbeitskleidern; sie plaudern und schwenken ihre großen Schläger-Handtaschen und warten darauf, daß ihre weißen Herrinnen kommen und sie abholen. Der Mann und die Frauen reden nicht miteinander. «Ist das nicht furchtbar traurig», sagt X mit einem Blick auf die Frauen. «Irgendwie bricht mir das das Herz. Ich weiß nicht warum.»

«Ich komme mir kein bißchen alt vor», sage ich, glücklich, eine Frage ehrlich beantworten und vielleicht noch einen guten Rat anbringen zu können. «Ich muß meine Haare ein bißchen öfter waschen. Und manchmal hämmert beim Aufwachen mein Herz wie wild drauflos – aber Fincher Barksdale sagt, ich brauche mir deswegen keine Sorgen zu machen. Ich glaube, es ist ein gutes Zeichen. Ich würde sagen, eine Art von Drang, meinst du nicht?»

X blickt immer noch zu den Hausangestellten hinüber, die sich zu fünft unterhalten und dabei in die Richtung sehen, aus der sie abgeholt werden. Seit unserer Scheidung hat sie die Fähigkeit entwickelt, völlig geistesabwesend zu sein. Sie kann sich mit einem unterhalten und gleichzeitig tausend Meilen weit weg sein. «Du bist sehr anpassungsfähig», sagt sie leichthin.

«Das bin ich. Ich weiß, du hast in deinem Haus nicht die Möglichkeit, auf der Terrasse zu schlafen, aber du solltest versuchen, in den Kleidern und mit ringsum offenen Fenstern zu schlafen. Wenn du aufwachst, bist du sofort startklar. Ich mache das jetzt schon eine ganze Weile.»

X zeigt mir wieder ihr schmallippiges, herablassendes Lächeln, das ich nicht mag. Wir sind nicht mehr Hänsel und Gretel. «Gehst du immer noch zu deiner Handleserin, wie heißt sie doch gleich?»

«Mrs. Miller. Nein, nicht mehr so oft.» Ich werde ihr nicht auf die Nase binden, daß ich gestern abend zu ihr wollte.

«Hast du eigentlich das Gefühl, daß du inzwischen alles verstehst, was geschehen ist – mit uns und unserem Leben?»

«Manchmal. Heute sind meine Empfindungen, was Ralph angeht, ziemlich normal. Es sieht nicht so aus, als könnte es mich wieder verrückt machen.»

«Stell dir vor», sagt X, ohne mich anzusehen, «heute nacht lag ich im Bett und dachte, Fledermäuse flatterten durch mein Zimmer, und als ich die Augen zumachte, sah ich weit im Hintergrund nur eine Horizontlinie, und alles war leer und flach wie ein langer Eßtisch, an dem nur für einen gedeckt war. Ist das nicht schrecklich?» Sie schüttelt den Kopf. «Vielleicht würde ich besser so ein Leben führen wie du.»

Eine leichte Verstimmung steigt in mir auf, aber das ist nicht der richtige Ort für eine Verstimmung. In X' Augen ist mein Leben eine vergnügtere, natürlichere Angelegenheit als ihr eigenes Leben – und gewiß auch als das Leben, das ich tatsächlich führe. Am liebsten würde sie mir wahrscheinlich wieder sagen, daß ich meinen Roman hätte zu Ende schreiben sollen, anstatt aufzustecken und als Sportreporter zu arbeiten, und daß auch sie einiges anders hätte machen müssen. Aber das wäre nicht richtig, zumindest was mich betrifft – oft genug hatte sie das sogar selber gesagt. Sie sieht jetzt alles so düster. Wenn sich in ihrem Wesen etwas durch unsere Scheidung verändert hat, dann ihre Spannkraft, die möglicherweise nachgelassen hat, und besorgte Gedanken wegen des Älterwerdens sind ein Beweis dafür. Wenn ich könnte, würde ich sie aufheitern, aber das ist eine der Gaben, die ich längst eingebüßt habe.

«Ich muß mich schon wieder entschuldigen», sagt sie. «Ich bin heute einfach deprimiert. Durch dein Weggehen hab ich irgendwie das Gefühl, daß du zu einem neuen Leben aufbrichst und ich nicht.»

«Hoffentlich gelingt mir das», sage ich, «ich habe da meine Zweifel. Ich hoffe, es gelingt dir.» Tatsächlich würde mir nichts besser gefallen, als wenn sich mir heute eine ganz neue, bunte Welt eröffnete, obwohl mir auch mein jetziges Leben durchaus gefällt. Ich denke an ein hübsches Zimmer im *Pontchartrain*, ein Jägersteak und ein Salatbüfett im langsam rotierenden Dachrestaurant, ein Flutlichtspiel der Tigers. Ich brauche nicht viel zu meinem Glück.

«Wünschst du dir manchmal, du wärst jünger?» fragt X trübsinnig.

«Nein, ich bin auch so ganz zufrieden.»

«Ich wünsche es mir die ganze Zeit», sagt sie. «Es ist idiotisch, ich weiß.»

Es gibt nichts, was ich darauf sagen kann.

«Du bist ein Optimist, Frank.»

«Das hoffe ich», sage ich mit einem treuherzigen Lächeln.

«Gewiß, gewiß.» Und damit dreht sie sich um und macht sich zwischen den Grabsteinen rasch auf den Weg nach draußen, den Kopf zum weißen Himmel erhoben, die Hände tief in den Taschen, ganz das Mädchen aus dem Mittleren Westen, das im Augenblick vom Glück verlassen ist, das aber bald wieder obenauf ist, so gut wie neu. Von der Kirche Sankt Leos des Großen her höre ich die Glocken sechs Uhr schlagen, und aus irgendeinem Grund habe ich das Gefühl, daß ich sie lange nicht wiedersehen werde, daß irgend etwas vorüber ist und daß irgend etwas angefangen hat, aber ich kann beim besten Willen nicht sagen was.

ZWEI

Im Grunde genommen wollen wir nur an dem Punkt anlangen, wo die Vergangenheit nichts mehr über uns aussagt und an dem wir mit unserem Leben fortfahren können. Kann die Lebensgeschichte eines Menschen jemals sehr viel über ihn enthüllen? Meiner Ansicht nach messen Amerikaner in ihrem Bemühen, sich selbst zu definieren, ihrer Vergangenheit zuviel Gewicht bei, und das kann tödlich sein. Ich weiß, ich werde bei Romanen immer tief betrübt (manchmal überspringe ich diese Abschnitte ganz; manchmal mache ich das Buch zu und nehme es nie wieder in die Hand), wenn der Autor seine geschwätzige, obligatorische Reise an den Meeresgrund der Vergangenheit antritt. Bei den meisten von uns, seien wir ehrlich, ist die Vergangenheit kein sehr dramatisches Thema, und sie sollte gerade uninteressant genug sein, um uns augenblicklich freizugeben, wenn wir bereit sind (obschon es stimmt, daß wir, wenn wir diesen Moment erreichen, oft entsetzliche Angst haben, uns nackt fühlen, wie frisch gehäutet und nichts zu sagen haben).

Meine eigene Lebensgeschichte sehe ich wie eine Postkarte: mit wechselnden Szenen auf der einen, aber ohne besondere oder denkwürdige Botschaften auf der anderen Seite. Man kann von seinen eigenen Anfängen getrennt werden, wie wir alle wissen, und nicht durch irgendwelche bösen Absichten, sondern einfach durch das Leben selbst, das Schicksal, den Kampf mit dem Allgegenwärtigen. Der Stempel, den unsere Eltern und die Vergangenheit im allgemeinen uns aufdrücken, wird meiner Meinung nach überinterpretiert, denn von irgendeinem Zeitpunkt an sind wir als ganze, selbständige Menschen auf der Erde, und es gibt nichts, was uns – zum Guten oder Schlechten hin – verändern kann, und deshalb können wir uns ebensogut über verheißungsvollere Dinge Gedanken machen.

Ich wurde 1945 in ein gewöhnliches, modernes Dasein hineingeboren, als einziges Kind anständiger Eltern ohne ungebührliche Absichten und ohne ein bestimmtes Gefühl für ihren *Platz* im Kontinuum der Geschichte, zwei Menschen also, die sich in der Welt einfach über Wasser hielten und wie die meisten anderen ihre Zeit abwarteten, frei von jeder einschüchternden Überzeugung eigener Wichtigkeit. Ich finde das auch heute noch eine erstklassige Herkunft.

Meine Eltern stammten aus dem ländlichen Iowa, wo sie Farmen in der Gegend von Keota verließen und als Jungverheiratete viel herumzogen, ehe sie sich schließlich in Biloxi in Mississippi niederließen. Mein Vater arbeitete dort bei der Ingalls-Werft und panzerte Schiffe mit Stahlplatten, ehe sie an die Navy gingen, in der er im Krieg gedient hatte. Das Jahr davor waren sie in Cicero gewesen; ich weiß allerdings genau, was sie dort machten. Das Jahr davor in El Reno in Oklahoma und davor in der Nähe von Davenport, wo mein Vater irgend etwas mit der Eisenbahn zu tun hatte. Ich habe, ehrlich gesagt, nur eine verschwommene Vorstellung von seiner Arbeit, obwohl ich mich ganz gut an ihn erinnern kann: ein großer schlaksiger Mann mit kantigem Gesicht und hellen Augen – wie ich sie habe –, aber mit romantisch gelockten Haaren. Ich habe versucht, ihn mir in Davenport oder Cicero vorzustellen, wo ich selbst hinkam, um über Sportveranstaltungen zu berichten. Doch die Wirkung ist seltsam. Er war – jedenfalls in meiner Erinnerung – kein Mann für diese Orte.

Ich erinnere mich, daß mein Vater Golf spielte, und manchmal ging ich an heißen Tagen im Biloxi-Sommer mit ihm über den flachen Platz. Er spielte auf der Anlage, die zum Stützpunkt der Air Force gehörte, gelbbraun und ausgebleicht war und von rangniederen Soldaten viel bespielt wurde. Er tat das, damit meine Mutter einen Tag für sich allein haben, ins Kino gehen, sich die Haare richten lassen oder zu Hause bleiben und Filmmagazine und billige Romane lesen konnte. Golf kam mir damals wie eine Folter der traurigsten Sorte vor, und selbst mein armer Vater schien nicht viel Spaß daran zu haben. Er war eigentlich nicht der Golftyp, sondern eher der Typ eines Rennfahrers, und er verlegte sich, glaube ich, ganz bewußt auf Golf, weil es ihm etwas bedeutete, ein gewisses Maß an Erfolg in der Welt. Ich weiß noch gut, wie wir zusammen beim Abschlag standen, beide in kurzen Hosen, und unseren Blick über die lange, von Palmen gesäumte Spielbahn schweifen ließen, hinter der ein Deich und dann der Golf von Mexiko zu sehen waren, und wie er grimmig den weit entfernten Flaggenstock fixierte, als stehe er für eine Festung, die er nun, wenn auch ungern, bestürmen werde, und wie er zu mir sagte: «Na, Franky, was meinst du, ob ich den Ball wohl so weit schlagen kann?» Und wie ich sagte: «Das glaub ich kaum.» Er schwitzte und rauchte trotz der Hitze eine Zigarette, und ich sehe noch ganz deutlich vor mir, wie er mich in diesem Moment erstaunt anblickte. Wer war ich doch gleich? Was für Pläne hatte ich? Solche Fragen schienen ihn irgendwie zu treffen. Es war nicht gerade Herzlosigkeit, die aus seinem Blick sprach, nur größte Verwunderung und Resignation.

Als mein Vater starb, war ich vierzehn, und danach schickte mich meine Mutter auf «die Marineakademie», wie sie sagte, in Wirklichkeit eine kleine Militärschule bei Gulfport, die sich Gulf Pines nannte (wir Kadetten nannten sie, der Abgeschiedenheit wegen, Lonesome Pines) und an der ich mich zu keiner Zeit fehl am Platz fühlte. Ja, die militärische Haltung, die dort verlangt wurde, gefiel mir, und ich glaube, daß ich einen aufrechten Zug in meinem Wesen habe, der zumindest den Anschein von Rechtschaffenheit, wenn nicht die Sache selbst, achtet und für den die Schule verantwortlich war. Meine Ausgangslage in Lonesome Pines war etwas besser als die des Durchschnitts, denn die meisten der Kadetten waren aus den zerrütteten Ehen reicher Leute dorthin gekommen, oder weil ihre Eltern sie regelrecht abgeschoben hatten, oder weil sie etwas gestohlen oder niedergebrannt hatten und ihre Familien erreichen konnten, daß sie hierher statt in die Besserungsanstalt kamen. Ich hatte allerdings nie das Gefühl, daß sich die anderen Schüler von mir unterschieden, es waren einfach Jungen voller Geheimnisse und Unwissenheit und hoffnungsloser Sehnsüchte, und diese Zeit war für sie nur etwas, das durchgestanden werden mußte, so daß niemand irgendwelche Bindungen einging. Es war, als ahnten wir alle, daß wir eines Tages ganz plötzlich weg sein würden – oft geschah es mitten in der Nacht – und deshalb nicht zu tief in etwas hineingezogen werden wollten. Oder wir legten vielleicht einfach keinen Wert darauf, später jemanden zu kennen, der so war, wie wir jetzt waren.

Was ich von den Örtlichkeiten noch im Gedächtnis habe, ist ein heißer Exerzierplatz, umgeben von spärlichen Kiefern, eine Fahnenstange mit einem Anker am Sockel, ein abgestandener, seichter See, auf dem ich segeln lernte, ein stinkender Strand mit einem Bootshaus, braun verputzte Gebäude mit heißen Klassenzimmern und weiße Kasernengebäude, die stark nach Scheuerlappen rochen. Es gab einige ehemalige Stabsbootsleute der Navy, die dort unterrichteten – Männer, die sich für eine reguläre Lehrtätigkeit nicht eigneten. Sogar ein Neger war dabei, ein Mann namens Bud Simmons, der als Baseballtrainer tätig war. Der Kommandant, Admiral Legler, war ein alter Kapitän zur See aus dem Ersten Weltkrieg. Urlaub machten wir immer in Gruppen, draußen in den kleinen Orten an der Golfküste, die wir mit dem öffentlichen Bus erreichen konnten, in den klimatisierten Kinos und billigen mexikanischen Lokalen, oder wir trieben uns in der Nähe der Keesler Air Force Base herum, auf den heißen, sandigen Parkplätzen vor Striplokalen, und versuchten in unseren braunen Uniformen, die richtigen Militärangehörigen zu überreden, Bier und Schnaps für uns einzukaufen und fühlten uns erbärmlich, weil wir zu jung waren, selber reinzugehen, und weil wir zuwenig Geld hatten, um irgend etwas anderes damit zu tun, als es zu vergeuden.

Die Feiertage verbrachte ich zu Hause im Bungalow meiner Mutter in Biloxi, und gelegentlich traf ich ihren Bruder Ted, der ganz in der Nähe wohnte und vorbeikam, um mich zu sehen, und mich zu Ausflügen nach Mobile und Pensacola mitnahm, wo wir nicht viel miteinander redeten. Vielleicht ist es einfach das Los von Söhnen, deren Väter jung sterben, selber – nach außen hin – nie jung zu sein; die Jugend ist für uns nur ein kurzer Traum, ein Vorspiel ohne irgendeinen anhaltenden Augenblick, bevor das eigentliche Leben anfängt.

Meine einzige Erfahrung als aktiver Sportler machte ich dort in Lonesome Pines. Ich versuchte, in der Schulmannschaft unter dem schwarzen Trainer Bud Simmons Baseball zu spielen. Ich war für mein Alter relativ groß – heute bin ich näher am Durchschnitt –, und mit meinen langen Armen besaß ich die locker-schlaksige Geschmeidigkeit des geborenen Werfers. Aber ich brachte nie viel zustande. Ich konnte mich immer, wie von außen, die Dinge tun sehen, zu denen ich aufgefordert wurde. Und das reichte schon aus, sie mich nie gut oder vollständig tun zu lassen. Offenbar verfolgte mich eine angeborene Ironie, die keinem nützlichen Zweck diente und nun bewirkte, daß ich zu einem versonnenen, neunmalklugen Jungen wurde, gerissen und heimlichtuerisch – genau der Typ, der nach Lonesome Pines gehörte. Bud Simmons tat alles, was er konnte, und dazu gehörte auch, daß er mich mit dem anderen Arm werfen ließ, was ich bereitwillig tat, auch wenn es überhaupt nichts nutzte. Er sah mein Problem darin, daß ich nicht in der Lage sei, mich «auszuliefern», und ich wußte genau, was er meinte. (Heute staune ich, wenn ich auf Sportler treffe, die vollwertige Menschen sein und sich gleichzeitig ihrem Sport «ausliefern» können. Das kommt nicht oft vor, und es ist die kostbare Gabe eines komplexen Gottes.)

Ich habe in diesen Jahren nicht viel von meiner Mutter gesehen. Und ich scheine da auch keine Ausnahme zu sein. Es muß Tausenden von uns 1945ern so gegangen sein, wie auch Kindern in früheren Jahrhunderten. Merkwürdig ist es doch wohl, daß Kinder heutzutage *so viel* mit ihren Eltern zusammen sind und sie besser kennenlernen, als wahrscheinlich je nötig ist. Ich war bei meiner Mutter, wenn sie Zeit für mich hatte. In der schulfreien Zeit wohnte ich bei ihr im Haus, und wir gingen miteinander um wie gute Freunde. Sie liebte mich so sehr, wie sie es in ihrer veränderten Situation konnte. Es hätte ihr vielleicht gefallen, enger mit mir zusammen zu leben. Ich weiß, mir hätte es gefallen. Aber es ist möglich, daß sie selber Träumen nachhing und nicht in der richtigen Verfassung war, genau zu wissen, was sie tun sollte. Sie dachte mit Sicherheit nie, daß mein Vater sterben würde, so wie ich nie dachte, daß Ralph sterben würde, und doch tat er es. Sie war erst vierunddreißig, eine kleine Frau mit dunklen Augen und einer Haut, die dunkler war als meine; ich habe das Gefühl, daß es sie bestürzte, so weit von ihrem Geburtsort entfernt zu sein, und daß sie das mehr beschäftigte als irgend etwas anderes. Ihr Leben lenkte sie einfach in der Weise ab, in der ein anderer Mensch das tun würde, nicht auf eine abscheuliche oder eigennützige Art, möglicherweise sogar in der Art, in der mein Vater sie abgelenkt hatte, doch davon wußte ich nichts. Ich glaube, der Gedanke, nach Iowa zurückzukehren, muß sie beunruhigt haben, und sie wollte nicht zurück.

Schließlich fand sie Arbeit in einem großen Hotel in Mississippi City, dem *Buena Vista*, wo sie nachts an der Kasse saß, und dort lernte sie einen Mann namens Jake Ornstein kennen, einen Juwelier aus Chicago, und nach einigen Monaten, in denen er mehrmals in den Süden gereist war, heiratete sie ihn und zog nach Skokie in Illinois, und dort lebte sie dann, bis sie Krebs bekam und starb.

Ziemlich genau zu der Zeit bekam ich über Lonesome Pines ein NROTC-Stipendium und schrieb mich ganz zufällig an der Universität von Michigan ein. Die Navy wollte ihre Stipendiaten mischen, und niemand kam an den Ort, den er sich gewünscht hatte; ich kann mich allerdings nicht einmal erinnern, wohin ich wollte, nur daß es nicht Michigan war.

Ich erinnere mich aber sehr wohl, daß ich hin und wieder meine Mutter in Skokie besuchte; ich stieg dann in Ann Arbor in den wohlriechenden alten New York Central und verbrachte das Wochenende damit, in dem seltsam spießigen, einem Landhaus nachempfundenen Bungalow herumzulümmeln, bemüht, mich wohl zu fühlen und Konversation zu machen, umgeben von Möbeln, die in Schonbezügen aus Plastik steckten, und fünfundzwanzig Uhren an den Wänden, in einer jüdischen Wohngegend und in einem Ort, mit dem mich nichts verband. Jake Ornstein war fünfzehn Jahre älter als meine Mutter und im Grunde ganz nett, und ich kam mit ihm und seinem Sohn Irv gut aus – letztlich sogar besser als mit meiner Mutter. Sie erwähnte zwar, daß mein College ihrer Meinung nach «eine der guten Schulen» sei, behandelte mich aber wie einen Neffen, den sie nicht sehr gut kannte und der ihr Sorgen machte, obwohl sie mich mochte. (Sie gab mir eine Hausjacke und eine Pfeife, als ich mit der Universität anfing – zu der Zeit war sie schon in Skokie, so daß ich von dort aufbrach.) Ich für meinen Teil bin sicher, daß ich große Augen machte und auf Distanz blieb. Ich bin auch überzeugt, daß wir, als wir sahen, wie wir uns angepaßt hatten, beide versuchten, uns auf irgendeiner neuen Ebene näherzukommen, die uns beiden geschmeichelt hätte. Aber ihr war das Leben irgendwie davongelaufen, und ich wurde zu jemandem aus einer anderen Zeit, eine Tatsache, die ich meiner Mutter nicht vorhalte und derentwegen ich mir nicht verlassen oder verstoßen vorgekommen bin.

Wie mochte, nach alldem, *ihr* Leben aussehen? Gut, schlecht, beides im Wechsel? Wie ein langer Weg, den sie einigermaßen glücklich zurückzulegen hoffte? Sie wußte es. Aber nur *sie* wußte es. Und ich bin nicht geneigt, über ein Leben zu urteilen, von dem ich nicht viel weiß, zumal sich die Dinge für mich ganz gut entwickelt haben. Am besten kannte ich damals – und kenne ich heute – mein eigenes Leben, mit dem ich zu der Zeit, als meine Mutter mit Jake Ornstein verheiratet war, unter allen Umständen vorankommen wollte. Ich weiß, daß sie und

Jake glücklich waren und daß ich meine Mutter, soweit ich – mit meinen geringen Kenntnissen über sie – dazu in der Lage war, sehr liebte. Als sie starb, war ich noch an der Universität. Ich ging zur Beerdigung, fungierte als Sargträger, saß am Wochenende einen Nachmittag lang mit den Leuten, die sie beide kannten, in Jakes Haus herum, versuchte mich an das zu erinnern, was meine Eltern mir in ihrem Leben beigebracht hatten (was mir einfiel, war «ein Gefühl der Selbständigkeit»). Und am Abend fuhr ich mit der Bahn zurück und verabschiedete mich endgültig aus ihrem Leben. Jake zog später nach Phoenix, heiratete wieder und starb ebenfalls an Krebs. Irv und ich hielten noch ein paar Jahre Kontakt, haben uns dann aber aus den Augen verloren.

Sieht das denn wie ein merkwürdiges Leben aus? Erscheint es seltsam, daß ich keine lange und anekdotenreiche Familiengeschichte zu bieten habe? Oder eine zum Grübeln einladende Problem- oder Haßliste – eine Aufstellung besonders quälender und wehmütiger Erinnerungen, die vorgeben, alles zu erklären oder aufzuwühlen? Möglicherweise wurde ich in eine andere Zeit hineingeboren. Aber vielleicht ist mein Weg der rundum bessere, und der Weg, den die meisten von uns gehen, und der Rest erzählt Lügen.

Trotzdem. Frage ich mich jemals, was meine Familie von mir halten würde? Von meinem Beruf? Als geschiedener Mann, als Vater, auf der Suche nach Frauen? Als Erwachsener, der sich auf Leben und Tod zubewegt?

Manchmal schon. Aber es beschäftigt mich nie sehr lange. Und *wenn* ich mich frage, dann sage ich mir: Sie hätten wahrscheinlich alles gebilligt, was ich getan habe – besonders meine Entscheidung, das Schreiben aufzugeben und auf etwas umzusteigen, das sie für nützlicher halten würden. Sie würden das so sehen wie ich: daß sich die Dinge manchmal von selbst zum Besten wenden. Mit dieser Denkweise hat sich mir die Chance zu einem interessanten – wenn auch nicht besonders einfachen – Erwachsenenleben eröffnet.

Die paar Kleinigkeiten, die ich erledigen muß, bevor ich Vicki abholen und zum Flughafen fahren kann, sind um 9 Uhr 30 fast geschafft. Gewöhnlich gehört dazu eine Tasse Kaffee mit Bosobolo, meinem Mieter aus dem Seminar in der Stadt, aber heute morgen wird nichts aus dieser mir liebgewordenen Gewohnheit. Wir hatten schon manchen guten Gedankenaustausch zu Themen wie etwa der Frage, ob die Seligkeit der Erlösten durch die Leiden der Verdammten gesteigert wird – etwas, das er katholisch beurteilt, ich aber nicht. Er ist zweiundvierzig und kommt aus Gabun, und er ist ein strenger Apologet des grenzenlosen Glaubens. Ich trete gewöhnlich für gute Werke ein, aber ohne mir Illusionen darüber zu machen, wohin mich das bringen wird.

Warum einen Mieter ins Haus nehmen? Um die furchtbare Einsamkeit abzuwehren. Warum sonst? Die tröstliche Wirkung der uninteressierten Schritte eines anderen Menschen in einem sonst leeren Haus – erst recht die eines zwei Meter großen Negers aus Afrika, der unterm Dach wohnt – kann beträchtlich sein. Heute morgen ist er jedoch in eigenen Angelegenheiten unterwegs, und vom Fenster aus sehe ich ihn in der Art eines Bibelverkäufers die Hoving Road entlang zur Schule traben – weißes Hemd, schwarze Hosen und aus Autoreifen geschnittene Sandalen. Er hat mir erzählt, er sei in seinem Stamm – den Nwambis – ein Prinz, aber ich habe noch nie einen Afrikaner gekannt, der kein Prinz gewesen wäre. Er hat, wie ich, eine Frau und zwei Kinder. Wir sind beide Presbyterianer, ich allerdings kein besonders guter. Meine anderen Pflichten zwingen mich an den Schreibtisch zu den üblichen Telefongesprächen: zuerst mit dem Magazin und meiner Redakteurin Rhonda Matuzak, die den Gerüchten nachgegangen ist, daß in der Mannschaft der Detroiter nicht alles so rosig ist, wie es aussieht, was für mich zum Problem werden könnte. Bei der Redaktionssitzung herrscht die Meinung vor, ich solle die Reportage machen und mitnehmen, was ich bekommen kann. Der Sport lebt von solchen Zwistigkeiten und gezielten Fehlinformationen, auch wenn mich so etwas nicht sonderlich interessiert.

Rhonda ist geschieden und lebt mit ihren zwei Katzen in den West-Achtzigern oben in einer großen Etagenwohnung mit dunklen Wänden und hohen Decken, und sie versucht dauernd, sich mit mir zu verabreden, zum Essen bei *Victor's* oder zu irgendwelchen Unternehmungen nach Feierabend. Bis auf einen qualvollen Abend nicht lange nach meiner Scheidung ist es mir allerdings immer gelungen, sie nach einem Drink im Bahnhof der Grand Central in ein Taxi zu setzen und mich dann rasch zur Penn Station und nach Hause zu verziehen.

Rhonda ist eine große, grobknochige, aschblonde Frau Ende Dreißig mit der altmodischen Figur eines Revuemädchens, aber mit dem Gesicht eines Rennpferds und einer lauten Stimme, die ich nicht mag. (Sich in eine Phantasie zu flüchten, wäre, selbst bei Dunkelheit, so gut wie unmöglich.) Die erste Zeit nach meiner Scheidung sah ich alles zutiefst ironisch. Die Sorgen anderer Leute wurden für mich zur Quelle von Belustigung und hämischem Spott, die ich mir nachts in Erinnerung rief, um mich besser zu fühlen. Rhonda half mir da heraus, indem sie mich ständig zum Essen einlud und mir Zettel auf den Schreibtisch legte, auf denen stand: «Ein Verlust ist immer relativ, Jack», «An gebrochenem Herzen ist noch keiner gestorben» und: «Nur die Jungen sterben gut.» An dem einen Abend, an dem ich einwilligte, mit ihr zu essen – im *Mallory's* in der 70. Straße West –, landeten wir schließlich in ihrer Wohnung, wo wir uns auf Bauhausstühlen gegenübersaßen, und plötzlich überfielen mich grauenvolle Ängste, so schlimm, daß ich das Gefühl hatte, sie pfiffen durch die Heizungsrohre und wehten ins Zimmer wie ein dunkler Mistral. Ich müsse hinaus auf die Straße und an die frische Luft, sagte ich ihr, und sie war taktvoll genug zu glauben, es mache mir immer noch Schwierigkeiten, mich nach der Scheidung wieder ans Alleinsein zu gewöhnen, und nicht zu erkennen, daß ich eine panische Angst davor hatte, mit ihr allein zu sein. Sie ging mit mir hinunter und dann hinaus in die düsteren und windigen Schluchten der West End Avenue, wo wir am Bordstein standen und uns über ihr Lieblingsthema – die Geschichte der amerikanischen Möbel – unterhielten, und nach einer Weile bedankte ich mich, kletterte wie ein Flüchtiger in ein Taxi und brachte mich in Sicherheit – runter zur 33. Straße und zu meiner Bahn nach New Jersey.

Was ich Rhonda nicht sagte und was immer noch gilt, ist, daß ich es nicht aushalte, nach Einbruch der Dunkelheit in New York allein zu sein. Gotham wird nachts von einer blitzenden Hektik geprägt, die ich einfach nicht ertragen kann. Die hellerleuchteten Bars demoralisieren mich, die auffällig glänzenden Taxis, die über die Fifth Avenue flitzen oder in Schräglage aus dem Tunnel der Park Avenue schießen, machen mich irgendwie verzweifelt, wühlen mich auf, bringen mich in Gefahr. Ich fühle mich entsetzlich hilflos, wenn die Redakteure und Vertreter in ihrer albernen Aufmachung aus ihren Büros am Rande des Zentrums schlendern, auf dem Weg zu Terminen, idiotischen Softballspielen oder Gratis-Cocktails. Ich kann die ganzen Kompliziertheiten nicht ertragen und sehne mich nach etwas, das nur Fassade ist, nicht hintergründig – so wie hier im traditionsbewußten Haddam der gemütliche Marktplatz im Pseudo-Kolonialstil; die Nikotinwolken New Jerseys in der Abenddämmerung, die ich beim Blick aus einem hohen Bürogebäude wie dem meinen sehe; die Bitterkeit einer nächtlichen Bahnfahrt, den langen Weg zurück nach Hause. Es war an diesem einen Abend schlimm genug, daß mich Rhonda drei Blocks weit bis zu einer guten Querstraße durchs West End «begleitete», aber schlimmer noch war es, anschließend in diesem heftig schaukelnden, klapprigen Taxi den langen Weg bis zur Bahnstation zu fahren und dann – mit erfrorenen Füßen, wie mir schien – von der Seventh Avenue hereinzustürzen und mit der Rolltreppe hinunterzufahren, bevor die ganze Stadt nach mir griff und mich krampfhaft festhielt wie die blasse Hand eines toten Autofahrers.

«Was soll das Einsiedlerleben da draußen, Bascombe?» Rhonda ist am Telefon heute morgen lauter als sonst. Aus Gründen der Gleichbehandlung redet sie uns Männer alle mit dem Familiennamen an, als seien wir beim Militär. Ich könnte nie etwas für eine Frau empfinden, die mich Bascombe nennt.

«Eine Menge Leute leben genau da, wo sie hingehören, Rhonda. Ich gehöre auch dazu.»

«Dabei bist du doch weiß Gott begabt.» Sie klopft dicht am Telefon mit einem Radiergummi gegen etwas Hartes. «Ich hab nämlich deine Short Stories gelesen. Sie sind sehr, sehr gut.»

«Nett, daß du das sagst.»

«Hast du schon mal daran gedacht, noch ein Buch zu schreiben?»

«Nein.»

«Solltest du aber. Du solltest hier raufziehen. Zumindest mal ein Weilchen bei mir wohnen. Dann würdest du schon sehen.»

«Was würde ich sehen?»

«Du würdest sehen, daß es gar nicht so übel ist.»

«Ich hab es lieber schön, als *gar nicht so übel*, Rhonda. Hier hab ich ziemlich genau das, was ich mir vorstelle.»

«In New Jersey?»

«Mir gefällt es hier.»

«New Jersey ist wie die Rückseite eines alten Radios, Frank. Du solltest den Duft der Rosen um dich haben.»

«Ich habe Rosen in meinem Garten. Wir reden weiter, wenn ich wieder da bin, Rhonda.»

«Bestens», sagt Rhonda laut und bläst Rauch in den Hörer. «Möchtest du vor dem Stichtag noch was an deiner Tabelle ändern?» Im Büro führen sie eine Baseballtabelle, für die Rhonda verantwortlich ist, und dieses Jahr bin ich dabei. Eine Spielzeit läßt sich damit leichter überstehen.

«Nein, es bleibt alles beim alten.»

«In Ordnung. Vielleicht kannst du ein paar Insider wegen der Neueinkäufe und Spielerwechsel in der NFL aushorchen. Ja? Am Sonntagabend wollen sie die Vorschau auf die Footballsaison zusammenstellen. Wenn du was hast, kannst du's telefonisch durchgeben.»

«Danke, Rhonda. Ich werd mich bemühen.»

«Frank? Was suchst du eigentlich?»

«Nichts», sage ich und lege auf, bevor sie eine Gelegenheit hat, sich etwas Neues auszudenken.

Ich erledige meine anderen Anrufe im Eiltempo – darunter den bei einem Sportschuh-Designer in Denver für einen von mir zusammenzustellenden Kasten für die Rubrik «Nachgefragt», der einen Überblick über Fußverletzungen geben soll und an dem bereits andere Leute im Büro gearbeitet haben. Er erzählt mir, daß der Fuß aus sechsundzwanzig Knochen besteht und daß nur zwei von acht Leuten jemals ihre richtige Schuhgröße kennen. Doch auch von diesen zweien wird einer bleibende Schäden an den Füßen davontragen, noch bevor er oder sie zweiundsechzig ist – auf Grund mangelhafter Produkte. Frauen, so erfahre ich, sind um 38 Prozent anfälliger, wohingegen bei Männern der Prozentsatz derer höher ist, die sich durch hohes Körpergewicht, starke Belastungen und die verschiedensten sportlichen Aktivitäten schmerzhafte Dauerschäden zuziehen. Männer beklagen sich jedoch weniger, so daß bei ihnen mit einer höheren Dunkelziffer zu rechnen ist.

Ein weiterer Anruf gilt einer Karmeliternonne in Fayetteville (West Virginia), die beim Marathonlauf in Boston mitmachen will. Einst ein Opfer der Kinderlähmung, hat sie einen harten Kampf um die Startberechtigung vor sich, und ich will mich in unserer Kolumne «Hut ab!» gern für sie einsetzen.

Ich rufe noch einmal die Public Relations-Leute bei dem Detroiter Footballklub an, um festzustellen, ob sie jemanden haben, der im Namen des Klubs etwas über Herb Wallagher, den früheren Angriffsspieler, sagen möchte, aber es ist niemand da.

Schließlich ein Anruf bei Herb selbst in Walled Lake, damit er weiß, ich bin unterwegs. Die Kollegen von der Recherche haben bereits gründlich vorgearbeitet, und ich habe einen dicken Stoß Zeitungsausschnitte von Herb, Fotos, dazu getippte Interviews mit seinen Eltern in Beaver Falls, seinem College-Coach in Allegheny, seinem Chirurgen und dem Mädchen, das damals, als Herb beim Wasserskilaufen verletzt wurde, das Boot steuerte und dessen Leben sich völlig verändert haben soll. Am Telefon stellt sich Herb als ein freundlicher und nachdenklicher Mann heraus, der – ganz Beaver Falls – seine Konsonanten verschluckt: *wunt* statt *wouldn't*, *shunt* statt *shouldn't*. Ich habe Vorher-Nachher-Bilder von ihm in seiner aktiven Zeit und heute, und er scheint darauf nicht derselbe Mensch zu sein. Auf den alten Bildern sieht er aus wie ein grinsender Sattelschlepper mit einem Plastikhelm. Heute trägt er eine dunkle Hornbrille und wirkt, nachdem er an Gewicht und Haaren einiges verloren hat, wie ein überarbeiteter Versicherungsvertreter. Angriffsspieler im Football neigen mehr als die meisten anderen Sportler dazu, in sich selbst zu ruhen, vor allem dann, wenn sie nicht mehr spielen, und Herb erzählt mir, er habe sich entschieden, im nächsten Herbst ein Jurastudium anzufangen, und seine Frau Clarice ziehe voll mit. Er sagt mir, seiner Meinung nach solle sich jeder weiterbilden, der es irgendwie könne, und zum Lernen sei man nie zu alt, und ich stimme ihm aus ganzem Herzen zu, obwohl ich in Herbs Stimme eine nervöse Förmlichkeit spüre, die ich nicht ganz deuten kann, gerade so, als störe ihn etwas, als wolle er darum aber im Augenblick keinen Wirbel machen. Es könnten ohne weiteres die Probleme in der Mannschaft sein, von denen in letzter Zeit zu hören war. Aber höchstwahrscheinlich ist das bei jedem Rollstuhlfahrer so: Wenn du mit den Gewichten gearbeitet, gut gefrühstückt, die Toilette benutzt, die Zeitung gelesen und gebadet hast, was bleibt dir dann für den Rest des Tages anderes zu tun, als Nachrichtensendungen anzuhören, dich abzukapseln und in dich zu gehen? Ein gutes Taktgefühl kann das Leben erträglich machen, während du sonst vielleicht versucht wärst, dir eine Kugel durch den Kopf zu jagen.

«Also, ich freu mich richtig auf Ihren Besuch, Frank.» Wir sind uns noch nie begegnet und haben nur ein einziges Mal miteinander telefoniert, aber ich habe jetzt schon das Gefühl, ihn zu kennen.

«Ich freu mich auch, Herb.»

«Es fehlt einem doch eine ganze Menge», sagt Herb. «Sicher, das Fernsehen ist gut. Aber es reicht nicht.»

«Wir werden uns gut verstehen, Herb.»

«Wir werden unseren Spaß haben, da bin ich sicher.»

«Das will ich meinen. Also dann, bis morgen.»

«Okay, Frank. Ich wünsch Ihnen was, gute Reise und so.»

«Danke, Herb.»

«Immer auf dem laufenden bleiben, Frank. Haha.» Herb legt auf.

Was von meiner Vergangenheit sonst noch zu erzählen ist, läßt sich in einer New Yorker Minute abhaken. An der Universität von Michigan studierte ich Geisteswissenschaften (innerhalb des NROTC-Programms). Ich belegte sämtliche Kurse und Vorlesungen, die verlangt wurden, einschließlich Latein, schrieb für den *Daily* blumige, kleine, allzu empfindsame Filmkritiken und verbrachte den Rest der Zeit mit hochgelegten Beinen im Sigma Chi-Verbindungshaus, wo ich 1965 an einem frischen Herbsttag X kennenlernte, die in diesem Semester meinen Verbindungsbruder Laddy Nozar aus Benton Harbor zu allen Parties begleitete und die auf mich linkisch und zu ernst wirkte und nicht wie ein Mädchen, mit dem ich gern einmal ausgehen würde. Sie hatte eine sehr athletische Figur mit allem Anschein nach zu großen Brüsten, und die Art, wie sie oft – ein Bein vorgeschoben und leicht nach außen gestellt – mit verschränkten Armen dastand, gab dir das Gefühl, daß sie dich genüßlich taxierte. Sie kam mir wie ein reiches Mädchen vor, und ich redete mir ein, reiche Michigan-Mädchen nicht zu mögen. Folglich verlor ich sie aus den Augen und sah sie erst 1969 in New York bei dieser öden Signierstunde wieder, kurze Zeit, bevor ich sie heiratete.

Nicht lange nach – aber nicht wegen – unserer ersten Begegnung brach ich mein Studium ab und ging zu den Marines. Das war mitten im Krieg, und es schien – mit meiner militärischen Orientierung – die richtige Entscheidung, und die NROTC-Leute hatten nichts dagegen. Tatsächlich meldete ich mich mit

Laddy Nozar und zwei anderen Jungs beim alten Postamt an der Main Street in Ann Arbor, und wir mußten da zuerst eine unangenehme Kette von Protestierenden überwinden. Laddy Nozar ging nach Vietnam, kam zu den Third Marines und fiel bei Con Thien. Die beiden anderen brachten ihre Dienstzeit zu Ende und betreiben heute eine Werbeagentur in Aurora, Illinois. Ich zog mir, wie das so geht, eine Bauchspeicheldrüsengeschichte zu, die von den Ärzten für die Hodgkinsche Krankheit gehalten wurde, die sich aber als gutartig herausstellte, und nach zwei Monaten in Camp Lejeune wurde ich entlassen, ohne daß ich jemanden umbrachte oder selbst umgebracht wurde; dennoch erhielt ich den Status des ehemaligen Kriegsteilnehmers und die entsprechenden Vergünstigungen.

Als das geschah, war ich einundzwanzig Jahre alt, und ich berichte davon nur, weil es, soweit ich mich erinnere, das erste Mal in meinem Leben war, daß ich mich wie im Traum fühlte, obwohl meine Empfindungen zu der Zeit nicht so angenehm waren; damals hätte ich wahrscheinlich gesagt, ich fühlte mich dumpf und verdrossen. In meinem Bett im Navy-Lazarett in North Carolina dachte ich an nichts anderes als ans Sterben, was mich eine Zeitlang interessierte. Ich dachte darüber nach wie ein Baseballspieler, der sich über die Taktik Gedanken macht, entschied mal so, mal so, sah mich tot, dann lebend, dann wieder tot, als gehe es um Überlegungen und Optionen. Dann wurde mir klar, daß ich nicht frei wählen konnte und daß alles anders kommen würde, und eine Zeitlang hatte ich dann nostalgische Gefühle, aber danach wurde meine dumpfe Verdrossenheit noch größer, so daß mir die Ärzte schließlich Antidepressiva gaben, um mich von diesen Gedanken wegzubringen, und das gelang auch. (Das stößt vielen Leuten zu, die in jungen Jahren krank werden, und es kann in der Tat ein ganzes Leben zugrunde richten.)

Bei mir führte es jedoch dazu, daß ich aufs College zurückkehrte, da ich ja nur ein Semester verloren hatte, und mich – das war 1967 – nun konkret mit dem Gedanken trug, der mich schon beschäftigte, seit ich in Lonesome Pines die Seefahrtstagebücher Joshua Slocums gelesen hatte, dem Gedanken nämlich, einen Roman zu schreiben. Er sollte sich um einen verträumten jungen Südstaatler drehen, der zur Navy geht, mit einer geheimnisvollen Krankheit aber bald wieder entlassen wird, daraufhin nach New Orleans geht, sich in einer undurchsichtigen Welt aus Sex und Drogen und Gerüchten von Waffenschmuggel verliert und den vergeblichen Versuch unternimmt, eine schwindelerregende Gegenwart mit dem schuldbeladenen Wissen, nicht an der Seite seiner Navy-Kameraden gefallen zu sein, in Einklang zu bringen, und das alles gipfelt dann in einer leidenschaftlichen Begegnung mit der Frau eines Methodistenpfarrers, die ihn in einer verlassenen Sklavenwohnung – und danach noch öfter – verführt, bis sein Leben schließlich zerstört ist und seine Spur sich für immer in den texanischen Ölfeldern verliert. Das Ganze wurde in einer Kette von Rückblenden erzählt.

Diesen Roman nannte ich ‹*Nachtflügel*›, nach dem Titel eines gefühlvollen Seegemäldes, das im Klubraum des Sigma Chi-Hauses über der Couch hing (als Motto stellte ich dem Ganzen ein Zitat von Marvell voran). Mitten in meinem letzten Jahr an der Universität packte ich es ein und schickte es an einen Verleger in New York, der ein halbes Jahr später zurückschrieb, es sei «vielversprechend», und er würde gern «noch mehr» von mir lesen. Das Manuskript ging in der Post verloren, und ich sah es nie wieder, und ich hatte natürlich keine Kopie zurückbehalten. Doch an die ersten Zeilen kann ich mich so gut erinnern, als hätte ich sie heute morgen geschrieben. Sie schilderten den Abend, an dem der Erzähler der Geschichte empfangen wird: «Es war 1944, und es war April. Der Hartriegel blühte in Memphis. Die Japaner hatten noch nicht nachgegeben, und der Krieg ging stetig weiter. Sein Vater kam müde von der Arbeit nach Hause und genehmigte sich einen Drink, ohne etwas von den Männern zu ahnen, die weiße Mäntel trugen und Code-Namen hatten und sich in diesem Augenblick eine Atombombe ausmalten...»

Nach Abschluß des Studiums kaufte ich mir einen Wagen

und fuhr schnurstracks an die Westküste, wo ich mir in Manhattan Beach in Kalifornien ein Zimmer mietete und vier Wochen lang durch den Sand spazierte, die Frauen und die Bohrtürme angaffte, dabei aber nicht viel sah, worüber zu schreiben sich gelohnt hätte – denn das hatte ich mir für die Zukunft vorgenommen. Ich bezog mittlerweile eine Invaliditätsrente von der Navy, die eigentlich zur Bezahlung von Studiengebühren gedacht war, und ich hatte zum Glück eine Frau kennengelernt, die in der Finanzverwaltung des Los Angeles City College arbeitete, die Schecks für mich einlöste und sie mir auch nachschickte, als ich nach Mexiko in das Dorf San Miguel Tehuantepec zog, um wie ein richtiger Schriftsteller zu leben und Geschichten zu schreiben.

In den sechs Monaten nach meiner gehetzten Ankunft schrieb ich zehn Stories – darunter auch eine Kurzfassung von *‹Nachtflügel›*. Ohne mich mit einzelnen Geschichten an Zeitschriften zu wenden, schickte ich das ganze Buch an den Verleger, mit dem ich im Jahr vorher Kontakt gehabt hatte, und er schrieb mir innerhalb von vier Wochen, sein Verlag sei möglicherweise bereit, das Buch mit ein paar Änderungen herauszubringen; ich kam den Wünschen nur zu gern nach und schickte das Paket sofort zurück. Er ermunterte mich, beim Schreiben zu bleiben, was ich auch tat, wenngleich ohne große Begeisterung. Ich hatte, auch wenn das damals keiner wußte, alles geschrieben, was ich zu schreiben hatte, und daran ist nichts auszusetzen. Wenn mehr Schriftsteller zu dieser Erkenntnis kämen, blieben der Welt viele schlechte Bücher erspart, und mehr Menschen – Männer wie Frauen – könnten fortan ein glücklicheres, produktiveres Leben führen.

Der Rest verdient sogar noch weniger Interesse. Mein Buch *‹Blauer Herbst›* wurde offiziell zum Druck angenommen, als ich gerade von San Miguel Tehuantepec zurück in den Norden fuhr. (Sie wiesen mir telegrafisch 700 Dollar an.) Ich machte an diesem Abend in Grants in New Mexico Zwischenaufenthalt, sah mir bei Flutlicht ein Baseballspiel zweier Jugendmannschaften an und trank, allein auf der Tribüne sitzend, eine Flasche kalte Ente, um auf mich und mein Glück einen Toast auszubringen. Fast am Tag darauf machte ein Filmproduzent ein gutes Angebot für das Buch, und bis ich dann nach New York kam – nach Meinung meines Lektors die richtige Umgebung für mich –, war ich reich, zumindest für die damalige Zeit. Es war 1968.

Ich mietete mir auf der Stelle eine Wohnung direkt an der Bahnlinie in der Perry Street in Greenwich Village und versuchte, eine Art Schriftstellerleben aufzuziehen, ein Leben, das mir eigentlich gefiel. Mein Buch kam im Frühjahr heraus; ich hatte Lesungen an einigen kleineren Colleges in der Gegend, machte Rundfunkinterviews, ging mit vielen Mädchen aus, legte mir eine literarische Agentin zu, von der ich heute noch Weihnachtskarten bekomme. Mein Bild erschien in *Newsweek*, ich kam fast jeden Abend nach ausgedehnten Sauftouren mit meinen neuen Freunden spät ins Bett, schrieb sehr wenig (obschon ich viel Zeit an meinem Schreibtisch verbrachte), lernte X bei der Signierstunde in der Spring Street kennen und nahm von meinem Verleger einen Vorschuß für einen neuen Roman, für den ich vorgab, bereits eine Idee zu haben; in Wirklichkeit hatte ich daran nicht das geringste Interesse und wußte auch gar nicht, worüber ich schreiben sollte.

Vom Herbst 1969 an verbrachten X und ich eine Menge Zeit zusammen. Ich fuhr zum erstenmal zum Huron Mountain Club und zu den geruhsamen Golfklubs, in denen ihr Vater Mitglied war. Ich stellte fest, daß sie keineswegs linkisch oder zu ernst war, sondern in Wirklichkeit ein wunderbares, ungewöhnliches, herausforderndes Mädchen (sie arbeitete immer noch als Mannequin und verdiente eine Menge Geld). Wir heirateten im Februar 1970, und ich übernahm nun Aufträge für Zeitschriften, um mich von den Qualen abzulenken, die mir das Schreiben meines Romans bereitete, der *‹Tanger›* heißen sollte und in Tanger spielte – wo ich nie gewesen war, das ich mir aber wie Mexiko vorstellte. *‹Tanger›* begann so: «Der Herbst kam in diesem Jahr später zum Rifatlas, und Carson hatte peinliche Probleme damit, in der Öffentlichkeit nüchtern zu bleiben.» Es ging um einen Angehörigen der Marines, der im Krieg desertiert war und nun auf der Suche nach seinem Geschichtsverständnis am Rand der Kontinente umherwanderte; erzählt wurde in der Ich-Perspektive und ebenfalls weitgehend in Rückblenden. Er liegt bis heute in meiner Schublade in einem Schrank, unter einem Haufen alter Lebensversicherungspolicen und Kataloge.

Im Frühjahr war mein Buch immer noch in einigen Buchhandlungen vorrätig, weil ein New Yorker Kritiker geschrieben hatte: «Mr. Bascombe ist ein Autor, der sich eines Tages als interessant herausstellen könnte.» Der Filmproduzent kam zu dem Schluß, er könne in meinen Stories «einen Film sehen», und zahlte mir den Rest des Geldes, das er mir schuldete (obwohl nie ein Film zustande kam). Ich arbeitete nun noch härter an *‹Tanger›*, dem Roman, den alle – auch ich selbst – von mir erwarteten. Ralph kündigte sich an. X und ich erlebten eine schöne Zeit: Wir besuchten Baseballspiele im Yankee-Stadion, fuhren nach Montauk, gingen ins Kino und ins Theater. Und plötzlich war es dann eines Morgens so weit, daß ich aufwachte und aus dem Fenster blickte, von dem aus ein schmaler Streifen des Hudson zu sehen war, und begriff, daß ich sofort aus New York raus mußte.

Wenn ich heute darüber nachdenke, weiß ich eigentlich nicht, warum wir nicht einfach in eine größere Wohnung gezogen sind. Wenn einer X fragte, würde sie ihm sagen, es sei nicht ihre Idee gewesen. Aber in mir war einfach etwas, was sich plötzlich danach sehnte. Ich glaubte damals, es komme allein darauf an, die Dinge überzeugt und selbstsicher anzupacken. Und an diesem Morgen wachte ich mit dem Gefühl auf, mein Paß für New York sei ungültig geworden, und ich sei, was den Lauf der Welt angeht, an Weisheit von niemandem zu übertreffen; ich hatte das Gefühl, daß wir *pronto* aus der Stadt raus mußten, damit mein Werk an einem anderen Ort gedeihen konnte, wo ich niemanden kannte und wo mich niemand kannte und wo ich meine wichtige Anonymität als Schriftsteller vervollkommnen konnte.

Damit konfrontiert, sprach X sich für Lime Rock in Connecticut aus, am Oberlauf des Housatonic, wo uns mancher Ausflug hingeführt hatte. Aber meine Angst vor dieser wankelmütigen Judas-Gegend hätte nicht größer sein können. Ihre unbedeutenden Berge und traurigen, von Shetland-Pullis und Volvo-Kombis geprägten Enklaven zeugten für mich nur von Verzweiflung und Falschheit, Sarkasmus und arroganter Ungezwungenheit – nicht der richtige Ort für einen richtigen Schriftsteller; nur für zweitrangige Lektoren und Agenten von Lehrbüchern, so wie ich das sah.

Mangels einer besseren Idee stimmte ich für New Jersey: eine schlichte, wenig anziehende und nichts von dir erwartende Landschaft, dachte ich, und das war richtig. Und für Haddam mit seiner hügeligen und schattigen Seminar-Gefälligkeit (ich hatte eine Anzeige in der *Times* gesehen, wo es wie ein unentdecktes Woodstock in Vermont dargestellt war), wo ich mein Filmgeld in ein anständiges Haus investieren konnte (ich täuschte mich nicht), wo es eine buntgemischte Bevölkerung gab (es gab sie) und wo man sich voller Hoffnung an einen Schreibtisch setzen und ernsthaft arbeiten konnte (in dem Punkt irrte ich mich, das konnte ich aber vorher nicht wissen).

X fand es nicht der Mühe wert, sich wegen Connecticut stark zu machen, und so kauften wir im Herbst 1970 das Haus, in dem ich heute allein lebe. X hatte ihre Stelle aufgegeben, um sich auf Ralph vorzubereiten. Ich zog mit neuer Begeisterung in ein «Büro» im zweiten Obergeschoß – in den Teil, den ich jetzt an Mr. Bosobolo vermietet habe – und versuchte, ein paar seriösere Schreibgewohnheiten und eine gute Einstellung zu meinem Roman zu finden, den ich den Sommer über sich selbst überlassen hatte. Innerhalb von Monaten lernten wir eine Gruppe jüngerer Leute kennen (darunter Schriftsteller und Lektoren), besuchten Cocktailparties reihum, gingen am nahe gelegenen Delaware River spazieren, nahmen an literarischen Ereignissen in Gotham teil, sahen Theateraufführungen in Bucks County, machten Ausfahrten aufs Land, blieben abends zu Hause, um zu lesen, galten als ein etwas außergewöhnliches Paar (ich war gerade fünfundzwanzig) und waren im allgemeinen mit unserem Leben und den Entscheidungen, die wir getroffen hatten, recht zufrieden. Ich hielt in der Bibliothek und vor den Rotariern in einem Nachbarort einen Vortrag mit dem Titel ‹*Der Werdegang eines Schriftstellers*›; für ein örtliches Magazin schrieb ich einen Artikel, überschrieben ‹*Warum ich lebe, wo ich lebe*›, und schilderte darin die Notwendigkeit, zum Arbeiten einen Ort zu finden, der in fast jeder Hinsicht «neutral» ist. Für den Produzenten, der mein Buch gekauft hatte, arbeitete ich an einem Originaldrehbuch und schrieb mehrere große Zeitschriftenartikel – einen über einen berühmten Mittelfeldler aus den alten Baseballzeiten, der später zum Ölbaron wurde und wegen betrügerischer Geldgeschäfte einige Zeit im Gefängnis saß, mehrere Ehefrauen hatte, als bedingt Haftentlassener jedoch in sein trockenes Westtexas zurückkehrte und in seinem Heimatort Pumpville ein therapeutisches Schwimmbad für hirngeschädigte Kinder baute und sogar Patienten aus Mexiko zur Behandlung heranholte. Ein Jahr ging irgendwie vorbei. Dann hörte ich einfach auf zu schreiben.

Es war mir zunächst gar nicht bewußt, daß ich aufgehört hatte. Eine ganze Zeit lang war ich jeden Morgen um acht in mein Büro gegangen, war zum Mittagessen heruntergekommen und hatte mich dann im Haus herumgedrückt, um in Büchern über Marokko Recherchen anzustellen, «ein paar Strukturprobleme herauszuarbeiten», Diagramme und Handlungsabläufe und Charakterentwicklungen zu skizzieren. Tatsächlich war ich jedoch ausgelaugt. Manchmal ging ich nach oben, setzte mich an meinen Schreibtisch und hatte keine Ahnung, was ich da sollte oder worüber ich eigentlich hatte schreiben wollen – ich hatte einfach alles vergessen. In Gedanken war ich beim Segeln auf dem Lake Superior (in Wirklichkeit hatte ich das noch nie getan), und danach ging ich wieder hinunter, um ein Nickerchen zu machen. Und als ob es noch eines Beweises für mein Ausgelaugtsein bedurft hätte, war ich sofort dabei, als im Namen der Zeitschrift, für die ich heute arbeite, der Chef vom Dienst anrief und mich fragte, ob es mich interessieren könnte, hauptberuflich als Sportreporter zu arbeiten. Seine Zeitschrift, sagte er, habe einen Riecher für eine gute Schreibe von der Art, wie er sie in meinem Artikel über den texanischen Millionär-Betrüger-Samariter gelesen habe. Er sagte, er habe in meinem Text etwas Komplexes und dennoch Abgebrühtes gespürt, vor allem in der Art, wie ich mich bemüht hätte, aus dem alten Mittelfeldler weder einen Schurken noch einen strahlenden Helden zu machen, und er habe den Verdacht, daß ich für diese Art von Arbeit möglicherweise genau das richtige Temperament und den Blick fürs Detail hätte, er halte es aber für ebensogut möglich, daß ich den ganzen Anruf für einen Witz nähme. Gleich am nächsten Morgen fuhr ich mit der Bahn rauf und unterhielt mich lange mit dem Mann, der mich angerufen hatte, einem fetten, blauäugigen Chicagoer namens Art Fox, und seinen jungen Assistenten; wir saßen in den mit Eichenstühlen ausgestatteten alten Büroräumen, Ecke Madison Avenue und 45. Straße, in denen das Magazin damals hauste. Art Fox sagte, wenn man ein Mann in diesem Land sei, wisse man wahrscheinlich schon genug, um ein guter Sportreporter zu sein. Wichtiger als alles andere, meinte er, sei die Bereitschaft, etwas sehr Ähnliches immer und immer wieder zu beobachten, und dann die Fähigkeit, in zwei Tagen darüber schreiben zu können; dazu komme das richtige Verständnis für die Tatsache, daß man immer über Menschen schreibe, die das tun wollten, was sie tun, sonst würden sie's nicht tun; darin liege die einzige Eindringlichkeit, die der Sportjournalismus aufbieten könne, aber auch der Schlüssel zur Überwindung der dem Sport selbst innewohnenden Belanglosigkeit. Nach dem Essen ging er mit mir hinaus in den großen Raum voller altmodischer Trennwände zwischen den Arbeitsplätzen, die noch mit Schreibmaschinen und hölzernen Schreibtischen ausgestattet waren, und machte mich mit allen bekannt. Ich schüttelte jedem die Hand und hörte mir geduldig an, was sie zu sagen hatten (niemand erwähnte meine Short Stories), und um drei

Uhr fuhr ich in Hochstimmung nach Hause. An diesem Abend ging ich mit X zu einem teuren Essen mit Champagner in den *Goldenen Fasan*, schleppte sie mit zu einem romantischen Mondscheinspaziergang den Treidelpfad hinauf, in eine Richtung, die wir noch nie gegangen waren, erzählte ihr von den Dingen, die mir durch den Kopf gingen, von allem, was wir uns meiner Meinung nach von einer solchen Verpflichtung praktisch erhoffen konnten (ich erhoffte mir eine Menge), und sie sagte schlicht, für sie höre sich das alles sehr gut an. Es war, wenn ich zurückblicke, tatsächlich einer der glücklichsten Augenblicke meines Lebens.

Der Rest, wie es so schön heißt, ist Geschichte, bis einige Jahre später mein Sohn Ralph am Reye-Syndrom erkrankte und starb und ich mich in meine Träume stürzte, die sein Tod ausgelöst haben mag oder zumindest nicht verhindert hat, und mein Leben mit X ging in die Brüche, nachdem wir eines Abends *The Thirty-Nine Steps* gesehen hatten, was sie dazu veranlaßte, ihre Aussteuertruhe durch den Schornstein zu jagen.

Aber ich bin mir, wie ich oben schon sagen wollte, nicht sicher, ob das alles irgend etwas beweist. Wir alle haben unsere Vergangenheit. Einige von uns haben Karriere gemacht, andere stehen mies da. Irgend etwas hat uns da hingebracht, wo wir stehen, und niemandes Vergangenheit hätte einen anderen Tom, Dick oder Harry an seine Stelle bringen können. Und für mich begrenzt diese Tatsache letztlich den Nutzen dieser Geschichten. In dem Maße, in dem Geschichte unvollständig begriffen oder gar nicht aufgedeckt oder nur schlicht erfunden wird, stimmt es wohl, daß sie Rätsel schaffen kann. Und ich habe immer großes Interesse an den Rätseln des Lebens, von denen es nie zu viele gibt und die gewiß etwas ganz anderes sind als die eben erwähnten Träume. Diese Verträumtheit ist unter anderem ein Zustand, in dem die Erkenntnisfähigkeit vorübergehend aufgehoben ist, eine Reaktion auf zuviel nutzlose und komplizierte Tatsächlichkeit. Ihre Symptome können ein langfristiges Interesse am Wetter sein oder ein anhaltendes

Gefühl des Schwebens oder ein Kampf der starren Blicke, von denen du manchmal gar nichts wissen kannst, es sei denn später im Rückblick, wenn die Zeit die Dinge vielleicht verschwimmen läßt. Solange du jung bist und das Träumen erträgst, ist es nicht so schlimm, und in mancher Hinsicht ist es normal und sogar angenehm.

Aber wenn du in mein Alter kommst, ist die Verträumtheit *nicht* so angenehm, jedenfalls als ständige Gewohnheit, und du solltest sie vermeiden, falls du das Glück hast, von ihrer Existenz zu wissen, und nicht alle haben dieses Glück. Eine Zeitlang – das war nach Ralphs Tod – hatte ich selbst keine Ahnung davon, ja, ich glaubte, ich sei einer großen Sache auf der Spur – ich würde ein neues Leben beginnen, die Anker lichten, Frauen, Reisen, ein anderer Trommler würde das Marschtempo bestimmen. Aber ich täuschte mich.

Bleibt eine Frage, die in der Tat interessant sein könnte.

Warum hörte ich auf zu schreiben? Wenn wir für den Augenblick außer acht lassen, daß ich damit aufhörte, um Sportreporter zu werden, was dem Dasein eines Kaufmanns oder eines altmodischen Handelsvertreters mit einem Sortiment neuartiger Haushaltsartikel näherkommt als dem eines echten Schriftstellers, da in so vielerlei Hinsicht Worte einfach unsere Währung sind, unser Tauschmittel im Umgang mit unseren Lesern, und da ein sehr geringer Teil dieser Tätigkeit jemals echt schöpferisch ist – selbst wenn du nicht viel mehr bist als ein Nullachtfünfzehn-Reporter, was ich nicht bin. Echtes Schreiben ist schließlich viel komplizierter und rätselhafter als alles, was gewöhnlich mit Sport zu tun hat, womit aber nichts gegen die Arbeit des Sportreporters gesagt sein soll, die mir lieber ist als jede andere.

Lag es einfach daran, daß mir die Einfälle nicht mühelos genug kamen? Oder daß ich meine persönlichen Erkenntnisse nicht in das dunkle Gewebe komplexer Literatur umsetzen konnte? Oder daß ich nichts mehr hatte, über das ich schreiben konnte, keine Überraschungen mehr in petto, nicht mehr den Mumm für ein umfangreicheres Werk?

Und meine Antwort lautet: Es gibt diese Gründe und mindestens zwanzig andere noch bessere. (In manchen Menschen steckt nur ein einziges Buch. Es gibt Schlimmeres.)

Fest steht, daß ich mit fünfundzwanzig Jahren irgendwie meinen Vorausblick verloren hatte, die reizvolle und zugleich quälende Fähigkeit, jederzeit zu wissen, was als nächstes kommt – ein Muß für jeden richtigen Schriftsteller. Und was ich als nächstes schreiben würde – als nächsten Satz, am nächsten Tag –, interessierte mich nicht mehr als das Gewicht eines Steins auf dem Mars. Und ich glaubte auch nicht, daß das Schreiben eines Romans mein Interesse wieder wecken könnte.

Aber es störte mich schon gewaltig, daß ich meinen Vorausblick verloren hatte. Und dieses teuer aufgemachte Sportmagazin versprach mir, daß es immer etwas geben würde, dem ich erwartungsvoll entgegensehen könnte, alle vierzehn Tage. Dafür würden sie sorgen. Und es würde nie etwas sein, das schwierig in Worte zu fassen war (mein erstes «Revier» war der Schwimmsport, und einige der älteren Reporter gaben mir einen recht wirkungsvollen Schnellkurs, wie sie das immer tun). Ich hatte im Sport keine besonderen Kenntnisse zu bieten, aber das wurde auch nicht verlangt. Ich fühlte mich so wohl wie ein altes Handtuch in einem Umkleideraum, hatte jede Menge Meinungen und hatte Sportler sowieso schon immer bewundert. Die fröhlich-männliche Gegenwart nackter Weißer und Neger hat mir schon immer das Gefühl vermittelt, am richtigen Ort zu sein, und ich war nie fehl am Platz, wenn ich ein paar leicht zu beantwortende Fragen stellte und etwas weniger aufdringlich war als all die anderen.

Zudem würde ich dafür bezahlt werden. Gut bezahlt – und ich würde viel unterwegs sein. Über fachmännisch geschriebenen Artikeln, die viele Leute lesen und möglicherweise genießen würden, stünde regelmäßig «Frank Bascombe». Gelegentlich würde ich in Fernsehsendungen als Gast mitwirken (eine Konferenzschaltung in mein eigenes Wohnzimmer) und Fragen von Fans in St. Louis oder Omaha beantworten, wo ich mit einem meiner Artikel in ein Wespennest gestochen hatte. «Mein Name ist Eddie, und ich rufe aus Laclede an. Können Sie mir sagen, Mr. Bascombe, was heutzutage eigentlich mit dem Wettkampfsport an den Unis los ist? Also, ich finde, Mr. Bascombe, das stinkt zum Himmel, find ich.» – «Ich muß sagen, Eddie, das ist eine sehr gute Frage...» Und zu alldem konnte ich damit rechnen, gelegentlich mit gutmütigen Männern zusammenzukommen, die, zumindest oberflächlich gesehen, meine Meinungen teilten – etwas, was bei einem richtigen Schriftsteller nur selten vorkommt.

Ich faßte den Entschluß, über alles zu schreiben und es gut zu machen, was von mir verlangt wurde – Bodybuilding für Paare, Fallschirmspringen, Rennrodeln, Nebraska-Football mit acht Mann – mir wären für jeden Auftrag drei verschiedene Reportagen eingefallen. Mitten in der Nacht hatte ich manchmal Einfälle, sprang aus dem Bett, eilte praktisch im Laufschritt hinunter ins Arbeitszimmer und schrieb sie auf. Mein bisheriges Rohmaterial – Grübeleien, bruchstückhafte Erinnerungen, Impulse, die ich ansonsten in eine Short Story hatte zwingen müssen – kam mir nun plötzlich wie das Leben vor, das ich bereits bestens verstand und über das ich schreiben konnte: Es ging um den Kampf gegen das Älterwerden, um die Entdeckung realistischer Vorstellungen von der Zukunft.

Es muß Tausenden von Menschen widerfahren, daß eine späte Berufung übergangen wird und daß danach nur noch halbe Sachen zustande kommen – ein totgeborenes Glücksgefühl. Doch bei mir war es genau umgekehrt. Ohne überhaupt zu wissen, daß es eine natürliche Berufung für mich gab, war ich auf diese für mich perfekte Betätigung gestoßen: auf der leeren Tribüne eines Baseballstadions in Florida zu sitzen und die Geräusche von Handschuhleder und Stimmengeplauder zu hören; mit Trainern und Betreuern in den böigen Herbstwinden Wyomings zu reden; bei einem Trainingslager in einer mittelgroßen Stadt im ländlichen Illinois im Gras zu stehen und einen Football nach dem anderen durch die Luft segeln zu sehen; die einschlägigen Statistiken zu büffeln, dann nach

Hause oder zurück ins Büro zu gehen, mich an meinen Schreibtisch zu setzen und darüber zu schreiben.

Kann es, dachte ich und denke ich immer noch, etwas Besseres überhaupt geben? Wie ließe sich die lebenslange schmerzende Sehnsucht nach einem Blick in die Zukunft leichter lindern als mit dem Schreiben von Sportreportagen – eine Sehnsucht, ohne die nur Zenmeister und Koma-Opfer glücklich leben können?

Ich habe mich über genau dieses Thema mit Bert Brisker unterhalten, der auch einmal als Reporter für das Magazin gearbeitet hat, inzwischen aber für eine der schicken Wochenzeitungen Buchbesprechungen schreibt, und er hat eine Reihe von bemerkenswert ähnlichen Erfahrungen gemacht. Bert ist ein Bär von einem Mann, groß und kräftig, aber sanft wie ein Lämmchen, seit er nicht mehr trinkt. Unter den noch am Ort wohnenden Bekannten aus den alten Tagen der Cocktail- und Dinnerparties steht er mir am nächsten, und wir versuchen dauernd, uns wieder einmal bei ihm zu Hause zum Essen zu treffen, obwohl Bert an dem einen Abend, den ich dort war, schon bald so nervös wurde wie eine alte Wachtel (das war ungefähr zu dem Zeitpunkt, als klarwurde, daß wir uns nichts zu sagen hatten) und schließlich mehrere Wodkas kippte und mir androhte, er werde mich durch die Wand schleudern. Folglich sehen wir uns nur noch in der Bahn nach Gotham, und das einmal die Woche. Es ist, glaube ich, die Essenz einer modernen Freundschaft.

Bert war früher einmal ein Dichter und hat zwei, drei zierliche, schmale Bändchen veröffentlicht, die ich gelegentlich in den Regalen moderner Antiquariate sehe. Jahrelang hatte er den Ruf, ein Wilder zu sein, der sich bei öffentlichen Lesungen betrank, sein Publikum aus Nonnen und kulturbeflissenen Damen zum Teufel wünschte, oft von der Bühne kippte und in einen tiefen, tranceähnlichen Schlaf sank, Schlägereien in den Häusern von Professoren anfing, die ihn dorthin eingeladen hatten und ihn für einen Künstler hielten. Am Ende landete er natürlich in einer Rehabilitationsklinik in Minnesota und später dann in einem kleinen College in New Hampshire – das viel Ähnlichkeit mit dem College hatte, an dem ich unterrichtete –, wo er ein Lyrikprogramm aufzog, ehe er schließlich gefeuert wurde, weil er mit fast allen seinen Studentinnen ins Bett ging und einige sogar veranlaßte, bei ihm und seiner Frau im Haus zu wohnen. Es ist keine ungewöhnliche Geschichte, obwohl das alles schon Jahre zurückliegt. Er wurde Sportreporter wie ich und lebt heute mit seiner zweiten Frau Penny und ihren beiden Töchtern auf einer Farm in den Hügeln bei Haddam, wo er neben seiner Arbeit als Buchkritiker Schäferhunde züchtet. Damals als Sportreporter hatte sich Bert auf Eishockey spezialisiert, und zu seinem Lob will ich sagen, daß er sehr gut darin war, ein von Kanadiern betriebenes, uninteressantes Spiel manchmal mehr als uninteressant erscheinen zu lassen. Viele unserer Autoren sind ehemalige College-Lehrer oder einstmals aufstrebende Schriftsteller, die es einfach nicht mehr ertragen konnten, oder robuster veranlagte Absolventen vornehmer Hochschulen, die keine Lust hatten, Börsenmakler oder Scheidungsanwälte zu werden. Die Zeit des alten, hartgesottenen Reporters, der in Des Moines beim *Register* oder in Fargo beim *Dakotan* angefangen hat – Leute wie Al Buck und Granny Rice –, ist längst vorbei, auch wenn das vor zwölf Jahren, als ich anfing, noch nicht ganz so stimmte.

Bert und ich haben auf unseren Bahnfahrten durch die Landschaft New Jerseys über dieses Thema gesprochen – warum er als Schriftsteller aufgehört hat, warum ich aufgehört habe. Und wir haben bis zu einem gewissen Grad darin übereingestimmt, daß wir in unserem Bemühen um Ernsthaftigkeit beide immer schwermütiger geworden sind und daß wir die absolute Notwendigkeit des Hell-Dunkel-Spiels in der Literatur nicht verstanden haben. Ich fand meine Stories damals gut (selbst heute noch glaube ich, sie könnten mir gefallen). Sie schienen ein Gefühl für das menschliche Dilemma zu haben, und sie schienen die Welt wirklich unsentimental und mit alten Augen zu sehen. Es stimmte aber auch, daß sie so manche

Schilderung des Wetters und des Mondes enthielten und daß die meisten von ihnen in abgelegenen Jagdrevieren an kanadischen Seen oder in den neu entstandenen Vororten oder in Arizona oder Vermont spielten, Orte, an denen ich nie gewesen war, und viele endeten damit, daß Männer an Internaten irgendwo in Neuengland aus verschneiten Fenstern starrten oder daß jemand eine dunkle, unbefestigte Straße entlangraste oder mit dem Kopf gegen die Wand rannte oder einem anderen sagte, er könne seine Frau nie *rückhaltlos* lieben – so daß oft eine schwer zu verkraftende Leere zurückblieb. In den Stories schien auch die Stille eine entscheidende Rolle zu spielen. Offenbar klebte ich, so kam es mir jedenfalls später vor, an schlimmen Stereotypen. Alle meine Männer waren zu ernst, zu grüblerisch und humorlos, Typen im Kampf mit unwägbaren Dilemmas und viel weniger interessant als meine Frauenfiguren, die zwar immer von untergeordneter Bedeutung waren, dafür aber ungezwungen und scharfsinnig.

Das Bemühen um Ernsthaftigkeit führte bei Bert dazu, daß er schließlich nur noch Gedichte über Steine und zerstörte Vogelnester schrieb, über leere Häuser, wo imaginäre Brüder, in denen er sich selbst sah, schauerlichen Ritualmorden zum Opfer gefallen waren, bis er am Ende keine einzige Zeile mehr schreiben konnte und dafür nun soff wie ein Verrückter, mit seinen Studentinnen ins Bett ging und sie von der Wichtigkeit der Poesie dadurch zu überzeugen versuchte, daß er sich in ihrem Namen auf ihnen austobte. Er bezeichnete das mir gegenüber als Unfähigkeit, «intellektuell geschmeidig» zu bleiben.

Doch wir saßen beide fest wie zwei Kinder, die am Ende ihrer Weisheit sind und das auch wissen. In den *meisten* Fällen wußte ich tatsächlich nicht, was andere empfanden – und ich wußte auch nicht, was ich sonst tun oder wie ich es herausfinden konnte. Und selbstverständlich ist genau das der Punkt, von dem sich die großen Schriftsteller – ein Tolstoi und eine George Eliot – zu ihrer wahren Größe emporschwingen. Aber da ich mich nicht zu wahrer Größe emporschwang – und Bert auch nicht –, muß ich annehmen, daß genau da unsere Vorstellungskraft ganz offenkundig versagte. Wir büßten unsere Autorität ein, um es deutlich auszudrücken.

Als ich anfing, *‹Tanger›* zu schreiben, in dem ich einige autobiographische, in einer Militärakademie spielende Abschnitte unterzubringen hoffte, wurde ich immer ernster und prätentiöser – durch meine literarische Stimme, meine Sätze und ihre Konstruktion (sie wurden wie schwere, metallene Stickereien, die niemand, einschließlich meiner selbst, würde lesen wollen) und meine Themen, die immer düsterer wurden. Meine Charaktere verkörperten im allgemeinen die Einstellung, daß das Leben immer eine verdammt unangenehme und wahrscheinlich verwirrende Angelegenheit sein wird, aber irgend jemand muß nun mal weitermachen und sich durchbeißen. Das kann natürlich irgendwann zu einem schrecklichen Zynismus führen, denn ich wußte, daß das Leben keineswegs so war – es war sehr viel interessanter –, nur konnte ich nicht entsprechend darüber schreiben. Und bevor ich soweit war, verlor ich den Mut dazu, solche Dinge aneinanderzureihen, ließ mich verwirren und hörte auf. Bert versichert mir, daß seine Zeilen die gleiche bedrückte, damastene Eigenart annahmen. «Beim täglichen Aufwachen / am Ende / einer langen Höhle / wird mir Erde / in die Nasenlöcher gestopft / ich beiße durch / Erde und Wurzeln / und Knochen und / träume von einer getrennten Existenz», waren solche Zeilen, die er mir eines Tages in der Bahn aus dem Gedächtnis zitierte. Kurz, nachdem diese Zeilen entstanden waren, gab er das Schreiben auf und vertrieb sich die Zeit lieber damit, seinen Studentinnen nachzustellen.

Es ist kein Zufall, daß ich just in dem Augenblick heiratete, als meine literarische Laufbahn und meine Begabung zum Schreiben schwerer Ernsthaftigkeit erlagen. Ich sehnte mich, könnte man sagen, nach dem Spiel von Hell und Dunkel, und in der Hinsicht sind Ehe und Privatleben nicht zu übertreffen. Ich sah die gleiche lange und leere Horizontlinie, die X heute sieht, wie sie sagt, jenen Tisch, an dem nur für einen gedeckt ist, und ich mußte der Literatur den Rücken kehren und mich wieder dem Leben zuwenden, wo ich weiterkommen konnte. Es ist kein Verlust für die Menschheit, wenn ein einzelner Schriftsteller beschließt, mit dem Schreiben Schluß zu machen. Wen außer die Affen kümmert's, wenn im Wald ein Baum umstürzt?

DREI

Um Viertel vor zehn bin ich soweit, mich dem Tag zu stellen. Ich sitze in meinem Malibu und fahre auf der Hoving Road zur Great Woods Road und zu den Wohnanlagen Pheasant Run & Meadows, wo Vicki wohnt – in Wirklichkeit Highstown näher als dem eigentlichen Haddam.

Ein paar Worte sollte ich wohl über Haddam verlieren, wo ich seit vierzehn Jahren lebe und ewig leben könnte.

Es ist keine Stadt, die einem Rätsel aufgibt. Man stelle sich ein Städtchen in Connecticut vor, sagen wir Redding Ridge oder Easton oder einen der schöneren Vororte voller Natursteinmauern etwas abseits vom Merritt Parkway – Haddam gleicht ihnen mehr als einem typischen Ort in New Jersey.

Von einem aus Long Island kommenden Wollhändler namens Wallace Haddam 1795 gegründet, liegt die Stadt mit ihren zwölftausend Einwohnern in der waldreichen, sanften Hügellandschaft im Zentrum New Jerseys, östlich des Delaware River, direkt an der Bahnlinie, auf halbem Weg zwischen New York und Philadelphia, so daß schwer zu sagen ist, wem wir uns als Vorort zugehörig fühlen – Pendler fahren in beide Richtungen. Als Folge davon herrscht hier allerdings das Gefühl, daß man in einer Kleinstadt lebt, fernab von der großen Welt – ein Gefühl, das nicht weniger ausgeprägt ist als beispielsweise in New Hampshire, das jedoch das Beste einschließt, was New Jersey zu bieten hat: die Gewißheit, daß Geheimnisse nie herbeigesehnt werden, daß aber bedeutsamen Geheimnissen auch nicht ausgewichen wird. Das ist der

Grund, weshalb sich eine Stadt wie New Orleans selbst zu Fall bringt. Sie sehnt sich nach einer Rätselhaftigkeit, die sie nicht hat und auch nie haben wird und möglicherweise nie gehabt hat. New Orleans sollte auf meinen Rat hören und Haddam nacheifern, wo es für einen Realisten überhaupt nicht schwer ist, über die Welt nachzudenken.

Es ist keine kirchlich ausgerichtete Stadt, obwohl es wegen des winzigen Theologischen Seminars am Ort (ein Vermächtnis von Wallace Haddam) genügend davon gibt. Sie haben eine eigene schottisch-reformierte Backstein- und Kupferkirche mit einem Chor und einer Orgel, die dreimal in der Woche die Fenster klirren läßt. Das Städtchen ist aber ganz in dieser Welt angesiedelt.

Es gibt in der Stadtmitte so etwas wie einen kleinen Marktplatz, nach Norden offen und von weißgestrichenen Häusern im Kolonialstil eingerahmt; aber es gibt keine eigentliche Hauptstraße. Von denen, die hier leben, arbeiten die meisten anderswo, oft in einer der privatwirtschaftlichen Denkfabriken draußen auf dem Land. Die anderen sind Seminaristen oder reiche Ruheständler oder Mitglieder des Lehrkörpers der De Tocqueville Academy draußen auf der Landstraße 160. Es gibt ein paar teure Läden, deren Schaufenster durch Mittelpfosten geteilt sind – Geschäfte für Herrenbekleidung und exklusive Boutiquen für Damenunterwäsche sind im Kommen. Buchhandlungen haben keine Chance. Geschiedene Frauen, energisch und zuweilen schlecht gelaunt (darunter Ex-Ehefrauen von Seminaristen), besitzen die meisten der Läden, und durch sie hat die Stadtmitte ein geziertes, kunstgewerbliches Aussehen bekommen, das mich an die Illustrationen in Katalogen erinnert (für mich ein sympathischer Anblick). Es ist jedenfalls keine Stadt, die sehr geschäftig wirkt.

Das Postamt steht hoch im Kurs, denn wir sind eine Stadt von Postbenutzern und Versandhauskunden. Es ist jederzeit möglich, ohne Voranmeldung die Haare geschnitten zu bekommen, oder wenn man abends allein ausgeht – nach meiner Scheidung habe ich das oft getan –, hat man keine Mühe, sich oben in der *August Inn* einen Drink spendieren zu lassen, denn dort sieht sich bestimmt ein alter Hase in buntkarierten Hosen das Baseballspiel an und hört lieber ein paar freundliche Bemerkungen über Ike, als zu seiner Frau nach Hause zu gehen. Manchmal kannst du sogar mit einigen Cocktails und einem heißen Plausch die Sekretärin eines trägen Versicherungsmaklers überreden, mit dir den Delaware rauf zu einem Rasthaus zu fahren und dort den warmen Frühlingsabend zu genießen. Solche Nächte gestalten sich oft gar nicht übel, und in den ersten paar Monaten habe ich das mehrere Male und ohne Reue praktiziert.

Es gibt eine kleine Zahl wohlhabender Neuengland-Emigranten, größtenteils Pendler, die unten in Philadelphia arbeiten und am Kap oder am Lake Winnepesaukee einen Sommersitz haben. Daneben haben wir eine kleine Gruppe aus dem Süden – die meisten aus Carolina und irgendwie zum Seminar gehörig – mit eigenen Winterwohnungen auf Beaufort Island und Monteagle. Ich habe nie genau in eine dieser beiden Gruppen gepaßt (nicht einmal, als X und ich hier ankamen); ich gehöre vielmehr zu der anderen, größten Gruppe, zu den Leuten also, die zufrieden das ganze Jahr dort wohnen und so tun, als hätten sie etwas Fundamentales entdeckt, das, glaube ich, nichts mit Geld zu tun hat, sondern mit einem bestimmten Bewußtsein: auf eine ordentliche Art und Weise an einem Ort zu leben, ist etwas, wofür wir alle lange in die Schule gegangen sind, und nun, da wir erwachsen sind und die Zeit da ist, halten wir durch.

Republikaner haben im Ort das Sagen, was nicht so schlimm ist, wie es sich vielleicht anhört. Es sind entweder große, weißhaarige alte Herren mit einer Yale-Vergangenheit, mit kantigen Gesichtszügen, feuchten blauen Augen und einer pikanten OSS-Vergangenheit; oder aber es sind eingefleischte Handelskammerleute im Ruhestand, kleine Männer, die in der Stadt aufgewachsen sind und dort ihren eigenen Freundeskreis haben, Leute mit klaren Vorstellungen von Grundstückswerten und freiem Unternehmertum. Eine

Handvoll finster dreinschauender Italiener stellen die Polizei – Nachkommen der Einwanderer, die in den zwanziger Jahren zum Bau der Seminarbibliothek ins Land geholt worden waren und die The Presidents erschlossen, wo X heute wohnt. Von beiden, den Republikanern und den Italienern, wird der Grundsatz *«Entscheidend ist, daß jeder weiß, wo er hingehört»* absolut ernst genommen, und alles läuft so ruhig, wie man es sich nur wünschen kann – so daß man sich fragt, warum die beiden das Land nicht besser im Griff haben. (Es ist nur ein Glück, daß ich mit meinen vor 1975 verdienten Dollars hier bin.)

Zum Negativen gehört, daß die Steuern irrsinnig hoch sind. Die Kanalisation könnte die Ausgabe von Obligationen gebrauchen, besonders dort, wo X wohnt. Aber es gibt fast keine Verbrechen gegen Menschen. Es gibt Ärzte zuhauf und eine anständige Klinik. Und auf Grund der Südwinde ist das Klima so mild wie in Baltimore.

Redakteure, Verleger, Mitarbeiter von *Time* und *Newsweek*, CIA-Agenten, Staranwälte, Unternehmensberater, dazu die Generaldirektoren einiger großer Unternehmen, die zu den Meinungsbildnern gehören – sie alle wohnen an diesen gewundenen Straßen oder draußen auf dem Land in großen, abgeschiedenen Häusern und fahren mit der Bahn nach Gotham oder Philadelphia. Sogar die Dienstboten und Angestellten, die meisten davon Neger, führen in ihren sommerlichen, mit Markisen gesprenkelten Seitenstraßen am Wallace Hill hinter dem Krankenhaus, wo sie ihre eigenen Häuser besitzen, allem Anschein nach ein erfülltes Leben.

Alles in allem ist es keine interessante Stadt, in der wir leben. Aber genauso gefällt es uns.

Aus dem Grund bleibt es im Kino nach dem Vorprogramm und der freundlichen Aufforderung, nicht zu rauchen, immer ganz ruhig. Die wöchentlich erscheinende Zeitung besteht vor allem aus Immobilienanzeigen und hat wenig Interesse an großen Nachrichten. Die Seminaristen und Internatsschüler treten kaum in Erscheinung und sind es offenbar zufrieden, hinter ihren eisernen Toren zu bleiben. Die zwei Spirituosengeschäfte, die Gulf-Tankstelle und die Buchhandlungen gewähren jederzeit Kredit. *The Coffee Spot*, zu dem ich manchmal auf Ralphs altem Fahrrad rauffahre, öffnet morgens um fünf mit kostenlosem Kaffee. Die drei Banken lassen keinen Scheck platzen (ein Angestellter ruft vorher an). Schwarze und weiße Jungen – Ralph war einer von ihnen – treiben gemeinsam Sport, lernen abends zusammen für die Aufnahmeprüfung und besuchen die kleine Backsteinschule. Und wenn du im Schatten von Ulmen auf irgendeiner Straße zwischen Häusern, die historischen Vorbildern nachempfunden sind – meinem Tudor schräg gegenüber steht ein großes Second Empire, das einem ehemaligen Richter am Obersten Gericht von New Jersey gehört –, deine Geldbörse verlierst, so wie ich, dann kannst du sicher sein, daß noch vor dem Abendessen jemand anruft und seinen halbwüchsigen Sohn ankündigt, der sie dir wiederbringt, komplett mit all den Kreditkarten, und von Belohnung kein Wort.

Man könnte einwenden, daß eine solche Stadt nicht mit der Art und Weise übereinstimmt, wie es auf der Welt heute zugeht. Daß die wirkliche Welt einen schlimmeren und komplizierteren Rahmen für ein Leben angibt und daß ich mich mit den Rhonda Matuzaks des Lebens dort hinauswagen sollte.

Tatsächlich bin ich in den zwei Jahren seit meiner Scheidung öfter mal bei Dunkelheit, wenn ich noch irgend etwas zu erledigen hatte, durch diese gewundenen, baumreichen Straßen gegangen und habe in ebendiese Häuser geschaut, während aus den Fenstern freundlich-warmes Licht fiel, dunkle Autos sich am Randstein drängten und Gelächter, das Klingen von Gläsern und angeregtes Geplauder die Luft erfüllten, und dachte bei mir: Was sind das doch für gute Zimmer. Was für ein vollkommenes Leben herrscht hier, hörbar – zum Beispiel das Leben des Richters, an das ich gerade denke. Und obwohl ich selbst kein Teil davon war und es auch nicht sehr gern wäre, bewegte mich doch die Vorstellung, wir alle führten ein standhaftes und verantwortliches Leben.

Wer weiß? Vielleicht hat auch der Richter seine dunklen

Stunden auf den Straßen. Vielleicht stand das Leben irgendeines Mannes unten im traurigen Yardville auf des Messers Schneide, und die Lichter in meinem Haus – ich lasse sie gewöhnlich alle brennen – haben dem Richter Trost gespendet und ihn zu dem Gedanken bewegt, daß wir alle eine zweite Chance verdienen. Kann sein, ich sitze im Haus nur über irgendwelchen Baseballstatistiken, lese eine Boxillustrierte oder studiere in der Frühstücksnische eifrig einen Katalog und erhoffe mir nicht mehr als einen guten Traum. Doch genau für solche Zwecke sind Vorortstraßen ideal, und nur so können Nachbarn hier gute Nachbarn sein.

Gewiß ist es heute in einer Welt, in der es so vieles gibt, schwieriger zu beurteilen, was wesentlich ist und was nicht, bis hin zu der Frage des richtigen Wohnsitzes. Das ist auch ein Grund, weshalb ich das Schreiben aufgegeben und einen richtigen Job im verläßlichen Geschäft des Sports angenommen habe. Ich wußte nicht mit Sicherheit, was ich über die große Welt sagen sollte, und ich wollte nicht einfach spekulieren. Und das gilt immer noch. Daß wir die große Welt alle von irgendwoher und in irgendeiner hoffnungsvoll-nützlichen Weise betrachten, ist ungefähr alles, was ich sagen konnte – meine beste, ehrlichste Bemühung. Und das ist für Literatur zuwenig, obwohl mir das kaum etwas ausmachte. Heutzutage bin ich gewillt, zu möglichst vielen Dingen ja zu sagen: ja zu meiner Stadt, meiner Nachbarschaft, meinem Nachbarn und meiner Nachbarin, ja zu seinem Wagen, ja zu ihrem Rasen, zu Hecke und Dachrinne. Laßt die Dinge doch so gut sein, wie sie nur können. Schenk uns allen einen gesunden Schlaf, bis es vorbei ist.

Die Hoving Road ist heute morgen sonnengesprenkelt und frühlingshaft wie der schönste Ligusterweg in England. Auf der anderen Seite der Stadt ruft das Geläut Sankt Leos des Großen energisch zum Gottesdienst, und das erklärt, warum bei keinem der Nachbarn italienische Gärtner den Rasen bearbeiten, unter den Forsythien harken und den Feuerdorn zurückschneiden. Einige Häuser haben eine Dekoration aus sonnigen Osterglocken an der Tür, während andere immer noch an dem alten Brauch der Episkopalkirche festhalten und den Adventskranz bis zum Ostermorgen hängen lassen. In jeder Straße ist eine schöne ökumenische Feiertagsstimmung zu spüren.

Auf dem Marktplatz wimmelt es heute morgen von Menschen, die ihre Ostereinkäufe machen, und um nicht aufgehalten zu werden, nehme ich den «Schleichweg» und fahre auf den kleinen Einbahnstraßen den Wallace Hill hinunter, auf der Rückseite des Krankenhauses mit dem Eingang für die Notaufnahmen und hinter dem Bahnhof vorbei. Und bald bin ich draußen auf der Great Woods Road, die zur Fernstraße 1 und über die Eisenbahnlinie in die liebliche und schmeichelnde Schlichtheit des Küstensockels von New Jersey führt. Es ist genau der Weg, auf dem ich gestern nachmittag nach Brielle gefahren bin. Und war meine Stimmung gestern ein wenig gedrückt – ich hatte ja noch die Pflichten des heutigen Morgens vor mir –, so steigt sie jetzt und hebt mit mir ab.

Nach etwa sechs Meilen wird der Verkehr auf der Landstraße 33 immer dichter, obschon sich immer noch ein Rest des Frühnebels auf der Straße hält, die sich in einem schaukelnden Hin und Her auf Asbury Park zubewegt. Mit einem leichten Regen kommt aus dem Süden ein rauschender Vorhang, legt sich als apfelgrüner Schleier über die vorbeiziehende Landschaft und verwischt dabei die Ränder leerer, in eine andere Jahreszeit gehörender Gemüsestände, kleiner Bauernhöfe, alter Lieferwagen und freudloser Händler am Straßenrand. Aber ich bin mit New Jersey nicht unzufrieden. Ganz und gar nicht. Im Laster ist für mich die Tugend mit enthalten, auch in der Landschaft, und Tugend hat mit Werten zu tun. Ein Amerikaner müßte verrückt sein, eine solche Gegend zu verschmähen, ist es doch die unterhaltsamste und lesenswerteste aller Landschaften, und ihre Sprache ist immer amerikanisch.

«Hier erwartet Sie ein reizvoller Alterssitz»

Es ist immer noch besser, in New Jersey auf den Boden der Wirklichkeit zurückzukehren, als überhaupt nicht zurückzufinden oder, schlimmer noch, in irgendeiner gespenstischen Gegend wie Colorado oder Kalifornien zur Besinnung zu kommen oder weiterhin unschlüssig in der Luft zu hängen und nach dem richtigen Ort zu suchen, den es nie gab und nie geben wird. Hör auf zu suchen. Bleib auf dem Boden, wenn du kannst. Er ist, im wörtlichen Sinn, das einzige, an das du dich halten kannst. Tatsächlich wirkt dieser Staat in seinen reizlosesten Bezirken und Winkeln so bescheiden, wie auch Cape Cod einmal gewirkt haben mag, und sein geschäftiges Neben- und Durcheinander von beschaulichen Vororten und gutnachbarlicher Industrie macht New Jersey zum Inbegriff der Stadt-und-Land-Gesinnung. Illusionen werden hier niemandem zum Widersacher.

Pheasant Run & Meadows ist ein reizvoller Alterssitz. Ich biege ab und fahre die gewundene Zufahrtstraße hinauf, die an einem mächtigen, in einem glänzenden, modernen Stahlblau gehaltenen Wasserturm vorbeiführt und sich dann vor einem breiten, brachliegenden Getreidefeld teilt. Weit voraus – zwei Meilen bestimmt – stehen ausladende grüne Linden gegen einen platinfarbenen Himmel, und hinter ihnen die hohen, Y-förmigen Gittermasten einer Hochspannungsleitung, an deren Drähten zur Warnung von Tieffliegern orange Kugeln hängen.

Pheasant Run zur Linken ist eine nach Themen gegliederte Wohnsiedlung, wo alle Straßen als Sackgassen angelegt sind und «Heckenplatz» oder «Distelweg» heißen, wie auf derben Straßenschildern – schlechten Andrew Wyeth-Nachahmungen – zu lesen ist. Die Außenanlagen sind noch ganz neu, aber schon stehen teure Autos in den Garageneinfahrten. Vicki und ich sind hier einmal wie Touristen herumgefahren, um die mit echten Schindeln gedeckten und mit alten Backsteinen gemauerten Villen zu bewundern, die im Preis über dem lagen, was ich vor vierzehn Jahren für mein dreigeschossiges Haus mitten in der Stadt bezahlt habe. Vickis Vater und Stiefmutter wohnen unten in Barnegat Pines in so einem Haus, und ich habe das Gefühl, am liebsten würde sie zusammen mit einem möglichen späteren Ehemann auf der Stelle dort einziehen.

Pheasant Meadows breitet sich am anderen, tiefer liegenden Ende des Stoppelfeldes aus – ein verschachtelter, unansehnlicher Komplex aus niedrigen Häusern in einem undefinierbaren Braun, mit Blick auf einen künstlich angelegten, flachen und schlammigen Tümpel, eine gelbe Planierraupe und einige andere schon bis zum Rohbau gediehene Wohnungen. Nach den Idealvorstellungen sind die den jüngeren Leuten zugedacht, die sich gerade erst anschicken, die Welt zu erobern – Sekretärinnen, Autoverkäufer, Krankenschwestern, die eines Tages so weit sein werden, die dann zum Wiederverkauf anstehenden kompletten Häuser drüben in Pheasant Run zu erwerben. Aufbrecher nenne ich sie.

Vickis blaugrüner Dart steht vor dem Haus auf der Nummer 31, immer noch mit den weißen Nummernschildern aus Texas und blitzblank. Die letzten Reste des Gewitterregens verziehen sich nach Norden in die Brunswickberge, als ich neben ihr parke, und die Luft ist von einem silbrig-chemischen Geruch erfüllt. Doch bevor ich aussteigen kann, sehe ich zu meiner Überraschung Vicki vorn in ihrem Auto sitzen, von der großen Nackenstütze fast ganz verdeckt. Ich drehe das Fenster auf der Beifahrerseite herunter, und sie sitzt hinter dem Lenkrad und schaut zu mir herüber, die schwarzen Haare zu einer kunstvollen Loretta Lynn-Frisur arrangiert, links und rechts von einem Scheitel straff zum Hinterkopf und zu den Ohren geführt, dann in Korkenzieherlocken gerade auf die Schulter herabhängend.

Gegenüber, in dem neuen Bauabschnitt, sitzen zwei Bauarbeiter und grinsen vom halbfertigen ersten Obergeschoß herunter. Es ist offensichtlich, daß sie sich vor meiner Ankunft über irgend etwas prächtig amüsiert haben.

«Ich dachte mir, du würdest wahrscheinlich nicht kommen», sagt Vicki, zaghaft wie ein Schulmädchen, zum offenen Fenster heraus. «Ich saß da oben nur rum und hab darauf gewartet, daß das Telefon läutet und daß du mir absagst. Deshalb bin ich dann lieber hier runter und hab mir ein paar Kassetten angehört, die ich gern höre, wenn ich traurig bin.» Und mit einem sanften, unsicheren Lächeln fügt sie hinzu: «Du wirst mich doch nicht ausschimpfen, oder?»

«Wenn du jetzt nicht sofort zu mir rüberkommst, dann schon», sage ich.

«Ich hab's ja gewußt», jubelt sie, kurbelt rasch das Fenster hoch, schnappt ihre Tasche und springt im Handumdrehen aus dem Dart und in mein Leben. «Ich hab mir gesagt: Vicki, sag ich, wenn du da rausgehst, kommt er bestimmt, und tatsächlich, es hat geklappt.»

Alle Ängste sind augenblicklich verflogen, zurück bleiben zwei kopfschüttelnde Bauarbeiter. Ich könnte ihnen, denke ich beim Anfahren, mit der Lichthupe zuzwinkern und ihnen nur halb soviel Spaß wünschen, wie ich selbst erwarte. Doch sie würden das wahrscheinlich falsch verstehen. Aber beim Rückwärtsfahren grinse ich dann doch zu ihnen hinüber, wir verlassen Pheasant Meadows und fahren hinunter zur Landstraße 33, die uns zur New Jersey-Autobahn bringen soll; Vicki drängt sich an mich, drückt meinen Arm und seufzt wie ein aufgeregter Teenager.

«Warum hast du geglaubt, ich würde nicht kommen?» frage ich, während wir uns durch das regentriefende Hightstown winden, und ich denke bei mir, daß ich von Glück sagen kann, ein Auto mit einer altmodischen Sitzbank zu haben.

«Blödsinn, ich weiß. Ich hab irgendwie gedacht, es wäre zu schön, um wahr zu sein.» Vicki hat schwarze Hosen an, die knapp sitzen, aber nicht zu knapp, eine schicke weiße Rüschenbluse mit passendem Halstuch, eine blaue, superweiche Wildlederjacke direkt aus Dallas und Schuhe mit durchsichtigen Kunststoffabsätzen. Es ist ihre elegante Reisekleidung, zusammen mit ihrem Nylon-Köfferchen von Le Sac und ihrem kleinen schwarzen Etui, in dem sie ihr Diaphragma aufbewahrt. Sie ist ein Mädchen für alle modernen Fälle, und ich ertappe mich dabei, daß mich selbst die kleinsten Einzelheiten ihres Lebens interessieren können. Sie sieht aus dem Fenster, während die hoch aufragenden Verwaltungsgebäude von Hightstown vorbeiziehen. «Außerdem ist mir gestern abend ein Patient unter den Fingern weggestorben. Ich hab noch mit ihm geredet, ihn gefragt, wie's ihm geht und so. Eigentlich hätte ich ja gar nicht arbeiten müssen, aber eine Kollegin ist krank geworden. Das war ein Farbiger. Und er *hatte* eine kaputte Leber im Endstadium, war schon in der Urämie, wie sie ihn eingeliefert haben, aber das ist gar nicht *soo* schlecht, denn dann träumen sie gern von früher, und das lenkt sie ab.» (Ein kleiner Seufzer der Erleichterung, weiß ich jetzt doch, wo sie gestern abend war. Ich hatte vergeblich angerufen, und das hatte die schlimmsten Befürchtungen in mir geweckt.) «Aber du gewöhnst dich nie richtig an den Tod, und deshalb bin ich ja vom OP weg und in die Notaufnahme runter. Wir sollten's eigentlich wegstecken können, aber ich schaff's einfach nicht. Mir macht's viel weniger aus, wenn sie einen Typ zusammengeschlagen haben und er ist blutig und alles, als wenn einer innen drin kaputtgeht. Wahrscheinlich war ich auch deshalb unruhig. Ich hab ja gewußt, daß du heute morgen auf dem Friedhof warst.»

«Das ist alles sehr gut gelaufen», sage ich, und im großen und ganzen stimmt das auch.

Vicki holt eine Merit Light aus ihrem kleinen Handtäschchen und zündet sie an. Sie ist nicht der Frauentyp, der raucht, zündet sich aber gern eine an, wenn sie nervös ist. Ich greife über ihre prallen Oberschenkel hinweg und ziehe sie auf Tuchfühlung zu mir heran. Sie öffnet ihr Fenster einen Spalt und bläst den Rauch in die Richtung. «Wann hast du eigentlich Geburtstag?»

«Nächste Woche.»

«Das sagt man so, ich weiß. Nun aber ehrlich?»

«Es ist die Wahrheit. Ich werde neununddreißig.» Mit einem verstohlenen Blick versuche ich zu erkennen, ob die Reaktion darauf ungünstig ausfällt. In den acht Wochen, die ich sie kenne, haben wir noch nicht über mein Alter gesprochen. Ich nehme an, sie hält mich für jünger.

«Ist doch nicht wahr. Du lügst.»

«Ich fürchte, es stimmt», sage ich und versuche zu lächeln.

«Nun gut, vielleicht schenke ich dir einen tollen Recorder und nehm alle meine Lieblingsstücke für dich auf. Wie findest du das?» Es kommt keine weitere Reaktion auf mein Alter. Ich kenne Frauen, denen das Alter eines Mannes wichtig ist, und andere, denen es nicht wichtig ist. X fand es wichtig, und ich habe das immer für ein Zeichen von Vernunft gehalten. Was aber Vicki betrifft – daß ihr mein Alter nicht wichtig ist, hat möglicherweise mit einer schlechten ersten Ehe und mit dem Wunsch zu tun, diesmal einen Mann zu heiraten, der wenigstens ein gutes Herz hat –, so ist ihr Nichtreagieren nur ein neues Glied in einer wachsenden Kette angenehmer Überraschungen. Vielleicht werden wir in Detroit heiraten, zurückfliegen und uns in Pheasant Run ansiedeln und wie all unsere anderen amerikanischen Mitbürger ein glückliches Leben führen. Was wäre daran auszusetzen?

«Ich würde das gut finden», sage ich.

«Du warst nicht sauer auf mich, weil ich wie ein Flittchen im Auto gewartet habe?»

«Du bist viel zu hübsch, als daß man sauer auf dich sein könnte.»

«So was Ähnliches haben sich diese beiden Blödmänner wohl auch gedacht.»

Wir kommen auf die Mautstraße, lösen unsere Karte und machen uns auf den Weg nach Norden über die flache, nichtssagende, vom Regen aufgeweichte Jersey-Ebene – eine ideale Landschaft für leicht zu spielende Golfplätze, Ventilfabriken und Flohmärkte.

Daß Vicki Angst hat, ich könnte sauer sein, weil ich nicht dazu kam, sie an ihrer Tür abzuholen, liegt daran, daß sie weiß, wie sehr ich es schätze, sie mit diesem Ritual zu unseren Verabredungen abzuholen, selbst wenn ich Hoffnung habe, die Nacht bei ihr verbringen zu können. Normalerweise gehört zu dem Ritual, daß ich ihr ein Geschenk mitbringe, etwas, das ich bei meinen Verabredungen mit X schon früh aufgegeben habe. Allerdings haben X und ich dann zusammen gelebt, und solche Dinge sind rasch vergessen. Doch Vicki bringe ich gewöhnlich etwas aus New York mit, wo sie erst ein einziges Mal gewesen ist und wo sie es angeblich nicht aushalten kann. Was sie betrifft, so ist sie immer *beinahe* fertig und tut so, als hetzte ich sie, läuft mit Haarnadeln zwischen den Lippen oder am Hinterkopf hochgesteckten Haaren ins Schlafzimmer, muß noch einen Saum vernähen oder einen Faltenrock bügeln. In dem Punkt sind wir Atavisten, geradewegs aus einem früheren Zeitalter, aber ich mag dieses nervöse und übertriebene Hin und Her zwischen uns. Wir scheinen zu wissen, was sich der andere wünscht, ohne daß wir einander richtig kennen, was zwischen X und mir am Ende zum Dilemma wurde. Anscheinend pflegten wir nicht mehr den gleichen Ton. Es könnte aber auch einfach sein, daß ich mich in meinem Alter mit weniger zufriedengebe und mit Dingen, die weniger kompliziert sind.

Was auch der Grund sein mag, ich freue mich jedenfalls immer über die Einladung, eine Nacht oder auch nur eine Stunde in der unverdorbenen und krankenschwesterlichen Sauberkeit von Vickis kleiner Zwei-Zimmer-Eigentumswohnung zu verbringen, die ihr Dad bezahlt hat und die von den beiden mit einer Blitztour zum «Möbelwunderland» in Paramus an einem Tag eingerichtet worden ist.

Alles war von Vicki selbst ausgewählt: pastellfarbene Vorhänge, ein Spiegel in Form einer Sonne mit Strahlenkranz, Teppiche in leuchtenden Farben mit abstrakten Mustern, ein altmodisch gemustertes Sofa für zwei, eine Mini-Eßzimmer-Garnitur aus Ahorn, ein tiefschwarz lackierter Couchtisch, durchgehend braune Geräte und eine gigantische Anlage von Sony. Wade Arcenault hatte nicht mehr zu tun, als einen fetten Scheck auszustellen und das Leben seines kleinen Mädchens nach der bösen Vergangenheit mit Ehemann Everett wieder ins richtige Fahrwasser zu bringen.

Jedesmal wenn ich dort bin, ist alles genauso wie beim erstenmal, wie am Boden festgenagelt und so rein wie unbedrucktes Zeitungspapier: wie Dachziegel angeordnet, liegen die neueste Ausgabe des Krankenschwesternmagazins, ein Verzeichnis von Seifenopern und die Fernsehzeitschrift auf dem Tisch, der an einen Tortenboden erinnert. Ein blitzendes Saxophon auf seinem Gestell, unbenutzt seit den Tagen der High-School-Band. Das Gäste-WC makellos sauber. Das Geschirr gespült und aufgeräumt. Alles so verläßlich wie im *Holiday Inn* die Suite für Jungverheiratete.

Mein eigenes Haus, gemütlich und übervoll, führt andere Ziele vor Augen, mit seinen vollen Zeitschriftenregalen, ausgebleichten Orientteppichen, knarrenden Türschwellen und all den Resten eines Eklektizismus in der Lebensmitte – allerlei Gegenstände aus einem früheren Leben mit seinen eigenen (und oft nicht erreichten) Zielen, Zeugnisse jedoch, die die echte Qualität eines Lebens so wenig ausdrücken wie ein neuer Barca-Sessel oder eine Wunderküche, auch wenn es oft anders zu hören ist. Ja, ich gehe inzwischen jedem Gerangel und Gezeter gezielt aus dem Weg. Und ich finde die Vorstellung reizvoll, in einer so neuen und anregenden Umgebung mit einer sofortigen Infusion aus bunten, frischen und unpersönlichen Möbeln noch einmal von vorn anzufangen. Ich hätte es vielleicht selber getan, wenn da nicht Paul und Clarissa gewesen wären und wenn ich nicht das Gefühl gehabt hätte, ich würde dann nicht von vorn anfangen, sondern nur mit höherem Einsatz weiterspielen. Und wenn ich nicht der Meinung gewesen wäre, unser Haus sei immer noch eine vernünftige Kapitalanlage. Das alles hat sich gut angelassen, und wenn ich in der Nacht einschlafe (ganz gleich wo – in St. Louis, Atlanta, Milwaukee oder sogar in Pheasant Meadows), dann meistens mit der Überzeugung, daß ich es für mich geschafft habe, die innere und die äußere Welt in Übereinstimmung zu bringen – genau das, wonach wir uns alle sehnen.

Vicki hat ihre Zigarette ausgedrückt und zupft jetzt mit Hilfe des in die Sonnenblende eingelassenen Spiegels an ihren Korkenzieherlocken. «Kommt es dir nicht komisch vor, daß wir miteinander spazierenfahren?» Sie zieht die Nase hoch, erst vor ihrem eigenen, dann vor meinem Gesicht, als erwarte sie keine ernst zu nehmende Antwort.

«Erwachsene tun das nun mal – sie fahren zusammen spazieren, übernachten in Hotels, amüsieren sich.»

«Äährlich?»

«Ehrlich.»

«Ja, kann sein.» Sie zieht eine Haarnadel aus der Manschette ihrer Bluse und nimmt sie zwischen die Lippen. «Ich hab mir einfach nie vorgestellt, daß ich so was tun würde. Everett und ich, wir sind manchmal nach Galveston gefahren. Ich war auch schon in Mexiko, aber nur auf der Durchreise.» Sie nimmt die Haarnadel aus dem Mund und vergräbt sie tief in ihren schwarzen Haaren. «Ach, übrigens, was *bist* du eigentlich?»

«Ich bin Sportreporter.»

«Ja, ich weiß. Ich hab Dinge von dir gelesen.» (Das ist mir neu! Was für Dinge?) «Ich meine, bist du eine Waage oder ein Zwilling? Du hast doch gesagt, daß es bis zu deinem Geburtstag keinen Monat mehr ist. Ich will rauskriegen, was du bist.»

«Ich bin Stier.»

«Und wie ist ein Stier?» Aus dem Mundwinkel beobachtet sie mich jetzt genau, während sie ihre Frisur vollends in Ordnung bringt.

«Ich bin ziemlich intelligent. Ich bin nicht zynisch, aber ich kann Menschen intuitiv beurteilen, und das mag mich wie einen Zyniker aussehen lassen.» All das kommt direkt von Mrs. Miller, meiner Handleserin. Es gehört bei ihr zum Service, mir – neben den Mutmaßungen über die Zukunft – solche Informationen zu geben, falls ich danach frage. Ich suche sie nach Möglichkeit mindestens alle vierzehn Tage auf. «Ich bin außerdem ziemlich großzügig.»

«Das stimmt, zumindest bei mir bist du das immer. Ich möchte bloß wissen, ob mit diesem Zeug Träume leichter in

Erfüllung gehen. Ich weiß nicht viel darüber. Ich glaube, da könnte ich noch dazulernen.»

«Welche deiner Träume sind in Erfüllung gegangen?»

Sie verschränkt die Arme unter den Brüsten wie eine Freundin aus der High-School und starrt meilenweit vor sich hin. Es ist möglich, in ihr ein sechzehnjähriges unberührtes Mädchen und nicht die dreißigjährige, geschiedene Frau zu sehen, ein Mädchen, das noch nie im Leben etwas Schlimmes oder Trauriges miterlebt hat, obwohl sie in Wirklichkeit fast jeden Tag Tod und Zerstörung vor Augen hat. «Also gut, paß auf», sagt sie und starrt geradeaus auf die Fahrbahn. «Wußtest du, daß ich schon immer mal nach Detroit gehen wollte?» Sie betont Detroit auf der ersten Silbe.

«Nein.»

«Nun gut, es stimmt aber. Als du mich gefragt hast, wär ich fast vom Stuhl gefallen.» Sie drückt das Kinn nach unten, als denke sie ernsthaft nach, und macht mit der Zunge ein leises, schnalzendes Geräusch. «Wenn du gefragt hättest, ob ich mit dir nach Washington oder Chicago oder Timbuktu mitgehe, hätte ich wahrscheinlich nein gesagt. Aber als ich noch klein war, hat mein Daddy oft gesagt: ‹De-troit schafft, die Welt rafft.› Und das war für mich so ein Rätsel, daß ich mir sagte, ich *muß* es sehen. Es hörte sich so ungewöhnlich an, jedenfalls für mich. Und romantisch. Er hat nach dem Korea-Krieg da oben gearbeitet, und als er wiederkam, hatte er eine Ansichtskarte von einem riesigen Reifen, der aufrecht dastand. Und diesen Reifen wollte ich sehen, aber es ist nie dazu gekommen. Ich hab statt dessen ohne besonderes Ziel vor Augen geheiratet. Dann hab ich dich kennengelernt.»

Sie lächelt verliebt zu mir herauf und schiebt, wie sie es in dieser Art noch nie getan hat, die Hand zwischen die Schenkel, und ich muß mich aufs Geradeausfahren konzentrieren, um einen größeren Unfall zu verhindern. Wir passieren in diesem Augenblick die Ausfahrt 9 nach New Brunswick, und ich werfe einen verstohlenen Blick auf die Reihe der gläsernen Kabinen, von denen nur zwei das GEÖFFNET-Schild beleuchtet haben und Autos abfertigen. Undeutliche graue Gestalten lehnen sich heraus und lehnen sich zurück, geben Anweisungen, wechseln Geld, weisen müden Autofahrern die Richtung zu Landstraßen. Was könnte schicksalhaft zufälliger oder verlockender sein, als an einem Mauthäuschen vorbeizufahren, wenn des Mautners einzige Tochter bei dir im Wagen sitzt und sich mit zärtlichen, kundigen Fingern an dein bestes Stück heranschleicht?

«Gefällt dir mein Name?» Sie läßt ihre Hand dicht an meinem Bein, während ihre superlangen Fingernägel einen hörbaren kleinen Steptanz hinlegen.

«Er gefällt mir sehr gut.»

«Ach ja?» Sie zieht wieder die Nase hoch. «Ich hab ihn noch nie gemocht, aber trotzdem, danke. Gegen Arcenault hab ich nichts. Das mag ich. Aber Vicki klingt wie ein Name auf einem billigen Armreif.» Sie streift mich mit einem Blick und sieht dann wieder hinaus auf das breite und feuchte Mündungsgebiet des Raritan, das sich bis zur Spitze von Staten Island und zu den Amboys erstreckt. «Sieht aus, als sei irgendwo da draußen die Welt zu Ende, was?»

«Mir gefällt's da draußen», sage ich. «Manchmal kannst du dir einbilden, du seist in Ägypten. Manchmal kannst du sogar das World Trade Center sehen.»

Sie kneift mich freundschaftlich ins Bein und läßt mich dann los, um sich aufrecht hinzusetzen. «Ägypten, eh? *Dir* würde das gefallen, das glaub ich. Du gehörst zu den Bekloppten. Sag mal, an was ist dein kleiner Junge eigentlich gestorben?»

«Reye-Syndrom.»

Sie schüttelt den Kopf, als sei sie verwirrt. «Scheibenkleister. Was hast du gemacht, als er gestorben ist?»

Dieser Frage möchte ich nicht nachgehen, obwohl ich weiß, sie würde nicht fragen, wenn sie sich meinetwegen keine Sorgen machte und sich von ihrer Frage nichts versprechen würde. Sie ist in diesen Dingen nicht weniger realistisch als ich und hat bei Männern viel mehr Durchblick als ich bei Frauen.

«Wir saßen beide an seinem Bett. Es war frühmorgens.

Noch dunkel. Vielleicht haben wir sogar geschlafen. Doch eine Schwester kam herein und sagte: ‹Es tut mir leid, Mr. Bascombe, Ralph lebt nicht mehr.› Wir blieben beide wie betäubt ein paar Minuten sitzen, obwohl wir wußten, daß es passieren würde. Und dann weinte sie eine Weile, und ich weinte auch. Und dann ging ich nach Hause und machte mir ein Frühstück aus Speck und Toast und landete schließlich vor dem Fernseher. Ich hatte eine Aufzeichnung von großen Basketballspielen um die NBA-Meisterschaft, und die sah ich mir an, bis es hell wurde.»

«Der Tod läßt einen verrückte Dinge tun, nicht wahr?» Vicki legt den Kopf auf die Rückenlehne, nimmt die Füße auf den Sitz und umschlingt die glänzenden schwarzen Knie. Weit voraus sehe ich ein Flugzeug – einen großen Jet – der Erde und dem Flughafen von Newark entgegenschweben; es ist ein vielversprechendes Zeichen. «Weißt du, was *wir* gemacht haben, als meine Mama gestorben ist?» Sie hebt den Blick, wie um zu sehen, ob ich noch da bin.

«Nein.»

«Wir sind alle Polynesisch essen gegangen. Dabei kam es nicht etwa überraschend. Sie hatte alle Krankheiten, die man nur haben kann, und ich arbeitete auch noch in der Klinik, am Texas Shriners, und wußte aus Gesprächen mit den Ärzten über alles Bescheid, was ich eigentlich gar nicht so gut finde. Jedenfalls sind Everett und Daddy und Cade und ich mitten am heißen Nachmittag ins Garland-Einkaufszentrum rausgefahren und haben *poo-poo pork* gegessen. Wir wollten einfach essen. Ich glaube, wenn jemand stirbt, willst du einfach essen. Und dann sind wir losgezogen und haben Geld ausgegeben. Ich hab mir eine mit Perlen zu erweiternde goldene Halskette gekauft, die ich nicht brauchte. Daddy hat sich bei Dillard's einen Anzug mit Weste gekauft, dazu eine neue Armbanduhr. Cade hat sich auch etwas gekauft, und bei Everett war es ein neues Auto, eine gebrauchte rote Corvette, die er wahrscheinlich immer noch fährt. Geld hat er ja gehabt.» Sie schiebt die Unter- über die Oberlippe und konzentriert sich mit finsteren

Blicken auf die lebhafte Erinnerung an Everetts Sportwagen, die nun deutlicher hervortritt als die Erinnerung an den Tod. Es entspricht ihrer Natur, Gegenständen mehr zu vertrauen als Existentiellem. Und in vieler Hinsicht macht sie das zur perfekten Gefährtin.

Ihre Geschichte hat mich jedoch plötzlich in eine düstere Stimmung versetzt. Es gibt bei einer solchen Enthüllung Aspekte mit einer felsenfesten Tatsächlichkeit, die ich nicht mag. Tapferer wäre ich bei der Geschichte von einem Leichtathleten, der am Vorabend seines letzten großen Wettkampfs erfährt, daß er Lou Gehrigs Krankheit oder einen Gehirntumor hat und der sich entscheidet, trotzdem zu laufen. Aber in dieser Geschichte schützt mich nichts vor den Emotionen – sehr intensiven Emotionen – im Zusammenhang mit einem konkreten Tod, und während ich über die auf Trägern ruhende Schnellstraße rase, fühle ich mich plötzlich so wie an jenem Morgen, den ich beschrieben habe: betroffen von einem Verlust und in Gefahr, von einem noch schmerzlicheren Verlust weggefegt zu werden.

Frauen haben es mir immer *leichter* gemacht, meine Last zu tragen, haben es mitbekommen, wenn mich der Mut verließ, und mich mit dem guten alten Alles-ist-Möglich aufgeheitert, obwohl natürlich nicht alles möglich ist und nie war.

Nur daß diesmal der tröstende Geist von einem unberechenbaren Wind aus dem Wagen gesogen wurde und mich mit einem Flattern im Magen und einem harten Zug um den Mund zurückgelassen hat, als ob mit dem Schlimmsten zu rechnen sei. Ich bin für einen Augenblick auf die Ebene abgeglitten, wo Frauen mit den uralten Methoden nicht mehr helfen können (genau das hat natürlich X heute morgen gesagt, und ich habe es weggewischt). Nicht daß ich die alte Sehnsucht verloren hätte; es ist nur, daß die alte Sehnsucht allem Anschein nach plötzlich durch Tatsachen zu Fall gebracht werden kann, Tatsachen, an denen kein Weg vorbeiführt – die Essenz eines kleinen, leeren Augenblicks.

Vicki mustert mich, die Augenbrauen zusammengezogen,

mit drohenden Blicken. «Was hast du, ist dir eine Laus über die Leber gekrochen?»

Wenn wir jetzt weiter im Norden wären und an der Vince Lombardi-Gedenkstätte vorbeikämen, würde ich haltmachen und eine halbe Stunde damit verbringen, die denkwürdigen Erinnerungsstücke des berühmten Footballtrainers zu bewundern – die bronzene Büste, das Bild der «Fünf Granitblöcke», den berühmten Gabardinemantel. Wir haben heute genügend Zeit. Aber Vinces Rastplatz ist weit weg, noch hinter dem Stadion der Giants, und wir sind hier unten zwischen den lodernden Raffinerien, und nirgends ein Zufluchtsort.

«Wenn du mich einfach fest umarmen würdest», sage ich. «Du bist ein wunderbares Mädchen.»

Und augenblicklich nimmt sie mich mit furchterregender Heftigkeit in den Schwitzkasten. «Oh, oh, oh», seufzt sie mir ins Ohr, und im Nu (ich irrte mich nicht) stieg das Verlangen in mir auf. «Macht es dich glücklich, mich hier zu haben?» Sie tätschelt mir sanft die Wange und läßt den Blick nicht davon.

«Glaub mir, wir werden uns toll amüsieren.»

«Mein armer Junge», murmelt sie, «armer, armer Junge.» Sie küßt mich aufs Ohr, bis mir die Beine zittern, und ich will die Augen zukneifen und mich einfach gehenlassen. Das genügt, uns nach oben zu bringen, zurück auf den Boden, und uns, mit all meinen alten Hoffnungen im Aufwind, zum Flughafen zu schicken.

Ich bin leicht zu retten, es stimmt.

Vielleicht ist es von Interesse, an dieser Stelle ein paar Worte über Sportler zu verlieren, die ich schon immer bewundert habe, ohne das Bedürfnis zu verspüren, selbst einer zu sein oder sie überhaupt ernst zu nehmen, und die mir dennoch (obschon in ihren Unternehmungen immer hoffnungsvoll) so nüchtern und ausgeglichen vorkommen wie die alten Griechen.

Sportler sind im großen und ganzen Menschen, die es zufrieden sind, ihre Taten für sich sprechen zu lassen, die gern das sind, was sie tun. Das führt dazu, daß ein Sportler, wenn man sich mit ihm unterhält – so wie ich das die ganze Zeit tue, in Umkleideräumen, in Frühstückszimmern und Eingangshallen von Hotels, neben teuren Autos stehend –, einem zwar häufig überhaupt nicht zuhört, daß er aber in der Regel keinerlei innere Zerrissenheit oder Entfremdung oder gar existentielle Angst spürt. Mag sein, daß er an eine Kiste Bier denkt oder eine Grillparty oder einen Stausee in Oklahoma, auf dem er jetzt gern Wasserski laufen würde, oder an ein Mädchen oder einen neuen Chevy-Kombi oder eine Diskothek, die er sich aus Steuergründen zugelegt hat, oder auch einfach an sich selbst. Aber er ist mit Sicherheit nicht an seinem Gesprächspartner und *dessen* Gedanken interessiert. Ihn zeichnet ein außergewöhnlicher Egoismus aus, denn er schaut nicht über die Ränder seiner Emotionen hinaus und hat kein Interesse an Alternativen zu dem, was er sagt und worüber er nachdenkt. Tatsächlich machen Sportler auf dem Gipfel ihrer Leistungsfähigkeit die prosaische Nüchternheit zu einem ganz eigenen Mysterium – einfach dadurch, daß sie von ihrem eigenen Tun völlig in Anspruch genommen werden.

Jahre des Trainings lehren das; die Notwendigkeit, Zweifel und Ungewißheit und Selbsterforschung fahrenzulassen und sich für eine angenehme, selbstverherrlichende Eindimensionalität zu entscheiden, die im Sport unmittelbar belohnt wird. Du kannst bei Sportlern allein schon dadurch alles kaputtmachen, daß du dich in deiner eigenen Alltagsstimme mit ihnen unterhältst, einer Stimme, die möglicherweise voller Eventualitäten und Mutmaßungen ist. Eine solche Stimme versetzt sie in Angst und Schrecken, weil sie ihnen klarmacht, daß die Welt – wo sie oft nicht gut zurechtkommen und manchmal in wirtschaftliche Krisen und finanzielle Verwicklungen geraten, erst recht nach Beendigung ihrer Laufbahn – von einer Kompliziertheit ist, auf die ihr Training sie nicht vorbereitet hat. Deshalb hören sie viel lieber ihre eigenen Stimmen und Fragen oder das Geplapper ihrer Mannschaftskameraden (selbst wenn es spanisch ist). Und als Sportreporter muß ich mich nach ihren Stimmen und Antworten richten: «Wie wollen Sie dieses Team schlagen, Stu?» Wahres kann dabei natürlich trotzdem herauskommen – «Wir gehen einfach raus auf den Platz und machen unser Spiel, Frank, denn damit sind wir bisher gut gefahren» –, aber es wird *ihre* schlichtere Wahrheit sein, nicht meine kompliziertere, es sei denn natürlich, ich stimme mit ihnen überein, und das tu ich oft. (Sportler sind natürlich nicht *immer* die Blödmänner, als die sie manchmal dargestellt werden, und lassen sich oft intelligent über alles aus, was sie interessiert, bis dem Zuhörer die Ohren abfallen.)

Ein Sportler würde sich zum Beispiel nie von einer Geschichte, wie Vicki sie mir gerade erzählt hat, treffen lassen, auch wenn in seinem Innersten vielleicht die gleichen Gefühle angesprochen werden. Er hat gelernt, sich davon nicht zu sehr beunruhigen zu lassen oder – falls es ihn stärker beunruhigt, als er ertragen kann – rauszugehen und fünfhundert Abschläge vom Tee zu üben oder bis zum Umfallen zu laufen oder immer wieder frontal gegen einen kompliziert aufgehängten Apparat zu rennen. Ich bewundere diese Fähigkeit mehr als fast jede andere, die ich mir vorstellen kann. Er weiß, was ihn glücklich und was ihn wütend macht, und er weiß in beiden Fällen, was er zu tun hat. In dieser Hinsicht ist er wahrhaft erwachsen. (Das macht es ihm allerdings so gut wie unmöglich, dein Freund zu sein.)

Im letzten Jahr meiner Ehe mit X war ich immer in der Lage, «über die Ränder» meiner Gefühle hinauszusehen. Ob ich wütend war oder hellauf begeistert, ich wußte, daß ich ebensogut anders empfinden oder mich verhalten konnte, wenn ich wollte – düster oder aufgebracht, ironisch oder edelmütig –, auch wenn ich vielleicht überzeugt war, daß mein Verhalten wahrscheinlich dem entsprach, was ich *wirklich* empfand, selbst wenn ich die anderen mir offenstehenden Möglichkeiten nicht gesehen hätte. Es kann reizvoll sein, so zu leben, da du dir einreden kannst, du seist wirklich ein toleranter Generalist und anderen Ansichten gegenüber aufgeschlossen.

Ich hatte sogar eine Anzahl verschiedener Stimmen, eine

Stimme, die meinem Wunsch entsprach zu überzeugen, guten Einfluß auszuüben, Liebe auszudrücken und ehrlich zu sein und andere Menschen glücklich zu machen – selbst wenn das, was ich sagte, total gelogen und von der Wahrheit so weit entfernt war wie Athen von Nome. Es war eine Stimme, der jede Verbindlichkeit fehlte, obwohl gut möglich ist, daß du dir selbst und deiner eigenen Stimme – vor allem im Umgang mit jemandem, den du liebst – niemals näherkommen kannst als so: gegenseitige Verständigung ohne wesentliche Ironie.

Das ist gemeint, wenn es von einem Menschen heißt, er bleibe «auf Distanz zu seinen Gefühlen». Nur glaube ich, daß diese Distanz bei einem Erwachsenen zusammenschrumpfen muß, bis er keine Alternativen mehr sieht, sondern einfach tut, was er tut, und empfindet, was er empfindet – kann natürlich sein, daß er die Ehe fahrenlassen muß. Über die Ränder hinaussehen: genau das habe ich (ohne es allerdings zu wissen) in meinen Stories und in meinem abgebrochenen Roman getan, und es ist einer der Gründe, weshalb ich mit dem Schreiben aufhören mußte. Ich konnte mir immer vorstellen, daß ich das, was ich schrieb, auch anders empfinden oder es mit anderen Stimmen sagen könnte. Ja, ich konnte mir gewöhnlich eine ganze Reihe von Dingen vorstellen, die ich jederzeit hätte tun können! Und das echte Schreiben erfordert natürlich, daß du in der *Einzigartigkeit der Vision des Schreibenden* aufgehst – etwas, das ich nie so richtig kapiert habe, obwohl ich mir verdammt viel Mühe damit gab und es schließlich selber über Bord warf. Für X war immer sonnenklar, was für Gefühle sie hatte und warum sie etwas tat. Sie war absolut verläßlich und beständig gegen Nuancen und Zweifel, was sie für jemanden wie mich zur idealen Ehefrau machte; ich bin mir allerdings nicht sicher, daß sie auch heute noch alles so klar sieht.

Über Sportler wollte ich nur noch eines sagen: Man kann zuviel über sie erfahren und sie dann sogar unsympathisch finden, so wie einem das mit jedem passieren kann. Wenn man sehr genau hinsieht, werden sich alle immer ähnlicher – keine Überraschung, nur nüchterne Tatsachen. Und aus dem Grund berichte ich manchmal weniger, als ich weiß, und ich finde, mit ihren Tiefeninterviews machen die Jungs in meiner Branche einen Fehler.

Da schreibe ich doch lieber eine Geschichte, die so richtig zu Herzen geht. Etwa über den dürren Negerjungen aus Bradenton in Florida, der nicht lesen kann, der Rachitis hatte und immer wieder mit dem Gesetz in Konflikt kam, der aber später ein Basketballstipendium an einer größeren Universität im Mittleren Westen annimmt, zum Star aufsteigt, lesen lernt und danach Psychologie studiert, ein weißes Mädchen heiratet und später eine Beraterfirma in Akron aufmacht. Das ist eine gute Geschichte. Vielleicht sollte das weiße Mädchen osteuropäischer Abstammung sein. Ihre Eltern wären erst dagegen, würden sich dann aber überzeugen lassen.

Wenn das alles den Anschein erweckt, als sei das Dasein eines Sportreporters eine recht oberflächliche Angelegenheit, dann nur, weil es das tatsächlich ist. Und es ist deswegen noch lange kein schlechter Beruf. Und ich bin, das will ich zugeben, für diesen Beruf auch nicht ganz ungeeignet.

Im Terminal A werden wir zwei erfahrene Flugreisende. Ich stelle mich in die Schlange vor dem United-Schalter, während Vicki mal kurz verschwindet und sich vor dem Flug noch versichern lassen will. Wie sich herausstellt, ist sie auf Flughäfen ebenso Stammgast wie ich. Als es mit dem alten Hitzkopf Everett immer schlimmer wurde, so hat sie mir auf der Rolltreppe erzählt, fuhr sie oft zum neuen Flughafen in Dallas raus, sah den startenden Flugzeugen nach und stellte sich jedesmal vor, sie fliege mit. «Wenn du dich ein Jahr lang auf diesem Flughafen aufhalten würdest», sagte sie, strahlend wie eine kleine Kellnerin, während wir den glitzernden Übergang zur Schalterhalle hochfuhren, umgeben von Passagieren und Leuten auf der Suche nach ihrem geliebten Partner, «würdest du dort die ganze Welt treffen. Und du würdest bestimmt hundertmal Charley Pride sehen.»

Vicki glaubt auch, eine Fluggastversicherung sei das beste

Geschäft der Welt, und wer bin ich, daß ich ihr widersprechen könnte; ich rate ihr nur, mich nicht zum Begünstigten zu machen.

«Na ja, wohl *kaum*», sagt sie mit leicht entrüsteter Miene. «Zu meiner Erbin mache ich immer die katholische Kirche.»

«Dann ist ja alles gut», sage ich, obwohl sie und ich noch nie über Religion gesprochen haben.

«Ich bin damals zu den Katholiken gegangen, als ich Everett geheiratet habe, falls du dich wunderst», sagt sie mit einem seltsamen Blick. «Die tun eine Menge für die Krankenhäuser. Und der Papst ist ein ganz guter Typ, finde ich. Ich war vorher nur ein mieser Methodist, wie alle in Texas, außer den Baptisten.»

«Das ist schön.» Ich drücke ihr den Arm.

«Wahlfreiheit», sagt sie und läuft hüpfend hinüber zu den Versicherungsautomaten.

Mit Riesenschritten ist es mit mir aufwärts gegangen. Öffentliche Plätze haben bei mir immer diese heilende Wirkung, und ich habe alles andere, nur keine Platzangst. Ich genieße die für alle freie Luft der Öffentlichkeit. Es ist in gewisser Hinsicht mein Element. Sogar die von gelber Luft erfüllten Hallen mit den Greyhound-Bussen und trüben U-Bahn-Stationen vermitteln mir ein Gefühl des Wohlbehagens darüber, daß es für mich und meine Mitmenschen einen gemeinsamen Ort gibt. Während meiner Ehe mit X waren mir die quälenden Sommerwochen zuwider, die wir erst im Huron Mountain Club verbrachten und später in Sumac Hills unten in Birmingham, wo ihr Vater Gründungsmitglied war. Ich verabscheute die stille Luft des Privilegs und die gedämpften, nervösen Geräusche der Exklusivität im Mittleren Westen. Meiner Ansicht nach war es schlecht für die Kinder, und so riß ich mit Ralph immer wieder aus, in den Zoo von Detroit oder zum botanischen Garten Belle Isle und einmal sogar bis zum weit entfernten Arboretum in Ann Arbor. X hatte ihr Leben lang Privilegien genossen – Klubs und reservierte Tische und Privatlogen im Stadion –, auch wenn das, glaube ich, nichts bedeuten muß, wenn man – so wie X – charakterfest genug ist, sich dagegen zu behaupten.

Auf der gegenüberliegenden Seite vor der Tafel mit den Abflugzeiten entdecke ich ein Gesicht, das ich kenne, dem ich aber unerkannt zu entkommen hoffe. Es ist das lange Gesicht Fincher Barksdales. Fincher hält sein weißes Flugscheinheftchen von United in der Hand und trägt über der Schulter eine große TWA-Golftasche. Fincher ist mein Internist, und ich habe ihn, wie gesagt, wegen meines hämmernden Herzens aufgesucht und von ihm zu hören bekommen, daß es wohl mit meinem Alter zu tun habe und daß viele Männer, die auf vierzig zugehen, an Symptomen leiden, die zwar für die Schulmedizin unerklärlich sind, die aber nach einer Weile von selber verschwinden.

Fincher ist einer dieser leicht weibischen Südstaatler – schlaksig, mit behaarten Handrücken, hüftsteif –, aus denen häufig gelangweilte Anwälte oder Ärzte werden und die ich nicht mag, obgleich X und ich uns mit ihm und seiner Frau Dusty anfreundeten, als wir noch neu in Haddam waren und ich in *Newsweek* mit einem kleinen Artikel und meinem Bild vorgestellt wurde. Er hat an der Vanderbilt University studiert und ist mindestens drei Jahre älter als ich, auch wenn er jünger aussieht. Als Assistenzarzt und tüchtiger Internist kam er ans Hopkins, und obwohl ich ihn nicht ausstehen kann, bin ich froh, ihn als Arzt zu haben. Ich schaue rasch in die andere Richtung und aus dem großen Fenster, wo mein Blick auf die schlappe Silhouette Newarks fällt, aber ich bin sicher, Fincher hat mich bereits gesehen und will sich, bevor er mit seinen Sprüchen loslegt, nur noch vergewissern, daß auch ich ihn gesehen habe und absolut nicht mit ihm reden will.

«Sieh mal an. Wohin wollen wir uns denn verdrücken, Bruder Frank.» Es ist Finchers dröhnender Südstaatlerbariton, und ich brauche nicht hinzusehen, um zu wissen, daß er ein zähnebleckendes, durch und durch ironisches Grinsen unterdrückt und mit einem umständlichen Blick in die Runde feststellt, ob sonst noch jemand zuhört. Er streckt mir seine weiche Hand hin, ohne mich wirklich wahrzunehmen. Wir sind keine alten Verbindungsbrüder – er war bei Phi Delta –, doch einmal behauptete er, wir seien über eine entfernte Tante miteinander verwandt, irgend jemand in Memphis namens Bascombe. Aber ich ging nicht darauf ein.

«Geschäfte, Fincher», sage ich lässig und drücke ihm die lange, knochige Hand; ich hoffe nur, Vicki kommt nicht so bald wieder, denn Fincher ist ein notorischer Lustmolch und hätte seine Freude daran, mich wegen meiner Reisegefährtin in Verlegenheit zu bringen. Es gehört zu den unangenehmen Eigenschaften öffentlicher Plätze, daß du dort manchmal Menschen siehst, für deren Nichterscheinen du sogar bezahlen würdest.

Fincher trägt grüne Seglerhosen mit über Kreuz angeordneten kleinen roten Flaggen, einen blauen Golfpullover vom Augusta National und mit schwarzen Quasten geschmückte Freizeitschuhe. Er sieht aus wie ein Trottel und hat zweifellos eine Pauschalreise gebucht, um irgendwo Golfurlaub zu machen – auf der Insel Kiawah, wo er an einer Eigentumswohnung beteiligt ist, oder in San Diego, wo er jedes Jahr sechs- bis achtmal auf Ärztekongressen ist.

«Und was haben Sie vor, Fincher?» sage ich ohne das geringste Interesse.

«Ich will nur mal kurz nach Memphis runter, über die Feiertage.» Fincher wiegt sich auf den Absätzen und klimpert mit Kleingeld in seinen Hosentaschen. Seine Frau erwähnt er nicht. «Seit wir Daddy verloren haben, Frank, fahr ich natürlich öfter runter. Meiner Mutter geht's wirklich gut, muß ich sagen. Ihre Freunde haben sie in die Mitte genommen und die Reihen geschlossen.» Fincher ist der Typ des Südstaatlers, der dich nur durch ein Netz aus tiefer und grotesker Südstaatenmentalität anspricht und der annimmt, daß jedermann in Hörweite alles über seine Eltern und seine Vergangenheit weiß und bei jeder Gelegenheit auf den neuesten Stand gebracht werden will. Er sieht jung aus, benimmt sich aber, als wäre er fünfundsechzig.

«Das hört man gern, Fincher.» Ich spähe an den Schaltern von Delta und Allegheny vorbei, um zu sehen, ob Vicki kommt. Wenn Fincher denselben Flug gebucht hat wie wir, tausche ich die Tickets um.

«Frank, ich muß Ihnen unbedingt von einem kleinen, geschäftlichen Unternehmen erzählen, an dem ich beteiligt bin. Ich wollte das neulich schon tun, als Sie bei mir in der Praxis waren, aber da ist mir die Zeit weggelaufen. Es ist eine Sache, die Sie sich unbedingt überlegen sollten. Es geht nicht mehr um Spekulationskapital, die Phase ist vorbei, aber Sie können immer noch quer einsteigen.»

«Unser Flug wird jeden Augenblick aufgerufen, Fincher. Vielleicht nächste Woche.»

«Na, mit wem sind wir denn unterwegs, Frank?» Ein klarer Fehler. Ich habe Fincher wieder auf die Spur gebracht, wie einen alten Hühnerhund.

«Mit einem Bekannten, Fincher.»

«Klar. Aber lassen Sie mich kurz erzählen, Frank, nur solange wir hier stehen. Es geht darum, Frank, daß ein paar Jungs und ich unten im Süden von Memphis eine Nerzfarm aufmachen. Davon träum ich schon immer, weiß der Teufel warum.» Fincher grinst mich dumm an, als staune er über sich selbst. In diesem Augenblick, das wird deutlich, sieht er seine idiotische Farm vor sich, die winzigen Eidechsenaugen stumpf, in glanzlosem Blau versunken. Es ist der Blick eines Trottels, keine Frage.

«Es wird dort ein bißchen heiß für Nerze, nicht?»

«Aber sicher, eine Klimaanlage *muß* sein, Frank. Ganz klar. Da führt kein Weg dran vorbei. Die Anlaufkosten sind sowieso gewaltig.» Fincher nickt wie ein Bankier, sein blonder und ergrauter Schädel ein wohltuender Wirrwarr neuer finanzieller Kämpfe. Er stößt die Hände tief in die Hosentaschen und klimpert heftig mit dem Inhalt. Einen Moment lang faszinieren mich jedoch Finchers Haare, die sich oben bereits lichten, wie ich sehe, als er in einer übertriebenen Geste auf die Spitzen seiner Schuhe starrt. Er hat sich den dämlich-blonden Tab

Hunter-Bürstenschnitt à la 1959 verpassen lassen, spröde wie Knäckebrot und festgehalten mit nur einem Tröpfchen eines geruchlosen Gels. Er ist der perfekte Südstaatler-im-Exil, ein Füße schlenkernder, promenierender, schrecklich gekleideter Wechselgeldklimperer – ein Menschenschlag, der nur *außerhalb* des Südens anzutreffen ist. Als Vandy-Student war er der ziemlich große, ziemlich gelehrte Mann aus Memphis, der für eine größere Welt bestimmt war – Bürstenschnitt, weit geschnittener Sommeranzug, weiße Wildlederschuhe, breiter Gürtel und ein bauschiges, langärmeliges Oxfordhemd, Hände tief in den Hosentaschen, hochmütig gelangweilt, doch höchst zufrieden und an den Blick aus seiner hohen Warte gewöhnt. (Im wesentlichen genauso, wie er heute ist.) Am Hopkins lernte er ein Mädchen aus Goucher kennen und heiratete sie, die den Süden nicht ausstehen konnte und sich nach dem Leben in den Vororten sehnte, als seien sie das Perikleische Athen, und Fincher kann seither nach Belieben mit seinem Kleingeld klimpern und auf den Golfplätzen herumschäkern, wie all die anderen Überläufer aus dem Süden, von denen es, wie gesagt, einen stattlichen Kader gibt. Wenn für Fincher der Jüngste Tag kommt, will ich irgendwo weit weg auf einem Schiff sein, das steht fest.

«Frank», sagt Fincher, der weiter über Nerzfarmen geredet hat, während ich auf meinem Flug über den Wolken war, «meinen Sie nicht, daß das eine große Sache für den Neuen Süden wäre? Sie interessieren sich doch für all diese Dinge, nicht wahr?»

«Nicht besonders», sage ich, doch die Wahrheit ist: überhaupt nicht.

«Ach wissen Sie, Frank, den alten Tom Edison haben auch alle für verrückt gehalten, oder nicht?» Fincher zieht sein Ticketheft aus der Gesäßtasche und knallt es grinsend auf die Handfläche.

«Ich bin mir ziemlich sicher, daß alle Edison für klug gehalten haben, Fincher.»

«Na gut, Sie wissen, was ich meine.»

«Es sind fortschrittliche Überlegungen, Fincher, das will ich gern zugeben.»

Und urplötzlich verschleiert sich Finchers Blick, als habe er nur auf dieses Signal gewartet. Und einen Moment lang stehen wir schweigend unter Hunderten durcheinander laufender Passagiere, als stünden wir im Petroleum Club in Memphis am Fenster und machten uns allerlei Gedanken über die große Fete beim Footballspiel der Commodores gegen Ole Miss im nächsten Jahr. Irgendwie ist es Fincher gelungen, sich trotz meiner Vorbehalte gegen seine Nerzfarm wieder zu fangen, und ich kann ihn da eigentlich nur bewundern.

«Noch eines, Frank. Ich hab Ihnen das wahrscheinlich noch nie gesagt.» Fincher nickt mit dem Kopf wie ein weiser alter Richter. «Aber was Sie tun und wie Sie leben, das finde ich einfach riesig. Es gibt eine Menge Leute, die das auch gern tun würden, aber unsereins hat einfach nicht den Mumm.»

«Was ich tue, ist ganz leicht, Fincher. Sie könnten es wahrscheinlich so gut wie ich. Sie sollten's mal versuchen.» Ich mache mit den Zehen in den Schuhen rasch ein Kreuz.

«Keine zehn Pferde könnten mich zum Schreiben bringen, Frank. Heutzutage krieg ich schon Zustände, wenn ich ein Rezept ausstelle.» Fincher zieht die Mundwinkel herunter, um eine Grimasse anzudeuten. Insgeheim weiß er, er könnte es genausogut wie ich und höchstwahrscheinlich besser, hat aber das Bedürfnis, mir ein unechtes Kompliment zu machen. «Übrigens gibt es auch viele von uns, die gern mal eine kleine Krankenschwester abschleppen würden», sagt Fincher mit einem unverschämten Augenzwinkern.

Ich drehe mich um und blicke den dichtbevölkerten Gang hinunter und sehe Vicki mit den Versicherungspapieren herantänzeln; sie tut sich schwer auf den hohen Absätzen. Sie sieht aus wie eine eilige Sekretärin auf dem Weg zum Kopiergerät, die Ellbogen wegen des besseren Gleichgewichts abgewinkelt, die Beine so steif, als wären sie aus Holz. Fincher *hat* sie gesehen und vom Krankenhaus her erkannt, und ich bin ertappt.

Fincher hat sich plötzlich auf die alten, schmutzigen Anzüglichkeiten verlegt, die er im Phi Delta-Haus unten an der Vanderbilt University perfektioniert hat, und will mich zur Witzfigur reduzieren oder deftige Vertraulichkeiten erzwingen. Ein böses Unbehagen entsteht zwischen uns. Er ist noch weniger vertrauenswürdig, als ich gedacht hatte, und ich bin so sehr auf der Hut, wie jemand nur sein kann, der etwas Lohnendes zu verteidigen hat – und mache mir elende Vorwürfe darüber, daß ich mich von ihm überhaupt erst in ein Gespräch habe verwickeln lassen. Fincher droht, meine Erwartungen schon im voraus kaputtzumachen, und das werde ich mir auf keinen Fall bieten lassen.

«Kümmern Sie sich doch um Ihren eigenen Dreck, Fincher», sage ich und blicke ihm direkt in die Augen. Ich könnte ihm die Nase einschlagen, ihn mit blutigen Hosen und frisch genähten Wunden nach Memphis heimschicken.

«Na-na-na.» Fincher hebt das Kinn und wiegt sich, nachdem er ein klein wenig zurückgewichen ist, auf den Absätzen und blickt über meine Schulter in Vickis Richtung. «Wir sind hier zivilisierte Weiße, Frank.»

«Ich bin nicht mehr verheiratet», sage ich scharf. «Ich kann tun, was ich will.»

«Ja, sicher.» Fincher bleckt wieder die Zähne, aber sein Lächeln gilt Vicki, nicht mir. Ich bin geschlagen und frage mich unwillkürlich, ob Fincher nicht vor mir genau diesen Weg gegangen ist.

«Nein, was einem doch alles über den Weg läuft, wenn man nicht ordentlich bewaffnet ist», sagt Vicki, während sie mit festem Griff meinen Arm umklammert und Fincher mit einem boshaften Lächeln wissen läßt, daß sie ihn durchschaut hat. Ich liebe sie mehr, als ich sagen kann.

Fincher murmelt etwas von einer «verdammt kleinen Welt», aber von seinem forschen Auftreten ist nicht viel geblieben. «Ich hab die Versicherung», sagt Vicki und schwenkt die Papiere vor meinem Gesicht hin und her, ohne Fincher im geringsten zu beachten. «Wenn du nachsiehst, findest du einen

Namen, den du gut kennst. Die Religion hab ich auch geändert.» Der Liebreiz in ihrem Gesicht ist purer Ernsthaftigkeit gewichen. Es ist ein Gesicht, das ich ein paar Augenblicke zuvor nicht einmal sehen wollte, das mir jetzt aber als echter Freund hochwillkommen ist. Ich schlage den Aktendeckel der Mutual of Omaha auf und sehe Vickis Namen hier als Victory Wanda Arcenault – und meinen eigenen weiter unten als Versicherungsnehmer. Die Summe beträgt 150000 Dollar.

«Und was ist mit dem Papst?» sage ich.

«Der alte Knabe ist schon in Ordnung, aber ich *seh* ihn ja nie.» Sie blinzelt zu mir auf, als hätte ich plötzlich einen blendenden Strahlenkranz um die Ohren. «*Dich* seh ich dagegen.»

Ich möchte sie an mich drücken, bis ihr die Luft wegbleibt, aber nicht in Finchers Gegenwart. Es würde ihm Anlaß zum Nachdenken geben, und ich will ihm nichts geben. Im Augenblick steht er mit offenem Mund da; seine Lippen bilden ein kleines, vollkommenes O. «Danke», sage ich.

«Mir hat die Vorstellung gefallen, daß du all das Geld ausgibst und dabei an mich denkst. Das würde mich glücklich machen, ganz gleich, wo ich dann wäre. Du könntest dir eine Corvette kaufen – nur daß du wahrscheinlich lieber einen Cadillac haben wolltest.»

«Ich will nur dich», sage ich. «Und wir sind ja sowieso beide dran, wenn das Ding abstürzt.»

Sie verdreht die Augen und blickt nach oben zur kristallhell ausgeleuchteten Decke des Flughafengebäudes. «Allerdings, da hast du wohl recht.» Sie nimmt die Police zurück und kniet sich hin, um sie in ihrer Le Sac-Tasche zu verstauen.

«Ich glaub, ich zieh dann weiter», sagt Fincher mit einem unruhigen Flackern in den Augen, denn hier ist etwas abgelaufen, was über seinen Horizont geht. Er steht jetzt mit einem kleinen Hüftknick da und befindet sich am Rand der Verlegenheit, ein Gefühl, das er aller Wahrscheinlichkeit nach die letzten zwanzig Jahre nicht mehr gehabt hat.

Die Halle um uns her füllt sich immer mehr mit Leuten, die an der Brust einen Pappdeckel-Anhänger mit den Worten

AUF UND DAVON haben. Sie kommen von nirgendwoher und strömen nun alle in die Richtung der Flugsteige 36–51. In der Luft hängt plötzlich ein süßlicher Erdnußgeruch. Ein Flugzeug ist für Spätankömmlinge zurückgehalten worden, und ein Gefühl der Erleichterung kreist um uns wie eine Frühlingsbrise.

«War nett, Sie mal wieder zu sehen, Fincher», sage ich. Fincher hat natürlich nicht mehr von einem Lustmolch als wir anderen, und erleichtert lasse ich ihn und seine feierliche Ichabod-Erscheinung ziehen.

«Und ob», sagt Vicki mit einem von Abneigung erfüllten Blick, den er dankbar hinzunehmen scheint.

«Ich glaub, die lassen uns ein bißchen früher an Bord.» Fincher zeigt wieder sein Lächeln.

«Also dann, guten Flug», sage ich.

«Klar, sicher.» Fincher lädt sich die Golfschläger auf die knochigen Schultern.

«Nicht ins Wasser fallen», gibt ihm Vicki mit auf den Weg, aber Fincher ist schon außer Hörweite, und ich beobachte, wie er sich unter die anderen, aus Buffalo eingeflogenen erwartungsvollen Passagiere mischt, seine Golfschläger hoch über der Schulter, glücklich darüber, in einer neuen Menschenmenge aufzugehen, bereit, auf dem Weg in den Süden gute, ernsthafte Gespräche zu führen und den einen oder anderen Arm zu drücken.

«Habt ihr Streit gehabt, du und Fincher?» sage ich in einem kumpelhaften Ton.

«So kann man's wohl nennen.» Vicki kniet am Boden, bis zu den Ellbogen in ihrer Reisetasche, in deren Tiefen wühlend. Wir sind als nächste dran, uns unseren Flug bestätigen zu lassen. «Der hält sich für 'n Witzbold. So richtig der Typ, der sich von hinten an einen ranschleicht, falls dir das was sagt. Ein böser Finger. Wir nehmen uns alle vor ihm in acht.»

«Hat er sich bei dir auch von hinten angeschlichen?»

«O nein.» Sie hebt überrascht den Blick. «Schmutzige Phantasie. Ich paß auf, wer hinter mir ist.»

«Was, glaubst du, glaube ich?»

«Es steht dir überdeutlich im Gesicht geschrieben.»

«Ich bin nur eifersüchtig», sage ich. «Merkst du das nicht?»

«Woher soll ich das wissen.» Sie findet in ihrer Tasche ein winziges Parfumfläschchen, macht es auf und fährt damit, am Boden kniend, über Hals und Arme. Mit einem begehrlichen Blick, den ich – und sie weiß das – an ihr mag, lächelt sie zu mir herauf. «Glaub mir, Mann, du hast nichts zu befürchten. Du bist *Numero uno*, und eine Nummer zwei gibt's nicht.»

«Dann erzähl mir die Sache mit Fincher.»

«Irgendwann einmal. Es wird dich aber nicht überraschen, das kann ich dir jetzt schon sagen.»

«Du würdest überrascht sein, was mich überrascht.»

«Und was mich *nicht* überrascht. Nie.» Sie stellt sich neben mich in die Schlange und greift nach meiner Hand. Ihre Hand ist feucht, und um mich her duftet es nach Chanel No. 5.

«Ich gebe mich geschlagen.»

«Richtig so. Ich gewinne mal wieder auf der ganzen Linie», sagt sie munter. Und wenn ich diesen Augenblick für immer festhalten könnte – verloren im Vorgefühl einer sicheren Reise, eines tödlichen Unfalls, eines Bombenerfolgs, eines entnervenden, bitteren Scheiterns –, dann würde ich das tun und diesen Flughafen nie mehr verlassen, nie mehr zu mir selbst zurückkehren oder mich wiederfinden und nie mehr wissen, was die Zukunft bringt, so wie du das sonst immer wissen mußt, obwohl es immer nur dasselbe ist, dasselbe Du, das wartet.

VIER

In dem Augenblick, da wir im Flugzeug unsere Plätze eingenommen haben, sind wir im Mittleren Westen; seine erdenschwere Sinnlichkeit bringt die ganze Kabine unserer 707 praktisch zum Vibrieren. Stämmige Stewardessen, deren Lächeln signalisiert: «He, ich könnte dich lieben, wenn wir erst wieder am Boden und in Sicherheit sind», helfen uns beim Verstauen des Handgepäcks. Vicki steckt den Tragriemen in ihre Reisetasche und reicht sie nach oben. «Oha, die ist ja vielleicht Klasse!» sagt eine große Blondine namens Sue und stemmt voll freimütiger Bewunderung die Hände in die Hüften. «Die muß ich Barb zeigen. Was wir an Gepäck haben, ist nämlich das letzte. Wohin soll die Reise gehen?» Sues Lächeln entblößt einen großen Eckzahn, der bräunlich verfärbt ist, aber sie ist voller Liebenswürdigkeit und guter Laune. Jede Wette, daß ihr Vater in der Air Force war und daß sie eine Reihe sportlicher jüngerer Brüder hat. Sie hat schon allerhand erlebt.

«De-troit», verkündet Vicki stolz und mit einem verstohlenen Blick in meine Richtung.

Sue neigt den blonden Kopf voller Stolz zur Seite. «Detroit ist einfach herrlich, Sie werden sehen.»

«Also, ich freu mich schon richtig darauf», sagt Vicki mit einem Grinsen.

«Super, einfach super», sagt Sue und geht hüftschwenkend davon, um mit ihrer Kaffeerunde zu beginnen. Rings um mich her beginnen fast augenblicklich die Gespräche in den sanft näselnden Tönen und mit den sanften Gefühlsregungen, die mir aus meiner Studentenzeit vertraut sind. Alles scheinen gebürtige Detroiter zu sein, die für die Feiertage nach Hause fliegen, niemand, der im Westen nur einen Besuch machen will wie wir. Ganz in der Nähe behauptet jemand, er sei aufgeblieben, um eine dieser Mammutsendungen zu sehen, und das habe ihn zwei Arbeitstage gekostet. Ein anderer war auf einer Angeltour zum «Daumen» raufgefahren, hatte aber einen Motorschaden und saß das ganze Wochenende in Bad Axe fest. Einer hatte an der Wayne State University zu studieren begonnen und war Anwärter bei der Verbindung Sigma Nu, doch schon an Weihnachten arbeitete er wieder zu Hause in der Blechhandlung seines Vaters. Man könnte natürlich sagen, daß einen die Inneneinrichtungen aller modernen Verkehrsmittel an den Mittleren Westen denken lassen. Die kompakten Gepäcknetze über den Sitzen, die bequemen, pastellfarbigen Liegesitze, wegklappbare Minitische und im großzügigen Smörgasbord-Stil das Angebot: «Innerhalb vernünftiger Grenzen alles, was Sie wollen.» Alles Produkte der Findigkeit des Mittleren Westens, so sicher wie die Tatsache, daß der Wiener Walzer aus Wien kommt.

Etwas später kommen Barb und Sue auf ihrer Runde nach hinten und machen mit Vicki ein ernsthaftes Frage-und-Antwort-Spiel hinsichtlich ihrer Reisetasche, die sie beide in dieser Ausführung noch nie gesehen haben wollen und die Vicki nur zu gern mit ihnen erörtert. Barb ist ein untersetztes kleines rotblondes Mädchen mit zu dick aufgetragenem Make-up und ein wenig großen Händen. Sie redet interessiert von «Preispunkten» und vom «Aufschlag auf den Durchschnittswert» und hätte zu gern gewußt, ob eine identische Tasche nicht vielleicht in Hudson's Boutique in einem Einkaufszentrum unweit ihrer Eigentumswohnung in Royal Oak zu kaufen wäre; wie sich herausstellt, hat sie Einzelhandelskaufmann gelernt. Vicki sagt, ihre stamme von Joske's, aber mehr weiß sie auch nicht, und die drei unterhalten sich eine Weile über Dallas (Barb und Sue sind dort beide schon stationiert gewesen), und Vicki sagt, besonders gut gefalle ihr dort ein Geschäft namens Spivey's und ein Grillrestaurant in Cockrell Hill namens *Atomic Ribs*. Die drei verstehen sich großartig. Dann sind wir auf einmal in der Luft und steigen auf, hinaus über die Watchungs und einen hellen blaugrünen Industriekanal, Richtung Pennsylvania, auf dem Weg zum Lake Erie, und die Mädchen eilen zu anderen Pflichten. Vicki klappt die Armlehne hoch und drängt sich auf den drei Sitzen, die wir zu zweit belegen, dicht an mich heran, ihr glänzender, eng umhüllter Schenkel hart wie Stahl, ihr Atem träge vor Erregung. Die morgendlichen Turbulenzen haben wir endgültig unter uns.

«Woran denkt denn mein alter Mr. Man?» Sie hat sich ihren rosafarbenen Kopfhörer um den Hals gehängt.

«Daran, daß du einen wunderschönen Schenkel hast und daß ich ihn am liebsten zu mir heranziehen würde.»

«Das geht ohne weiteres. Sieht dich ja keiner außer Suzie und der kleinen Barbara, und die haben nichts dagegen, solange wir keinen Strip abziehen. Aber das waren sowieso nicht deine Gedanken. Ich kenn dich langsam, du alter Schwindler.»

«Ich hab an ‹Vorsicht, Kamera› gedacht. An den sprechenden Briefkasten. Das ist so ziemlich das Komischste, was ich in meinem ganzen Leben gesehen habe.»

«Ich mag die Typen auch. Den alten Allen Funk. In der Klinik hab ich einmal geglaubt, ich seh ihn. Ich hatte gehört, daß er irgendwo in der Nähe wohnt. Aber dann war er's doch nicht. Viele sehen sich heute zum Verwechseln ähnlich, findest du nicht? Aber das ist es immer noch nicht. Am besten überlaß ich dich einfach deinen Gedanken.»

«Du bist ein kluges Mädchen.»

«Ich hab ein gutes Gedächtnis, und das brauchst du auch als Krankenschwester. Aber ich bin nicht besonders klug. Sonst hätte ich Everett nie geheiratet.» Sie bläst die Backen auf und lächelt. «Willst du mir jetzt nicht sagen, worüber du dir solche Gedanken machst?» Sie packt meinen Arm mit beiden Händen und drückt zu. Ein Mädchen, das gern drückt. «Oder aber ich drücke so lange, bis du redest.» Sie ist stark, und auch das gehört wohl zu einer guten Krankenschwester, aber ich bin mir sicher, sie will im Grunde gar nicht wissen, was mir durch den Kopf geht.

In Wahrheit habe ich natürlich keine Antwort. Zweifellos habe ich irgend etwas gedacht, aber offenbar geht mir das meiste, was ich denke, sofort wieder aus dem Sinn, und ich kann mich überhaupt nicht daran erinnern. Es ist eine Eigenschaft, die mir das Schriftstellerdasein schwer und oft ausgesprochen mühsam werden ließ. Ich mußte entweder bereit sein, mich zu jeder Tages- und Nachtzeit hinzusetzen und aufzuschreiben, was mir gerade durch den Kopf ging, oder aber alles vergessen, und genau das passierte während der letzten Zeit, die ich an meinem Roman arbeitete. Schließlich machte es mich glücklich, einfach zu vergessen und alles erlöschen zu lassen. Richtige Schriftsteller müssen natürlich achtsamer sein, doch daran war ich nicht sonderlich interessiert.

Ich glaube ohnehin, daß es gar nicht so gut ist, wissen zu wollen, was Menschen denken (damit würde ich mich als Schriftsteller sofort disqualifizieren, denn Literatur ist doch nichts anderes, als daß ein Mensch uns sagt, was ein anderer Mensch denkt). Aus meiner Sicht gibt es mindestens hundert gute Gründe, solche Dinge nicht wissen zu wollen. Die Leute sagen sowieso nie die Wahrheit. Und in den Köpfen der meisten Leute steckt, wie in meinem, nie viel Berichtenswertes, so daß sie lieber etwas offenkundig Lächerliches erfinden, als die Wahrheit zu sagen – und die wäre: Ich habe nichts gedacht. Die andere Seite ist natürlich, daß du riskierst, die *reine* Wahrheit über jemandes Gedanken gesagt zu bekommen, was sich als etwas erweisen kann, das du nicht hören willst oder das dich wütend macht und das ohnehin vertraulich behandelt werden sollte. Ich weiß noch, wie während meiner Jugend in Mississippi – kurz vor meiner Abreise nach Lonesome Pines, ich war vielleicht fünfzehn – ein Freund von mir bei einem Jagdunfall getötet wurde. Am Abend danach saßen Charlieboy Neblett und ich (er war einer meiner wenigen Freunde in Biloxi) in Charlieboys Auto, tranken Bier und klagten darüber – und verziehen uns gegenseitig –, daß wir erst gedacht hatten, wir seien froh, daß Teddy Twiford nicht mehr lebte. Wenn just in dem Moment Teddys Mutter vorbeigekommen wäre und uns gefragt hätte, was wir denken, wäre ihr wohl bei der Erkenntnis, was für fiese Freunde Teddy hatte, die Spucke weggeblieben. In Wirklichkeit waren wir aber gar keine fiesen Freunde. Irgendwelche Dinge kommen dir in den Sinn, und du kannst nichts dafür. Ich habe das also vor vielen Jahren begriffen – daß du für deine Gedanken nicht verantwortlich gemacht werden mußt und daß es dich im großen und ganzen nichts angeht, was andere Menschen denken. Eine totale Enthüllung nützt niemandem, und da es auf der Welt nur wenige Menschen gibt, die in genügendem Maße in sich ruhen, sind solche Enthüllungen von vornherein ziemlich unzuverlässig. Und zu alldem kommt noch die Tatsache, daß es eine Einmischung ist, und zwar dort, wo du eine Einmischung am wenigsten brauchst und wo eine Enthüllung allen Beteiligten wirklich schaden kann.

Ich erinnere mich noch gut, wie die Libanesin, die ich am Berkshire College kannte, mir auf meine Liebeserklärung antwortete: «Ich werde dir immer die Wahrheit sagen, es sei denn natürlich, ich lüge dich an» – ein Gedanke, der mir anfangs gar nicht gefiel. Doch nach einigem Nachdenken begriff ich, daß ich im Grunde Glück hatte. Mir wurden Wahrheit *und* Mysterium versprochen – keine leichte Verknüpfung. Ich würde mit wichtigen Dingen konfrontiert werden, und ich würde sie erkennen oder nicht erkennen, und ich konnte fest damit rechnen, konnte mich darauf freuen, darüber nachdenken, mir Sorgen darum machen, falls ich blöd genug war (das war ich aber nicht), und ich brauchte nichts anderes zu tun, als zuzustimmen, und schon war ich für immer frei.

Sie war Literaturwissenschaftlerin, eine Dekonstruktivistin, so daß ihr Verstand für diese Art von Unterscheidung geschult war. Und aus einer Tatsache des Lebens machte sie für sich einen Grundsatz: wieviel man von einem Menschen wirklich erfahren und wissen kann. Sehr wenig. Ich glaube aber nicht, daß sie mich in den drei schwindelerregenden Monaten, die wir zusammen waren, auch nur einmal angelogen hat. Sie hatte nie Anlaß dazu! Dafür sorgte ich, indem ich nie eine Frage stellte, deren Antwort nicht von vornherein klar war. X und ich hätten möglicherweise mehr erreicht, wenn sie diese Strategie bei mir hätte ausprobieren können: An jenem Abend, als ich draußen in den Rhododendren stand und Zwillinge und Cassiopeia anschmachtete, während der Rauch von ihrer Aussteuertruhe aus dem Schornstein quoll, hätte sie mich nicht auffordern sollen, alles zu erklären. Vielleicht hätte sie dann meine Lage als das begriffen, was sie wirklich war – ein Ausdruck von Liebe und Unvermeidlichkeit und nicht nur gescheiterte Liebe. Aber ich will mich nicht darüber beklagen. Sie kommt nun, glaube ich, mit den meisten Dingen gut zurecht. Und wenn sie in manchen Punkten nicht mehr die alte Sicherheit hat, so ist das keine Tragödie, und ich glaube, das wird mit der Zeit auch besser werden.

Als der Copilot den Kopf durch den Vorhang in die Touristenklasse steckt, um zu signalisieren, daß alles in Ordnung ist, ist Vicki schon eingedöst, den Kopf auf einem winzigen Kissen, den Mund leicht geöffnet. Ich wollte ihr den Lake Erie zeigen, der nun grün und schimmernd unter uns zu sehen ist, während wir uns dem grauen Lake Ontario nähern. Die große Vorfreude hat sie müde gemacht, und ich möchte sie für unsere Wirbeltour voller Energie haben. Sie kann den See auf dem Rückflug sehen, und am Sonntagabend, wenn wir von ihren Eltern zurückkehren, kann sie dann nach Herzenslust schlafen.

Etwas Seltsames ist mir gestern abend passiert, und ich würde gern etwas dazu sagen, weil es mit dieser ganzen Geschichte von der totalen Enthüllung zu tun hat und weil es mir seither nicht mehr aus dem Kopf geht. Ich hatte natürlich nicht die Absicht, Vicki davon zu erzählen.

Seit zwei Jahren bin ich Mitglied einer kleinen Gruppe in der Stadt, die sich zusammengefunden und sich den – bewundernswert prosaischen – Namen «Klub der Geschiedenen Männer» gegeben hat. Wir sind insgesamt fünf, obwohl sich die Zusammensetzung ein-, zweimal änderte, da sich einer wieder verheiratet hat und von Haddam nach Philadelphia gezogen ist und ein anderer an Krebs gestorben ist. In beiden Fällen ist im richtigen Augenblick jemand gekommen, um die Lücke zu füllen, und wir haben uns alle gefreut, daß wir weiterhin fünf sind, denn bei der Zahl stimmt irgendwie das Gleichgewicht. Ein paarmal war ich kurz davor, den Klub zu verlassen, wenn man überhaupt von einem Klub sprechen kann, denn ich bin nicht der typische Vereinsmensch und habe auch nicht – jedenfalls nicht mehr – das Gefühl, daß ich die Unterstützung des Klubs brauche. Tatsächlich finde ich fast alles, was damit zu tun hat, entsetzlich langweilig, und seit ich mich darauf zu konzentrieren versuche, stärker in mir selbst zu ruhen, habe ich das Gefühl, mich ein wenig abgesetzt zu haben und auf dem Weg zurück zur Hauptrichtung meines eigenen, gelebten Lebens zu sein. Aber es hat gute Gründe gegeben dabeizubleiben. Ich wollte nicht der erste sein, der von sich aus den Klub verläßt. Das schien mir schäbig – mich hämisch darüber zu freuen, daß ich es überstanden hatte, während die anderen vielleicht noch nicht soweit waren, auch wenn niemand je zugab, daß wir irgend etwas zur gegenseitigen Unterstützung tun. Ohnehin ist keiner von uns der Typ, der anderen gern sein Herz ausschüttet. Wir sind alle gebildet. Einer ist Banker. Einer arbeitet in einer «Denkfabrik» am Ort. Einer ist Seminarist, und der letzte ist Effektenberater. Es geht bei uns nicht allzu ernst zu, viel eher herrscht eine liederlich-schelmische Ausgelassenheit. Meistens fahren wir runter zur *August Inn*, paffen Zigarren, unterhalten uns mit dröhnenden Unternehmerstimmen und hauen einmal im Monat auf den Putz. Oder aber wir zwängen uns in Carter Knotts alten Kombi und fahren zu einem Baseballspiel nach Philadelphia runter oder zum Angeln rüber an die Küste, wo wir bei Ben Mouzakis' Paramount Show Boat Dock einen günstigen Gruppenrabatt bekommen.

Es gibt aber noch einen anderen Grund, weshalb ich den Klub nicht verlasse: *keiner* von uns fünfen ist – in Anbetracht unserer besonderen Umstände – der Typ für einen Klub geschiedener Männer, ja, keiner von uns scheint in einen Ort wie Haddam zu gehören. Und doch sind wir jedesmal wieder dabei, mit der großen Angst eines Soldaten, der in ein Erschießungskommando zwangsverpflichtet wird, nach Kräften bemüht, so redselig und freundlich zu sein wie ein Rotarier – und zum Ausklang unserer Abende reden wir, wo wir auch sein mögen, über das Leben und den Sport und das Geschäft, ernst über unsere Knie gebeugt, hier und da die rot aufleuchtende Glut einer Zigarette, während das Boot auf die beleuchtete Anlegestelle zuhält, oder kurz vor der Sperrstunde in der *Press Box Bar* an der Walnut Street – und alle tun wir unser möglichstes füreinander und für persönliche, aber nie bekennerhafte Äußerungen. Tatsächlich kennen wir uns kaum und haben manchmal Mühe, ein Gespräch in Gang zu halten, solange wir nichts getrunken haben. Ebenso ist es auch schon vorgekommen, daß ich es kaum erwarten konnte wegzukommen und mir selber gelobt habe, nie wieder hinzugehen. Doch in Anbetracht unserer Persönlichkeiten ist das, glaube ich, das höchste Maß an Freundschaft, das sich jeder von uns erhoffen kann. (X schätzt mich in dieser Beziehung absolut richtig ein.) Die Vororte sind ohnehin keine Umgebung, in der Freundschaften gedeihen. Und wenn ich auch nicht behaupten kann, daß wir uns besonders sympathisch sind, so kann ich doch eindeutig sagen, daß wir uns nicht *unsympathisch* sind, und das ist möglicherweise der Kern all jener Freundschaften, die dich nicht mit Leuten verbinden, die du schon gekannt hast, bevor du über dein eigenes Leben Bescheid gewußt hast – was bei mir und wahrscheinlich auch bei den anderen der Fall ist, auch wenn ich sie wirklich nicht gut genug kenne, um das mit Sicherheit sagen zu können.

Wir – die ursprünglichen fünf – lernten uns kennen, weil wir uns für die Kurse an der Haddam High School eingeschrieben hatten, die unter dem Motto «Für Leute, die's wissen wollen» liefen, genau richtig für Leute wie uns, die sich in den entsprechenden Vereinen nicht wohl fühlten. Ich saß in «Amerikanische Präsidenten und ihre Außenpolitik im 20. Jahrhundert», die anderen in Kursen wie «Grundlagen der Aquarellmalerei» oder «Geradlinig denken und reden», und wir standen in den Pausen immer um die Kaffeemaschine herum und hielten den Blick von den armen, traurigen, hageren geschiedenen Frauen abgewandt, die mit uns nach Hause gehen und um vier Uhr morgens in Tränen ausbrechen wollten. Eins kam zum anderen, und als unsere Kurse zur Hälfte vorbei waren, hatten wir es uns schon angewöhnt, zur *August Inn* rüberzufahren, von Angelreisen nach Alaska und Spielerverkäufen im Baseball zu plaudern, die Eigenarten der anderen ausfindig zu machen und uns gegenseitig mit komischen Namen zu bedenken, wie «Knöterich», für Carter Knott, «Basset» für Frank Bascombe, «Jay-Jay» für Jay Pilcher – der kaum ein Jahr später allein in seinem Haus an einem Gehirntumor starb, von dem er nicht einmal gewußt hatte. Perfekte Babbits im Grunde, wir alle, auch wenn wir das bis zu einem gewissen Grade verstanden.

Gewissermaßen kann man sagen, daß wir alle verloren waren und sind und es auch wissen, und wir versuchen einfach, uns in dieser Verlorenheit möglichst bequem, mit möglichst guten Manieren und möglichst wenig Neugier einzurichten. Und der einzige Grund, weshalb wir noch nicht ausgestiegen sind, ist vielleicht der, daß uns kein zwingender Grund dafür einfällt. Denn *wenn* uns ein guter Grund einfällt, werden wir ohne Zweifel alle sofort aussteigen. Und ich bin vielleicht bald soweit.

Aber das ist noch nicht der springende Punkt, sondern nur eine Station auf dem Weg dorthin.

Gestern war der Tag unseres Frühjahrsausflugs, bei dem wir immer draußen vor Brielle Plattfische und Seebarsche angeln. Knöterich Knott organisierte alles, und wir bekommen zwar zu dem Preis, den wir bezahlen, kein Boot für uns allein, aber gewöhnlich bucht Ben Mouzakis für den Nachmittag einfach eine Gruppe sympathischer Männer dazu und fährt mit uns zum Selbstkostenpreis raus, da er weiß, wir werden es in Haddam weitererzählen und zudem im nächsten Jahr wiederkommen, und außerdem glaube ich, daß unsere Gesellschaft ihm einfach Spaß macht. Einen Nachmittag lang sind wir alle verträgliche Burschen.

Ich war von Haddam in der niedergeschlagenen Stimmung weggefahren, in die ich am Tag vor Ralphs Geburtstag immer gerate. Es hatte, genau wie heute, in der Frühe geregnet, doch als ich den Verkehrskreisel in Neptune hinter mir hatte und die Richtung zu den Shore Points im Süden einschlug, war der Regen hinauf in die Amboys gestürmt und ließ mich in der suprarealen Strandsonne im Verkehrslärm am Shark River völlig durchnäßt zurück, von meinen Jersey-Nachbarn so wenig zu unterscheiden wie ein Drogist aus Sea Girt.

Es ist natürlich eine Anonymität, die ich mir wünsche. Und New Jersey bietet davon eine ganze Menge. Ein flüchtiger Blick von der Bahnbrücke in Avon hinunter auf die Anlegestellen der Ausflugsboote, wo die Plastikfähnchen im Tanz der Küstenwinde flattern, macht mir immer klar, daß jeder dieser stämmigen Bermudashorts-Typen, die zusammen mit ihren stämmigen Frauen ungeduldig darauf warten, daß die ‹Sea Fox› die Anker lichtet oder die ‹Jersey Lady› ablegt, ebensogut ich sein könnte, der gleich rausfahren und vor Mantoloking oder Deauville nach Seeteufeln angeln will. Solche willkürlichen Gleichsetzungen sehe ich immer als eine gute Übung an. Wenn du glaubst, du seist so wie deine Mitmenschen, bist du besser dran, als wenn du glaubst – wie einige Professoren, die ich am Berkshire College kennengelernt habe –, kein Mensch komme dir gleich oder könne dich ersetzen, denn das ist verrückt und führt geradewegs in das schwermütige Verlangen nach einem Leben, das nie existiert hat, und du gibst dich damit der Lächerlichkeit preis.

Jedermann könnte in den meisten Punkten jeder andere sein. Stellen wir uns doch den Tatsachen.

Vielleicht lag es an meiner eigenen Nervosität, aber die Bermudashorts-Typen an den Bootsstegen sahen gestern aus der Ferne nicht gerade optimistisch aus. Es kam mir so vor, als ob sie wiederholt ihre Frauen stehenließen, um O-beinig über den

Bootssteg zu schlendern, die Arme verschränkt, die Gesichter in der blassen Sonne verdrossen, und ihrem angeborenen Jersey-Pessimismus freien Lauf ließen, daß der Tag danebengehen könnte, ja, danebengehen *mußte*. Irgend jemand würde ihnen für eine unerwünschte und unbedeutende Dienstleistung zuviel berechnen; die Frau würde seekrank werden und das Boot zur frühen Heimkehr zwingen; kein Fisch würde beißen, und der Tag würde mit einer miserablen Fischsuppe in einem jämmerlichen Fischlokal nur einen Steinwurf von zu Hause entfernt zu Ende gehen. Mit anderen Worten: Alles, was kommt, ist zu beklagen; also fangen wir lieber gleich damit an. Ich hätte ihnen am liebsten zugebrüllt: Kopf hoch! Die Chancen stehen besser, als ihr denkt. Es könnte doch alles klappen. Es könnte ein toller Tag für euch werden, also geht an Bord. Aber irgendwie fehlte mir der Mut dazu.

Doch wie es sich dann ergab, hätte ich damit absolut recht gehabt. Ben Mouzakis hatte die andere Hälfte des Boots an eine griechische Familie namens Spanelis vermietet, die aus seinem eigenen Heimatdorf bei Parga im Ionischen Meer stammte, und die geschiedenen Männer kehrten alle ihre besten Manieren heraus, benahmen sich wie Botschafter des guten Willens auf einer glückverheißenden Mission; sie halfen den Frauen mit ihren kurzen Angelruten, befestigten Köder an den Haken und entwirrten Angelschnüre, die sich an der Haspel verwickelt hatten. Die griechischen Männer hatten ihre eigene Art, den Köder so zu befestigen, daß der Fisch ihn nicht sofort wegschnappen konnte, und viel Zeit wurde damit verbracht, diese Technik zu lernen. Ben Mouzakis wartete schließlich mit Retsina auf, und um sechs Uhr war mit dem Angeln Schluß, die wenigen Plattfische, die vor dem «verborgenen Riff» angebissen hatten, wurden auf Eis gepackt, das Radio wurde auf einen griechischen Sender in New Brunswick eingestellt, und alle – die geschiedenen Männer und die Familie Spanelis, zwei Männer, drei hübsche Frauen und zwei Kinder – saßen, die Ellbogen auf den Knien, in der langgestreckten Kabine, wippten vor und zurück, legten die Hände um die Weingläser und redeten ernst mit der besten, gutnachbarlichen Toleranz über den Wert der Drachme, Melina Mercouri und den Ausflug nach Yosemite, den die Spanelises für den Juni planten, falls ihr Geld bis dahin reichte.

Ich war zufrieden mit der Entwicklung, die der Tag genommen hatte. Manchmal überkommt mich ein furchtbares Gefühl des Verlusts, wenn ich mit diesen Männern zusammen bin, so ausgeprägt wie ein tropisches Tief. In der Vergangenheit war es allerdings meist schlimmer als gestern. Irgendwie kommen sie mir – alles aufrichtige, gutherzige Burschen – so verträumt vor, wie das nur möglich ist, weit mehr, als ich es bin. Und verträumte Menschen kommen oft nicht gut miteinander aus, ob Sie das nun glauben oder nicht. Tatsächlich haben sich verträumte Menschen wenig zu bieten, ja, sie neigen dazu, die Verträumtheit der jeweils anderen bis zur verschwommenen Nichtigkeit zu neutralisieren. Das Elend bedarf – anders als das Glück – keiner Gesellschaft. Deshalb habe ich es mir auch angewöhnt, anderen Sportreportern, wenn ich nicht arbeite, aus dem Weg zu gehen – ich meide sie wie Piranhas –, denn Sportreporter sind oft die verträumtesten Menschen überhaupt. Es ist auch einer der Gründe, weshalb ich nach Einbruch der Dunkelheit nicht in Gotham bleibe. Mehr als ein Drink mit den Jungs aus dem Büro bei *Wally's*, einer beliebten Kneipe in der Third Avenue, und das Grauen tropft wie Zyankali von der falschen Glitzerdecke und aus den Tiffanylampen. Mein Knie fängt unter dem Tisch an zu hüpfen, und in drei Minuten habe ich jede Überzeugung verloren, bin stumm wie ein Fisch und blicke vom Tisch weg auf die Bilder an der Wand oder auf die Fugen zwischen den Gußformen an der Decke oder auf die Spiegel in der hinteren Bar, von denen ein weiterer Raum reflektiert wird, und stelle mir bereits vor, wie sehr ich meine Nachhausefahrt genießen werde. Eine Gruppe von Sportreportern kann deinen Blickwinkel weit über den Pessimismus hinaus verengen, denn die schlimmsten von ihnen sind Zyniker, die in den Keimen menschlicher Niederlagen einzig und allein schlechtes Theater sehen.

Was ist es darüber hinaus, was mich auch vom besten, gleichgesinnten Small talk zurückweichen läßt, wenn das Grauen ausbleibt und keine Spur von Zynismus zu erwarten ist und wenn ich, zumindest im Prinzip, die Idee der Kameradschaft mag (warum würde ich sonst mit den «Geschiedenen Männern» angeln gehen)? Einfach, daß ich es nicht ausstehen kann, wenn Dinge endgültig festgelegt werden, wenn Möglichkeiten durch den schäbigen Einfluß von Tatsachen eingeengt werden – und dazu gehört auch das simple Faktum Kameradschaft. Ich hoffe immer, daß sich eine große Überraschung dort auftut, wo sie immer schon möglich war – in der Kameradschaft unter Profis, in der Freundschaft unter Ebenbürtigen, in Liebe und Leidenschaft. Nur: Wenn die Tatsachen klar herausgestellt werden, kann ich es nicht ertragen und fliehe, so schnell ich kann – zu Vicki oder ins nächtelange Betrachten von Katalogen in meiner Frühstücksnische oder ins Schreiben einer guten Sportgeschichte oder in eine weit entfernte Stadt zu einer Frau, die ich mit Sicherheit nie wieder sehen werde. Es ist genau wie damals, als du noch jünger warst und immer vom gemeinsamen Familienurlaub geträumt hast; doch nach der Reise sahst du dich den leeren Hülsen deiner Träume und der Angst gegenüber, daß so das Leben im wesentlichen aussehen wird – um dich herum die leeren Hülsen deiner Träume. Ich werde wohl immer die Angst haben, daß, was immer gerade ist, *alles* ist.

Trotzdem habe ich die Angelausflüge der «Geschiedenen Männer» durchaus genossen. Ich habe es mir angewöhnt, nicht etwa eine Angelrute zu mieten, sondern ein bißchen umherzugehen, mit den anderen, die angeln wie die Teufel, sarkastische Bemerkungen auszutauschen, ihnen ein Bier zu holen, mich in der Kabine vor den Fernseher zu setzen oder ganz nach oben zu gehen und zusammen mit Ben das Sonargerät zu beobachten, wo er auf dem dunklen grünen Schirm die Fische wie Wolken aus weißem Metall erkennen kann. Ben kann sich nie an meinen Namen erinnern, doch nach einer Weile erkennt er in mir jemanden namens John, und wir unterhalten uns über alles mögliche, über die Wirtschaftslage oder russische Fischerboote oder Baseball, ein Thema, für das Ben sich fanatisch interessiert und das von Mann zu Mann ein gutes Bindeglied abgibt.

Beim gestrigen Ausflug beendete ich den Tag mit dem, was ich am liebsten tue: Ich stand an der eisernen Reling in der Nähe des Bugs der ‹Mantoloking Belle› und blickte hinaus auf die Lichterketten am Ufer New Jerseys, die in der hereinbrechenden Dämmerung heller wurden, und gab mich staunend meinen Illusionen hin – wie ein Kolumbus oder ein Pilgervater, der in der hereinbrechenden Dämmerung zum erstenmal den Kontinent seiner Träume Gestalt annehmen sieht. Für den Abend hatte ich vor, um acht bei Vicki zu sein, sie mit einem intimen deutschen Essen in *Truegel's Red Palace* am Fluß in Lambertville zu überraschen – zur Feier unserer zwei Monate alten Liebe –, und sie dann früh zu Hause zu haben. Insgesamt keine üblen Aussichten.

Nicht weit von mir an der Reling und, wie ich, in die mit Lichtpunkten durchsetzte Finsternis hinausblickend, stand Walter Luckett, nachdenklich wie ein Richter und an diesem Frühlingsabend möglicherweise frierend, was aus der Art zu schließen war, wie er über die Ellbogen gebeugt dastand.

Walter ist das neueste Mitglied der «Geschiedenen Männer». Er nahm Rocko Fergusons Platz ein, als Rocko wieder heiratete und runter nach Philadelphia zog, und kam als alter Bekannter Carter Knotts von der Harvard Business School in den Klub. Walter kommt aus Coshocton in Ohio, hat am Grinnell College studiert und spricht Ohio aus, als habe es vorn und hinten ein U. Er arbeitet als Unternehmensberater für Dexter & Warburton in New York und sieht mit seiner Schildpattbrille und den kurzen, glatten Haaren auch so aus. Auf dem Weg zur Arbeit entdecke ich ihn gelegentlich am Bahnsteig, aber wir unterhalten uns nur selten. Tatsächlich weiß ich sonst fast nichts von ihm. Carter Knott erzählte mir, Walters Frau Yolanda habe ihn verlassen und sei mit einem Wasserskilehrer nach Bimini durchgebrannt; es sei für ihn ein großer Schock gewesen, aber er scheine die Dinge nun «besser im Griff zu haben». Das könnte natürlich jedem von uns passieren, und die «Geschiedenen Männer» waren da wohl genau das Richtige für ihn.

Einmal bin ich nach elf noch zur *Weirkeeper's Tavern* rüber – ich mache das hin und wieder, um die späte Sportsendung auf der großen Leinwand sehen zu können –, und da saß Walter, ein wenig betrunken und redselig. Als er brüllte: «He, Frank! Wo sind all die Weiber?», konnte ich es kaum erwarten, wieder zu gehen.

Ein anderes Mal kam Walter dazu, als ich abends zur Essenszeit im *Coffee Spot* war. Er setzte sich mir gegenüber, und wir unterhielten uns über die jungen Leute von der Handelskammer, die für ihn nur ein Haufen Heuchler waren, und über die Qualität der Seidenunterwäsche, die einem in den meisten Katalogen angeboten wurde. Einiges davon, sagte er, werde in Korea hergestellt, aber das Beste komme direkt aus China; es war einer seiner Unternehmensbereiche. Und dann saßen wir lange Zeit nur da – wie hundert Jahre kam es mir vor –, während unsere Blicke einen Punkt suchten, an dem sie sich festhalten konnten, bis sie sich schließlich ineinanderbohrten. Und dann saßen wir da und starrten uns an, vier, fünf schreckliche, schreckliche Minuten lang; dann stand Walter einfach auf und ging aus dem Lokal, ohne etwas bestellt oder noch ein weiteres Wort gesagt zu haben. Er hat später diesen schrecklichen Moment nie erwähnt, und ich versuche seither – ehrlich gesagt –, ihm aus dem Weg zu gehen, und ich weiß auch, daß er mindestens zweimal das *August* betrat, mich sah und wieder kehrtmachte – und dafür hat er meine Achtung. Alles in allem glaube ich, ich mag Walter Luckett. Er gehört eigentlich ebensowenig in einen Klub geschiedener Männer wie ich, aber er ist bereit, es ehrlich damit zu versuchen, nicht etwa, weil er glaubt, daß es ihm dort irgendwann je gefallen wird oder daß es genau das ist, was ihm immer gefehlt hat, sondern weil die Mitgliedschaft in dem Klub in mancher Hinsicht das letzte ist, was er sich überhaupt vorstellen kann und weil er wahrscheinlich das Gefühl hat, er sollte allein schon aus dem Grund mitmachen. Wir sollten alle wissen, was am Ende der Fahnenstange auf uns wartet und was für ein Gefühl es ist, dort angelangt zu sein.

«Weißt du, warum ich so gern hier stehe und zur Küste hinüberblicke, Frank?» sagte Walter leise, nachdem ich es abgelehnt hatte, ein Wort zu sagen.

«Nein, Walter, warum?» Ich war überrascht, daß er mich überhaupt bemerkt hatte. Walter hatte am Nachmittag einen einzigen Seebarsch herausgeholt, den größten von allen, und danach hatte er mit dem Angeln aufgehört und es sich mit einem Buch auf einer der Sitzbänke bequem gemacht.

«Ich seh die Dinge gern aus einem Winkel, aus dem ich sie sonst nicht erlebe. Verstehst du, was ich sagen will?»

«Sicher», sagte ich.

«Dort drüben verbringe ich jeden Tag, fest im Leben verankert. Dann fahr ich ein, zwei Meilen hier raus, und es ist dunkel, und plötzlich ist alles anders. Besser. Stimmt's?» Walter dreht sich nach mir um. Er ist kein großer Mann, und heute abend trägt er kurze weiße Hosen, ein altes blaues Polohemd und Segeltuchschuhe; dadurch wirkt er noch kleiner, als er ohnehin schon ist.

«Es scheint besser. Wahrscheinlich kommen wir deshalb hier raus.»

«Stimmt», sagte Walter und starrte eine Zeitlang hinüber zu der geheimnisvoll strahlenden Küstenlinie, während das Wasser geräuschvoll gegen die Schiffswand klatschte. Weit weg im Norden sah ich den Widerschein des Riesenrads im Asbury Park und direkt dahinter den Eisschrank-Schimmer über Gotham. Es war tröstlich, diese Lichter zu sehen und zu wissen, daß dort Menschen lebten und daß ich hier und am Leben war. Und für den Augenblick war ich froh, mitgekommen zu sein, und ich fand, daß die «Geschiedenen Männer» alles Typen waren, mit denen man wirklich etwas anfangen konnte. Die meisten waren jetzt in der Hauptkabine, wo sie mit den Spanelis' plauderten und sich prächtig unterhielten. «So seh ich es aber nicht immer, Frank», sagte Walter nüchtern, die Hände gefaltet, die Unterarme auf der Reling liegend.

«Wie siehst du's denn gewöhnlich, Walter?»

«Nun gut. Es ist komisch. In meiner Kindheit im Osten von Ohio machte meine Familie oft lange Reisen. Ziemlich lange, jedenfalls. Von Coshocton im östlichen Teil des Staates bis nach Timewell in Illinois, und zwar im westlichen Teil von Illinois. Und dabei geht es nur durchs flache Land, ein Landkreis ist wie der andere. Während meine Schwester im Auto ihre eigenen Spiele machte, die mit Radkappen und Glückszahlen auf Nummernschildern und was weiß ich zu tun hatten, konzentrierte ich mich immer darauf, mir bestimmte Dinge einzuprägen – ein Haus oder vielleicht einen Silo oder eine kleine Anhöhe oder auch nur einen Haufen Schweine, irgend etwas, an das ich mich auf der Rückfahrt würde erinnern können. Damit es für mich dasselbe sein würde, alles Teil derselben Erfahrung, nehme ich an. Wahrscheinlich tun das alle. Ich tu's *immer* noch. Du nicht?» Als Walter mich wieder ansah, fing seine Brille etwas von der Uferbeleuchtung ein und funkelte mich an.

«Ich glaube, ich bin da das genaue Gegenteil, Walter», sagte ich. «Für mich ist die Landstraße auf der Hin- und Rückfahrt nie gleich. Wenn mir Autos entgegenkommen, denke ich manchmal sogar, ich begegne mir selbst. Das meiste vergesse ich eigentlich sofort wieder, aber es ist sowieso meine Art, viele Dinge einfach zu vergessen.»

«So zu sein ist bestimmt besser», sagte Walter.

«Für mich macht es die Welt interessanter.»

«Ich werde das wohl lernen müssen, Frank», meinte Walter und schüttelte den Kopf.

«Ist irgendwas nicht in Ordnung, Walter?» fragte ich – und hätte es nicht tun sollen, denn damit verstieß ich gegen die Regeln des «Klubs der Geschiedenen Männer», die besagen, daß keiner von uns an dieser Art der Selbstdarstellung sonderlich interessiert ist.

«Doch, doch», sagte Walter bedrückt. «Es ist alles in Ordnung.» Und wieder starrte er eine Weile hinüber zu der tiefschwarzen Küste Jerseys, wo die eckigen Lichter der Strandhäuser uns mit allem verbanden, was sich an hoffnungsvollem Leben dort abspielen mochte. «Nur eins hätte ich gern noch gefragt, Frank», sagte Walter.

«Na klar.»

«Wen hast du, dem du dich anvertrauen kannst?» Dabei schaute mich Walter nicht an, aber irgendwie ahnte ich, daß sein glattes, sanftes Gesicht zugleich Traurigkeit und Hoffnung ausdrückte.

«Ich wüßte eigentlich niemanden, um ehrlich zu sein», sagte ich. «Nein, da ist niemand.»

«Hast du dich nicht mal deiner Frau anvertraut?»

«Nein», sagte ich. «Wir haben oft genug über alles geredet, so viel ist klar. Vielleicht meinen wir mit ‹sich anvertrauen› nicht dasselbe. Ich bin kein Mensch mit großen Geheimnissen.»

«Gut. Das ist gut», sagte Walter. Ich sah, daß ihn meine Antwort verwirrte, aber auch befriedigte, und was noch wichtiger ist: Es war die beste Antwort, die ich ihm geben konnte. «Dann bis später, Frank», sagte Walter unverhofft mit einem Klaps auf meinen Arm und ging davon, dorthin, wo es an Bord dunkel war und wo einer aus der Familie Spanelis immer noch fischte, obwohl die Wasseroberfläche schwarz und die scharfe Frühlingsluft ganz schön kühl war; ich ging jedenfalls hinein und sah mir auf dem an Bord befindlichen Fernseher ein paar Durchgänge Baseball an, ein Spiel mit den Yankees.

Doch als wir dann wieder an Land waren und uns nach allen Richtungen verabschiedet hatten und die «Geschiedenen Männer» die wenigen Seebarsche und Plattfische den Spanelis-Kindern geschenkt hatten, ging ich über den Schotterplatz zu meinem Auto, bereit, direkt zu Vicki zu fahren und sie nach Lambertville zu entführen, und da stand Walter Luckett und scharrte mit seinen Segeltuchschuhen im Schotter neben meinem Wagen und hatte im Dunkeln das eigenartige Aussehen eines Mannes, der Geld pumpen wollte.

«Hallo, Wally», sagte ich gut gelaunt und ging daran, den Wagen aufzuschließen. In spätestens einer Stunde mußte ich dort sein, und ich wollte los. Vicki geht früh zu Bett, selbst wenn sie tags darauf nicht arbeiten muß. Sie nimmt ihren Beruf als Krankenschwester verdammt ernst und möchte immer frisch und munter sein, da nach ihrer Überzeugung die Patienten sonst niemanden haben, der ihre mißliche Lage versteht. Und das bedeutet, daß ich nach acht keinen Besuch mehr bei ihr mache, mag sein, was will.

«Es ist ein irres Leben, was, Frank?» sagte Walter und lehnte sich, die Arme verschränkt, an meinen hinteren Kotflügel und verfolgte scheinbar belustigt, wie sich die anderen «Geschiedenen Männer» und die Spanelis' vom Parkplatz herunter mit schaukelnden Lichtern auf die Landstraße 35 zubewegten. Sie hupten und brüllten, und die Spanelis-Kinder quietschten vor Vergnügen.

«Da hast du recht, Walter.» Ich machte die Tür auf und blieb stehen, um ihn im Dunkeln anzusehen. Er steckte die Hände in die Hosentaschen und ließ die Schultern hängen, um die er im alten Country-Club-Stil einen hellen Pullover geschlungen hatte. «Ich finde aber, es ist ein ganz gutes Leben.»

«Man kann es eigentlich nicht planen, oder?»

«Auf keinen Fall.»

«Es gibt so vieles, was sich nicht vorhersehen läßt, und doch liegt alles offen und klar vor einem.»

«Sieht aus, als ob du frierst, Walter.»

«Laß uns einen trinken, Frank, ich lad dich ein.»

«Das geht jetzt nicht. Hab noch was vor.» Ich sagte das mit einem verschwörerischen Lächeln.

«Nur einen kleinen Seelenwärmer. Wir können gleich da rüber ins *Manasquan.*» Auf der anderen Seite des Parkplatzes lag die *Manasquan Bar,* ein wie eine Scheune aussehendes altes Fischerlokal mit Walmdach und einem roten BAR-Schild oben drauf. Ben Mouzakis hatte zusammen mit dem Bruder seiner Frau in diese Bar investiert, wie er mir einmal erzählte, als wir uns an Bord über steuerbegünstigte Geschäfte unterhielten. «Na, was ist?» sagte Walter und wandte sich zum Gehen. «Laß uns einen trinken, Frank.»

Mir lag nichts an einem Schlummertrunk mit Walter Luckett. Mir lag daran, schnell zu Vicki zurück und ins verschlafene Lambertville zu kommen, während das letzte Aufflackern der Sonne den Himmel im Westen erhellte. Die Erinnerung an die schrecklichen, Ewigkeiten dauernden Augenblicke im *Coffee Spot* war plötzlich wieder da, und ich wollte schon in den Wagen springen und wie ein Desperado vom Parkplatz rasen. Aber ich tat es nicht. Ich stand da und sah zu Walter hinüber, der in seinen kurzen Hosen und dem Pullover inzwischen den leeren Platz schon halb überquert hatte und sich nun nach mir umdrehte und in einer Haltung dastand, die ich nur als herzzerreißend bezeichnen kann. Und ich konnte nicht nein sagen. Walter und ich hatten etwas gemeinsam – etwas Unwesentliches zwar, aber etwas, das durch seine herzzerreißende Haltung unleugbar wurde. Walter und ich waren beide Männer, Vicki hin, Vicki her, Lambertville hin, Lambertville her.

«Aber nur einen», sagte ich in das Parkplatzdunkel. «Ich hab eine Verabredung.»

«Du wirst sie einhalten können», versprach Walter, im trüben Licht der Strandbeleuchtung von Brielle nun nicht mehr zu sehen. «Ich werde schon dafür sorgen.»

Im *Manasquan* bestellte Walter einen Scotch und ich einen Gin, und eine Zeitlang saßen wir in unbehaglichem Schweigen da und fixierten die hinter der Theke hängenden alten Bilder mit rekordverdächtigen Streifenbarschen, die vom Bootssteg aus geangelt worden waren. Auf einigen von ihnen glaubte ich Ben Mouzakis zu sehen – einen stolzen jungen Draufgänger in den fünfziger Jahren, mit dem verrückten Grinsen eines selbstbewußten Einwanderers, ohne Hemd, ein Muskelprotz neben einigen anderen größeren Männern in Khakihosen und zweihundert entlang einer langen Planke aufgereihten toten Fischen.

Das *Manasquan* ist im Innern ein dunkler, aus Kiefernbrettern gezimmerter, nach Teer riechender Schuppen, und es ist, wenn ich hin und wieder von allem weg will, einer meiner liebsten Zufluchtsorte. Zu jedem anderen Zeitpunkt hätte ich nicht das geringste dagegen gehabt, hier zu sein. Es gibt dort eine lange Theke aus Teakholz mit einem irgendwie an die Seefahrt erinnernden Motiv, und niemand macht von sich aus den Versuch, freundlich zu sein, obwohl ehrlich eingeschenkt wird und die Preise für einen von Touristen überlaufenen Küstenstrich ganz vernünftig sind. Ich habe mich schon öfter mal, wenn ich für unseren Ausflug zu früh dran war, an die Theke gesetzt, einen guten, fettigen Hamburger gekauft und mich beim Zeitunglesen oder Fernsehen so richtig zu Hause gefühlt, in einem Raum mit den wenigen Fischern in blauen Strickmützen, die sich am Ende der Theke zusammendrängen und sich murmelnd unterhalten, und den vereinzelten Frauen, die umherwandern und sich unverfroren an Fremde heranmachen. Es ist ein Lokal, in dem du dich gern zu den Stammgästen zählen würdest, obwohl du letzten Endes mit keinem dort irgend etwas gemeinsam hast, abgesehen von einer gewissen Geisteshaltung, die sich in Wortkargheit äußert und die nur dir verdammt bewußt ist.

«Frank, hast du je Sport getrieben?» fragte mich Walter freimütig, als wir die Bilder lange genug studiert hatten.

«Ich war immer nur ein Fan», sagte ich und grinste, um ihm die Befangenheit zu nehmen. Er hatte offensichtlich etwas auf dem Herzen, und je früher er damit herausrückte, desto früher konnte ich weg.

Walter lächelte ironisch zurück, zog mißbilligend die Nase hoch, rückte seine Brille zurecht. Mir wurde bewußt, daß Walter ein gutaussehender Mann war, und das machte ihn mir sympathisch. Gutaussehende Menschen tun sich schwer damit, sie selber zu sein oder auch nur den Versuch zu machen. Und ich hatte das Gefühl, daß Walter gerade versuchte, er selbst zu sein, und das gefiel mir an ihm, aber ich wünschte mir, er würde sich damit beeilen.

«Du hast draußen in Michigan studiert, stimmt's?» fragte Walter.

«Stimmt.»

«Doch wohl in Ann Arbor, nicht in East Lansing.»

«Stimmt.»

«Ich weiß, daß es dort anders zugeht.» Walter nickte gedankenvoll und rümpfte wieder die Nase. «Dort kannst du keinen Sport treiben, das versteh ich. Es ist wie eine Fabrik.»

«So schlimm war's nicht.»

«Ich hab am Grinnell draußen Sport gemacht. Das konnte dort jeder. Es war nichts Bedeutendes, aber ich bin sicher, das ist heute anders. Ich geh nicht mehr hin.»

«Ich geh auch nicht nach Ann Arbor zurück. Was war denn dein Sport?»

«Ringen. Federgewicht. Unsere Gegner waren Carleton und Macalester und so. Ich war nicht besonders gut.»

«Das sind aber gute Schulen.»

«Es *sind* gute Schulen», sagte Walter. «Aber man hört kaum etwas von ihnen. Irgendwie wollen alle über Sport reden, hab ich recht?» Walter sah mich ernst an.

«Manchmal schon, aber ich hab nichts dagegen. Andere kennen sich im Sport viel besser aus als ich, ganz ehrlich. Es ist eine ziemlich harmlose Seite an den Menschen, und solche Gespräche über den Sport bringen uns auf einer recht angenehmen Ebene zusammen.» Ich weiß nicht, warum ich plötzlich in den Stil einer Tischrede von Grantland Rice verfiel, wohl nur, weil Walter das offenbar wollte und weil mir wahrhaftig nichts anderes einfiel. (Wahr ist aber auch, daß ich das Wort für Wort glaube, es ist viel besser, als über irgendein hochgestochenes Buch zu reden, das nur einer in der Runde gelesen hat.)

Walter bewegte die Eiswürfel in seinem Drink und benutzte dazu den Finger. «Was ist für dich das Schlimmste an deinem Job, Frank? Ich selbst reise sehr ungern, und ich muß viel reisen. Ich wette, dir geht's genauso, stimmt's?»

«Ich hab nichts gegen das Reisen», sagte ich. «Es bringt manche Dinge mit sich, ohne die ich wahrscheinlich nicht mehr sein könnte. Besonders jetzt, wo ich zu Hause allein bin.»

«Okay, klar.» Walter leerte seinen Scotch mit einem einzigen Schluck und bestellte sich, noch während er das Glas absetzte, mit einem Fingerzeichen einen neuen. «Das Reisen ist es also nicht. Okay, das ist gut.»

«Ich glaube, Walter, weil du danach gefragt hast, das Unangenehmste an meinem Job ist, daß Leute, zu denen ich komme, von mir erwarten, daß ich etwas Gutes für sie bewirke. Wenn ich ein Interview mit ihnen mache oder über sie schreibe oder auch nur mit ihnen telefoniere, wollen sie davon profitieren. Ich rede nicht von Geld. Es gehört einfach zu den üblichen illusorischen Vorstellungen von meinem Beruf. Tatsächlich können wir manchmal bewirken, daß die Dinge nicht schlimmer werden, oder wir bewirken, *daß* sie schlimmer werden. Aber wir können normalerweise nicht erreichen, daß für den einzelnen etwas besser wird. Für Gruppen gelingt es uns manchmal. Aber auch nicht immer.»

«Interessant.» Walter Luckett nickte, als sei es alles andere als interessant. «Was meinst du mit ‹schlimmer›?»

«Ich meine, manchmal können Dinge schon dadurch schlimmer erscheinen, daß sie nicht besser sind. Ich weiß nicht, ob ich darüber schon mal nachgedacht habe», sagte ich. «Aber ich glaube, es stimmt.»

«Die Leute haben kein Recht, Verbesserungen für ihr Leben von dir zu erwarten», sagte Walter nüchtern. «Aber genau das wollen sie, keine Frage. Da stimme ich dir zu.»

«Ich weiß nicht, ob sie das Recht haben. Aber es wäre schön, wenn wir etwas für sie tun könnten. Ich glaube, früher hab ich mal gedacht, ich könnte es.»

«Ich bestimmt nicht», sagte Walter. «Eine miese Ehe war der Beweis.»

«Es ist immer eine Ernüchterung. Ich meine nicht, die Ehe ist eine Ernüchterung. Nur, ihr ein Ende zu machen.»

«Wahrscheinlich.» Walter blickte zu den Fischern hinüber, die am schwach beleuchteten Ende der Theke saßen und sich, zusammen mit dem fetten Evangelis, über irgendwelche Spielkarten beugten. Einer der Männer lachte laut auf, dann steckte ein anderer die Karten grinsend in seine Jackentasche, und die Stimmen wurden wieder leise. Ich hätte alles dafür gegeben, wenn ich einen Blick auf die Karten hätte werfen und ins Gelächter der Fischer hätte einstimmen können, statt mit Walter hier festzusitzen. «Deine Ehe war also keine Ernüchterung für dich?» sagte Walter auf eine Art, die ich irgendwie kränkend fand. Er hatte nur die Spitzen seiner schlanken Finger an dem Whiskyglas liegen, und dann sah er mich vorwurfsvoll an.

«Nein. Es war wirklich eine wunderbare Ehe. Soweit ich mich erinnern kann.»

«Meine Frau ist in Bimini», sagte Walter. «Meine Ex-Frau, muß ich ja jetzt sagen. Sie ist da mit einem Mann namens Eddie Pitcock runtergefahren, einem Mann, den ich noch nie gesehen habe und von dem ich nichts weiß außer seinem Namen, und den hat ein Privatdetektiv für mich ausgekundschaftet. Ich könnte noch viel mehr herausfinden. Aber wen interessiert das? Eddie Pitcock heißt er. Ist das nicht der passende Name für den Burschen, der mit deiner Frau durchbrennt?»

«Nur ein Name, Walter, sonst nichts.»

Walter faßte sich wieder an die Nase und schniefte.

«Stimmt. Da hast du recht. Das ist es auch gar nicht, worüber ich reden wollte, Frank.»

«Dann laß uns über Sport reden.»

Walter starrte verbissen auf die Fischbilder hinter der Theke und atmete heftig durch die Nase. «Ich komme mir ziemlich wichtigtuerisch vor, Frank, nachdem ich dich hier reingeschleppt habe. Es tut mir leid. Ich bin normalerweise kein Wichtigtuer. Ich möchte nicht, daß das zur Geschichte meines Lebens wird.» Walter hatte mein Angebot, den Sport zum Thema einer guten Unterhaltung zu machen, völlig ignoriert, und das bedeutete wohl, daß etwas Ernsteres kam, etwas, das mir noch leid tun würde. «Ein sehr amüsantes Leben ist es jedenfalls nicht.»

«Ja, ich verstehe», sagte ich. «Vielleicht wolltest du einfach auf einen Drink in eine Bar, mit jemandem, den du kennst, dem du dich aber nicht anzuvertrauen brauchst. Das ist wirklich vernünftig. Ich hab das auch schon getan.»

«Frank, ich bin vorgestern in New York in eine Bar gegangen und hab mich von einem Mann aufreißen lassen. Ich bin dann mit ihm in ein Hotel gegangen – es war das *Americana* – und hab mit ihm geschlafen.» Walter blickte grimmig auf die Fischbilder. In seinem Blick lag so viel Intensität, daß ich wußte, nichts in der Welt wäre ihm lieber, als einer dieser glücklichen, stolzen Fischer in Khakihosen zu sein und an einem herrlichen Julitag seine fetten Barsche in der Sonne zu präsentieren, 1956 vielleicht, als wir beide, Walter und ich, elf Jahre alt waren – vorausgesetzt, wir sind gleich alt. Ich selber wäre im Augenblick mehr als glücklich gewesen, bei diesen Fischern zu sein.

«Ist es das, was du mir sagen wolltest, Walter?»

«Ja.» Walter Luckett sagte das wie betäubt; er wirkte todernst.

«Nun ja», sagte ich, «für mich spielt das keine Rolle.»

«Ich weiß.» Walters Kinn bewegte sich irgendwie auf und ab, als nicke er sich insgeheim selber zu. «Ich hab das schon vorher gewußt. Oder ich hab es jedenfalls geglaubt.»

«Dann ist ja alles in Ordnung, nicht wahr?»

«Ich fühle mich *ziemlich* übel, Frank», sagte Walter. «Nicht daß ich mich schmutzig fühle oder mich schäme. Es ist keine Schande. Ich sollte mich wahrscheinlich blöd fühlen. Aber nicht einmal das ist der Fall. Ich fühle mich einfach schlecht. Es ist, als sei plötzlich ein schlechtes Gefühl in mir freigesetzt worden.»

«Glaubst du, du willst es wieder tun, Walter?»

«Ich bezweifle es. Ich hoffe es jedenfalls nicht», sagte Walter. «Es war ein netter Kerl, das muß ich sagen. Keiner dieser brutalen Ledertypen oder was es da alles gibt. So wenig wie ich. Er hat Frau und Kinder, oben im Norden von Jersey. Passaic County. Ich seh ihn wahrscheinlich nie wieder. Und ich hoffe, ich tu das nie wieder. Obwohl ich es könnte, glaube ich. Es würde sowieso keinen interessieren, da bin ich sicher. Verstehst du?» Walter kippte seinen Scotch und nahm mich rasch wieder ins Visier. Ich fragte mich, ob wir laut genug redeten, um von den Fischern gehört zu werden. Sie hätten wahrscheinlich über Walters Erfahrung einiges zu sagen gehabt, wenn wir sie einbezogen hätten.

«Was glaubst du, Walter, warum hast du's mir erzählt?»

«Ich glaube, ich wollte es dir erzählen, Frank, weil ich wußte, daß es dir nichts ausmachen würde. Ich glaube, ich wußte, was für ein Typ du bist. Und wenn es dir *doch* etwas ausgemacht hätte, dann hätte ich mich besser gefühlt, ich wäre dann besser gewesen als du. Irgendwie bewundere ich dich, Frank. Als ich zur Gruppe kam, hab ich mir dein Buch aus der Bücherei geholt; gelesen hab ich's allerdings nicht. Aber ich hielt dich für einen Mann, der keine festgefahrenen Meinungen hat.»

«Ich hab viele festgefahrene Meinungen», sagte ich. «Aber normalerweise behalte ich sie lieber für mich.»

«Ich weiß. Aber nicht, wenn es um so eine Geschichte geht. Hab ich recht?»

«Es spielt für mich keine Rolle. Wenn ich eine Meinung dazu habe, werde ich das erst später wissen.»

«In dem Fall wäre es mir, ehrlich gesagt, lieber, du würdest mir nichts davon sagen. Ich glaube nicht, daß es mir weiterhelfen würde. Eigentlich sehe ich das hier nicht als Beichte an, Frank, denn ich will eigentlich gar keine Reaktion von dir. Ich weiß, daß du Beichten nicht magst.»

«Da hast du recht», sagte ich. «Ich glaube, die meisten Dinge sind besser, wenn du sie einfach als schlichte Tatsachen stehenläßt.»

«Da bin ich deiner Meinung», sagte Walter selbstsicher.

«Du hast es mir aber erzählt, Walter.»

«Frank, ich brauchte dafür einen Kontext. Ich finde, dazu sind Freunde da.» Walter klimperte mit den Eiswürfeln in seinem Glas, als sei er auf einem Kongreß und wolle zusammenfassen.

«Ich weiß nicht», sagte ich.

«Frauen sind in solchen Dingen besser, glaube ich», sagte er.

«Darüber habe ich noch nie nachgedacht.»

«Frauen schlafen, glaube ich, die ganze Zeit miteinander, Frank, ohne sich groß Gedanken zu machen. Ich bin überzeugt, daß es Yolanda getan hat. Auf lange Sicht verstehen sie mehr von Freundschaft.»

«Glaubst du, ihr seid Freunde, du und dieser Mann, wie immer er heißt?»

«Wahrscheinlich nicht, Frank. Nein. Aber du und ich. Ich kann sagen, daß ich jetzt, in diesem Augenblick, auf der ganzen Welt keinen besseren Freund habe als dich.»

«Also, das ist doch was, Walter. Fühlst du dich jetzt besser?»

Walter trommelte mit dem Mittelfinger auf die Stelle zwischen seinen braunen Augen und atmete tief durch. «Nein. Nein. Nein, ich fühle mich nicht besser. Ich hab das auch gar nicht erwartet, um ehrlich zu sein. Ich glaube nicht, daß ich es dir erzählt habe, um mich besser zu fühlen. Wie gesagt, ich wollte von dir nichts zurückhaben. Ich wollte nur nicht, daß es mein Geheimnis bleibt. Ich mag keine Geheimnisse.»

«Okay, und wie empfindest du's jetzt?»

«Was denn?» Walter starrte mich seltsam an.

«Mit diesem Mann geschlafen zu haben. Worüber reden wir denn die ganze Zeit?» Ich warf einen Blick zum anderen Ende der langen Theke. Einer der Fischer starrte zu uns herüber; er saß etwas abseits von den anderen, die in einem Fernseher über der Registrierkasse das Spiel der Yankees verfolgten. Der Fischer sah betrunken aus, und ich nahm nicht an, daß er uns genau zuhörte, aber es war möglich, daß er durch Zufall einiges mitbekam. «Oder mir davon erzählt zu haben. Was weiß ich», sagte ich fast flüsternd. «Vielleicht beides.»

«Bist du jemals arm gewesen, Frank?» Walters Blick ging kurz zu den Fischern hinüber und kehrte dann zu mir zurück.

«Nein. Eigentlich nicht.»

«Ich auch nicht. Aber genauso fühle ich mich jetzt. Als sei ich arm geworden, ganz plötzlich. Nicht daß ich etwas haben möchte. Nicht daß ich etwas zu verlieren hätte. Ich fühle mich einfach schlecht, auch wenn ich mich wahrscheinlich nicht umbringen werde.»

«Glaubst du, so ist das, wenn man arm ist? Man fühlt sich schlecht?»

«Könnte doch sein», sagte Walter. «Jedenfalls ist das meine Version. Vielleicht hast du ja eine bessere.»

«Nein. Eigentlich nicht. Das ist ganz in Ordnung.»

«Vielleicht müßten wir alle arm sein. Nur einmal. Nur um uns ein Anrecht auf das Leben zu verdienen.»

«Mag sein, Walter. Ich hoffe es nicht. Ich hätte bestimmt keine Freude dran.»

«Hast du aber nicht manchmal das Gefühl, Frank, daß du auf der Höhe des Lebens bist und es im Grunde nicht voll ausschöpfst, bis hinunter in die Tiefen?»

«Nein. So hab ich das noch nie empfunden, Walter. Ich hatte immer nur das Gefühl, daß ich vom Leben so viel mitnehme, wie ich kann.»

«Also, dann bist du ein Glückspilz», sagte Walter Luckett freiheraus. Er klopfte mit seinem Glas ein paarmal auf die Theke. Evangelis blickte herüber, aber Walter wies ihn mit einer Handbewegung ab. Er schob ein paar Eiswürfel im Mund hin und her. «Sagtest du nicht, du bist verabredet, Kumpel?» Er versuchte trotz der Eiswürfel zu lächeln, und das sah dämlich aus.

«Jedenfalls *war* ich verabredet.»

«Ach was, das wird schon noch», sagte Walter. Er legte einen nagelneuen Fünf-Dollar-Schein auf die Theke. Er hatte wahrscheinlich genügend solcher Scheine in der Tasche. Er rückte den um seine Schultern geschlungenen Pullover zurecht. «Gehen wir ein paar Schritte, Frank.»

An den Fischern und Evangelis vorbei, die unter dem Fernseher standen und auf dem farbigen Bildschirm das Spiel verfolgten, gingen wir aus dem Lokal; der Fischer, der uns dauernd angestarrt hatte, starrte jetzt auf die leere Stelle, an der wir gesessen hatten. «Schaut mal wieder rein», sagte Evangelis lächelnd, obwohl wir schon draußen waren.

Über dem Kanal und dem dunklen Manasquan River war die Nachtluft frischer, als ich sie mir hätte vorstellen können, von einer kühlen, noch nach Regen duftenden Reinheit, ein Abend wie geschaffen, über alle menschlichen Sorgen hinwegzutrösten. Über dem Wasser schlugen Flaggleinen bimmelnd gegen metallene Masten im Dunkel, einsame, klagende Laute. Beleuchtete große Wohnhäuser überragten das gegenüberliegende Flußufer.

«Beantworte mir eine Frage.» Walter holte tief Luft und stieß sie wieder aus. Zwei junge Schwarze warteten mit ihrem Angelzeug und Köder im Plastikeimer auf der Gangway der ‹Mantoloking Belle›, bereit zu einer nächtlichen Ausfahrt. Ben Mouzakis stand in seinem Ruderhaus und blickte im Dunkeln auf sie herunter.

«Wenn ich kann», sagte ich.

Wie es aussah, fühlte sich Walter unwillkürlich besser.

«Warum hast du mit dem Schreiben aufgehört?»

«Ach, das ist eine lange Geschichte, Walter.» Ich fuhr mit den Händen in die Hosentasche und ließ ihn auf dem Weg zu meinem Auto ein paar Schritte zurück.

«Sicher, klar. Es sind alles lange Geschichten, nicht wahr?»

«Ich erzähl's dir gelegentlich, Walter, schließlich sind wir Freunde. Es muß ja nicht gleich sein.»

«Das wäre schön, Frank, das würde mir wirklich gefallen. Wir trinken einen zusammen, und ich hör dir zu. Wir haben alle unsere Geschichten, was?»

«Meine ist ziemlich einfach.»

«Um so besser. Ich mag einfache Geschichten.»

«Mach's gut, Walter. Morgen wirst du dich schon besser fühlen.»

«Mach's besser, Frank.»

Walter ging hinüber zu seinem eigenen Wagen am anderen Ende des Schotterplatzes, doch nach zwanzig Metern rannte er aus irgendwelchen Gründen plötzlich los und rannte, bis ich ihn nicht mehr sehen konnte; als letztes verloren sich seine weißen Shorts und seine dünnen Beine in der Nacht.

Jersey döste in einer sanften Frühjahrsschläfrigkeit. Die ganze Küste entlang bis hinunter nach Tom's River war von schmachtenden DJs zu hören, daß es nach acht Uhr war. Von Bangor bis Cape Canaveral leerten sich die nächtlichen Straßen, und ich hatte kein Glück mehr bei Vicki, obwohl ich versuchte, Zeit hereinzuholen.

In Freehold hielt ich kurz an, einfach so, um sie in ihrer Wohnung anzurufen, aber sie ging nicht ans Telefon; wenn sie sich schlafen legte, zog sie den Stecker heraus. Ich wählte die Privatnummer der Krankenschwestern in der Klinik – eine Nummer, die ich gar nicht wissen durfte, denn sie ist für Anrufe der engsten Angehörigen in Notfällen gedacht; die normale Kliniknummer, nur statt der letzten Ziffer eine Null. Eine Frau nahm ab und sagte mit Bestürzung in der Stimme, nach ihrem Dienstplan sei Miss Arcenault nicht im Haus. Ob es ein Notfall sei? Nein. Danke, sagte ich.

Aus irgendeinem Grund rief ich meine eigene Nummer an. Der automatische Anrufbeantworter klickte und meldete sich mit meiner Stimme, so munter, daß ich es kaum ertragen konnte. Ich rief ab, was an Nachrichten da war, und hörte X' Stimme, die mir geschäftsmäßig-routiniert mitteilte, daß sie mich am frühen Morgen treffen werde. Ich legte auf, bevor sie zu Ende geredet hatte.

Eines Tages, als unser Basset, Mr. Toby, von einem Autofahrer, der sich nicht einmal die Mühe machte anzuhalten, zu Tode gefahren wurde – direkt auf der Hoving Road –, sagte X unter Tränen, sie wünsche sich nur, die Zeit ließe sich zurückdrehen. Kostbare Sekunden und Taten müßten zurückzuholen sein: zu einem besseren zweiten Versuch. Und ich dachte, während ich hinter den Forsythien entlang dem Friedhofszaun ein Grab aushob, daß es einer Frau ähnlich sah, sich so hoffnungslos extravagant über eine schlichte Tatsache zu grämen. Reife zeigte nach meinem Verständnis jemand, der erkannte, was im Leben schlecht oder eigentümlich war, der einräumte, daß es so zu bleiben hat, und sich auf das Beste konzentrierte, was das Leben zu bieten hat. Nur daß ich mich jetzt genau danach sehnte! Eine kostbare Stunde, die mir zurückgegeben würde; daß ein Teil der traurigen Enthüllungen Walters bis zu einem späteren Zeitpunkt zurückgehalten würde – kaum das Beste, was das Leben zu bieten hat.

Was ist der reellste Maßstab einer Freundschaft?

Ich behaupte: das Quantum an kostbarer Zeit, die du mit den mißlichen und schlimmen Geschichten des anderen vergeudest.

Und die Folge war, daß ich auf meiner rasenden Fahrt durch die nächtliche Jersey-Landschaft und am nüchternen Hightstown vorbei, übellaunig wie ein Kantinenkoch, plötzlich von den bösen Geistern heimgesucht wurde, die sich in meinem Auto ausbreiteten wie Nebel auf dem Friedhof, so dicht, daß ich sie nicht einmal mit dem Öffnen des Fensters vertreiben konnte.

Nichts in der Welt gibt dir mehr Hoffnung, als zu wissen, daß es irgendwo eine Frau gibt, die du magst und die nur an dich denkt. Umgekehrt gibt es nirgends etwas Schlimmeres, als draußen in der Welt keine Frau zu haben, die an dich denkt. Schlimmer ist nur noch, wenn eine Frau *aufgehört* hat, an dich zu denken, weil du irgendwie zu dumm gewesen bist. Das ist so, wie wenn du aus dem Flugzeug blickst und feststellst, daß die Erde verschwunden ist. Keine andere Form von Einsamkeit kann damit konkurrieren. Und New Jersey, gedämpft und anpassungsfähig, ist – unbeschadet seiner anderen Vorzüge – die perfekte Landschaft für ebendiese Einsamkeit. Michigan reicht fast heran, mit seinen langen, traurigen Alleen, seinen trostlosen Sonnenuntergängen über sich duckenden Fachwerkhäusern, nachgewachsenen Wäldern, topfebenen Autobahnen und Städten wie Dowagiac und Munising, Städten mit Eselsohren. Aber eben nur *fast*. New Jersey ist absolut die reinste Einsamkeit.

Durch die Enthüllung einer Vertraulichkeit, die er absolut nicht hätte zu enthüllen brauchen (schließlich wollte er keinen Rat), hatte mir Walter Luckett zum einen die ganze Vorfreude verdorben und zum anderen bestimmte Tatsachen des Lebens erläutert, über die ich viel lieber nichts Genaueres gewußt hätte.

Es gibt genügend Dinge in dieser Welt, von denen wir die genauen Fakten nicht zu wissen brauchen. Die widerliche Tatsache vom Kuschelmuschel zweier Männer in einem sonst von Handelsvertretern bevorzugten Hotel an der Seventh Avenue hat für mich *nichts* Rätselhaftes – so wenig wie beispielsweise eine elektrische Gitarre oder der Twist oder ein alter Studebaker. Nur Tatsachen. Walter und Herr Soundso könnten zwanzig Jahre zusammen leben, Antiquitäten verkaufen, auf Immobilien umsatteln, ein koreanisches Kind adoptieren, ihr Testament abandern, ein Sommerhaus auf Vinalhaven kaufen, sich dutzendmal verkrachen und wieder versöhnen, mehr als einmal auf Frauen zurückkommen und als Senioren endlich zusammen die Liebe entdecken. Und sie trotzdem nicht besitzen.

Mittlerweile schien es mehr als möglich, daß Vicki aus purer Langeweile mit einem über ihr wohnenden Onkologen in dessen Jag, einem Traum von einem Flitzer, davongebraust war und in diesem Augenblick in die untergehende Sonne fuhr, auf der Ablage eine mit *mai tais* gefüllte Thermosflasche und Engelbert Humperdincks Stöhnen im Quadro-Sound.

Was blieb mir denn anderes übrig, als mich mit den Dingen abzufinden.

Ich fuhr zur Landstraße 1, dann nach Süden zu Mrs. Millers kleinem Backsteinhaus auf einem langen, grasbewachsenen Grundstück zwischen einer Exxon-Tankstelle und einem Rusty Jones, wo einmal ein Chiropraktiker seine Praxis hatte. Mehrere aufgemotzte alte Kisten standen in der Zufahrt, und hinter den zugezogenen Vorhängen war Licht, doch ihr Schild mit der Aufschrift *Guter Rat aus Ihrer Hand* war dunkel. Ich kam also auch hier zu spät, obwohl die Lichter hinter den Vorhängen auf ein geheimes, möglicherweise exotisches Treiben schließen ließen; genug, um meine Neugier zu wecken, genug auch, um die Neugier aller zu wecken, die durch die Nacht nach Süden Richtung Philadelphia fuhren und nur düstere Aussichten ins Auge fassen konnten.

Seit zwei Jahren – das erste Mal war unmittelbar, bevor X und ich geschieden wurden – komme ich nun zu Mrs. Miller, mittlerweile ein bekanntes Gesicht für all die Tanten und Onkel und Cousins und Cousinen, die in den winzigen, mit Möbeln vollgestopften Räumen herumlümmeln, sich mit unerforschlichen, leisen Stimmen unterhalten und zu jeder Tages- und Nachtzeit Kaffee trinken. Wahrscheinlich, so nahm ich an, taten sie auch jetzt genau das und nichts anderes, und wenn ich reingegangen wäre, hätten sie mich bestimmt so freundlich wie einen Cousin empfangen, und ich hätte mich zu später Stunde beraten lassen und mich nach meinen Aussichten für den Rest der Woche erkundigen können. Aber ich zog es vor, ihr Privatleben zu respektieren, da ihr Arbeitsplatz zugleich ihr Zuhause ist, wie bei einem Schriftsteller.

Es ist keine komplizierte Geschichte, die mich seinerzeit zu Mrs. Miller führte. Ich war, mit Clary und Paul auf dem Rücksitz, auf der Landstraße 1 unterwegs zum Eisenwarengeschäft – wir wollten unbedingt eine Fahrradpumpe kaufen –, und ich sah das eine offene Hand darstellende Schild mit der Aufschrift *Guter Rat aus Ihrer Hand* und hielt einfach an. Wahrscheinlich war ich im Laufe der Jahre schon zweihundertmal daran vorbeigefahren und hatte es nie bemerkt. Ich kann mich nicht erinnern, ob ich mich irgendwie daneben fühlte, aber man kann sich an solche Dinge nicht immer erinnern. Ich glaube allerdings, wenn es Zeit für dich wird, zur Handleserin zu gehen und dir einen Rat geben zu lassen, dann weißt du das auch, es sei denn, du stehst mit deinen besten Instinkten regelrecht auf Kriegsfuß.

Einen Moment lang blieb ich in der Garageneinfahrt stehen. Ich machte die Scheinwerfer aus, saß eine Weile da und beobachtete die Fenster, denn Mrs. Miller, ihr Haus, ihre Praxis, ihre Verwandten und ihr Leben bildeten alle zusammen eine kleine, aber wahre Quelle der Freude und Verwunderung. Es war für mich ein nicht weniger bedeutsamer Grund, sie einmal in der Woche zu besuchen, und deshalb war es für mich gestern abend Befriedigung genug, einfach dort zu sein.

Tatsächlich besteht Mrs. Millers Rat fast immer aus irgendeinem gängigen Spruch und ist oft völlig verkehrt: «Ich sehe, daß Sie in naher Zukunft zu sehr viel Geld kommen werden» – nicht wahr. «Ich sehe ein langes Leben» – nicht wahrscheinlich, aber warum sollte ich widersprechen. «Sie sind im Grunde Ihres Herzens ein guter Mensch» – ungewiß. Und sie gibt mir fast jede Woche den gleichen oder annähernd gleichen Rat, mit kleinen Korrekturen, die meistens mit dem Wetter zu tun haben: «Ihre Lage wird sich aufhellen» – an Regentagen. «Ihre Zukunft ist nicht ganz klar» – bei bewölktem Himmel. Es gibt sogar Tage, an denen sie mich nicht erkennt und mich verdutzt anschaut, wenn ich zu ihr komme. Am Ende kichert sie dann immer wie ein Schulmädchen und sagt (ohne mich je beim Namen zu nennen): «Bis zum nächstenmal», und gibt mir dazu immer mal wieder ihre Karte, auf der unten, unter dem reliefartigen Sinnbild der Kristallkugel, zu lesen ist: BRINGEN SIE IHRE FREUNDE MIT, OHNE IN VERLEGENHEIT ZU GERATEN – ICH BIN KEINE ZIGEUNERIN.

Ich gerate durch meine Besuche jedenfalls nicht in Verlegenheit, das steht fest. Denn für fünf Dollar führt sie dich durch ihr stabiles Häuschen nach hinten in ein nur schwach erleuchtetes Schlafzimmer, wo ein Vorhang aus falschem Brokat vor dem Fenster hängt. (Beim erstenmal fragte ich mich, ob dort nicht vielleicht eine kleine levantinische Cousine oder Schwester warten würde. Aber nein.) Das Licht ist grünlichgelb, und aus dem winzigen Radio dringt sanft-geschmeidige, griechisch klingende Flötenmusik. Auf dem Kartentisch steht tatsächlich eine wolkige Kristallkugel, die sie nie benutzt, daneben mehrere Stapel übergroßer Tarock-Karten. Sobald wir auf unseren Plätzen sind, nimmt sie meine Hand, fährt die feinen Linien nach, runzelt die Stirn, als offenbare meine Hand schwerwiegende Fakten, blickt mich verwirrt oder erleichtert an und sagt schließlich hoffnungsvolle, tiefsinnige Dinge, die mir sonst kein Fremder jemals sagen würde.

Sie ist *die Unbekannte, die dein Leben ernst nimmt*, die Persönlichkeit, die wir – Tag für Tag aufs neue – kennenzulernen hoffen, Freund und Freundin für die allermeisten von uns, die wir kaum größere Konflikte haben, die wir nicht von irgend etwas kaputtgemacht und im strengen Wortsinn nicht «krank» sind.

Sie selbst ist eine gutaussehende, dunkelhäutige Frau in den Dreißigern oder Vierzigern, etwas übergewichtig und von einer leicht herablassenden Art, aber im Grunde ihres Herzens überaus liebenswürdig – so sehr, daß sie am Ende unserer Sitzung fast immer auf ein, zwei weitere Fragen eingeht, als Bonus gewissermaßen. Ich schreibe mir diese Fragen während der Woche auf irgendwelche Zettel, doch da ich die fast regelmäßig wieder verliere, stelle ich ihr am Ende einfach sachlich-grundlegende Fragen wie: «Werden Paul und Clarissa diese Woche unbeschadet überstehen?» Für jedermann und besonders für mich eine ewige Sorge. Ihre Antworten tendieren, wenn es um mein Glück geht, immer zum Positiven, enthalten aber eine Warnung, wenn es um meine Kinder geht. «Sie werden keinen Schaden nehmen, wenn Sie ihnen ein guter Vater sind.» (Ich habe ihr vor langer Zeit einmal von Ralph erzählt.) Einmal fiel mir in der Eile keine gute Frage ein, und da wollte ich einfach von ihr wissen, ob es die Tigers in der Ostgruppe der American League noch schaffen würden, mit dem Tabellenführer gleichzuziehen und ein Entscheidungsspiel mit Baltimore zu erzwingen. Das machte sie wütend. Tips für Wettgeschäfte, sagte sie, kosteten mehr als fünf Dollar und berechnete mir zehn, ohne meine Frage zu beantworten.

Ich habe mit der Zeit gelernt, daß ich, falls sich ihre Antworten auf meine Fragen als falsch herausstellen, am besten annehme, ich bin irgendwie selber schuld, daß es anders gekommen ist.

Doch wo sonst kannst du, auf Verlangen, hoffnungsvolle, beflügelnde Projektionen für die reale Zukunft bekommen? Wo sonst kannst du an einem windigen Januartag, geplagt von einem Wagen voll kleiner Teufel, hinfahren und dir von einer relativ fremden Person halbwegs zuverlässig versichern lassen, daß du der bist, für den du dich hältst, und daß die weitere Entwicklung keineswegs so beschissen sein wird?

Würde wohl ein Dr. Freud so zuvorkommend sein? fragte

ich mich. Würde er wohl mehr wissen und es dir sagen? Ich bezweifle es. In den schlimmen Tagen nach meiner Scheidung habe ich in St. Louis eine junge Frau kennengelernt, die – sie war Mitte Zwanzig und phantastisch gebaut – bereits Tausende von Dollars und Stunden für den angesehensten Psychiater in dieser düsteren, von Ziegeldächern geprägten Stadt aufgewendet hatte, ehe sie eines Tages in bester Stimmung in sein Sprechzimmer platzte. «Hallo, Dr. Fasnacht», verkündete sie, «ich bin heute morgen aufgewacht und wußte plötzlich, ich bin geheilt! Ich bin jetzt soweit, ich kann meine Besuche bei Ihnen einstellen und mich als ganz normaler Bürger in der Welt behaupten. Sie haben mich geheilt. Sie haben mich ja so glücklich gemacht!» Worauf der alte Schwindler antwortete: «Aber das ist ja entsetzlich. Ihr Wunsch, mit der Therapie aufzuhören, ist der bedrückende Beweis für die furchtbare Nowendigkeit, die Behandlung fortzusetzen. Ihre Krankheit ist viel schlimmer, als ich gedacht habe. Also, legen Sie sich hin.»

Mrs. Miller würde nie eine so trübselige Auskunft geben. Ihre Strategie würde ganz anders aussehen: Für diesen Tag würde sie eine viel optimistischere Prognose stellen als sonst, sie würde dir die Hand geben, zum Zeichen des Glücks möglicherweise sogar auf die fünf Dollar verzichten und mit hochgezogenen Augenbrauen sagen: «Kommen Sie wieder, wenn irgend etwas Sie verwirrt.» Ihre Devise ist: *Ein guter Tag ist ein guter Tag. Wir erleben solche Tage selten genug. Also, genieße ihn!*

Und das ist nur der vordergründige Aspekt von Mrs. Millers – wie nenn ich es am besten – Service? Behandlung? Armselige Worte für das Unbegreifliche. Und das Unbegreifliche ist für mich der springende Punkt, ja, das *einzige*, dem ich in diesem Stadium meines Lebens – nach der Hälfte der Stadionrunde – irgendwelchen Wert beimesse.

Unbegreiflich nenne ich den attraktiven Zustand eines Objekts (eines Gegenstands, einer Handlung, einer Person), von dem du ein wenig weißt, aber beileibe nicht alles. Es ist das dunkle Versprechen unbekannter Dinge (Wirkungen, Verflechtungen, Mutmaßungen), die du nicht zu gründlich erforschen darfst, weil sonst die Gefahr besteht, daß du in einer Sackgasse aus reinen Tatsachen landest.

Etwas typisch Unbegreifliches wäre es, nach Cleveland zu reisen, einer Stadt, die dir noch nie gefallen hat, ein schönes Mädchen kennenzulernen, mit ihr in ein Hummerlokal zu gehen und dort beim Essen auf eine Insel vor der Küste Maines zu sprechen zu kommen, wo ihr beide mit früheren Partnern herrliche Zeiten verbracht habt; diese Insel lebt nun in der Erinnerung so sehr wieder auf, daß ihr auf dem schnellsten Weg nach oben rennt, um wie ausgehungert übereinander herzufallen. Am nächsten Morgen ist alles in bester Ordnung. Du fliegst weiter in eine andere Stadt, vergißt das Mädchen. Aber du hast für den Rest deines Lebens eine andere Einstellung zu Cleveland, ohne recht zu wissen warum.

Wenn ich wegen einer Fünf-Dollar-Beratung zu Mrs. Miller komme, offenbart sie mir nicht die Welt und auch nicht meine Zukunft in der Welt. Sie flößt mir lediglich Mut und Zuversicht ein, erlaubt mir einen kurzen Blick auf das Unbegreifliche, das ihr eigenes Leben umgibt, und wenn ich dort weggehe, bin ich voller Hoffnung und voll neugieriger Fragen auf der alleruntersten Ebene: Wer ist eigentlich diese Mrs. Miller, wenn sie keine Zigeunerin ist? Eine Jüdin? Eine Marokkanerin? Ist «Miller» ihr richtiger Name? Wer sind all die anderen Leute in ihrem Haus – Verwandte? Ehemänner? Sind sie Bürger dieses Staates? Was führen sie im Schilde? Geht es um Waffen? Falsche Pässe? Devisen? Auf einer geringfügig höheren Ebene: Wie wirke *ich*? (Wer hätte das nicht schon mal seinen Arzt fragen wollen?) Doch ich bin wild entschlossen, auch nicht die kleinste Kleinigkeit herauszubringen, die über das hinausgeht, was ich zufällig bei meinen Besuchen mitbekomme, denn weitere Erkenntnisse würden mich nur zum Verlierer machen, mich mit langweiligen Fakten zudecken und mich zwingen, etwas anderes Unbegreifliches zu suchen oder ganz darauf zu verzichten.

Wie erwartet, genügte allein schon die Nähe zu dem warmen Licht hinter den Vorhängen – gleich dem altehrwürdigen

Licht aus einem anderen Jahrhundert –, meine Stimmung schlagartig steigen zu lassen, wie bei einem Anhalter, der bereits alle Hoffnung verloren hat und dann doch noch von einem Auto mitgenommen wird. Mehr schien plötzlich möglich, und ganz nahe, wohingegen vorher nichts ging. Doch als ich im Wegfahren noch einmal einen nostalgischen Blick auf Mrs. Millers Häuschen warf, hatte ich das Gefühl, daß plötzlich die Haustür einen Spalt weit geöffnet war. Jemand beobachtete mich dort, fragte sich, wer ich wohl sein mochte, was ich dort gewollt hatte. Ein Liebespaar? Die Polizei? Ein Betrunkener, der seinen Rausch ausschlief? Ich war nicht mal sicher, daß die Tür aufgegangen war, so daß das für mich ebenso ein Rätsel war, wie ich es für die Person war, die ich dort vermutete. Ein geteiltes Rätsel, falls er/sie dort existierte, ein vollkommenes Geben und Nehmen im Geiste einer Ehe. Und ich reihte mich rasch in den Verkehr nach Süden ein, neugeboren wie ein Baby mittleren Alters.

Bei der ersten Abfahrt fuhr ich herunter und brauste auf der Great Woods Road zurück durch die dunklen Apfelplantagen, Pflanzschulen, Beefalo-Ställe, das Sportgelände der De Tocqueville Academy und die Rasenflächen um die modernen «Weltzentralen» – alles Dinge, die Haddam nach Süden abschirmen: vor den protzigen Autozubehörmärkten, den Stallungen voller Milchkühe und den schicken Funkbaracken mit ihrer Leierkastenmusik entlang der Landstraße 1, auf dem Weg zur düsteren Stadt der brüderlichen Liebe. Ich war jetzt nicht mehr bereit, schlafen zu gehen. Weit gefehlt. Sachlichkeit und Einsamkeit waren in ihre Schranken verwiesen worden, und eine Vorfreude erwachte. Der Tag, der sich in einen Frühlingsabend verwandelt hatte, versprach einiges, das nur ein Abenteuer halten konnte.

Ich fuhr gemächlich die Seminary Street entlang, geistesabwesend und leer im zitronengelben Dunst des Vorortabends. (Es konnte jederzeit eine traurige Stadt sein.) Die Verkehrsampeln an beiden Enden blinkten gelb, und nur der Polizeibeamte

Carnevale wartete auf der Südseite des Platzes in seinem leise murmelnden Streifenwagen, im Polizeifunk versunken, bereit, Raser und flüchtende Diebe von Zehn-Gang-Rädern zu verfolgen. Selbst im Seminar herrschte Stille – gotische Feierlichkeit und kanariengelbe Lichter aus den viereckigen kleinen Fensterscheiben hinter den Ulmen und Platanen. Zwischenprüfungen mit Übungspredigten standen bevor, und alle waren am Büffeln. Nur Carnevales Auspuff kündete von wenigstens einer wachen Menschenseele im Umkreis von hundert Meilen, wo über den Bäumen die strahlenden Lichter New Yorks den Himmel erbleichen ließen.

Am Donnerstag vor Ostern, abends um neun, weit draußen an der Bahnstrecke. Eine Stadt, fast jede Stadt, müßte eigentlich ihre ganz eigenen Geheimnisse haben. Doch wer das glaubt, der irrt sich. Haddam zum Beispiel ist so unkompliziert und prosaisch wie ein Hydrant, und gerade das macht es so angenehm, in dieser Stadt zu leben.

Keiner von uns könnte es ertragen, wenn jeder Ort ein graues Chicago oder ein stinkendes Los Angeles wäre – Städte wie Gotham, von einer natürlichen, verwickelten Kniffligkeit. Wir alle brauchen unsere einfachen, unzweideutigen, ja künstlichen Stadtlandschaften, wie Haddam sie mir bietet. Orte ohne provozierende, doppelgesichtige Kompliziertheit. Gebt mir ein kleines Irgendwo, ein strahlendes, steppendes Terre Haute oder ein naives Bismarck mit stabilen Grundstückspreisen, regelmäßiger Müllabfuhr, intakter Kanalisation, großzügigen Parkplätzen, nicht weit von einem großen Flughafen gelegen, und ich stehe jeden Morgen vor den Vögeln auf und singe ihnen was vor.

Ich fuhr langsamer, um am Rand des Seminargeländes einen Blick auf die Anschlagtafel der Ersten Presbyterianischen Kirche werfen zu können. Gelegentlich gehe ich da sonntags auf einen Sprung vorbei, um zu sehen, was die dort treiben und um mit einem Choral meine Stimmung zu heben. X und ich wurden Gemeindemitglieder, als wir hierherzogen, aber sie verlor dann das Interesse, und ich begann sonntags zu arbeiten. Jahre vorher, als meine Studentenzeit in Ann Arbor im Zeichen des Kriegs ihrem Ende entgegenging, brauchte ich gegen die verwirrende, humorlose, von Schuldgefühlen geprägte ironische Grundstimmung dringend ein Gegenmittel, und so schloß ich mich einer liberalen und undogmatischen Westminster-Gruppe in der Maynard Street an. Der Prediger, der sich selbst als «Moderator» bezeichnete, war eine große, pickelige, offene Kragen tragende Vogelscheuche von einem Mann, dessen gemurmelte Predigten sich um den Hunger in der Welt, um UNO und SEAT drehten, und dem es offenbar peinlich war, aufzustehen und zu beten, und der dabei nie die unruhigen Augen zumachte. Eine hagere, kleine, magersüchtige Ehefrau assistierte ihm – sie stammten beide aus Muskegon –, und unsere Gemeinde bestand im wesentlichen aus älteren Professorenwitwen, einigen verwirrten und reizlosen Studentinnen und ein, zwei Homosexuellen, die dabei waren, ihre Lage in den Griff zu bekommen.

Ich hielt fünf Wochen durch, dann legte ich meine Bibel in die Ecke und fing an, meine Samstagabende im Verbindungshaus zu verbringen und mich gründlich vollaufen zu lassen. Christliches Denken war, wie damals alles in Ann Arbor, zu nüchtern und zu stark auf das Lösen von Problemen fixiert. Der Geist wurde mit allzu großer Sachlichkeit zu Fleisch. Angesichts des schlimmen Zustands, in dem die Welt sich befand, kamen Verzückung und Ekstase (derentwegen ich hingegangen war) nicht einmal in kleinem Umfang in Frage. Und so hatte ich dann keine Lust mehr mitzumachen.

Doch die Presbyterianer in Haddam gehen einen guten und vernünftigen Weg. Sie haben die glühende Hoffnung, dich auf die Erde zu holen, indem sie es deinem Geist erlauben, sich aufzuschwingen – gleichsam ein komplexer, geistiger Orientierungslauf. Die regelmäßigen Besucher wissen alle ganz genau, weshalb sie dort sind; sie sind dort, um sich retten zu lassen oder das verdammt gut zu imitieren, und keiner führt den anderen hinters Licht.

Was ich an der Anschlagtafel lesen konnte, kam mir allerdings seltsam vor, obwohl es sich wahrscheinlich als hundsgewöhnlich herausstellen würde – ein Trick, der all denen, die einmal im Jahr einen Gottesdienst besuchen, vorgaukeln soll, die Kirche habe sich geändert.

«DER WETTLAUF ZUM GRAB»

Der Pfarrer würde irgendeinen geistreichen und provozierenden Scherz an den Anfang stellen: «Also, eins muß man diesem Typ, diesem Jesus, ja lassen: er war schon ein komischer Vogel, meint ihr nicht?» Und wir würden ihm alle zustimmen. Und sofort würde er mit verbissener Hartnäckigkeit die Auferstehung bekräftigen und darauf hinweisen, daß das auch uns einmal widerfahren könnte.

Ich fuhr langsam weiter, wünschte dem Polizeibeamten Carnevale mit einem nach oben gereckten Daumen Glück, was er verdrossen erwiderte, und steuerte dann direkt The Presidents an – die Tyler Street rauf, Pierce runter und auf einem gewundenen Weg zur Cleveland Street, wo ich unter einem mächtigen Tupelobaum gegenüber der Nummer 116 anhielt, X' kleinem, geschindeltem Haus im Kolonialstil. Ihr Citation stand in der schmalen Garagenzufahrt, ein unbekannter blauer Wagen parkte am Straßenrand.

Flink wie ein Wiesel stieg ich aus meinem Wagen, überquerte die Straße, duckte mich und legte eine Hand auf die Kühlerhaube des unbekannten blauen Wagens – es war ein Thunderbird – und schlich zu meinem zurück, ehe mich irgend jemand in der Cleveland Street sehen konnte. Wie ich gehofft hatte, war der Bird so kalt wie das Herz eines Mörders, und erleichtert sagte ich mir, daß er wohl einem Nachbarn gehörte oder einem Verwandten, der gerade bei den Armentis nebenan zu Besuch war. Allerdings hätte es auch ein Verehrer sein können, von dem ich nichts wußte – einer der dickbäuchigen Kreditkarten-Typen aus dem Country Club –, ein Gedanke, der meine Erleichterung wieder in Zweifel umschlagen ließ.

Ich hatte vorgehabt, einen harmlosen Besuch zu machen. Ich

hatte Paul und Clarissa seit vier Tagen nicht mehr gesehen, für uns eine ungewöhnlich lange Pause. Die beiden kommen meistens nach der Schule angetanzt, essen ein Sandwich, schwatzen miteinander, kramen in ihren alten Zimmern wie früher, holen Spiele heraus, lesen Bücher, während ich die ganze Zeit versuche, sie mit größtem Eifer in die Irre zu führen und ihnen zu beweisen, daß es mit meiner Gegenwart eine Kontinuität in ihrem jungen Leben gibt. Von Zeit zu Zeit unterbreche ich meine jeweilige Arbeit und stapfe nach oben, um sie zu hänseln und mit ihnen zu flirten, ihre Fragen zu beantworten, sie aus der Reserve zu locken und den Versuch zu machen, sie auf einfachem, geradem Weg für mich zurückzugewinnen, eine Strategie, die sie durchschauen, die sie sich aber gefallen lassen, weil sie mich lieben, wissen, daß ich sie liebe, und weil sie im Grunde gar keine Wahl haben. Wir sind – alle vier – eine feste und geteilte Familie, und wir tun unser möglichstes, unsere Pflicht klar zu sehen.

Gestern abend hatte ich vor, vielleicht erst mal auf einen Drink zu bleiben, die Kinder zu Bett zu bringen, ein halbes Stündchen mit X zu quasseln und dann möglicherweise die Nacht auf der Couch zu verbringen, etwas, was ich schon länger nicht mehr getan habe (genaugenommen, seit ich Vicki kenne), was mir aber plötzlich ein heftiges Bedürfnis war.

Wenn ich aber mit dem Hut in der Hand hingegangen wäre, um melancholischen Vaterpflichten nachzukommen, hätte ich möglicherweise bei einem *intime* gestört – die Kinder zum Übernachten bei den Armentis, die Lichter schön hell, weil das für eine bittersüße Erregung unter Erwachsenen, die schon viel mitgemacht haben, die beste Atmosphäre schafft und auch den Nachbarn nützt, die interessiert verfolgen, wie eine stolze Frau versucht, aus einem zerbrochenen Leben das Beste zu machen. Der Blitz hätte mich getroffen, wäre ich irgendeinem gutgekleideten Typ aus einer Direktionsetage in die Quere gekommen, mit verliebten Augen breit auf jener Couch sitzend, auf der ich gern die Nacht verbracht hätte. X hätte dann zu Recht gesagt, ich torpedierte ihre Versuche, die Füße auf den

Boden zu bekommen, und der Typ hätte mich zu Recht rausgeworfen oder mit den Fäusten bearbeitet. Und am Ende hätten wir beide gehen müssen (die zwei Männer müssen immer allein in die Nacht hinaus, obwohl es gelegentlich vorkommt, daß sie Freunde werden, wenn sie sich später in einer Kneipe wiedersehen).

Mein Szenario hatte jedenfalls seinen Glanz verloren, und ich blieb im dunklen Unterholz zurück, den störenden blauen Wagen vor Augen, und konnte nichts anderes tun, als die stinkvornehme Luft einzuatmen und X' Straße gutzuheißen. Mit seinen exakt fünfzehn Meter breiten Grundstücken, seinen alten Maulbeerbäumen und schnurgeraden Gehwegen ist The Presidents tatsächlich eine ausgezeichnete Wohngegend für eine junge, geschiedene Frau mit Kindern, stabilen Vermögensverhältnissen und einem Hang zur Unabhängigkeit. Die Straße rauf und runter leben andere Freigeister, junge Leute auf dem Weg nach oben, scharfsinnige Idealisten, die eine gute Geldanlage rochen und rasch handelten und nun auf beträchtlichen Werten sitzen. Die italienischen Einwanderer, die diese Häuser (teilweise direkt aus Versandhauskatalogen) gebaut haben, wohnen heute lieber in Delray Beach und Fort Myers, wo die Nachbarn mehr in ihrem eigenen Alter sind, und haben die alte Umgebung den Jungen überlassen, wenn auch kaum ihren eigenen Jungen, denn die ziehen Anlagen wie Pheasant Run und Kendall Park vor. Die Banken haben sich in puncto Hypotheken und Zinsschwankungen verständnisvoll gezeigt, und in der Folge haben die jungen Liberalen – die meisten von ihnen erfolgreiche Börsenmakler, Redenschreiber für Direktoren und Pflichtverteidiger – eine stolze, fest zusammengewachsene Wohnsiedlung ebenso wiederbelebt wie gewisse, an den Grundstückswert gebundene ethische Werte, nach denen sich beispielsweise jeder um die Kinder der anderen kümmert und seinen eigenen Espresso mahlt. Strahlende neue Fassaden und frische Farben. Neu gegrabene Fundamente. Ein mit neuen Ziegeln gedecktes Regenvordach. Schmucke Hausnummern im Stil des Art deco und eine Fensterscheibe aus dezentem, selbstgefertigtem Buntglas. Alles verheißungsvoll modern.

X ist hier bestimmt glücklich. Meine Kinder haben nicht weit zu ihrer Schule, zu ihren Freunden und zu mir. Es ist zwar nicht so wie in der Hoving Road, wo wir einst alle unser Zuhause hatten, aber die Dinge ändern sich nun mal in einer Weise, die keiner von uns vorhersehen kann, ganz gleich, wie verdammt viel wir auch wissen oder wie klug und wohlmeinend jeder von uns ist oder zu sein glaubt. Wer konnte wissen, daß Ralph sterben würde? Wer konnte wissen, daß Gewißheit so selten werden würde wie ein kostbarer Diamant? Wer konnte wissen, daß unser Haus zum Ziel von Einbrechern werden und daß alles auseinanderbrechen würde? Wußte denn Walter Luckett, daß er Mr. Wrong vor zwei Tagen kennenlernen und sein Leben erneut ändern würde, nachdem das bereits seine Frau getan hatte? Nein, mit Sicherheit nicht. Keiner von uns führt ein wirklich gewöhnliches Leben; nichts an unseren Freuden oder unseren Verhängnissen ist eintönig. Alles ist so kompliziert wie ein geometrisches Problem, wenn es um Angelegenheiten des Herzens geht. Ein Leben kann sich so einfach ändern, wie sich ein Tag ändern kann – kommt Sonne, kommt Regen, wie es in dem Lied heißt. Aber es kann sich auch ein weiteres Mal ändern.

Die Turmuhr auf Sankt Leo schlug zehn, und in der Cleveland Street 116 tat sich etwas.

Das gelbe Licht über der Veranda ging an. Drinnen redete jemand im Ton geduldiger Belehrung, und die Haustür ging auf. Mein Sohn Paul kam heraus.

Paul in Tennisshorts und einem T-Shirt der Minnesota Twins, das ich ihm von einer Reise mitgebracht habe. Er ist zehn, klein und noch nicht besonders schlau, ein ernster, oft zerstreuter Junge mit einem guten Herzen und all den reizenden Eigenschaften zweitgeborener Söhne: Geduld, Neugier, einem gewissen Maß an nützlicher Erfindungsgabe, Sentimentalität, einem wachsenden Wortschatz, auch wenn er nicht gerade eine Leseratte ist. Ich versuche mir immer wieder einzureden, daß er eine gute Zukunft vor sich hat, obwohl er, wenn wir oben in seinem Zimmer palavern, wo er überall Poster des Sierra Clubs hängen hat – Adler und Gänsesäger und Seetaucher –, immer den Eindruck erweckt, als sei er gefesselt und gleichzeitig verstimmt, so als gebe es irgendein alles überragendes Ereignis in seinem Leben, an das er sich, obwohl er seine Bedeutung ahnt, nicht erinnern kann. Natürlich bin ich sehr stolz auf ihn, und auf seine Schwester ebenso. Sie behaupten sich beide wie Soldaten.

Paul hatte einen der Vögel aus seinem Taubenschlag mit herausgebracht, eine gesprenkelte Felsentaube, einen stattlichen Flieger. Er trug ihn beherzt und mit dem selbsterlernten beidhändigen Griff des Fachmanns zum Bordstein. Wie ein Spion, hinter dem Lenkrad tief nach unten gerutscht, behielt ich ihn im Auge; im Schatten des großen Tupelobaums war ich wohl kaum zu sehen, aber Paul war ohnehin zu sehr mit sich selbst beschäftigt, als daß er mich hätte bemerken können.

Am Bordstein nahm er die Taube in die eine kleine Hand, streifte die Kapuze ab und steckte sie geschickt in die Tasche. Der Vogel reckte in der neuen Umgebung gereizt den Kopf. Doch Pauls vertrautes, ernstes Gesicht wirkte beruhigend.

Paul beobachtete die Taube eine ganze Zeit, packte sie wieder mit beiden Händen, und in der nächtlichen Stille konnte ich die Stimme des Jungen reden hören. Er instruierte den Vogel in einer Sprache, die er eingeübt hatte. «Erinnere dich an dieses Haus.» – «Halte dich genau an diese Route.» – «Beachte diese Gefahr und jenes Hindernis.» – «Denk an all die Dinge, die wir geübt haben.» – «Vergiß nicht, wer deine Freunde sind» – allesamt gute Ratschläge. Als er alles gesagt hatte, hielt er sich den Vogel vor die Nase und schnupperte an seinem Hinterkopf. Ich sah, wie er die Augen zumachte, und dann ließ er los, warf den Vogel hoch, und die hellen Flügel rissen die Nacht sofort an sich, auf und davon und aus den Augen wie ein flüchtiger Gedanke, die Flügel erst groß und weiß und dann rasch kleiner und über den Bäumen – und verschwunden.

Paul blickte ihm noch einen Augenblick nach. Dann, als

habe es nie einen Vogel gegeben, drehte er sich um und starrte über die Straße zu mir herüber, der ich zusammengesunken wie der Polizeibeamte Carnevale in meinem Streifenwagen saß. Er hatte mich wahrscheinlich schon vor einer Weile gesehen, sich dadurch aber nicht drausbringen lassen – wie ein großer Junge, der zwar weiß, daß er beobachtet wird und dem das nicht paßt, der aber weiß: So sind nun mal die Regeln.

Paul kam mit linkischen Kleine-Jungen-Schritten, aber mit einem gewinnenden Lächeln über die Straße, und ich weiß, mit diesem Lächeln würde er auch einen völlig Fremden anstrahlen.

«Tag, Dad», sagte er durch das Fenster.

«Tag, Paul.»

«Na, was gibt's?» Immer noch strahlend, wie ein argloser Junge.

«Ich sitz hier nur so rum.»

«Alles klar?»

«Bestens. Wem gehört dieses Auto vor dem Haus?»

Paul drehte sich nach dem Thunderbird um. «Den Litzes.» (Nachbar, Rechtsanwalt, kein Problem.) «Kommst du mit rein?»

«Ich wollte nur mal kurz vorbeischauen, Streifenwagen spielen.»

«Clary schläft. Mama guckt Nachrichten an», sagte Paul, der die Eigenart seiner Mutter übernahm, den bestimmten Artikel wegzulassen, eine Eigenart des Mittleren Westens. *Sie hat Masern. Reich mal Butter rüber.*

«Wer war denn das eben, den du freigelassen hast?»

«Der olle Vassar.» Paul blickte die Straße rauf. Paul tauft seine Vögel nach Hillbilly-Sängern – Ernest, Chet, Loretta, Bobby, Jerry Lee – und hat sich die Vorliebe seines Vaters für *olle* als pures Kosewort zu eigen gemacht. Ich hätte ihn durchs Fenster ziehen und an mich drücken können, bis wir beide geschrien hätten – so sehr liebte ich ihn in diesem Augenblick. «Ich hab ihn aber nicht direkt freigelassen.»

«Der olle Vassar hat also erst noch einen Auftrag zu erledigen?»

«Genau», sagte Paul und blickte zu Boden. Ich wußte, daß ich ihm in seiner Ungestörtheit, von der er mehr als genug hatte, lästig wurde. Aber ich wußte, daß es ihm ein Bedürfnis war, jetzt über Vassar zu reden.

«Welchen Auftrag hat denn Vassar?» fragte ich tapfer.

«Ralph aufzusuchen.»

«Ralph? Wozu sucht er Ralph auf?»

Paul seufzte mit dem übertriebenen Getue eines kleinen Jungen; der große Junge hatte sich zurückverwandelt. «Um zu sehen, wie es ihm geht. Und ihm von uns zu erzählen.»

«Er soll also Bericht erstatten.»

«Mhm. So was Ähnliches.» Der Blick immer noch gesenkt.

«Über uns alle?»

«Mhm.»

«Und wie ist er ausgefallen?»

«Gut.» Paul hob den Blick, wich aber meinen Augen immer noch aus.

«Ist mein Teil auch okay?»

«Dein Teil war nicht gerade lang. Aber schon gut.»

«In Ordnung. Hauptsache, ich bin dabei. Wann meldet sich denn der olle Vassar zurück?»

«Gar nicht. Ich hab ihm gesagt, er kann am Cape May leben.»

«Wieso denn das?»

«Weil Ralph tot ist. Glaube ich.»

Ich war mit ihm und seiner Schwester erst im letzten Herbst zum Cape May gefahren, und ich fand es nun interessant, daß er glaubte, die Toten leben dort. «Es ist also ein Auftrag ohne Rückmeldung.»

«Genau.»

Pauls wilde Blicke waren auf die Tür meines Wagens gerichtet, nicht auf mich, und ich spürte, daß ihn dieses ganze Gerede von Toten verwirrte. Kinder fühlen sich im Angesicht von Aufrichtigkeit und unter den Lebenden am wohlsten (wer könnte es ihnen verdenken?), anders als Erwachsene, die manchmal keinen einzigen nichtironischen Knochen im Leib haben, selbst in bezug auf Dinge, die unmittelbar vor ihnen liegen und ihre Existenz bedrohen können. Die Freundschaft zwischen Paul und mir gründete jedoch von Anfang an auf dem Fels der Aufrichtigkeit.

«Was hast du denn heut abend Lustiges auf Lager?» fragte ich. Paul ist ein heimlicher Sammler abgedroschener Witze und kann Leute auch mit Witzen zum Lachen bringen, die sie längst kennen, obschon er es manchmal vorzieht zu schweigen. Ich kann ihn um sein Gedächtnis nur beneiden.

Diesmal mußte er aber erst nachdenken. Er legte, scheinbar in Gedanken, den Kopf in den Nacken und starrte zu den Zweigen hoch, als wären alle guten Witze da oben. (Sagte ich nicht gerade erst, daß sich die Dinge ständig ändern und uns überraschen? Wer hätte gedacht, eine Fahrt auf einer dunklen Straße könnte zu einem Gespräch mit meinem eigenen Sohn führen! Und zwar zu einem Gespräch, bei dem ich erfahre, daß er zu seinem toten Bruder Kontakt hält – ein vielversprechender psychologischer Hinweis, wenn auch ein wenig irritierend – und bei dem ich auch noch einen Witz zu hören bekomme.)

«Hmmm, also gut», sagte Paul. Er war jetzt ganz Johnny, ganz *Tonight Show*. An der Art, wie er die Hände in die Taschen steckte und sein Gesicht abwandte, erkannte ich, daß ihm, seiner Einschätzung nach, etwas ziemlich Komisches eingefallen war.

«Fertig?» fragte ich. Bei jedem anderen wäre damit der Witz schon gestorben. Doch bei Paul gehört es zum Ritual.

«Fertig», sagte er. «Wie bellen schottische Hunde?»

«Keine Ahnung.» Ich gebe mich sofort geschlagen.

«MacWau, MacWau.» Paul konnte sein Gelächter keine Sekunde zurückhalten, und ich auch nicht. Wir schüttelten uns vor Lachen – er auf der Straße, ich in meinem Auto. Wir lachten irrsinnig laut und lange, bis uns die Tränen kamen und ich mir sagte, wenn wir nicht an uns hielten, würde seine Mutter herauskommen und (stumm) an meinem gesunden Menschenverstand zweifeln. Doch Witze über andere Länder und Völker gehören nun mal zu unseren Lieblingswitzen.

«Also, der ist preisverdächtig», sagte ich, während ich mir die Tränen abwischte.

«Ich weiß noch einen besseren», sagte er grinsend und zugleich bemüht, nicht zu grinsen.

«Ich muß jetzt nach Hause, mein Junge. Behalt ihn gut, du mußt ihn mir ein anderes Mal erzählen.»

«Kommst du denn nicht mit rein?» Pauls kleine Augen sahen mich an. «Du kannst doch auf der Couch schlafen.»

«Heut nicht», sagte ich, und die Freude über diese reizende Einladung ließ mein Herz höher schlagen. Ich hätte sie auch, wenn es mir möglich gewesen wäre, gern angenommen; ich hätte mit ihm nach oben gehen und ihn ein bißchen kitzeln und zu Bett bringen können. «Aber ich komm bestimmt mal auf das Angebot zurück. Klaro, Klara.» (Einer unserer ältesten Sprüche.)

«Kann ich es Mama erzählen?» Die seltsame Verwirrung darüber, daß ich nicht ins Haus kam, hatte er rasch hinter sich gelassen und sich dem zweitwichtigsten Punkt zugewandt: der Enthüllung, dem Weitergeben dessen, was geschehen war. Darin ist er seinem Vater gar nicht ähnlich, aber das kann ja noch kommen.

«Sag ihr, ich bin zufällig vorbeigefahren und hab dich gesehen, und da haben wir uns ein bißchen unterhalten, wie zwei alte Kumpel.»

«Obwohl es nicht stimmt?»

«Obwohl es nicht stimmt.»

Paul sah mich merkwürdig an. Es war nicht die Lüge, die er weitergeben sollte – er mochte es tun oder auch nicht, das hing von seinen eigenen moralischen Erwägungen ab –, sondern etwas anderes, das ihm plötzlich eingefallen war.

«Wie lange, schätzt du, wird der olle Vassar brauchen, um Ralph zu finden?» fragte er sehr ernst.

«Er könnte jetzt fast schon dort sein.»

Mit dem melancholischen Gesicht eines Kirchenmannes

sagte Paul: «Es darf nicht ewig dauern. Das würde mir nicht gefallen. Das wäre zu lang.»

«Gute Nacht, mein Junge», sagte ich, plötzlich voller Erwartungen einer ganz anderen Art. Ich ließ den Motor an.

«Gute Nacht, Dad.» Er hatte nochmals ein Lächeln für mich. «Träum was Schönes.»

«Du auch, träum du auch was Schönes.»

Er ging über die Cleveland Street zurück zum Haus seiner Mutter, während ich langsam davonfuhr, in die Dunkelheit und nach Hause.

FÜNF

Die Luft im Detroiter Flughafen ist eine lebhafte, pulsierende Fabrikluft. Überall glitzernde neue Wagen, die auf Podesten langsam rotieren. Paul Anka singt heute abend in der Cobo Hall, teilt uns eine blinkende Reklametafel mit. Alle Hotels sind Paläste, alle Einwohner unsere besten Freunde. Sogar Neger sehen hier anders aus – gesund, lächelnd, wohlhabend, in teure Anzüge gekleidet, mit gewichtigen Aktentaschen.

Die anderen Passagiere werden, wie sich herausstellt, alle abgeholt und haben hier keineswegs ihren ständigen Wohnsitz, obwohl sie ursprünglich alle aus Michigan stammen; ihre Verwandten sind ihr exaktes Spiegelbild: die Frauen aschblond, mit breiten Hüften, ewig lächelnd; die Männer mit gefönten Haaren und schweigsam, verschwiegen, mit modernen Versionen der einst so beliebten Autojacken und mit Tirolerhüten, bereit zu einem ehrlichen, kräftigen Händedruck. Das hier ist ein Ort für Autojacken, ein Ort für winterliches Zusammenrücken, und ich bin froh, an diesem Ort gelandet zu sein. Wer eine schöne Halbinsel sucht, braucht sich hier nur umzusehen.

Barb und Sue gehen mit uns Richtung Ausgang. Sie haben Koffer auf Rollen, todschicke rote Blazer und Umhängetaschen, und sie sind beide in fröhlicher Stimmung. Sie freuen sich auf ein «flottes Wochenende», wie sie sagen, und Sue unterstreicht das mit einem lasziven Zwinkern in Vickis Richtung. Barb sagt, Sue sei mit einem «Prachtstück von Mann» aus Lake Orion verheiratet, der einen Puff besitze, und sie werde vielleicht bald Schluß machen mit dem Fliegen, um schon mal den Ofen anzuheizen. Sie und Ron, ihr eigener Mann, sagt sie, würden immer noch «auswärts essen».

«Laßt euch von der alten Barb nicht anschwindeln», ruft Sue mit einem breiten Grinsen. «Sie läßt keine Party aus. Ich könnte euch Dinge erzählen, die würden ein ganzes Buch füllen. Wenn wir mal richtig losziehen, huii!» Sue verdreht die Augen und wirft den Kopf zurück, daß die blonden Haare fliegen.

«Am besten, ihr hört einfach nicht zu», sagt Barb. «Amüsiert euch gut, ihr beiden, und kommt dann wieder gut nach Hause.»

«Aber sicher», beteuert Vicki prahlerisch und mit dem Lächeln einer gerade erst Bekehrten. «Und ihr genießt den Abend, okay?»

«Na klar, wer will uns bremsen», ruft Sue noch über die Schulter zurück, und schon sind sie auf dem Weg zum Ausgang für die Crew, schnatternd wie zwei College-Mädchen, die der Hausmutter etwas vorgeschwindelt haben und die gleich von den bestaussehenden Jungs auf dem ganzen Campus in dicken Kabrios abgeholt werden.

«Waren die nicht einfach nett?» sagt Vicki und wirkt emotional losgelöst von dem ganzen geschäftigen Treiben um sie her. Für den Augenblick ist sie nachdenklich geworden, obwohl ich vermute, daß das auch mit ihrer allzu großen Erwartung zu tun hat und daß sie im Handumdrehen wieder sie selbst sein wird. Im Vorwegnehmen von Dingen ist sie ganz groß, mindestens so wie ich. «Ich hätte nicht gedacht, daß diese Mädchen so nett sind und alles.»

«Das waren sie wirklich», sage ich und denke dabei an all die jungen Mädchen, die in Sportstadien die Stimmung anheizen und denen Sue und Barb aufs Haar gleichen. Man bräuchte ihnen nur einen dicken Schulpullover, ein kesses Faltenröckchen und weiße Tennissocken anziehen, und mein Herz würde ihnen entgegenfliegen. «Sie waren wunderbar.»

«Wie wunderbar?» sagt Vicki und zieht mißtrauisch die Augenbrauen hoch.

«Etwa halb so wunderbar wie du.» Ich ziehe sie dicht an mich heran, eine Hand hoch unter ihrem empfindlichen Arm. Wir stehen in einer Flut eiliger Detroiter, wie ein Fels in einem Strom.

«Fliederblüten sind auch hübsch, aber sie ergeben einen häßlichen Strauch», sagt Vicki, die Augen wissend und klein. «Du hast ein Wanderauge, Mann. Kein Wunder, daß deine Frau den Papierkram gegen dich unterschrieben hat.»

«Das ist doch Schnee von gestern», sage ich. «Ich gehöre nur noch dir, wenn du mich willst. Wir könnten auf der Stelle heiraten.»

«Ich hatte schon mal einen für die Ewigkeit, und es war nichts», sagt Vicki und es klingt boshaft. «Jetzt redest du wie ein Irrer. Ich bin nur wegen der Sehenswürdigkeiten hergekommen, und die möchte ich jetzt besichtigen.» Ihr Gesicht verfinstert sich, als sei sie durcheinander, doch dann bricht wieder das strahlende Lächeln durch, und sie ist wieder obenauf. Natürlich rede ich wie ein Irrer, aber ich würde sie tatsächlich vom Fleck weg heiraten, im Büro des nicht konfessionsgebundenen Flughafengeistlichen, mit einem United-Gepäckträger als meinem Trauzeugen und Barb und Sue als kosmetologisch perfekten Brautjungfern. «Komm, Kleiner, holen wir unser Gepäck», sagt sie, keck und unternehmungslustig geworden. «Ich will diesen großen Reifen sehen, bevor sie das Scheißding abreißen.» Sie strahlt mich an, und in ihrem Blick liegt ein verborgenes, duftendes Versprechen, ein Sex-Code, den nur Krankenschwestern kennen. Wie könnte ich nein sagen? «Mann, du hast ja auf einmal den trüben Blick», sagt sie, bereits zehn Meter von mir weg. «Komm, gehen wir.»

Wenn du in einer anderen Stadt bist, kann alles mögliche passieren. Das hatte ich vergessen, aber wahrscheinlich kann dir das nur ein Mädchen vom Lande so richtig vor Augen führen. Ich laufe los, hole sie lachend ein und eile auf eifrigen Füßen zur Gepäckausgabe.

Detroit, die Stadt vergessener industrieller Träume, zerfließt um uns her wie ein Trugbild von irgendeinem gesunden und vereisten Leben. Der Himmel ist grau wie ein klarer Bergsee, der Wind stark und böig. Papier- und Zellophanfetzen fegen über den Ford Expressway und prasseln wie Flakfeuer gegen unseren Zubringerbus, mit dem wir uns Richtung Stadtmitte bewegen. Niedrige Häuser mit Dachgauben und neue Wohnanlagen mit gemauerten Mansarden stehen in dem komplizierten, städtisch-industriellen Mischgebiet nebeneinander. Und es wird, wie immer, damit gerechnet, daß demnächst eine neue «Wetterlage» kommen wird. Macht die Luken dicht. Ein nützlicher Pessimismus macht sich hier allenthalben breit und wartet ab.

Ich habe gelesen, daß die amerikanische Zivilisation, wenn man ihr nur genügend Zeit gibt, den Mittleren Westen an jedem Ort, einschließlich New York, durchsetzen wird. Und von hier aus erscheint das gar nicht schlecht. Das hier ist genau der richtige Ort für jeden, der verliebt ist; der mit Unterstützung des Staates studieren will; der eine Hypothek aufnehmen will; der ein Spiel unter Flutlicht erleben will, während das alte, düstere Tageslicht einem Blauschwarz weicht, im Hintergrund Sterne und steinerne Fassaden, während freundliche Neger und Polacken, Seite an Seite, die Hosenbeine aufkrempeln und die kühle kanadische Brise spüren, die vom See herüberweht. So viel von dem, was am amerikanischen Leben erklärbar ist, wird in Detroit produziert.

Und ich könnte ein perfekter Detroiter sein, wenn ich mich nicht schon in New Jersey niedergelassen hätte. Ich könnte hierherziehen, mich den ehemaligen Michigan-Studenten anschließen und jedes Jahr direkt am Fabriktor einen neuen Wagen kaufen. Nichts würde mir in der Mitte meines Lebens mehr zusagen, als mich in einem durchgestylten, mit Zedernholz gedeckten Häuschen in Royal Oak oder Dearborn einzunisten und mein Glück bei einem anderen Michigan-Mädchen zu versuchen (oder vielleicht sogar bei demselben, denn das alles wäre gebrauchsfertig da, und wir könnten darauf aufbauen). Für mein Magazin könnte ich ein Büro im Mittleren Westen unterhalten. Vielleicht würde mich das sogar beflügeln, etwas Neues, Abenteuerliches zu wagen – beispielsweise, Touren zu den Seen im Norden zu organisieren. Eine neue, angenehme Umgebung regt immer die Kreativität an.

«Es ist grad, als wär hier noch Winter.» Vickis Nase klebt an der getönten Fensterscheibe des Busses. Der große Reifen liegt schon etliche Meilen hinter uns. Sie sah ihn sich wortlos an, als wir langsam vorbeifuhren, wie eine Touristin, die eine kleine Pyramide sieht. «Eigentlich», sagte sie, als gleich danach ein großes, eingezäuntes Ford-Werk – so flach und ausgedehnt wie Nevada – ins Blickfeld kam, «eigentlich hab ich das alles hinter mir.»

«Wenn dir das Wetter nicht paßt, dann wart einfach zehn Minuten. Das haben wir im College immer gesagt.»

Sie bläst die Backen auf, als erst der Walter Reuther Boulevard und das Fisher Building vorbeiflitzen, ehe sich in der verschleierten grauen Ferne das massige Olympia auftürmt. «In Texas sagt man das die ganze Zeit. Wahrscheinlich sagt man's überall.» Sie blickt zurück auf die Silhouette des Stadtzentrums. «Weißt du, was mein Daddy über De-troit sagt?»

«Es hat ihm hier wohl nicht sehr gefallen.»

«Als ich ihm erzählte, daß ich mit dir heute hier rausfliege, hat er nur gesagt: ‹Wenn De-troit je ein Staat geworden wäre, dann würde es aussehen wie New Jersey.›» Sie lächelt mich verschmitzt an.

«Detroit bietet nicht so viel Abwechslung, aber mir gefällt eigentlich beides.»

«Er mag New Jersey, aber hier hat es ihm nicht gefallen.» Wir schwenken in den langen Betongraben des Lodge Freeway ein, der aus dem Stadtzentrum herausführt. «Ihm hat es noch nie irgendwo richtig gefallen, was ich immer irgendwie schade fand. So übel sieht's hier gar nicht aus. Eine Menge Farbige, aber das macht gar nichts. Die müssen auch leben.» Sie nickt ernst, greift dann nach meiner Hand und drückt sie, während wir in einen mit Dampflampen beleuchteten Tunnel eintauchen, der uns zum Hafenviertel und zum *Ponchartrain* bringen wird.

«Das hier war die erste Großstadt in meinem Leben. Wir sind zu meiner Studentenzeit öfter hierhergefahren, um uns Stripshows anzusehen und Zigarren zu rauchen. Es war für mich irgendwie die erste Stadt Amerikas.»

«So ähnlich kommt mir Dallas vor. Es stört mich aber nicht, daß ich von dort weg bin. Nicht mal ein winziges bißchen.» Sie spitzt energisch die Lippen und läßt meine Hand los. «Mir geht's jetzt viel besser, das steht fest.»

«Wo *wärst* du denn lieber?» frage ich, während das milchige Licht von der Jefferson Avenue in unseren Bus dämmert und Passagiere zu murmeln beginnen und ihre Habseligkeiten an sich nehmen. Jemand fragt den Busfahrer nach einem zusätzlichen Halt auf der Hotelschleife. Wir können allesamt unsere Ankunft kaum erwarten.

Vicki sieht mich feierlich an, als sei der Ernst dieser Stadt zu ihr durchgedrungen und lasse jede Unbeschwertheit heuchlerisch erscheinen. Und aufs Ernstsein versteht sie sich. Ich hatte natürlich gehofft, sie würde sagen, daß sie nirgendwo lieber wäre als bei mir. Aber ich kann nicht *alle* ihre Wünsche nach dem Vorbild formen, das ich für sie habe, nicht jeden ihrer Träume so erfüllen, wie ich das mit meinen eigenen tue. Doch sie ist gegen diese Detroiter Kühle so ungeschützt wie ich, und das macht mich insgeheim stolz auf sie.

«Hast du nicht gesagt, daß du hier irgendwo aufs College gegangen bist?» Sie denkt an etwas, an das sie nur schwer herankommt, es ist nur der Schimmer eines Gedankens.

«Etwa fünfzig Meilen von hier.»

«Und, wie war es dort?»

«Es war eine hübsche Stadt, überall Bäume. Ein hübscher Park für Frühlingsnachmittage, ordentliche Professoren.»

«Und heute fehlt dir das alles? Bestimmt fehlt es dir. Ich wette, es war die beste Zeit deines Lebens, und du wolltest, es wäre alles wieder so wie damals. Sag die Wahrheit.»

«Nein, du irrst dich», sage ich. Und es ist die Wahrheit. «Ich würde diesen Augenblick jetzt mit nichts tauschen.»

«Aaach», sagt Vicki skeptisch; dann dreht sie sich mit dem ganzen Oberkörper zu mir hin, plötzlich angespannt. «Beschwörst du das?»

«Ich beschwöre es.»

Sie preßt wieder die Lippen aufeinander und macht schmatzende kleine Geräusche und hält den Blick abgewandt, um besser nachdenken zu können. «Also, bei mir ist das anders. Als Antwort auf deine Frage, wo ich lieber wäre.»

«Aha.»

Unser Bus kommt rumpelnd vor unserem Hotel zum Stehen. Die Türen vorn gehen auf. Passagiere treten zwischen die Sitzreihen. Durch das getönte Glas hinter Vicki sehe ich die Jefferson Avenue, auf der sich graue Wagen dahinquälen, und dahinter dann Cobo, wo heute abend Paul Anka singt. Und weit weg über dem Fluß die Silhouette von Windsor – niedergeschlagen, bedrückt, rückläufig, ein erstarrtes Spiegelbild der USA. (Meine erste Tat nach Ralphs Beerdigung war, daß ich mir eine Harley-Davidson kaufte und losfuhr, immer nach Westen. Ich kam bis Buffalo und noch halb über die Peace Bridge, dann verlor ich den Mut und machte kehrt. Irgend etwas in Kanada hatte mir den Wind aus den Segeln genommen, und ich versprach, nie dorthin zurückzukehren – aber ich habe es natürlich trotzdem getan.)

«Wenn ich mir überlege, wo ich lieber wäre», sagt Vicki verträumt, «muß ich an meinen ersten Tag an der Krankenpflegeschule in Waco draußen denken. Wir standen in der Eingangshalle des Mädchenwohnheims alle in einer Reihe, die vom Empfangsschalter bis zum Cola-Automaten zwischen den Flügeltüren reichte. Fünfzig Mädchen. Und direkt mir gegenüber hing hinter einem kleinen Fenster das Schwarze Brett. Und ich konnte mich darin sehen. Und in weißen Buchstaben stand dort auf diesem Schwarzen Brett geschrieben: ‹Wir freuen uns, daß Ihr hier seid›, und dahinter ein Ausrufezeichen. Und ich weiß noch, daß ich bei mir dachte: Du bist hier, um

Menschen zu helfen, und du bist die hübscheste von allen, und du hast ein wunderbares Leben vor dir. Ich kann mich noch *so* deutlich daran erinnern, verstehst du? Ein ganz wunderbares Leben.» Sie schüttelt den Kopf. «Ich muß immer daran denken.» Wir sind die letzten, die jetzt noch im Bus sitzen, und andere Fahrgäste wollen zusteigen. Der Fahrer schließt die Türen des Gepäckraums, und unsere zwei Koffer stehen auf dem feuchten und belebten Gehweg. «Ich will jetzt aber kein alter Miesepeter sein.»

«Du bist überhaupt nicht miesepetrig», sage ich. «Nicht einen Augenblick hab ich das gedacht.»

«Und du darfst nicht glauben, ich wäre nicht gern hier bei dir. Ich *bin* nämlich gern hier. Es ist der glücklichste Tag meines Lebens seit langem, weil ich das alles einfach so toll finde. Diese große Stadt. Ich finde sie einfach so toll. Ich hätte dir jetzt keine Antwort geben müssen, das ist alles. Es ist eine meiner Schwächen. Ich geb immer Antwort auf Fragen, auf die ich keine geben müßte. Es wäre oft besser, ich würde einfach drüber weggehen.»

«Ich bin es, der gar nicht erst fragen sollte. Aber du erlaubst mir doch, daß ich dich glücklich mache, nicht wahr?» Ich sehe sie mit einem erwartungsvollen Lächeln an. Wie komme ich bloß dazu, dauernd solche Dinge wissen zu wollen? Ich bin mir selber der schlimmste Feind.

«Ich bin glücklich. Mein Gott, ich bin *richtig* glücklich.» Und sie wirft mir die Arme um den Hals und weint an meiner Wange eine winzige Träne (vor Glück, möchte ich glauben), und im selben Moment schaut der Fahrer zur Tür herein und winkt uns energisch nach draußen. «Ich würde dich heiraten», flüstert sie. «Ich wollte mich nicht darüber lustig machen, daß du mich gefragt hast. Ich würde dich jederzeit heiraten.»

«Dann wollen wir schauen, daß wir's in unserem Programm unterbringen», sage ich und berühre ihre feuchte, weiche Wange, während sie mir lächelnd noch eine flüchtige Träne zeigt.

Und dann stehen wir und sind auch schon draußen und

drunten und mitten im stürmischen, nassen Detroiter Wind und auf der wuseligen Straße, wo in dem Matsch aus altem, geschmolzenem Schnee unsere Koffer stehen und wie zwei große Schmutzflecke aussehen. Ein einzelner Polizist steht da und behält sie im Auge und überlegt bereits, was aus ihnen werden soll. Vicki, die Wange an meine Schulter gelehnt, drückt meinen Arm, als ich die zwei Koffer hochhebe. Ihrer, aus buntkariertem Segeltuch, ist federleicht; meiner, gefüllt mit den Utensilien eines Sportreporters, wiegt eine Tonne.

Und in diesem Augenblick des Aufbruchs empfinde ich genau – ja, was eigentlich?

Mindestens hundert Dinge zugleich, die alle darum kämpfen, sich des Augenblicks zu bemächtigen und ihn zu besetzen, das undramatische Leben auf einen festen, erkennbaren Kern zu reduzieren.

Es ist natürlich eine zwar unbedeutende, aber schädliche Lüge der Literatur, daß wir in solchen Momenten, nach wichtigen oder enttäuschenden Enthüllungen, bei Ankünften oder Abreisen von offenkundiger Wichtigkeit, wenn Tore geschossen, K. o.-Schläge verzeichnet, geliebte Menschen begraben, Orgasmen erreicht werden, daß wir alle in solchen Momenten völlig *in* einem Gefühl stecken, daß wir in uns selber sind und nicht in der Lage, andere Gefühle zu entdecken, die wir vielleicht auch noch haben oder gleich haben werden oder lieber haben. Wenn es die Aufgabe der Literatur ist, die Wahrheit über solche Momente zu sagen, dann scheitert sie meistens daran, finde ich, und es ist die Schuld des Schriftstellers, der sich solche Konventionen zu eigen macht. (Ich habe das alles meinen Studenten am Berkshire College zu erklären versucht und dabei Joyces Epiphanien als ein gutes Beispiel der Falschheit angeführt. Aber keiner von ihnen begriff auch nur im entferntesten, wovon ich redete, und ich gewann die Überzeugung, daß sie, wenn sie nicht das meiste von dem, was ich ihnen sagen wollte, schon vorher wußten, ohnehin verloren waren – ein ganz guter Grund, den Lehrerjob an den Nagel zu hängen.)

Was ich in Wahrheit empfinde, während ich diese zwei Koffer aus der Nässe hole und unser blauer Bus ächzend und rumpelnd anfährt, den anderen Hotels auf seiner Route entgegen, und Hotelpagen hinter dicken Scheiben darauf lauern, uns ihre Dienste zu verkaufen, was ich also in diesem Moment empfinde, ist mit einem Wort gesagt: eine *Störung*. Als ob ich etwas preisgebe, das verehrungswürdig ist, das diese Preisgabe aber nötig hat. Ich spüre, daß mein Puls schneller geht. Ich habe stark das Gefühl, daß Unheil droht (die moderne Erfahrung des Angenehmen, gepaart mit der Gewißheit, daß es enden wird). Ich habe das Gefühl, daß ich absolut keine ethischen Grundsätze und nur wenig Konsequenz besitze. Ich ahne die Möglichkeit furchtbaren Schmerzes in der ungestümen Luft. Ich spüre das Bedürfnis, mich plötzlich jemandem anzuvertrauen (wenn auch nicht Vicki oder sonst jemandem, den ich kenne). Ich fühle mich so nüchtern, wie ich mich je gefühlt habe – gestrandet und unkompliziert wie ein Einwanderer. All das empfinde ich gleichzeitig. Und ich verspüre den Drang – den ich unterdrücke –, aus all diesen und weiteren Gründen zu weinen, wie ein Mann weinen würde.

Das ist die Wahrheit über meine Gefühle und Gedanken. Weniger oder etwas anderes zu erwarten ist idiotisch. Schlechte Sportreporter fragen immer nach solchen Dingen, aber sie wollen nie die Wahrheit wissen, haben in ihren Artikeln keinen Platz dafür. Sportler denken und fühlen in wichtigen Augenblicken wahrscheinlich am wenigsten von allen – dafür sorgt schon ihr Training –, obwohl man sich selbst bei ihnen darauf verlassen kann, daß sie zu einem gegebenen Zeitpunkt mehr als eine Sache im Kopf haben.

«Ich trag meinen Koffer selbst», sagt Vicki, wie ein Schatten an mich gedrückt, und kämpft mit einer letzten Träne des Ankunftsglücks. «Er wiegt nicht mehr als ein Staubwedel.»

«Du tust ab sofort nichts anderes mehr, als dich zu amüsieren», sage ich und setze mich mit beiden Koffern in Bewegung. «Ich will dich nur noch lächeln sehen.»

Und sie strahlt mich mit einem breiten Lächeln an, so breit wie ganz Texas. «Also wirklich, ich bin doch kein großes Tier», sagt sie, während die pneumatischen Hoteltüren zur Seite gleiten. «Ich trage mein Zeug immer selber.»

Es wird halb fünf, bis wir in unser Zimmer kommen, ein sauberes Rechteck, ausgestattet mit dem protzigen Pseudo-Luxus des Mittleren Westens – da sind ein Körbchen mit kunstvoll arrangiertem Obst, eine Flasche inländischen Sekts, blaue Kornblumen in einer chinesischen Vase, rote Textiltapeten im besten Bordellstil und ein großes Bett. Wir sind im elften Stock, und der Blick geht wie durch ein Fischaugenobjektiv flußaufwärts zum öden Ren-Cen und der grauen, amöbenartigen Belle Isle im Mittelgrund – und die schimmernden Lichter von Vororten verschwinden im Norden und Osten aus dem Blickfeld.

Vicki geht umher und inspiziert alles – Schränke, Dusche, Schubladen –, quittiert alles, was es hier an Toilettenartikeln und Handtüchern umsonst gibt, mit Oohs und Aahs, macht es sich in einem Sessel am Fenster bequem, läßt den Sektkorken knallen und läßt genüßlich alles auf sich wirken. Es ist genau so, wie ich es mir erhofft hatte: von der Pracht ringsum beeindruckt, zu respektvollem Schweigen gebracht – ein Votum dafür, daß ich alles so arrangiert habe, wie es arrangiert werden sollte.

Ich nutze die Gelegenheit zum Telefonieren.

Als erstes rufe ich Herb an, um «dranzubleiben» und die Pläne für morgen festzumachen. Er ist gut gelaunt und lädt uns ein, zusammen mit ihm und Clarice in einem Steakhaus in Novi zu essen, aber ich schiebe Müdigkeit und bereits festliegende Verpflichtungen vor, und Herb sagt: auch gut. Er ist jetzt viel besser drauf und hat die Niedergeschlagenheit vom Vormittag abgeschüttelt. (Er nimmt wohl ein starkes Mittel zur Stabilisierung der Gemütslage, nehme ich an. Aber wer würde das an seiner Stelle nicht tun?) Wir legen auf, aber zwei Minuten später ruft Herb zurück, um festzustellen, ob er mir die besondere Abkürzung, die wir nach der I-96 nehmen sollen, richtig beschrieben hat. Seit seinem Unfall, sagt er, habe er eine leichte Lesestörung und bekomme immer wieder Zahlen in die falsche Reihenfolge, und das habe oft komische Folgen. «Das geht mir genauso, Herb», sage ich, «nur nenn ich es normal.» Doch Herb legt auf, ohne darauf einzugehen.

Der nächste Anruf gilt Henry Dykstra, X' Vater, draußen in Birmingham. Ich habe es mir nach der Scheidung zur Gewohnheit gemacht, mit ihm in Verbindung zu bleiben. Und obwohl es zwischen uns Spannungen gab und wir äußerst förmlich miteinander umgingen, solange X' und meine Angelegenheiten in den Händen der Anwälte lagen, haben wir seither zu einem besseren und ehrlicheren Verhältnis zueinander gefunden, als wir es vorher hatten. Henry glaubt, es sei schlicht und einfach Ralphs Tod gewesen, an dem unsere Ehe kaputtgegangen sei, und so bringt er ein gehöriges Maß an Mitgefühl für mich auf – etwas, das ich mir gern gefallen lasse, auch wenn meine eigene Meinung zu diesen Dingen um einiges komplexer ist. Ich bin auch ein Mittelsmann und Kurier zwischen Henry und seiner Frau Irma in Mission Viejo draußen geblieben, denn sie schreibt mir regelmäßig, und ich habe ihn wissen lassen, daß vertrauliche Mitteilungen bei mir in guten Händen seien und daß ich ein verläßlicher Übermittler aktueller Informationen sei, die im übrigen oft überraschend intim und persönlich sind. «Der alte Pflug funktioniert noch», bat er mich einmal, ihr mitzuteilen, und ich tat es auch, doch von einer Antwort ist mir nichts bekannt. Familien sind nur sehr schwer für immer auseinanderzubringen. Ich weiß das.

Henry ist robuste einundsiebzig und hat, wie ich, nicht wieder geheiratet, doch er macht immer wieder versteckte, aber auffällige Anspielungen auf Frauennamen, ohne näher darauf einzugehen. Nach meiner persönlichen Überzeugung – die von X geteilt wird – fühlt er sich allein auf seinem Landsitz so wohl wie ein Fisch im Wasser, und er hätte sich das schon an dem Tag, an dem X geboren wurde, so eingerichtet, wenn er sich mit Irma hätte verständigen können. Er ist ein Industrieller der alten Schule, der sich in den dreißiger Jahren nach oben gearbeitet hat und der eigentlich nie richtig begriffen hat, was ein Privatleben ist: nicht seine Schuld, behaupte ich, doch X sieht das anders und will mir manchmal weismachen, sie könne ihn nicht leiden.

«Wir gehen vor die Hunde, Franky», sagt Henry, der schlecht gelaunt ist. «Das ganze Land hat, verdammt noch mal, wegen der Gewerkschaften die Hosen voll. Und wir haben die Scheißer gewählt, die so mit uns umgehen. Wenn das kein dicker Hund ist. Republikaner? Keinen verdammten Cent würde ich für den ersten zahlen, den sie je gemacht haben. Wahrscheinlich heißt das, daß ich irgendwo rechts von Attila dem Hunnen stehe.»

«Ich bin da nicht so auf dem laufenden, Henry. Aber es hört sich irgendwie knifflig an.»

«Knifflig! Es ist nicht knifflig. Wenn ich stehlen und alle in meiner Fabrik entlassen wollte, könnte ich noch hundert Jahre genauso leben wie jetzt. Ohne aus dem Haus zu gehen. Ohne von meinem Stuhl aufzustehen! Ich bin als Reuther-Mann groß geworden, das weißt du, Frank. Und das bleibe ich. Es sind diese Gangster in Washington. Alle miteinander. Alles hundsgemeine Verbrecher, die wollen mich fertigmachen. Ich soll raus aus dem Geschäft mit den Dichtungsringen. Was gibt's eigentlich zu Hause? Bist du immer noch geschieden?»

«Es geht bestens, Henry. Heute ist Ralphs Geburtstag.»

«Tatsächlich?» Ich weiß, Henry redet nicht gern darüber, aber für mich ist es ein besonderer Tag, warum sollte ich es da nicht erwähnen.

«Ich glaube, aus ihm wäre ein guter Mann geworden, Henry. Da bin ich mir sicher.»

Einen Moment lang ist eine betäubte Leere in unserer Verbindung, während wir über entgangene Chancen nachdenken.

«Komm doch einfach hier raus und wir besaufen uns», sagt Henry abrupt. «Lula soll uns Enten am Spieß braten. Ich hab die Scheißviecher selber geschlachtet. Wir können uns ein paar Nutten kommen lassen. Ich hab ihre Privatnummern hier vor mir liegen. Und glaub ja nicht, daß ich sie nicht anrufe.»

«Das wäre wirklich was, Henry, aber ich bin nicht allein.»

«Du hast wohl selber eine fragwürdige Dame bei dir?» Henry lacht schallend.

«Nein, ein nettes Mädchen.»

«Wo übernachtest du denn?»

«Mitten in der Stadt. Ich muß morgen schon zurück. Ich bin heute geschäftlich hier.»

«Okay, okay. Sag mal, Frank, wie siehst du das, warum hat dich unsere Golferin eigentlich verlassen? Ganz ehrlich. Aus irgendeinem verdammten Grund geht mir das heute dauernd im Kopf herum.»

«Ich glaube, sie wollte ihr Leben einfach wieder selber in die Hand nehmen. Viel mehr war da nicht.»

«Sie hat immer geglaubt, ich hätte, was Männer angeht, ihr Leben ruiniert. Verdammt hart, so was gesagt zu bekommen. Ich hab noch keinem das Leben ruiniert. Und du auch nicht.»

«Ich glaube nicht, daß sie das heute noch so sieht.»

«Sie hat mir's doch selber *gesagt*, erst letzte Woche! Ich bin froh, daß ich alt bin. Ich hab genug vom Leben. Du bist hier und bist es doch nicht.»

«Ich habe mich auch nicht immer so toll verhalten, Henry. Ich hab mir große Mühe gegeben, aber manchmal machst du dir was vor und siehst dich ganz falsch.»

«Das kannst du alles vergessen», sagt Henry. «Gott hat Noah verziehen. Du kannst dir selber verzeihen. Wer ist denn deine fragwürdige Dame?»

«Sie würde dir gefallen. Sie heißt Vicki.» Vicki blickt strahlend herüber und prostet mir mit einem Glas Sekt zu.

«Bring sie mit, ich will sie kennenlernen. Was für ein Name. Vicki.»

«Ein andermal, Henry. Wir sind diesmal sehr knapp mit der Zeit.» Vicki blickt jetzt wieder aus dem Fenster, um das Hereinbrechen der Nacht zu verfolgen.

«Ich kann's dir nicht verübeln», sagt Henry unverblümt. «Weißt du, Frank, manchmal macht die Tatsache, daß du mit jemandem zusammen lebst, dieses Zusammenleben unmöglich. Irma und ich waren da nicht anders. Ich hab sie in einem Januar nach Kalifornien geschickt, und das war vor zwanzig Jahren. Sie ist dort viel glücklicher. Bleib also am besten da unten mit deiner Vicki.»

«Es ist schwer, einen anderen Menschen richtig kennenzulernen. Das geb ich zu.»

«Man fährt immer besser, wenn man annimmt, daß jeder zu jeder Zeit alles mögliche tun kann. Man ist vor Überraschungen sicher. Sogar meine eigene Tochter.»

«Ich wollte, ich könnte zu dir rauskommen und mich mit dir betrinken, Henry, ehrlich wahr. Ich bin froh, daß wir Kumpel sind. Von Irma soll ich dir erzählen, daß sie in Mission Viejo ‹*The Fantasticks*› in einer wirklich guten Aufführung gesehen hat. Und daß sie dabei an dich denken mußte.»

«Irma?» sagt Henry. «Was ist das, ‹*The Fantasticks*›?»

«Ein Schauspiel.»

«Dann ist es ja gut, oder?»

«Soll ich ihr irgendwas ausrichten? Ich schreibe ihr wahrscheinlich nächste Woche. Sie hat mir eine Geburtstagskarte geschickt. Ich könnte was dazuschreiben.»

«Ich hab Irma eigentlich nie richtig gekannt, Frank. Ist das nicht ein Ding?»

«Du hattest eben ganz schön damit zu tun, die Brötchen zu verdienen, Henry.»

«Sie hätte Affären haben können, und ich hätte nicht mal was gemerkt. Ich hoffe, sie hatte welche. *Ich* hatte jedenfalls genug. Soviel ich wollte.»

«Ich würde mir da keine Gedanken machen. Irma ist glücklich. Sie ist siebzig Jahre alt.»

«Im Juli wird sie's.»

«Was ist mit einer Nachricht? Willst du ihr irgendwas mitteilen?»

«Sag ihr, ich hab Blasenkrebs.»

«Stimmt das denn?»

«Ich *werd* ihn kriegen, wenn vorher nicht was anderes kommt. Aber wen interessiert das denn?»

«Mich zum Beispiel. Du mußt dir was anderes einfallen lassen, oder ich denk mir was für dich aus.»

«Wie geht's Paul, und wie geht's Clarissa?»

«Es geht ihnen gut. Wir wollen diesen Sommer mit dem Auto Lake Erie umrunden. Und dabei besuchen wir dich. Sie reden jetzt schon davon.»

«Wir fahren rauf zur nördlichen Halbinsel.»

«Dafür wird die Zeit vielleicht nicht reichen.» (Hoffentlich nicht.) «Sie wollen nur dich mal wiedersehen. Sie lieben dich sehr.»

«Das ist ja schön, obwohl ich es nicht verstehen kann. Und wie schätzt du dieses Jahr die Gelb-Blauen ein, Franky?»

«Eine Bombenmannschaft würd ich sagen, Henry. Die erfahrenen Leute vom letzten Jahr sind alle wieder dabei, dazu der starke Schwede aus Pellston. Ich hab da ein paar eindrucksvolle Geschichten gehört. Schon imponierend, was die da draußen bieten.» Das ist der einzige rituelle Teil unserer Gespräche. Ich informiere mich immer bei unseren Experten für College-Football, vor allem bei unserem neuen Chef vom Dienst, einem kleinen, neurasthenischen, kettenrauchenden Bostoner namens Eddie Frieder, so daß ich dann einige Insidergeschichten für Henry habe, der zwar selber kein College besucht hat, der aber trotzdem ein glühender Fan der Wolverines ist. Es ist für ihn die einzige Art und Weise, sich meinen Beruf zunutze zu machen, und ich frage mich manchmal, ob er das Interesse nicht einfach mir zuliebe vortäuscht, obschon ich Football an und für sich nicht besonders mag. (Es gibt in bezug auf Sportreporter große Mißverständnisse.) «Im defensiven Hinterfeld werden wir diesen Herbst so manche raffinierte Aufstellung zu sehen bekommen, das steht für mich schon heute fest, Henry.»

«Dann brauchen sie jetzt nur noch diesen Hornochsen zu feuern, der den ganzen Laden schmeißt. Das ist einfach eine

Flasche, wenn du mich fragst. Ganz gleich, wie viele Spiele er gewinnt.»

«Die Spieler mögen ihn offenbar, nach allem, was ich höre.»

«Die haben doch keine Ahnung, verdammt noch mal. Ich will dir mal was sagen, Frank: Für mich heiligen die Mittel nicht in jedem Fall den Zweck. Daran krankt's doch in diesem Land. Darüber solltest du mal schreiben. Wie die wesentlichen Werte des Lebens entwürdigt werden. Das ist eine Geschichte wert.»

«Du hast wahrscheinlich recht, Henry.»

«Bei dem Thema komm ich so richtig in Fahrt, Frank. Der Sport ist nur ein Musterfall des Lebens, hab ich recht? Sonst würden sich die Leute doch einen Dreck drum scheren!»

«Ich weiß, man kann es so sehen.» (Ich selbst versuche, dieser Vorstellung auszuweichen.) «Aber es ist eine ziemliche Vereinfachung. Das Leben braucht meiner Meinung nach keine Metapher.»

«Was immer das heißen mag. Der Typ muß jedenfalls weg, Frank. Er ist ein Nazi.» Henry spricht das Wort auf die altmodische Art aus, mit *ä* und einem stimmhaften *s*. «Daß er so beliebt ist, ist die größte Gefahr für ihn.» Tatsächlich ist der betreffende Coach ein sehr guter Mann, der es eines Tages wahrscheinlich schaffen wird, in die Ruhmeshalle in Canton in Ohio zu kommen. Er und Henry sind fast genau der gleiche Menschentyp.

«Ich geb das weiter, Henry. Aber schreib doch einen Leserbrief.»

«Ich hab keine Zeit. Mach du das nur. Soweit trau ich dir schon.»

Es wird nun draußen vor dem *Pontchartrain* rasch dunkel. Vicki sitzt im Schatten, mit dem Rücken zu mir, die Arme um die Knie geschlungen, und blickt flußaufwärts, wo fast eine Meile entfernt die große Seagram-Reklame rot und golden im Dämmerlicht schimmert, während kleine kanadische Häuser an einem dunklen und fernen Strand, wo ich schon gewesen bin, wie Leuchtkäfer aufblitzen. Nichts würde ich jetzt lieber tun, als die Arme um sie zu legen, ihren starken Texasrücken zu spüren und mich an sie zu kuscheln und sie erst beim Klopfen des Etagenkellners wieder loszulassen. Aber ich bin mir nicht sicher, ob nicht die pure Erleichterung darüber, daß ihre Erwartungen erfüllt worden sind, sie in den Schlaf gelullt hat – eine der wahren Wohltaten, die das Leben zu bieten hat. Auf hundertfältige Weise könnten wir uns nicht ähnlicher sein, Vicki und ich, und sie fehlt mir sehr, obwohl sie keine vier Meter von mir entfernt ist, so daß ich, fast ohne mich bewegen zu müssen, ihre Schulter berühren könnte (das ist eines der Hauptübel für jemanden wie mich, der den Dingen immer vorauseilt).

«Frank, wir zählen nicht viel. Ich weiß nicht, warum wir uns auch nur die Mühe machen, Meinungen zu haben», sagt Henry.

«Es schiebt den Augenblick der Leere hinaus. So sehe ich das.»

«Was zum Teufel ist das? Ich weiß nicht, was das ist.»

«Dann mußt du ein Leben lang ganz schön geschickt gewesen sein, Henry. Das ist allerdings gut. Genau das strebe ich an.»

«Wie alt wirst du an deinem nächsten Geburtstag? Du hast doch was von einem Geburtstag gesagt.» Aus irgendeinem Grund wird Henry bei diesem Thema schroff.

«Neununddreißig, nächste Woche.»

«Neununddreißig ist jung. Neununddreißig ist nichts. Du bist ein bemerkenswerter Mann, Frank.»

«Ich finde mich nicht so bemerkenswert, Henry.»

«Nein, bist du auch nicht. Aber ich rate dir, dich dafür zu halten. Ich hätte es nie zu etwas gebracht, wenn ich mich nicht für perfekt hielte.»

«Ich nehme es als Geburtstagsgeschenk, Henry. Ein guter Rat für mein späteres Leben.»

«Ich schick dir eine lederne Brieftasche raus. Füll sie gut.»

«Ich hab ein paar Ideen, die sind mir so lieb wie eine dicke Brieftasche.»

«Redest du jetzt von dieser Mieze, dieser Vicki?»

«Ganz richtig.»

«Ich stimme dir aus ganzem Herzen zu. Jeder sollte in seinem Leben eine Vicki haben. Besser noch zwei. Nur, heirate sie nicht, Frank. Nach meiner Erfahrung sind diese Vickis nichts zum Heiraten. Sie wollen sich nur amüsieren.»

«Ich muß jetzt Schluß machen, Henry.» Unsere Gespräche nehmen oft diesen Verlauf. Erst ist er der gute alte Onkel, und dann, als sei das seine Taktik, bringt er mich dazu, daß ich ihn am liebsten zum Teufel wünschen würde.

«Okay, jetzt bist du wütend auf mich, das ist mir klar. Aber das ist mir scheißegal. Ich weiß, was ich davon zu halten habe.»

«Dann steck dir das in deine Brieftasche, Henry, falls du begreifst, was ich sagen will.»

«Ich begreife sehr wohl. Ich bin kein Idiot wie du.»

«Gerade hast du noch gesagt, ich sei ganz schön bemerkenswert.»

«Bist du auch. Ein bemerkenswerter Trottel nämlich. Und ich liebe dich wie einen Sohn.»

«Jetzt wird's wirklich Zeit aufzulegen, Henry. Danke. Das hör ich gern.»

«Heirate meine Tochter noch einmal. Meine Erlaubnis hast du.»

«Gute Nacht, Henry. So sehe ich das auch.» Aber wie Herb Wallagher hat auch Henry vorzeitig aufgelegt und hört meine letzten Worte nicht mehr, die ich der leeren Telefonleitung anvertraue, ein Rufer in der Wüste.

Vicki ist in ihrem Sessel tatsächlich eingeschlafen; unten bewegt sich ein kalter Strom von Autolichtern auf der Jefferson Avenue auf die Grosse Pointes zu: Park, Farms, Shores, Woods, ordentliche Gemeinwesen, fest in der Sicherheit des Mittleren Westens verwurzelt.

Ich habe inzwischen einen Bärenhunger, doch als ich ihr eine Hand auf die weiche Schulter lege, um sie zu wecken, bereit zu einem Krabben-Soufflé oder Hummerfilet, vielleicht oben im langsam rotierenden Dachrestaurant, hat sie Lust auf etwas ganz anderes – ein Menu, das sich nur ein Mann entgehen lassen würde, der längst in ein Altersheim gehört. (Sie hat den ganzen Sekt ausgetrunken und denkt jetzt an andere Genüsse.)

Sie greift nach mir und zieht mich zu sich in den Sessel, so daß ich ihr quer auf dem Schoß sitze und den milden Olivenduft ihres schläfrigen Atems riechen kann. Weit draußen vor den Fensterscheiben hängt sich in der sternenlos dahintreibenden Detroit-Nacht ein mit Erz beladener Lastkahn mit roten und grünen Positionslampen in die Strömung, die ihn zum Lake Erie und den Hochöfen in Cleveland bringen wird.

«Ach, du lieber, guter, lieber Mann», sagt Vicki zu mir und windet sich in eine bequeme Lage. Sie gibt mir einen feuchten, weichen Kuß auf die Lippen und summt dazu tief in der Brust. «Ich hab irgendwo gelesen, wenn einem ein Stier sagt, daß er einen liebt, dann soll man ihm glauben. Stimmt das?»

«Du bist ein wunderbares Mädchen.»

«Hmmmm. Aber ...» Sie lächelt und summt.

Ich habe nun eine gute Handvoll ihrer exquisiten Brust, und was für ein prachtvolles Mädchen ist sie doch, was für ein Fund für einen Mann, dem an romantischer Liebe gelegen ist. «Macht dich das nicht glücklich?»

«O doch, das weißt du. Du bist der einzige für mich.» Sie hat nichts von einer Träumerin, das weiß ich, sondern ist durch und durch Realistin, glücklich und zufrieden, wenn die Welt sie mit den kleinen Dingen, die möglich sind, verwöhnt (das gilt für immer weniger Menschen, gerade auch Frauen). Dabei ist es wahrscheinlich keine Kleinigkeit, hier mit mir zusammenzusein, in einem fremden, gläsernen Hotel in einer kalten und finsteren Stadt, so fremd wie ein Mensch für einen Mandrill, und sich einzureden, sie sei verliebt.

«Mann-o-Mann-o-Mann», flüstert sie.

«Sag mir, womit ich dich am glücklichsten machen kann. Dazu bin ich hier, und das ist die Wahrheit» – oder doch der größte Teil davon.

«Okay, dann laß uns nicht die ganze Nacht in diesem ollen Sessel sitzen und zugucken, wie das schöne große Bett da drüben verschimmelt. Ich geh los wie ein Knallfrosch, wenn ich bloß an dich denke. Ich hab schon geglaubt, du hörst *nie* auf zu telefonieren.»

«Ich hab aber aufgehört.»

«Dann sieh dich jetzt lieber vor.»

Und dann hüllt uns das kalte Zimmer vollkommen ein, und wir versinken in schlichter, nächtlicher Liebesschwermut, Boote zum Floß verbunden, unterwegs in einer dunklen Furt voll kleiner Gefahren. Ein schönes, zärtliches Mädchen aus Texas in einer dunklen Séance. Nichts könnte besser, nichts wohltuender sein als das. Nichts. Laßt euch das von einem Mann sagen, der es wissen muß.

Vor dem Ende meiner Ehe, aber nach Ralphs Tod, in dieser konfusen, zwei Jahre dauernden Zeit, als ich eine Harley-Davidson kaufte, nach Buffalo fuhr, an einem College unterrichtete, an dieser erst in letzter Zeit langsam nachlassenden Verträumtheit litt und meine enge Bindung an X zu lockern begann, ohne auch nur zu merken, daß da etwas ins Rutschen kam, in dieser Zeit also muß ich mit achtzehn verschiedenen Frauen geschlafen haben – eine Zahl, die mir nicht hoch erscheint und, unter den gegebenen Umständen, auch nicht besonders skandalös oder überraschend. Ich bin sicher, X wußte davon, und im Rückblick sehe ich auch, daß sie ihr möglichstes getan hat, sich darauf einzustellen, daß sie versucht hat, mir die kläglichsten Selbstvorwürfe dadurch zu ersparen, daß sie keine Fragen stellte und mir keine strenge Rechenschaft über die Tage abverlangte, die ich beruflich in irgendeinem Sportmekka verbrachte – in einem Denver oder einem St. Louis –, wohl weil sie erwartete, ich würde eines Tages schon wieder zu mir kommen, was sie selbst bereits geschafft zu haben glaubte (und heute wahrscheinlich wieder in Frage stellen würde, wo immer sie gerade sein mag – heil und gesund, hoffe ich).

Das wäre, glaube ich, nicht so schlimm gewesen, hätte ich nicht bei den Frauen, mit denen ich «zu tun hatte», einen Punkt erreicht, wo ich völlige Versenkung zu simulieren suchte – eine schlechte Idee, wie jeder weiß, der beruflich viel unterwegs ist. Doch wenn es schlecht lief, konnte es passieren, daß ich nach einem Spiel allein auf der Pressetribüne saß, in irgendeinem amerikanischen Sportpalast aus Beton und Stahl. Sehr oft war eine Reporterin noch damit beschäftigt, ihren Spielbericht für die Spätausgabe zu Ende zu schreiben (ich hatte mittlerweile einen Blick für solche Nachzügler), und wir landeten bei einigen Martinis in irgendeiner stimmungsvollen Panoramabar, fuhren dann mit meinem Mietwagen hinaus zu irgendeiner kleinen, zum Garten hin offenen Vorortwohnung mit indirekter Beleuchtung und Bastmatten am Boden, wo kein Ehemann wartete, dafür eine Tochter – eine kleine Mandy oder ein Gretchen –, und wo, ehe ich mich umsah, das Baby eingeschlafen war, die Musik leiser gestellt, Wein eingeschenkt, und schon lag ich, plumps, mit der Reporterin im Bett. Und zack! Augenblicklich wollte ich mit allem, was ich hatte, ein Teil dieses Lebens sein, wollte mich als voller (wenn auch nur vorübergehender) Teilhaber ganz und gar in ihrem kleinen Dasein einnisten, ihre geheimsten Illusionen und Hoffnungen teilen. «Ich liebe dich», hörte ich mich mehr als einmal zu einer Becky, Sharon, Susie oder Marge sagen, die ich nicht länger als *vier Stunden und fünfzehn Minuten* kannte! Und ich war von dem, was ich sagte, absolut überzeugt; und um es zu beweisen, ließ ich ein Sperrfeuer aus neugierigen, persönlichen Fragen los – ich verlangte, mit anderen Worten, von ihr, mir möglichst viele Fragen nach dem Warum und Wer und Was in ihrem Leben zu beantworten. Alles nur, um besser in ihr Leben *hineinzukommen*, diesen schrecklichen Abstand zu überwinden, der uns trennte, für ein paar ziellos dahintreibende Stunden die Tür zu schließen, Vertrautheit und Interesse und Voraussicht zu simulieren und das alles dann in der kuschligromantischen Stimmung und Abgeschlossenheit einer Nacht aufzulösen. «Warum hast du an der Penn State studiert, wenn du nach Bryn Mawr hättest gehen können?» *Ich verstehe.* «Welches Jahr war das, in dem dein Ex-Mann aus dem Militär ausgeschieden ist?» *Hmmm.* «Warum ist deine Schwester besser mit deinen Eltern zurechtgekommen als du?» *Klingt einleuchtend.* (Als ob sich für den, der solche Dinge weiß, irgend etwas ändern würde.)

Das war natürlich der denkbar schlimmste, feigste Zynismus. Nicht die anregenden Spielchen im Bett, an denen sich niemand stören sollte, sondern die Forderung nach totaler Enthüllung, wo ich selber nichts zu enthüllen hatte und an nichts irgendein verantwortungsvolles Interesse haben konnte, außer an der Hoffnung (lachhaft), daß wir «Freunde bleiben» würden, und an der Frage, wie früh ich mich am nächsten Morgen davonschleichen und meinem Geschäft nachgehen oder nach Hause fahren konnte. Es war außerdem eine sentimentale Tour der übelsten Sorte – du empfindest Mitleid mit einer einsam lebenden Frau (das war bei mir fast immer so, auch wenn ich es nicht zugegeben hätte), verwandelst das in Betroffenheit, die Betroffenheit in teilnahmsvolles Interesse, und das Interesse führt dann schließlich zum Sex. Genauso handeln die übelsten Sportreporter, wenn sie einem Boxer, dem gerade der Schädel eingeschlagen worden ist, auf die Pelle rücken und fragen: «Sagen Sie, Mario, was haben Sie von dem Moment, als Ihr Gesicht plötzlich wie eine zerquetschte Tomate aussah, bis zum Zählen des Ringrichters eigentlich gedacht?»

Erst lange nach meinen drei Monaten am Berkshire College – und dem Zusammenleben mit Selma Jassim, die an totaler Enthüllung nicht interessiert war – bekam ich heraus, was ich in Wirklichkeit trieb: Um in mir selber zu sein, versuchte ich, so weit wie möglich in einen anderen Menschen *hineinzukommen.* Es ist auf der Suche nach romantischer Liebe kein neuer Weg, und er funktioniert auch nicht. Tatsächlich führt er zu einer schrecklichen Verträumtheit und zu der schlimmsten Art von Zerstreutheit und Unerreichbarkeit.

Wie ich hoffen konnte, in eine mir kaum bekannte Elaine, Barb, Sue oder Sharon hineinzukommen, wenn es mir nicht einmal bei X *in meinem eigenen Leben* gelang, ist eine gute

Frage. Doch die Antwort ist klar. Ich lag falsch mit meinen Hoffnungen.

Bert Brisker würde wahrscheinlich über mich sagen, ich sei damals nicht «intellektuell geschmeidig» genug gewesen, denn ich jagte in kurzen, von vornherein begrenzten Zeiträumen einer vollkommenen Illusion nach. Ich hätte, ohne Fragen zu stellen, mit der einfachen, elementaren Verzückung glücklich sein sollen, wie eine Frau – jede Frau, die ich mochte – sie vermitteln konnte, und danach hätte ich nach Hause gehen können, um mich – so wie ich das immer getan hatte – des Lebens zu erfreuen. Die Menschen sind allerdings selten, die im Vertrauten wirklich Wunderbares finden können, wenn das Glück erst einmal gegen sie läuft – was bei mir damals der Fall war.

Als ich gegen Ende dieser zwei Jahre von meiner dreimonatigen Lehrtätigkeit zurückkam, hatte ich mit diesen ganzen Weibergeschichten aufgehört. Aber X war mit Paul und Clary zu Hause gewesen und hatte keine Kontakte gepflegt und hatte angefangen, *The New Republic, The National Review* und *China Today* zu lesen, was sie vorher nie getan hatte, und schien unnahbar. Ich verfiel sofort in eine Art verträumter Monogamie, womit ich nichts anderes erreichte, als daß X sich – wie sie mir später sagte – albern vorkam, daß sie es so lange mit mir ausgehalten hatte, bis sie unsicher geworden wäre. Ich war jeden Tag zu Hause, aber niemand hatte etwas davon; ich blätterte nur in Katalogen, erzählte nachsichtige Lügen, um die totale Enthüllung zu umgehen, lächelte meinen Kindern zu, fühlte mich merkwürdig, machte jede Woche einen Besuch bei Mrs. Miller, sann ironisch über die große Zahl an Antworten nach, die ich auf fast jede mir gestellte Frage geben konnte, sah Sportsendungen und Johnny im Fernsehen, trug Golfhosen und buntkarierte Hemden von L. L. Bean, fuhr einmal die Woche nach New York rauf und war ein mittelmäßiger, aber sehr engagierter Sportreporter – während in all der Zeit X' Gesicht ausdruckslos und meine Sitmme immer leiser wurde, so leise, daß ich sie selbst kaum noch hörte. Sie war der Überzeugung –

zumindest hat sie es später so dargestellt –, daß ich meine «Vertrauenswürdigkeit» eingebüßt hätte, was nicht überraschen kann, da es wahrscheinlich stimmte, vor allem, wenn sie dadurch glücklich zu werden hoffte, daß ich das Leben so sicher stellte, wie es nur ging, was damals für mich schwieriger gewesen wäre, als fliegen zu lernen. Und als ich das nicht schaffte, fing sie einfach an, hinter allem das Schlimmste zu vermuten, woraus ich ihr auch keinen Vorwurf mache, auch wenn ich wußte, daß das keine gute Idee war. Ich behaupte, daß ich mir trotz allem ziemlich vertrauenswürdig vorkam – wenn sie einfach darauf hätte vertrauen können, daß ich sie liebte, denn ich liebte sie wirklich. (Das Eheleben erfordert gemeinsame Geheimnisse, selbst wenn die Tatsachen alle bekannt sind.) Früher oder später wäre ich ihr entgegengekommen, da bin ich ganz sicher, und wenn dann alles beim alten geblieben wäre, hätte ich gewiß glücklich damit leben und gleichzeitig auf Verbesserungen hoffen können. Wenn du deine ganze Hoffnung verlierst, kannst du sie immer auch wiederfinden.

Nur wurde eben in unser Haus eingebrochen, abscheuliche Polaroidbilder überall verstreut, die Briefe der Frau in Kansas gefunden, und X schien plötzlich zu glauben, es sei schon zu weit gekommen mit uns, weiter, als wir selber wußten, und das Leben schien einfach auf einer absteigenden Linie zu sein und zwischen uns kaputtzugehen – keine grausame oder gar tragische Entwicklung, nur unabwendbar, wie die richtigen Schriftsteller sagen.

Eine Menge stößt dir in deinem Leben zu und trifft dich auf halbem Weg: Deine Eltern können sterben (meine sind allerdings schon vor Jahren gestorben), deine Ehe kann sich verändern und sogar zu Ende gehen, ein Kind kann einer Krankheit erliegen, dein Beruf kann dir zunehmend hohl vorkommen. Du kannst alle Hoffnung verlieren. Schon für sich allein würde jedes dieser Ereignisse genügen, dich zum Rotieren zu bringen. Und demzufolge ist schwer zu sagen, was wodurch *verursacht* wird, da in einem sehr wichtigen Sinn *alles* alles andere verursacht.

Wie kann ich also, da all das wahr ist, sagen, ich «liebe» Vicki Arcenault? Wie kann ich wieder von vorn anfangen und meinen Instinkten trauen?

Eine gute Frage, der ich aber nicht ausgewichen bin, aus Angst, das Leben aller Beteiligten noch mehr durcheinanderzubringen.

Die Antwort besteht, wie die meisten verläßlichen Antworten, aus mehreren Teilen.

Ich habe eine ganze Menge preisgegeben. Ich bemühe mich nicht mehr ständig darum, vollkommen *in* einem anderen Menschen zu sein, da das sowieso unmöglich ist – und die Folge war ein angenehmes, bedingungsloses Geheimnis. Ich bin auch nicht mehr so streng sachlich und von «schriftstellerischem Ernst», mache mir weniger Gedanken über die Komplexität der Dinge und sehe das Leben einfacher und direkter. Ich habe auch aufgehört, an meinen tatsächlichen Gefühlen vorbei nach anderen zu schielen, die ich vielleicht haben könnte. Bei all diesen achtzehn Frauen ging ich so sehr darin auf, eine komplizierte Illusion des Lebens zu schaffen und dann wieder aufzulösen, daß ich mein eigentliches Vorhaben aus den Augen verlor – einfach zu genießen und alles andere zu vergessen.

Wenn deine Gefühle so einfach und reizvoll sind, daß du voll in ihnen leben kannst, so daß der Abstand zwischen dem, was du empfindest, und dem, was du *auch* empfinden *könntest*, aufgehoben ist, dann kannst du deinen Instinkten vertrauen. Es ist der Unterschied zwischen zwei Männern, die beide ihren Job aufgeben, um Führer von Angeltouren am großen Forellensee zu werden; der eine läßt eines Tages, wenn er sich in der Abenddämmerung in seinem Kanu dem Anlegeplatz nähert, die Paddel sinken, um den Sonnenuntergang zu bewundern, und weiß jetzt, wie sehr er sich danach sehnt, Angeltouren am großen Forellensee zu leiten; der andere hört in derselben Situation ebenfalls zu paddeln auf, wird sich bewußt, wie froh er ist, denkt aber gleichzeitig, er könnte auch Angeltouren am Windigo-See aufziehen, wenn er das wolle, und würde dort vielleicht auch günstiger an Kanus herankommen.

Es ist, an einem anderen Beispiel klargemacht, der Unterschied zwischen einem literarischen Menschen und einem, der sich streng an Tatsachen klammert. Ein literarischer Mensch ist jemand, der es, während er auf einem Flughafen in Chicago festsitzt, genießt, einen Nachmittag lang Menschen zu beobachten, während einer, der sich streng an Tatsachen orientiert, nicht von der Frage loskommt, warum sich wohl sein Flugzeug aus Salt Lake verspätet, und abzuschätzen versucht, ob sie an Bord wohl noch ein warmes Essen oder nur einen Snack servieren werden.

Und schließlich spreche ich, wenn ich zu Vicki Arcenault sage: «Ich liebe dich», ja nur das Offenkundige aus. Wen interessiert es schon, wenn ich sie nicht in alle Ewigkeit liebe? Oder sie mich? Nichts ist von Dauer. Ich liebe sie jetzt, und ich mache weder mir selbst noch ihr etwas vor. Hat die Wahrheit vielleicht mehr zu bieten?

Um Viertel vor eins bin ich wach. Vicki schläft neben mir, leicht atmend und mit einem leisen Knacken in der Kehle. In dem Zimmer herrscht die dichte, dimensionslose Stimmung, die der empfindet, der im Dunkeln eingeschlafen ist und im Dunkeln wieder aufwacht und über die verbleibenden Stunden bis zum Morgengrauen rätselt: Wie viele werden es noch sein? Wird mich unverhofft die Verzweiflung packen? Wie werde ich wohl die Zeit totschlagen? Ich bin, wie ich schon sagte, gewöhnlich ein so erstklassiger Schläfer, daß mich solche Fragen nicht bedrängen. Ich bin allerdings sicher, daß meine Schwierigkeiten zum Teil mit einer ganz normalen Erregung zu tun haben: Ich bin hier, mit dieser Frau, kann alles tun, wozu ich Lust habe – wie das vertraute Gefühl zu Beginn der Schulferien, nach dem wir uns alle sehnen. Heute nacht wäre eine gute Gelegenheit, allein durch die dunklen Straßen zu wandern, den Mantelkragen hochzuschlagen, ein paar Dinge zu Ende zu denken. Aber ich habe nichts zu Ende zu denken.

Ich schalte den Fernseher ein und lasse den Ton weg, wie so oft, wenn ich allein unterwegs bin und noch ein wenig in einem

Spielerverzeichnis blättern oder an meinen Notizen feilen will. Ich liebe das Fernsehen in anderen Städten, die Sicherheit, wenn ich in einem fremden Zimmer den Blick hebe, einen vertrauten Nachrichtensprecher sehe, ihn in seinem vertrauten Nebraska-Akzent reden höre, während er in einem vertraut reizlosen Anzug vor einem nichtssagenden städtischen Hintergrund steht (an die Nachrichten selbst kann ich mich nie erinnern); oder wenn ich einen namenlosen, mich aber vollkommen in Bann schlagenden sportlichen Wettkampf sehe, ausgetragen in einem nichtssagenden Kuppelbau, in der gleichen zitronengelben Beleuchtung und vom gleichen kaum hörbaren Summen begleitet, viele Meilen von allen Orten entfernt, an denen mein Gesicht bekannt sein könnte. Das alles empfinde ich als wohltuend, und ich würde sehr ungern darauf verzichten.

Der Sender, den ich eingeschaltet habe, bringt die Wiederholung eines Basketballspiels, das ich mit großer Freude anschaue. Detroit spielt gegen Seattle. (Erst bei Wiederholungen lernt man, nebenbei bemerkt, ein Spiel in- und auswendig kennen. Sie sind dem eigentlichen Spiel am eigentlichen Spielort weit überlegen, denn dort geht es in der Regel recht langweilig zu, und du vergißt oft, weshalb du überhaupt da bist, und wendest dein Interesse anderen Dingen zu.)

Ich hole Vickis Le Sac-Tasche, mache sie auf, nehme eine ihrer Merits heraus und zünde sie an. Ich habe seit mindestens zwanzig Jahren keine Zigarette mehr geraucht, seit meinem ersten Jahr auf dem College, als ich an einem Herrenabend in einem Verbindungshaus teilnahm. Ältere Studenten gaben mir Chesterfields, und ich stand an der Wand, die Hände in den Taschen, und versuchte, wie der Junge auszusehen, den alle gleich auffordern wollen, Mitglied zu werden: der schweigende, schmächtige Südstaatenjunge mit den Augen, die den Jahren voraus sind, so daß er schon etwas abgestumpft und übersättigt wirkt. Genau der Typ, den wir brauchen.

Da ich schon einmal dabei bin, schiebe ich die Hand tief in die Tasche. Ein Rosenkranz (voraussagbar). Die Bordbroschüre der United (geklaut). Ein Kärtchen mit Perlmuttknöpfen für alle Fälle (nützlich). Autoschlüssel für den Dart an einem großen Messingring mit einer V-Insignie. Ein nicht mehr volles Röhrchen mit Velamints. Zwei abgerissene Eintrittskarten von einem Kino, wo Vicki und ich Teil eines alten Charlton Heston-Films sahen (bis ich einschlief). Die Versicherungspolice vom Flug. Die Taschenbuchausgabe eines Romans, ‹*Love's Last Journey*› von einer gewissen Simone La Noire. Und eine fette braune lederne Brieftasche mit dem gepunzten Westernmotiv eines großen Pferdekopfes auf glänzendem genarbtem Leder.

Darin – gleich ganz vorn – liegt das Bild eines Mannes, den ich noch nie gesehen habe; es ist ein angeberisch wirkender Typ mit mexikanischem Einschlag, mit einem am Kragen offenen weißen Hemd und einer weißen, großmaschigen Strickweste. Der Typ hat dichte schwarze Augenbrauen, dunkles, welliges Haar, das nach komplizierten, aber strengen Grundsätzen arrangiert ist, schmale, zusammengekniffene Augen und ein hinterhältiges Lächeln, eingerahmt vom schmollenden, höhnischen Ausdruck einer dunklen Selbstbeglückwünschung. An einer Kette um seinen Bleistifthals hängt ein goldenes Kreuz. Es ist Everett.

Der Teppichkönig aus dem anderen großen D ist ein anzüglich grinsender, die Hüften schwenkender Salonlöwe in einem viertklassigen Motel in Vegas; er ist der Typ, der seine Zigaretten unterm Hemdsärmel aufbewahrt, der lange, dünne Arme und stahlharte Finger hat und zu dessen Grundsätzen es gehört, zu jeder Tages- und Nachtzeit billiges Bier in riesigen Mengen zu trinken. Ich würde einen solchen Mann überall erkennen. Lonesome Pines war voll von diesen Typen, aus den denkbar besten Familien und alle zu den erbärmlichsten Schlechtigkeiten fähig. Nichts könnte mich mehr enttäuschen – und bestürzen –, als sein Bild hier zu finden. Vielleicht ist er ja nur ein überheblicher, gutmütiger Bauerntrampel, und sollten wir uns je begegnen (was nicht geschehen wird), würden wir vielleicht eine vernünftige, gemeinsame Grundposition zementieren, von der aus wir ernsthaft unsere verschiedenen

Ansichten über die Welt vertreten. (Tatsächlich liefert der Sport die perfekte *lingua franca* für solche im Krebsgang erfolgenden Annäherungsversuche von aufeinanderfolgenden Liebhabern und Ehemännern, die sonst vielleicht mit den Fäusten aufeinander losgehen würden.)

Doch in Wahrheit kümmern mich Everetts mögliche Vorzüge einen Dreck, und ich hätte gute Lust, sein Bild die Toilette runterzuspülen und möglichen Angriffen standzuhalten.

Ich nehme einen tiefen, irritierten Zug aus meiner Zigarette und versuche einen schwierigen französischen Lungenzug, den mir mal am College einer gezeigt hat. Doch der Rauch geht in die falsche Richtung, gleich in den Hals, statt zuerst in die Nase, und plötzlich packt mich eine entsetzliche Atemnot, und ich muß ein fürchterliches Würgen unterdrücken. Ich taumle ins Bad, so schnell es geht, mache die Tür zu, um mit meinem lauten, röchelnden Husten, der mir einen hochroten Kopf beschert, Vicki nicht aufzuwecken.

Im Badezimmerspiegel gleiche ich einem miesen Sexualverbrecher – die zwischen meinen Fingern herabhängende Zigarette, der mit blauen Biesen besetzte Pyjama zerknittert, mein Gesicht vom heftigen Husten noch mitgenommen, meine Augen gegen das harte Licht zusammengekniffen und schmal wie die Augen Everetts. Es ist kein erfreulicher Anblick, und ich bin alles andere als glücklich darüber, mich hier zu sehen. Ich hätte allein in die Nacht hinausgehen und etwas zum Nachdenken ausknobeln sollen. Gewisse Situationen schreiben dir vor, wie sie zum Vorteil genutzt werden sollten. Und du solltest in solchen Fällen – nein, in allen Fällen – immer der traditionellen Lehre folgen. Geh immer rauf an Deck, um die Sonne aufgehen zu sehen. Schwimm immer noch ein paar Runden, wenn deine Gastgeber spätabends zu Bett gegangen sind. Geh immer bei der Hütte deiner Freunde im Wald spazieren und suche einen neuen Weg zum Wasserfall oder eine Scheune, in der du stöbern kannst. Wenigstens ersparst du dir damit die Probleme, die sich offenbar immer ergeben, wenn du mit deiner persönlichen Neugier zu weit gehst. Ich habe nach einer totalen Enthüllung oft sofort weitergebohrt, kaum daß ich mich richtig davon distanziert hatte – ernüchterndes Zeugnis einer Selbsttäuschung, schlimmer noch, als das Bild des Hitzkopfs Everett in Vickis Brieftasche zu finden – hatte es doch, im Gegensatz zu mir, jedes Recht, dort zu sein.

Als ich aus dem Badezimmer komme, sitzt Vicki an der Frisierkommode und raucht eine ihrer Merits; sie hat den Ellbogen auf der Stuhllehne liegen, der Fernseher ist aus, und sie wirkt so fiebrig und exotisch wie ein Taxigirl. Sie trägt ein kurzes Nachthemd aus Crêpe de Chine und dazu passende Pantoletten. Es wirkt zu aufreizend und gefällt mir nicht (obschon vorstellbar ist, daß es mir früher am Abend gefallen hätte), da es aussieht wie etwas, was Everett schätzen und was er vielleicht sogar als eine letzte, duftende Erinnerung selber gekauft hat. Ich würde es keinen Augenblick dulden, wenn ich das Sagen hätte. Hab ich aber nicht.

«Ich wollte dich nicht wecken», sage ich bedrückt, stehle mich ans Ende des großen Betts und lasse mich nieder, einen halben Meter von ihren herrlichen Knien entfernt. Das Unheil lauert jetzt im Zimmer, bereit, mit seinen kalten, sachlichen Klauen zuzuschlagen. Mein Herz hämmert auf einmal wie heute morgen beim Aufwachen, und ich habe so ein Gefühl, als könne meine Stimme unhörbar werden.

Ich bin ertappt. Dabei würde ich alles tun, um den Augenblick zu retten, uns Ärger und das Bedauern und weitere Enthüllungen – Feind jeder Vertrautheit – zu ersparen. Ich wollte, ich könnte mit einer neuen Wahrheit herausplatzen; daß ich einen geheimgehaltenen Gehirntumor habe und manchmal unerklärliche Dinge tue, über die ich hinterher nicht reden kann; oder daß ich gerade einen Artikel über Basketballprofis schreibe und mir den Schluß des Spiels in Seattle ansehen muß, wo Seattle nur noch den Raum abdeckt und alles, so wie immer, von einem einzigen Wurf abhängt. Die Rettung des Augenblicks ist die wahre Kunst der Liebe.

Doch jetzt, mit Vickis gemeißelten, kaum gepolsterten Knien vor Augen, bin ich offensichtlich verloren und spüre, wie mir das Höchste wieder entgleitet und vom schmerzlichen Verlust hinweggefegt zu werden droht.

«Also, was hast du in meiner Tasche gesucht?» sagt sie. Aus ihrem finsteren Blick spricht konzentrierte Verachtung. Ich bin der am wenigsten gelittene Schüler, der dabei ertappt wird, wie er auf dem Schreibtisch der Lehrerin nach dem Zensurenheft sucht. Sie ist die freundliche Vertretung für nur einen Tag (obwohl wir alle wünschen, sie wäre die Klassenlehrerin), ist aber dennoch sofort im Bilde, wenn sie einen Leisetreter sieht.

«Nichts, wirklich nicht. Ich hab nichts gesucht.» Natürlich *habe* ich gesucht. Und das ist die falsche Lüge, auch wenn eine Lüge unbedingt erforderlich ist. Das erste, winzige Geplänkel mit den Fakten muß ich auf der Sollseite abbuchen. Meine Stimme verliert zehn volle Dezibel. Das ist mir schon öfter passiert.

«Ich habe keine Geheimnisse», sagt sie jetzt, und ihre Stimme klingt stumpf. «Aber du, du hast ja wohl welche.»

«Manchmal schon.» Ich verliere nichts, wenn ich das zugebe.

«Und außerdem lügst du.»

«Nur, wenn es unbedingt nötig ist. Sonst nie.» (Es ist besser, als mich ihr anzuvertrauen.)

«Auch wenn du sagst, daß du mich liebst, nehm ich an?»

Das Herz eines lieben Mädchens spricht immer die Wahrheit. Das Unheil erhält plötzlich einen unerwarteten Verweis. «Da irrst du dich», sage ich, und nichts könnte wahrer sein.

«Hm!» Die Brauen ziehen sich über kleinen Anklägeraugen zusammen. «Und das soll ich jetzt glauben, was? Wo du in meinen Dingen wühlst und Zigaretten rauchst, während ich träume?»

«Du brauchst es nicht zu glauben, wahr ist es trotzdem.» Zur Bekräftigung stütze ich mich mit den Ellbogen auf die Knie.

«Ich kann Schlangen nicht ausstehen», sagt sie und streift den Aschenbecher mit einem kalten Blick, als läge dort zusammengerollt eine tote Schlange. «Wirklich nicht. Ich geh ihnen immer aus dem Weg. Ich hab nämlich schon mehr als eine erlebt. Verstehst du? Sie sind nicht schwer zu erkennen.» Sie wendet den Blick ab und schaut mit einem freudlosen, kurzen Lachen auf die Tür zum Flur. «Du hast mich schlicht angelogen, oder?»

«Das wirst du wohl nur herausfinden, wenn du dich nicht vom Fleck rührst.» Draußen auf den kalten Straßen heult eine Polizeisirene über die breite, dunkle Avenue und verliert sich im Verkehr. Irgendeine arme Seele ist noch schlimmer dran als ich.

«Und das mit dem Heiraten?» sagt sie schelmisch.

«War auch ehrlich gemeint.»

Sie verzieht den Mund zu einem Ausdruck der Ernüchterung und schüttelt den Kopf. Sorgfältig drückt sie ihre Zigarette im Aschenbecher aus. Das alles ist für sie nicht neu. Motelzimmer. Zwei Uhr morgens. Fremde Städte mit ihren Geräuschen und Sirenen. Lügende Männer, die nur auf ihr Vergnügen aus sind, und eine kurze Heimreise. Leere Augenblicke. Der Geringste unter uns hat hundert erlebt. Es ist nichts Wundersames, und ihre zarte, gedämpfte Schönheit hat es so verdammt schwer. Selbst das Beste an ihnen ist bei weitem in der Minderheit und schlecht ausgerüstet.

«Ach ja», sagt sie und zuckt mit den Schultern, die Hände schicksalsergeben zwischen den Knien.

Dennoch ist irgend etwas zurückgewonnen worden, irgendeine herannahende Tragödie abgewendet. Ich weiß nicht einmal genau, was es ist, denn das Unheil liegt immer noch auf der Lauer und füllt das Zimmer bis in den letzten Winkel. Die Libanesin damals am Berkshire College hätte es nie soweit kommen lassen, ganz gleich, wie ich sie provoziert hätte, da sie mit ihrem moslemischen Desinteresse gegen solche Dinge gewappnet war. Ebensowenig X, wenn auch aus anderen, noch besseren Gründen (sie erwartete mehr). Vicki hofft zwar, aber sie erhofft sich nie viel, und deshalb ist die Enttäuschung nie fern.

Trotzdem ist die schlimmste Versöhnung mit einer Frau immer noch besser als der beste Versuch, mit dir selber ins reine zu kommen.

«In der Tasche ist nichts Lohnendes zum Stehlen, nicht einmal ein interessantes Geheimnis», sagt Vicki müde und deutet mit vorgeschobener Unterlippe auf das Gepäckstück, als sei es ein von keinem vermißtes Wrack, das nach Jahren an Land gespült worden ist. «Geld», sagt sie gleichgültig, «halte ich an einem besonderen Plätzchen versteckt. Das ist mein einziges Geheimnis. An das kommst du nicht ran.»

Ich möchte ihre Knie an mich drücken, aber im Moment heißt es eindeutig: Finger weg. Eine einzige falsche Bewegung, und ich bin am Telefon und bemühe mich um ein anderes Zimmer auf einer anderen Etage, möglicherweise im *Sheraton*, vier kalte und einsame Straßen entfernt, und kein Mantel hält mir die durchdringende kanadische Feuchtigkeit vom Leib.

Vicki späht zu der gläsernen Schreibtischplatte hinüber, wo neben ihren Zigaretten ihre offene Brieftasche liegt. Der hirnlose Everett auf dem Schnappschuß schielt lüstern herüber (mag sein, daß es schwierig ist, mein melancholisches, ernstes Gesicht von seinem zu unterscheiden).

«Ich glaube wirklich, es gibt nur sechs Menschen auf der Welt», sagt sie mit einem Blick auf Everetts Visage in einem sanfteren Ton. «In letzter Zeit habe ich gedacht, du könntest einer von ihnen sein. Ein wichtiger. Aber ich glaube, du hast schon zu viele Freundinnen gehabt. Vielleicht bist du für eine andere wichtig.»

«Du könntest dich täuschen. Vielleicht gehöre ich doch in dein Team.»

Sie blickt mich mißtrauisch an. «Augen sind für mich wichtig, okay? Sie sind die Fenster der Seele. Und deine Augen... Ich dachte immer, ich könnte da hinten drin deine Seele sehen. Aber jetzt...» Sie schüttelt zweifelnd den Kopf.

«Was siehst du denn?» Ich will die Antwort nicht wissen. Nicht einmal Mrs. Miller würde ich diese Frage stellen, und sie würde sich nicht berufen fühlen, darüber zu spekulieren. Wir befassen uns schließlich nicht mit Wahrheiten, sondern nur mit Möglichkeiten. Zuviel Wahrheit kann schlimmer sein als der Tod – und dauerhafter.

«Ich weiß nicht», sagt Vicki mit einer leisen, dünnen Stimme, und ich weiß, daß ich das Thema nicht weiter verfolgen darf, sonst wird sie sich entscheiden. «Was interessiert dich eigentlich so an meinem Stiefbruder?» Sie sieht mich merkwürdig an.

«Ich kenne deinen Stiefbruder nicht einmal.»

Sie greift nach der Brieftasche und hält mir den Schnappschuß hin, so daß ich das dunkle Gesicht des Klugscheißers direkt vor mir habe. «Das ist er», sagt sie. «Dieser arme Kerl hier.»

In so vielen Punkten läßt sich das Leben nicht vorhersehen. Hundert persönliche Erklärungen und Rechtfertigungen kommen hoch und wollen heraus, und ich muß heftig schlukken, um sie zurückzuhalten. Obwohl es natürlich nichts zu sagen gibt. Wie alle nutzlosen Ausreden ist die Entwirrung die Zeit nicht wert, die sie brauchen würde. Ich spüre jedoch, wie in meine Aufgeschlossenheit für alles um mich her plötzlich eine benebelnde Verträumtheit, eine alte, vertraute Betäubung aufsteigt. Die Ironie fällt auf mich zurück. Ich habe das Gefühl, wenn ich jetzt sprechen wollte, würden sich meine Lippen nicht bewegen, würde kein Ton herauskommen. Und wir würden beide zu Tode erschrecken. Warum ist es um Himmels willen nicht möglich, das Nichtwissen einfach zu akzeptieren?

«Der arme Junge ist längst tot und im Himmel», sagt Vicki. Sie dreht das Bild um und sieht es taxierend an. «Er kam in Fort Sill in Oklahoma ums Leben. Ein Armeelastwagen hat ihn angefahren. Er ist der Sohn der Frau meines Daddys. Oder besser, war. Bernard Twill. Beany Twill.» Sie klappt die Brieftasche zu und legt sie auf den Tisch. «Ich hab ihn eigentlich gar nicht gekannt. Lynette hat mir nach dem Unfall einfach sein Bild für meine Brieftasche gegeben. Ich weiß auch nicht, wieso ich es behalten habe.» Sie blickt mich aus lieben Augen an. «Ich bin dir nicht mehr böse. Es ist ja nur eine alte Tasche mit nichts drin. Frauen sind komisch, wenn's um ihre Handtaschen geht.»

«Dann werd ich jetzt wieder ins Bett gehen», sage ich mit einer Stimme, die kaum ein Flüstern ist.

«Hauptsache, dir geht's gut, zum Teufel mit dem ganzen Rest. Das ist ein gutes Motto, nicht wahr?»

«Klar. Das beste», sage ich, während ich unter die große, kalte Bettdecke krieche. «Tut mir leid, das alles.»

Sie sitzt lächelnd da und sieht zu, wie ich mir die Decke bis unters Kinn hochziehe und dabei denke, daß es kein unangenehmes Leben wäre, ganz und gar nicht, meines und das von Vicki Arcenault. Ja, es würde mir so sehr zusagen, wie einem ein Leben nur zusagen kann: ein Leben aus kleinen Schnörkeln und sauberen Servietten. Ein Leben, in dem der Sex eine fortwährend wichtige nächtliche Rolle spielt – besser als mit irgendeiner der achtzehn Frauen, die ich vorher gekannt und «geliebt» habe. Ein Leben in Würdigung der Geschichte und ihrer Generationen. Ein Leben, in dem eheliche Treue möglich ist, in dem ich mit einem guten Freund angeln gehe, in dem wir unsere eigene kleine Sheila oder einen kleinen Matthew haben, in dem wir uns einen großen Wohnanhänger – ein Monster-Mobil – zulegen und aus seinen winzigen Bullaugen die Gegend betrachten. Paul und Clarissa könnten mitkommen und unsere Reisegesellschaft verstärken. Ich könnte mein Haus verkaufen und nicht nach Pheasant Run, sondern in ein altes Quakerstone-Haus in Bucks County ziehen. Vielleicht, wenn unsere Lebensarbeit getan wäre, noch eine Zeitlang Entwicklungshelfer oder so – um «mit unserem Leben etwas anzufangen». Ich bräuchte nicht mehr in den Kleidern zu schlafen oder am Fußende aufzuwachen. Ich könnte meine Bemühungen vergessen, *in* meinen Gefühlen zu Hause zu sein, bräuchte mich von solchen Dingen nicht mehr irritieren zu lassen.

Kurzum, eine natürliche Erweiterung all meiner derzeitigen Einstellungen, weit über das hinaus, was ich heute weiß.

Und was gibt es daran auszusetzen? Ist es nicht das, was wir alle wollen? Zum Horizont zu blicken und eine strahlende, ihrer Schrecken beraubte Zukunft zu sehen, die auf uns wartet? Ein reizvoller Alterssitz?

Vicki macht den Fernseher an und läßt sich augenblicklich von dem flimmernden Bild gefangennehmen. Nachts um zwei kommt Eiskunstlauf (Basketball ist nur noch eine Erinnerung). Österreich, wie es aussieht. Cinzano und Rolex zieren die Bande. Tai und Randy laufen mit eiserner Beherrschung. Er ist die Eleganz in Person – Waagepirouetten, doppelte Salchows, perfekte Spagate und Flips. Sie verkörpert alles, was sich ein Mann nur wünschen kann, ist wunderbar und doch feurig, geschmeidig wie ein Schwan, und sie laufen die Kür ihres Lebens, eine makellose 6,0. Zusammen springen sie einen perfekten Doppelaxel, zwei hohe, dreifache Toe-loops, einen rasanten Lutz, und zum Schluß geht Tai in die Todesspirale, geführt von Randy, ihrem stattlichen Ritter. Und die Österreicher können keine Sekunde mehr an sich halten. Diese beiden sind so gut wie die Protopopows, und sie sind Amerikaner. Wen kümmert's, daß sie Olympia verpaßt haben? Wen kümmern die Gerüchte, daß die beiden sich nicht ausstehen können? Wen kümmert's, daß Tai aus der Nähe nicht so schön ist (gilt das nicht für *alle*)? Sie ist immer noch so exotisch wie eine Berberin, mit prächtigen Schenkeln und gewaltigen Brüsten. Entscheidend ist, daß sie alles hineingelegt haben, so wie immer, und jeder Österreicher wünscht sich, er könnte nur eine Minute lang Amerikaner sein, und kann nicht umhin, sich eins mit der ganzen Welt zu fühlen.

«Ah, muß man die beiden nicht einfach lieben?» sagt Vicki, die mit untergeschlagenen Beinen in ihrem Sessel sitzt, eine Zigarette raucht und auf den hellerleuchteten Bildschirm wie in ein buntes Traumleben starrt.

«Es ist ganz wunderbar», sage ich.

«Manchmal wünsche ich mir *so* sehr, ich wäre sie.» Sie bläst den Rauch aus den Mundwinkeln. «Wirklich. Der olle Randy...»

Ich drehe mich um, mache die Augen zu und versuche zu

schlafen, während der Applaus immer weitergeht, und draußen auf den kalten Detroiter Straßen folgen auf die erste noch weitere Sirenen und verlieren sich in der Nacht. Und einen Moment lang habe ich das Gefühl, es ist wirklich ganz leicht und angenehm, nicht zu wissen, was als nächstes kommt, so als gingen die Sirenen ganz allein für mich in die Nacht hinaus.

SECHS

Schnee. Bis ich mein Bett verlasse, hat das weich fallende weiße Zeug eine Decke über die betonierten Flußufer von Cobo bis zum Ren-Cen gebreitet, und unter einem wattierten Michigan-Himmel gleitet der Fluß brackig und kaffeefarben vorüber. Nichts war's mit dem Flutlichtspiel. Der Frühling ist plötzlich verschwunden, und der Winter ist wieder da. Ich bin sicher, daß dasselbe Wetter bis morgen New Jersey erreicht haben wird (in Wetterangelegenheiten hinken wir dem Mittleren Westen einen Tag hinterher), während dann hier schon wieder mildes Tauwetter herrschen wird. Wenn dir das Wetter nicht paßt, dann wart einfach zehn Minuten.

Vicki schläft noch fest in ihrem schwarzen Crêpe de Chine, und obwohl ich sie gern wecken und mich gründlich mit ihr aussprechen würde, kommt mir der gestrige Abend unwirklich vor, und Optimismus in bezug auf «uns beide» ist das, was es jetzt zu betonen gilt. Ein Gespräch kann immer bis später warten.

Ich bin rasch geduscht und angezogen und mache mich – die Taschen vollgestopft mit Notizblöcken und einem kleinen Recorder – auf den Weg zum Frühstück und zu meiner Verabredung in Walled Lake. Auf dem Nachttisch hinterlasse ich ihr eine Nachricht, die besagt, ich wolle bis Mittag zurück sein, und sie solle den Film im Programm der HBO anschauen und sich ein großes Frühstück heraufschicken lassen.

In der Lobby des *Ponchartrain* herrscht eine angenehme, schläfrig-sinnliche Samstagmorgen-Atmosphäre; daran ändert auch der neue Schnee nichts, der nach übereinstimmender Meinung der Hotelpagen «verrückt» ist und kaum bis Mittag liegenbleiben wird, obwohl nicht wenige Gäste ihre Rechnung bezahlen und zum Flughafen aufbrechen wollen. Das schwarze Mädchen am Zeitungsstand, das mir eine *Free Press* verkauft, lächelt breit und gähnt. «Im Bett schläft sich's besser», sagt sie lachend mit übertriebenem Akzent. In dem Ständer steckt ein Exemplar meines Magazins mit einer von mir geschriebenen Geschichte über den Aufstieg des Synchronschwimmens in Mexiko – die ganzen Recherchen besorgten Mitarbeiter im Büro. Ich bin versucht, dazu eine beiläufige Bemerkung zu machen, strebe aber statt dessen dem Frühstück zu.

Im Frühstückszimmer La Mediterranée bestelle ich zwei Verlorene, Toast und Saft und bitte den Kellner, sich zu beeilen, während ich in der Tabelle der American League Ost nach den frühen Spitzenreitern schaue – wer ist weg vom Fenster, wer hat die Nasenspitze vorn. Der Sportteil der *Free Press* war mir schon immer der liebste. Jede Menge Fotos. Ein klares, übersichtliches Layout, große, gut lesbare Schrift, und alles in einem bodenständigen Stil geschrieben, in dem sich jeder gleich heimisch fühlen kann. Die Literatur hat ihre Berechtigung, aber mehr noch Sätze, die zum Lesen gedacht sind und nicht zum Philosophieren: «Der frühere Starspieler der Rice-Truppe, Phil Staransky, der in dem Doppeldecker Mittwoch abend zweimal im rechten Augenblick einen Hit schaffte und damit bei vier Auftritten dreimal traf, wird nach Meinung nicht weniger Experten um Michigan und Trumbull in nächster Zeit häufiger als dritter Baseman eingesetzt werden, bevor der Klub dann seine erste Serie an Auswärtsspielen im Westen absolviert. Werfercoach Eddie Gonzalez meint, der Mann aus Hamtramck sei ‹für die großen Klubs interessant geworden, vor allem›, sagt Gonzalez, ‹da der junge Mann nicht mehr versucht, nach jedem Ball zu gehen, sondern angefangen hat, mit Köpfchen zu spielen›.» Zu meiner Studentenzeit ließ ich mir diese Zeitung von einem «Anwärter», der sich um Mitgliedschaft in unserer Verbindung bewarb, jeden Morgen ans Bett bringen und hatte in der ersten Zeit in Haddam sogar ein Abonnement. Hin und wieder überlege ich mir, ob ich bei dem Magazin nicht aufhören und mich mit einer eigenen Kolumne wieder ins Gespräch bringen soll. Andererseits bin ich mir sicher, daß es dafür jetzt zu spät ist. (Die Jungs in den lokalen Sportredaktionen haben zu den Autoren der überregionalen Magazine kein sehr herzliches Verhältnis, da wir besser verdienen. Und ich habe von alten Lokalhasen tatsächlich schon so verworrene Auskünfte bekommen, daß ich, hätte ich Gebrauch davon gemacht, in meinen Artikeln reichlich schlecht ausgesehen hätte.)

Vom Gefühl her hat der Morgen etwas Seltsames, trotz der freundlichen Anonymität des Hotels. Ich spüre jetzt ein deutliches Vibrieren in der Magengrube, nicht unangenehm, aber hartnäckig. Mehrere Leute, die ich in der Lobby gesehen habe, haben mich an jemand erinnert, den ich kenne, ein Zeichen dafür, daß etwas Außergewöhnliches im Gange ist. Ein Mann in der Schlange der Abreisenden am Schalter erinnerte mich – ausgerechnet – an Walter Luckett. Sogar die schwarze Zeitungsverkäuferin ließ mich an Peggy Connover denken, die Frau, der ich seinerzeit immer nach Kansas geschrieben habe und deren Briefe X veranlaßt haben, sich von mir zu trennen. Peggy war in Wirklichkeit Schwedin und würde bei dem Gedanken, sie könnte ein wenig negroid aussehen, herzhaft lachen. Wie alle Zeichen können auch diese gut oder schlecht sein, und ich ziehe es vor, aus ihnen zu schließen, daß das Leben – jedermanns Leben – nicht so zusammenhanglos und willkürlich ist, wie es erscheinen mag, und daß wir tief drinnen alle nach einem anständigen, lohnenden Kontakt greifen, sobald sich eine Gelegenheit bietet.

Letzte Nacht hatte ich, als Vicki eingeschlafen war, den seltsamsten Traum; ich habe so etwas noch nie geträumt und lege auch künftig keinen Wert darauf. Mit Träumen ist bei mir sowieso nicht viel los, und wenn ich die Augen aufmache, kann ich mich fast nie an sie erinnern. Und wenn ich mich doch mal erinnere, kann ich gewöhnlich alles auf etwas zurückführen, was ich am Nachmittag gegessen habe, oder auf ein Buch, das ich gelesen habe. Und in der Regel ist sowieso nicht viel dabei, was mir bekannt vorkommt.

In diesem Traum wurde ich jedoch mit jemandem konfrontiert – einem Mann –, den ich kannte, den ich aber vergessen hatte – wenn auch nicht ganz, denn da waren Erinnerungsfetzen, die ich zu keinem kompletten Bild zusammenfügen konnte. Dieser Mann nun erwähnte – so indirekt, daß ich jetzt nicht mal mehr weiß, was er sagte – etwas Schändliches über mich, etwas eindeutig Schändliches, und es machte mir angst, daß er möglicherweise noch mehr wußte und daß ich es vergessen hatte und nicht hätte vergessen dürfen. Das alles erschreckte mich zutiefst, weckte mich aber nicht gleich auf. Als ich dann um acht Uhr aufwachte, erinnerte ich mich sofort: Ich hatte den ganzen Traum glasklar vor mir, doch Namen und Gesichter fehlten mir ebenso wie die Schande, die ich möglicherweise auf mich geladen hatte.

Nicht nur, daß ich meine Träume schlecht behalten kann: Ich glaube auch nicht recht an sie oder ihre angebliche Bedeutung. Alle, mit denen ich je über Träume gesprochen habe – und Mrs. Miller denkt zu meiner Freude genau wie ich und läßt sich von niemandem Träume erzählen –, alle deuten ihre Träume immer so, daß sie etwas Unangenehmes ausdrücken, eine finstere Absicht oder ein kleinliches, schuldiges Verlangen, weit nach hinten in die Höhle des Unbewußten gedrängt, wo es nur die Möglichkeit hat, zu einem späteren Zeitpunkt Ärger zu machen.

Wohingegen *ich* ein Verfechter des Vergessens bin. Vergessen sollten wir Träume, Unzufriedenheiten, alte, charakterliche Mängel – bei uns und bei anderen. Für mich besteht keine Hoffnung, solange wir das, was vorher gesagt und getan worden ist, nicht vergessen und vergeben können.

Und genau deshalb ist dieser letzte Traum so unangenehm. In ihm *geht* es ums Vergessen, und doch scheint in ihm ein deutlicher Zug des Unversöhnlichen auf, und das war es, was mich in meinem Schlaf so erschreckt hat, in einer alten Stadt, wo ich mich so wohl fühle wie ein Kosak in Kiew und wo ich keinen größeren Wunsch habe, als daß die Gegenwart glücklich sei und daß die Zukunft – so wie sie das immer tut – für sich selber sorgen möge. Ich würde am liebsten in allen Zeichen gute Zeichen sehen und sie andernfalls überhaupt nicht beachten. Es gibt überall so viele schlechte Zeichen (man lese nur die *New York Times*), daß es sinnlos ist, einem von ihnen besondere Aufmerksamkeit zu schenken. Im Fall meines Traumes kann ich mir nicht einmal vorstellen, weswegen ich ängstlich sein sollte, denn ich bin voller Eifer, ja, ich fühle mich obenauf. Und sollte ich im alten, bemoosten, existentiellen Sinn Angst haben, so ist das neu für mich und wird mir auch künftig neu sein.

Es ist natürlich die größte aller Ironien, daß X mich wegen Peggy Connovers Briefen verlassen hat, denn Peggy und ich hatten uns nie zur kleinsten Unbesonnenheit hinreißen lassen.

Sie war eine Frau, die ich im Flugzeug zwischen Kansas City und Minneapolis kennenlernte und über die ich im Laufe eines Nachmittags, eines Abendessens und eines Abends so viel erfahren habe, wie es in dieser Zeitspanne überhaupt möglich ist. Sie war zweiunddreißig und alles andere als attraktiv. Sie war pummelig, hatte große weiße Zähne und ein Gesicht, das exakt wie ein Stück Kuchen geschnitten war. Sie kam gerade aus Blanding in Kansas und war dabei, ihre Familie zu verlassen – vier Kinder und ihren Ehemann, der dort Isolierstoffe verkaufte –, zu ihrer Schwester in den Norden von Minnesota zu ziehen und Dichterin zu werden. Sie war eine gutmütige Frau mit hübschen Grübchen in den Wangen, wenn sie lächelte, und im Flugzeug fing sie an, mir von ihrem Leben zu erzählen – wie sie aufs Antioch College gegangen war, Geschichte studiert und Hockey gespielt hatte, bei Friedensmärschen dabeigewesen war, Gedichte geschrieben hatte. Sie erzählte mir von ihren Eltern, die schwedische Einwanderer waren – eine Tatsache, die ihr immer peinlich gewesen war; sie erzählte mir auch, daß sie manchmal von riesigen Lastwagen träume, die über Felsklippen stürzten, und daß sie dann immer in panischer Angst aufwache; sie redete von ihren Gedichten, die sie ihrem Mann Van zeige, nur um ihn darüber lachen zu hören, obwohl er ihr später versicherte, er sei stolz auf sie. Sie sagte mir, als Studentin sei sie eine Sexbombe gewesen und habe Van, der aus Miami in Ohio stamme, aus Liebe geheiratet, aber sie seien bildungsmäßig nicht auf demselben Niveau, was damals keine Rolle gespielt habe, heute aber um so mehr, und das sei auch der Grund, weshalb sie ihn verlasse.

Als wir ausgestiegen waren und im Flughafengebäude standen, fragte sie mich nach meinem Hotel, und als ich ihr das *Ramada* nannte, sagte sie, sie könne ebensogut dort wie anderswo absteigen, und vielleicht könnten wir ja zusammen essen gehen, sie unterhalte sich so gern mit mir. Und da ich nichts anderes vorhatte, war ich einverstanden.

In den nächsten fünf Stunden waren wir zuerst essen – es gab ein kaltes Büfett – und gingen dann auf mein Zimmer, um eine Flasche deutschen Wein zu trinken, den sie für ihre Schwester gekauft hatte, und sie erzählte noch mehr, während ich nur hier und da ein Wort hinzufügte. Sie erzählte mir von ihrem Bruch mit der lutherischen Kirche, von ihren Ideen zur Kindererziehung, von ihren Theorien des abstrakten Expressionismus, vom weltumspannenden Dorf und von einem Seminar über große Bücher der Weltliteratur, das sie zusammengestellt hatte und jederzeit unterrichten könne, falls ihr irgendwo die Gelegenheit dazu geboten würde.

Um Viertel nach elf hörte sie auf zu reden, blickte auf ihre kleinen, dicken Hände hinunter und lächelte. «Frank», sagte sie, «ich wollte Ihnen nur sagen, daß ich schon die ganze Zeit daran denke, mit Ihnen zu schlafen. Aber ich glaube, ich sollte es lieber nicht tun.» Sie schüttelte den Kopf. «Ich weiß, wir sollten tun, was unsere Sinne uns diktieren, und ich fühle mich stark zu Ihnen hingezogen, aber ich glaube einfach nicht, daß es richtig wäre. Was meinen Sie?»

Ihr Gesicht wirkte gequält, doch dann strahlte sie mich mit einem hoffnungsvollen Lächeln an. Und in diesem Augenblick empfand ich für sie eine große, nostalgische Verbundenheit, denn aus irgendeinem Grund glaubte ich genau zu wissen, wie ihr zumute war, allein und der Welt auf Gedeih und Verderb ausgeliefert, so wie ich mich damals bei den Marines gefühlt hatte, als ich an einer unbekannten Krankheit litt und sich, außer unfreundlichen Schwestern und Ärzten, niemand um mich kümmerte und ich mir über das Sterben Gedanken machen mußte, als ich das gar nicht wollte. Und das weckte den Wunsch, mit ihr ins Bett zu gehen – ja, es war ein starkes Verlangen, wie ich es seit langem nicht mehr gehabt hatte. Du kannst dich plötzlich zu einer Frau hingezogen fühlen, die du im Grunde nicht attraktiv findest, einer Frau, die du nie zum Essen ausführen oder auf einer Cocktailparty ansprechen oder im Aufzug zweimal ansehen würdest; doch dann passiert es, ganz plötzlich, und so ging es mir mit Peggy.

Doch ich sagte zu ihr: «Nein, Peggy, ich glaube auch nicht, daß es richtig wäre. Ich glaube, es würde eine Menge Ärger nach sich ziehen.» Ich weiß nicht, warum ich das sagte oder warum ich es in dieser Form sagte, denn es war bestimmt nicht das, was *meine* Sinne mir diktierten.

Peggys Miene hellte sich auf, verriet Freude und wohl auch Überraschung. (Das ist immer die heikelste Phase bei solchen Begegnungen. Just in dem Augenblick, da beide sich von der Absicht, etwas Falsches zu tun, freigesprochen haben, sinken sie einander oft in die Arme. Wir allerdings nicht.) Peggy kam zum Bett herüber, wo ich saß, setzte sich neben mich, nahm meine Hand und drückte sie, gab mir einen dicken, feuchten Kuß auf die Wange und saß dann nur da und lächelte mich an, als sei ich ein Mann wie kein anderer. Sie erzählte mir, was für ein Glück es für sie gewesen sei, mir zu begegnen und nicht irgendeinem «anderen Typ», denn sie sei heute abend anfällig, sagte sie, und wahrscheinlich «leichtes Spiel». Wir unterhielten uns eine Weile darüber, wie sie sich nach all dem Wein wohl beim Aufwachen fühlen werde und daß wir beide dann vermutlich eine Menge Kaffee brauchten. Dann sagte sie, sie würde gern, wenn es mir nichts ausmachte, etwas kaufen, was ich geschrieben hätte, um es zu lesen und mir dann ihre Meinung dazu zu schreiben. Und ich sagte, das fände ich gut. Dann ging sie, wie auf ein geheimes Zeichen hin, ums Bett herum, schlug die Decke zurück, legte sich neben mich und fing augenblicklich an zu schnarchen. Ich schlief den Rest der Nacht voll angezogen neben ihr, auf der Bettdecke, und rührte sie nicht ein einziges Mal an. Und am Morgen ging ich, bevor sie aufwachte, zu einem vereinbarten Interview mit einem Footballcoach und sah sie nie wieder.

Etwa einen Monat später lag zu Hause im Briefkasten ein dicker Brief – der erste von mehreren, die mir Peggy Connover schickte –, voll von Geschichten über ihre Kinder, humorvollen Bemerkungen über ihr Wohlergehen, ihr Gewicht, ihre Wehwehchen, über Van, zu dem sie zurückgekehrt war, und voll von Plänen, die sie für die Zukunft ihrer Familie schmiedete; aber sie äußerte sich auch zu Geschichten von mir, die sie in dem Magazin gelesen hatte und kommentierte (manche gefielen ihr, aber nicht alle) – alles in dem gleichen plaudernden Ton, den ich von unserer Begegnung her kannte, und sie schloß jedesmal mit: «Also, Frank, ich hoffe, wir sehen uns recht bald wieder. Liebe Grüße, Peg.» Was ich alles sehr gern hörte und sogar ein-, zweimal beantwortete, denn ich freute mich einfach darüber, daß wir, obschon wir nie mehr gewesen waren als Freunde, das auch weiterhin sein konnten und daß zwischen uns alles in Butter war. Und ich freute mich darüber, daß irgendwo da draußen in der entlegenen Welt jemand an mich dachte, ohne den geringsten negativen Anlaß dazu zu haben, und mir sogar Gutes wünschte.

Das waren natürlich die Briefe, die X in der Schublade meines Schreibtischs fand, als sie nachschauen wollte, ob die Einbrecher nicht das Säckchen mit den Silberdollars gefunden hatten. Und es waren diese Briefe, die aus ihrer Sicht unser Leben offenbar kaputtmachten und die eine Fortsetzung irgendwie unmöglich erscheinen ließen (ich fand es meinerseits unmöglich, in dem Augenblick etwas zu erklären, da schon so viele andere Dinge nicht mehr stimmten). Als X die Briefe Peggy

Connovers gelesen hatte, war sie, glaube ich, überzeugt davon, daß – wenn schon diese im Plauderton geschriebenen Gedanken, wie sie normalerweise Nachbarn über den Zaun hinweg austauschen, in meiner Schublade versteckt waren (sie waren natürlich nicht versteckt) – solche Briefe voll vernünftiger Gedanken und unbeschwertem Humor höchstwahrscheinlich auch von meinem Schreibtisch nach draußen gingen (da hatte sie recht). Und daß sie in ihrem häuslichen Alltag so etwas nicht zu hören bekam. Und von da an glaubte sie, die Liebe sei für mich schlicht eine übertragbare Handelsware – was vielleicht sogar stimmt –, und das gefiel ihr nicht. Und dann kam sie plötzlich zu dem Schluß, daß sie mit jemandem wie mir keine Sekunde länger verheiratet sein wollte oder mußte – genauso ist es gekommen.

Draußen stelle ich fest, daß es nicht mehr schneit, aber die Straßen sind mir zu vereist, als daß ich die Fahrt mit einem Mietwagen riskieren will. Unsere Zeit in der Stadt kommt mir schon jetzt viel zu kurz vor, und bei schlechtem Wetter gerät allein schon der Gedanke an den Botanischen Garten in den Bereich des Unwahrscheinlichen – auch wenn sich für Vicki dadurch kaum etwas ändern dürfte.

Ich bedaure es allerdings, auf den Mietwagen verzichten zu müssen. Es geht nichts über die ersten Augenblicke in einem großen, blitzblanken LTD oder Montego – Meilenstand überprüft, Tank voll, Sitz richtig eingestellt, die schwere Tür fest geschlossen, der erregende «neue» Geruch, der dir in die Nase steigt – die feste Überzeugung, daß du in einem Wagen sitzt, der besser ist als dein eigener (mehr noch: Wenn der hier schlappmacht, läßt du dir einfach einen anderen geben). Nichts anderes gibt mir dieses Gefühl einer «Freiheit innerhalb vernünftiger Grenzen». Heute neu. Morgen neu. Ewige Erneuerung auf einer Ebene, die zu bewältigen ist.

Ich mache mich auf den Weg zu der Schlange der schneebedeckten Taxis in der Larned Street, doch als ich zu der eisigen Ecke komme, läßt mich ein Geräusch jäh anhalten und einen

Moment stehenbleiben. In der frostigen Luft dieses Samstagmorgens rauscht aus den Schächten und Gassen ein schwaches *hsss* durch die Straßen der Stadt, als peitsche irgendwo in der Nähe ein kalter Wind durch Seegras und als sei ich hier draußen beim Fluß, am Rande der Dinge, irgendwie in Gefahr. Ich habe keine Ahnung, was für eine Gefahr das sein könnte. Aber ich weiß natürlich, daß ich nun ein heikles Wettrennen mit meiner eigenen Gemütsverfassung bestreite und darauf vertraue, daß meine Begeisterung die Gefahren der üblichen, für den Mittleren Westen so typischen Nüchternheit aus dem Feld schlagen wird, denn diese Nüchternheit kann sich rasch gegen dich verschwören und dich wie einen verlorenen Gefangenen zugrunde richten.

Mein Taxifahrer ist ein riesiger Neger namens Lorenzo Smallwood, der mich an den Schauspieler Sydney Greenstreet erinnert und mit gestreckten Armen hinterm Lenkrad sitzt. Vorn auf der Ablage hat er eine Sammlung kleiner, gerahmter Bilder von Babies, zwei Paar Babyschuhe und ein Deckchen mit weißen Fransen; sehr gesprächig ist er allerdings nicht, und wir reihen uns rasch in den vom Schnee beeinträchtigten Verkehr ein, schlängeln uns zwischen schmuddeligen Lagerhäusern und alten Hotels hindurch zur Grand River Avenue und fahren dann weiter in Richtung der nordwestlichen Vororte. Es gehe heute schneller voran, sagt Mr. Smallwood mit brummiger Gleichgültigkeit, wenn man auf den «richtigen Straßen» bleibe und «den Lodge» meide, denn der sei bereits voll mit all den Arschlöchern, die zu ihren Blockhütten im Norden wollten.

Strathmore, Brightmoor, Redford, Livonia – eine Traummeile besonderer Art. Wir fahren mit hoher Geschwindigkeit durch die kleinen, zusammengebauten Ortschaften und Städtchen am Rande der eigentlichen Innenstadt, vorbei an weißen, mit Dachgauben versehenen Holzhäusern in jüdische Viertel mit solideren roten Backsteinhäusern, bis wir auf einen breiten Boulevard mit Einkaufszentren und ganzen Bündeln von Verkehrsampeln kommen, wo die Häuser neuer sind und sich zu rechtwinkligen Einheiten zusammenfügen. Die Leute auf der Straße sind alle «anständig» angezogen, für die Bewohner Michigans eine Frage überkommenen Stolzes. Ein verrückter Schneesturm im Frühling wirft hier noch keinen um. Jeder hat noch eine Schneehaube auf seinem Plymouth und ein fachmännisch-wetterfestes Wintergesicht. In Michigan kann jeder mit einem Starthilfekabel, einer Drehbank und einer Schneefräse umgehen. Die mechanisch-praktische Seite der Dinge wird hier nie zum Problem. Es ist das, was an diesem sonst so grauen und wenig einnehmenden Panorama verläßlich und reizvoll ist.

Weit draußen auf der stark befahrenen Grand River Avenue fällt mir auf, daß es hier ungeahnt viele Restaurants gibt und daß die Bevölkerung geradezu versessen darauf ist, zum Essen auszugehen. Im gleichen Maße, in dem die Leute sich mit Autos beschäftigen, denken sie auch ans Essen. Doch die Lokale haben ihre ganz eigene, zu Herzen gehende Ausstrahlung – Steakhäuser, Hofbräus, Ratskeller, Grillstuben, Cafés – durchweg in guter Qualität. Hier findet sich ein Teil dessen, was das Leben im wesentlichen ausmacht. Und an einem dumpfen Frühlingsabend kann ein flotter Ausflug zu einem dieser Lokale genau das richtige Rezept sein, eine gottverlassene Einsamkeit für eine weitere Nacht erträglich zu machen. Im großen und ganzen, das garantiere ich, weiß Michigan genau, was es tut. Es weiß, wer der Gegner ist und wie die Chancen stehen, ihn zu besiegen.

Mr. Smallwood biegt in ein leuchtendweißes Drive-in-Restaurant ein, das sich *The Squatter* nennt, und fragt, ob ich auch einen Krapfen will. Ich bin vom Frühstück noch mehr als satt, aber während er im Restaurant ist, steige ich kurz aus, um im *Ponchartrain* anzurufen. Ich habe in der kurzen Zeit etwas von meiner Begeisterung für diesen Tag zurückgewonnen – das Vibrieren in meinem Magen ist weg –, und ich möchte das alles mit Vicki teilen, zumal ich nicht weiß, in welcher neuen Welt und in welchen Umständen sie sich beim Aufwachen wiederfindet, angesichts der nächtlichen Kapriolen und der fremden, weiß zugedeckten Landschaft, die das Tageslicht ihr beschert.

«Ich liege hier vor dem Fernseher», sagt sie mit einer munteren Stimme. «Genau wie du's mir auf diesem niedlichen Zettel aufgeschrieben hast. Ich hab mir schon eine Virgin Mary und einen dieser Honigkuchen aufs Zimmer schicken lassen. Im Fernsehen kommt aber noch nichts. Demnächst soll ein Film anfangen.»

«Die Sache von gestern abend tut mir leid», sage ich leise, und meine Stimme verliert plötzlich so viele Dezibel, daß ich sie bei dem Verkehrslärm auf der Grand River Avenue selber kaum noch hören kann.

«Gestern abend, wart mal, was war denn da?» Ich höre den Fernseher und das Geräusch von Eiswürfeln in ihrem Glas. Es hat etwas Beruhigendes, und ich wollte, ich könnte dort sein und mich unter der warmen Decke an sie kuscheln und auf den Film warten.

«Ich war ziemlich daneben, aber ich werde mich bessern», sage ich fast tonlos. Der Duft feiner Röstkartoffeln, einer Waffel, einer Portion Armer Ritter wird aus dem surrenden Ventilator zu mir herausgeblasen, und ich habe plötzlich mächtigen Hunger.

«In diesem Hotel macht es Spaß, Geld auszugeben», sagt sie, ohne im geringsten auf mich einzugehen.

«Tu dir keinen Zwang an.»

«Ich seh gerade was richtig Gescheites im Fernsehen», sagt sie zerstreut. «Es geht darum, daß die Regierung jede Woche fünfzehn Tonnen alte Banknoten zurücknimmt. Vor allem Ein-Dollar-Scheine. Die werden am meisten strapaziert. Ein Hundert-Dollar-Schein überlebt Jahre, bloß nicht in meinem Portemonnaie, das kann ich dir sagen. Die versuchen doch tatsächlich, Dachschindeln aus dem alten Geld zu machen. Aber bis jetzt schaffen sie nur Notizblöcke.»

«Du amüsierst dich also gut?»

«Bis jetzt schon.» Sie lacht – ein glückliches, mädchenhaftes Lachen. Ich sehe, daß Mr. Smallwood mit wiegenden Schritten aus *The Squatter* kommt, eine kleine, weiße Tüte in der riesigen Hand und einen Krapfen zwischen den Zähnen. Der Schnee ist schon am Schmelzen und wird am Straßenrand zu Matsch.

«Ich liebe dich, okay», sage ich und fühle mich plötzlich entsetzlich schwach. Mein Herz hämmert auf sich selbst ein wie auf einen Amboß, und ein vertrautes, fiebriges Gefühl sagt mir, daß mir der nächste Atemzug einen leuchtendroten Vorhang über die Augen ziehen wird und daß ich gegen die Scheibe der Telefonzelle sinken werde, für immer. «Ich liebe dich», höre ich mich noch einmal murmeln.

«Da hab ich nichts dagegen. Aber du bist ein Spinner, das kann ich dir sagen.» Sie ist jetzt übermütig. «Ein echter Bärenspinner. Aber ich mag dich. War es das, weshalb du hier angerufen hast?»

«Wart bloß ab, bis ich wiederkomme», sage ich. «Ich werde dich...» Aus irgendeinem Grund bringe ich den Satz nicht zu Ende.

«Vermißt du deine Frau?» sagt sie, denkbar fröhlich.

«Bist du verrückt?» Es ist klar, daß sie nicht begriffen hat, was ich sagen will.

«O Mann. Du bist schon eine besondere Marke», sagt sie. Ich höre Besteck klappern, sie hält den Hörer offenbar weit von sich weg. «Also, komm bald wieder, und ich seh mir inzwischen den Film an.» Klickedi-klick.

Zehn Minuten später sind wir mitten in der hügeligen Landschaft der verschneiten kleinen Farmen und ausgedehnten, von Ferienhäuschen gesäumten Seen, weit jenseits der eigentlichen Detroiter Stadtrandbezirke, in der bis nach Lansing sich erstreckenden Gegend, in der sich die aus der Großstadt fliehenden Weißen ansiedeln. Hier nun schlägt Mr. Smallwood vor, daß wir den Zähler abschalten und uns auf einen Pauschalbetrag einigen, und als ich zustimme, fängt er an zu pfeifen und gibt mir zu verstehen, er könne in der Nähe bleiben, bis ich zurückfahren wolle. Wie er mir sagt, hat er Freunde im nahe gelegenen Wixom, und wir machen aus, daß er mich um zwölf Uhr abholen soll. Ich muß kurz an einen Studienkollegen aus Wixom denken, Eddy Loukinen, und ich genieße es zu spekulieren, wo Eddy jetzt wohl sein mag – ob er ein Autohaus in seinem Heimatort besitzt oder in Royal Oak unten seine eigene Baufirma leitet. Möglicherweise hat er die Alleinvertretung für wärmedämmende Fensterrahmen oben im Norden – fährt jedes Jahr einen neuen Wagen, rechnet seine Marktanteile nach, gibt das Rauchen auf, fliegt zu den Inseln raus, hintergeht seine Frau. So sah die Zukunft aus, die wir 1967 alle vor uns hatten. Gute Möglichkeiten. Wir waren nicht alle radikal und hitzköpfig. Und die meisten aus meiner Clique würden von sich sagen, daß sie froh sind, gut dreißig Jahre vor sich zu haben und abwarten zu können, welche Überraschungen das Leben noch birgt. Die Möglichkeit eines Happy-Ends. Das geht nicht allein mir so.

Auf der Suche nach Herbs Haus müssen wir bei zwei Tankstellen nachfragen. Beide Eigentümer behaupten, ihn zu kennen und alle Reparaturen für ihn zu machen. Und beide mustern mich mit einem mißtrauischen Blick eines Schuldeneintreibers, als sei ich hinter Herb her, um ihn zu schädigen oder ihm seinen Ruhm zu stehlen. Und in beiden Fällen haben Mr. Smallwood und ich beim Wegfahren das Gefühl, daß bereits telefoniert wird, daß sich eine schützende Gemeinschaft einer vermeintlichen Gefahr wegen vor einen gestürzten Helden stellt. Das alles bringt mir wieder einmal zu Bewußtsein, wie oft ich unter Menschen bin, die ich nicht kenne und die mich nicht kennen und die in mir – Frank Bascombe – immer nur den Sportreporter sehen. Mag sein, daß es nicht die beste Art ist, in die Welt hinauszugehen, wie ich vorgestern abend ja auch Walter erklärt habe: ohne Mitwisser, ohne echte Verbündete, allenfalls mit ein paar Ex-Verbündeten; ohne einen geliebten Menschen, allenfalls mit einer Vicki Arcenault oder ihresgleichen. Aber vielleicht ist es für mich das beste, in Anbetracht meines Charakters und meiner Vergangenheit, die bestenfalls «nicht überzeugend» sind. Für mich könnte es viel schlimmer laufen. Als Fremder für fast jedermann und obendrein als Sportreporter habe ich zumindest an fast jedem Tag meines Lebens eine weiße Weste; ich habe die Chance, nicht negativ zu sein, einen Unbekannten mit einem Schulterklopfen zu ermuntern, Courage und persönliche Fortschritte anzuerkennen, den Kampf mit dem Zynismus auf breiter Front aufzunehmen und Sieger zu bleiben.

Auf der Straße vor Herbs Haus werde ich mit einem lauten «Hal-*lo*!» begrüßt, kann aber niemanden sehen. Mr. Smallwood späht aus dem geschlossenen Fenster seines Taxis. Er hat von Herb gehört, wie er mir sagte, verbindet den Namen aber mit der falschen Biographie und glaubt, Herb sei ein Neger. Auf jeden Fall will er ihn sehen, bevor er seinen Abstecher nach Wixom macht.

Herbs Haus liegt an dem kurvenreichen, schmalen Glacier Way, hundert Meter vom eigentlichen Walled Lake entfernt und nicht weit von dem Vergnügungspark, der nur im Sommer in Betrieb ist. Ich bin da vor vielen Jahren als Student öfter hergekommen, denn die hatten einen engen, gärenden, wie ein altes Faß geformten Tanzsaal, der sich *Walled Lake Casino* nannte. Es war in der Zeit, als «Abklatschen» in Michigan beliebt war, und meine beiden Freunde und ich kamen von Ann Arbor in der Absicht herüber, ein paar Frauen aufzulesen, obwohl wir natürlich in einem Umkreis von fünfzig Meilen keine Menschenseele kannten und letztlich dann immer an den grobgezimmerten, zerschrammten alten Wänden lehnten, über jedermann unsere ätzenden und sarkastischen Bemerkungen machten und Cola mit Whisky tranken. Inzwischen ist, wie mir Mr. Smallwood erzählt hat, das Casino abgebrannt.

Herbs Haus ist wie all die anderen in der Nachbarschaft – ein kleines, weißes Cape Cod Cottage mit einer großen, von Gauben unterbrochenen Dachfläche und einem kleinen Panoramafenster seitlich neben der Haustür. Ein Haus von der Sorte, wie es ein gediegener Handwerker besitzen würde – ein nüchterner Bau aus den fünfziger Jahren, mit einem kleinen Garten, einer Doppelgarage hinter dem Haus und einem in der

Einfahrt stehenden geräumigen Kombi mit den blauen Nummernschildern des Staates Michigan und darauf den Buchstaben HERB'S.

Herb kommt um die Hausecke gerollt und hinterläßt Reifenspuren im schmelzenden Schnee. Im selben Augenblick, in dem er auftaucht, legt Mr. Smallwood den Gang ein, prescht davon und verschwindet um die nächste Ecke, so daß ich mit Herb Wallagher allein vor dem Haus stehe, wie ein Herumtreiber, der nicht mehr weiterweiß.

«Ich habe Sie mir größer vorgestellt», ruft Herb mit einem breiten Zahnlückengrinsen. Er schleudert mir eine gewaltige Hand entgegen, und als ich sie packe, reißt er mich fast zu Boden.

«Und ich hab Sie mir *kleiner* vorgestellt, Herb», sage ich, auch wenn es gelogen ist. Er ist viel kleiner, als ich gedacht hatte. Seine Beine sind geschrumpft, und die Schultern sind knochig. Nur Kopf und Arme sind ordentlich groß und geben ihm hinter seiner dicken Hornbrille ein gaffendes, storchenhaftes Aussehen. Er hat sich beim Rasieren zweimal geschnitten und die kleinen Wunden mit Toilettenpapier verarztet; er trägt ein T-Shirt mit der Aufschrift BIONIC und Glencheck-Bermudas, unter denen nagelneue rote Tennisschuhe hervorlugen. Es fällt einem schwer, in Herb einen Sportler zu sehen.

«An einem Tag wie heute bin ich gern im Freien, Frank. Es ist ein herrlicher Tag, nicht wahr?» Herb läßt den Blick über den ganzen Himmel schweifen, wie einer, der in einen Käfig gesperrt ist, und dabei dreht sich der Kopf wie auf einem Stiel.

«Es ist ein prächtiger Tag, Herb.» Wir ahmen im Augenblick beide den altbackenen Tonfall von Heufarmern in Kansas nach, doch Herb schätzt das Wetter vollkommen falsch ein. Es sieht aus, als könnte es vor Mittag noch einmal schneien und ekelhaft werden.

«Sobald es Frühling wurde, hab ich früher nur noch ans Motorradfahren gedacht oder an irgendeinen heißen Schlitten, den ich kaufen wollte. Ich hatte schließlich vier oder fünf

Autos und zwei oder drei Motorräder.» Herb hat sich abgewendet und blickt auf eine Stelle über der Mauerkappe des Hauses auf der anderen Straßenseite, das sich von seinem Haus nur durch ein blaßblaues Dach unterscheidet. Dahinter glitzert, mehrere Straßen entfernt, Walled Lake wie Metall in den Lükken, die der Garten läßt. Ich bedaure es, daß Herb von seinem Leben in der Vergangenheitsform spricht. Es ist kein Zeichen von Optimismus. «Also, Frank, wie wollen Sie die Sache nun abwickeln?» will Herb in seinem vorgetäuschten Kansas-Dialekt fast brüllend von mir wissen. Er grinst mich wieder breit und grimmig an und läßt dann beide Hände auf die schwarzen Plastikarmlehnen seines Stuhls herabsausen, als würde er am liebsten aufspringen und mich erwürgen. «Wollen Sie ins Haus oder lieber zum See rüber oder was? Sie haben die Wahl.»

«Versuchen wir's mit dem See, Herb», sage ich. «Ich bin als Student öfter hier rübergekommen. Ich würde das gern mal wiedersehen.»

«Clarice!» brüllt Herb mit einem finsteren Blick Richtung Haustür, windet sich in seinem Stuhl und manövriert ihn so hin, wie er ihn haben will. Er interessiert sich nicht für meine Vergangenheit, was allerdings kein Verbrechen ist, da ich mich selber kaum dafür interessiere. «Cla-riiice!»

Die Tür hinter dem Wetterglas geht auf, und eine schlanke, hübsche schwarze Frau mit extrem kurzen Haaren und in Jeans kommt halb auf den Treppenabsatz heraus. Sie begrüßt mich mit der schalen Andeutung eines Lächelns. «Clarice, das hier ist Frank Bascombe. Der versucht bestimmt, einen Deppen aus mir zu machen, aber er kriegt von mir nur einen Tritt in den Hintern. Wir gehen rüber zum See. Am besten bringst du uns zwei Badehosen, vielleicht gehen wir schwimmen.» Herb grinst spöttisch in meine Richtung.

«Ich werd ihm nicht zu nahe kommen, Mrs. Wallagher.» Als Antwort auf ihr dünnes Lächeln strahle ich sie freundlich an.

«Herb wird vor lauter Reden nicht zum Schwimmen kommen», sagt Clarice und schüttelt geduldig den Kopf über Herb, den ewig ungezogenen Jungen.

«Okay, okay, bringen wir sie lieber nicht auf Touren», knurrt Herb, um im nächsten Moment wieder zu grinsen. Es ist ein Spiel, das sie treiben, so seltsam das ist bei zwei Menschen, die verschiedenen Rassen angehören und noch so jung sind. Herb kann noch keine vierunddreißig sein, auch wenn er wie fünfzig aussieht. Und Clarice ist in den langen, blassen, unsicheren mittleren Lebensabschnitt eingetreten, in dem die bereits zurückgelegten Jahre keinen zuverlässigen Maßstab des Lebens darstellen. Sie mag dreißig sein, aber sie ist Herbs Frau, und diese Tatsache hat alles andere – Rasse, Alter, Hoffnungen – verblassen lassen. Die beiden sind wie Ruheständler, und keiner von ihnen hat bekommen, was er oder sie einst erwartet hatten.

Als ich mich umdrehe, sehe ich, daß Herb bereits den Gehweg hinunter und auf die Straße hinausgefahren ist. Ich winke seiner hübschen kleinen Frau kurz zu, sie winkt zurück, und dann laufe ich los und folge Herb.

«Okay, Frank, raus damit, um was soll es in dieser Lügengeschichte gehen», sagt Herb schroff, während wir weiterhetzen. Es kommt noch eine Straße mit diesen kleinen Cape Cod-Häusern – hier und da steht ein Wohnwagen oder Bootsanhänger vor der Tür –, dann eine breite Verbindungsstraße, die zurück zur Schnellstraße führt, und dahinter liegt dann der See, von kleinen Wochenendhäuschen eingerahmt, die, da bin ich mir sicher, zum größten Teil Leuten aus der Stadt gehören – Polizisten, erfolgreichen Autoverkäufern, pensionierten Lehrern. Sie sind den Winter über alle unbenutzt, die Fensterladen sind geschlossen. Es ist kein besonders einladender Ort, eine schäbige Sommerkolonie aus reizlosen Hütten. Nicht gerade die Umgebung, in der ich einen ehemaligen Auswahlspieler gesucht hätte.

«Was mir vorschwebt, Herb, ist ein aktuelles Bild von Herb Wallagher. Wie es ihm geht, was er für Pläne hat, wie das Leben mit ihm umgeht. Vielleicht ein bißchen was Anregendes zum Thema Charakterstärke, für Leute mit eigenen Sorgen. Das Ganze mit einem Schuß Optimismus, dachte ich.»

«Na *bitte*», sagt Herb. «Super. Ist doch super.»

«Ich weiß, die Leser wüßten gern etwas über Ihren Job als Coach, der für die richtige Einstellung zuständig ist. Der die Burschen, mit denen er selber noch gespielt hat, dazu bewegen kann, zwei zusätzliche Stadionrunden zu laufen. Dinge in dieser Richtung, meine ich.»

«Ich hab das die längste Zeit gemacht, Frank», sagt Herb und dreht noch verbissener an seinen Rädern. «Ich habe die Absicht, mich zurückzuziehen.»

«Warum denn das, Herb?» (Nicht sehr ermutigend, diese Neuigkeit.)

«Ich hab einfach nichts erreicht da unten, Frank. Eine einzige Scheiße ist das.»

Eine beklemmende Stille legt sich auf uns, während wir die Straße zum See überqueren. Der Schnee ist hier zum größten Teil geschmolzen, und nur am Straßenrand bleibt ein grauer Rest liegen, dort, wo Passanten ihre Abfälle hingeworfen haben. Vor hundert Jahren muß diese Gegend bewaldet und der See strahlend schön gewesen sein. Die perfekte Umgebung für ein Picknick. Doch Häuser und Autos haben das alles kaputtgemacht.

Herb rollt die betonierte Bootsrampe zwischen zwei mit Brettern vernagelten und eingezäunten Hütten hinunter und dann mit wildem Schwung auf die Planken des Landungsstegs. Auf der anderen Seite des Sees verläuft die Schnellstraße, und über der Uferböschung und jenseits der Hütten sind über den Baumwipfeln die Kurven einer Achterbahn zu sehen. Das Casino muß hier in der Nähe gewesen sein, auch wenn keine Spur davon zu entdecken ist.

«Komisch», sagt Herb, der den See nun von einer höheren Warte sieht. «Als ich Sie das erste Mal sah, hatten Sie einen Heiligenschein um den Kopf. Einen dicken goldenen Heiligenschein. Ist Ihnen das schon mal aufgefallen, Frank?» Herb reißt den großen Kopf herum, um mich anzugrinsen, und blickt dann wieder auf den leeren See.

«Nein, Herb, noch nie.» Ich setze mich auf das Leitungsrohr, das als Geländer über die ganze Länge des Landungsstegs läuft, an dessen Ende zwei Aluminiumboote im seichten Wasser liegen.

«Ach nein?» sagt Herb. «Nun ja.» Er hängt einen Augenblick seinen Gedanken nach. «Ich bin froh, daß Sie gekommen sind, Frank», fügt er hinzu, sieht mich aber nicht an.

«Ich bin auch froh, Herb.»

«Manchmal drehe ich durch, Frank, verstehen Sie das? Herr *Gott* noch mal. Plötzlich koche ich.» Unverhofft knallt er seine großen Handflächen auf die schwarzen Armlehnen und schüttelt den Kopf.

«Was läßt Sie durchdrehen, Herb?» Ich habe mir natürlich noch keine Notizen gemacht und den Recorder noch nicht angerührt, obwohl das nötig wäre, da ich ein miserables Gedächtnis habe. Ich lasse mich in die Dinge immer zu sehr hineinziehen, als daß ich aufmerksam zuhören könnte. Ich habe allerdings das Gefühl, daß wir mit dem Interview erst noch anfangen müssen. Herb und ich sind noch dabei, uns auf einer persönlichen Ebene kennenzulernen, und ich habe festgestellt, daß man auch zu schnell in ein Interview hineingehen kann und nachher dann ein so entstelltes Bild von einem Menschen hat, daß der sich nicht wiedererkennt – das erste Anzeichen eines schlecht geschriebenen Artikels.

«Haben Sie eine bestimmte Theorie, was die bildende Kunst angeht, Frank?» fragt Herb und stützt das Kinn fest in die eine Faust. «Ich meine, haben Sie, äh, irgendwelche Vorstellungen davon entwickelt, wie das, was der Künstler sieht, sich zu dem verhält, was er letztlich auf die Leinwand bringt?»

«Eigentlich nicht, nein», sage ich. «Winslow Homer gefällt mir sehr gut.»

«In Ordnung. Der ist gut. Verdammt gut», sagt Herb.

«Ich glaube, wenn er den See hier malen würde, würde ziemlich genau das herauskommen, was wir jetzt sehen.»

«Könnte sein.» Herb blickt wieder auf den See hinaus.

«Wie lange waren Sie Footballprofi, Herb?»

«Elf Jahre», antwortet Herb trübsinnig. «Ein Jahr in Kanada. Eins in Chicago. Dann haben sie mich hierher verkauft. Und ich bin geblieben. Wissen Sie, Frank, in letzter Zeit beschäftige ich mich viel mit Ulysses Grant.» Er nickt bedächtig. «Als Grant im Sterben lag, sagte er: ‹Ich glaube, ich bin ein Verb statt eines Personalpronomens. Ein Verb steht für Sein, Tun, Leiden. Ich stehe für alle drei.›» Herb nimmt die Brille ab, hält sie in seinen kräftigen Sportlerfingern und studiert das Gestell. Seine Augen sind rot. «Da ist etwas Wahres dran, Frank. Aber was zum Teufel hat er wohl damit gemeint? Ein Verb?» Herb blickt mit sorgenvoller Miene zu mir herauf. «Das läßt mir schon seit Wochen keine Ruhe mehr.»

«Ich habe nicht die leiseste Ahnung, Herb. Vielleicht hat er eine Art Bestandsaufnahme gemacht. Manchmal halten wir die Dinge für wichtiger, als sie wirklich sind.»

«Es hört sich aber nicht gut an, oder?» Herb widmet sich wieder seiner Brille.

«Schwer zu sagen.»

«Ihr Heiligenschein ist weg, Frank, wußten Sie das? Jetzt sind Sie so wie all die anderen Menschen.»

«Ich finde das ganz in Ordnung. Es stört mich nicht.» Ich bin mir jetzt ziemlich sicher, daß Herb verdammt ernsten Stimmungsschwankungen ausgesetzt ist und aller Wahrscheinlichkeit nach seine Stabilisierungspille nicht genommen hat. Möglicherweise ist das einfach seine Art, offen und ehrlich zu reden und sein Innerstes bloßzulegen; nur glaube ich nicht, daß sich daraus ein sehr gutes Interview machen läßt. Interviews laufen immer besser, wenn Sportler einigermaßen fest in der Welt stehen und bereit sind, sich dazu zu äußern.

«Ich will Ihnen einfach mal sagen, was es meiner Meinung nach bedeuten könnte», sagt Herb und kneift seine geschwächten Augen zusammen. «Ich glaube, er hatte das Gefühl, nur noch eine Tätigkeit zu sein. Verstehen Sie das, Frank? Und diese Tätigkeit war im Begriff zu sterben.»

«Aha.»

«Und das ist eine furchtbare Erkenntnis. Daß man nicht *ist*, sondern nur *tut*.»

«Na ja, vielleicht hat Grant das so gesehen, Herb. Er hat auch sonst so manches falsch gesehen. Eine ganze Menge sogar.»

«Hier geht es um das wirkliche Leben, Frank, Herrgott noch mal! Es ist mir ernst!» Herbs Gesicht kämpft mit der grimmigsten Intensität und wird dann genauso plötzlich wieder ausdruckslos. «Ich hab erst neulich gelesen, daß Amerikaner immer meinen, das wirkliche Leben sei anderswo, um die Ecke, in einer anderen Straße. Aber das hier ist es, nur das!» Herb klatscht wieder mit den offenen Händen auf die Armlehnen. «Sie wissen doch, auf was ich hinauswill, Frank?»

«Ich glaube schon, Herb. Ich geb mir ja Mühe.»

«Himmel Herrgott!» Herb stöhnt wütend auf. «Sie haben sich noch nicht mal Notizen gemacht.»

«Es ist alles hier oben», sage ich und tippe mit dem Finger gegen die Schläfe.

Herb starrt finster zu mir herauf. «Wissen Sie eigentlich, wie das ist, wenn man seine Beine nicht mehr bewegen kann, Frank?»

«Nein, das weiß ich nicht, Herb. Das ist ja wohl offensichtlich.»

«Ist Ihnen schon mal ein vertrauter Mensch weggestorben?»

«Ja.» Ich könnte mir tatsächlich vorstellen, daß ich mich über Herb noch richtig ärgern werde, bevor das vorbei ist.

«Okay», sagt Herb. «Es ist so, daß die Beine verstummen, Frank. Ich kann meine nicht mehr hören.» Sein wildes Lächeln soll wohl heißen, daß es möglicherweise noch verdammt vieles gibt, von dem ich keine Ahnung habe. Die Leute verstehen dich natürlich immer völlig falsch. Weil du zu ihnen zum Interview kommst, glauben sie automatisch, daß du sie nur benutzt, um die Fülle dessen, was in der Welt bereits bekannt ist, bestätigt zu bekommen. Doch was mich angeht, so könnte dieser Irrtum kaum größer sein. Gewiß, ich habe einen anderen Herb Wallagher erwartet als den Herb Wallagher, den ich in Wirklichkeit angetroffen habe, einen beherzteren, risikofreudigeren, besser gelaunten Mann, einen Typ, der, wenn er könnte, einen Kompaktwagen hinten anheben würde, um dir aus einer Patsche zu helfen. Angetroffen habe ich jemanden, der allem Anschein nach so verträumt ist wie eine Schleiereule. Aber die Lektion ist nicht neu für mich. Man darf, wenn man in eine solche Sache reingeht, nicht glauben, man wisse, was man gar nicht wissen kann. Das sollte für angehende Journalisten in jedem Kurs und in jedem Lehrbuch die oberste Regel sein; zu viele Aspekte des Lebens – selbst wenn es um das Leben von Sportlern geht, das du glaubst, kennen zu müssen – lassen sich nicht vorhersehen.

Ein größeres Schweigen macht sich breit, nachdem Herb mir nun gesagt hat, wie das ist, wenn man seine Beine nicht mehr bewegen kann. Es ist kein leerer Moment, jedenfalls nicht für mich, und ich bin nicht entmutigt. Ich möchte immer noch glauben, daß hier eine Geschichte drinsteckt. Vielleicht wird Herb, wenn er von seinen Medikamenten weg ist, endlich wieder zur Vernunft kommen und mit einigen unerwarteten und interessanten Ideen aufwarten und am Ende reden wie ein Buch. So etwas passiert jeden Tag.

«Vermissen Sie eigentlich das Footballspielen, Herb?» sage ich mit einem erwartungsvollen Lächeln.

«Was?» Herb wird aus irgendwelchen Träumereien gerissen, zu denen der spiegelglatte See ihn kurz verführt hat. Er blickt mich an, als habe er mich noch nie gesehen. Ich höre Lastwagen über die Fernstraße nach Lansing donnern. Der Wind ist mittlerweile zurückgekommen, und von dem schwarzen Wasser her wird es nun immer kühler.

«Vermissen Sie den Sport?»

Herb starrt mich vorwurfsvoll an. «Sie sind ein Arschloch, Frank, nur damit Sie's wissen.»

«Warum sagen Sie so was?»

«Sie kennen mich noch lange nicht.»

«Genau *deshalb* bin ich ja hier, Herb. Ich *möchte* Sie kennenlernen und eine verdammt gute Geschichte über Sie schreiben. Sie so darstellen, wie Sie sind. Schon das allein ist, glaube ich, ziemlich interessant und komplex.»

«Sie sind einfach ein Arschloch, Frank, klarer Fall, und etwas Anregendes, was andere aufbaut, ist bei mir schon gar nicht zu holen. Das hab ich alles hinter mir gelassen. Ich brauche für keinen was zu tun, auch für Sie nicht. *Gerade* für Sie nicht, Arschloch. Ich bin kein Footballspieler mehr.» Herb zupft sich den einen Fetzen Toilettenpapier von der Wange und sieht nach, ob Blut dran ist.

«Das mit der Anregung für andere will ich gern fallenlassen, Herb. Es war für mich nur ein möglicher Aufhänger.»

«Wollen Sie den Traum hören, den ich immer und immer wieder habe?» Herb rollt das Papier zwischen den Fingern hin und her und fährt dann ans Ende des Landungsstegs. Ich bleibe auf dem Geländer sitzen und sehe seinen Rücken vor mir. Herbs knochige Schultern sind wie Flügel, sein Nacken dünn und faltig, sein Schädel gelblich und mit ersten Ansätzen einer Glatze. Ich weiß nicht, ob er weiß, wo ich bin, oder auch nur, wo *er* ist.

«Ich würde mir gern einen Traum anhören», sage ich.

Herb starrt auf den See hinaus, als enthalte er all seine erkalteten Hoffnungen. «Ich träume immer von drei alten Frauen in einem Auto, das auf einer dunklen Straße liegengeblieben ist. Zwei von ihnen bringen ihre Großmutter, die alt ist, sehr alt, zurück ins Pflegeheim. Es ist irgendwo auf dem flachen Land, sagen wir in New York oder Pennsylvania. Ich komme in meinem Jeep angefahren – ich *hatte* mal einen Jeep –, halte an und frage sie, ob ich helfen kann. Und sie sagen ja. Es ist lange niemand vorbeigekommen. Und ich sehe ihnen an, daß sie Angst vor mir haben. Eine Frau holt ihr Geld heraus und will mich bezahlen, noch bevor ich angefangen habe. Und sie haben einen Plattfuß. Ich richte die Scheinwerfer meines Jeeps auf ihren Wagen, und ich sehe diese ängstliche alte Großmutter, die sich tief in den Beifahrersitz duckt. Ihr Hals ist dünn und lappig wie der eines Huhns. Die zwei anderen Frauen stehen neben mir, während ich das Rad wechsle. Und dabei kommt mir der Gedanke, ich könnte alle drei umbringen. Sie einfach mit den Händen erwürgen und davonfahren, denn niemand würde je wissen, wer es getan hat; schließlich war ich nie ein Killer, und kein Mensch wüßte, daß ich dort war. Aber in dem Moment drehe ich mich um, und ich sehe diese Rehe, die mich aus dem Wald heraus anstarren. Diese gelben Augen. Und das ist es auch schon. Ich wache auf.» Herb schwenkt seinen Rollstuhl herum und sieht mich an. «Ist das 'n Traum oder nicht? Was halten Sie davon, Frank? Sie haben übrigens wieder einen Heiligenschein. Er hat sie wieder eingeholt. Sie sehen idiotisch aus.» Herb bricht plötzlich in Gelächter aus, sein ganzer Körper bebt, und der Mund ist weit aufgerissen. Herb, das habe ich jetzt begriffen, ist total übergeschnappt, und ich wünsche mir nur noch, möglichst weit von ihm wegzukommen. Interview hin, Interview her. Ob anregend oder auch nicht. Einen Verrückten zu interviewen ist für jeden, der nicht selber verrückt ist, pure Zeitverschwendung. Und ich bin in diesem Moment tatsächlich froh, daß Herb im Rollstuhl sitzt, denn möglicherweise würde er *mich* erwürgen, wenn er könnte.

«Es ist wohl Zeit, daß wir zurückgehen, Herb.»

Er hat seine Brille abgenommen und putzt sie an seinem BIONIC-Hemd. Aber er lacht tatsächlich immer noch. «Sicher, okay.»

«Ich habe genügend Stoff für einen guten Artikel. Und es wird langsam kühl hier draußen.»

«Du bist ein elender Schwätzer, Frank», sagt Herb lächelnd zu dem leeren Landungssteg. Auf dem See fliegt ein Entenpaar dicht über der Wasseroberfläche, schnell und schnurgerade. Sie ändern abrupt die Richtung, berühren die glänzende Wasserfläche und sind nicht mehr zu sehen. «Mann, Frank, du bist wirklich ein elender Schwätzer.» Herb schüttelt in höchster Verwunderung den Kopf.

Schweigend machen wir uns auf den Rückweg, den Glacier Way hoch, Herb in seinem silberglänzenden Rollstuhl direkt neben mir. Alles ist durcheinandergeraten, nur weiß ich nicht genau warum. Möglicherweise habe ich ihn negativ beeindruckt. Manchmal reagieren die Leute empfindlich, wenn ihnen klar wird, daß Sportreporter nur Männer oder Frauen sind.

(Die Leute wollen oft, daß andere besser sind als sie selbst.) Doch unter diesen Umständen ist es einem nahezu unmöglich, einen Beitrag zu leisten oder sich auch nur redlich Mühe zu geben. Ja, es geht so weit, daß du nur noch den Wunsch hast abzuhauen und eine Apotheke aufzusuchen, von denen es in New Jersey genug gibt.

«Wir haben uns nicht viel über Football unterhalten», sagt Herb nachdenklich. Er ist jetzt so vernünftig und kühl wie ein alter Sextant.

«Ich hatte irgendwie das Gefühl, daß Ihnen nicht so viel daran lag, Herb.»

«Es scheint mir heute wirklich nicht mehr wichtig, Frank. Im Grunde ist es, davon bin ich inzwischen überzeugt, eine ziemlich miese Vorbereitung auf das spätere Leben.»

«Ich würde aber trotzdem sagen, daß ehemaligen Footballspielern einiges fürs Leben mitgegeben worden ist. Ausdauer. Teamwork. Kameradschaft. Solche Dinge.»

«Blödsinn, Frank, vergessen Sie's. Der Rest meines Lebens liegt klar vor mir, wenn alles klappt. Ich hab ziemlich große Pläne. Der Sport ist nur noch Erinnerung für mich.»

«Sie reden jetzt von dem geplanten Jurastudium und so.»

Herb nickt wie ein Leichenbestatter. «Davon rede ich.»

«Sie haben eine Menge Mut, Herb. Es erfordert, glaube ich, Mut, so zu sein wie Sie.»

«Schon möglich», sagt Herb und bleibt kurz bei dem Gedanken. «Aber manchmal hab ich Angst, Frank. Ich kann Ihnen sagen. Fürchterliche Angst.» Wir sind jetzt einfach zwei Typen bei einem Plausch. Genau wie ich gehofft hatte. Vielleicht ließe sich ja immer noch ein unkompliziertes, altmodisches Interview zuwege bringen. Ich taste nach meinem Recorder.

«Auch ich hab manchmal Angst, Herb. Es ist bei Menschen ganz natürlich, würde ich sagen.»

«Also *gut*», sagt Herb mit einem Glucksen und nickt gequält.

Als wir um die Ecke biegen, sehe ich Mr. Smallwoods gelbes Taxi vor Herbs Haus warten; sein Besuch in Wixom ist anscheinend schiefgegangen. Seit meiner Ankunft hier ist es kälter geworden, und am Himmel hängen jetzt dunkle Wolken. Schon gegen Abend wird es hier mächtig schneien, und Vicki und ich können von Glück sagen, daß wir dann schon weit weg sind. Die Ereignisse nehmen einen seltsamen Verlauf, nicht so, wie ich mir das vorgestellt hatte, aber ich bin andererseits auch nicht überrascht.

Ein Mann in einer braunen Autojacke kommt, gerade als wir vorbeigehen, aus seinem Haus, in der Hand eine Dose Motoröl. Sein Haus hat die gleiche architektonische Grundform wie Herbs Haus, nur daß an der Seite, wo früher die Garageneinfahrt nach hinten führte, ein Zimmer angebaut ist. Der Mann steht neben seinem Wagen – einem neuen Olds mit aufgeklappter Motorhaube – und grüßt Herb mit einer Handbewegung und einem «Wie-geht's-wie-steht's».

«Primo. Numero uno», ruft Herb grinsend zurück und schwenkt den Arm, als winke er einer Menschenmenge zu. «Der Mann hier will mich interviewen. Ich mach's ihm verdammt schwer.»

«Lassen Sie sich bloß nichts gefallen», ruft der Mann und taucht mit seinem kurzen Oberkörper unter die dunkle Motorhaube des Olds.

«Die Nachbarn glauben immer noch, ich spiele aktiv in der Mannschaft», sagt Herb in einem gedämpften Tonfall und fährt den Glacier Way hinauf, seiner Frau und seinem Zuhause entgegen.

«Wie kann das sein?»

«Na ja, ich halte meine Verletzung mehr oder weniger geheim. Ein anderer spielt an meiner Stelle. Mit meiner Nummer. Ich hoffe, Sie machen das nicht publik und verderben alles.»

«Auf keinen Fall, Herb. Ich geb Ihnen mein Wort darauf.»

Herb sieht mich, während wir uns Mr. Smallwoods Taxi nähern, voll Verwunderung an. «Wieso tun Sie's eigentlich, Frank? Seien Sie ehrlich.»

«Wieso tu ich was, Herb?» Obwohl ich weiß, was jetzt kommt.

Aus irgendeinem Grund hat Herb offenbar Mühe, seinen Kopf stillzuhalten. Er ist ständig in Bewegung. «Sie können kein echter Sportliebhaber sein, Frank», sagt er. «Sie sehen mir einfach nicht wie ein Sportliebhaber aus.»

«Manche Sportarten mag ich mehr, andere weniger.» Im Grunde ist die Frage gar nicht so ungewöhnlich.

«Aber würden Sie sich nicht lieber über etwas anderes unterhalten?» Herb schüttelt den großen Kopf, immer noch voller Verwunderung. «Beispielsweise über Winslow Homer?»

«Über den würde ich mich gern mit Ihnen unterhalten, Herb. Jederzeit. Über etwas zu schreiben ist ganz anders, als es selbst zu tun. Kann das vielleicht ein paar Dinge erklären?» Aus irgendeinem Grund spüre ich wieder dieses Vibrieren im Zwerchfell und drum herum.

«*Hoch*interessant, Frank.» Herb nickt mir mit echter Bewunderung zu. «Ich bin mir zwar nicht sicher, daß damit auch nur ein Furz erklärt ist, aber interessant ist es. Das muß ich sagen.»

«Es ist ganz schön schwierig, das eigene Leben zu erklären, Herb.» Bestimmt ist das Zittern in meinem Bauch sichtbar, wenn auch vielleicht nicht für Herb, für den wahrscheinlich die ganze Welt die ganze Zeit zittert. Es macht ihm immer noch Schwierigkeiten, den Kopf stillzuhalten. «Ich glaube, ich habe genug gesagt. Schließlich sollte ich derjenige sein, der hier Fragen stellt.»

«Ich bin ein Verb, Frank. Verben beantworten keine Fragen.»

«So dürfen Sie nicht denken, Herb.» Mein Zwerchfell knistert. Herb und ich sind noch keine Stunde zusammen, aber man hat in seiner Nähe sehr stark den Eindruck, daß er *irgend jemanden* erwürgen möchte und daß seine Hände bei der Entscheidung für einen Hals nicht wählerisch sein würden. Wenn einer einen so großen Teil seines Lebens damit verbracht hat, andere über den Haufen zu rennen und ihnen weh zu tun, muß es schwer für ihn sein, plötzlich damit aufzuhören und friedlich sitzen zu bleiben. Es muß schwer sein, denke ich mir, etwas anderes zu tun, als weiterhin alles über den Haufen zu rennen. Jedenfalls fühle ich mich immer am wohlsten, wenn ich den Fluchtweg kenne. Hier ist etwas, das vermieden werden muß, und ich habe vor, es zu vermeiden. «Ich will versuchen, einen guten Artikel zu schreiben, Herb», sage ich und bewege mich vorsichtig auf die hintere Tür von Smallwoods Taxi zu.

Clarice Wallagher steht jetzt auf der kleinen Veranda vor der Haustür und beobachtet uns. Sie ruft Herbs Namen und lächelt matt. Das muß allen hier so gehen: Verabredungen enden mit einem lähmenden Schweigen vor dem Haus; ein wartendes Taxi; Herb, der sich als Verb bezeichnet. Meine größte Bewunderung gehört ihr. Ich hatte gehofft, ein paar Worte mit ihr wechseln und sie zu Herbs «Heldentaten im Alltag» befragen zu können, aber das ist an uns vorbeigelaufen. Ich hoffe nur, daß es für sie spät in dunklen Nächten tröstliche Stunden gibt.

«Herb», sagt Clarice mit einer hübschen Stimme, die am kalten Michigan-Wind zerbricht.

«Okay!» ruft Herb heroisch. «Muß jetzt gehen, Frank, muß gehen. Sie sollten die Geschichte meines Lebens schreiben. Da wären Beiträge zu verdienen, sechsstellig.» Wir geben uns die Hand, und wieder versucht Herb, mich in die Knie zu zwingen. Ein merkwürdiger Geruch umgibt ihn jetzt, etwas Metallisches; es ist der Geruch seines Rollstuhls. Er hat Blut an der Wange, dort, wo er das Fetzchen Papier abgeschält hat. «Ich wollte Ihnen eigentlich noch ein paar Filme von alten Meisterschaftsspielen zeigen. Ich hab sie alle in den Boden gerammt, Mann. Lassen Sie sich von dem Rollstuhl nicht täuschen.»

«Das nächste Mal sehen wir sie uns an, Herb, das versprech ich.»

Mr. Smallwood läßt den Motor aufheulen, und als er den Gang einlegt, geht die Karosserie kurz in die Knie.

«Ich weiß nicht, was manchmal los ist, Frank.» Herbs traurige blaue Augen füllen sich plötzlich mit heißen Tränen, und er schüttelt den großen Kopf, um sie abzuschütteln. Es ist die

Traurigkeit dessen, der das schwer faßbare Leben flüchtig zu sehen bekommen und dann unbilligerweise wieder verloren hat und der sich daraufhin ein Leben lang mit bitteren Tatsachen auseinandersetzen muß. Selbstmitleid mit anderen Worten, und so gerechtfertigt wie der Siegball für den Coach. Nur will und werde ich das nicht nachempfinden. Es ist zu dicht am furchtbaren Schmerz, als daß man damit Schindluder treiben dürfte. Und schlimmer als ein furchtbarer Schmerz ist nur ein unverdienter furchtbarer Schmerz. Und deshalb werde ich davor nicht in die Knie gehen, ja, ich werde mit meinem eigenen Schiff untergehen.

Ich weiche rasch vier Schritte zurück. «Ich bin froh, daß wir uns kennengelernt haben, Herb.»

Herb starrt mich an, das Gesicht verzerrt vor Verzweiflung. «Ja, sicher», sagt er.

Und dann sitze ich auf dem engen, modrigen Rücksitz in Mr. Smallwoods Taxi, und wir brausen davon, den Glacier Way hinunter, ohne Clarice auch nur Lebewohl gesagt zu haben, und Herb bleibt in seinem Rollstuhl auf der leeren Straße sitzen und winkt unseren Schlußlichtern nach, sein Gesicht von wahren, hilflosen Tränen überströmt.

SIEBEN

Mr. Smallwood ist in meiner Lage der bestmögliche Verbündete.

«Sie sehen aus, als könnten Sie eine kleine Stärkung vertragen», sagt er während der Fahrt und reicht eine Flasche nach hinten, deren untere Hälfte in einer nicht sehr stabilen Tüte steckt. Ich nehme einen kräftigen Schluck, der meine Lippen zum Flattern bringt – es ist ein Pfefferminzlikör und so süß wie Hustensaft, aber ich bin trotzdem froh darüber und nehme noch einen großen Schluck. «Sie müssen verdammt was mitgemacht haben», sagt Mr. Smallwood, als wir auf der Uferstraße an den Überresten eines landeinwärts gelegenen, langen, verkohlten Gebäudes vorbeifahren. Auf der anderen Straßenseite steht eine nicht mehr vollzählige Reihe von Kabinen. Das große Gebäude war früher mal eine Nissenhütte mit angebauter Scheune, doch jetzt liegt haufenweise Schnee auf dem Gebälk, aus dem eine lange Stange herausragt. Gras ist über vieles gewachsen. Anscheinend hat sich niemand die Mühe gemacht, eine neue Verwendung für das Land zu finden. Meine Vergangenheit im Zustand des Zerfalls und der belanglosen Unordnung.

«Die Leute hier draußen, das sind alles Verrückte», verkündet Mr. Smallwood weitläufig und fährt nun ganz im Stil eines Chauffeurs, eine riesige Hand an dem Plastikknauf am Lenkrad, die andere ausgestreckt auf der Rückenlehne. «Vorortleute, sag ich da nur. Kanonen in jedem Haus, alle immer nur wütend. Die sollten sich mal abregen, find ich. Ich war seit

Jahren nicht mehr hier draußen, kenn mich auch mit den Straßen nicht mehr aus. Früher bin ich dauernd hier rausgefahren.» Wir fahren rauf auf die Schnellstraße und dann Richtung Großes D, im Augenblick unsichtbar hinter moosgrünen Wolken, die neuen Schnee und vielleicht sogar einen verheerenden Schneesturm ankündigen. «Ich hätt da eine Idee.» Mr. Smallwood fixiert mich im Rückspiegel und lehnt sich auf dem Rücksitz zurück, um sich zu strecken und nachzudenken. «Wieviel Geld haben Sie bei sich?»

«Warum?»

«Nun, für hundert Dollar könnte ich da vorn an einer Tankstelle kurz telefonieren, und bevor Sie recht wissen, was los ist, hat Sie jemand so verwöhnt, daß es Ihnen gleich viel besser geht.» Mit einem fröhlichen, breiten Grinsen blickt Mr. Smallwood nach hinten, und ich denke einen Augenblick über eine Hundert-Dollar-Hure nach, über die Freundlichkeit, die sie mit sich bringen mochte, wie wenn dir die Apotheke noch am Abend ein teures Medikament ins Haus bringt, damit dir eine schlimme Nacht erträglicher wird. Eine Reise zu den Thermalquellen. Etwas Wortloses zum Flicken des Gewebes aus unschuldigen Worten, das das Leben in seiner positivsten Haltung umhüllt. Ein Übermaß an ernster Aussprache und Selbstentblößung und du bist erledigt.

Was Herb braucht und nie bekommen kann ist klar: Er müßte seine alten Footballklamotten mit den Schutzpolstern anlegen, irgendeinen Gegner zur Schnecke machen und aufhören, sich über Kunsttheorien Gedanken zu machen. Er ist ein Mann, der keinen Sport mehr hat, der aber den Sport dringender braucht als alles andere. Wenn es anders gelaufen wäre, hätten wir lebhafte Erinnerungen an seine Footballtage heraufbeschwören und uns die alten Filme ansehen können. Herb hätte wieder zu sich selber finden, das Gefühl der Entfremdung und die trübseligen Zweifel abschütteln und trotz der Schmerzen sein Spiel machen können – als Inspiration für andere, denn das war seine Aufgabe in der Welt.

Ich lehne Mr. Smallwoods Angebot dankend ab, und er

lacht auf eine fröhlich-spöttische Art leise vor sich hin. Danach fahren wir eine Weile schweigend auf die Stadt zu, diesmal auf dem Lodge, denn der Schnee ist weg, und der starke Verkehr ist jetzt weiter im Norden und hat eine graue und winterliche Schnellstraße zurückgelassen.

Gegenüber dem Stadion der Tigers hält Mr. Smallwood vor einem Spirituosenladen, der, wie er sagt, seinem Schwager gehört; es ist ein kleines Fort Knox aus Eisengittern und dickem Panzerglas. Auf der anderen Seite der breiten Straße türmt sich weiß und leblos das große Stadion auf. An dem Vordach hängt ein Schild mit der schlichten Mitteilung: «Sorry, Leute. Macht euch einen schönen Tag.»

Mr. Smallwood schlendert hinüber und kauft noch eine kleine Flasche Schnaps – auf meine Kosten, darauf bestehe ich –, und damit wärmen wir unsere Seelen auf der kurzen Fahrt hinunter zum *Ponchartrain*. Er sagt, er sei ein Fan der Tigers und er glaube, sie würden die Liga in den nächsten Jahren beherrschen. Er erzählt mir auch, seine Eltern seien in den vierziger Jahren aus Magnolia in Arkansas hierhergezogen, und er sei vor seiner Heirat eine Zeitlang an der Wayne State University gewesen und habe danach dann im Hauptwerk von Dodge gearbeitet. Letztes Jahr habe er dort aufgehört, sagt er, kurz vor der Entlassungswelle, und dann habe er sein Taxi gekauft. Und er sei froh, endlich sein eigener Herr zu sein und mittags immer heimgehen und mit seiner Frau essen und eine Stunde ausruhen zu können, ehe er am Nachmittag wieder rausgehe, wenn auf den Straßen Hochbetrieb herrsche. Er hoffe, sich eines Tages in Arkansas zur Ruhe setzen zu können. Er stellt mir keine Fragen, ist dazu entweder zu höflich oder zu sehr mit seinem eigenen interessanten Leben voller Arbeit und frei verfügbarer Zeit beschäftigt. Es ist ein schönes Leben, um das man ihn leicht beneiden könnte, wenn man es nicht selber schön hätte. Meiner Einschätzung nach ist er nicht viel älter als ich.

Vor dem Hotel beugt sich Mr. Smallwood über den Beifahrersitz und sieht zu, wie ich auf dem windigen Gehweg Geld in meine Brieftasche zurückstecke. Einen Moment lang glaube ich, er will mir die Hand geben, aber das ist ganz und gar nicht seine Absicht. Das vereinbarte Fahrgeld habe ich ihm bereits gegeben, und die Schnapsflasche steht direkt neben seinem beachtlichen Bein auf dem Boden. Mein Geschenk an ihn.

«Weiter unten an der Larned finden Sie ein gutes Steakhaus», sagt er im Tonfall eines Fremdenführers und mit einem Grinsen, das mir die Frage aufdrängt, ob er sich nicht vielleicht über mich lustig macht. «Steaks so dick.» Er hält zwei große, klobige Finger gute fünf Zentimeter auseinander. «Sie können zu Fuß hingehen, das hier ist eine sichere Gegend. Ich bin gelegentlich mit meiner Frau dort. Trinken Sie ein Glas Wein, amüsieren Sie sich.» Irgendwie redet Mr. Smallwood jetzt wie ein Schwede der zweiten Generation, und ich begreife, daß er sich keineswegs über mich lustig macht, sondern nur versucht, ein guter Botschafter für seine Stadt zu sein, und daß er dafür einen besonderen Tonfall entwickelt hat.

«Das hört sich sehr gut an», sage ich, ohne bei all den Insidertips richtig hinzuhören; statt dessen halte ich das Ohr in das Pfeifen und Zischen der Großstadtluft. Es hat angefangen zu schneien.

«Kommen Sie mal wieder, wenn wir schöneres Wetter haben», sagt er. «Dann wird es Ihnen noch viel besser gefallen.»

«Fragt sich nur, wann das sein wird.» Mit einem Lächeln gebe ich ihm das Stichwort zu dem alten Michigan-Scherz.

«Schätzungsweise in zehn Minuten.» Noch einmal zeigt er mir sein breites Grinsen, wie schon vorher bei der Erwähnung der Hundert-Dollar-Hure. Die gelbe Wagentür knallt zu, er jagt davon, und ich bleibe im scharfen Wind am Straßenrand stehen, so verlassen wie ein einsamer Flügelstürmer.

Aber nicht sehr lange.

Als ich ins Hotelzimmer zurückkomme, läuft der Fernseher ohne Ton. Die Vorhänge sind zu, und draußen stehen zwei Tabletts mit Geschirr. Vicki liegt splitternackt auf dem zerwühlten Bett, trinkt ein 7-Up und liest in der Bordbroschüre.

Es ist heiß und stickig im Zimmer, der schläfrig-sanfte Nachtduft ist verflogen. Übrig ist nur die traurige Vertrautheit aus den verträumten Tagen nach Ralphs Tod: ziellos in fremder Umgebung mit einer Frau, die ich nicht gut genug kenne und die mich ratlos überlegen läßt, wie ich mein Interesse an ihr wiederbeleben kann (oder, ihr zuliebe, ein Interesse an mir selbst, das mich entschädigen würde). Es ist ein verschwommenes, gedämpftes Gefühl, ein vages Verlangen nach einer Überzeugung unter den Überzeugungslosen.

«Bin ich froh, *dich* zu sehen», sagt sie und strahlt mich im flimmernden Licht des Fernsehers glücklich an. Ich stehe in dem dunklen kleinen Gang bei der Tür, meine Füße so schwer wie Anker, und ich kann nicht umhin, mir mein Leben als Szene in irgendeinem erotischen Heftchenroman vorzustellen. *Flink wie eine Katze bewegte sich Big Sledge auf das Mädchen zu, und schon saß sie in der Falle, genau dort, wo er sie haben wollte, zwischen seinem billigen, abgenutzten Koffer und dem Haufen öliger Schneeketten an der Rückwand der Abschmiergrube. Gleich würde sie sehen, was Sache war. Beide würden sie's sehen.* «Wie ist es denn gelaufen mit deinem alten Footballer?»

«Bestens.» Ich gehe zum Fenster, ziehe den schweren Vorhang auf und blicke hinaus. Nur Zentimeter vor meinem Gesicht blendender Schnee, der in dicken Flocken auf die Jefferson Avenue fällt. Der Fluß ist in der weißen Landschaft verschwunden, ebenso Cobo. Auf der Straße melden blinkende gelbe Lichter die ersten Schneepflüge. Ich glaube, ihr Scharren und Klappern zu hören, weiß aber, daß es unmöglich ist. «Das Wetter gefällt mir gar nicht. Vielleicht müssen wir unsere Pläne ändern.»

«Alles klar», sagt sie. «Es macht mich schon glücklich, mit dir heute hier zu sein. So ein Aquarium kann ich mir anderswo ansehen. Die sind bestimmt alle gleich.» Sie stellt sich die 7-Up-Flasche auf den nackten Bauch und betrachtet sie gedankenverloren.

«Das sollte aber ein schöner Ausflug für dich werden. Ich hatte allerlei Pläne.»

«Dann spar sie dir auf, weil, ich hab's hier richtig schön gehabt. Ich hab mir Garnelen im Bierteig aufs Zimmer bringen lassen, eine richtige Mahlzeit war das. Dann hab ich mich angezogen und bin runtergegangen, um mir die Läden anzusehen. Die sind wirklich hübsch, aber vieles ist wie Dallas, so ähnlich jedenfalls. Ich glaube, ich habe Paul Anka gesehen, bin mir aber nicht sicher. Er ist etwa halb so groß, wie ich ihn mir vorgestellt habe, wenn er's war, dabei wußte ich ja, daß er klein ist.»

Ich setze mich in den Sessel am Couchtisch. Ihre entblößte Schönheit ist wider Erwarten das, was ich brauche, um den Übergang zu schaffen und zurückzufinden (das Vertraute kann und sollte immer noch überraschen). Ihre Nacktheit hat etwas ganz und gar Gewöhnliches, die glatte Rundung der Brüste, die prallen, dunkler werdenden Schenkel und Waden, die sich zu zierlichen Knöcheln hin verjüngen, das einladende, aber nicht eindeutige Lächeln – alles in allem eine runde Sache für einen einsamen Mann in einer fremden Stadt, wenn es Zeit totzuschlagen gilt.

Das stumme Fernsehbild zeigt einen blassen Nachrichtensprecher mit dramatisch bewegter Miene. *Glaubt mir!* sagen seine Augen. *Was ich euch sage, ist Gottes Wahrheit. Es ist das, was ihr wollt.*

«Glaubst du, ein Mann und eine Frau können einfach Freunde sein?» fragt Vicki.

«Warum nicht», sage ich, «wenn das andere Kuddelmuddel vorbei ist. Aber ich mag dieses Kuddelmuddel.»

«O ja, ich auch.» Ihr Lächeln breitet sich über das ganze Gesicht aus, und sie verschränkt die Arme über den weichen Brüsten. Ich sehe ihr an, daß ein Gedanke sie gefangengenommen hat, ein Vorkommnis, das ihr gefällt und das sie mit mir teilen möchte. Im Grunde ihres Herzens ist sie der liebenswürdigste Mensch und könnte jemandem die beste Ehefrau sein. Nur ist die Wahrscheinlichkeit, daß ich derjenige sein werde, aus irgendeinem Grund geringer geworden. Sie könnte genau diese Stimmung aus dem Detroiter Wind aufgeschnappt haben und dem so ratlos gegenüberstehen wie ich. Doch sie läßt sich von keinem was vormachen.

«Ich hab Everett angerufen», sagt sie und blickt auf ihre abgewinkelten Knie herunter. «Ich hab *meine* Kundennummer angegeben.»

«Du hättest die hier nehmen können.»

«Nun gut. Ich hab meine genommen.»

«Und wie *geht's* dem guten Everett?» Natürlich habe ich den alten Everett noch nie in meinem Leben gesehen und kann mit der weit entfernten Vorstellung von ihm so plump-vertraulich umgehen wie ein Friseur.

«Er kommt zurecht. Er steht jetzt auf Alaska. Er sagt, die Leute da oben brauchen Teppiche. Und er hat seinen Kopf so kahl rasiert wie eine Billardkugel, sagt er. Ich hab ihm erzählt, ich sei in einer großen Suite mit Blick auf ein Renaissance-Zentrum. Ich hab aber nicht gesagt wo.»

«Wie hat er reagiert?»

«‹Das ist der Gang der Welt›, waren seine Worte – ziemlich normal, würde ich sagen. Er wollte wissen, ob ich ihm nicht seine Stereoanlage schicken kann, die ich bei der Scheidung bekommen habe. Da oben ist alles irrsinnig teuer, nehme ich an, und wenn du alles mitbringst, was du brauchst, tust du dich leichter.»

«Wollte er, daß du mitkommst?»

«Nein. Und ich würde mich auch nicht drauf einlassen. So jemanden wie Everett heiratest du nur einmal im Leben. Das zweite Mal würde dich umbringen. Außerdem hat er bestimmt ein Mädchen, das mitgeht, da bin ich sicher.»

«Aber was wollte er dann von dir?»

«Ich hab angerufen, vergiß das nicht.» Sie sieht mich mißbilligend an. «Er wollte überhaupt nichts. Hast du noch nie im Leben das Bedürfnis gehabt, einfach zu telefonieren?»

«Höchstens, wenn ich mich einsam fühle, Schätzchen. Ich war nicht der Meinung, daß du dich einsam fühlst.»

«Stimmt», sagt sie und blickt auf das stumme Fernsehbild.

Detroit, das ist mir jetzt klar, hat sie nicht ganz so beeinflußt, wie ich gehofft hatte, und sie ist vorsichtig geworden, immer auf der Hut. Aber wovor? Möglicherweise hat sie unten in der Lobby jemanden gesehen, der sie zu sehr an sie selbst erinnerte (das kann ungeübten Reisenden passieren). Oder schlimmer noch: *Niemand* dort hat sie an irgendjemanden erinnert, den sie je gekannt hat. Beides kann für eine gute Gemütsverfassung bedrohlich sein und eine Zeit düsterer Zurückgezogenheit einleiten. Doch ein Anruf bei einem alten Liebhaber oder Ehemann kann das perfekte Gegenmittel sein. Sie erinnern dich immer daran, wo du gewesen bist und wo du hinzugehen glaubst. Und wenn du Glück hast, kommt dir der Ort, an dem du dich gerade aufhältst – in der Autometropole, in einem Schneesturm –, wie der *einzig* richtige Ort auf dem ganzen Planeten vor. Ich bin mir allerdings nicht sicher, daß Vicki dieses Glück hatte. Sie kann auch entdeckt haben, daß eine alte Flamme immer noch brennt, und weiß jetzt nicht, wie sie damit umgehen soll.

«Hast du das Gefühl, daß du mit Everett befreundet sein möchtest?» Ich beginne mit der arglosesten aller Fragen und taste mich zur heikelsten vor.

«Nie und nimmer.» Sie greift nach dem Laken und deckt sich damit zu. Sie ist jetzt noch mehr auf der Hut. Es könnte sein, daß sie mir etwas sagen will und nicht die richtigen Worte findet. Wenn ich jedoch auf den Müllhaufen der Freundschaft abgeschoben werden soll, dann will ich auch der wichtigsten Freundespflicht nachkommen und ermöglichen, daß sie sie selbst bleibt. Auch wenn ich mich lieber ins Bett kuscheln und die Zeit bis zum Abflug kurzweiliger gestalten würde.

«Hast du nach dem Telefongespräch den Wunsch verspürt, mit *mir* befreundet zu sein?» sage ich lächelnd.

Vicki dreht sich auf dem großen Bett herum, zur anderen Wand; sie hat das frisch gestärkte weiße Laken bis unters Kinn hochgezogen, und es sitzt jetzt so stramm wie ein Leichentuch. Ich habe den wunden Punkt getroffen. Nach einem Tag und einer Nacht mit mir sieht sie selbst Everett in einem besseren Licht. Sie braucht etwas anderes, und ich genüge den Ansprüchen nicht einmal mit Sekt, einer halben Suite, Kornblumen und einem Blick hinüber nach Kanada. Vielleicht ist das gar nicht so überraschend, wenn ich mir's recht überlege, denn dadurch, daß ich meine eigenen Ansprüche zurückgeschraubt habe, habe ich vielleicht auch die Hoffnungen bagatellisiert, die sie für sich selbst hatte. Ich bin allerdings ein Experte, wenn es darum geht, solche Dinge widerspruchslos hinzunehmen. Für Schriftsteller – selbst Sportreporter – ist eine schlechte Nachricht immer leichter als eine gute, denn sie ist schließlich geläufiger.

«Ich will mit dir nicht befreundet sein, nicht *nur* befreundet», sagt Vicki mit einer winzigen Mäusestimme, von einem Wall weißer Laken umgeben. «Ich hab wirklich geglaubt, mit dir könnte es einen Neuanfang geben.»

«Und warum glaubst du's jetzt nicht mehr? Nur weil du mich beim Wühlen in deiner Handtasche erwischt hast?»

«Blödsinn. Das war doch nichts», sagt sie, immer noch leise. «Leben und sterben lassen, sag ich. Du kannst auch nicht anders. Gestern war wohl einfach nicht dein Tag.»

«Gut, aber was ist es denn sonst?» Ich frage mich wirklich, wie oft ich das oder etwas Vergleichbares zu einer Frau gesagt habe, die blaß durch mein Leben geisterte. *Was denkst du gerade? Du bist so still geworden. Du kommst mir plötzlich so anders vor. Was ist denn los?* Liebe *mich*, heißt das natürlich. Oder wenigstens: Ergib dich. Oder *aller*wenigstens: Nimm dir die Zeit und mach mir die Freude zu erklären, warum du nicht willst, und am Ende willst du dann vielleicht.

Von draußen kommt das schneidende Aufheulen einer mächtigen Windbö, die um die Ecke des Hotels fegt und dann hinaus in den kalten, erbärmlichen Detroit-Nachmittag. Um fünf könnte der Schnee ebensogut in Regen übergehen, um sechs könnten die Sterne herauskommen und gegen Abend könnten Vicki und ich Larned entlangbummeln, auf dem Weg zu einem Steak oder Kotelett. Auf nichts ist hier draußen absolut Verlaß. Das Leben stemmt sich gegen einen gemeinen Wind, der plötzlich nachlassen könnte.

«Also gut», sagt Vicki und dreht sich herum, um mich aus ihrer Kissen- und Lakenhöhle heraus anzusehen. «Du weißt doch, ich bin hinuntergegangen, als du weg warst. Das war einfach, weil ich dazugehören wollte. Gebraucht hab ich nichts. Ich war in dem kleinen Zeitungsstand da unten, und da hab ich dieses Taschenbuch in die Hand genommen. *‹Auch Sie können es mit der ganzen Welt aufnehmen›*, von Dr. Barton. Weil ich doch das Gefühl hatte, daß alles neu anfing, wie gesagt. Mit dir und mir. Ich hab mich also neben den Buchständer gestellt und ein Kapitel mit der Überschrift ‹Unsere New-Age-Anhänger› gelesen. Es geht da um Leute, die keine Kartoffelchips mehr essen, sich diesen Selbsterfahrungsgruppen anschließen und Mineralwasser trinken und jeden Tag literarische Diskussionen führen. Leute, die glauben, sie könnten's leicht schaffen, ihre Gefühle auszudrücken und so zu sein, wie andere sie sehen. Und da hab ich einfach losgeheult, weil ich begriffen habe, daß du dazugehörst und daß ich weit davon weg bin, völlig daneben. Immer noch bei den Kartoffelchips und unter Leuten, die nicht vergeistigt aussehen. Da hatten wir nun die weite Reise hierher gemacht, und ich war zu nichts anderem fähig, als Garnelen zu essen und fernzusehen und zu heulen. Und es haute nicht hin. Da dachte ich mir, vielleicht könnten wir ja – wenn du wolltest – gute Freunde sein. Ich rief Everett an, weil ich wußte, bei ihm schaff ich es, mit dem Heulen aufzuhören. Ich wußte, ich war besser dran als er.» Eine große, hübsche Träne löst sich von ihrem Auge, läuft ihr über die Nase und verschwindet im Kopfkissen. Innerhalb von nur zwei Stunden ist es mir gelungen, zwei verschiedene Menschen zum Weinen zu bringen. Irgend etwas mache ich falsch. Aber was?

Zynismus.

Ich bin zynischer geworden als der alte Jago, denn kein Zynismus ist so ausgeprägt wie eine lebenslange Eigenliebe und der Tunnelblick, bei dem du am Ende des Tunnels immer nur dich selber siehst. Es ist peinlich. Desgleichen vermittelt nichts einem Menschen so sehr das Gefühl, wertlos zu sein, wie der

Eindruck, daß jemand versucht, ihm zu helfen – selbst wenn der Eindruck falsch ist. Ein zynischer «New-Ager» – damit bin ich exakt beschrieben, ein jämmerlicher Selbstbeobachter und Kartoffelchipsverächter mit einer überempfindlichen, stets die offene Aussprache suchenden Mentalität – obwohl ich die Kronjuwelen dafür geben würde, nicht dieser Typ zu sein oder wenigstens nicht dafür gehalten zu werden.

Meine einzige Hoffnung besteht nun darin, alles zu leugnen – Freundschaft, Ernüchterung, Peinlichkeit, die Zukunft, die Vergangenheit – und ganz auf die Gegenwart zu setzen. Wenn ich sie an diesem kalt-heißen Nachmittag in die Arme nehmen und an mich drücken und ihren Kummer mit Inbrunst wegküssen kann, so daß ich, wenn die Sonne untergegangen ist und der Wind nachgelassen hat und ein Frühlingsabend uns aus der Reserve lockt, daß ich sie dann vielleicht doch noch liebe und sie mich, und all die Probleme werden dann nur die Folgen der besonderen Umstände gewesen sein – zuwenig Schlaf in einer fremden Stadt, Schnaps und Herb.

«Ich bin eigentlich kein New-Ager», sage ich und setze mich auf die Bettkante, so daß ich ihre Wange berühren kann, die so warm ist wie die eines Babys. «Ich bin nur ein altmodischer Kerl, der falsch verstanden worden ist. Laß uns so tun, als seien wir gerade erst angekommen, am späten Abend, und ich hielte dich in meinen altmodischen Armen, um dich zu lieben.»

«Du meine Güte.» Sie streckt zaghaft die Hand aus und gibt mir einen freundlichen Klaps auf die Schulter. «Du denkst bestimmt, daß ich alles falsch sehe.» Sie schnieft heftig. «Daß ich es noch nicht einmal schaffe, mich richtig unglücklich zu machen.»

«Es ist einfach nicht deine Stärke, Dinge zu verpfuschen.» Ich lege ihr eine schwere Hand auf die weiche Brust. «Du mußt einfach gute Dinge gut sein lassen, wenn's geht. Mach dir keine unnötigen Sorgen.»

«Ich sollte nicht lesen, das ist es. Es bringt mich immer in Schwierigkeiten.» Sie legt mir beide Hände um den Hals und zieht mich heftig an sich, so heftig, daß mir wieder einmal ein lähmender Schmerz über den Rücken läuft, bis hinunter in die Gesäßbacken.

«Au», sage ich unwillkürlich. Im Fernsehen schickt sich gerade ein Skiläufer an, die Startschranke wegzustoßen und einen Hang hinunterzurasen, der länger und steiler ist als alles, was ich bisher gesehen habe. Auch dort schneit es, wo immer es sein mag. Nicht für eine Million Dollar würde ich tun, was dieser Skiläufer tut.

«Ach du liebe Güte», sagt sie, denn ich habe sie in dem zitronengelben Licht gefunden. «Ach, ach, ach.»

«Du reizendes Mädchen, du», sage ich. «Dich muß einfach jeder lieben.»

Draußen in der kalten Stadt heult wieder der Wind auf, und ich kann, glaube ich, hören, wie die Schneeflocken gegen das Fenster klatschen und jeden Detroiter frösteln lassen, der Bescheid zu wissen glaubt und bereit ist, seinen Kopf darauf zu wetten. Ich lasse den Fernseher an, da ich ihn selbst jetzt, mit seiner neugierigen Gegenwart, tröstlich finde.

Nachdem wir mit dem Taxi die Jefferson Avenue raufgefahren sind und den Botanischen Garten auf der Belle Isle besucht haben, sind wir um fünf Uhr wieder in unserem Zimmer und haben das beklemmende Gefühl, daß gleich die Wände auf uns einstürzen werden, etwas, was Sportreporter gut kennen. Wir sind wie die Familienangehörigen eines Handlungsreisenden, die mitgekommen sind, um ein bißchen was zu erleben und sich zu amüsieren, und die dann plötzlich feststellen, daß zuviel Zeit totzuschlagen ist, während er seinen Geschäften nachgeht; daß zu viele unbekannte Straßen zu weit wegführen; daß in der Hotelhalle zu wenig los ist, als daß es sich wirklich lohnen würde, Leute zu beobachten.

Der Botanische Garten erwies sich als kalt und irgendwie fremd, auch wenn wir zwischen Farnen und Kakteen und Passionsblumen lange Wege zurücklegten, bis Vicki verkündete, daß sie Kopfschmerzen habe. Die interessantesten Räume schienen alle geschlossen – insbesondere die Nachschöpfung eines französischen Kräutergartens aus dem 18. Jahrhundert, den wir durch die Glastür sehen konnten und der uns beide interessiert hätte. Auf einem Schild im Fenster stand, Detroit sei mit seiner Steuerpolitik nicht großzügig genug, dieses Jahrhundert angemessen zu unterstützen. Und nach nicht einmal einer Stunde standen wir wieder draußen auf den windigen Betonstufen in der Kälte und dem Schnee des Nachmittags. Vor uns lag ein schlammiger Spielplatz, der sich bis zum Hafenbecken hin erstreckte, während der große Fluß selbst unsichtbar blieb, tief hinter einer sichelförmigen Reihe junger Pappeln. Öffentliche Plätze können einen oft ganz schön im Stich lassen, mögen sie anfangs auch noch so vielversprechend aussehen.

Als wir vor unserem Hotel aus dem Taxi stiegen, schlug ich einen kurzen Spaziergang auf der Larned vor, denn «ich kenne da ein exzellentes Steakhaus». Doch als wir die Woodward Avenue erreicht hatten, begegneten wir nur noch Schwarzen, die irgendwie bedrohlich wirkten, Taxis und Polizeiautos waren alle unerklärlicherweise verschwunden, und Vicki, die in dem winterlichen, vom faden Kanada herüberwehenden Nordwind fror, klammerte sich zitternd an mich.

«Ich bin für so was einfach nicht richtig angezogen, glaub ich», sagte sie mit einem verzagten Lächeln unter meinem Arm. «Ich wär auch mit einem Alladin-Sandwich mit Thunfischsalat in der Snackbar des Hotels zufrieden, wenn's dir recht ist.»

«Die haben das Steakhaus wohl anderswohin verlegt», sagte ich und blickte die während des Wochenendes leergefegte Woodward Avenue hinauf zum Grand Circus, wo wir in unserer Studentenzeit – Eddy Loukinen, Golfball Kirkland und ich – durch die Stripschuppen und billigen Kneipen gezogen und dann die vierzig Meilen zum Campus zurückgefahren waren, mit der Aura von Soldaten auf einem letzten Urlaub vor dem Aufbruch in ein Schicksal, über das keiner lächeln würde. Es wollte mir tatsächlich nicht in den Sinn, daß das im Jahre 1963 gewesen sein konnte. Nicht '73 oder '53. Manchmal kann ich sogar mein eigenes Alter und die augenblickliche Jahreszahl vergessen und mir einbilden, ich sei zwanzig, ein Junge, der gerade erst anfängt in der Welt – noch naß hinter den Ohren, gleich zu Beginn vom Leben verwirrt.

«Städte sind heute nicht mal mehr Städte», sagte Vicki, die wohl spürte, wie sehr mich diese traurige Entwicklung irritierte, und sich darauf noch enger an mich schmiegte. «Dallas war *noch nie* eine, wenn man's genau nimmt. Es ist nur ein Vorort, auf der Suche nach einem Platz, den es anzustrahlen lohnt.»

«Ich weiß noch, daß sie dort eine erstklassige Weinkarte hatten», sagte ich und suchte die Woodward Avenue immer noch nach dem fiktiven Steakhaus ab, vorbei am alten *Sheraton* und hin zu den hemmungslosen und blendenden Sexklubs und Schnellgaststätten und *bibliothèques sensuelles*, immer weiter, bis im fernen Hintergrund nur noch Schnee zu sehen war.

«Ich kann jetzt schon den Cheddarkäse schmecken», sagte sie in Anspielung auf ihr Alladin-Sandwich und versuchte dabei, begeistert zu klingen. «Ich wette, der Wein im Hotel ist genausogut und kostet nur die Hälfte. Du suchst nur mal wieder nach einer Möglichkeit, dein Geld anderswo auszugeben.» Und sie hatte recht und schwenkte mich herum, und wir machten uns auf den Weg zurück zum *Pontch*, beobachteten, wie sich unsere Schuhspitzen in den Schnee auf dem Gehweg drückten, gingen mit langen, ungraziösen Schritten und lachten wie unternehmungslustige Kongreßteilnehmer, die man auf die Stadt losgelassen hat.

Doch um fünf sitzen wir hier in unserem Zimmer, verscheucht von einem nicht in die Jahreszeit passenden Wetter und den bedrohlichen Straßen dieser Stadt. Wir haben versucht, aus allem, was sich uns anbot, das Beste zu machen: wir hatten ein üppiges Mittagessen im «Frontenac Grill», zusammen mit einer Flasche Beaujolais aus Michigan. Danach einen langen Mittagsschlaf in einem frischen Bett. Und nun stehe ich seit einiger Zeit am Fenster und verfolge einen weiteren mit Erz beladenen Lastkahn, der vom Lake Superior herunterkommt und auf dem verschneiten Fluß – wie der andere gestern abend – Cleveland oder Ashtabula ansteuert. Es ist möglich, daß ich Herb oder sogar Clarice anrufen sollte, weiß aber nicht recht, was ich sagen würde, und so fehlt mir letztlich der Mut. Ich könnte auch Rhonda Matuzak anrufen und ihr berichten, daß ich für die große Vorschau auf die Footballsaison nichts Brauchbares zusammengebracht habe. Die Redaktion ist an diesem Wochenende besetzt, aber ich bezweifle, daß irgend jemand mit mir rechnet. Meine Einstellung als Sportreporter ist im Augenblick nicht die beste.

«Ich weiß, was wir tun», sagt Vicki plötzlich. Sie sitzt am Toilettentisch und müht sich mit Navajo-Ohrringen ab, die sie von ihrem Geld in der Geschenkboutique gekauft hat. Sie sind nicht größer als Stecknadelköpfe, wunderschön und blau wie Hyazinthen.

«Laß hören», sage ich und blicke von der Broschüre *Diesen Monat in Detroit* hoch, die ich von vorne bis hinten durchgelesen habe, ohne eine einzige Attraktion zu finden, die mich reizen könnte – einschließlich Paul Anka, der die Stadt inzwischen verlassen hat. Selbst eine Taxifahrt zum Tiger-Stadion und ein mexikanisches Dinner kommen mir nicht gerade attraktiv vor.

«Wir fahren auf gut Glück zum Flughafen raus und lassen uns auf die Warteliste setzen. Kein Mensch fliegt Samstagabend irgendwohin. Ich weiß noch von damals, als ich mir nur so zum Spaß den Flughafenbetrieb angesehen habe, daß sie Leute mitfliegen lassen, die für einen anderen Tag gebucht haben. Die sind da flexibel.»

«Ich habe eigentlich gedacht, wir feiern heute abend», sage ich halbherzig. «Ich wollte mit dir ins Griechenviertel. Wir könnten hier noch alles mögliche unternehmen.»

«Ich weiß auch nicht, aber manchmal hab ich einfach das Bedürfnis, im eigenen Bett zu schlafen, du nicht? Wir sollen morgen sowieso schon vor Mittag bei Daddy sein. Auf die Weise ist das leichter zu schaffen.»

«Wirst du hinterher nicht enttäuscht sein, *souvlaki* und *baklava* verpaßt zu haben?»

«Ich weiß nicht mal, wo die liegen, wie könnte ich sie da verpassen? Aber bestimmt muß man durch einen Haufen Schnee fahren, um hinzukommen.»

«Ich war nicht gerade die große Nummer auf diesem Ausflug. Ich weiß nur nicht, was eigentlich passiert ist.»

«Nichts ist passiert.» Vor dem Spiegel zieht Vicki ihre schwarzen Locken zurück, um die hinter ihren Pausbacken sitzenden Navajo-Ringe zu betrachten. Sie dreht den Kopf zur Seite, um besser zu sehen, und lächelt mir im Spiegel aufmunternd zu. «Ich brauch keinen großen Wirbel, um mich zu amüsieren. Wichtig ist für mich, mit wem ich zusammen bin, nicht, was ich tue. Es war wunderschön, einfach mit dir zusammenzusein, und wenn du das nicht weißt, bist du ein Holzkopf.»

«Und wenn der Flughafen geschlossen ist?»

«Dann setz ich mich irgendwo hin und lese dir Illustriertenartikel über Filmstars vor. Es gibt schlimmere Dinge, als die Nacht auf dem Flughafen zu verbringen. Manchmal wär ich lieber dort als an vielen anderen Orten.»

«So übel wär das gar nicht, oder?»

«Bestimmt nicht. Du setzt dich in einen dieser Sessel mit eingebautem Fernseher, gehst in einem der guten Restaurants essen, läßt dir die Schuhe putzen. Du hättest die ganze Nacht zu tun, so viel wird da geboten.»

«Ich laß einen Pagen raufkommen», sage ich und stehe auf.

«Ich weiß nicht, warum wir so lange gewartet haben.» Sie lächelt mich an.

«Ich glaube, ich habe darauf gewartet, daß irgend etwas Aufregendes und Ungewöhnliches passiert. Die Hoffnung habe ich immer. Es ist eine Schwäche von mir.»

«Du mußt aber darauf gefaßt sein, daß es, während du wartest, plötzlich heißt: ‹Vorsicht, Kamera›, denn dann ist ein Lächeln fällig.»

Und ich bringe tatsächlich ein Lächeln zuwege, für sie, während ich zum Telefon greife, um den Pagendienst anzurufen.

Eine kleine Zukunft tut sich auf, und keine üble, sondern eine alltägliche, gute. Und beim Wählen merke ich, wie um mich her der Himmel dieses langen Tages zum erstenmal heller wird, und die Wolken fangen endlich an aufzusteigen.

Um zehn sind wir in New Jersey, wie durch das Wunder einer Zeitmaschine, aus dem flachen Mittleren Westen an die ganz andersartige Atlantikküste zurückgekehrt. Vicki hat auch diesmal über dem Lake Erie geschlafen, nachdem sie mir längere Abschnitte aus dem Skandalblatt *Daytime Confidential* vorlas, die mich alle zum Lachen brachten, die sie aber ernster nahm und über die sie offenbar nachdenken wollte. Ich las einen großen Teil von *Love's Last Journey* und fand es gar nicht schlecht. Man mußte sich nicht erst durch eine lange Einleitung voller Rückblenden arbeiten, und die Autorin verstand es recht geschickt, den Ball schon auf Seite zwei ins Rollen zu bringen. Ich weckte Vicki erst, als der Pilot, vermutlich über Red Bank, in die Kurve ging, so daß sich das strahlend helle Gotham (die Freiheitsstatue winzig, aber deutlich zu sehen, wie eine japanische Puppe) und ganz New Jersey wie eine glitzernde, diamantene Schürze unter uns ausbreiteten, während der Atlantik und Pennsylvania dunkel wie die Arktis im Hintergrund lauerten.

«Was ist *das* denn?» fragte Vicki staunend und deutete nach unten auf die ferne Parade freundlicher Lichter.

«Das ist die New Jersey-Autobahn. Du kannst genau sehen, wo sie bei Woodbridge mit der Garden State-Straße zusammentrifft und dann Richtung New York geht.»

«So, na ja», sagte sie.

«Ich finde, es ist ein schöner Anblick von hier oben.»

«Das sieht dir gleich», meinte sie. «Ich möchte nicht wissen, was du sonst noch alles schön findest. Wahrscheinlich auch eine Müllkippe.»

«Dich finde ich schön.»

«Schöner als eine Müllkippe. Eine Müllkippe in New Jersey?»

«Fast so schön.» Ich kniff sie in den kräftigen kleinen Arm und drückte ihn an mich.

«Das hättest du nicht sagen dürfen.» Die Gekränkte spielend, kniff sie die Augen zusammen. «Bis gerade eben hab ich dich gemocht. Aber so kann das ja wohl nicht weitergehen.»

«Du wirst mir das Herz brechen.»

«Es wird nicht das erste Herz sein, das ich breche, oder?»

«Und was ist, wenn ich mich bessere?»

«Ein bißchen zu spät», sagte sie. «Das hättest du dir alles schon vor deiner Geburt überlegen müssen.» Sie schüttelte den Kopf, als sei das ihr voller Ernst, lehnte sich zurück und machte die Augen zu, um zu schlafen, während unser Silberschiff seinen langen Landeanflug begann.

Um elf Uhr fünfzehn habe ich uns nach Pheasant Meadows gefahren. Es ist eine klare, höchst eindrucksvolle Nacht geworden; ein abnehmender Mond steht am Himmel, und nichts weist darauf hin, daß das morgige Wetter aus Detroit kommen wird. Es ist genau diese Art von Nacht, die mich immer schwindlig und benommen machte – die Art von Nacht, in der ich draußen im Garten stand und, während X im Haus ihre Aussteuertruhe verbrannte, Cassiopeia und die Zwillinge am nördlichen Himmel aufspürte und mich an meinem Platz neben den Rhododendren verwundbar fühlte. Seit der Zeit ist mir, um ehrlich zu sein, der klare Nachthimmel nie mehr ganz geheuer gewesen, gerade so, als sähe ich ihn vom Dach eines hohen Gebäudes aus und fürchtete mich vor dem Blick nach unten. (Mehr und mehr ziehe ich gebrochenen Zirrus oder Schäfchenwolken einem makellosen, sternenklaren Himmel vor.)

«Du brauchst mich nicht zur Tür bringen», sagt Vicki, die bereits ausgestiegen ist und sich zum Autofenster herunterbeugt. Ich habe hinter ihrem Dart angehalten. Die Bauarbeiter von gestern haben über dem Parkplatz drüben eine falsche Mansarde hochgezogen, obwohl keines der bereits fertiggestellten Häuser ein derartiges Dach hat. Natürlich hatte ich gehofft, sie würde mich noch hineinbitten – auf einen Schlummertrunk. Aber nun sehe ich meine Hoffnungen schwinden. Sie ist nervös geworden, als warte bereits ein anderer in ihrer Wohnung.

«Morgen ist der Tag, an dem er den Stein vom Grab wälzte und von den Toten auferstand», sagt sie in allem Ernst und sieht mich durchdringend an, als erwarte sie, daß ich einen Psalm aufsage. Sie hat ihre Le Sac-Reisetasche über die Schulter gehängt und trägt die Navajo-Ohrringe. «Ich geh vielleicht in die Frühmesse, nur damit uns weiterhin nichts passiert, eine Art zweite Versicherung. Oder vielleicht geh ich zu den Drive-in-Methodisten in Hightstown. Die sind genauso amtlich wie die anderen. Den Kirchgang versäum ich nicht so leicht. Ich würde ja sagen, komm mit, aber ich weiß, es würde dir keinen Spaß machen.»

«Die Musik schon.»

«Jeder nach seiner Fasson, würd ich sagen.» Zwei Tage sind wir jetzt zusammen gewesen, haben gemeinsam eine andere Geographie erlebt, haben in einem Bett geschlafen, sind zusammen still gewesen, und jeder ist – wie bei einem Ehepaar – auf die Wünsche und Vorstellungen des anderen eingegangen. Doch nun ist das Ende in Sicht, und wir finden beide nicht den Ansatz zu einem angemessenen Abschied. Schnoddrigkeit und eine vage Flegelhaftigkeit dominieren bei ihr, bei mir ist es eine unwissende Höflichkeit. Das paßt nicht gut zusammen.

«Ich seh dich also morgen, ja?» sage ich munter und beuge mich vor, um sie besser zu sehen und erkenne hinter ihr den großen blauen, ins Zeitalter der Raumfahrt passenden Wasserbehälter und im Hintergrund den großen Ostermond.

«Sei ja rechtzeitig da. Daddy will pünktlich essen, da ist er heikel. Und wir haben eine ganze Stunde zu fahren.»

«Ich freu mich schon sehr darauf.» Das entspricht nicht ganz der Wahrheit, aber es ist meine offizielle Haltung. Tatsächlich denke ich mit furchtbar zwiespältigen Gefühlen an diesen Teil des morgigen Tages.

«Du hast ihn ja noch nie gesehen. Und warte erst mal, bis du meine Stiefmutter kennenlernst. Sie gehört zu einer besonderen Rasse. Wenn du sie magst, magst du auch Spinat. Aber Daddy, das ist schon einer. Du *mußt* ihn mögen, nur wird er wahrscheinlich dich nicht mögen. Oder zumindest wird er so tun. Seine wahren Gedanken kommen erst später raus. Aber das ist ja auch egal.»

«Du liebst mich doch, nicht wahr?» Als ich zum Kuß das Gesicht hebe, blickt sie keck und taxierend auf mich herunter. Ich frage mich unwillkürlich, ob sie in diesem Moment nicht an eine Zukunft mit Everett in Alaska denkt.

«Vielleicht. Und wenn?»

«Dann wirst du mich küssen und auffordern, heut nacht bei dir zu bleiben.»

«Kommt nicht in Frage.» Sie drückt sich einen dicken Kuß auf die Hand, à la Dinah Shore, und gibt mir eine kräftige Ohrfeige. «Das steht dir zu. Unterschrieben und ausgefertigt, Mr. Neunmalklug.» Und dann geht sie, läuft hopsend auf die verdunkelten Wohnungen zu, über den mickrigen Rasen, durch die beleuchtete Haustür, und ist verschwunden. Und ich bleibe allein in meinem Malibu zurück und starre in den prächtigen Mond, als sei er all das Unerklärliche und zu Erwartende, all die Dinge, die wir freudig zurücklassen und mit noch mehr Freude erneut auf uns zukommen sehen.

ACHT

Ein verdächtiges Licht brennt in meinem Wohnzimmer. Ein fremdes Auto steht vor der Tür. Es ist schon nach Mitternacht, doch im zweiten Stock ist Bosobolos Schreibtischlampe an. Mit Ostern sind für ihn zweifellos besondere Vorbereitungen verbunden, möglicherweise eine Predigt in einer der zum Institut gehörenden Kirchen, wo er gelegentlich aushilft, um seine Evangelisierungstechniken zu verfeinern. Er hat einen Kranz an die Haustür gehängt, eine Entscheidung, über die wir vorher diskutiert haben und die ich billige. Alle Häuser in der Hoving Road sind still und dunkel, seltsam für einen Samstagabend, wo es sonst gesellig zugeht und die Fenster hell erleuchtet sind. Am klaren Himmel über den Platanen und Tulpenbäumen sehe ich nur das zitronengelbe Funkeln über Gotham, das in fünfzig Meilen Entfernung den Himmel erhellt, als sei dort etwas Großes im Gange – ein riesiges Volksfest etwa, oder ein Feuersturm. Und ich bin glücklich, daß ich es sehen kann und daß ich so weit davon entfernt bin, auf der Leeseite dessen, was die Welt da draußen für wichtig hält.

In meinem Haus steht Walter Luckett.

Genauer gesagt: Er wartet in dem Zimmer, das ich nun als behagliches Arbeitszimmer nutze, ein seitlich am Haus gelegener alter Vorbau mit Glastüren, mit überladenen, eher sommerlichen Möbeln, Messinglampen mit Landkarten als Schirmen (aus einem Katalog heraus bestellt), Bücherregalen bis zur Decke und einem purpurfarbenen Perserteppich, den wir mit dem Haus übernahmen. Es ist der Raum, den ich normalerweise als *mein* Zimmer betrachte, obwohl ich in dem Punkt nicht stur bin. Aber selbst Bosobolo, dem das ganze Haus offensteht, hält sich von dem Zimmer fern, ohne daß ich ihn darum bitten muß. Hier habe ich damals meine Arbeit an ‹*Tanger*› eingestellt, hier verfasse ich die meisten meiner Sportreportagen, hier steht meine Schreibmaschine auf meinem Schreibtisch. Und hier habe ich, als X mich verlassen hatte, Nacht für Nacht geschlafen, bis ich so weit war, daß ich mich wieder die Treppe rauf wagte. Die meisten Leute haben so ein behagliches, für sie wichtiges Plätzchen, falls sie in den eigenen vier Wänden wohnen, und dort steht nun Walter Luckett mit einem gequälten, selbstironischen Grinsen, das in Coshocton wohl manches Mädchen einer bestimmten Sorte – gescheit und pockennarbig – denken ließ: «Da schau her. So was siehst du nicht alle Tage... Ich wette, da steckt mehr dahinter», und das später dazu führte, daß sie sich die Hölle auf Erden gefallen ließ, nur um einmal mit ihm auszugehen.

Ich kann allerdings nicht behaupten, daß ich mich über seine Anwesenheit freue, denn zum einen bin ich müde, und zum anderen war ich noch vor zwölf Stunden im fernen Walled Lake und führte ein Gespräch mit einem Irren, das ich beim besten Willen nicht für meine Zeitschrift verwerten kann. Im Augenblick will ich das alles nur wegschieben und mich aufs Ohr legen. Der morgige Tag könnte schließlich – wie alle morgigen Tage – immer noch erstklassig für mich laufen.

Walter hat einen Reisetaschenkatalog in der Hand und hat ihn bei meinem Eintreten zu einem festen Megaphon zusammengerollt. «Frank. Dein Butler hat mich reingelassen, sonst wäre ich um diese Zeit nicht hier, Ehrenwort.»

«Geht in Ordnung, Walter. Er ist allerdings nicht mein Butler, er ist mein Mieter. Wo brennt's?»

Ich stelle meinen kleinen Segeltuchkoffer ab, der aus ebendiesem Katalog stammt, den er nun um einen Finger wickelt. Ich mag dieses Zimmer sehr, seinen honiggelben Messingschimmer, die hier und da geringfügig abblätternden Farben, die Sofas und Ledersessel und den runden Holztisch, alles in einer unbekümmerten, schlichten Art und Weise angeordnet, die überaus einladend wirkt. Nichts würde ich jetzt lieber tun, als mich hier irgendwo einzurollen und sieben, acht ungestörte Stunden lang zu dösen.

Walter trägt dasselbe blaue Polohemd und die kurzen Hosen, die er vorgestern im *Manasquan* anhatte, dazu Slipper ohne Socken und ein Barracuda-Jackett mit einem buntkarierten Futter (meine Verbindungsbrüder hätten «affig» dazu gesagt). Diese Art der «sportlichen Freizeitkleidung» trägt Walter höchstwahrscheinlich schon seit seinen Grinnell-Tagen. Nur seine Augen sehen hinter der Schildpattbrille irgendwie besiegt aus, und seine glänzenden, an einen Wertpapierhändler erinnernden Haare müßten mal wieder gewaschen werden. Walter gleicht, mit anderen Worten, einem wandelnden Leichnam, doch ich habe das Gefühl, er ist hergekommen, um einiges davon mit mir zu teilen.

«Frank, ich hab seit drei Tagen nicht geschlafen», platzt Walter heraus und kommt zögernd zwei Schritte näher. «Seit ich mich am Strand drüben mit dir unterhalten habe.» Er rollt den Gokey-Katalog zur kleinstmöglichen Röhre zusammen.

«Komm, ich mach dir einen Drink, Walter», sage ich. «Und gib mir diesen Katalog, bevor du ihn vollends zerreißt.»

«Nein danke, Frank. Ich will mich nicht aufhalten.»

«Ein Bier vielleicht?»

«Kein Bier.» Walter setzt sich mir gegenüber in einen großen Sessel und beugt sich vor, die Ellbogen auf den Knien: die Haltung eines Mannes im Beichtstuhl, etwas, von dem wir Presbyterianer wenig Ahnung haben.

Walter sitzt unter einer gerahmten Landkarte der Block-Insel, vor der X und ich einmal segelten. Ich schenkte ihr die Karte zum Geburtstag, beanspruchte sie aber bei der Scheidung. X beschwerte sich, doch als ich sagte, die Karte bedeute mir etwas, gab sie augenblicklich nach – und sie bedeutet mir wirklich etwas. Sie ist ein Bindeglied zu glücklicheren Tagen, als das Leben noch einfach und schmerzfrei war. Es ist so etwas wie ein Museumsstück, und es tut mir leid, daß ich jetzt Walter Lucketts gequältes Gesicht darunter sehe.

«Frank, du hast ja ein irres Haus hier. Ich meine, als ich vorhin glaubte, du hättest einen farbigen Butler mit britischem Akzent, da hat mich das keineswegs überrascht.» Walter sieht sich anerkennend und mit großen Augen um. «Sag mal, wie lange gehört dir das schon?» Walter grinst mich an wie ein kleiner Junge, der sein erstes Fahrrad bekommen hat.

«Vierzehn Jahre, Walter.» Ich schenke mir aus einer Flasche, die ich hinter den *Welt-im-Bild*-Büchern der Kinder aufbewahre, ein ordentliches Glas warmen Gin ein und leere es mit einem Schluck.

«Das war also noch der alte Dollar. Dazu die Lage hier. Und der Zinsfuß von damals. Da kommt einiges zusammen. Ich hab Kunden hier in der Gegend. Den alten Nat Farquerson zum Beispiel. Ich selber wohne ja jetzt drüben in The Presidents in der Coolidge Street. Keine schlechte Wohngegend, oder was meinst du?»

«Meine Frau wohnt in der Cleveland Street. Meine ehemalige Frau, sollte ich richtiger sagen.»

«Meine Frau ist in Bimini, versteht sich, mit Eddie Pitcock. Ausgerechnet.»

«Ich erinnere mich, du hast es erwähnt.»

Walters Augen werden ganz schmal, und er blickt mich mit finsterer Miene an, als hätte ich für das, was ich gerade sagte, eine ordentliche Tracht Prügel verdient. Stille breitet sich im Raum aus, und ich kann ein unhöfliches Gähnen nicht unterdrücken.

«Frank, laß mich zur Sache kommen. Tut mir leid. Seit dieser Geschichte im *Americana* bin ich nur noch im Tran. Mein Leben ist eine einzige Qual und dreht sich nur noch um diese verfluchte Sache. Himmelherrgott. Ich hab im Leben schon viel schlimmere Dinge getan. Glaub mir, Frank. Mit zwanzig und schon verheiratet hab ich einmal ein dreizehnjähriges Mädchen vernascht und nachher vor Freunden damit angegeben. Aber geschlafen hab ich wie ein Baby. Wie ein Baby! Und da gab's noch schlimmere Dinge. Aber diese eine Geschichte krieg ich nicht aus dem Kopf. Ich bin jetzt sechsunddreißig, Frank. Und alles sieht in meinen Augen sehr schlecht aus. Ich hab das Gefühl, bei mir tut sich nichts mehr, aus mir *wird* nichts mehr. Nur bin ich zum falschen Zeitpunkt stehengeblieben.» Ein staunendes Lächeln huscht über Walters Gesicht, und er schüttelt den Kopf. Es ist das Gesicht eines Kriegsinvaliden, der nicht zur Ruhe kommt. Ich finde nur, es ist eine Privatsache, und niemand außer ihm selbst sollte im geringsten damit behelligt werden. «Was denkst du gerade, Frank?» fragt Walter hoffnungsvoll.

«Eigentlich gar nichts.» Ich schüttle selber den Kopf, um Walter klarzumachen, daß auch ich ein echter Kriegsveteran bin, doch in Wirklichkeit tappe ich in einer Art Nebel herum, der mit Vicki zu tun hat. Ich frage mich, ob sie erwartet, daß ich anrufe und daß wir uns versöhnen, ja, ich frage mich aus irgendeinem Grund, ob ich sie je wiedersehen werde.

Walter stützt sich schwer auf seine Knie und sieht jetzt eher verbissen als ernst aus. «Was hast du gedacht, als ich vorgestern damit herausgerückt bin? Als ich dir das erste Mal davon erzählt habe? Ganz schön idiotisch, oder?»

«Ich hab es nicht idiotisch gefunden, Walter. Solche Dinge kommen vor. Mehr hab ich mir nicht dabei gedacht.»

«Ich steck keine kleinen Kinder in Gefriertruhen, siehst du das auch so, Frank?»

«Ich hab nie etwas anderes angenommen.»

Walter zieht ein noch ernsteres Gesicht, in der Art eines Mannes, der neue Grenzbereiche ins Auge faßt. Er hätte gern, daß ich ihm eine gute, weitreichende Frage stelle, die ihm die Möglichkeit gibt, mir eine Menge Dinge zu erzählen, die ich nicht wissen will. Aber wenn ich eingewilligt habe zuzuhören, habe ich auch eingewilligt, keine Fragen zu stellen. Es ist das einzige Kennzeichen einer wahren Freundschaft, dessen ich mir sicher bin: keine Neugier zu zeigen. Was immer Walter vorhat, mag so ungewöhnlich sein wie der Versuch, Hühnern das Autofahren beizubringen, aber ich will nicht über jeden

Punkt aufgeklärt werden. Es ist zu spät am Abend. Ich möchte ins Bett. Und außerdem habe ich in diesen Dingen keine einschlägige Erfahrung. Ich wüßte nicht, was irgend jemand – einschließlich ausgebildeter Experten – sagen sollte, außer: «Kommen Sie, junger Mann, am besten gehen Sie mit ins Landeskrankenhaus. Die Jungs dort werden Ihnen schon eine Spritze verpassen, und dann stimmt die Richtung wieder.»

«Was macht dir eigentlich Sorgen, Frank, wenn ich fragen darf?» Walter ist immer noch gespenstisch ernst.

«Nichts Größeres eigentlich, Walter. Manchmal wache ich nachts auf, weil mein Herz so hämmert. Aber das legt sich, sobald ich das Licht anmache.»

«Du bist ein Mann mit Grundsätzen, Frank. Es stört dich doch nicht, wenn ich das sage? In vielen wichtigen Fragen hast du deine Grundsätze.»

«Es stört mich nicht, Walter, aber ich glaube nicht, daß ich irgendwelche Grundsätze habe. Ich geb mir nur Mühe, möglichst wenig Schaden anzurichten. Alles andere ist mir einfach zu schwierig.» Ich zeige ihm ein nichtssagendes Lächeln.

«Glaubst du, *ich* habe Schaden angerichtet, Frank? Glaubst du, du bist besser als ich?»

«Ich glaube, darum geht es nicht, Walter. Wir sind alle gleich.»

«Du weichst mir aus, Frank. Ich bewundere nämlich feste Regeln. In allem.» Walter lehnt sich zurück, verschränkt die Arme und sieht mich taxierend an. Es könnte sein, daß wir noch mit den Fäusten aufeinander losgehen, bevor diese Sache vorüber ist. Ich würde allerdings weglaufen, um einem Boxkampf aus dem Weg zu gehen. Ja, ich spüre, wie der Gin anfängt zu wirken, wie sich ein angenehmes, verschwommenes Wohlbehagen in mir breitmacht. Und am liebsten würde ich damit auf der Stelle ins Bett gehen.

«Gut, Walter.» Ich starre intensiv auf die Block-Insel und suche nach der Stelle, die X und ich vor all den Jahren ansteuerten. Sandy Point. Ich überfliege die Reihen der Bücher hinter Walters Kopf, als rechnete ich damit, diese zwei Worte auf einem freundlichen Buchrücken zu finden.

«Aber sag mal, Frank, was tust du, wenn dich etwas plagt und du wirst es einfach nicht los. Du versuchst alles, aber es geht dir einfach nicht aus dem Kopf.» In Walters Augen kommt plötzlich Feuer, als habe er soeben mit seiner Willenskraft etwas Wildes und Zupackendes ins Leben gerufen, das ihn nun mitzureißen droht.

«Na ja, manchmal hilft mir ein heißes Bad. Oder ein Nachtspaziergang. Oder ich lese in einem Katalog. Betrinke mich. Manchmal gehe ich wohl auch ins Bett und hänge schmutzigen Gedanken über Frauen nach. Danach fühle ich mich immer besser. Oder ich suche mir einen Kurzwellensender im Radio. Oder sehe mir Johnny Carson an. Ich bin selten in einer richtig schlechten Verfassung, Walter.» Mit einem Lächeln signalisiere ich ihm, daß ich das halbwegs ernst meine. «Vielleicht zu selten.» Oben höre ich Bosobolo über seinen Flur ins Bad gehen, höre seine Tür zugehen und seine Wasserspülung rauschen. Es ist ein heimeliges Geräusch – seine letzte Verrichtung vor dem Schlafengehen. Ein langes, befriedigendes Wasserabschlagen. Ich beneide ihn mehr, als irgend jemand ahnt.

«Weißt du, was ich glaube, Frank?»

«Was denn, Walter.»

«Daß du wohl zu denen gehörst, die nicht wissen, daß sie einmal sterben werden, könnte ich mir denken.» Walter zieht plötzlich den Kopf ein, wie ein Mann, der bedroht worden ist und der gerade noch ausweichen konnte.

«Wahrscheinlich hast du recht.» Meine strapazierte Geduld läßt mich gequält lächeln. Obwohl mich Walters Worte unvermittelt und heftig treffen – der erste Klumpen lehmiger Erde, der vom Sargdeckel abprallt, während die Trauernden wieder in ihre Buicks steigen und im Gleichklang die Türen zuknallen. Wer zum Teufel will jetzt über so etwas nachdenken? Es ist ein Uhr früh an einem Tag der Auferstehung und weltweiten Erneuerung. Jetzt über das Sterben zu reden, das ist ungefähr so, als müßte ich mit dem Hintern ein Liedchen pfeifen.

«Vielleicht müßtest du einfach mal herzhaft lachen, Walter. Ich versuche jeden Tag zu lachen. Was ist der Unterschied zwischen einem BH und einem Trinker?»

«Ich weiß nicht. Was *ist* der Unterschied, Frank?» Walter findet das nicht sehr komisch, aber was soll's, ich finde Walter auch nicht sehr komisch.

«Der BH hebt immer nur zwei.» Ich fixiere ihn. Er grinst kurz, lacht aber nicht. «Eigentlich müßtest du jetzt lachen, Walter. Es ist wirklich komisch.» Tatsächlich kostet es mich einige Anstrengung, nicht schallend zu lachen, aber unser Gespräch ist jetzt tiefernst. Scherze nicht erwünscht.

«Vielleicht denkst du, ich brauche ein Hobby oder so was. Stimmt's?» Walter grinst immer noch, aber alles andere als freundlich.

«Du mußt die Dinge einfach aus einem anderen Blickwinkel sehen, Walter. Das ist alles. Du mußt dir selbst mal eine Chance geben.» Vielleicht würde sich mit einer Hundert-Dollar-Hure ein neuer Blickwinkel ergeben. Oder mit einem Abendkurs in Astronomie. Ich mußte siebenunddreißig werden, ehe ich erfuhr, daß mehr als ein Stern der Polarstern sein kann; das war eine große Überraschung für mich und kommt mir immer noch wie ein echtes Wunder vor.

«Weißt du, was wahr ist, Frank?»

«Was denn, Walter.»

«Wahr ist, Frank, daß wir als Erwachsene plötzlich nicht mehr die Betrachter, sondern die betrachteten Objekte sind. Weißt du, was ich damit sagen will?»

«Ich glaube schon.» Und ich weiß *genau*, was er sagen will; er trifft ins Schwarze wie ein Scharfschütze. Eine Scheidung bringt genügend dieser kleinen Lektionen mit sich, die man sonst in Encounter-Gruppen lernt. Aber es fällt mir doch nicht im Schlaf ein, Epiphanien mit Walter auszutauschen. Auf so was lassen wir uns nicht mal im «Klub der Geschiedenen Männer» ein. «Walter, ich bin ganz schön fertig, ich hab einen langen Tag hinter mir.»

«Und ich sag dir noch was, Frank, auch wenn du mich nicht

danach gefragt hast. Ich werde nicht zynisch genug sein, diese Tatsache zu ignorieren. Ich werde mir kein Hobby suchen, und ich werde, verdammt noch mal, nicht als Witzeerzähler auftreten. Als Zyniker kommst du dir schlau vor, klar, auch wenn du's nicht bist.»

«Schon möglich. Ich hab dir nicht geraten, künftig Fliegen für Angler zu knüpfen.»

«Frank, ich weiß nicht, in welche Scheiße ich mich da reingeritten habe, und es hat keinen Sinn, so zu tun, als wär ich schlau. Ich würde jetzt nicht da drinstecken, wenn ich's wäre. Ich fühle mich in dieser Dreckslage einfach ausgestellt, und ich hab wahnsinnig Angst.» Walter schüttelt zerknirscht und verwirrt den Kopf. «Mir tut das alles leid, Frank. Ich wollte mich weiter bessern, aus eigener Kraft.»

«Das ist schon in Ordnung, Walter. Ich bin nur nicht sicher, ob du dich wesentlich bessern *kannst*. Am besten mach ich uns jetzt was zu trinken.» Ganz unverhofft empfinde ich jedoch plötzlich Mitleid mit Walter, dem Besserungswilligen, der es allein zu schaffen versucht. Walter ist der echte New-Ager, und in Wahrheit sind er und ich nicht sehr verschieden. Ich habe Entdeckungen gemacht, die auch er machen wird, wenn er sich erst wieder beruhigt, aber die Zeiten, in denen ich die ganze Nacht aufbleiben konnte, aufgewühlt wegen irgendeines *point d'honneur* oder wegen eines neuen Romans oder um einem Kumpel Mut zu machen, der in hohen Seegang geraten war – diese Zeiten sind längst vorbei. Ich bin zu alt für diese Dinge, obwohl ich noch nicht sehr alt bin. Der nächste Tag – jeder neue Tag – ist mir zu wichtig. Ich denke zu sehr voraus, richte meinen Blick in die Zukunft. Was ich anbieten kann, ist allenfalls ein Schlummertrunk und dann ein Zimmer für die Nacht, wo Walter schlafen kann, ohne das Licht ausmachen zu müssen.

«Frank, einen Drink nehme ich gern an. Sehr anständig von dir. Und dann mache ich, daß ich hier wegkomme.»

«Bleib doch heute nacht einfach hier. Du kannst auf der Couch schlafen oder in dem freien Bett drüben im Kinderzimmer. Kein Problem.» Ich schenke uns beiden ein Glas Gin ein und gebe eines an Walter weiter. Ich habe noch ein paar rundliche Trinkgläser mit einem Aufdruck der Colts aus Baltimore; ich habe sie aus einem Balfour-Katalog heraus gekauft, als ich noch im College war, in einer Zeit also, als noch Unitas und Raymond Berry die großen Stars dieser Footballmannschaft waren. Und das scheint mir nun genau der richtige Zeitpunkt, sie zu präsentieren. Wenn das Leben besonders trübselig ist, ist der Sport immer eine gute Ablenkung.

«Das ist nett von dir, Frankie», sagt Walter mit einem sonderbaren Blick auf das sich aufbäumende blaue Fohlen, ein glänzendes Abziehbild, vor all diesen Jahren auf das knotige Glas aufgebracht. «Irre Gläser.» Er lächelt erstaunt. Diese Seite von mir kann Walter absolut nicht ergründen, aber im Grunde genommen will er das auch gar nicht. Tatsächlich hat er nicht das geringste Interesse an mir. Vielleicht ahnt er sogar, daß es umgekehrt genauso ist, daß ich schlicht Samariterdienste verrichte, so wie ich das für jeden (vorzugsweise für eine Frau) tun würde, bei dem ich nicht das Gefühl habe, er könnte mich umbringen. Trotz allem dringen einige Grundzüge meines Wesens immer wieder in seinen Gedankengang ein. Meine Colts-Gläser zum Beispiel. Bei sich zu Hause hat er Bleikristall aus Waterford, lachsrot eingefaßte Kristallgläser und silberne Becher – es sei denn, Yolanda hat alles bekommen, was ich aber bezweifle: dazu ist Walter zu gerissen.

«Salud», sagt Walter in ängstlichem Ton.

«Zum Wohl, Walter.»

Er stellt sein Glas sofort wieder ab und trommelt mit den Fingern auf der Sessellehne; sein Blick bohrt sich regelrecht in mich.

«Er ist einfach ein Mann, Frank.» Walter schnieft und schüttelt einmal heftig den Kopf. «Ein Anlageberater, der sich die Hacken abläuft wie ich. Zwei Kinder. Frau namens Priscilla, oben in Neufundland.»

«Was zum Teufel tun die so weit da oben?»

«Es ist New Jersey, Frank. Neufundland in New Jersey. Ein

kleiner Ort im Passaic County.» Ein Ort, in dem ich mit X öfter mal am Sonntag gewesen bin, um in der rustikalen Gaststätte dort zu essen. Ein perfektes, idyllisches Stück Amerika in New Jerseys wasserreichem Norden, eine Stunde von Gotham. «Ich weiß nicht, was man über ihn und mich sagen soll», meint Walter.

«Nichts könnte schon genügen.»

«Der Mann ist in Ordnung, will ich damit sagen, ja?» Walter legt die gefalteten Hände in den Schoß und sieht mich leicht gekränkt an. «Ich war in seiner Firma, um ein paar Zertifikate für einen Kunden einzutauschen, und irgendwie sind wir miteinander ins Gespräch gekommen. Er ist hinter den gleichen, nicht mit Zusatzkosten belasteten Wertpapieren her wie ich. Und du weißt ja, wie beim Fachsimpeln die Zeit vergeht. Ich war schon spät dran, und so gingen wir runter ins *Funicular*, um bei einem Drink zu warten, bis der Verkehr abflaut. Und wir kamen vom Hundertsten ins Tausendste. Wirklich, wir redeten über alles, von petrochemischen Produkten in der kunststoffverarbeitenden Industrie bis zum Footballprogramm an kleinen Colleges. Er hat Dickinson absolviert, wie sich herausstellt. Aber eh ich mich versah, war's halb zehn, und wir hatten uns drei Stunden unterhalten!» Walter reibt sich mit den Händen über das schmale, attraktive Gesicht, fährt mit den Fingerspitzen unter die Brille und reibt sich die Augenhöhlen aus.

«Das ist doch nichts Besonderes, Walter. Ihr hättet euch die Hand geben und nach Hause gehen können. Das tun wir beide doch auch. Die meisten Leute machen's so.» (Und sollten es so machen!)

«Sicher, Frank, ich weiß.» Er rückt die Schildpattbrille wieder zurecht und nimmt dazu die Finger beider Hände. Mir bleibt nichts zu sagen. Walter scheint in einer Art Trance, und wenn ich ihn da raushole, fürchte ich, wird alles noch konfuser und geht hier ewig so weiter. Wenn ich ein bißchen Glück habe, ist es bald ausgestanden und ich kann ins Bett. «Willst du's hören, Frank?»

«Ich will nichts hören, was mich in Verlegenheit bringt, Walter. Was *irgendwie* peinlich sein könnte. Dazu kenne ich dich nicht gut genug.»

«Das ist nicht peinlich. Keine Spur.» Walter dreht sich vehement zur Seite und greift nach seinem Glas. Er sieht mich erwartungsvoll an.

«Da drüben.» Ich zeige auf die Ginflasche.

Walter steht auf, um sich einzuschenken, läßt sich wieder in den Sessel fallen und trinkt leer. «Verlöten» nannten wir das als Studenten in Michigan. Walter *verlötete* seinen Drink. Tatsächlich geht mir durch den Kopf, daß ich jetzt in Michigan *sein* könnte, daß Vicki und ich vielleicht nach Ann Arbor rausgefahren wären, zu einem späten Abendessen im *Pretzel Bell*. Ein Hüftsteak mit scharfem Senf, dazu Rotkohl. Ich habe beim Abwägen einen Fehler gemacht. «Weißt du, wer Ida Simms ist, Frank?» Walter sieht mich kühl überlegend an, die Unterlippe fest an die obere gedrückt. Er will zu verstehen geben, daß er mit eiskalter Logik vorgeht – was jetzt noch kommt, wird nur noch mit felsenfesten, beweisbaren Fakten zu tun haben. Schwärmerische Gefühle kennt er nicht, *er* doch nicht.

«Kommt mir irgendwie bekannt vor, Walter. Aber ich weiß nicht woher.»

«Ihr Bild war letztes Jahr in allen Zeitungen, Frank. Eine ältere Dame mit einer Frisur wie in den vierziger Jahren. Es sah wie eine Art von Werbung aus, und in gewissem Sinn war es das auch. Die Frau, die einfach verschwand? Die an der Penn Station aus dem Taxi stieg, mit zwei kleinen Pudeln an der Leine, und die seither niemand mehr gesehen hat? Die Familie veröffentlichte die Anzeigen mit ihrem Bild und bat um Anrufe, falls jemand etwas wußte. Jemand, der ihnen lieb und teuer war, stieg aus und verließ die Welt. Einfach so.» Walter schüttelt den Kopf; daß es auf der Welt so seltsam zugeht, tröstet und erstaunt ihn zugleich. «Sie hatte psychische Probleme gehabt, Frank, war in Kliniken gewesen. Das kam dann alles heraus. Die Familie muß wohl eingesehen haben, daß die Zeichen nicht besonders gut standen. Der Impuls, sich umzubringen, muß für jemanden in dieser Lage ziemlich stark sein.»

Walters blaue Augen leuchten vielsagend, und ich sehe mich wieder gezwungen, die Block-Insel ins Visier zu nehmen. «Man kann nie wissen, Walter. Es gibt Leute, die sind zehn Jahre verschwunden, und dann wachen sie eines Tages in der Sonne Floridas wieder auf, und alles ist in Ordnung.»

«Ich weiß schon. Das stimmt.» Walter starrt auf seine Slipper hinunter. «Wir haben das alles durchgesprochen, Frank, Yolanda und ich. Sie hielt dieses Bild in der Zeitung für einen Schwindel, sie dachte an einen Massagesalon oder so was. Aber ich konnte das nicht so sehen. Ich wußte auch nicht mehr als sie. Aber da war nun mal das Bild dieser Frau, Frank, die wie die Mutter von jemandem aussah, von dir oder mir, die Haare zurechtgemacht wie in den vierziger Jahren, und ein ängstliches Lächeln im Gesicht, als wisse sie, daß sie in Schwierigkeiten war, und ich war da einfach nicht bereit, an einen Schwindel zu glauben. Ich sagte Yolanda, sie sollte nicht an einen Schwindel glauben, einfach weil die Möglichkeit bestand, daß es keiner war. Weißt du, was ich meine?»

«Ich glaube schon.» Tatsächlich habe ich das Bild gesehen, mindestens zwanzigmal. Wer immer dafür verantwortlich war, hatte die glorreiche Idee, es im Sportteil der *Times* zu veröffentlichen, den ich noch vor den Todesanzeigen lese. Ich hatte mich selber gefragt, ob Ida Simms nicht ein Unisex-Friseurladen oder ein erotischer Partyservice war, für den jemand einfach mit dem Bild seiner Mutter warb. Ich hatte die Geschichte schließlich vergessen, weil mich die aktuellen Spielerwechsel mehr interessierten.

«Eines Tages also», fährt Walter fort, «sagte ich beim Zeitungslesen: ‹Ich möchte bloß wissen, wer diese arme Frau ist.› Und Yolanda – das war eigentlich typisch für sie – sagte: ‹Es gibt da keine Frau, Walter. Das ist doch nur ein Werbegag für irgendeinen Blödsinn. Wenn du mir nicht glaubst, rufe ich an und du kannst am anderen Apparat mithören.› Ich sagte ihr, ich dächte gar nicht daran mitzuhören, denn selbst wenn sie recht haben sollte, müßte sie sich eigentlich irren. Ich würde jedenfalls nicht wollen, daß man mich einfach aufgibt, du vielleicht?»

«Wie ging es dann weiter?»

«Sie rief an, Frank. Und ein Mann meldete sich. Yolanda sagte: ‹Wer ist denn am Apparat?› Und der Mann antwortete wohl: ‹Hier spricht Mr. Simms. Haben Sie irgendeine Nachricht von meiner Frau?› Es war natürlich ein eigens eingerichteter Anschluß. Und Yolanda sagte: ‹Nein, das nicht. Aber ich hätte gern gewußt, ob diese Geschichte eigentlich sauber ist.› Und der Mann sagte: ‹Aber ja, das ist sie. Meine Frau ist seit Februar verschwunden, wir drehen bald durch vor Sorge. Wir können auch eine Belohnung anbieten.› Yolanda sagte nur: ‹Tut mir leid. Ich weiß nichts›, und legte auf. Das war etwa sechs Wochen, bevor sie mit diesem Pitcock-Typ durchging.» Walters Augen werden ganz schmal, als habe er Pitcock im Fadenkreuz eines Hochleistungsgewehrs.

«Was hat denn das mit irgendwas zu tun?»

«Es ist einfach zynisch, darum geht's mir. Das ist alles.»

«Ich glaube, in dem Punkt bist du viel zu kleinlich, Walter.»

«Schon möglich. Aber ich mußte dauernd dran denken. Diese arme Frau, die weiß Gott wo umherirrt. Verrückt. Und alle denken, ihr Bild sei ein Werbegag für irgendeine Schweinerei, nur ein dreckiger Witz. Diese Hilflosigkeit hat mich einfach fertiggemacht.»

«Alles ist möglich, Walter.» Ich kann ein weiteres Gähnen nicht unterdrücken.

Walter preßt plötzlich die Hände zwischen seinen nackten Knien zusammen und fixiert mich mit einem seltsamen Bittstellerblick. «Ich weiß, daß alles möglich ist, Frank. Aber als ich es Warren gegenüber erwähnte, meinte er, es sei eine Tragödie, die ganze Geschichte, und ein Jammer, daß niemand anrief, der die Familie mit einer Nachricht hätte beruhigen können. Selbst die Nachricht von ihrem Tod wäre eine Erleichterung gewesen.»

«Das bezweifle ich.»

«Okay, das ist ein Punkt. Wir müssen alle sterben. Das ist doch keine Tragödie, Herrgott noch mal. Schlimm ist vielmehr ein beschissenes, zynisches, gefühlloses Leben, jemand wie Yolanda, die diese armen Leute anruft und ihnen das Leben für fünf Minuten noch schwerer macht, nur weil sie es sich nicht verkneifen kann, aus dem Sterben einen Witz zu machen. Und so ist das doch überall, wo du hinsiehst...»

«Ach du lieber Gott.»

«Okay, Frank, vergiß es. Ich will dir trotzdem noch den Rest erzählen, zumindest den Teil, der dich nicht in Verlegenheit bringt.»

Aber wie könnte ich beim Zuhören, während Walter von der großen Stunde seiner Verzauberung spricht, etwas anderes empfinden als Langeweile, so als sähe ich einen Lehrfilm aus der Industrie oder hörte einen Vortrag über die Physik der Dreipunktlandung? Was konnte er mir schon erzählen, das ich mir nicht selbst zusammenreimen konnte, falls ich Interesse hatte? Das Intimleben der Leute hat für mich nichts Unterhaltendes, nur ihr Leben in der Öffentlichkeit.

«Es war wie eine Freundschaft, Frank.» Walter blickt plötzlich so bekümmert drein wie ein Sargträger. «Wenn du das glauben kannst.» (Was soll ich dazu sagen?) «Irgendwie kann ich meine Gefühle nicht richtig ausdrücken, was? Ich weiß nur, was er sagte. ‹Der Tod ist keine Tragödie›, etwas Merkwürdiges, ich weiß nicht. Und ich sagte darauf: ‹Laß uns hier abhauen.› So wie du das zu einer Frau sagen würdest, wenn du glaubst, du seist in sie verliebt. Es hatte für uns beide nichts Schockierendes. Wir standen einfach auf, traten aus dem *Funicular*, stiegen gleich am Bowling Green in ein Taxi und fuhren stadteinwärts.»

«Wie seid ihr aufs *Americana* gekommen?» Es gibt für mich natürlich nicht den geringsten Grund, danach zu fragen. In Wirklichkeit möchte ich Walter nur am Revers packen und ihn rauswerfen.

«Seine Firma hat da für die Leute, die abends mal länger

arbeiten, ständig einige Zimmer reserviert, Frank. Du findest das wahrscheinlich ziemlich ironisch, nicht wahr?»

«Ich weiß nicht, Walter, irgendwo muß man ja wohl übernachten.»

«Es hört sich sogar für mich blöd an. Zwei Wall Street-Typen, die's im *Americana* miteinander treiben. Manchmal gehst du deiner eigenen Blödheit auf den Leim, nicht wahr, Frank?» Er brennt darauf, mir die ganze jämmerliche Geschichte zu erzählen.

«Wie geht's jetzt weiter, Walter? Wirst du Warren, oder wie immer er heißt, wiedersehen?»

«Wer weiß das schon, Frank. Ich bezweifle es. Er ist in Neufundland oben ganz glücklich, glaube ich. Für mich gründet die Ehe auf dem Mythos der unbegrenzten Dauer, und ich glaube, ich bin gegenwärtig ziemlich fest mit dem Hier und Jetzt verheiratet.» Walter zieht in der Art eines Experten die Nase hoch, auch wenn ich nicht die leiseste Ahnung habe, wovon er eigentlich redet. Er könnte ebensogut die Gettysburg-Ansprache auf suaheli rezitieren. «Warren empfindet das nicht so, nach allem, was ich weiß. Und das ist mir auch recht. Ich glaube, ich bin auf Dauer sowieso nicht der richtige Typ dafür, Frank. Auch wenn ich sagen muß, ich bin noch nie in meinem Leben jemandem nähergestanden. Yolanda bestimmt nicht. Ja, nicht mal meinen Eltern, was einem kleinen Bauernjungen aus Ohio ganz schön angst machen kann.» Walter zeigt mir das breite Grinsen eines ängstlichen kleinen Bauernjungen aus Ohio. «Die Sache mit der unbegrenzten Dauer gilt für mich schon lange nicht mehr; sie stützt sich ohnehin nur auf eine Angst vor dem Tod. Dir ist das natürlich bekannt. Es ist schließlich auch die Grundlage des Big Business. Die Vorstellung, plötzlich sterben zu müssen und ein großes Durcheinander zu hinterlassen, macht mir keine angst mehr, Frank. Dir vielleicht?»

«Nervös macht es mich schon, Walter, das geb ich zu.»

«Würdest du tun, was ich getan habe, Frank? Sag die Wahrheit.»

«Ich fürchte, die Sache mit der unbegrenzten Dauer ist für mich noch nicht gestorben. Ich bin ziemlich konventionell eingestellt. Das soll nicht heißen, daß ich irgend etwas mißbillige, Walter. Das ist nämlich nicht der Fall.»

Walter hebt den Kopf, als er das hört. Es ist eine unerwartete gute Nachricht für ihn, und seine blauen, traurigen Augen werden schmal, als spähten sie einen langen Korridor hinunter, wo das Licht schon düster geworden war, wie alles, was der Vergangenheit angehört. Er starrt mich lange durch seine Brille an, vielleicht eine halbe Minute lang. Und ich weiß genau, was er sieht oder zu sehen versucht, denn ich habe von Zeit zu Zeit eifrig versucht, genau das gleiche zu sehen – bei X, bevor sie mich endgültig verließ.

Sich selbst versucht Walter zu sehen! Wenn eine gewisse altmodische, konventionelle Walter Luckett-Art in der konventionellen, versöhnlichen Frank Bascombe-Art zu erkennen ist, stehen die Dinge vielleicht doch nicht so schlecht. Walter will wissen, ob er sich draußen in den unheimlichen, unbekannten Gewässern vollends verirren wird oder ob er sich noch einmal retten kann. (Bei aller Leichtfertigkeit ist Walter im Grunde ein vorsichtiger Mann und nicht sehr daran interessiert, das Unbekannte zu erforschen.)

«Frank», sagt Walter breit grinsend und rutscht mit einem nicht dazu passenden Kopfschütteln auf seinem Sessel noch weiter zurück. (Das Negative läßt er im Augenblick auf sich beruhen.) «Hast du dir schon mal gewünscht, irgend jemand oder irgend etwas könnte dich einfach hochheben und weit, weit wegbringen?»

«Schon oft. Deshalb bin ich ja auch Sportreporter. Ich kann in ein Flugzeug steigen, und genau das geschieht. Ich hab dir das neulich schon gesagt, als wir vom Reisen redeten.»

«Also, das hab ich empfunden, als ich heute abend hier hereinkam, Frank – als mir dein farbiger Boy aufmachte und ich wartend auf und ab ging. Ich hatte das Gefühl, daß überhaupt kein Ort weit genug weg ist und daß ich tief im Dreck stecke und daß ich, gleich, was ich auch tue, alles nur noch schlimmer mache. Weißt du noch, was wir in unserer Jungenzeit für Gefühle hatten? Alles unerreichbar fern, nicht mehr auf der Landkarte, und wir waren nicht verantwortlich.»

«Es war Spitze, Walter, das stimmt.» Ich denke an die Zeit in der Studentenverbindung, und die war wirklich Spitze. Phantastisch. Whisky, Karten, Mädchen.

«Bevor ich heute abend herkam, schien alles auf eine beschissene Art gegen mich zu laufen.»

«Dann bin ich aber froh, daß du gekommen bist, Walter.»

«Ich auch. Es geht mir jetzt tatsächlich besser, und das verdanke ich dir. Vielleicht genügte es schon, daß wir ein paar Gedanken austauschten. Ich hab das Gefühl, daß sich schon sehr bald eine neue Möglichkeit auftut. Übrigens, Frank, gehst du je auf Entenjagd?» Wieder strahlt mich Walter mit einem breiten Lächeln an.

«Nein.»

«Wie wär's, *gehen* wir doch mal auf Entenjagd. Ich hab alle möglichen Gewehre. Erst gestern hab ich sie rausgeholt und gereinigt. Du kannst eins davon haben. Ich hätte gern, daß du mit mir nach Coshocton fährst und meine Familie kennenlernst. Vielleicht diesen Herbst. Die Landschaft am Ohio ist wirklich was Besonderes. Als Junge war ich während der Jagdzeit jeden einzelnen Tag draußen. Weißt du, Ohio ist gar nicht so weit weg, wie es scheint. Gerade mal die Penn-Autobahn runter. In letzter Zeit war ich zwar nicht mehr unten, aber jetzt bin ich wieder soweit. Meine Eltern werden alt. Was ist eigentlich mit deinen Eltern, Frank, wo leben sie jetzt?»

«Sie sind tot, Walter.»

«Ach so, klar. Wir verlieren sie alle irgendwann. Was hast du für Pläne, Frank?»

«Wann?»

«Diesen Sommer zum Beispiel.» Walter strahlt jetzt übers ganze Gesicht. Ich wollte, er würde nach Hause gehen.

«Ich fahr mit meinen Kindern zum Lake Erie rauf.» Was gehen ihn meine Pläne an? Offenbar ist für ihn jetzt alles relevant.

«Eine echt gute Idee.»

«Ich bin fix und fertig, Walter. Es war ein langer Tag.»

«Wie gesagt, Frank, als ich herkam, war ich verzweifelt. Mein Leben schien zu einem großen Teil hinter mir zu liegen. Jetzt nicht mehr. Was kann ich tun? Möchtest du vielleicht ein bißchen rausfahren, irgendwo Rühreier essen oder so? Ich kenn da ein gutes Lokal an der Landstraße 1. Wär das jetzt nichts, ein gutes Frühstück?» Walter springt auf und wiegt sich, die Hände in den Taschen, auf den Absätzen.

«Ich hau mich jetzt lieber in die Falle, Walter. Die Couch gehört dir.»

Walter nimmt sein Colts-Glas in die Hand, bewundert es und gibt es dann an mich weiter. «Ich setz mich am besten in mein Auto und fahr ein bißchen herum. Das beruhigt.»

«Ich laß die Tür offen.»

«Okay», sagt Walter mit einem unverfrorenen Lachen. «Frank, laß mich dir einen Zweitschlüssel für *meine* Wohnung geben. Wer weiß, vielleicht willst du irgendwann mal eine Zeitlang verschwinden. Meine Wohnung steht dir offen.»

«Wirst du denn nicht dort sein, Walter?»

«Doch, sicher, aber das kann nicht schaden. Du sollst nur wissen, daß du, wenn dir danach ist, jederzeit von der Bildfläche verschwinden kannst.» Walter gibt mir den Schlüssel. Ich habe keine Ahnung, wie Walter auf die Idee kommt, ich könnte mal das Bedürfnis haben unterzutauchen.

«Das ist nett von dir.» Ich stecke den Schlüssel in die Tasche und gebe Walter mit einem freundlichen Lächeln zu verstehen, daß er jetzt gehen soll.

«Frank», sagt er und faßt mich – so unverhofft, daß ich keine Chance habe, mich zu ducken oder wegzulaufen – unters Kinn und küßt mich auf die Backe! Und ich bin wie gelähmt. Aber nicht lange. Ich stoße ihn zurück und brülle angewidert: «Laß das, Walter, ich will von dir keinen Kuß!»

Walter wird feuerrot und scheint verwirrt. «Sicher, klar», sagt er. Ich weiß, ich habe Walters Absicht nicht begriffen, aber was ich selbst will, ist mir um so klarer, weiß Gott. Ich würde lieber ein Kamel küssen, als mir von Walter noch einmal einen

Kuß gefallen zu lassen. Bei mir wird er auf Granit beißen, auch wenn er sich hier noch so sehr zu Hause fühlt.

Walter blinzelt hinter seiner Schildpattbrille. «Die Dinge gleiten uns stufenweise aus der Hand, was, Frank?»

«Geh nach Hause, Walter.» Ich bin endgültig sauer.

«Vielleicht kann ich das jetzt, Frank, und das verdanke ich dir.» Mit seinem trübseligen Kriegsveteranenlächeln macht Walter kehrt und ist draußen.

Einen Augenblick später höre ich seinen Wagen starten. Vom Fenster aus sehe ich das Scheinwerferlicht auf der Straße, ehe der Wagen selbst – ein MG – auftaucht und traurig röhrend davonfährt. Walter hupt zweimal kurz und verschwindet um die nächste Ecke. Wenn er zu Hause ist, ruft er bestimmt an, um Meldung zu machen wie ein Schuljunge. Und während ich es mir – wie in den alten Tagen, als X mich verlassen hat – in den Kleidern auf der Couch bequem mache, ziehe ich, ehe ich den Gokey-Katalog zur Hand nehme, den Stecker meines Telefons heraus – ein kleines, schweigendes Zugeständnis an die Art und Weise, wie das gelebte Leben funktioniert. Nicht anrufen, besagt meine schweigende Botschaft, ich werde schlafen. Mich angenehmen Träumen hingeben. Nicht anrufen. Die Freundschaft ist eine Lebenslüge. Nicht anrufen.

In den ersten sechs Monaten nach Ralphs Tod, als ich in den tiefsten Tiefen meiner schlimmsten Verträumtheit steckte, bestellte ich nacheinander so viele Kataloge, wie ich nur konnte. Es müssen mindestens vierzig gewesen sein, die jedes Vierteljahr ins Haus kamen. Am Ende mußte ich eine Kiste voll rauswerfen, um für die anderen Platz zu schaffen. X hatte nichts dagegen, ja, sie hatte schließlich sogar das gleiche Interesse wie ich, so daß wir nicht wenige Kataloge nach ihren Vorstellungen kommen ließen. In dieser Zeit – es war im Sommer – verbrachten wir mindestens einen Abend in der Woche auf der Couch in der Glasveranda oder in der Frühstücksnische und blätterten in den farbenfrohen Seiten, markierten die Dinge, die wir wollten, mit Leuchtfarben, machten Eselsohren in die

Seiten, schrieben unsere Kreditkartennummern in Bestellformulare (die wir in der Mehrzahl nie wegschickten) und notierten für den Fall, daß wir anrufen wollten, wichtige Nummern für gebührenfreie Gespräche.

Ich hatte einen Tierstimmenkatalog, der die Tonaufnahme von einem sterbenden Jungkaninchen anbot. Hundehalsbandkataloge. Kataloge für Koffer und Taschen aus Zeltstoff, die afrikanischen Bedingungen standhielten. Kataloge für Expeditionen in fremde Länder mit alleinstehenden Frauen. Kataloge für alle Arten von Oberbekleidung für jede denkbare Gelegenheit, in jedem Klima. Ich hatte Kataloge für seltene Bücher, Schallplattenkataloge, Kataloge für exotische Werkzeuge, italienische Kataloge für dekorativen Rasenschmuck, Blumensamenkataloge, Schußwaffenkataloge, Kataloge für Sex-Utensilien, Kataloge für Hängematten, Wetterfahnen, Grillzubehör, exotische Tiere, Tortenheber, Schneckenfallen. Ich hatte sämtliche Kataloge, die überhaupt zu haben waren, und wenn ich von einem neuen erfuhr, schrieb ich oder rief an und ließ ihn mir schicken.

X und ich kamen vorübergehend zu der Überzeugung, daß wir, wenn wir alle unsere Kaufgelüste aus Katalogen befriedigten, genau das Leben führten, das zu uns und unseren Umständen paßte; daß wir zu der Sorte von Leuten gehörten, für die das Einkaufen aus Katalogen besser war, als in die Welt hinauszugehen und in Einkaufszentren Zeit zu vergeuden oder nach New York zu fahren oder gar durch die zwielichtigen Geschäftsstraßen in Haddam zu pilgern, um zu finden, was wir brauchten. Viele unserer Bekannten in der Stadt machten es genauso und waren überzeugt, daß dort die besten und ungewöhnlichsten Produkte herkamen. Man kann den UPS-Lieferwagen auch heute noch jeden Tag in unserer Straße stehen sehen, wo er Hängematten und Räucherkammern und weiß Gott was auslädt – bündelweise Grillhandschuhe und Briefkästen, die alten Schatztruhen nachempfunden sind, und ganze Gartenhäuser.

Für mich war es allerdings nicht nur die bequeme Art des

Einkaufens, die mich reizte; da war noch etwas anderes, wenn ich stundenlang blätterte, um den reellsten Schraubenzieher zu finden oder das Gerät zur Wiederherstellung von Bierflaschenverschlüssen, das auf keinem anderen Weg zu beziehen ist als über ein Postfach in Nebraska. Für mich ging es darum, daß das in diesen Katalogen dargestellte Leben unwiderstehlich schien. In meiner damaligen Gemütsverfassung liebte ich die Fülle des durch und durch Gewöhnlichen und Pseudo-Exotischen (das sich immer als gewöhnlich erweist, wenn du konsequent bleibst und deine Bestellung aufgibst). Ich liebte allein schon die Idee der «Ware», und ich liebte diese alltäglichen, guten amerikanischen Gesichter, die dort abgebildet waren, Leute, die beim Schweißen Asbestschürzen trugen, die ihre Angelruten aus Bambus hochhielten, die ihre Generatoren mit ihren neuen Schraubenzieherleuchten überprüften, die ihre mit aufgenähten Seitenkappen verzierten Lederhalbschuhe trugen, sich Monat für Monat, Jahr für Jahr in den gleichen, wollenen Nachthemden schlafen legten. In mir nährte das eine seltsame Zuversicht, daß einige Dinge außerhalb meines Lebens immer noch in Ordnung waren; daß die gleichen Männer und Frauen, die vor den vertrauten, ausgemauerten Kaminen oder vor den gleichen bequemen Himmelbetten standen und die gleichen Schrotflinten oder Blasrohre oder Stiefelwärmer oder Schachteln mit Superzündhölzern in Händen hielten – daß sie alle einen guten Tag vor Augen hatten, der von unbegrenzter Dauer sein würde. Die Dinge waren durchschaubar, sicher und zuverlässig. Jeder hatte genau das, was er brauchte oder bekommen konnte. Eine perfekte Demonstration, wie aus dem Sachlich-Nüchternen das leicht Unerklärliche werden kann.

Wenn X und ich oft abends dasaßen und einander nichts zu sagen hatten (ohne jedoch wütend oder verdrossen zu sein), erwies es sich so manches Mal als genau richtig, in dieses nur von außen zu betrachtende, aber völlig alltägliche Leben einzutauchen – wo es allein darauf ankam, daß du bis zum Herbstanfang dieses grobgemusterte Sportsakko hattest oder daß der absolut eindrucksvollste Fußabtreter vor der Haustür lag oder daß all deine Freunde Jacques, den Französischen Basset, auch bei Nacht schon von weitem erkannten und ihn mit dem auf sein Halsband gestickten Namen rufen und vor dem Langholzwagen retten konnten, der über der Kuppe drüben auf ihn zuraste.

Wir holen uns alle unseren Trost, wo wir können. Und *dort* schien ein Leben möglich – auch wenn wir es uns nicht aus Vermont oder Wisconsin oder Seattle kommen lassen konnten, aber nichtsdestoweniger ein Leben –, das besser war, als die Verträumtheit und Stille in einem großen alten Haus, wo ein grundloser Tod seinen traurigen Tribut gefordert hatte.

Das alles verlor sich mit der Zeit, da ich mich zunehmend für Frauen interessierte, während X ihren Verlust auf ihre Weise bewältigte. Monate danach, als ich die Familie verlassen hatte, um am Berkshire College zu unterrichten, saß ich eines Abends allein in dem Haus der kleinen Tanzlehrerin, das das College für mich gemietet hatte und das im unteren Teil des Campus nicht weit vom Tuwoosic River lag, und gab mich einer Beschäftigung hin, die in diesen ersten paar Wochen fast meine ganze Zeit beanspruchte – ich war in einen Katalog vertieft. (Der Aufenthaltsraum für Angehörige des Lehrkörpers war voll davon, was für mich den Schluß nahelegte, daß ich nicht allein war.) In diesem Fall saß ich über der Nachlieferung zum Katalog eines teuren Fachgeschäfts für Jägerbedarf aus West Ovid in New Hampshire, am Fuße der White Mountains, kaum achtzig Meilen von der Stelle entfernt, an der ich gerade saß. Am Berg oben veranstaltete eine Studentengruppe ein Gemeinschaftssingen (mit meiner Anwesenheit dort wurde gerechnet), und ein kühler, frischer Duft von gebratenen Äpfeln wurde mit der Neuengland-Luft durch mein offenes Fenster geweht und rückte die Möglichkeit, daß ich doch noch hinging, in weite Ferne, irgendwohin auf den Neptun. Ich war vollauf damit beschäftigt, bei Schweizer Picknickkörben aus Weide mit Lederbesatz Größenvergleiche anzustellen, ehe ich zu den Restposten auf den schwarz und weiß gestalteten Extraseiten zurückblätterte, wo mich verschiedene Dinge interessierten – eine griffsichere Taschenlampe, Knöchelwärmer für die bevorstehenden kühlen Abende, ein vor unerwünschten Räubern geschütztes Futterhäuschen –, und dabei blickte ich auf Seite 88 plötzlich in ein mir bekanntes Augenpaar.

Nach wie vielen Jahren? Hundertmal hatten mich diese zusammengekniffenen, ganz leicht schielenden, lustigen Augen angefunkelt – doch auf Seite 88 waren *nur* die Augen sichtbar, denn die Frau, die da seidene Unterwäsche aus Taiwan vorführte, trug eine bis auf die Schultern fallende Kapuze aus schwarzer Seide.

Draußen in der dunkler werdenden Nacht schwebten die Klänge von *‹Scarborough Fair›* in die purpurnen Hügel, und der üppige Duft der Ulmen und Apfelbäume wehte durch das offene Fenster zu mir herein, aber das interessierte mich jetzt nicht im geringsten.

Ich blätterte vor und zurück. Und plötzlich erschien Mindy Levinson auf fast jeder Seite: mit langen braunen Haaren und einem zaghaften Lächeln, ein schwedisches Angorajäckchen um die Schultern (ganz und gar nicht jüdisch aussehend); weiter hinten sah ich sie neben einer roten Scheune in Vermont stehen, in einer saloppen Jacke von Harris Tweed und mit einem stolzen und arroganten Ausdruck; gleich vorne neben der Titelseite mit einem österreichischen Hut, voller Reue an irgendeine nur ihr bekannte Missetat denkend; an anderer Stelle, ziemlich weit hinten, beim Feuermachen in einer behaglichen New Hampshire-Küche, in der Hand einen Gasanzünder aus Messing, der die Form eines Entenkopfes hatte. Und noch weiter hinten versammelte sie eine Schar von Zwergenkindern um sich, die alle Puppenmützen aus Kaninchenfell trugen.

Als sie meine erste Studentenliebe war, kehrten Mindy und ich öfter mal dem Campus den Rücken, um uns im Haus ihrer Eltern in Royal Oak zu verkriechen, wo wir uns mächtig ins Zeug legten und tagelang nicht aus dem Bett kamen. Mindy hatte mich auch auf einer Fahrt durch Hemingways engere Heimat begleitet und am Walloon Lake einmal eine Nacht, in der Leuchtkäfer schwirrten, mit mir im Freien verbracht. Sie war die erste Frau, derentwegen ich einen Empfangschef im Hotel anlog. Später heiratete sie natürlich einen schleimigen Baulöwen namens Spencer Karp und zog in den Detroiter Vorort Hazel Park in die Nähe ihrer Eltern und hatte Kinder, noch bevor ich mein Studium abgeschlossen hatte.

Aber meine Verblüffung hätte nicht größer sein können. Aus einer unordentlichen und nicht besonders angenehmen Gegenwart tauchte ein freundliches und gütiges Gesicht aus der Vergangenheit auf (so oft passiert mir das nicht). Da war sie nun also, Mindy Levinson, und lächelte mich aus einem strahlenden Leben heraus zwanzigmal an, einem Leben, wie es mir auch hätte blühen können: Ich hätte nur an der Uni bleiben und Jura studieren müssen, hätte mich in der Rechtsabteilung einer Firma irgendwann langweilen und alles hinwerfen und nach New Hampshire ziehen müssen, um meine eigene Kanzlei aufzumachen und meiner Frau ihre eigene kleine Modeboutique einzurichten – ein hübsches Leben wäre das gewesen, kostbar und verlockend, augenscheinlich ohne die kleinste Entfremdung und ohne jenes heftige, mitternächtliche Herzpochen. Ein märchenhaftes Leben für wirkliche Erwachsene.

Wo, fragte ich mich, *war* Mindy? Wo war Spencer Karp? Warum sah sie nicht mehr jüdisch aus? Was war mit Detroit?

Ich nahm sofort das Telefon und wählte die Nummer für gebührenfreie Gespräche rund um die Uhr und redete mit einer verschlafen klingenden älteren Frau, die ich die Katalogseite mit den Zwergenkindern aufschlagen ließ, und bestellte drei von den Puppenmützen. Während ich die Nummer meiner Kreditkarte durchgab, erwähnte ich beiläufig, die Frau auf diesem Bild erinnere mich stark an meine Schwester, von der ich durch die Adoptionsbehörde getrennt worden sei. Arbeitete die Firma mit einheimischen Frauen als Fotomodellen? fragte ich. «Ja», kam die stoische Antwort. Wußte sie, wer die Frau auf diesem Bild sein könnte? Eine Pause entstand. «Von solchen Dingen weiß ich nichts», sagte die Frau mißtrauisch. «War das dann Ihre ganze Bestellung?» Sie seufzte auf, verärgert und müde. Ich gab zu, daß das alles war, und sagte, daß ich die Puppenmützen nun doch nicht kaufen wollte, worauf die Frau abrupt auflegte.

Ich blieb eine Zeitlang vor meinem offenen Fenster sitzen und starrte hinaus in das gelbbeleuchtete Tal mit dem Berkshire College, wo Ahorn und Eichen immer noch ihr Sommerlaub hatten, und hörte zu, wie auf *‹Scarborough Fair›* *‹Michael, Row the Boat Ashore›* folgte und dann *‹Try to Remember›*, und versuchte in der Tat, mir möglichst viel über Mindy und diese längst vergangenen Tage in Ann Arbor in Erinnerung zu rufen, ahnte hinter dem rein Zufälligen etwas Unerklärliches und machte mir Gedanken über den kleinen Aufruhr in mir, verursacht von den zwei braunen Augen hinter der schwarzen Kapuze und dem nichtjüdischen Lächeln in einem maisgelben Pullover.

Einer bestimmten Art von Rätsel muß man auf den Grund gehen, damit sich – wie eine exotische Blüte – ein besseres, kompliziertes Rätsel entfalten kann. Viele Rätsel sind gar nicht so leicht auseinanderzunehmen; sie halten einigen elementaren Nachforschungen ohne weiteres stand.

In meinem Fall hieß das, am nächsten Morgen in aller Frühe aufzustehen und die achtzig Meilen nach West Ovid rüberzufahren, den Laden aufzusuchen, dessen Katalog ich bei mir hatte, und die Verkäuferin rundheraus zu fragen, wer diese Frau in den Moleskinhosen sei, die so aussehe wie eine Studienkollegin von mir, die meinen besten Freund beim Militär geheiratet habe, von dem ich in einem vietnamesischen Kriegsgefangenenlager getrennt worden sei und von dessen Schicksal ich bis zum heutigen Tag nichts mehr gehört habe.

Die Frau an der Kasse – ganz der Hampshire-Typ, klein gewachsen und rotbackig – erzählte mir nur zu gern, daß es sich bei der fraglichen Frau um Mrs. Mindy Strayhorn handle, die Gattin von Dr. Pete Strayhorn, dessen Zahnarztpraxis mitten im Ort liege, und daß ich doch einfach zu ihm in die Sprechstunde gehen solle, um festzustellen, ob er mein so lange verschollener Freund sei. Ich sei nicht der erste, sagte sie, der alte Freunde in dem Katalog wiedererkenne, aber die meisten Leute müßten dann feststellen, daß sie sich irrten.

Ich konnte gar nicht schnell genug aus dem Laden kommen. Und nicht, weil ich zu Doc Strayhorn wollte, versteht sich, sondern weil gleich gegenüber vor dem Jeep-Händler eine Telefonzelle war. Ich fand Strayhorn in der Raffles Road und wählte, ohne mit der Wimper zu zucken, Mindys Nummer.

«Frank Bascombe?» sagte sie, und ich hätte ihre muntere Stimme in einer überfüllten U-Bahn wiedererkannt. «Meine Güte. Wie hast du uns hier bloß gefunden?»

«Du bist in dem Katalog», sagte ich.

«Ach so, stimmt.» Sie lachte verlegen. «Ist das nicht komisch. Ich tu's, damit ich beim Einkaufen dort Prozente bekomme, aber Pete findet es ein bißchen unschicklich.»

«Du siehst wirklich großartig aus.»

«Ehrlich?»

«Und ob! Du bist hübscher denn je. Viel hübscher.»

«Na ja, als ich Spencer geheiratet hatte, hab ich mir die Nase richten lassen. Er konnte die alte nicht ausstehen. Es freut mich, daß sie dir gefällt.»

«Wo *ist* eigentlich Spencer?»

«Ach, Spencer. Ich hab mich von ihm scheiden lassen. Er war ein Mistkerl, weißt du.» (Ich wußte es.) «Ich leb jetzt seit zehn Jahren hier, Frank. Ich bin mit einem netten Mann verheiratet, der Zahnarzt ist. Unsere Kinder haben exzellente Zähne.»

«Großartig. Hört sich wie ein herrliches Leben an. Und dann arbeitest du auch noch als Modell.»

«Ist das nicht toll? Und wie geht's dir? Was hast du denn in den siebzehn Jahren alles erlebt? Eine ganze Menge, möcht ich wetten.»

«So manches, ja», sagte ich. «Ich will aber nicht darüber reden.»

«Okay.»

Rote und silberne Fähnchen markierten das Gelände des Jeep-Händlers und wirbelten im Wind. Zwei lange Reihen neuer Cherokees und Apaches blitzten in der Neuengland-Sonne. Bald würde der Winter kommen, und die Berge waren in diesen Breiten in Gipfelnähe schon rot und gelb. Vom nächsten Tag an mußte ich Studenten unterrichten, mit denen ich – das wußte ich jetzt schon – nichts würde anfangen können, und alles schien in eine neue und gefahrvolle Richtung zu gehen. Ich wußte aber, ich wollte Mindy Levinson Karp Strayhorn ein letztes Mal sehen. Viele, sehr viele Dinge würden sich geändert haben, aber wenn sie die war, die sie war, würde auch ich immer noch ich sein.

«Mindy?»

«Ja?»

«Ich würde mich verdammt gern mit dir treffen.» Ich spürte, wie ich voller Überredungskunst das Telefon anlächelte.

«An wann hattest du denn gedacht, Frank?»

«In zehn Minuten? Ich rufe hier ganz aus der Nähe an. Ich bin zufällig hier durchgefahren.»

«In zehn Minuten. Großartig. Unser Haus ist ganz leicht zu finden. Ich beschreib dir den Weg.»

Was dann noch kam, war kurz, aber all das, was ich mir erhofft hatte (wenn auch nicht das, was die meisten vielleicht denken werden). Ich fuhr zu ihrem Haus, einem weitläufigen, umgebauten mährischen Bauernhaus mit einer Scheune, einer Reihe von Nebengebäuden und einem hübschen Teich, in dem sich der Himmel und die herumschwimmenden Gänse spiegelten. Ein goldgelber Hund und eine Haushälterin sahen mich argwöhnisch an. Zwei Kinder von vielleicht zehn und acht und ein größeres Mädchen von vielleicht siebzehn standen im hinteren Teil des Gangs und lächelten mir zu, als ihre Mutter und ich aus dem Haus gingen. Mindy und ich machten in meinem Wagen mit offenem Verdeck eine Spazierfahrt Richtung Sunapee Lake und setzten uns gegenseitig ins Bild. Ich erzählte ihr von X und Ralph und meinen anderen Kindern und von meiner Schriftstellerkarriere und meinem Sportreporterdasein und meinen Plänen, mich eine Weile als Lehrer zu versuchen, was sie alles nicht sonderlich zu interessieren schien, aber sie zeigte mir das auf eine liebenswerte Art (ich hatte nichts anderes erwartet). Sie erzählte mir von Spencer Karp und von ihrem Mann und ihren Kindern und wie sehr sie allein schon die «allgemeine Geisteshaltung» der Menschen «hier oben im Norden» schätze und wie sich das ganze Land ihrer Meinung nach verändere, nicht zum Guten, sondern eher zum Schlechten, und daß sie jetzt keine zehn Pferde mehr nach Detroit zurückbringen könnten. Anfangs war sie zurückhaltend und ängstlich, redete während unserer ruhigen Fahrt über die Landstraße wie die Vertreterin eines Reisebüros und saß dabei dicht an der Tür, als könne sie nicht ausschließen, daß ich irgendein finsterer Zerstörer war, der die Absicht hatte, mit uralten Erinnerungen ihre Existenz zu vernichten. Doch nach einiger Zeit, als sie sah, wie friedlich ich bei aller Begeisterung wirklich war, und als sie begriff, daß ich nichts anderes wollte, als ein paar Stunden ihrem Leben nahe zu sein, ohne Bedingungen zu stellen, nur mit der Absicht, alles aus der Distanz zu bewundern, und daß ich nicht versuchen würde, «ranzugehen» oder auf dem Weg nach Concord in irgendeinem schäbigen Motel mit ihr ins Bett zu steigen (genau wie ich das früher gemacht hatte) – da mochte sie mich wieder rundum und lachte und war die verbleibende Zeit nur noch glücklich. Ja, sie konnte es sich schließlich nicht verkneifen, mich in kurzen Abständen zu küssen und an sich zu drücken; und als wir von West Ovid weit genug weg waren, daß für sie keine Gefahr mehr bestand, von Bekannten gesehen zu werden, legte sie mir den Kopf auf die Schulter. Sie sagte mir sogar, sie habe nicht vor, Pete von meinem Besuch zu erzählen, denn das werde alles «nur noch köstlicher» machen, was mich veranlaßte, sie noch einmal zu küssen und in Verlegenheit zu bringen.

Und dann fuhr ich sie einfach nach Hause. Sie trug ein pfefferminzgrünes Baumwolldirndl, das direkt aus dem Katalog stammte und das sie, sobald sie im Auto saß, über die prachtvollen Knie hochzog. Und sie war so hübsch wie ihr Bild, und so behalte ich sie in Erinnerung, und so stelle ich sie mir jedesmal vor, wenn ich sie sehe, von einer Jahreszeit in die nächste, stets in strahlend heller, traditioneller Kleidung, immer weiter, in eine perfekte Zukunft.

Und als ich am Abend auf der langen, langsamen Straße in den kleinen Ort zurückfuhr, in dem das Berkshire College liegt, als ich den Connecticut River überquerte und wieder die Bilderbuchlandschaft Vermonts um mich hatte, da beherrschte mich ein einziges Gefühl: Ich fühlte mich besser. Besser in jeder Hinsicht. X und ich waren endgültig zu modern geworden, um ein derart perfektes, kristallisiertes Leben zu führen – ganz gleich, was sich bei uns im Augenblick entwikkelte. Ich hatte jedenfalls einen flüchtigen Eindruck von einem fast perfekten Leben gewonnen, so perfekt, wie es der Katalog in Aussicht stellte. Und ich hatte das in einer lockeren, beiläufigen Art geschafft, weshalb Mindy mich auch wieder mochte und mich ohne Scham küssen und an sich drücken konnte. Ich hatte ihr nichts weggenommen, hatte nichts kaputtgemacht (ein Kuß mehr allerdings, und sie wäre mit mir in dieses Motel in Concord gegangen). Kurzum, ich hatte eine kurze Liebesaffäre gehabt, die eigentlich gar keine war. Und das reichte mir oder jedem anderen Mann, der versuchte, in ein besseres, geradlinigeres Gleis zu kommen, der versuchte, das Leben von seiner schöneren Seite zu sehen und seiner Verträumtheit ein Ende zu machen, die – so hoffte ich – bereits auf dem Rückzug war. Doch da irrte ich mich gewaltig.

NEUN

Ein grauer, silbermähniger Nebel hüllt mich ein. Ich liege am Fußboden der offenen Veranda im Obergeschoß, voll angezogen, den Kopf auf die kalten, nebelfeuchten Dielen gebettet. In dieser Stellung wachte ich in den Monaten nach X' Weggehen oft auf. Beim Lesen von Katalogen wurde ich vom Schlaf übermannt, entweder auf der Couch, wie gestern abend, oder in meinem Bett oder in der Frühstücksnische – wachte aber immer auf diesen kalten Dielen auf, in meinen Kleidern und steif wie eine Mumie, ohne mich je erinnern zu können, wie ich da hingekommen war. Ich weiß bis heute nicht, was ich davon halten soll. Damals hielt ich es nicht unbedingt für ein schlechtes Zeichen, und das tu ich auch jetzt nicht. Und die Sehnsucht, die den kühlen Morgen durchdringt, ist mir vertraut genug, und so liege ich still und zufrieden da und höre auf das harmlose Pochen meines Herzens. Es ist Ostern.

Was ich höre, sind typische Sonntagsgeräusche. Irgendwo in der Nachbarschaft harkt jemand Frühjahrslaub zusammen und bringt eine vor Monaten begonnene Arbeit zu Ende; das kurze Pfeifsignal des ersten Morgenzugs aus dem Norden – Mamis und Daddys auf dem Weg zu frühen Gottesdiensten am Institut. Eine dicke Zeitung klatscht auf den Gehweg. Ein Stimmengeraschel nebenan bei den Deffeyes, die schon vor Tagesanbruch herumwerkeln. Ich höre das pfeifende Schnarchen Bosobolos in seinem Zimmer, und in seinem Radio läuft leise der die ganze Nacht ausgestrahlte Evangeliumsfunk. Ich höre einen Jogger in meiner Straße, der stadteinwärts läuft. Und weit weg in der Stille vor dem ersten Dämmerlicht – so weit weg wie der nächste schlafende Ort – höre ich Kirchenglocken, die mit einladenden Tönen Ostern einläuten. Aber ich höre auch jemanden weinen. Das leise Schluchzen echten Kummers im Dunkel des Friedhofs, in nächster Nähe.

Ich stelle mich ans Fenster und spähe hinunter in die erste Dämmerung, durch die ausschlagende Blutbuche und den Tulpenbaum, aber ich kann unter dem blassen Wolken-und-Sterne-Himmel nichts erkennen – nur die schwachen, unregelmäßigen Schatten weißer Grabsteine und Bäume. Kein Reh blickt zu mir herauf.

Ich höre solche Laute nicht zum erstenmal. Der frühe Morgen ist in den Vororten die Stunde des Trauerns – am Wendepunkt eines Zwei-Meilen-Laufs, eine Zwischenstation auf dem Weg zur Arbeit oder zum Sieben-Uhr-elf-Zug. Ich habe dort noch nie einen Menschen gesehen, aber sie hören sich immer gleich an, fast immer wie eine Frau, die Tränen der Einsamkeit und Zerknirschung vergießt. (Tatsächlich fing einmal, als ich auch so dastand und horchte, plötzlich ein Mann an zu lachen und chinesisch zu reden.)

Ich lege mich wieder aufs Bett und lausche den österlichen Geräuschen – Ostern, der Feiertag des Optimisten, das Fest, das den Vorortbewohnern entgegenkommt, der Tag für alle Menschen mit sonnigem Gemüt und einem festen Glauben an den Mittelweg, ein kleiner, blitzsauberer Feiertag, den du ein Leben lang mit schönen, undeutlichen, immer genau gleichen Erinnerungen verbindest. Ich kann mich nicht erinnern, daß es an Ostern einmal geregnet oder daß es je etwas anderes gegeben hätte als strahlenden Sonnenschein. Der Tod ist schließlich ein Mysterium, mit dem sich Christen nie anfreunden können. Er ist unserer Meinung nach zu hart und eindeutig, ein Fehler beim Addieren. Und dagegen wehren wir uns mit lautem Geschrei, appellieren an die Sonne, heiter zu bleiben, halten eine mitreißende Predigt. «Wohlan denn, hocken wir uns doch einfach hin zu einem *echten* Wunder, während wir uns ein paar Dinge klarmachen.» (Ein wissendes, homiletisches Grinsen.) «Sollen doch Plasmaphysik und Blasenkammern und Quarks mal versuchen, *das* zu erklären.» (Grinsende, nikkende Gemeindemitglieder; und die Sonne strahlt mit allem, was sie hat, durch die modernen, abstrakt-ökumenischen, ewig sonnigen Fensterscheiben. Orgeloratorium. Herzen weiten sich zum Triumph.)

Ich wünsche mir nur, mein lieber Junge, Ralph Bascombe, könnte aus *seinem* Schlaf unter freiem Himmel aufwachen und wie in alten Zeiten zu einer guten, österlichen Balgerei ins Haus kommen und anschließend – einmal jährlich – den Gottesdienst besuchen. Was wäre das für ein Tag! Was für ein Junge! Vieles wäre anders. Vieles hätte sich nie geändert.

X, das weiß ich, geht mit Paul und Clarissa nicht in die Kirche, eine Tatsache, die mir Sorgen macht – nicht weil sie am Ende gottlos dastehen werden (das stört mich nicht im geringsten), sondern weil sie perfekte kleine Faktenverehrer aus ihnen macht, Datensammler, die für das Unbekannte weder besondere Achtung noch theoretisches Interesse aufbringen. Ostern wird ihnen schon bald wie ein gräßliches Stück Brauchtum vorkommen, das sie vergessen haben werden, noch bevor sie aus der Pubertät sind. Ein Phantasiegebilde. Natürlich hatte man bei den Dykstras, wo Fakten und Zahlen regierten, keine Zeit für Religion, obschon mir Irma erzählt, sie habe angefangen, mit den Praktiken der Holy Rollers in Orange County zu «experimentieren», was mich zu der Sorge veranlaßt, für meine zwei könnte sich die Waagschale neigen, wenn sie erst ans Ende dessen kommen, was vernünftig und sachlich aufgedeckt werden kann – denn dahinter lauert der Extremismus. Man kann von dem verdammten Wissen ja auch zuviel bekommen und am Ende mit einem kolossalen Verlust dastehen, der nicht mehr wettzumachen ist. (Der Auftrag, den Paul vor drei Tagen seiner Taube mitgab, ist ein ermutigendes, gegenläufiges Zeichen.)

Möglicherweise wissen sie schon zuviel über ihre Mutter und ihren Vater – denn nichts ist sachlicher als eine Scheidung, bei der so vieles erklärt und mit dem Verstand verarbeitet werden muß (obwohl sie sich um Gleichmut bemüht haben). Ich habe oft beobachtet, daß Kinder in dieser Situation anfangen, ihre Eltern beim Vornamen zu nennen und als Reaktion auf die Fehler ihrer Eltern zu kleinen Ironikern werden. Was könnte Eltern einsamer machen, als von einem kritischen Kind mit dem Vornamen angesprochen zu werden? Und wenn es nun böse Kinder wären, oder wenn sie, weil sie zuviel wissen, zu bösen Kindern *würden*? Allein schon auf Grund der schlichten Fakten meines Lebens könnten sie mich wie Mänaden zerfetzen.

Ich gehöre einer Generation an, für die die Eltern keine gewöhnlichen Leute waren – wie Tom und Agnes, Eddie und Wanda, Ted und Dorie –, von ihren Kindern so demokratisch ununterscheidbar wie Stimmzettel in einer Wahlurne. Es wäre mir nie eingefallen, meine Eltern mit dem Vornamen anzureden; ich wäre nie auf die Idee gekommen, ihr Leben – so unnahbar, wie sie für mich waren – gleiche meinem, ihre Ängste könnten es mit meinen Ängsten aufnehmen, ihre kleinsten Sehnsüchte spiegelten die Sehnsüchte aller anderen wider. Sie waren meine Eltern – höher nach absoluten und unerforschlichen Maßstäben. Ich wußte nicht, wie sie ihre Autos finanzierten. Wann sie sich liebten oder ob es ihnen Spaß machte. Wo sie versichert waren. Was ihnen ihre Ärzte im Vertrauen sagten (auch wenn beide letztlich schlechte Nachrichten gehört haben müssen). Sie liebten mich einfach, und ich sie. Über all das andere zu plappern war ihnen kein Bedürfnis. Daß es immer etwas Wichtiges geben sollte, von dem ich nichts wissen würde, über das ich mir aber Gedanken machen und dem ich mich nähern konnte, ohne je sicher zu sein, was es war – das war, was mich angeht, ihre größte Mitgift und Lektion. «Das brauchst du nicht zu wissen», war eine Antwort, die ich die ganze Zeit bekam. Ich habe keine Ahnung, welche Absicht sie damit verfolgten. Wahrscheinlich keine. Möglicherweise dachten sie, ich würde Wahrheiten (und Tatsachen) auf eigene Faust entdecken; vielleicht dachten sie auch – und das ist meine eigentliche Vermutung –, ich würde es nie wissen und deshalb glücklicher sein, und dieses Nichtwissen sei für sich selbst schon etwas ziemlich Bedeutsames und Befriedigendes.

Und wie recht sie hatten! Und wie optimistisch war es doch von mir anzunehmen, meine eigenen überlebenden Kinder könnten sich einiger sicherer Geheimnisse im Leben erfreuen und würden nicht irgendeiner idiotischen Faktengläubigkeit oder der Demütigung endloser Erklärungen zum Opfer fallen. Ich wollte sie, wenn irgend möglich, davor bewahren. Die Scheidung und eine lahme Erfüllung der Elternpflicht haben das natürlich fast unmöglich gemacht, aber ich bemühe mich ehrlich darum, Tag für Tag.

Sich in einem Ort dieser Größe scheiden zu lassen, ist allerdings ganz und gar nicht angenehm – wenn auch sehr leicht, und in so vieler Hinsicht ist die Stadt dafür wie geschaffen, hat Verständnis dafür und weiß zu reagieren, indem sie «unterstützende Gruppen» bereitstellt (ein «Frauenrat» rief X noch am Tag unserer endgültigen Trennung an und lud sie zu einem «Imbiß aus der Tüte» in die Bücherei ein). Trotz allem ist es unangenehm, als Prozeßbeteiligter in dem Gebäude zu sein, das du sonst nur betreten hast, um Verwarnungsgebühr wegen falschen Parkens zu bezahlen oder um wiedergefundene, gestohlene Fahrräder abzuholen, und wo dich Sekretärinnen und Streifenpolizisten immer für einen gediegenen Bürger gehalten haben. Du kommst dir anschließend irgendwie bankrott vor, da die Gesetze hier nicht dazu da sind, dich zu beachten oder auch nur beachtet zu werden, sondern nur, um dich einer ehrenhaften, unvoreingenommenen Gewalt zu unterstellen. Nach allem, was ich höre, sind Scheidungen in Las Vegas viel besser, da dort niemand irgend etwas beachtet.

Unsere Trennung verlief äußerst gütlich. Wir hätten natürlich verheiratet bleiben und auf bessere Zeiten warten können, aber es kam anders. Alan, X' kleiner Anwalt mit süßen Träumen vom lukrativen Dasein eines Staranwalts – XKEs, die auf Rollbahnen für ihn bereitstehen, Revuetänzerinnen mit riesigen Titten –, beriet sich mit meinem massigen Middlebury-Typ – schräg abfallende Schultern, Bart, Ex-Peace-

Corps-Mann, Ex-Alkoholiker – und wurde mit ihm am Mahagonitisch in Alans Büro in einer Stunde handelseinig. Im wesentlichen gab ich alles preis, obwohl X nicht viel wollte. Ich behielt das Haus und trug als Gegenleistung mit meiner Hälfte der Ersparnisse dazu bei, daß sie ihres kaufen konnte. Ich erhob Anspruch auf die Landkarte von der Block-Insel und drei, vier andere Schätze. Für unser Erscheinen vor Gericht einigten wir uns auf «unüberbrückbare Gegensätze»; dann zogen wir alle zusammen über die Straße und setzten uns plaudernd und voller Unbehagen nach hinten und warteten, bis unser Fall aufgerufen wurde. Und in noch nicht mal einer Stunde waren wir «fertig», wie das in Michigan heißt. X flog mit den Kindern gleich anschließend zu Golf- und Badeferien auf die Mackinac-Insel, um «ein bißchen Abstand zu gewinnen». Ich fuhr nach Hause, ließ mich gründlich vollaufen und heulte bis in die Nacht hinein.

Was hätte ich sonst tun sollen? Das befreiende Ritual mit starken Getränken und heißen, heilenden Tränen ist alles, was die Natur uns gegeben hat. Ich hätte gern Gedichte von Rupert Brooke oder ‹*The Prophet*› gelesen, konnte sie aber nicht finden. Gegen acht streckte ich mich auf der Couch aus, legte eine Videokassette mit der Aufzeichnung eines NBA-Spiels ein, das von wilden Dunkings geprägt war, aß ein Käse-Sandwich, fühlte mich allmählich besser, sah mir Johnny an und schlief dabei ein. Und ich erinnere mich, daß ich kaum einmal in meinem Leben so fest und traumlos geschlafen habe – bis um halb neun am nächsten Morgen; beim Aufwachen hatte ich einen Bärenhunger und setzte – wie ein blinder Fallschirmspringer – mein ganzes Vertrauen in die Zukunft.

Fühlte ich mich nicht entfremdet? Niedergeschlagen? Schamerfüllt? Hatte ich nicht das dringende Bedürfnis, mich aufheitern zu lassen? Fühlte ich mich nicht gespalten? Gereizt? Meine Antwort ist: nicht sehr. Verträumt wie Tarzan vielleicht. Einsam. Doch das hatte ich nach einer Weile eigentlich überwunden. Jedenfalls fühlte ich mich nicht als ein Opfer des Schicksals. Nach dem Frühstück stürzte ich mich auf die Arbeit und schrieb einen Artikel zu Ende, eine sechsteilige Analyse der Techniken des Base-Stehlens bei den Profis, und eh ich mich versah, steckte ich wieder mittendrin. Und dabei ist es dann auch geblieben. Wie Bert Brisker mir erzählte, drehte er nach seiner Scheidung durch, brach ins Haus seiner Ex-Frau ein, als die verreist war, schleuderte Ziegelsteine in den Fernseher, schlief in ihrem Bett und kippte Katzendreck in alle ihre Schubladen. Aber meine Empfindungen waren anders. Wir können unser Unglück auch übertreiben.

Seit meiner Zeit im Marine Corps (ich war nur ein halbes Jahr dabei) bin ich ein Frühaufsteher und habe gleich morgens meine besten Einfälle. Ich lag immer nervös und hellwach in meiner Koje, wartete auf das Signal zum Wecken und zermarterte mir das Gehirn mit Überlegungen, was ich an dem Tag besser machen und wie ich erreichen konnte, daß man im Marine Corps aufmerkte und stolz auf mich war; ich wollte vermeiden, ein Opfer der Ängste und Ungereimtheiten zu werden, mit denen die anderen Offiziersanwärter kämpften, wollte rasch aufsteigen und dann helfen, das Leben meiner Männer zu schützen, wenn wir erst mal drüben in Vietnam stationiert waren, wo sie wahrscheinlich viel bedrücken würde (zum Beispiel die Angst, in Stücke gerissen zu werden). Ich hatte den Vorteil einer höheren Bildung, sagte ich mir, und ich würde ihnen über das hinaus, was sie sehen und hören konnten, Auge und Ohr sein müssen. Ich war natürlich ein Idiot, aber wir irren uns fast immer, wenn wir jung sind.

Bevor die Nacht einem strahlenden Ostertag weicht, würde ich gern, während ich so daliege, einige brauchbare Gedanken über Herb zusammenstellen, nur ein, zwei Details als Magnet für das, was mir in den nächsten Tagen einfallen wird, denn auf die Weise entstehen gute Sportreportagen. Es kommt fast nie vor, daß du dich einfach hinsetzt, um drauflos zu schreiben, daß du auf ein leeres gelbes Blatt Papier starrst und dir vornimmst, sofort jede gute Idee aufzuschreiben, die dir in den Sinn kommt. Eine solche Situation kann einem fürchterlich angst machen. Du versuchst vielmehr, auf deine zufälligen

Eingebungen zu setzen, dich gleichsam selbst zu überrumpeln und einen Satz oder ein überraschendes Bild aufzuschreiben – wie eines Tages die Luft roch oder wie der Wind mit der Oberfläche des Sees sein seltsames Spiel trieb –, und aus so einem Satz könnte später zwangsläufig eine Geschichte werden. Sind diese Notizen aufgezeichnet, legst du sie weg und läßt sie ihre eigene Gliederung finden, die du später entdecken kannst, wenn du dein Material sichtest, weil der Ablieferungstermin näher rückt und du dich ans Schreiben machen mußt.

Herb ist jedoch eine harte Nuß, denn er ist offensichtlich so entfremdet wie Camus. Es wäre hilfreich gewesen, wenn ich eine Wahrnehmung festgehalten oder ein Zitat aufgeschrieben hätte, aber zu dem Zeitpunkt wußte ich so wenig, was ich sagen und schreiben sollte, wie ich es jetzt weiß. Wie die Luft roch oder der Wind sich drehte, oder welcher Song im Radio lief, als wir hinausfuhren, scheint keine Rolle zu spielen. Einfache, klare Aussagesätze kommen dem großen Herb nicht gerade in Scharen zu Hilfe. Alles ist gedämpft, konjunktivisch und bedingt. *Herb Wallagher nimmt jetzt die Zukunft ins Visier* (zumindest bis die Wirkung seiner Stabilisationspillen nachläßt). *Herb Wallagher hat das Leben von beiden Seiten kennengelernt* (und hält von beiden nicht viel). *Es wäre für Herb Wallagher einfach, das Leben pessimistisch zu sehen* (hätte er nicht schon einen Sparren zuviel).

Die auch in meinem Gewerbe tätigen Spezialisten für billige Dramen würden mit Herb natürlich kurzen Prozeß machen. Sie sind Experten im Ausschnüffeln von Versagern: Sie machen abfällige Anspielungen auf die Beine eines Boxers, wenn er über dreißig ist und endlich den Höhepunkt seiner Karriere erreicht hat; sie berichten just in dem Moment von den steifen Handgelenken eines Schlägers, wenn der gelernt hat, die Bälle flach zu halten und so seinen Mannschaftskameraden das Vorrücken zu ermöglichen. Sie sehen im Sieg nur den Keim der Niederlage, Korruptheit in allem menschlichen Bestreben.

Sportreporter sind manchmal verdammt schlechte Menschen und schaffen ein Leben voller Lügen und falscher Tragödien. In Herbs Fall würden sie ein mit dem Fischaugenobjektiv aufgenommenes körniges Schwarzweißbild von Herb in seinem Rollstuhl bestellen, wo er in seinem BIONIC-Hemd und seinen Laufschuhen wie ein eingesperrter Kinderverführer aussehen würde; um die richtige «Würze» zu bekommen, würden sie einiges von seiner miesen Wohngegend mit aufs Bild nehmen; irgendwo in den Hintergrund würden sie Clarice stellen, abgehärmt und verlassen wie eine herrenlose Sklavin aus der trockenen Wüste, und dann als Aufhänger schreiben: «Quo vadis, Herb Wallagher?» In der Absicht, uns Mitleid mit Herb – oder irgendeine *Vorstellung* von Herb – einzuimpfen, uns zu überzeugen, daß wir im Grunde alle so sind wie er und tragisch verstrickt, während in Wirklichkeit nichts dergleichen zutrifft, da Herb nicht mal sehr sympathisch ist und die meisten von uns nicht im Rollstuhl sitzen. (Wenn ich die Gehälter zu bezahlen hätte, wären diese Typen ohne Job auf der Straße, wo sie keinen Schaden anrichten könnten.)

Aber kann ich denn etwas Besseres schreiben? Ich bin nicht sicher. Manche Leben geben für den Blickwinkel eines Sportreporters nichts her. Es sollte möglich sein, die Sache von hinten aufzurollen, im Konzept der Einschränkung das Drama zu suchen, den Mumm des Überlebenden in Herb zu finden – so etwas würden Hunderttausende gern am Sonntagnachmittag lesen, wenn sie vor dem Essen ihren doppelten Martini trinken (wir haben alle unsere optimalen Leser und äußeren Gegebenheiten), so etwas zieht das Gewebe des gelebten Lebens fester zusammen. Es ist das Nächstliegende, an dem ich zu arbeiten habe. Und letztlich erwarte ich nicht mehr als das: kurz am Leben anderer auf niedriger Ebene teilzuhaben; mit einer schlichten, der Wahrheit verpflichteten Stimme zu sprechen; mich selbst nicht zu ernst zu nehmen; und es dann abzuhaken. Denn es ist schließlich eine Sache, über Sport zu schreiben, aber eine ganz andere ist es, ein Leben zu leben.

Um neun bin ich auf, bin in meiner Arbeitskleidung draußen im Garten neben dem Haus und schnüffle wie ein Kettenhund in den Blumenbeeten herum. Nachdem ich mir über Herb Gedanken gemacht hatte, schlief ich wieder ein und wachte dann gut gelaunt und putzmunter auf – ich hatte den Kopf frei, die Sonne sprenkelte durchs Buchenlaub, und am Horizont keine Spur von dem häßlichen Detroiter Wetter. Zu den Arcenaults fahre ich jedoch erst in zwei Stunden, und ich habe, was in letzter Zeit öfter mal der Fall ist, irgendwie nicht genügend zu tun. Es ist für den, der allein lebt, einer der weniger angenehmen Aspekte, daß er sich manchmal zu sehr damit beschäftigt, womit ganz bestimmte Zeitabschnitte vergeudet werden, und daß er nach und nach eine Freude am Leben gewinnen kann, die von einer heillosen Sehnsucht geprägt ist.

Hinter meiner Hemlock-Tanne sitzt Delia Deffeye in Tenniskleidung in ihrem Garten und liest die Zeitung, etwas, was ich sie hundertmal habe tun sehen. Sie und Caspar haben ihr allmorgendliches Match hinter sich, und nun ist er zu einem kleinen Schläfchen ins Haus gegangen. Die Deffeyes und ich haben es uns zur Regel gemacht, nicht jedesmal ein Gespräch anzufangen, wenn wir uns im Garten sehen, und normalerweise begnügen wir uns mit einem freundlich-lässigen Winken, oder wir nicken uns lächelnd zu und kümmern uns dann wieder um unsere eigenen Angelegenheiten. Obwohl ich gegen ein Gespräch aus dem Stegreif nie etwas einzuwenden habe. Ich bin keiner, der sein Privatleben abschottet, und wenn ich draußen in meinem Garten Vigaro ausbreite oder meine Krokusse inspiziere, bin ich einer kleinen Begegnung an sich nicht abgeneigt. Delia und ich plaudern gelegentlich über ganz praktische Dinge aus dem Verlagsgeschäft, im Zusammenhang mit einem Buch über europäische Traditionen in der Architektur New Jerseys, das sie für die Historische Gesellschaft schreibt. Meine eigene Erfahrung liegt zwar Jahre zurück, aber ich bewahre mir eine Fachkenntnis, die auf dem gesunden Menschenverstand beruht und mich Klartext reden läßt: «Jeder Lektor, der einen Schuß Pulver wert ist, sollte von Ihrer

Bereitschaft, sorgfältig mit Details umzugehen, hellauf begeistert sein. So was ist nicht selbstverständlich, kann ich nur sagen.» Und das ist *alles*, was ich sagen kann, aber Delia scheint bereit, sich etwas sagen zu lassen. Sie ist zweiundachtzig, wurde als Kind einer namhaften amerikanischen Kaufmannsfamilie in Marokko zur Zeit des Protektorats geboren und ist in der Welt herumgekommen. Caspar ist nach einer Laufbahn im diplomatischen Korps ans Seminar gekommen, um Ethik zu unterrichten. Beiden bleiben nicht mehr viele Jahre auf Erden. (Es ist tatsächlich eine Offenbarung, in einer Stadt mit einem Seminar zu leben, denn Seminaristen – wie Caspar – sind nicht so, wie man sie sich gemeinhin vorstellt. Die meisten sind keineswegs fromme Moralapostel, sondern scharfsinnige, liberale Typen, die an Eliteschulen denken lassen, die in zweiter Ehe mit knochigen, sonnengebräunten Frauen verheiratet sind und die dir auf Cocktailparties Scotch trinkend gegenüberstehen und von Eigentumsanteilen an Ferienwohnungen in Telluride reden.)

Delia erspäht mich hinter dem Klettergerüst der Kinder, befingert eine schon weit gediehene Rosenknospe und kommt, offenbar ohne ihre Zeitungslektüre zu unterbrechen, kopfschüttelnd auf die Hemlock-Tanne zu. Es ist ihr Signal und die Voraussetzung für unsere gute Nachbarschaft – alle unsere Unterhaltungen knüpfen da an, wo wir beim letztenmal aufgehört haben, obwohl es oft um ganz andere Themen geht und Monate dazwischenliegen.

«Also wirklich, Frank, schauen Sie sich das mal an.» Delia hält die Titelseite der *Times* hoch, um mir etwas zu zeigen. Überall in der Stadt lärmen und bimmeln nun die Kirchenglokken. Auf allen Straßen pilgern Familien in nagelneuen Osterkleidern zur Sonntagsschule – die Autos gewaschen und poliert, daß sie wie neu aussehen, jeder Streit ist vorübergehend aufgehoben. «Finden Sie's richtig, wie unsere Regierung mit den armen Menschen in Mittelamerika umgeht?»

«Ich hab das nicht so genau verfolgt, Delia», sage ich aus den Rosen heraus. «Was tut sich denn zur Zeit da unten?» Mit einem heiteren Lächeln gehe ich auf sie zu.

Ihre feuchten blauen Augen sind übergroß vor Empörung. (Ihr Haar hat exakt den blauen Ton ihrer Augen.) «Sie verminen all die Häfen da unten in, Moment mal», sie sieht rasch nach, «Nicaragua.» Sie schlägt sich die offene Zeitung heftig gegen den Leib und blinzelt mich an. Delia ist klein und braun und faltig wie ein Leguan, hat aber ihre entschiedenen Ansichten über die Verhältnisse auf der Welt und wie sie sein sollten. «Caspar ist zutiefst bedrückt. Er glaubt, das gibt ein neues Vietnam. Er ist jetzt im Haus und ruft alle seine Leute in Washington an, um herauszufinden, was wirklich los ist. Er könnte immer noch einen gewissen Einfluß haben, meint er, aber ich kann mir das nicht vorstellen.»

«Ich war ein paar Tage verreist, Dee.» Bewundernd blicke ich auf die zwei rosaroten Flamingos aus Ton, die Dee und Caspar in Mexiko gekauft haben.

«Also, ich will nicht einsehen, warum wir uns gegenseitig die Häfen verminen sollen, Frank. Und Sie? Ehrlich?» Sie schüttelt den Kopf, persönlich enttäuscht von unserer ganzen Regierung, als sei ausgerechnet eine ihrer Lieblingsideen plötzlich unverständlich geworden. Im Augenblick herrscht in meinem Kopf jedoch gähnende Leere, so gefangengenommen bin ich vom Glockenspiel auf dem Turm des Seminars. «Wach auf, mein Herz, aus tiefer Nacht; es naht heran ein neuer Tag.» Ich komme im Moment nicht auf den Namen oder das Gesicht des Mannes, der Präsident ist, und statt dessen sehe ich, ohne es mir erklären zu können, den Schauspieler Richard Chamberlain im Burnus und mit einem gepflegten Stutzbart.

«Es käme wohl darauf an, aus welchem Grund das gemacht wird. Aber es hört sich nicht gut an, finde ich.» Ich lächle sie über die sauber getrimmte Hecke hinweg an. Ich muß mir in Delias Gegenwart Mühe geben, richtig erwachsen zu sein, denn wenn ich nicht aufpasse, kann unser Altersunterschied – ungefähr fünfundvierzig Jahre – dazu führen, daß ich mir wie ein Zehnjähriger vorkomme.

«Wir sind Heuchler, Frank, wenn wir diese Politik verfolgen. Denken Sie doch nur an Disraeli und seine Warnung vor konservativen Regierungen.»

«Das hab ich vergessen, fürchte ich.»

«Organisierte Heuchelei, hat er sie genannt, und er hatte recht damit.»

«Ich erinnere mich, daß Thomas Wolfe vom Bemühen schrieb, die Welt zu einem sicheren Ort für die Heuchelei zu machen. Aber das ist nicht dasselbe.»

«Caspar und ich finden, die Vereinigten Staaten sollten auf der ganzen Länge der mexikanischen Grenze eine Mauer errichten, so groß wie die Chinesische Mauer, und bewaffnete Männer darauf stationieren und diesen Ländern klarmachen, daß wir hier oben unsere eigenen Probleme haben.»

«Das ist eine gute Idee.»

«Dann könnten wir wenigstens unser eigenes Problem mit dem schwarzen Mann lösen.» Ich weiß nicht genau, wie Delia und Caspar über Bosobolo denken, aber ich habe nicht vor, sie zu fragen. Für eine Antikolonialistin hat Delia ziemlich ausgeprägte kolonialistische Ansichten. «Ihr Schriftsteller, Frank, ihr segelt doch mit jedem Wind.»

«Der Wind weht einen oft an interessante Orte, Dee.» Ich sage das nur mit gespieltem Ernst, denn Delia kennt mein Herz.

«Ich seh manchmal Ihre Frau im Supermarkt, und sie kommt mir nicht sehr glücklich vor, Frank. Und diese zwei reizenden Kinder.»

«Es geht ihnen allen gut, Dee. Vielleicht hatte sie gerade einen schlechten Tag. Wenn's mal beim Golf nicht so läuft, macht ihr das zu schaffen. Für eine Profikarriere hatte sie anfangs schlechte Karten. Jetzt versucht sie, glaube ich, die verlorene Zeit wettzumachen.»

«Genau wie ich, Frank.» Delia nickt, ein Gesicht wie dünnes altes Handschuhleder, und dann faltet sie ihre Zeitung in der Art eines Zeitungsjungen so geschickt zusammen, daß es eine wahre Freude ist. Ich möchte mich jetzt langsam absetzen, zurück zu den Rosen und Holzäpfeln. Delia und ich stehen den persönlichen Angelegenheiten des jeweils anderen wohlwollend gegenüber; es ist uns beiden bewußt, und mir genügt das. Einen Moment lang sehe ich Frisker, ihren Siamkater, der bei Caspars Fahnenstange um den Hibiskus herumstreicht und zum Futterhäuschen hinaufspäht, wo sich eine kleine Ammer niedergelassen hat. Es kommt öfter mal vor, daß Frisker nachts auf meinem Dach herumschleicht und mich aufweckt, und ich habe schon daran gedacht, mir eine Schleuder zu besorgen, habe es aber noch nicht getan. «Der Mensch ist nicht dazu geschaffen, allein zu leben, Frank», bemerkt Delia vielsagend und faßt mich plötzlich scharf ins Auge.

«Es hat auch seine Vorteile, Delia. Ich komme inzwischen ganz gut damit zurecht.»

«Wie lang ist es her, daß Sie *‹Fiesta›* gelesen haben, Frank?»

«Das dürfte schon eine ganze Weile her sein.»

«Sie sollten es wieder einmal lesen», sagt Delia. «Da stehen lehrreiche Dinge drin. Der Mann wußte Bescheid. Caspar hat ihn in Paris einmal kennengelernt.»

«Er gehörte immer zu meinen Lieblingsautoren.» Stimmt nicht, aber hier ist eine Lüge angesagt. Es kann nicht überraschen, daß Delias Sicht der komplizierten Welt aus der Zeit um 1925 stammt. Wer weiß, vielleicht waren das damals bessere Zeiten.

«Als wir heirateten, waren Caspar und ich über sechzig, müssen Sie wissen.»

«Das war mir allerdings nicht klar.»

«O ja. Caspar hatte eine nette, fette Frau, doch die ist dann gestorben. Ich bin ihr sogar mal begegnet. Mein eigener Mann ist natürlich schon Jahre vorher gestorben. Caspar und ich haben 1942 in Fez die Ehe gebrochen und uns danach dann nie mehr ganz aus den Augen verloren. Als ich vom Tod Almas, seiner fetten Frau, erfuhr, rief ich ihn an. Ich lebte zu der Zeit bei einer Nichte in Maine, und zwei Monate später waren Caspar und ich verheiratet und lebten am Fuße des Mount Reconnaissance in Guam, seiner letzten Dienststelle. Was mir das Leben geboten hat, habe ich bestimmt nicht erwartet, Frank.

Aber ich hab auch keine Zeit verschwendet.» Sie lächelt grimmig, als könne sie in meine Zukunft blicken und erkennen, daß sie nicht so großartig sein wird.

«Es ist ein herrlicher Tag heute, was, Dee?»

«Ja, wirklich schön. Ich glaube, wir haben Ostern.»

«Ich kann mich nicht erinnern, daß es an Ostern schon mal schöner war.»

«Ich auch nicht, Frank. Kommen Sie diese Woche doch mal rüber, auf einen Scotch mit Caspar. So ein Gespräch von Mann zu Mann würde ihm richtig guttun. Ich glaube, diese Geschichte mit den verminten Häfen geht ihm ganz schön an die Nieren.» In den vierzehn Jahren, die ich jetzt hier lebe, bin ich nur zweimal im Haus der Deffeyes gewesen (beide Male, um irgend etwas zu reparieren), und Delias nicht ernst gemeinte Einladung hat nichts zu bedeuten. Wir sind an die natürlichen Grenzen unserer gutnachbarlichen Beziehungen gestoßen, auch wenn sie zu höflich ist, die Unvermeidlichkeit dieser Entwicklung zuzugeben, ein Zug, den ich an ihr mag. Ich blicke aus meinem Garten nach oben in den ruhigen blauen Ostermorgen und sehe zu meiner Überraschung einen Ballon, groß auf den Luftströmen einer leuchtenden Atmosphäre, mit herabhängenden Halteleinen, die aufgeblähte Hülle ein großer roter Mond mit lächelndem Gesicht. Zwei winzige Strichmännchenköpfe blicken über den Korbrand herunter, Arme zeigen in unsere Richtung, ziehen an einer Kette, die ein fernes Keuchen hervorruft.

Wo sind sie wohl aufgestiegen, frage ich mich. Auf dem Gelände einer der nahe gelegenen Weltzentralen? Vor der Villa eines reichen Mannes am Delaware? Wie weit können sie an einem klaren Tag sehen? Ist das alles auch sicher? *Fühlen* sie sich sicher?

Delia hat anscheinend nichts bemerkt und wartet noch darauf, daß ich auf ihre Einladung antworte.

«Mach ich, Dee.» Ich strahle sie an. «Richten Sie Cap aus, daß ich diese Woche noch vorbeikomme. Ich muß ihm einen Witz erzählen.»

«Solange es nicht am Dienstag ist», sagt sie mit einem gouvernantenhaften Lächeln. Es ist die übliche Komplikation. «Er vermißt den Umgang mit Männern, fürchte ich.»

Delia schlendert mit ihrer Zeitung hinüber zu dem sonnigen Rasen und dem Tennisplatz, während ich mich meinem eingemauerten Grill und den Rosen zuwende und einem Tag entgegengehe, der in fast jeder Hinsicht positiv zu werden verspricht, einem Tag, den ich nur zu gern in die Reihe der Osterfeste einordnen werde, die ich voll ausgekostet und rasch vergessen habe.

Gong, klingen die Glocken in der Stadt. Gong, gong, gong, gong, gong.

Kurz vor zehn rufe ich X an, um den Kindern frohe Ostern zu wünschen. Es ist nun ein Feiertag, an dem wir uns «austauschen», und in diesem Jahr bin ich erstmals nicht bei den Kindern. In der Cleveland Street ist allerdings niemand zu Hause. X' Anrufbeantworter sagt mir, ich solle, falls ich an Golfstunden interessiert sei, meinen Namen und meine Telefonnummer angeben. Im Hintergrund höre ich Clary sagen: «Später, du Spatzenhirn», und kann mich vor Lachen kaum noch halten. In X' Stimme liegt neuerdings eine gewisse Härte, die mir fremd ist, eine ganz geschäftsmäßige, aufs Bankkonto zielende Direktheit, die mich an ihren Vater erinnert und die mich spekulieren läßt, ob meine Familie mit einem von X' Software- oder Immobilienfreunden in Bucks County unterwegs ist, einem dieser massigen, Typen, die immer ein grünes Sportjakkett tragen und alles auf ihre Spesenrechnung schreiben.

Ich beschließe, keine Nachricht zu hinterlassen (obwohl ich's gern tun würde).

Aus irgendeinem Grund wähle ich Walter Lucketts Nummer und lasse, die wollweiche Osterstraße vor Augen, das Telefon lange läuten. Wo würde ich mich aufhalten, wenn ich Walter wäre? In einer Schlägerkneipe im West Village? Mit einem wahnwitzigen Zorn unterwegs auf den ulmenreichen Straßen im isolierten Neufundland? Würde ich mit dem Basketball zur High-School rübergehen, raffinierte Korbleger üben und mir anschließend im Lost Bridge-Einkaufszentrum ‹*Das Gewand*› ansehen? Ich bin nicht einmal sicher, daß mich die Antwort interessiert. Manche Menschen sind nicht dazu geschaffen, einen besten Freund zu haben, und ich könnte einer von ihnen sein. Walter gehört vielleicht auch dazu, wenn auch aus anderen Gründen. Mit jemandem bekannt zu sein, genügt mir normalerweise – das war wohl die eine wichtige Lektion, die mir meine libanesische Freundin Selma Jassim am Berkshire College beigebracht hat, denn wenn sie überhaupt an etwas glaubte, dann daran, daß fast jede Art von wechselseitigem Vertrauen ein absoluter Quatsch ist.

Heute weiß ich, daß ich mich damals für eine Lehrtätigkeit am Berkshire College entschied, um den furchtbaren Schmerz abzuwenden – und der gleiche Grund war es, der mich vor Jahren bewog, die Arbeit an meinem Roman einzustellen und Sportreportagen zu schreiben; der gleiche Grund ist es auch, der die meisten von uns bewegt, auf halbem Weg in dramatischen Auftritten nach links oder rechts auszuscheren, und der gleiche Grund bewegt manche Menschen, schlicht ihren Kurs zu verlassen und in den Graben zu fahren.

Ein Jahr nach Ralphs Tod hatte ich mal wieder eine dieser einwöchigen Pausen, die sich zwischen zwei großen Reportagen für die Zeitschrift gelegentlich ergeben und die wir dazu nutzen sollen, uns zu erholen und zu einer einigermaßen geordneten Lebensweise zurückzufinden. Als ich an diesem Nachmittag – es war im Mai – mit einigen Ausgaben des *Life*-Magazins, die sich angesammelt hatten, zu Hause in der Frühstücksnische saß, klingelte das Telefon. Der Anrufer sagte, er heiße Arthur Winston und sei mit Beth Winston verheiratet, der Schwester meines früheren literarischen Agenten Sid Fleisher, von dem ich ein Jahr lang – seit seiner Kondolenzkarte – nichts mehr gehört hatte. Arthur Winston sagte, er leite die Englisch-Abteilung am Berkshire College in Massachusetts und er habe mit Sid in dessen Haus in Katonah gesprochen, und Sid habe einen Schriftsteller erwähnt, den er einmal vertreten habe und der einen Band mit guten Short Stories geschrieben, danach aber das Schreiben ganz aufgegeben habe. Eins habe zum anderen geführt, sagte Arthur, und am Ende habe er das Buch bekommen, und er habe es, behauptete er, mit Bewunderung gelesen. Er wollte wissen, ob ich seither weitere Geschichten geschrieben habe, und aus irgendwelchen Gründen gab ich ihm eine ausweichende Antwort, die er als ein Ja auslegen und die ihn zu der Annahme verleiten konnte, mit ein bißchen gutem Zureden sei ich dazu zu bringen, viele weitere Geschichten zu schreiben (obwohl das alles nicht stimmte). Er sagte mir dann, er sei in großen Schwulitäten. Der Schriftsteller, der sonst immer am Berkshire College unterrichtet habe, ein älterer Mann, dessen Namen ich nicht kannte, sei am Ende des Frühjahrssemesters plötzlich Amok gelaufen, sei auf mehrere Leute – auch auf eine Frau – mit den Fäusten losgegangen und habe es sich angewöhnt, unter seiner Jacke immer einen Revolver zu tragen; er sei dann in eine Anstalt eingewiesen worden und stehe im Herbstsemester nicht zur Verfügung. Arthur Winston sagte, er wisse, daß die Chancen gering seien, aber Sid Fleisher habe gesagt, ich sei ein «recht interessanter» Mann, der, seit er nicht mehr schreibe, ein «recht ungewöhnliches» Leben führe, und er – Arthur – glaube, ein Semester als Lehrer sei genau das Richtige, um meine Arbeit wieder zu beflügeln, und wenn ich darauf eingehen wolle, würde er das als persönlichen Gefallen betrachten und dafür sorgen, daß ich alles unterrichten könne, wozu ich Lust habe. Und ich sagte einfach: «Ja, geht in Ordnung», und versprach, im Herbst da zu sein.

Ich weiß nicht genau, was ich mir dabei dachte. In meinem ganzen Leben war mir so etwas noch nie in den Sinn gekommen, und es hätte in gewisser Weise nicht verrückter sein können. Bei der Zeitschrift sieht man es natürlich gern, wenn jemand Urlaub beantragt, um, wie sie meinen, seine Erfahrungen zu vertiefen. Doch als ich X davon erzählte, stand sie nur da und blickte aus dem Küchenfenster hinüber zum Tennisplatz der Deffeyes, wo Paul und Clary Caspar beim Spiel mit einem seiner achtzigjährigen Freunde zuschauten – die alten Männer trugen beide einen strahlend weißen Pullover und spielten sich den leuchtend orangefarbenen Ball in hohen Bögen zu –, und sagte: «Was ist mit uns? Wir können nicht nach Massachusetts ziehen. Ich will da nicht hin.»

«Das ist schon in Ordnung», sagte ich und sah mich einen Moment lang tatsächlich in der Rolle dessen, der auf einem winzigen Campus mit altehrwürdigen Gebäuden den Studenten bei der Abschlußfeier die Diplome überreicht, mit Barett und hochrotem Talar und Zepter, im Mittelpunkt der allgemeinen Bewunderung. «Ich werde pendeln», sagte ich. «Ihr drei könnt hin und wieder am Wochenende rauffahren. Dann übernachten wir in Gasthöfen auf dem Land, wo sie noch alte Obstpressen haben. Wir werden schöne Tage erleben. Und es geht ganz einfach.» Ich hatte es plötzlich eilig, dort hinzukommen.

«Hast du den Verstand verloren?» X drehte sich um und musterte mich, als könne sie mir tatsächlich ansehen, daß ich den Verstand verloren hatte. Und dann lächelte sie mich seltsam an, als wisse sie zwar, daß etwas Schlimmes passierte, als stehe es aber nicht in ihrer Macht zu helfen. (Das war während der schlimmsten Zeit mit den anderen Frauen, und sie hatte sich große Mühe gegeben, sich still zu verhalten.)

«Nein, ich habe nicht den Verstand verloren», sagte ich mit einem schuldbewußten Lächeln. «Es ist genau das, was ich schon immer tun wollte.» (Eine glatte Lüge.) «Und es kommt genau zum richtigen Zeitpunkt, finde ich. Was meinst du?» Ich ging hinüber, um ihr einen Klaps auf den Arm zu geben, doch sie drehte sich einfach um und ging hinaus in den Garten. Und wir redeten nie mehr ein Wort darüber. Ich setzte mich mit dem College in Verbindung und bat darum, mir ein Haus zu besorgen. Ich fragte bei der Zeitschrift wegen des Urlaubs an und bekam ihn auch bewilligt (ein «Abrundungsprojekt» nannten sie es). Die von mir zu behandelnden Texte wurden mir im Laufe des Sommers zugeschickt, und ich bereitete mich so vor, wie ich es für angemessen hielt. Am 1. September packte ich dann den Chevy und fuhr nach Norden.

Natürlich fand ich, als ich wieder Boden unter den Füßen hatte, daß ich am College ungefähr so viel zu suchen hatte wie eine Ente auf dem Fahrrad, denn in Wahrheit hatte ich, auch wenn ich mir noch so viel Mühe gab, *nichts zu unterrichten.*

Es ist ja eigentlich irre, daß es überhaupt noch jemanden gibt, der irgend etwas zu unterrichten hat, wenn man sich nur überlegt, daß die Welt so kompliziert ist wie ein Mikrochip und daß wir alle nur langsam dazulernen. Ich wußte eine ganze Menge, alles, was sich in meinem Leben angesammelt hatte. Aber es hatte alles nur mit mir zu tun und war nur für mich bedeutsam (die Liebe ist übertragbar; der Ort ist wirklich nicht alles). Aber mir lag nichts daran, irgend etwas davon auf ein Fünfzig-Minuten-Format zu reduzieren, auf Worte und eine Stimme, die für jeden Achtzehnjährigen bestens zu verstehen war. Das ist gefährlich wie eine Schlange und birgt das Risiko, daß du Studenten – die ich noch nicht mal mochte – entmutigst und verwirrst, kritischer noch: daß du *dich selbst*, deine Emotionen, dein eigenes Wertesystem – dein Leben – auf ein interessantes Unterrichtsthema reduzierst. Offensichtlich hat das eine Menge mit dem «Ausschauhalten» zu tun, das mich damals fest im Griff hatte, dem ich aber zu entkommen suchte. Wenn du nicht Ausschau hältst, wirst du wahrscheinlich mit deiner eigenen Stimme sprechen und die Wahrheit so sagen, wie du sie kennst, und nicht nach dem Beifall des Publikums schielen. Wenn du dagegen Ausschau hältst, bist du mehr oder weniger bereit, alles von dir zu geben – die finsterste Lüge oder die albernste Dummheit, die sich ein Mensch vorstellen kann –, solange du nur glaubst, jemanden damit glücklich zu machen. Lehrer, das sei hier gesagt, sind für das Ausschauhalten höchst anfällig und können es bis zur denkbar schlimmsten Konsequenz treiben.

Ich konnte Anekdoten aus dem Sport abspulen, Geschichten aus dem Marine Corps, Streiche aus meiner Studentenzeit; ich konnte zum Nutzen aller hin und wieder ein leichtes Williams-Gedicht auseinandernehmen, einen Witz auf lateinisch erzählen, wie ein Dichter mit den Armen fuchteln, um Begeisterung zu demonstrieren. Aber das diente alles nur dazu, fünfzig Minuten zu überstehen. Wenn es ans Unterrichten ging, schien die Literatur ein weites Feld, nicht durchschaubar und schon gar nicht destillierbar, und ich wußte nicht, wo anfangen. Meistens stand ich, zerstreut wie ein Kamel, vor den hohen Fenstern, während einer meiner Studenten über eine interessante Short Story sprach, die er aus eigener Initiative gefunden hatte, und ich blickte nachdenklich hinaus auf die sterbenden Ulmen und das grüne Gras und die Straße nach Boston und fragte mich, wie das alles wohl vor hundert Jahren ausgesehen haben mochte, bevor die neue Bibliothek und das Klubhaus der Studenten gebaut waren und bevor sie die Doppeldecker-Skulptur auf den Rasen gestellt hatten, um das Zeitalter des Fliegens zu verherrlichen. Bevor, mit anderen Worten, eine übergeschnappte Moderne alles ruiniert hatte.

Die Kollegen in meiner Abteilung hätten, weiß Gott, nicht netter sein können. Nach ihrer Vorstellung war ich ein «reifer Schriftsteller», der nach einem «vielversprechenden Auftakt» und einer sich anschließenden unergiebigen Periode, in der er «anderen Interessen nachging», neuerdings versuchte, wieder auf die Beine zu kommen, und sie waren bereit, sich für mich einzusetzen. Um es ihnen allen leichter zu machen, behauptete ich, ich bereitete eine neue Anthologie mit Geschichten vor, die auf meinen Erfahrungen als Sportreporter beruhten, aber in Wahrheit verflüchtigte sich jeder Gedanke an ein solches Unternehmen blitzschnell, sobald ich den Campus betrat. Ich sah ein Exemplar meines Buches in einem Dutzend verschiedener Häuser bei einem Dutzend verschiedener Abendgesellschaften (immer dasselbe, bibliothekseigene Exemplar, das vor mir her die Runde machte). Und obwohl es nie ausgesprochen wurde, gab man mir doch zu verstehen, daß das Buch von maßgebenden Leuten sorgfältig gelesen und im kleinen Kreis bewundernd kommentiert worden sei. An einem frischen Oktoberabend im Haus eines Dickens-Spezialisten nahm ich es unauffällig vom Couchtisch, warf es in das knisternde, herbstliche Kaminfeuer und sah zu, wie es verbrannte (mit der gleichen Genugtuung, die X empfunden haben muß, als der Rauch von ihrer Aussteuertruhe aus unserem Schornstein quoll), setzte mich dann an den Tisch, aß Hühnchen à la Kiew und genoß es, in einem pseudobritischen Akzent über Personalpolitik am College und Antisemitismus bei T. S. Eliot zu reden. Am späten Abend landete ich dann mit Selma, die auch unter den Gästen gewesen war, in einer Kneipe an der Bahnlinie nach New York, diskutierte mit etlichen Recht-auf-Arbeit-Konservativen über die Tugenden der amerikanischen Arbeiterbewegung und die wechselvolle Karriere Emil Mazeys und verbrachte den Rest der Nacht in einem Motel.

Meine Kollegen, das muß ich sagen, waren alle brennend am Sportgeschehen, vor allem an Baseball, interessiert und konnten sich in informativen, handfesten Unterhaltungen darüber ereifern, wie Statistiken lügen, welche Zonen im Außenfeld am schwersten abzudecken sind und wer wohl die größten Manager aller Zeiten waren – Männergespräche, die den halben Abend füllen konnten. Sie wußten oft viel mehr als ich und wollten stundenlang über exotische Regelauslegungen debattieren, über Verteidigungsstrategien gegen das «Stehlen» von Bases und über den «Charakter» der einzelnen Stadien. Sie rückten oft von ihrem eigenen britischen oder großstädtischen Akzent ab und redeten in einem undefinierbaren Südstaatler- und «Sportler»-Akzent. Das hielten sie stundenlang durch, was ich bereits von Cocktailparties in Haddam kannte. Einige vertrauten mir sogar wehmütig an, sie hätten am liebsten dasselbe getan wie ich, hätten aber in ihrem jungen Leben nie die «Lücke» gefunden, die es ihnen erlaubt hätte, über eine Zukunft als Sportreporter nachzudenken. Alle hatten sie natürlich sofort nach dem College im Eiltempo ihr Fachstudium absolviert, sich möglichst rasch nach einer Stelle umgesehen, Unkündbarkeit angestrebt und sich fürs Leben eingerichtet. Wenn sie irgendwelche «Lücken» gehabt hatten, dann standen sie nicht dazu, denn das hatte mit irgendeiner Art von Versagen zu tun – einer schlechten Zensur, einer niedrigen Bewertung seitens des Verwaltungsrats oder dem nichtssagenden Empfehlungsschreiben eines wichtigen Professors – irgend etwas, das sie fürchterlich erschreckt hatte und an das sie jetzt nicht mehr erinnert werden wollten.

Trotzdem verwirrte es sie offensichtlich, daß mir etwas zugestoßen war, was sie nicht kannten, und daß ich, eigentlich gar kein so übler Bursche, nun mitten unter ihnen war, wo doch ihr Leben zugleich perfekt und vollkommen gewöhnlich schien. Sie lächelten mich an und schüttelten den Kopf, hatten die Arme verschränkt, die Pfeife fest zwischen den Zähnen, die Krawatte makellos, und – aus Gründen, die ich nicht verstand und auch heute noch nicht verstehe – sie hörten mir beim Reden zu! (Dabei hörten sie einander sonst keine Sekunde lang zu.) Ich war der Beweis, daß das Leben auch anders verlaufen konnte, als sie es gewohnt waren, und darüber staunten sie.

Über Sport zu schreiben, hatte für sie, glaube ich, etwas Verlockendes, so wie es für mich etwas Verlockendes hat, und sie empfanden es wohl auch als exotisch, aber die damit verbundene Nüchternheit ließ sie manchmal verlegen werden, machte ihnen angst und brachte sie zum Lachen, wobei sie wie Zulus die Arme auf immer neue Art verschränkten.

Sie alle ermunterten mich jedoch sehr nachhaltig, es noch einmal mit dem richtigen Schreiben zu versuchen. Sie konnten sich wohl vorstellen, daß einer das tun will und dann in Würde daran scheitert. Sie hatten großen Respekt vor der Würde kleiner Fehlschläge, denn die vermuteten sie auch bei sich selbst. Doch für mein Verständnis achteten sie sich selbst zu gering und machten sich nicht klar, wie sehr wir alle in demselben Boot sitzen und wie unvollkommen dieses Boot ist.

Ich halte es nicht mit dem alten Glauben, nach dem Professoren an uns Schriftstellern Gefallen finden, weil sie uns eindrucksvoller und dümmer und daher aufrichtiger scheitern sehen, als das bei ihnen der Fall war. Im Gegenteil, sie sehen es gern, daß jemand den Versuch macht und alles aufgibt, um ein bleibendes Zeichen zu setzen. Sie mögen auch durchaus damit rechnen, daß sie dich scheitern sehen, aber im Grunde sind sie alles andere als Zyniker. Und da ich nicht versuchte, irgendwelche Zeichen zu setzen (das *dachten* sie nur und brachten mir deshalb eine gewisse Bewunderung entgegen), lernte ich das College wahrscheinlich von seiner besten Seite kennen.

Die einzigen, mit denen ich eindeutig nicht auskam, waren die jüngeren «Nachwuchskräfte», die traurigen, schmallippigen und unglücklichen «Hoffnungsträger». Sie konnten mich nicht ausstehen. Ich war ihnen wohl zu ähnlich – schutzlos der Welt ausgeliefert , dabei aber auf eine Weise anders, die sie ärgerlich, belastend und belanglos fanden. Nichts läßt uns hochmütiger reagieren als die Gegenwart eines Menschen, der etwas anderes tut als wir und der sich dabei ganz gut schlägt, sich aber nicht beklagt (dabei war ich damals so heftig am Rudern, wie das nur möglich ist). Sie betrachteten mich mit echtem Abscheu und sagten normalerweise kein Wort, so als sei eine bestimmte Tätigkeit gleichbedeutend mit lachhaftem Scheitern, doch zugleich auch so, als komme ihnen irgend etwas an mir bekannt vor und könne in ihrer Zukunft vielleicht einmal eine Rolle spielen, falls es für sie nicht lief wie geplant. Der Galgen, stelle ich mir vor, macht dem Verurteilten weniger angst als dem, der noch auf sein Urteil wartet.

Ohne Groll oder auch nur den leisesten Wunsch, sie zu beunruhigen, sagte ich ihnen, wenn sie keine feste Anstellung erhielten, sollten sie sich vielleicht mal ernsthaft als Sportreporter versuchen, so wie das andere in ihrer Lage auch gemacht hatten. Aber der Rat schien ihnen nicht zu schmecken. Ich glaube, es war die Idee der Austauschbarkeit, die ihnen nicht gefiel, und keiner kam, nachdem man ihm den Laufpaß gegeben hatte, jemals vorbei, um wegen eines Jobs zu fragen.

Was ich schließlich überhaupt nicht ausstehen konnte, war nicht das, was wohl die meisten vermuten würden.

Ich störte mich nicht an den endlosen Folgen von Sitzungen, die ich lächelnd und völlig geistesabwesend über mich ergehen ließ. Es interessierte mich nicht die Bohne, was zum «Lernen» gesagt wurde – ich verstand nicht einmal richtig, was es in ihrer Sprache bedeutete –, da es mir auch nicht andeutungsweise gelang, meinen Studenten die Augen für die Welt zu öffnen, die ich sah. Am Ende hatte ich mit den Jungen und vor allem mit den armen Sportlern nur bitteres Mitleid, und an die Mädchen konnte ich nur noch im Zusammenhang mit der Frage denken, wie sie wohl in ihrer bunten Unterwäsche aussahen. Aber die professionelle Einstellung meiner Kollegen beeindruckte mich, etwa, daß sie wußten, wo alle «ihre Bücher» in der Bibliothek standen, daß sie die Neuanschaffung auswendig wußten und nie an den Karteikästen Zeit verschwenden mußten. Ich genoß es, wenn ich ihnen im Magazin in den Untergeschossen zufällig begegnete, wo sie über die weiblichen Mitglieder des Lehrkörpers und über die Chancen auf feste Anstellung klatschten und sich mit den Ellbogen anstießen, während sie den neuesten Witz austauschten oder über irgendeinen Skandal redeten, der diese Woche im *TLS* abgedruckt war. Was sie machten, wie sie ihr Leben führten, das war in jedem Punkt so, wie auch ich es an ihrer Stelle gemacht hätte: Sie behandelten die Welt wie einen belanglosen Witz und ihr eigenes, behagliches Leben wie einen elitären Männerklub. Ich hatte keinen Augenblick das Gefühl, ihnen überlegen zu sein, und es würde mich überraschen, wenn es ihnen anders gegangen wäre. Ich hatte nichts gegen die Fischerhemden, die Wallabies, Pfeifen, lexikalischen Spielchen, Scharaden, die langen Partypalaver über «Sibs» und «La Maz», Kuratorien und Experimente bei der Behandlung von Autismus, die freimütigen Reden über lesbische Liebe und wer in der Falkland-Geschichte im Recht war (ich bevorzugte Argentinien). Ich gewöhnte mich sogar an die kleinen, hämischen, nur für Eingeweihte verständlichen Bemerkungen zwischen Leuten, mit denen ich noch am Abend vorher beim Essen zusammengewesen war, die mich aber am nächsten Morgen nur noch mit verschlagenen, kryptisch-ironischen Anspielungen auf den Vorabend bedachten: «... *der* Vermerk müßte in die *Cantos* rein, nicht wahr, Frank? Das soll der olle Ezra erst mal übersetzen! Ha!» Leben und leben lassen, das ist mein Motto. Ich komme mit den meisten Interessengruppen gut zurecht, sogar mit der vom Magazin unterhaltenen Vermittlungsstelle für Redner, für die ich gelegentlich aufs Land hinausfahre, um Bürgern die Idee der inneren Stärke zu erläutern oder sie mit abgedroschenen Sportanekdoten zu unterhalten.

Ganz im Gegenteil. Diese ewig jugendlichen, weichen, schlaksigen, untadeligen Männer – zu denen noch zwei drahtige Lesbierinnen gehörten – fühlten sich in meiner Gegenwart ganz wohl. Bei mir konnten sie ihre natürliche Jungenhaftigkeit immer ausleben, wozu ihre Frauen sie auch ermunterten. Wie andere Menschen an anderen Orten konnten sie nach ein paar Drinks fast jederzeit aufhören, die Ernsthaften zu spielen und sich einer kichernden Albernheit hingeben.

Und tief im Innern mochten sie mich, glaube ich, denn genauso behandelte ich sie, als anständige Kumpel, selbst die Lesbierinnen, denen das gutzutun schien. Sie hätten mich gern länger bei sich gehabt, vielleicht für immer, denn warum hätten sie mich sonst gebeten zu bleiben, wo ihnen doch klar sein mußte, daß mit mir, mit meinem Leben, etwas nicht in Ordnung war, etwas, das mich melancholisch stimmte, auch wenn sie alle sorgsam darauf bedacht waren, nie ein Wort darüber zu verlieren.

Was mir jedoch wirklich zuwider war und mich schließlich veranlaßte, am Ende des Semesters mitten in der Nacht aus der Stadt zu fliehen, ohne mich verabschiedet, ja, ohne meine Zensuren abgegeben zu haben, war die Tatsache, daß es dort mit Ausnahme Selmas nur eingefleischte Gegner – und Gegnerinnen – des Unerklärlichen gab, alle erfahren in der Kunst des Erklärens, Erläuterns und Zerlegens, und dadurch Förderer der Beständigkeit. Für mich führte das zu schlimmster Hoffnungslosigkeit, und am Ende konnte ich ihre grinsenden, hoffnungsfrohen Lehrergesichter nicht mehr ausstehen. Lehrer, glauben Sie mir, sind geborene Schwindler der gemeinsten Sorte, denn das, was sie vom Leben wollen, ist unmöglich – zeitlose, existentielle ewige Jugend. Es verpflichtet sie zu schrecklichen Irreführungen und Abweichungen von der Wahrheit. Und die Literatur, da sie nun mal von Dauer ist, dient ihnen als Vehikel.

Alles dort hatte von Dauer zu sein – das Leben ebenso wie die Backsteine der Bibliothek und die literarischen Bücher, vor allem beim Blick durch das Schlüsselloch ihrer dominierenden Themen: ewige Wiederkehr, die Beherrschung des Menschen durch die Maschine, die fortlaufende Saga vom mittelmäßigen Leben, das einem prickelnden Tod vorzuziehen sei, fort und fort bis zur vermoderten Erstarrung. Das wirklich Geheimnisvolle, Unerklärliche – der eigentliche Grund, weshalb wir Bücher lesen (und erst recht schreiben) – war für sie etwas, das sie auseinandernahmen, destillierten und zerschlugen, bis nur noch Schutt übrigblieb, den sie zu jämmerlichen, aber dauerhaften Erklärungen plattwalzten; mit anderen Worten: Sie bauten Denkmäler für sich selbst. Meiner Meinung nach sollten alle Lehrer im Alter von zweiunddreißig aufhören zu unterrichten und erst mit fünfundsechzig in ihren Beruf zurückkehren, so daß sie ihr Leben *leben* können, anstatt es unterrichtend zu vergeuden – nur so haben sie ein Leben voller Vieldeutigkeit und Flüchtigkeit und Bedauern und Staunen, und sie müssen öffentliche Erklärungen erst wieder im Alter abgeben, wenn ihr Ende nahe ist und sie nichts anderes mehr tun können.

Mit dem Erklären beginnen unsere ganzen Schwierigkeiten.

Es stimmt natürlich, daß sie nichts anderes taten als ich – sie hielten sich das Bedauern vom Leib, durchaus klug, wenn man es genau versteht. Aber sie hatten alle beschlossen, für sie werde es wirklich nie wieder irgend etwas zu bedauern geben! Oder sie würden nie wieder für irgend etwas verantwortlich sein, das nicht absolut dauerhaft und tröstlich war. Ein untadeliges Leben. Was überhaupt nicht klug ist, da du bestenfalls versuchen kannst, das unvermeidliche Bedauern daran zu hindern, daß es dein Leben zugrunde richtet, bevor du einen neuen Anfang gemacht hast.

Wenn diese Leute dann plötzlich mit einer wirklich vieldeutigen, wirklich bedauerlichen Situation konfrontiert werden, sagen wir, mit der schlichten Aufgabe, einem empfindlichen jungen Kollegen, den sie wahrscheinlich mögen und mit dem sie hundertmal zu Mittag gegessen haben, sagen zu müssen, er müsse gehen und sich anderswo eine Beschäftigung suchen; oder mit einer so komplizierten Geschichte wie einem übermütigen, fröhlichen Seitensprung unter ihrem eigenen Dach (was unter Kollegen ständig vorkommt) – dann könnten sie nicht ungeschickter reagieren, nicht schlechter darauf vorbereitet sein oder hilfloser zusammenbrechen, weil sie es sich nicht erklären können oder es vielleicht könnten, sich aber dagegen sperren; oder noch schlimmer: Weil sie bereit sind, die lästige Geschichte einfach zu leugnen.

Manche Dinge sind nicht zu erklären. Es gibt sie einfach. Und nach einer Weile verschwinden sie, gewöhnlich für immer, oder werden auf andere Weise interessant. Die Tröstungen der Literatur wirken immer nur vorübergehend, während das Leben rasch wieder neu anfängt. Es ist besser, gar nicht erst so genau hinzusehen, mit dem Erklären gar nicht erst anzufangen. Nichts berührt mich so unangenehm, als meine Zeit mit Leuten zu verbringen, die das nicht wissen und die nicht imstande sind zu vergessen, und für die eine solche Erkenntnis noch nicht zu einem Grundstein des Lebens geworden ist.

Teilweise war es eine Folge davon, daß Selma Jassim und ich uns der seichtesten Unbeständigkeit überließen – daß wir darin schwelgten und das Bedauern einfach wegschoben, und mit ihm jeden Gedanken an Verlust. (Ich muß schon sagen: Moslems verstehen sich auf Unbeständigkeit. Besser sogar als Sportreporter.)

Ein kühler Beobachter würde vielleicht sagen, was sich zwischen Selma und mir abspielte – nach unserem romantischen Essen am offenen Kamin im vornehmen *Vermont Yankee Inn* noch am selben Abend, an dem ich X und die Kinder in den Bus gesetzt hatte –, sei nur eine der üblichen, schäbigen kleinen Affären, mit denen bei einem Mann zu rechnen sei, der als Feuerwehr an ein kleines College in Neuengland kommt, da es dort, wo sich eine trübe Woche an die andere reihe, nichts anderes für ihn zu tun gebe und er noch nicht richtig Fuß gefaßt habe. Wenn dich jedoch – und das ist meine Antwort – eine hoffnungslose Verträumtheit in den Klauen hat, kann auch noch die trivialste menschliche Beziehung Zeugnis ablegen und manchmal sogar einem auf Grund gelaufenen Leben neuen Schwung geben. (Darüber hinaus kannst du deine eigenen Gefühle nie erfolgreich verteidigen.)

An meinem zweiten Wochenende hier oben war X mit den Kindern heraufgefahren (ich hatte gerade eben Mindy Levinson besucht). Sie brachte mir ein Paar Kerzenhalter aus Messing für mein kleines Haus, putzte und räumte auf, setzte sich in eine meiner Klassen, ging mit mir an zwei aufeinanderfolgenden Abenden zu Parties bei Kollegen und schien sich gut zu unterhalten. Sie schlief morgens aus und ging mit mir auf einen langen Herbstspaziergang am Tuwoosic entlang, und wir redeten von Plänen, im Frühjahr mit den Kindern zum Big Bend National Park runterzufahren, über den sie gerade etwas gelesen hatte. Doch als wir am Sonntagmorgen zur *Bay State Tavern* und zu dem Bus rausfuhren, der die drei nach Hause bringen sollte, blickte sie mich von der Seite an und sagte: «Ich hab wirklich keine Ahnung, was du hier oben willst, Frank. Eigentlich kommt mir das alles absolut idiotisch vor, und ich möchte, daß du hier aufhörst und jetzt sofort mit uns zurückfährst. Es ist nicht so besonders, zu Hause ohne dich.»

Ich sagte ihr natürlich, daß ich nicht einfach weggehen könne. (Dabei wäre ich, hätte ich's getan, vielleicht heute noch verheiratet, und was mein Bleiben anbelangte, so hatte ich selber das Gefühl, daß sie absolut recht hatte mit dem, was sie sagte; daß ein anderer gescheiterter Autor aus seinem Loch kriechen und schon am nächsten Tag meinen Platz einnehmen und daß dann Arthur Winston nie wieder an mein «interessantes» Gesicht denken würde.) Aber irgend etwas hatte mich hierherkommen lassen, und ich wollte, auch wenn es vielleicht lächerlich war, erst herausfinden, was es gewesen sein mochte

– und genau das sagte ich dann zu X. Und außerdem, daß ich ja mein Wort gegeben hatte. Ich sagte ihr, ziemlich lahm, sie solle jedes Wochenende heraufkommen, und sie könne sogar Paul von der Schule nehmen, und dann könnten sie alle drei bei mir einziehen (was natürlich noch lächerlicher war).

Solange ich redete, blickte X nur zu dem wartenden Bus hinüber; dann seufzte sie und sagte traurig: «Ich komme nie mehr hier rauf, Frank. Irgendwas liegt hier oben in der Luft und gibt mir das Gefühl, alt und absolut dämlich zu sein. Du wirst es also allein schaffen müssen.»

Und damit stieg sie mit Paul und Clary aus und schleppte ihre große Tasche zum Bus. Beim Einsteigen weinten die Kinder beide (X nicht), und dann stand ich allein und benommen auf dem Bay State-Parkplatz und winkte ihnen nach.

Für Selma und mich folgte eine Zeit – dreizehn Wochen waren es, ehe ich nach New Jersey zurück- und der Scheidung entgegenging –, in der wir einfach ein sprunghaftes Dasein teilten. Sie war eine herbe, kaltäugige Araberin von düsterer Schönheit, mit sechsunddreißig Jahren genau in meinem Alter, auch wenn sie älter schien als ich. Sie war in diesem Herbst von Paris aus ans Berkshire College gekommen, nur um sich ein Visum zu besorgen (sagte sie), damit sie einen reichen amerikanischen «Industriellen» finden, ihn heiraten und sich dann in einem wohlhabenden Vorort zu einem glücklichen Leben niederlassen konnte. (Sie wußte, ein bequemes Dasein ließ einen fast jedes Elend vergessen.)

Ich fuhr nicht mehr nach Hause, bis das Semester zu Ende war, und X schrieb mir nicht und rief nicht an. Und Selma und ich genossen es einfach, in meinem Häuschen zu bleiben und uns im Bett zu lümmeln oder aber in meinem Malibu rauszufahren, soweit das in der Zeit möglich war, die wir nicht auf dem Campus zu sein hatten, und stundenlang über alles zu reden, was uns interessierte – in meiner Erinnerung bis heute die faszinierendsten Gespräche meines ganzen Lebens, vor allem natürlich deshalb, weil sie gestohlen waren. Wir fuhren nach Boston, rauf nach Maine, runter nach Westchester, weit in den Norden Vermonts und bis nach Binghamton im Westen. Wir übernachteten in kleinen Motels, aßen in Rasthäusern, tranken in Kneipen, die *The Mohawk, The Eagle* oder *The Adams* hießen – dunkle, abgelegene Sandsteinhäuser, wo nur selten etwas von der Außenwelt eindrang, wo wir niemanden kannten und wo uns niemand beachtete: eine große, langhalsige Araberin, die glänzende schwarze Seide trug und französische Zigaretten rauchte, und irgendein Durchschnittstyp in einem Pullover mit rundem Ausschnitt, Baumwollhosen und einer Traktormütze von John Deere, die ich mir zu Beginn meiner Zeit in Berkshire zugelegt hatte. Wir waren Touristen, die aus dem Nirgendwo kamen und nirgendwo hinfuhren.

Wir unterhielten uns fast nie über literarische Themen. Sie war eine kritische Wissenschaftlerin und hatte, soweit ich das mitbekam, für jede Art von Literatur nur finstere, ironische Verachtung übrig. (Als Witz heckte sie den Plan aus, aus einem der Romane F. Scott Fitzgeralds alle Ich-Pronomina zu entfernen, und als sie in einem Seminar darüber referierte, fanden das alle unsere Kollegen «genial».) Statt dessen unterhielten wir uns über Belanglosigkeiten – warum ein besonders farbenprächtiger Berghang voller Zuckerahorn sich zu so verschiedenen Zeiten verfärbte und was das mit irgendwelchen Krankheiten zu tun haben könnte; warum amerikanische Landstraßen gerade diesen und jenen Ort miteinander verbanden; wie man mit dem Auto in London zurechtkam (wo ich nie gewesen bin und wo sie studiert hat); wir unterhielten uns über ihren ersten Mann, einen Engländer; meine Frau; eine Karriere als Schauspielerin, die sie aufgab; wie ich in verschiedenen schwierigen Phasen meines Lebens die allgemeine Wehrpflicht einschätzte – nichts, was besonders interessant gewesen wäre, sondern einfach all die Dinge, die sich ergaben und über die wir plaudern konnten, ohne die Zukunft einzubeziehen (in dem Punkt machten wir uns nichts vor). Es diente alles dazu, den Tag erträglich zu machen, ehe wir uns wieder dem Unterrichten zuwenden mußten, etwas, was ich immer mehr verabscheute. Im Laufe der Zeit erfuhr ich eine Menge über sie, obwohl ich sie nie ausfragte, und es war zwischen uns immer klar, daß ich in Wirklichkeit nichts wußte. Es gab andere Menschen in ihrem Leben, das wußte ich, ziemlich viele sogar, Männer und Frauen, Menschen in fremden Ländern – zum Teil vielleicht sogar im Gefängnis –, und es gab andere, die aus Gründen entfremdet waren, über die sie einfach nicht redete. Eine Woche lang fühlte ich mich ungeheuer stark zu ihr hingezogen und hatte die verschiedensten unmöglichen und romantischen Ideen, Dinge, denen *ich* nie auf den Grund ging, und warf sie dann alle über Bord. Hundertmal sagte ich ihr, daß ich sie liebe, lachend meistens, und so unbesonnen-draufgängerisch, daß wir es beide als puren Blödsinn verstanden, denn sie spottete über fast jede Art der üblichen Zuneigung und behauptete, sie habe kein Interesse, einem Gefühl wie der Liebe auf den Grund zu gehen.

Sie hatte nur eine, wie ich fand, seltsame Vorliebe, und die galt dem Thema der Selbstlosigkeit, zu dem sie mir gleich am ersten Morgen, als wir zusammen aufwachten, einen langen Vortrag hielt, während sie nackt in meinem sonnigen kleinen Haus herumstand, Zigaretten rauchte und zum Fenster hinaus auf den Tuwoosic starrte, als wäre es der Irrawaddy. Sie sagte, Selbstlosigkeit mache Araber verrückt, denn sie sei immer «verlogen» (ein Wort, das sie mochte). Sie redete sich in Rage, rollte den Kopf von einer Seite auf die andere, brüllte und lachte, während ich nur im Bett saß und sie bewunderte. Ihrer Meinung nach waren es keine religiösen oder wirtschaftlichen Themen, die den Haß auf der Welt schürten; es war die Selbstlosigkeit. Sie erzählte mir an diesem ersten Morgen mit ernster Miene, daß sie mit achtzehn Jahren bereits zwei Phasen der Drogenabhängigkeit hinter sich hatte, eine «weitreichende» Zusammenarbeit mit Terroristen, wobei sie, wie sie durchblicken ließ, auch Menschen getötet hatte; daß sie gekidnappt, vergewaltigt, inhaftiert worden war; daß sie mit einer Reihe finsterer *Ismen* geflirtet hatte, die alle ihren Verstand elektrisiert und sie endgültig davon überzeugt hatten, daß sie wußte, weshalb Menschen bestimmte Dinge taten – nur um sich selbst zufriedenzustellen, aus keinem anderen Grund –, und deshalb zöge sie es vor, sich möglichst aus allem herauszuhalten. Sie sagte, sie habe eine Abneigung gegen die Christen unter den Kollegen (im Gegensatz zu den Juden), und zwar nicht wegen der selbstzufriedenen Verkommenheit ihres Akademikerlebens, das sie mit einem höhnischen Lachen quittierte (wenn auch nur, weil sie nicht reich waren), sondern weil die Christen sich für selbstlos hielten und vorgaben, hochherzig und wohlwollend zu sein. Das einzige Mittel gegen die Selbstlosigkeit bestand ihrer Meinung nach in großer Armut oder gewaltigem Reichtum. Und sie wußte, welche der Alternativen ihr lieber war.

Was Selma von mir hielt, ist mir nicht so ganz klar. Ich fand *sie* jedenfalls schlichtweg umwerfend, halte es aber für möglich, daß sie in mir eine jämmerliche Gestalt sah, obwohl sie mir die Art von Bewunderung entgegenbrachte, die jeder Amerikaner gern auslösen würde, wenn er in ferne, zivilisiertere Länder reist. Ich geriet manchmal in plötzliche Erregungszustände, wurde dann verschlossen und trübsinnig wie ein Geisteskranker oder fing an, bösartige Bemerkungen über Dinge zu machen, von denen ich keine Ahnung hatte – oft, gegen Ende des Semesters, ging das gegen irgendeinen Kollegen, dem ich unterstellte, er habe mich beleidigt, obwohl ich in Wirklichkeit nichts gegen ihn hatte und ihn gewöhnlich nicht einmal kannte. Selma nahm das gelassen hin und sagte, sie habe noch nie jemanden gekannt wie mich; ich sei der clevere, abgebrühte Realist, den man ihr immer als den echten Amerikaner beschrieben habe (mickrige Akademiker blieben da weit zurück), aber ich hätte auch eine nachdenkliche, kompliziert aufrichtige und verletzliche Seite, die die ganze Mischung meines Charakters intellektuell exotisch und brillant mache. Sie sagte, es sei ein positiver Schritt gewesen, das richtige Schreiben aufzugeben und Sportreporter zu werden – eine Tätigkeit, von der sie praktisch nichts wußte, die sie aber als eine Möglichkeit ansah, sich ohne viel Mühe den Lebensunterhalt zu verdienen. Daß ich am Berkshire College war, fand sie lächerlich – genau wie X –, so lächerlich wie ihre eigene Tätigkeit dort. Tatsächlich glaube ich jedoch, daß sie in mir einfach jemanden sah, der ihr ähnlich war: Wir waren beide verrückt und verwirrt und suchten nur nach Möglichkeiten, irgendwie zurechtzukommen. «Du hättest ebensogut ein Moslem werden können», sagte sie mehr als einmal und reckte die lange, spitze Nase in einer Art, die Anerkennung ausdrücken sollte. «Du hättest auch Sportreporterin werden sollen», sagte ich. (Ich wußte nicht, was ich damit sagen wollte, aber wir lachten uns beide krank darüber.)

Mit einigem Abstand könnte es so aussehen, als hätten Selma und ich herumgetrödelt und den Zynismus auf die Spitze getrieben. Doch das wäre völlig falsch, denn um wirklich zynisch zu sein (wie ich es damals war, als ich mit all diesen achtzehn Frauen in all den Sportmetropolen dieser Nation Liebesbeziehungen anknüpfte), mußt du dich im Hinblick auf deine Gefühle selbst hinters Licht führen. Und wir wußten genau, was wir taten und was uns zusammenhielt. Keine verlogene Liebe oder Sentimentalität, kein vorgetäuschtes Interesse. Kein Pathos. Nur die Erwartung, die so gut sein kann wie alles andere, einschließlich der Liebe. Sie wußte sehr genau, daß sich in dem Moment, da das Objekt der Erwartung vorrangig wird, der Konflikt auf die Lauer legt wie eine Raubkatze. Und da sie nichts von mir wollte – ich war kein Industrieller und hatte mehr Probleme, als ich brauchen konnte; und da ich von ihr nichts anderes wollte, als sie in meinem Auto oder in meinem Bett zu haben und sie lachen zu sehen und, frei wie ein Vogel, mit ihr durch die wattierte Landschaft Neuenglands zu streifen –, gedieh unsere Beziehung. (Darauf kam ich erst später, denn wir redeten nie darüber.)

Aus dem, was wir erwarteten, könnte natürlich niemand je ein ganzes, auf eigenen Beinen stehendes Leben machen und damit rechnen, daß es von Dauer ist. Eine abendliche Ausfahrt zum Essen in einem abgelegenen Rasthaus, wo du durch eine hügelige Landschaft fährst, vorbei an herbstduftenden Wäldern, und schließlich fast ein wenig frierst, bevor du wieder zu Hause bist. Das plötzliche Läuten eines Telefons an einem Abend im Altweibersommer, wenn die Insekten schwirren, aber du hast damit gerechnet. Das Geräusch eines Autos vor deinem Haus und eine Tür, die ins Schloß fällt. Das Geräusch, das zu einem vertrauten, tiefen Atmen wird. Zigarettenrauch, der gegen den Telefonhörer geblasen wird, das Geklirr von Eiswürfeln aus einer schmeichelnden Stille heraus. Der Tuwoosic, der durch deinen Schlaf rieselt, und das langsam wachsende positive Gefühl, daß vielleicht doch nicht alles völlig verloren ist – gefolgt vom alten, klassischen Abschluß und intimem Seufzen. Sie fügte sich kaum etwas anderem als den nüchtern-prosaischen Aspekten des Lebens, und aus dem Grund hatte sie eine alles andere übertönende Aura des Unerklärlichen. Und viel mehr hat das Leben nicht zu bieten, ohne daß es viel komplizierter wird.

Ich muß sagen, nichts, was zwischen uns passierte, nichts, was wir zueinander sagten, beeinflußte unser Leben länger als einen einzigen Augenblick. Die Einzelheiten erschienen so gewöhnlich, wie sie tatsächlich waren. Für uns beide war es einfach eine für kurze Zeit (und auf eine Weise, die mir etwas verdeutlichte) zur Vollendung gebrachte und damit auch schon abgeschlossene Variante des Lebens.

Die Frage war nur, was hatte ich sonst noch, auf das ich mich freuen konnte? Mein Semester? Meine Kollegen mit ihrem Lächeln und ihren Erklärungen? Ein Leben ohne meinen ersten Sohn? Mein reduziertes Leben zu Hause mit X? Das allmähliche Abstumpfen und Abbröckeln bis hin zum Zielstrich? Ich weiß es nicht. Und ich wußte es damals nicht. Ich fand lediglich heraus, daß man das Leben eines anderen Menschen nicht kennenlernen konnte und daß man am besten gar nicht erst den Versuch dazu machte. Und als alles vorbei war (wir gingen auf einen Drink ins *Bay State* und verabschiedeten uns, als hätten wir uns gerade erst kennengelernt), verließ ich den Campus bei Nacht und fuhr nach New Jersey zurück, ohne auch nur meine Zensuren abgegeben zu haben (ich schickte sie per

Post), ungeduldig und zugleich ängstlich wie ein Pilger, aber ohne jedes Gefühl des Verlusts oder des Bedauerns. Es ging von Anfang an um geringe Einsätze, es gab keine gebrochenen Herzen und nichts zu bedauern, ja, es gab kaum verletzte Gefühle. Und das ist in einer komplexen Welt eine Seltenheit, die nicht vergessen werden sollte.

Am Tag vor meiner plötzlichen Abreise saß ich in meinem Büro hoch oben in der alten Mather-Bibliothek und blickte gedankenverloren aus dem Fenster; statt einige Prüfungsarbeiten zu lesen und Zensuren auszurechnen, träumte ich mit offenen Augen, als es an meiner Tür klopfte. (Ich hatte das Büro gewechselt und mir einen möglichst abgelegenen Raum zuweisen lassen, um, wie ich ihnen sagte, besser an meinem Buch arbeiten zu können; tatsächlich war es mir aber um einen Raum gegangen, wo Selma und ich nicht ständig von Studenten gestört wurden.)

In der Tür stand die Frau eines jüngeren Dozenten, eines Mannes, den ich kaum kannte und aus dessen arrogantem Verhalten ich schloß, daß er mich nicht besonders mochte. Seine Frau hieß jedoch Melody, und sie und ich hatten uns einmal auf Arthur Winstons Neujahrs-Cocktailparty (zu der X mitgegangen war) lange und freundschaftlich über den *‹Feuervogel›* unterhalten, ein Ballett, das ich nie auf der Bühne gesehen hatte und von dem ich nichts wußte. Von da an tat sie immer so, als sei ich in ihren Augen ein interessanter Neuzugang am College, und wenn sie mich sah, hatte sie immer ein nettes Lächeln für mich. Sie war eine kleine Frau mit mausgrauen Haaren, verweint aussehenden braunen Augen und einem, wie ich fand, verführerischen Mund, den ihr Mann – im Gegensatz zu mir – wahrscheinlich nicht mochte.

An meiner Tür wirkte sie nervös und leicht verlegen und wollte offensichtlich hereinkommen und uns einschließen. Wir hatten Dezember, und sie hatte sich des Schnees wegen warm angezogen und trug, daran erinnere ich mich, eine peruanische Mütze mit spitz zulaufenden Ohrenschützern und Stiefel mit irgendeinem Pelzbesatz.

Als ich die Tür hinter ihr schloß, setzte sie sich auf den Besucherstuhl und zündete sich sofort eine Zigarette an. Ich nahm an meinem Schreibtisch Platz, mit dem Rücken zum Fenster, und sah sie lächelnd an.

«Frank», sagte sie plötzlich, als ob die Worte im Innern ihres Schädels herumschwirrten und kollidierten und ihr nur zufällig entschlüpften, «ich weiß, wir kennen uns nicht sehr gut. Aber seit unserem wunderbaren Gespräch bei Arthur habe ich den Wunsch, Sie wiederzusehen. Das war damals eine wichtige Unterhaltung für mich. Ich hoffe, das wissen Sie.»

«Mir hat's auch Spaß gemacht, Melody.» (Dabei wußte ich allenfalls noch, daß Melody gesagt hatte, sie habe eigentlich Tänzerin werden wollen, aber ihr Vater sei immer dagegen gewesen, und in ihrem weiteren Leben habe sie dann eine Trotzhaltung gegen ihren alten Herrn und alle Männer eingenommen. Ich weiß auch noch, daß ich dachte, sie sehe in mir möglicherweise etwas anderes als einen Mann.)

«Ich gründe eine Tanzschule hier im Ort», sagte Melody. «Von der Gemeinde hat man mir Unterstützung zugesagt. Wahrscheinlich werden Berkshire-Studenten mitmachen, und auch die Schule wird sich beteiligen. Ich nehme selber wieder Stunden, fahre zweimal die Woche nach Boston. Seth versorgt die Kinder. Das ist alles ganz schön hektisch, aber es ist eine tolle Sache. So richtig losgehen wird's zwar frühestens im nächsten Herbst, aber es hat alles an dem Abend angefangen, als wir uns über den *‹Feuervogel›* unterhielten.» Sie lächelte mich an, stolz auf sich selbst.

«Das hört sich großartig an, Melody», sagte ich. «Ich kann Sie nur bewundern. Seth ist stolz auf Sie, das weiß ich. Er hat es mir gegenüber mal erwähnt.» (Eine glatte Lüge.)

«Frank, mein Leben hat sich wirklich verändert. Vor allem, was Seth betrifft. Ich hab ihn nicht verlassen. Und ich werd's auch nicht tun – jedenfalls nicht sofort. Aber ich habe meine Freiheit verlangt. Die Freiheit, alles zu tun, was ich will und mit wem ich will.»

«Das ist gut», sagte ich. Aber ich wußte nicht so recht, ob es wirklich gut war. Ich machte auf meinem Drehstuhl einen Schwenk und blickte aus dem Fenster, hinunter auf den verschneiten Hof, wo ein paar dämliche Studenten eine Schneeburg bauten, und warf dann einen Blick auf die Wanduhr, als hätte ich einen Termin. Ich hatte keinen.

«Frank. Ich weiß nicht, wie ich es sagen soll, aber ich muß es so sagen, weil es so ist. Ich will eine Affäre haben. Und ich möchte sie gern mit Ihnen haben.» Das sagte sie mit einem kalten Lächeln, das ihre Pflaumenlippen alles andere als küssenswert erscheinen ließ. «Ich weiß, Sie haben was mit Selma. Aber Sie können auch mit mir was haben, nicht wahr?» Sie knöpfte den schweren Mantel auf und ließ ihn hinter sich auf den Boden gleiten. Ich sah, daß sie einen Gymnastikanzug in den Collegefarben anhatte, halb rot und halb weiß. «Ich habe meine Reize», sagte sie, zog den einen Träger ihres Gymnastikanzugs über die Schulter herab, entblößte mitten in meinem Büro eine sehr hübsche Brust und schickte sich an, den anderen roten Träger über die Schulter zu ziehen.

Aber ich sagte: «Moment mal, Melody. Das ist ziemlich ungewöhnlich.»

«Alles, was ich bisher getan habe, war gewöhnlich, Frank. Aber inzwischen habe ich mich entschieden, im Bett eine ganze Menge nachzuholen.»

«Das ist eine gute Idee», sagte ich. «Am besten warten Sie hier auf mich. Ich will vorher noch etwas erledigen. Ziehen Sie Ihren Mantel wieder an.» Ich hob ihren Mantel auf, den sie auf den Boden hatte fallen lassen, und legte ihn ihr um die Schultern; sie blieb auf dem Stuhl sitzen, die reizenden Brüste nun beide entblößt, die Lippen so voll und schön, wie sie wahrscheinlich überhaupt nur sein konnten, der rot-weiße Gymnastikanzug bis zu den Hüften herabgezogen. Und ich ging hinaus auf den Gang, machte die Tür hinter mir zu, nahm am Fuß der Treppe meinen Mantel vom Haken und trat hinaus auf den großen Innenhof, um zu meinem Wagen zu gehen. Die Studenten gaben ihrer Schneeburg den letzten Schliff, und die ersten bewarfen sich schon übermütig mit Schneebällen. Die

Vorlesungen waren bereits zu Ende, und die Prüfungen noch zu weit weg, als daß sie jemanden beunruhigt hätten. Es ist die beste Zeit auf einem Campus, und die beste Zeit, ihm den Rücken zu kehren.

Als mir mitten auf dem Innenhof ein Mann entgegenkam, war es ausgerechnet Seth Fairbanks, Melodys Mann, der sich mit einer Tasche voller Bücher und einem Squash-Schläger zur Sporthalle schleppte. Der schlanke, drahtige Mann mit dem feinen schwarzen Schnurrbart hatte an der NYU studiert und beschäftigte sich in seinem Unterricht mit dem 18. Jahrhundert, aber auch mit einigen modernen Romanen. Wir hatten uns einmal über einige meiner Lieblingsbücher unterhalten, und es stellte sich heraus, daß er alles haßte, was ich je gern gelesen hatte, und daß er mit hieb- und stichfesten Argumenten aufzeigen konnte, warum das alles lachhaft war.

«Wo geht's denn hin, Professor Bascombe», sagte Seth Fairbanks mit einem spöttischen Lächeln. «In die Bibliothek?» Das sollte eine witzige Anspielung sein, die ich nicht verstand. Aber ich verzog mein Gesicht trotzdem zu einem Grinsen und dachte dabei an seine Frau, die in diesem Augenblick fröstelnd in meinem Büro saß, gleich hinter einem Fenster, von dem es eine Sichtverbindung zu uns gab (falls sie überhaupt noch dort war). Es war fünf Uhr und fast dunkel an diesem grauen Tag, und wahrscheinlich wären wir ohnehin nicht zu sehen gewesen.

«Nach Hause, Seth, ich hab eine Reihe Essays durchzulesen», sagte ich betont fröhlich. «Ich hab sie über Robbe-Grillet schreiben lassen.» (Noch eine Lüge. Meine Studenten hatten sich ihre Aufgaben selbst gestellt und auch die Zensur angegeben, die sie zu verdienen glaubten.) «Er ist ein cleverer Bursche.»

«Es würde mich interessieren, wie Sie Ihre Fragen formulierten. Legen Sie mir's doch morgen früh in mein Fach. Ich könnte noch was lernen. Ich behandle selber gerade den *‹Augenzeugen›*.» Seth konnte nur mit Mühe ein Lachen unterdrücken.

«Geht klar», sagte ich. Ich sah meinen schneebedeckten Wagen schon von weitem, als wir den Hügel hinunter zum Parkplatz gingen. Die alte braune Sporthalle lag auf der anderen Seite der Straße, von wo ihre Lichter in der Dämmerung gelb herüberschienen. Es würde bald kalt werden, und ein langer Winter stand bevor.

«Ich bereite gerade eine Vorlesung über das Unheimliche vor, Frank, nur für das kurze Wintersemester.» In der Kälte konnte ich Seths Atem sehen. «Es gibt reihenweise Bücher über das Außergewöhnliche und Übernatürliche, die kein billiger Schund sind, sondern echte Literatur. Ich habe da meine eigene kleine Theorie. Irgend jemand muß diese Bücher lesen.»

«Ich würde gern mehr darüber hören», sagte ich.

«Ich lege Ihnen einen Unterrichtsplan ins Fach. Wir können nächste Woche mal zusammen zu Mittag essen.»

«Das wäre ganz prima, Seth.»

«Hier oben hat man alles, was man braucht, Frank. Ich finde, Sie sollten noch ein Semester bleiben. Diese Sportreportagen können warten. Wer weiß, vielleicht gefällt es Ihnen hier oben so, daß Sie ganz bleiben wollen.» Seth lächelte. Ich wußte, er meinte kein Wort davon. Aber ich kam ihm entgegen.

«Da ist was dran, Seth. Ich werd's mir überlegen.»

«Na also.» Seth hob, da wir meinen Wagen erreichten, in einer Abschiedsgeste seinen Schläger hoch, und dann ging er den Berg hinunter auf die Sporthalle zu. Ich blickte zum dunklen Fenster meines Büros hinauf, wo Seths Frau gewesen war; inzwischen war sie höchstwahrscheinlich auf dem Nachhauseweg. Und das hielt ich für die beste Idee. Ich stieg in meinen Wagen, ließ den Motor an und machte mich selber auf den Weg nach Hause.

Um zehn Uhr dreißig bin ich sauber gewaschen und rasiert und trage das Beste, was ich für Ostern aufzubieten habe – einen leichten Seersucker-Anzug, der noch aus meiner Studentenzeit stammt. Auf meinem Weg zum hinteren Ausgang sehe ich Bosobolo vorn durch die Haustür kommen. Er hat Frisker ins Haus schlüpfen und an mir vorbei in die Küche flitzen lassen.

Ich bleibe in der Tür stehen und mustere ihn einen Moment lang von oben bis unten, frech und taxierend. Er ist ein Mann, den ich bewundere, ein knochendürrer Afrikaner mit strengen Gesichtszügen, fast mit Sicherheit der Typ, der einen langen Eingeborenenpenis hat. Wir glauben, daß wir den gleichen ausgefallenen, feinen – und, wie wir schon immer finden, einmaligen – Sinn für Humor haben, und gehen deshalb umsichtig und respektvoll miteinander um. Ihm gefällt es, daß ich ohne sichtbares Selbstmitleid allein lebe und daß Vicki gelegentlich über Nacht bleibt. Ich schätze an ihm, daß er als Gegenmittel gegen die übertriebene Vergeistigung am Institut Hobbes studiert.

Er hat seine schwarzen Missionarshosen an, ein kurzärmeliges weißes Hemd und Sandalen, dazu aber eine häßliche grelle orangefarbene Krawatte, die er am Tag seiner Ankunft aus Gabun in der 42. Straße kaufte und die ihn wie einen alten Bluesbarden aussehen läßt. Von meinem Auto aus habe ich ihn in letzter Zeit zweimal mit einem plumpen weißen Mädchen aus dem Seminar gesehen, die vielleicht halb so alt ist wie er: Arm in Arm waren sie am Rand der Anlagen spazierengegangen. Es liegt auf der Hand, daß sich da in ihrer kleinen Dachstube – oder vielleicht sogar bei mir im Obergeschoß – eine heiße Affäre zusammenbraut.

Wie exotisch muß das aussehen! Ein primitiver alter Stammesfürst, alt genug, um ihr Vater zu sein, knüppelt drauflos wie ein unreifes Bürschchen.

Als Bosobolo mich sieht, bleibt er unter dem Kristallüster stehen, den X von ihrer Tante geerbt hat, und sieht mich über den Gang hinweg an, als wäre ich weit weg. Er würde gern, das weiß ich schon, nach oben gehen und im Radio Bruder Jimmy Waldrup aus North Carolina hören, den er zutiefst bewundert, obwohl er einmal geklagt hat, daß er nicht verstehen kann, wie Bruder Jimmy so viele Dinge gleichzeitig im Kopf hat und so leicht weint. Er hat seine Beobachtungen auf etlichen Seiten festgehalten, die ich in seinem Zimmer gesehen habe. Seine Ausbildung hier ist umfassend.

«Wie war die Sonntagsschule?» frage ich, unfähig, ein sarkastisches Grinsen zu unterdrücken. Alles zwischen uns bekommt den Anstrich einer komplexen Ironie.

«Ach ja, sehr gut», sagt er; er bleibt auf Distanz, wirkt aber ernst und irgendwie pedantisch. «Es wäre etwas für *Sie* gewesen. Ich hatte eine Gruppe von der Zweiten Methodistenkirche, die höheren Angestellten. Ich habe Ursprünge des Auferstehungsmythos erklärt.» Er lächelt von oben herab. «Der Neandertaler dachte, der Höhlenbär sei tot, und mußte dann erkennen, daß er lebte.» Ich kann mir natürlich genau vorstellen, was die höheren Angestellten – Geldhaie von Gruppenversicherungen, stellvertretende Filialbankdirektoren – von dieser Neuigkeit hielten. Ich bin sicher, daß sie jetzt noch davon reden, während sie im *Howard Johnson's* draußen beim Lunch sitzen.

«Klingt mir entschieden zu anthropomorphisch, Gus.» Gus nennen ihn die Professoren am Institut, die seinen richtigen Vornamen mit all den aggressiven Konsonanten nicht aussprechen können; aber man hat den Eindruck, daß er sich gern Gus nennen läßt.

«Unser Ziel ist die Aussöhnung», sagt er und geht einen Schritt zurück. «Gott bringt sich ein, wo immer er kann. Sozusagen.» Seine schwarzen Augen huschen zur Treppe und zurück. Ich würde ihn liebend gern wegen seiner kleinen Seminaristin in die Mangel nehmen, aber er wäre nur entrüstet. Er ist mit zahllosen Kindern verheiratet und versteht in bezug auf sein neues Arrangement wahrscheinlich keinen Spaß. Ich bin nun mal kein Fincher Barksdale.

Ich schüttle in gespieltem Ernst den Kopf. «Ich glaube einfach nicht, daß das alles einen Sinn ergibt. Tut mir leid.» Wir unterhalten uns von einem Ende des Gangs zum anderen, und bei dem Abstand kann niemand allzu ernst sein.

«Einstein glaubte an einen Gott», sagt er rasch. «Es gibt da eine klare, logische Linie. Sie sollten zu den Diskussionen kommen.» Er hat sein großes schwarzes Evangelium bei sich, doch seine knochigen Finger schlingen sich um den Umschlag, so daß der Titel völlig verdeckt ist.

«Ich hätte Angst davor, alles Rätselhafte aufzubrauchen.»

«Wir hören keine Musik von Bach», sagt er. «Unser Glaube steht auf dem Spiel. Sie hätten nichts zu verlieren.» Er lächelt, offensichtlich stolz darauf, Bach erwähnt zu haben; er weiß, daß ich Bach bewundere, und wir beide wissen, daß er erschöpfbar ist.

«Haben Sie irgendwelche Zweifler an der Zweiten Methodistischen unten?»

«Sehr viele. Ich biete nur an, was schon immer verfügbar war. Eines Tages werden sie alle sterben und selber dahinterkommen.»

«Das ist furchtbar streng.»

Bosobolos Augen funkeln fröhlich und entschlossen. Er ist die Autorität hier. «Wenn ich nach Hause zurückkehre, werde ich wieder mehr Mitgefühl haben.»

Er zieht die Augenbrauen hoch und bewegt sich zentimeterweise auf die Treppe zu. Er hat Walters Besuch von gestern abend nicht erwähnt. Wenn er wüßte, daß Walter ihn für einen Butler gehalten hat, würde ihn das bestimmt amüsieren. In dem morgendlichen Luftzug, der durch mein Haus weht, rieche ich seinen körnigen Schweiß, einen Geruch, der mir tief in die Nase dringt und eine dunkle, aber nachhaltige Warnung enthält: Mit diesem Mann ist nicht zu spaßen. Die Religion ist für ihn nicht nur ein Sport.

«Was ist mit Hobbes?» frage ich, bereit, ihn ziehen zu lassen. «Diskutieren Sie über ihn?»

«Er war auch ein Christ. Die Zeitbedingtheit interessierte ihn.» Das heißt mit anderen Worten, ja, er turtelt mit der plumpen kleinen Seminaristin, und nein, er wird sich nicht davon distanzieren, und ich soll mich um meine eigenen Angelegenheiten kümmern. «Sie sollten wahrscheinlich mal hinkommen.»

«Ich habe zu viele weltliche Geschäfte.»

«Na dann, heute ist dafür ein guter Tag», sagt er. Er hebt seine leere Hand, um mir zu winken, und geht, immer zwei Stufen auf einmal nehmend, die Treppe hoch. «Gott strahlt heute für Sie», ruft er vom düsteren Obergeschoß herunter.

«Gut», antworte ich. «Ich strahle zurück.» Ich gehe noch einmal in die Küche, um zuerst Frisker zu finden und mich dann auf den Weg zu machen.

Auf meinem Weg durch die Stadt fahre ich langsam die Seminary Street entlang, die als Sackgasse auf dem Gelände des Instituts und vor der kleinen Kirche der Ersten Presbyterianergemeinde endet; der weiße Turm deutet in die Wolken hinauf. Der große Platz ist so leer wie ein Kirchenschiff (aber voll parkender Autos). Ein Mann in einem orangefarbenen Jackett späht von seinem Rollstuhl aus ins Fenster der geschlossenen Eisdiele, und unser einziger schwarzer Polizist steht in seiner schweren Polizeiuniform am Straßenrand. Der De Tocqueville-Minibus rumpelt vor mir her stadtauswärts und entfernt sich auf der Wallace Road. Beide Verkehrsampeln schalten in dem wäßrigen Sonnenlicht auf Grün. Es ist die perfekte Zeit für einen Raubüberfall.

Ich biege nach Süden ab, Richtung Barnegat Pines, mache aber schon an der nächsten Kreuzung eine schwungvolle Wende – Ralph nannte das immer eine «scharfe Linkskurve» – und fahre zurück auf den leeren Behinderten-Parkplatz bei der Presbyterianerkirche.

Ohne den Motor auszumachen, schlüpfe ich durch eine Seitentür in den hinteren Teil der Kirche. Geschäftige Helfer verteilen besondere «Programme» für den Ablauf des Ostergottesdienstes, vanillefarben und mit Büttenrand. Es sind Geschäftsleute aus dem Ort, in braunen Anzügen und mit Krawattennadeln, bereit, ein «Schön-daß-Sie-da-sind» zu flüstern, als seist du ein alter Bekannter mit einem Stammplatz in der Kirche. Kein Platznehmen während der Gebete, der Lobpreisungen und des Abendmahls. Reinschlüpfen kannst du während der Choräle, Ankündigungen und, natürlich, der Kollekte.

Das ist mein Lieblingsplatz in der Kirche, gleich beim hintersten Ausgang. Da stand auch bei unseren wenigen Kirchenbesuchen in Biloxi meine Mutter immer mit mir. Ich kann auf einer Kirchenbank nicht stillsitzen und muß immer früher aufbrechen, und das stört die Leute und ist mir peinlich.

Der Mann, der mich begrüßt, hat ein Namensschild angesteckt, und darauf steht «Al». Jemand hat mit einem roten Filzstift «Big» davor geschrieben. Ich kenne ihn aus dem Eisenwarengeschäft und dem *Coffee Spot*. Er ist tatsächlich ein kräftiger und großer Mann in den Fünfzigern, der zu große Kleider trägt und nach Rasierwasser und Zigaretten riecht. Als ich dicht bei seiner Tür stehenbleibe, die offen ist und Reihen betender Köpfe sehen läßt, schleicht er heran, legt mir eine riesige Hand auf die Schulter und flüstert: «Wir finden gleich etwas für Sie. Vorn gibt's noch genügend gute Plätze.» Rasierwasser überflutet mich. Big Al trägt einen Freimaurerring in Purpur und Gold, groß wie ein Schlagring, und seine behaarte Hand ist so breit wie ein Steigbügel. Er drückt mir ein «Programm» in die Hand, und ich höre seinen Atem tief unten in seiner geplagten Lunge. Die anderen Helfer beten alle, den Blick streng auf die Zehen und den leuchtendroten Teppich gerichtet, die Augen resolut geöffnet.

«Ich bleib hier einfach einen Moment stehen, wenn's recht ist», flüstere ich. Schließlich sind wir alte Freunde, beide unser ganzes Leben lang Presbyterianer.

«Na klar, Jim. Bleiben Sie ruhig stehen.» Big Al nickt seine volle Zustimmung, geht auf Zehenspitzen zu den anderen Helfern hinüber und neigt in einer dramatischen Geste den Kopf. (Es ist keine Überraschung, daß er mich mit jemandem verwechselt, denn nichts könnte hier weniger zählen als meine eigene Identität.)

Der Kirchenraum schwimmt in einem ewig gleichbleibenden Licht, vollgepackt mit Köpfen und blumengeschmückten Hüten, gebeugt im flehentlichen Gebet. Der Geistliche, der eine halbe Meile entfernt scheint, ist ein rüstiger und ernsthafter, rastlos wirkender Mann mit einem mächtigen Brustkorb, einem buschigen Bart und einer Art Bischofslatz – ohne jeden Zweifel ein Seminarprofessor. Er überläßt sich dem alten Osterrätsel mit lauter Schauspielerstimme, die Arme hoch erhoben, so daß sein Talar große, schwarze Fledermausflügel bildet, die über dem blumengeschmückten Altar schweben. «Und wir nehmen, o Herr, diesen Tag als ein großes, großes Geschenk. Ein Versprechen, daß dieses Leben von neuem beginnt. Hier auf dieser Erde leben wir... unser tägliches Brot...» Fort und fort, wie vorherzusehen. Mit großen Augen höre ich zu, als werde mir ein großes neues Geheimnis enthüllt, eine versprochene Botschaft, die ich in eine ferne Stadt tragen müsse. Und ich empfinde... was, genaugenommen?

Eine gute, ökumenische Frage für einen Mann wie mich, der gute Vorkenntnisse mitbringt. Doch die Antwort ist schlicht und einfach, sonst wäre ich gar nicht hier.

Ich empfinde genau das, was ich empfinden wollte und womit ich auch rechnen konnte, als ich die scharfe Linkskurve machte und auf den Parkplatz zurückgerast kam – eine sanfte und wachsende priesterliche Inbrunst und ungehinderte Erhebung aus der Niedergeschlagenheit, ein schwindelerregendes, heißes Prickeln bis hinunter in die Zehenspitzen, vergleichbar mit den Empfindungen von Matrosen, wenn der Präsident ihr Schiff besucht. Plötzlich bin ich zu Hause, ohne Angst und Sorge, ja, im Grunde genommen ohne jede beschwerliche Ehrfurcht. Ich laufe hier nicht einmal Gefahr, in religiösen Dingen übertroffen zu werden – die Sorte von Kirche ist das hier nicht – und kann mit mir selbst und meinen Mitmenschen verdammt zufrieden sein. Eine außergewöhnliche Immanenz füllt mich aus: Dinge weichen und verschwinden mit dem Versprechen, daß hier mehr dahintersteckt, auch wenn es natürlich eine Täuschung ist, die nur anhalten wird, bis ich in meinem Auto sitze. Aber besser das als gar nichts. Oder, schlimmer noch, als dumpfen Kummer zu empfinden. Oder

Bedauern. Oder von der bitteren Tatsache des Alleinseins aus der Bahn geworfen zu werden.

Dann plötzlich: «Erheb, o Seele, deinen Sinn, was hängst du an der Erden? Hinauf, hinauf, zum Himmel hin, denn du mußt himmlisch werden...» Meine Stimme erhebt sich, kräftig und eindeutig, und hinter mir höre ich Big Al mit seinem Bariton im Chor der zuversichtlichen, bußfertigen Vorortbewohner. (Ich habe nie begriffen, was die Worte bedeuten oder auch nur andeuten.) Die Orgel bringt die Fenster zum Klirren, hebt das Dach, jagt uns Schauer über den Rücken, rüttelt uns alle im Innersten auf – Jim, die Helfer, den Prediger.

Und dann bin ich draußen.

Ein verstecktes Zeichen für Big Al, der mich und alles andere perfekt versteht und seine großen Steigbügelhände vor seinem Leib zu einem freimaurerischen Ein-Mann-Handschlag zusammengelegt hat. Es ist Zeit für den «Wettlauf zum Grab», und ich habe keinen Bedarf an Botschaften, nachdem ich alles aufgenommen habe, was ich will und mir zunutze machen kann; ich bin auf die einzige für mich mögliche Art (*pro tempore*) «gerettet» und bin bereit, mit flatternden Fahnen auf die dunkle Zeitbedingtheit loszumarschieren.

ZEHN

Unter der Sonnenblende habe ich eine Johnny Horizon-Karte mit dem Motto «Räumen wir auf in Amerika», zur Zweihundert-Jahr-Feier gedruckt, und am Armaturenbrett einen mit Klebeband befestigten Zettel mit Vickis handschriftlicher Beschreibung des «schlauen» Weges nach Barnegat Pines. Auf der 206-A zur 530 Ost, auf der 70 dann nach Süden und (mit einem kurzen Schwenk in nördlicher Richtung) auf eine unnumerierte Landstraße, die sie nur die Schreckensstrecke nennen und die dich angeblich blitzsauber ans Ziel bringt.

Ihre Instruktionen führen mich durch die gewöhnlichsten – wenngleich befriedigenden – New Jersey-Regionen, die dich an andere Gegenden erinnern, die du in deinem Leben gesehen hast, die aber in New Jersey wie die Klötze eines Puzzles angeordnet sind. Es ist der richtige Zeitpunkt, das Verdeck aufzumachen und die Winde hereinzulassen.

Im großen und ganzen sieht es neben den Straßen natürlich genauso aus wie überall sonst im Staat, und die krumm verlaufenden Grenzen machen es zu einer kniffligen Aufgabe, die Himmelsrichtungen zu bestimmen. Wenn du nach Süden und Osten fährst, hast du das Gefühl, daß es nach Süden und Westen geht und daß du dich verfahren hast, oder manchmal, daß es überhaupt nirgends hingeht. Saubere Industriebetriebe überwiegen. Ventilfabriken. Ein Congoleum-Werk. Großgaragen eines Autoverleihs. Eine Kiesgrube und in der Nähe eine Glashütte. Ein Zwinger mit Airedale-Terriern. Das Quäkerheim für geistig Verwirrte. Ein Einkaufszentrum mit einem durchgehenden Schiffahrtsmotiv. Mehrere Schilder mit der Aufschrift HIER! Plötzlich siehst du einen hohen, blassen Himmel und kommst dir vor wie in Florida, aber keine zwei Meilen weiter fühlst du dich wie im Mississippi-Delta – das zivilisierte Leben duckt sich unter hohen Überlandleitungen, die Erde in dicht bewachsene Streifen eingeteilt, wo Neger angelnd auf niedrigen Brücken stehen, und am fernen Horizont der Höcker des Mount Holly, unmittelbar vor dem Delaware. Dahinter liegt Maine.

In Pemberton, in der Nähe von Fort Dix, lege ich einen Halt ein und rufe noch einmal X an, um Ostergrüße zu bestellen. Ihr Anrufbeantworter redet immer noch mit dieser harten, geschäftsmäßigen Stimme, doch diesmal hinterlasse ich eine Nummer – die der Arcenaults –, unter der sie mich erreichen kann. Dann versuche ich Walter anzurufen, der mir heute nicht aus dem Kopf geht, aber niemand geht ans Telefon.

In Bamber – einem Ort, der nicht mehr ist als eine Poststelle und ein kleiner See jenseits der Landstraße 530 – gehe ich auf einen Drink in ein gemütliches, grob gezimmertes Rasthaus mit niedrig hängenden gelben Lampen und massigen Holztischen. Die *Sweet Lou's Sportsman's B'ar* gehört – dafür gibt es im Innern viele Hinweise – einem berühmten ehemaligen Footballspieler aus der 56er Mannschaft der Giants, Sweet Lou Calcagno. Jack Dempsey, Spike Jones, Lou Costello, Ike und viele andere waren mit Sweet Lou alle gut befreundet und haben Bilder für die Wände gestiftet, auf denen zu sehen ist, wie sie einen lächelnden Mann mit Bürstenschnitt und offenem Hemdkragen umarmen, einen Schrank von einem Mann, der so aussieht, als könne er einen Football verschlucken.

Sweet Lou ist im Augenblick nicht zu sehen, aber als ich an der Theke Platz nehme, kommt eine schwergewichtige, blasse Frau in den Fünfzigern mit toupierter Hochfrisur und Elastikhosen aus einer nach hinten führenden Pendeltür und macht sich daran, einen Aschenbecher zu säubern.

«Wo ist denn Lou heute», frage ich, nachdem ich einen

Whisky bestellt habe. Ich würde ihn tatsächlich gern kennenlernen; vielleicht würde eine Geschichte herausspringen, für die Serie *Was aus ihnen geworden ist*: «Der frühere Abwehrschreck der Giants, Lou Calcagno, hatte einst einen Traum. Er träumte nicht von einem Zickzacklauf übers ganze Spielfeld oder vom Meisterschaftsendspiel oder von einem Platz in der Ruhmeshalle; sein Traum war es immer, in seinem Heimatort Bamber draußen in Jersey ein kleines Wirtshaus zu besitzen, ein ruhiges, altmodisches Lokal, wo Freunde und Fans hinpilgerten, um in Erinnerungen zu schwelgen und die glorreiche alte Zeit wiederaufleben zu lassen ...»

«Was für'n Lou?» fragt die Frau, zündet sich eine Zigarette an und bläst den Rauch seitlich aus dem Mundwinkel.

Ich grinse noch breiter. «*Sweet* Lou.»

«Er ist da, wo er immer ist. Wann war'n Sie denn das letzte Mal hier?»

«Schon eine Weile her, würd ich sagen.»

«Würd ich auch sagen.» Sie kneift die Augen zusammen. «In Ihrem letzten Leben vielleicht.»

«Ich war immer ein großer Fan von Lou», sage ich, auch wenn das nicht wahr ist. Ich bin nicht mal sicher, ob ich den Namen schon mal gehört habe. Um ehrlich zu sein, ich komme mir vor wie ein Idiot.

«Er ist tot. Schon eine Ewigkeit, dreißig Jahre vielleicht? Jetzt wissen Sie, wo er ist.»

«Das tut mir aber leid.»

«Eben. Lou war eine Null», sagt die Frau und wischt ein letztes Mal den Aschenbecher ab. «Eine Riesennull, kann ich nur sagen. Ich war mit ihm verheiratet.» Sie schenkt sich eine Tasse Kaffee ein und starrt mich an. «Ich will ja nicht Ihre Träume kaputtmachen. Aber. Verstehen Sie?»

«Wie ist es passiert?»

«Na ja», sagt sie, «ein paar Gangster sind von Mount Holly rübergefahren; die sind dann mit ihm rausgegangen, auf den Parkplatz da draußen, wie alte Freunde, und dann haben sie so zwanzig- oder dreißigmal geschossen. Das hat gereicht.»

«Was zum Teufel hatte er mit *denen* zu tun?»

Sie schüttelt den Kopf. «Keine Ahnung. Ich war genau hier, hinter der Theke. Da sind sie reingekommen, zu dritt, lauter kleine Ratten. Sie sagten, sie wollten mit Lou reden, er solle mal rauskommen, und als er rausging, peng. Keiner ist reingekommen, um irgendwas zu erklären.»

«Haben sie die Leute geschnappt?»

«Nein, haben sie nicht. Keiner ist geschnappt worden. Lou und ich waren sowieso dabei, uns scheiden zu lassen. Aber ich hab nachmittags für ihn gearbeitet.»

Ich sehe mich in der dunklen Kneipe um, wo Sweet Lou aus der Vergangenheit *live* auf mich herabschaut, umgeben von seinen lachenden Freunden und Fans, ein Sportler, der nach einer erfolgreichen Laufbahn in Bamber – ohne Zweifel war er dort oder in der Umgebung aufgewachsen – zu einigem Wohlstand kam, dann aber ein schlimmes Ende fand. Nicht das Ende, das solche Geschichten gewöhnlich nehmen, und nicht genau das, was man bei einem eisgekühlten Martini vor dem Abendessen gern lesen möchte.

Da ist noch jemand in der Kneipe, wie ich sehe, ein älterer, grauhaariger Mann in einem teuer aussehenden silbergrauen Anzug; mit einer jungen Frau in roten Hosen sitzt er in der Ecke beim Fenster. Über ihnen ist ein riesiger, düsterer Bärenkopf zu sehen.

Ich schnalze mit der Zunge und richte meinen Blick wieder auf Lous Witwe. «Es ist schön, daß Sie das Lokal in diesem Stil weiterführen.»

«Er hatte in seinem Testament stehen, daß das Zeug an den Wänden bleiben muß, sonst hätte ich da schon lange was anderes gemacht, vor hundert Jahren. Es muß auch eine *B'ar* bleiben, und ich muß weiterhin bei seiner Getränkefirma einkaufen. Sonst verliere ich alles an seine Itakerverwandtschaft in Teaneck. Drum ignorier ich ihn einfach, vergesse, wer das ist auf den Bildern. Er wollte, daß alle nach seiner Pfeife tanzen.»

«Gehört Ihnen die Getränkefirma noch?»

«Meinem Sohn aus zweiter Ehe, dem ist sie in den Schoß gefallen.» Sie schnieft, raucht, starrt durch die kleine Glasscheibe in der Tür, die ein blasses Licht verbreitet.

«Dann ist es ja nicht so schlimm.»

«Es war vermutlich das Beste, was er je getan hat. Als er schon unter der Erde lag, hat er es getan. Ganz typisch.»

«Frank Bascombe ist übrigens mein Name. Ich bin Sportreporter.» Ich lege meinen Dollar auf die Theke und trinke aus.

«Mrs. Phillips», sagt sie und gibt mir die Hand. «Mein anderer Mann ist auch tot.» Sie blickt mich gleichgültig an und öffnet ein Päckchen Kräcker, das sie einem auf der Theke stehenden Korb entnommen hat. «Von euch Burschen hab ich seit Jahren keinen mehr gesehen. Früher sind sie die ganze Zeit gekommen, um den Dicken zu interviewen. Aus Philly. Die lachten sich immer halb tot. Er hatte zig Witze auf Lager.» Sie wirft das rote Zellophanbändchen in den sauberen Aschenbecher und bricht den Kräcker in zwei Teile.

«Ich bedaure, ihn nicht gekannt zu haben.» Ich stehe ihr nun gegenüber, lächelnd und mitfühlend, aber bereit zu gehen.

«Und *ich* bedaure, ihn gekannt zu haben. Dann sind wir also quitt.» Mrs. Phillips drückt ihre Zigarette aus, bevor sie von dem Kräcker abbeißt. Sie wirft einen seltsamen Blick darauf, als überdenke sie alles, was sie über Lou Calcagno gesagt hatte. «Nein, ich nehme es zurück», sagt sie. «Er war nicht die *ganze* Zeit so schrecklich.» Und mit einem verdrießlichen Lächeln fügt sie hinzu: «Zitieren Sie mich ruhig. Das ist doch was. Nicht die *ganze* Zeit.» Sie dreht sich um und geht mit schweren Schritten hinter der Theke auf einen Fernseher zu, der dunkel ist. Die zwei anderen Gäste stehen auf und gehen, und ich bleibe allein mit meinem Lächeln und kann nur noch sagen: «Okay. Mach ich. Danke.»

Als ich draußen auf dem weißen Schotter des Parkplatzes stehe, spüre ich, daß ein neues Wetter – Detroit-Wetter – heraufzieht, obwohl die Sonne scheint. Ein feuchter Wind hat den Bamber-See erreicht, wirbelt Staub auf, verbiegt die Kiefern hinter den am Ufer aufgereihten leeren Wochenendhäusern, rüttelt am Schild der *Sportsman's B'ar.* Der ältere Mann und die junge Frau in Hosen steigen in einen roten Cadillac und fahren Richtung Westen, wo die Wattepolster einer Wolkenbank dicht über der Erde hängen. Ich stehe neben meinem Wagen und denke erst einmal daran, daß Lou Calcagno genau hier sein trauriges Ende gefunden hat und daß das die passende Umgebung für solche Dinge ist, ein Ort, der einmal etwas darstellte. Ich denke an die Ballonfahrer vom Vormittag und frage mich, ob sie wohl herunterkommen und alles verankern können, bevor die steife Brise kommt. Und ich bin froh, heute nicht zu Hause zu sein, sondern im Herzen einer Landschaft, die ich nicht kenne, froh, auf eine Welt zu stoßen, die weder meine noch eine von mir erdachte Welt ist. Es gibt Zeiten, da findest du das Leben nicht so toll, aber immer noch besser als alles andere, und du bist dann nicht gerade ekstatisch, aber doch glücklich, überhaupt zu leben.

Der kühle Wind läßt mich das Verdeck schließen. Im nächsten Moment brause ich davon, habe das schäbige Bamber bald hinter mir, und vor mir mein eigenes Rendezvous auf der Schreckensstrecke.

Vickis Wegbeschreibung erweist sich als perfekt. Geradeaus durch das Küstenstädtchen Barnegat Pines, dann auf einer Zugbrücke über den trüben Seitenarm einer metallisch schimmernden Bucht, im Bogen vorbei an einigen Strandbungalows für wohlhabende Feriengäste und rechts ab auf eine künstliche Halbinsel und eine freundliche, gewundene Straße ohne Randsteine, vorbei an neuen, pastellfarbenen Häusern mit Zwischenstockwerken, grünen Rasenflächen, echten Kellern und Garagenbauten. Sherri-Lyn Woods heißt diese Siedlung, und es gibt ähnliche Straßen auf parallel angelegten Halbinseln in der Nähe, doch von einem Wald, auf den der Name anspielt, ist nichts zu sehen. Hinter den meisten Häusern gibt es einen Anlegeplatz, wo irgendein Boot festgemacht ist – ein kastenförmiges Kajütenboot oder ein schnittiges Motorboot mit Außenborder. Alles in allem herrscht hier eine vage Seemannsatmosphäre, obwohl alle Häuser in dieser Straße irgendwie kalifornisch lässig wirken.

Das Haus der Arcenaults im Arctic Spruce Drive 1411 ist den anderen irgendwie ähnlich, doch auf seiner Vorderseite, wo die beiden versetzten Stockwerke hinter einer beigefarbenen Seitenwandung zusammenlaufen, hängt eine fast lebensgroße Figur des Gekreuzigten, die das Haus unverwechselbar macht. Jesus, der in einer vornehmen Vorortgegend mit dem Tod ringt. Blutige Augen. Zerbrechlicher Leib. Die Füße beginnen schon abzusacken und den Geist aufzugeben. Im Gesicht ein Ausdruck furchtbarer Not und Gelassenheit. Die Figur ist in einem helleren Beige gehalten als die Seitenwandung und hat etwas eindeutig Mediterranes.

THE ARCENAULTS steht auf der baumelnden Tafel vor dem Haus, und ich rolle gerade noch rechtzeitig vor dem unfreundlichen Wetter auf die Einfahrt und neben Vickis Dart.

«Lynette mußte da draußen unbedingt ihren ollen Jesus aufhängen», flüstert Vicki schon im Hauseingang, wo sie mich mit verärgerter Miene empfangen hat. «Ich finde ja, es ist die größte Geschmacklosigkeit auf der ganzen Welt, und dabei bin *ich* katholisch. Du hast dich übrigens um eine halbe Stunde verspätet.» Sie bietet einen erstaunlichen Anblick in einem pinkfarbenen Jerseykleid, seriösen rosaroten Stöckelschuhen, schicken Strümpfen und hochroten Fingernägeln; die schwarzen Haare hat sie für zu Hause geglättet und in eine schlichtere Frisur gezwungen.

Alle, sagt sie, sind im ganzen Haus verstreut, und so kann ich nur Elvis Presley, einen winzigen weißen Pudel mit einem diamantenen Halsband, kennenlernen, und dann auch Lynette, Vickis Stiefmutter, die eine Kochschürze trägt und mit einem Löffel in der Hand zur Küchentür kommt und «Hal-lo» ruft. Sie ist eine kecke und hübsche kleine zweite Frau mit knallroten Haaren und ausladenden Hüften bis hinunter zu den in Söckchen steckenden Knöcheln. Vicki flüstert mir zu, sie stamme aus Lodi in West Virginia und sei ein eingefleischter Hillbilly, aber ich habe das Gefühl, wir könnten gut miteinander auskommen, wenn Vicki das nur zulassen würde. Sie ist gerade dabei, Fleisch zu braten, und durch das Haus zieht ein warmer und dichter Duft. «Ich hoffe, Sie mögen Ihr Lamm so richtig gut *durch*, Franky», sagt Lynette und verschwindet wieder in der Küche. «Wade Arcenault hat's am liebsten so.»

«Sehr schön. Das ist ganz nach meinem Geschmack», lüge ich, und in dem Moment wird mir bewußt, daß ich nicht nur zu spät, sondern auch noch mit leeren Händen gekommen bin; ich habe keine Blume dabei, keine Grußkarte, keine Osterleckerei. Vicki ist das bestimmt aufgefallen.

«Tu mir ja genügend Minzgelee auf den Teller.» Vicki verdreht die Augen und sagt dicht an meinem Ohr: «Du magst dein Lamm nicht gut durchgebraten.»

Vicki und ich sitzen auf einer großen lachsroten Couch, mit dem Rücken zu einem Panoramafenster, von wo aus der Blick zum Arctic Spruce Drive geht. Die Vorhänge sind zur Seite gezogen, und das heraufziehende Unwetter taucht das Zimmer in ein gelbes Licht, auch die Bilder der Alten Meister an den Wänden – ein van Gogh, ein Seestück von Constable und der *‹Junge in Blau›*. Ein blauer Plüschteppich (es sieht so aus, als habe Everett die Hand im Spiel gehabt) bedeckt den Boden. Das Haus hat genau das Flair von Vickis Wohnung, aber auf mich – in meinem jugendlichen Seersucker-Anzug – wirkt es, als wäre ich der Lehrer, der Vicki ein schlechtes Halbjahreszeugnis verpaßt hat und der nun sonntags zum Essen eingeladen worden ist, damit er sich vor den Schlußprüfungen von der Gediegenheit der Familie überzeugen kann. Es ist kein schlechtes Gefühl, und ich bin sicher, daß ich gleich nach dem Essen wieder gehen kann.

Im Fernseher, einem Einbaumodell von der Größe einer ordentlichen Hundehütte, läuft ein Basketballspiel ohne Ton. Am liebsten würde ich den ganzen Nachmittag vor dem Fernseher sitzen, während Vicki neben mir *Love's Last Journey* liest, und das Essen Essen sein lassen.

«Mir ist heiß, ist dir nicht heiß?» sagt Vicki, und plötzlich springt sie auf, geht durch das Zimmer und dreht heftig am Thermostat. Und fast im selben Augenblick trifft mich ein kühlender Luftstrom aus einer Lüftungsklappe unter der Decke. Sie dreht noch einmal daran, zeigt dabei ihren hübschen Hintern und kommt mit einem verschwörerischen Lächeln zurück. Kein Zweifel, zu Hause ist sie ein anderes Mädchen. «Nicht einzusehen, daß wir hier drin ersticken, oder?»

Wir sitzen eine Weile schweigend da und sehen zu, wie die Knicks die Cavaliers auseinandernehmen. Die Clevelander zeigen ihr gewohnt schnellfüßiges, aufregendes und aggressives Spiel, während die Knicks klumpfüßig und unbeholfen wie Giraffen wirken, unerklärlicherweise aber mehr Punkte erzielen, was die Clevelander fürchterlich ärgert. Zwei riesige Neger balgen sich um einen freien Ball, und fast im selben Moment geht eine üble Prügelei los. Schwarze und weiße Spieler gehen wie Bäume zu Boden, und das Spiel artet schnell in ein allgemeines Gerangel aus, mit dem die Schiedsrichter nicht mehr fertig werden. Polizisten kommen aufs Spielfeld und greifen sich, mit einem Lächeln auf den großen slowakischen Gesichtern, einzelne Spieler heraus, und so wie's aussieht, wird die Lage nur noch verworrener. Es ist die in Cleveland übliche Taktik.

Vicki schaltet mit der zwischen den Sofakissen versteckten Fernbedienung das Bild ab, und mir bleibt nichts übrig, als mit großen Augen wortlos dazusitzen. Sie streicht ihr Kleid glatt, zieht es über die glänzenden Knie und sitzt dann so aufrecht da wie bei einem Bewerbungsgespräch. Durch den dehnbaren, pinkfarbenen Stoff sehe ich die breiten, ernüchternden Umrisse ihres Büstenhalters (sie braucht eine stattliche Größe). Ich würde gern eine Hand zu einer dieser Brüste wandern lassen und ihren Kopf zu einem Osterkuß zurückbiegen, den ich immer noch nicht bekommen habe. Bratenduft ist überall.

«Hast du heute morgen die Sonntagsbeilage gelesen?» fragt sie, zerrt erneut an ihrem Jerseykleid und blickt hinüber zu der Elektroorgel, die unter dem matten, überladenen van Gogh an der Wand steht.

«Nicht daß ich wüßte.» Dabei kann ich mich nicht erinnern, was ich am Vormittag gemacht habe. Auf die Fahrt hierher gewartet. Meine einzige Beschäftigung für heute.

«Der olle Walter Scott sagte, eine Frau habe sich mit einem Honig-Shampoo die Haare gewaschen und sei dann mit nassen Haaren hinters Haus gegangen und dort von Bienen zu Tode gestochen worden.» Sie blickt mich mit Fischaugen an. «Ob das wohl wahr ist?»

«Was ist aus der Frau geworden, die sich die Haare mit Bier gewaschen hat? Hat sie am Ende einen Polacken geheiratet?»

Sie fährt heftig herum. «Du kommst dir wohl so witzig vor wie Red Skelton, was?»

Draußen in der Küche läßt Lynette mit viel Getöse eine Pfanne fallen. «'tschuldjung, Kinder», ruft sie und lacht.

«Ist dir der Pflasterstein aus deinem Ring gefallen?» sagt Vicki laut.

«Ich hätt normal was anderes gesagt», antwortet Lynette, «aber nicht zu Ostern.»

«Brich dir bloß keinen ab», sagt Vicki.

«Ich *hatte* mal einen Ring von der Größe», beteuert Lynettes freundliche Stimme.

«Und der dazugehörige Mann, wo ist *der* abgeblieben?» sagt Vicki mit einem erbosten Blick in meine Richtung. Sie und Lynette sind nicht gerade Freundinnen. Ich wünschte mir allerdings, sie könnten einen Nachmittag lang so tun.

«Der arme Mann ist an Krebs gestorben, bevor du ins Bild gekommen bist», erklärt Lynette, immer noch heiter.

«War das in der Zeit, in der du konvertiert bist?»

Lynettes strahlendes Gesicht taucht plötzlich im Türrahmen auf; die Augen sind hellwach. «Kurz danach, Schätzchen, das ist richtig.»

«Du hattest wohl Hilfe und Führung nötig.»

«Das geht uns allen so, Vicki-Schätzchen, nicht wahr? Sogar Franky, möcht ich behaupten.»

«Er ist Presbyterianer.»

«Da schau her.» Lynette hat sich abgewendet und steht wieder an ihrem Herd. «Bei uns in den Bergen nannten wir sie immer den ‹Country Club›, aber nach dem Zweiten Konzil sollen sie ja fromm geworden sein. Die Katholiken sind lockerer geworden, und die anderen mußten strenger werden.»

«Ich bezweifle, daß die Katholiken lockerer geworden sind», sage ich, auch wenn mir das von Vicki einen wilden, warnenden Blick einbringt.

Lynette kommt plötzlich wieder, nickt mir ernst zu und zupft sich eine Locke feuchter orangefarbener Haare aus der Stirn. Ich sehe in ihr immer noch jemanden, den man mögen kann. «Keiner von uns sollte zu lax werden, bei dem Kurs, den diese Welt steuert», sagt sie.

«Lynette arbeitet für die katholische Krisenhilfe in Forked River», erklärt Vicki in einem müden Singsang.

«Genauso ist es, Schätzchen.» Lächelnd zieht sich Lynette wieder zurück und fängt an, lautstark in einer Schüssel zu rühren. Vickis Miene macht deutlich, daß sie alles nur widerlich findet.

«Im Grunde sitzt sie nur dort und wartet auf Anrufe», flüstert Vicki, aber laut genug. «Und das nennen sie eine Krisenleitung.» Sie wirft sich wieder auf die Couch, drückt das Kinn gegen das Schlüsselbein und starrt die Wand an. «Was Krisen angeht, kann ich mitreden. In Dallas unten kam einmal einer zu uns, der hatte sein *Ding* bei einem Freund in der Tasche stecken, und wir mußten ihm sein bestes Stück wieder annähen.»

«Der Rückzug ins Private hat nämlich nicht funktioniert.» Lynettes Stimme in der Küche klingt jetzt energisch. «Das bekommen wir jetzt von den Colleges zu hören. Die Leute wollen jetzt *haufenweise* umkehren, gleichsam in die Welt zurückkommen. Und ich versuche gar nicht erst, ihnen meine Religion aufzuzwingen. Bis zu acht Stunden hab ich manchmal einen an der Strippe, und er ist nicht mal katholisch. Anschließend lieg ich natürlich zwei Tage im Bett. Wir haben alle unsere Kopfhörer.» Lynette kommt zur Tür und hält in der Art einer Bäuerin eine große Steingutschüssel in den Armen. Obwohl sie das geduldigste Lächeln der Welt zur Schau trägt, sieht sie aus wie eine Frau, die etwas anfangen will. «Nicht bei allen Krisen fließt gleich Blut, Vicki-Schatz.»

«Hipp, hipp, hurra», sagt Vicki und verdreht die Augen.

«Sie sind doch Schriftsteller, richtig?» fragt Lynette.

«Ja, das ist richtig.»

«Also, das ist auch eine schöne Sache.» Lynette blickt liebevoll in ihre Schüssel, während sie darüber nachdenkt. «Haben Sie auch schon mal religiöse Traktate geschrieben?»

«Nein, das nicht. Ich schreibe für ein Sportmagazin.»

Vicki gibt dem Fernseher die Anweisung, sich wieder einzuschalten und seufzt. Auf dem Bildschirm springt ein winziger, dunkelhäutiger Mann von einem hohen Felsen herab in die weiße Brandung einer schmalen Bucht. «Acapulco», murmelt Vicki.

Lynette blickt mich nun lächelnd an. Meine Antwort, wie sie auch ausgefallen sein mag, hat ihr genügt, und sie will nur diese Gelegenheit wahrnehmen, mich gründlich anzusehen.

«Warum so zurückhaltend, Lynette, glotz Frank doch gleich eine Stunde lang an.» Vicki brüllt es fast hinaus und verschränkt wütend die Arme.

«Ich will ihn doch nur sehen, Schatz. Ich mag es, wenn ich die Chance habe, einen Menschen mal als Ganzes zu sehen. Dann kenn ich ihn. Das tut keinem weh. Frank weiß bestimmt, daß ich es nur gut meine, nicht wahr, Frank?»

«Absolut richtig.» Ich lächle.

«Ein Glück, daß ich nicht hier wohne», giftet Vicki.

«Deshalb hast du ja eine schöne Wohnung, ganz für dich allein», sagt Lynette voller Liebenswürdigkeit. «Ich bin dort natürlich noch nie eingeladen gewesen.» Sie schlendert in die dampfende, vom Bratengeruch erfüllte Küche und läßt uns beide auf der Couch zurück, allein mit den mexikanischen Todesspringern.

«Wir müssen mal miteinander reden», sagt Vicki finster,

und sie hat plötzlich Tränen in den geröteten Augen. Die Lüftung schaltet sich wieder ein und attackiert uns beide mit einem kalten, mechanischen Luftstrom. Elvis Presley trottet zur Tür und blickt uns an. «Mach, daß du rauskommst, Elvis Presley», sagt Vicki. Elvis Presley macht kehrt und trottet ins Eßzimmer.

«Worüber denn?» Ich lächle erwartungsvoll.

«Dieses und jenes.» Sie wischt sich mit den Fingerspitzen die Augen, wozu sie mit dem Kopf nach unten gehen muß.

«Über dich und mich?»

«Ja.» Sie zeigt jetzt einen ausgeprägten Schmollmund. Und wieder einmal hämmert mein armes Herz wie wild. Warum nur? Um mich zu retten? Ich hab keinen blassen Schimmer, was zwischen uns zu bereden wäre, aber in ihrer Stimmung schwingt eine unglückliche Endgültigkeit mit.

Aber warum kann das alles nicht noch warten, nur für heute? Nur ein paar Takte, wie die Schauspieler sagen. Warum kann nicht alles noch eine Weile beim alten bleiben? Warum kann nicht jede süße, irdische Wirklichkeit, die wir kennen oder zu kennen glauben, ein wenig länger dauern, ehe schon wieder das nahende Ende sein sachliches Haupt hebt? Walter «Ohneglück» Luckett schätzte mich absolut richtig ein. Ich mag nicht daran denken, daß diese oder jene Sache zu Ende geht oder sich auch nur verändert. Der Tod, dieser alte Gleichschalter, ist nicht mein Freund und wird es nie sein.

Aber das hier, was immer es ist, kann ich nicht wegschieben und will es vielleicht auch gar nicht. Sie ist heute wie besessen auf Veränderungen aus, die ganze Person signalisiert einen Wechsel. Nur gibt es dafür keine echte Notwendigkeit, oder? (*Tam-ta, tam-ta tam* pocht mein Herz.) Wir haben noch nicht mal gegessen, noch nicht mal von dem Lamm gekostet, das so hart sein wird wie ein Stück Holz. Ich muß erst noch ihren Vater und ihren Bruder kennenlernen. Ich hatte die leise Hoffnung, ihr Dad und ich könnten Busenfreunde werden, selbst wenn Vicki und ich nicht miteinander ins reine kommen sollten. Er und ich könnten trotzdem Freunde werden. Wenn er in einer Regennacht in Haddam oder Hightstown oder irgendwo sonst in meinem Ortsnetz eine Reifenpanne hätte, könnte er mich anrufen, ich würde hinfahren und ihn holen, wir würden zusammen einen trinken, während sich die Leute von Frenchy's um seinen Wagen kümmerten, und er hätte, wenn er dann in der Jersey-Dunkelheit davonführe, die Gewißheit, einen Freund zu haben, der sein Vertrauen verdiente und der den Gang des Lebens mehr oder weniger mit den gleichen Augen sähe wie er. Vielleicht könnten wir den Bruder zum Fischen nach Manasquan mitnehmen (nicht nötig, die Frauen mit hineinzuziehen). Vicki könnte Sweet Lou Calcagnos Stiefsohn drüben in Bamber heiraten und als Frau eines Biervertreters ein wunderschönes Leben haben, umgeben von lärmenden Kindern. Und ich wäre der getreue Freund der Familie mit einem Herzen aus Gold. Ich würde die finstere Miene des abgewiesenen Liebhabers gegen das freundliche Auftreten eines weisen alten Onkels eintauschen. Das würde mir genügen; es wäre die natürliche Weiterführung der befriedigenden Gegenwart.

Vicki schaut, nachdem sie den Arm auf die Rückenlehne gelegt hat, aus dem Fenster, zu den Häusern am Arctic Spruce. Manchmal sind in ihrem Gesicht die Konturen der älteren Frau zu erkennen, die sie einmal sein wird, wenn ihre Züge eine neue Dimension annehmen werden, wenn ihr Kinn mehr Gewicht erhalten und ihr Wesen ernster sein wird als jetzt. Sie wird mit den Jahren zweifellos stämmiger werden, was nicht immer ein hoffnungsvolles Zeichen ist.

In dem Bernsteinlicht sind die Rasen so grün wie in England. In den Garageneinfahrten entlang der gewundenen, bordsteinlosen Straße stehen glänzende neue Wagen – Chrysler, Olds, Buicks –, und alle sehen sie stattlich und teuer aus. Mittendrin steht neben einem Haus ein prächtiger weißer RV. Rauch steigt fast überall aus den mit weißen Steinen gemauerten Kaminen, obwohl es bei weitem nicht kalt genug ist. An manchen Türen hängt noch die Weihnachtsdekoration. Der Wind, der mir auf den Fersen war, ist angekommen.

Wie ich sehe, hat jemand auf dem Rasen vor dem Haus der Arcenaults weiße Krockettore aufgebaut. Zwischen Ziel- und Wendepfahl liegt nicht der vorgeschriebene Abstand. Es sind für heute also Spiele vorgesehen, und das bietet mir die Gelegenheit, dem aufkommenden leeren Moment, den ich bereits spüre, zu entkommen.

«Laß uns spielen», sage ich und drücke Vickis Arm wie ein guter Onkel. Ich will sie nicht mit irgendeinem Trick hereinlegen, sondern nur das trübsinnige, offene Schweigen unterbrechen, dessen Opfer wir geworden sind.

Sie sieht verblüfft aus, auch wenn sie's nicht ist. Ihre Augen werden rund wie Pfennige. «Bei *dem* Wind, und wo's doch gleich regnet?»

«Noch regnet's nicht.»

«Mann-o-Mann-o-Mann», sagt Vicki und schnalzt in rascher Folge ein paarmal mit den Fingern. «Aber bitte, es ist deine Beerdigung.» Und sie steht rasch auf und geht nach oben, um aus irgendeiner Abstellkammer die Krocketschläger zu holen.

Im Fernsehen bemüht sich CBS, unsere Aufmerksamkeit wieder auf das Basketballspiel zu lenken, nun, da alles wieder unter Kontrolle ist. Doch immer, wenn sie zeigen, was auf dem Spielfeld passiert, kommt ein kleiner, rotgesichtiger Mann mit Knollennase und in einem grellkarierten Sportjackett ins Bild, fuchtelt empört mit einem kurzen, dicken Arm und ruft einem der New Yorker Spieler ein nicht zu hörendes «Fick dich doch ins Knie» zu. Dieser Mann im karierten Jackett gehört zu meinen Lieblingen. Mutt Greene, Manager des Teams aus Cleveland. Kurz nach meinem Neuanfang als Sportreporter habe ich einmal ein Interview mit ihm gemacht. Zu der Zeit war er noch Coach in Chicago, ist mittlerweile aber auf eigenen Wunsch zum Clubmanager in einer anderen Stadt aufgestiegen, wo er sich vom Leben bestimmt mehr verspricht. Er sagte damals zu mir: «Es überrascht mich immer wieder, Frank, wie fürchterlich dumm die Leute sind.» Das war in dem engen Trainerraum im Untergeschoß der Chicagoer Sporthalle, und er rauchte eine dicke, teure Zigarre. «Ich meine, ist Ihnen eigentlich *klar*, wie viele Gespräche unter Erwachsenen sich um dieses Scheißthema drehen? Wie oft Tatsachen nur deshalb als Meinungen hingestellt werden, damit sich länger über sie reden läßt? Manche mögen das ja für interessant halten, aber wenn Sie mich fragen, dann ist das so, wie wenn man einen verfluchten Felsklotz aus lauter Begeisterung zu einem ganzen Gebirge hochjubelt. Die Leute schlagen einen Haufen Zeit tot, die sie viel besser nützen könnten. Hier geht's um ein Spiel. Ansehen und vergessen, kann ich nur sagen.» Danach gerieten wir in eine ziemlich lebhafte Unterhaltung über Grassamen und die schlechten Karten, die derjenige hat, der mit einem hohen Grundwasserspiegel und einer unzureichenden Kanalisation leben muß – nicht mein Problem, aber bei ihm zu Hause in Hilton Head war das wohl der Fall.

Das Interview war, gemessen an der Frage, um die es mir ging – wo liegt für einen kleinen Mann, der einen großen Mann zum direkten Gegenspieler hat, der Schlüssel zum Erfolg? –, nicht sehr ergiebig. Aber ich glaube, es war durchaus informativ, auch wenn ich nicht mit allen seinen Aussagen übereinstimme. Aber ihm machte es einfach Spaß, sich mit einem jungen Sportreporter an einen Tisch zu setzen und Lebenserfahrung zu vermitteln. «Du mußt die Dinge im richtigen Verhältnis sehen und dir redlich Mühe geben», das war der Rat, mit dem ich an diesem Abend ins *Sheraton Commander* zurückkehrte. Und danach wendest du dein Interesse einem neuen Grassamen zu oder einer alten Count Basie-Platte, die du eine Weile nicht mehr gehört hast, oder einem Katalog oder einer Bardame – und letzteres habe ich dann auch getan, und ich habe es nicht bereut.

Auf dem Spielfeld werfen sich die Spieler nun mörderische Blicke zu und nutzen lange, knochige Finger zu drohenden Gesten. Besonders die schwarzen Spieler sehen grimmig aus, und die weißen Jungs, blaß und dünnarmig, scheinen sich als Friedensstifter einsetzen zu wollen, während sie in Wirklichkeit nur versuchen, jedem Ärger aus dem Weg zu gehen. Der

Trainer, ein untersetzter, sorgenvoll dreinblickender Mann in weißen Hosen, will Mutt Greene durch eine Gasse unter die Tribünen zerren. Aber Mutt ist richtig erbost. Für ihn ist das, was hier abläuft, das wahre Leben. Das ist keine Show. Er sieht die Dinge längst nicht mehr im richtigen Verhältnis und will Krach schlagen, um gegen die Spielweise der Knicks zu protestieren. Er ist von der Tribüne heruntergekommen, um seinen Mann zu stehen, und dafür bewundere ich ihn. Ich bin sicher, das alte Leben fehlt ihm.

Plötzlich zuckt das Bild, und nun steht wieder einer der Todesspringer auf der Klippe und starrt hinunter in sein schäumendes Schicksal. CBS hat aufgegeben.

Elvis Presley kommt wieder zur Küchentür getrottet; er klimpert mit seinem kleinen, diamantenen Halsband und hält schnuppernd den Kopf in die Luft. Er weiß nicht recht, was er von mir halten soll, und wer könnte es ihm verargen?

Lynette steht direkt hinter ihm, die Augen funkelnd und wachsam, aber voll guter Laune. «Elvis Presley ist mehr oder weniger der Chef in der Familie.» Sie tippt Elvis Presley behutsam mit dem Zeh an. «Er ist natürlich kastriert, Sie brauchen also nicht um Ihre Hose zu fürchten. Er ist nicht mal ein halber Mann, aber wir lieben ihn wirklich.»

Elvis Presley sitzt in der Tür und starrt mich an.

«Er ist schon was», sage ich.

«Kommt Ihnen Vicki nicht verändert vor, irgendwie besorgt?» Lynettes Stimme hat jetzt einen warnenden Unterton. Ihre strahlenden Augen blicken mich forschend an, und sie verschränkt die Arme in extremer Zeitlupe.

«Sie kommt mir ganz normal vor.»

«Na ja, ich dachte nur, weil Sie doch mit ihr in De-troit waren, daß dort etwas Unglückliches passiert sein könnte.»

Aha! Alle, einschließlich Elvis Presley, wissen alles und wollen es für ihre eigenen Zwecke nutzen, und sei das auch noch so zwecklos. Diese Familie ist für totale Enthüllung. Keine Geheimnisse, es sei denn, einzelne treffen Entscheidungen für sich selbst, womit sie riskieren, auf allgemeine Mißbilligung zu stoßen. Vicki hat offensichtlich eine würzige Kleinigkeit-die-nicht-ausreicht erzählt, und Lynette möchte etwas mehr wissen. Sie ist nicht genauso, wie ich sie mir wünsche, und von diesem Augenblick an verlege ich mich wieder ganz auf das Bündnis mit Vicki.

«Alles ist in bester Ordnung, soweit ich das überblicke.» Mit einem Lächeln verweigere ich jede Auskunft.

«Na also, um so besser.» Lynette nickt zufrieden. «Wir lieben sie doch alle und wollen nur ihr Bestes. Sie ist so ein tapferes kleines Ding.»

Keine Antwort. Kein «Warum ist sie tapfer?» oder «Was halten Sie eigentlich von Everett?», oder «Ja, auch mir kommt sie plötzlich ein klein bißchen komisch vor». Ich sage nichts dergleichen, nur: «Sie ist wunderbar», und dann lächle ich noch einmal.

«Nicht wahr, das ist sie.» Lynette strahlt, aber der warnende Blick ist nicht zu übersehen. Und schon ist sie wieder weg, während Elvis Presley in der Tür zurückbleibt und mich ausdruckslos angafft.

Bevor Vicki mit den Krocketschlägern zurück ist, kommt ihr Bruder Cade zur Haustür herein. Er ist hinter dem Haus damit beschäftigt gewesen, eine Persenning an seinem Bostoner Walfangboot festzumachen, und als ich ihm die Hand gebe, ist sie steinhart und kalt. Cade ist fünfundzwanzig, ein Schiffsmechaniker im nahe gelegenen Toms River, ein richtiger Schlägertyp in Jeans und weißem T-Shirt. Er steht, wie ich von Vicki weiß, auf der «Warteliste» für die Polizeischule und zeigt schon jetzt die abgestumpfte, polizeitypische Gleichgültigkeit gegen die Eigenheiten seiner Mitmenschen.

«Von Haddam oben, eh?» brummt Cade, als wir uns nach dem Handschlag gegenüberstehen und einander nichts zu sagen haben. Nichts in seiner Sprechweise läßt auf seine texanische Herkunft schließen; statt dessen ist er bereits ein richtiger Jersey-Jüngling mit der zersetzenden Aura eines Mannes, der an keinem Ort und in keiner Zeit zu Hause ist. Er ragt neben mir auf wie ein Schiffsmast und blickt finster aus dem Fenster zur Straße. «Hab mal ein Mädchen in New Brunswick gekannt. Bin mit ihr oft Schlittschuhlaufen gegangen, auf einer Eisbahn in der 130. Straße. Wissen Sie, wo das ist?» Er schafft es, zugleich zu kichern und zu feixen.

«Die Bahn kenn ich gut», sage ich, die Hände tief in den Taschen. Tatsächlich habe ich dort meinen eigenen zwei kostbaren Kindern (und einmal auch meinem dritten) stundenlang beim Schlittschuhlaufen zugeschaut und mich in distanzierter Bewunderung an der Barriere festgehalten.

«Heut steht da ja ein Tri-Plex von Mann, wenn ich's recht weiß», sagt Cade und blickt sich um, als verwirre es ihn, überhaupt erst in diese peinliche Unterhaltung hineingeraten zu sein. Es wäre ihm viel wohler, wenn er mir Handschellen anlegen und mich kopfüber auf den Rücksitz eines Streifenwagens bugsieren könnte. Auf der Fahrt zur Wache könnten wir uns beide entspannen, uns gehenlassen, und er könnte mit mir und seinem Partner einen derben Witz teilen – *amigos*, die ihre gottgewollten Rollen spielten. Tatsächlich aber bin ich für ihn ein Eindringling von draußen, der Typ des hilflosen Bürgers, dem die teuren Boote gehören, die er zu reparieren hat, einer von diesen Ignoranten ohne mechanisches Können, die er wegen der Art und Weise haßt, wie sie mit Besitztümern umgehen, die er sich nicht leisten kann. Ich bin keiner, der üblicherweise zum Essen ins Haus kommt, und es bereitet ihm große Mühe, mir gegenüber Mensch zu bleiben.

Ich rate ihm – ohne es auszusprechen –, sich möglichst bald an mich und meinesgleichen zu gewöhnen, denn wir sind es ja, an die er früher oder später Strafzettel verteilen wird, gediegene Durchschnittsbürger, deren Gepflogenheiten und Sitten er verspotten und sich damit möglicherweise eine Menge Ärger einhandeln wird. Ich kann ihm in der Tat von Nutzen sein; ich könnte ihm einiges über die Welt da draußen erzählen, wenn er mich nur lassen würde.

«Hmm, wo ist Vicki?» Cade scheint plötzlich mißtrauisch und blickt sich im Zimmer um, als könne sie sich hinter einem Stuhl versteckt haben. Gleichzeitig öffnet er seine dicke Faust und zeigt ein silbrig glänzendes, sorgfältig bearbeitetes Stück Metall.

«Sie ist oben, um Krocketschläger zu holen», sage ich. «Was ist das?»

Cade blickt auf das fünf Zentimeter lange röhrenförmige Stück Metall hinunter und spitzt die Lippen. «Abstandregler», sagt er und legt eine kleine Pause ein. «Deutsches Produkt. Das Beste, was es gibt. Und das Scheißding taugt nichts.»

«Wozu braucht man das?» Meine Hände stecken fest und tief in den Taschen. Ich bin bereit, mich vorübergehend für «Abstandregler» zu interessieren.

«Fürs Boot», sagt Cade düster. «Wir sollten diese Dinger hier bei uns produzieren. Dann würden sie wenigstens halten.»

«Da haben Sie sicher recht», sage ich. «Es ist ein Jammer.»

«Ich meine, was willst du denn machen, wenn du draußen auf dem Meer bist und dieses Ding reißt? So wie hier.» Ein öliger Finger fährt einen Haarriß an der Seite des Abstandreglers nach, eine feine Linie, die ich nie bemerkt hätte. Unterdrückter Ärger läßt Cades dunkle Augen schmaler werden. «Rufst du dann einen Deutschen zur Hilfe? Oder was? Ich will dir sagen, was da los ist, Mann.» Seine Augen ertappen mich, wie ich verständnislos auf den Abstandregler starre, der mir unsinnig und unwichtig erscheint. «Wenn ein Sturm aufkommt, kannst du gleich dein Testament machen.» Cade nickt grimmig und klappt seine große Hand zu wie eine Muschel. Alle seine Gefühle kreisen ziemlich eng um diesen Gedanken – eine Kette ist nur so stark wie ihr schwächstes Glied, und er ist fest entschlossen, in seinem Privatleben, wo *er* die Zügel in der Hand hat, nie dieses schwächste Glied zu sein. Es ist der zentrale Punkt jeder Tragödie, obwohl ich mich nicht sonderlich darüber aufregen kann. Er sieht das alles aus der Sicht des Polizisten, ich aus der des Sportreporters. Für mich lohnt es sich, ein schwaches Glied im Auge zu behalten, und man sollte für alle Fälle Ersatz bereithalten. Aber zunächst einmal kann es interessant sein zu beobachten, wie es sich behauptet und unter schlechten Bedingungen seine Aufgabe zu erfüllen versucht und dabei in den anderen Bereichen, in denen es stark ist, sein Bestes gibt. Ich habe mich selbst schon immer als eine Art menschliches schwaches Glied gesehen, im Kampf gegen eine Übermacht und gegen das Schicksal, und ich bin nicht bereit, mich selbst aufzugeben. Cade hat dagegen das Bedürfnis, uns Missetäter und schwachen Glieder einzusperren, damit wir nie wieder das Licht der Welt sehen und Leute beunruhigen. Es würde mir schwer werden, mit ihm gut befreundet zu sein, das steht für mich fest.

«Waren Sie in letzter Zeit mal in Atlantic City?» fragt Cade argwöhnisch.

«Schon lange nicht mehr.» X und ich haben dort unsere Flitterwochen verbracht; wir wohnten in der alten *Hadden Hall*, genossen die Strandpromenade und amüsierten uns prächtig. Danach war ich nicht mehr dort, nur noch einmal zu einem Karatewettkampf, wo ich erst am Abend hinflog und zwei Stunden später wieder zurück. Ich glaube kaum, daß das Cade interessiert.

«Das ist jetzt alles im Eimer», sagt Cade und schüttelt angewidert den Kopf. «Nur Nutten und halbwüchsige Puertoricanerinnen, wo man auch hinkommt. Das war früher besser. Und ich hab nicht mal Vorurteile.»

«Ja, es soll sich verändert haben.»

«Verändert?» Cade verzieht das Gesicht, der erste Anflug eines echten Lächelns, seit ich mit ihm rede. «Nagasaki hat sich verändert, stimmt's?» Cade wendet das Gesicht ruckartig der Küche zu. «Ich hab einen Hunger beisammen, ich könnt den größten Schraubenschlüssel fressen.» Und ein eigenartig glückliches Lächeln huscht über sein tragisches, breites Grobiangesicht. «Erst muß ich mich aber waschen, sonst erschießt mich Lynette.» Mit einem anerkennenden Grinsen schüttelt er den Kopf.

Plötzlich ist er strahlender Laune. Was immer ihn geärgert hat, ist nun verschwunden. Atlantic City, schwache Glieder, fehlerhafte Abstandregler, Puertoricaner, Verbrecher, die er eines Tages festnehmen wird und mit denen er später auf der langen Fahrt zur Wache Witze austauschen will. Alles verschwunden. Das ist ein Zug seiner Lebensanschauung, mit dem ich nicht gerechnet habe. Er kann vergessen und glücklich sein – eine echte Stärke. Ein gutes Essen wartet irgendwo. Ein Basketballspiel im Fernsehen. Ein Bier. Ruhige Gewässer hinter der Wetterfront des Lebens. Es ist gar nicht so übel, wenn du nicht dran denkst.

Auf dem Rasen vor dem Haus demonstriert mir Vicki die beste Art, eine Krocketkugel zu schlagen: Sie stellt sich breitbeinig genau über die Kugel, und als diese dann nach einem gelungenen Schlag in sauberer, gerader Linie in die gewünschte Richtung rollt, quittiert sie das mit einem Freudenschrei. Ich stelle mich von Haus aus lieber neben die Kugel, nachdem ich schon in Lonesome Pines und dann in der ersten Zeit meiner Ehe mit X verschiedentlich Golf gespielt habe. Es macht mir auch Spaß, die blöde gestreifte Kugel mit einhändigen Schlägen zu spielen, auch wenn ich meine Position damit jedesmal verschlechtere. Vicki wirft mir immer, wenn ich am Schlag bin, finstere Blicke zu und stellt sich dann noch aggressiver über ihren grünen Ball und zieht den Rock über die Knie hoch, um eine möglichst gerade Pendelbewegung des Schlägers zu erreichen. Sie ist schon am Wendepfahl, noch bevor ich das erste Tor geschafft habe, aber ich träume nun auch ein wenig, bin mit meinen Gedanken nicht hundertprozentig bei unserem Spiel.

Das Detroiter Wetter ist endgültig da, aber es ist nicht mehr dasselbe. Die ganze Wut ist heraus, und es gibt sich damit zufrieden, nur noch ein böiger, schneidender Wind mit gelegentlichem eisigem Sprühregen zu sein – allenfalls ein milder Vorortschauer, obschon das Licht sich verändert hat: aus dem sonntäglichen Bernsteingelb ist ein spätnachmittägliches Aquamarin geworden. Es ist wirklich eine Freude, im Freien und nicht mehr in diesem Haus zu sein, auch wenn wir unter den Augen des Gekreuzigten spielen. Ich habe keine Ahnung, wo Vickis Vater ist. Ist das als ein düsteres Zeichen zu deuten, als Hinweis darauf, daß ich nicht willkommen bin? Sollte ich mich fragen, was ich hier eigentlich mache? Schließlich bin ich ja eingeladen worden, aber ich fühle mich auf unvermeidliche Art und Weise so allein wie ein Nomade.

«Amüsierst du dich gut?» fragt Vicki. Es ist ihr gelungen, mit ihrer grüngestreiften so dicht an meine gelbe Kugel heranzukommen, daß sie diese unter ihren bestrumpften Fuß nehmen und mit einem kräftigen, knallenden Schlag durch das Gras und ins Blumenbeet befördern kann, wo sie zwischen den Löwenmäulchen am Haus verschwindet.

«Eigentlich *war* ich gar nicht so schlecht.»

«Hol dir eine andere Kugel. Nimm eine rote – die bringen Glück.» Sie steht da wie ein Waldarbeiter, den Schläger auf der Schulter. Sie hat nur noch zwei Tore zu bewältigen und tut so, als liege ihr daran, daß ich aufhole.

«Ich kapituliere», sage ich lächelnd.

«Was soll das heißen?»

«Beim Schach sagen sie das immer. Ich bin dir nicht gewachsen, du steckst mich in den Sack.»

«Ich pfeif auf Schach, *du* wolltest schließlich spielen, und jetzt willst du kneifen. Geh, hol dir eine Kugel.»

«Nein. Bei Spielen bin ich nie gut, das war ich schon als Kind nicht.»

«In Texas wird bei diesem Spiel Geld gewettet. Die nehmen das sehr ernst.»

«Vielleicht spiel ich deshalb so schlecht.»

Ich setze mich auf die feuchte Verandastufe neben ihre roten Schuhe und bewundere das grünliche Licht und die reizvoll gewundene Straße. Diese schlangenförmige Halbinsel ist das Werk eines wagemutigen Planers, der sie mit Lastwagen herangekarrt und einem Sumpf abgewonnen hat. Und er hatte da eine gute Idee. Man kann sich leicht vorstellen, man sei in Hyannis Port: man braucht nur die Augen zuzumachen, was ich für einen Moment auch tue.

Vicki widmet sich wieder ihrer grüngestreiften Kugel, aber

eher nachlässig, und sie schlägt mit meiner Technik, um zu zeigen, daß sie nicht mehr ernsthaft spielt. «Als kleines Mädchen hab ich mal *‹Alice im Wunderland›* gesehen, zusammen mit Cade. Ja?» Sie hebt den Blick, um zu sehen, ob ich ihr zuhöre. «Die Stelle, wo sie mit den Köpfen dieser rosaroten Vögel, Strauße oder was, Krocket spielten, da hab ich fürchterlich geheult, weil ich geglaubt hab, das macht sie tot. Schon damals hab ich es nicht mit ansehen können, wie jemand verletzt wird. Deshalb bin ich Krankenschwester geworden.»

«Flamingos», sage ich mit einem Lächeln.

«Flamingos waren es? Jedenfalls hab ich ihretwegen geheult.» Karrach. Ihre Kugel läuft nach einem harten Schlag geradewegs auf den gestreiften Pfahl zu und kurvt dann links dran vorbei. «Da hast du's. Da bist nur du dran schuld, mit deinem ewigen Gequatsche.» Mit leicht verdrehten Hüften steht sie im Wind. Bei ihrem Anblick packt mich ein übergroßes Verlangen. «Du machst keine Spiele mit, aber du schreibst die ganze Zeit über sie. Das ist doch verkehrt.»

«Ich mag's so.»

«Wie findest du den ollen Cade? Ist er nicht großartig?»

«Der Junge ist in Ordnung.»

«Wenn er sich von mir einkleiden ließe, würde er viel mehr darstellen, das kann ich dir sagen. Cade muß sich eine Freundin anschaffen. Er sieht sich schon bei der Polizei, etwas anderes hat er nicht im Kopf.» Sie kommt herüber und setzt sich auf die nächsttiefere Stufe, schlingt die Arme um die Knie und rafft ihren Rock zusammen. Ihre Haare duften angenehm. Sie hat vorhin, als sie weg war, eine ganze Menge Chanel No. 5 benutzt.

Ich wollte, wir könnten jetzt über etwas anderes als über Cade reden, aber ich habe da nicht viel anderes anzubieten. Vicki interessiert sich nicht für die bevorstehenden Spielerkäufe und -verkäufe in der National Football League oder für den tollen Start der Tigers in die Baseballsaison oder für den weiteren Verlauf des Spiels mit den Knicks, und so bin ich zufrieden, wie ein fauler Grundbesitzer auf der Veranda zu sitzen, die Meeresluft einzuatmen und in den Himmel zu gucken, wo bereits der Mond aufgegangen ist. Es ist durchaus eine anregende Beschäftigung.

«Wie gefällt's dir denn so hier draußen?» Vicki blickt über die Schulter zu mir hoch und dann wieder hinüber zu dem Haus auf der anderen Straßenseite – es hat auch versetzte Stockwerke, dazu aber eine orientalische Fassade und stark betonte Gesimse, und das Ganze ist chinarot gestrichen.

«Ganz prächtig.»

«Du paßt hier überhaupt nicht her, das weißt du.»

«Ich bin hier, um dich zu besuchen. Ich versuche erst gar nicht, hierherzupassen.»

«Du hast wohl recht», sagt sie und zieht ihre Knie noch fester heran.

«Wo ist eigentlich dein Dad? Ich hab irgendwie das Gefühl, er geht mir aus dem Weg.»

«Ach was, überhaupt nicht.»

«Ich kann mich nämlich ganz schnell verdrücken, wenn es meinetwegen hier den geringsten Ärger gibt.»

«Genau, nichts als Ärger hat man mit dir. Schlägst die Einrichtung kaputt, wirfst Essen auf den Fußboden, mißhandelst den armen Cade. Vielleicht solltest du wirklich verschwinden.»

Sie dreht sich um und sieht mich ganz anders an, so wie man vielleicht einen Mann ansehen würde, der versucht, das Vaterunser in einer Babysprache aufzusagen. «Sei doch kein Idiot», sagt sie. «Der Mann geht keinem aus dem Weg. Der ist im Kellergeschoß unten bei seinem Hobby. Wahrscheinlich hat er gar nicht mitgekriegt, daß du da bist.» Sie starrt wütend in den turbulenten Himmel. «Wenn's hier überhaupt Ärger gibt, dann mit du weißt schon wem da drin. Aber dazu kann ich nichts sagen. Es ist sein Gift, soll er's doch trinken.»

«So wie du meines bist.» Ich rutsche eine Stufe tiefer, damit ich ihr einen Arm fest um die Schultern legen kann. Das interessiert keinen Menschen in dieser Straße, wo es völlig anders zugeht als im besonnenen Michigan. Ich habe hier draußen das

Gefühl, wir könnten schmusen und knutschen, bis uns die Arme abfallen, und die Leute fänden das völlig in Ordnung.

Ihre Schulter sträubt sich erst und schmiegt sich dann in meine ungestüme Umarmung. «Ich bin nicht nur lieb und nett», sagt sie.

«Ich will jetzt keine schlechte Nachricht hören.»

Sie runzelt die Stirn. «Nein, sieh mal...»

«Es ist ja okay. Ich gebe dir mein Wort: Was es auch ist, es kann bis später warten.» Dicht an ihren warmen Haaren atme ich gewaschenen Liebreiz ein.

«Aber ich hab dir wirklich was zu erzählen.»

«Ich will mir einfach diesen Nachmittag nicht verderben.»

«Vielleicht kommt's gar nicht dazu.»

«Muß ich es wirklich gehört haben?»

«Ich finde schon, ja.» Sie seufzt. «Du erinnerst dich doch an den schmierigen alten Quacksalber, mit dem du neulich am Flughafen geredet hast? Den ich mit einem einzigen Blick zur Schnecke gemacht habe?»

«Ich will nicht wissen, was mit dir und Fincher war», sage ich. «Es würde mir den Tag gründlich ruinieren. Du wirst es mir nie erzählen, das ist ein Befehl.» Mein Blick geht zu dem unruhigen grünen Himmel. Eine kleine Cessna durchquert brummend unseren Luftraum und hält bestimmt Ausschau nach einem sicheren Landeplatz in Manahawkin oder Ship Bottom, bevor das Unwetter losbricht. Von Ostern ist jetzt nichts mehr zu spüren, es ist nur noch ein gewöhnlicher Tag, dem man schutzlos ausgeliefert ist. Doch je normaler der Apriltag, desto besser für mich. Feiertage können zu viele Enttäuschungen mit sich bringen, mit denen ich dann fertig werden muß.

«Glaub mir, ich hab mit dem Typ noch nie was gehabt.»

«Okay. Das hört man gern.»

«Ich rede vielmehr von *deiner* Ex-Frau. Sie steckt mit ihm zusammen. Ich weiß es auch nur, weil ich drei-, viermal gesehen habe, wie sie ihn am Ausgang der Notaufnahme abholte. Sie fährt doch den hellbraunen Citation, nicht wahr?»

«Was?»

«Weißt du», sagt Vicki, «wenn er sie nicht geküßt hätte, hätte ich gedacht, es ist ganz harmlos. Aber es ist nicht harmlos. Deshalb hab ich mich auf dem Flughafen so komisch benommen. Ich hab geglaubt, ihr fangt gleich an zu streiten.»

«Vielleicht war es eine andere Frau. Braune Autos gibt's viele. General Motors hat Millionen davon gebaut. Es sind hervorragende Autos.»

«General Motors.» Sie schüttelt den Kopf wie eine Lehrerin. «Aber doch nicht mit deiner Frau drin.»

Für einen plötzlichen Augenblick setzt mein Denken aus – was noch nicht einmal so ungewöhnlich ist, und es gibt Momente, in denen nichts anderes mehr hilft. Als ich neben Ralphs Bett saß und die Schwester hereinkam und sagte: «Es tut mir leid, Ralph lebt nicht mehr» (tatsächlich war er, als ich seine kleine, geballte Faust berührte, kalt wie eine Auster und war wahrscheinlich schon eine Stunde vorher gestorben), in diesem Augenblick, als ich wußte, daß er tot war, hörte ich auf zu denken. Kein anderer Gedanke ging mir in dieser Situation durch den Kopf. Keine Assoziation oder Erinnerung schloß sich diesem Ereignis an, und auch dem nächsten nicht, wie es auch ausgesehen haben mag. Ich kann mich nicht erinnern. Keine Gedichtzeilen. Keine Epiphanien. Das Zimmer wurde wie ein Bild von einem Zimmer, nur irgendwie grün verwischt und zu düster für diese Morgenstunde, und dann glitt es weg und wurde winzig – als sähe ich es durch das falsche Ende eines Teleskops. Heute weiß ich, daß das als ein Schutzmechanismus des Verstandes erklärt wird und daß ich dafür dankbar sein sollte. Aber ich bin mir sicher, daß es sowohl von der Erschöpfung als auch vom Schock des Schmerzes ausgelöst wurde.

Nichts wird diesmal auf Grund der unerwarteten Neuigkeit kleiner, obschon die Luft um mich her eine gewittrig flaschengrüne Färbung angenommen hat. Der chinesische Bungalow gegenüber behauptet sich in voller Größe. Nichts ist durcheinandergeraten. Ich weiß nur, daß ich über den Arctic Spruce

Drive hinweg auf einen weißgestrichenen Kamin starre, aus dem der böige Wind den Rauch zieht und so herunterdrückt, daß er mit dem Rauchfang exakt einen rechten Winkel bildet. Alle Vorhänge sind zu. Das Gras vor dem Haus ist unsagbar grün. Man könnte darauf putten und erwarten, daß der Ball in einer sauberen, geraden Linie zum Loch rollt.

Ich gebe zu, es überrascht mich: daß das von Vicki angedeutete Bild, wie X draußen vor der Notaufnahme auf dem Vordersitz ihres Citation Fincher Barksdale *küßt* – wo er doch gerade erst von der Krebsstation kommt und nach Krankheit und Leichen riecht –, daß dieses Bild an Abscheulichkeit alles übertrifft, was ich mir selber ausdenken könnte. Daß die nächste, von ihr noch nicht ausgemalte Szene, wo die beiden klammheimlich irgendwo hinfahren und der Ankunft entgegenfiebern, ziemlich rasch verschwimmt – wozu mein Ekel beiträgt. Es ist aber auch wahr, daß ich gegen ein Gefühl des abgrundtiefen Verrats ankämpfen muß – für mich und für Finchers Frau Dusty, was völlig ungerechtfertigt ist, da es ihr möglicherweise gleichgültig ist und ich sie kaum noch kenne. Und das stößt mich dann wieder auf Finchers schleimige Lüsternheit, was meinen Abscheu weiter steigert.

Aber ich fasse keinen *Gedanken.* Und ich erstelle auch keine armselige und erklärende Synthese, um meine Stellungnahme in bezug auf das Gehörte zu formulieren.

Mit anderen Worten, ich reagiere eigentlich gar nicht, ich erinnere mich nur: *Man muß immer auf Überraschungen gefaßt sein.*

«Da hast du wohl recht», sage ich entgegenkommend und blicke von ihr weg.

Vicki hat den Kopf nach mir umgedreht, so daß ihr Gesicht über dem gespaltenen Horizont meiner beiden Knie erscheint. Sie wirkt besorgt, zugleich aber bereit, diese Miene gegen eine glücklichere einzutauschen. «Und, was denkst du?»

«Nichts.» Ich lächle; der Ekel in mir ist verflogen, aber ich fühle mich noch etwas schwach. Ich bin froh, daß ich jetzt nicht aufstehen muß. Die einfachen Worte «Man kann nicht» gehen mir durch den Kopf, aber ich habe keine zweite Hälfte dazu. «Man kann nicht... was?» Tanzen? Fliegen? Eine Arie singen? Über das Leben anderer verfügen? Die ganze Zeit glücklich sein? «Warum ist es so wichtig, mir gerade jetzt davon zu erzählen?» frage ich jäh, aber freundlich.

«Es ist nur, ich kann Geheimnisse nicht ausstehen. Und ich trage das hier schon eine Weile mit mir herum. Und wenn ich noch länger damit gewartet hätte, wer weiß, dann hättest du dich vielleicht so wohl gefühlt, daß ich es dir nicht mehr hätte erzählen können, ohne den ganzen Tag für dich zu ruinieren. Ich hätt's dir schon in Detroit sagen können, aber das wär schrecklich gewesen.» Mit vorgerecktem Kinn nickt sie mir nüchtern zu, als finde das, was sie sich eben hat sagen hören, ihre volle Zustimmung. «So bleibt dir wenigstens Zeit, drüber wegzukommen.»

«Ich bin dir dankbar für deine Rücksichtnahme», sage ich, obwohl ich es bedaure, daß sie mit Geheimnissen so verschwenderisch umgeht.

«Du bist doch mein oller Partner, oder nicht?» Sie gibt mir einen Klaps auf die Knie und grinst mich auf eine Weise an, wie sie mich die ganze Zeit schon angrinsen wollte. Es ist ein hübscher Anblick, trotz allem.

«Was bin ich, sagst du?»

«Mein oller Partner. So hab ich meinen Daddy immer genannt, als ich noch ein kleiner Knirps war.» Sie zwinkert mir zu.

«Ich bin mehr als das, zumindest *war* ich mehr. Und ich will's auch künftig sein.» Und ich muß eine furchtbare Träne zurückhalten, die mir wie eine Flut das Auge füllt.

Aus Herzensdingen ist nicht immer ein Reingewinn herauszuholen. Das sagt einer, der Bescheid weiß.

«Ist doch klar», beteuert Vicki. «Aber können wir nicht auch Freunde sein? Ich werd immer dein Partner sein wollen.» Sie pflanzt mir einen dicken, faulen Kuß auf die kalte Wange. Und hoch oben über mir wirbelt der Himmel und reißt auf, und im Gesicht spüre ich den ersten, schwerwiegenden Tropfen des Gewitters, das schon lange wartet und dessen Zeit nun gekommen ist.

Wade Arcenault ist ein fröhlicher Mann mit großen Augen und einem Bürstenschnitt; er hat das breite Gesicht und herzhafte Lachen der Präriebewohner. Ich erkenne in ihm sofort den Mann von der Ausfahrt 9, der mich schon hundertmal abkassiert hat, mich jetzt aber nicht wiedererkennt. Er ist nicht gerade stattlich, kaum größer als Lynette, doch seine Unterarme – zu sehen, weil er die Khakiärmel hochgekrempelt hat, um sich am Spülbecken zu waschen – sind sehnig und braun gebrannt. Er gibt mir dort, wo er gerade steht, eine reichlich nasse Hand. Mit einem listig-verschmitzten Lächeln erzählt er mir, er sei unten in seinem «Höllenloch» gewesen und habe eine elektrische Bratpfanne repariert, die Lynette brauche, um Dutch Babies zu machen – ihr Lieblingsdessert für Ostern. Die Pfanne steht, tadellos wiederhergestellt, auf der Küchentheke.

Er entspricht ganz und gar nicht meinen Erwartungen. Ich hatte mir einen drahtigen, schielenden kleinen Pisser vorgestellt – den Typ des Waffengeschäftbesitzers, mit verblassenden Tätowierungen von schamlosen Frauenfiguren auf dem abgemagerten Bizeps, einen Mann, der gern gegen Neger grob wird. Doch das ist der Mann, der einem schlechten Klischee von der Sorte entspricht, an der meine Schriftstellerlaufbahn gescheitert ist – und wahrscheinlich zu Recht. Die Welt hat mehr gewinnende Züge und ist weniger dramatisch, als Schriftsteller ihr je zugestehen. Und einen Moment lang stehen Wade und ich nur da und starren wie Taubstumme auf die rigorosen, zweckmäßigen Umrisse der Bratpfanne, unfähig, ein besseres Thema anzusprechen.

«Und wie war die Fahrt hier runter, Frank?» fragt Wade mit einer schroffen Herzlichkeit. Irgendwie steckt in ihm etwas von der Härte der alten Siedler im Westen, und das macht ihn auf Anhieb zu einem Mann, dem man vertraut und zu dem man sich hingezogen fühlt, einem Mann mit klaren Prioritäten und einem ständigen Funkeln in den Augen, weil er offensichtlich darauf wartet, daß ihm jemand – ich vielleicht – etwas erzählt, das ihn restlos glücklich machen wird. In der Tat: Nichts würde mich mehr befriedigen als das.

«Ich bin über Pemberton und Bamber gefahren, Wade. Es ist eine meiner Lieblingsstrecken. Irgendwann mal möchte ich den Rancocas mit dem Kanu befahren. So ähnlich muß es stellenweise in Afrika aussehen.»

«Ist es nicht irre, Frank?» Wade Arcenaults Augen sind ständig in Bewegung, als suchten sie was weiß ich was. Seltsamerweise spricht Wade ebensowenig mit einem texanischen Akzent wie Cade. «Das ist unser kleines Paradies hier unten, und wir wollen es so erhalten und nicht von Fremden kaputtmachen lassen. Deshalb macht es mir auch nichts aus, fünfzig Meilen zur Arbeit zu fahren. Aber vielleicht wäre es besser, ich würde die Zugbrücke nicht hinter mir hochziehen.» Seine klaren Augen glitzern bei diesem Zugeständnis. «Wir kommen heutzutage alle von außerhalb, Frank. Leute, die genau hier geboren worden sind, erkennen den Ort nicht einmal wieder. Ich hab mich mit ihnen unterhalten.»

«Aber ich wette, sie sind begeistert. Die Halbinsel ist eine gute Sache.»

«Wir haben nur ein *win*ziges Problem hinten draußen mit der Erosion», sagt Wade, während er sich die Hände mit einem Geschirrtuch abtrocknet. «Aber da ist ja auch noch unser Bauunternehmer, ein tüchtiger junger Rutgers-Absolvent namens Pete Calcagno.» (Den Namen kenne ich!) «Er hat mit seinem Löffelbagger und seinen Sandsäcken schon eine Menge erreicht, und der kriegt das in den Griff, da bin ich überzeugt.» Wade strahlt mich an. «Die meisten Menschen wollen das Richtige tun, ist meine Auffassung.»

«Das seh ich auch so.» Und zwar hundertprozentig! Auf mich trifft es mit Sicherheit zu, und ohne Zweifel trifft es auf Wade Arcenault zu. Schließlich kaufte er seiner geschiedenen Tochter ein Haus voll neuer Möbel, ließ sie jedes Stück selber aussuchen und stellte ihr dann einen fetten Scheck aus, um ihr in der neuen Umgebung im Norden einen guten Start zu ermöglichen. Eine Menge Leute würden das gern tun, aber nicht viele würden es bis zum Ende durchziehen.

Wades blaue Augen wandern schelmisch zur Kellertür. Durch irgend etwas, was ich getan oder gesagt habe, hat er wohl Gefallen an mir gefunden, zumindest vorläufig. «Lynette», sagt er laut und hebt den Blick zur Decke. «Habe ich noch Zeit, mit diesem Jungen in mein Höllenloch runterzugehen?» Er blinzelt mir heftig zu und blickt dann wieder zur Decke. (Vielleicht gelingt es uns, eine Angeltour auf die Beine zu bringen, egal, wie es mit Vicki weitergeht.)

«Ich glaube, nicht mal General Grant und seine Armee könnten dich aufhalten, oder?» Lynette blickt aus der Durchreiche zum Eßzimmer lächelnd zu uns herüber, schüttelt ihren hübschen roten Kopf und entläßt uns mit einer Handbewegung.

Von der Wohnzimmertür aus sehe ich Vicki und Cade bei einem allem Anschein nach vertraulichen Gespräch auf der lachsroten Couch sitzen. Cades Garderobe und sein verblödendes soziales Verhalten werden zweifellos einer Neubewertung unterzogen.

Wade stapft die dunkle Kellertreppe hinunter, ich direkt hinter ihm. Und augenblicklich wird die schwere Küchenluft von den kühlen, stark chemischen Gerüchen abgelöst, die unverwechselbar zu Kellergeschossen in Neubausiedlungen gehören, wo sich der Eigentümer nichts vormachen läßt und regelmäßig die Schädlingsbekämpfer ins Haus holt. Ich selbst mache es genauso.

«Okay, Frank, bleiben Sie dort mal stehen», sagt Wade irgendwo vor mir im Dunkeln; ich höre seine Schritte auf dem Betonboden. Hinter mir macht Lynettes rundlicher Arm die Küchentür zu.

«Augenblick noch.» Wade ist offenbar Feuer und Flamme.

Ich halte mich an einem dicken, hölzernen Treppengeländer fest und wage mich nicht einen Schritt weiter. Irgend etwas Großes, das spüre ich, steht unmittelbar vor mir.

Wade fummelt an irgendwelchen metallenen Gegenständen herum, möglicherweise ist es der Schirm einer Handlampe, die Tür eines Sicherungskastens, vielleicht eine Kiste mit Schlüsseln. «Himmelherrgott», murmelt er.

Plötzlich geht flackernd ein Licht an, keine Handlampe, sondern eine schimmernde weiße Leuchtstofflampe an der mit Sparren versehenen Decke. Was ich in dem Licht als erstes sehe, ist, glaube ich, nicht das, was mir vorgeführt werden soll. Ich sehe ein großes, aus dem Weltraum aufgenommenes Bild der Erde, an der aus Schlackensteinen gemauerten Wand über Wades Werkbank befestigt. Alles, was vom Weltraum zu sehen ist, ist blau und leer, und Nordamerika, aus vielen Meilen Entfernung gesehen, erscheint traumhaft klar, in perfekten Umrissen, weiß inmitten einer dunklen See.

«Na, was meinen Sie, Frank?» sagt Wade voller Stolz.

Meine Augen suchen ihn, finden statt dessen aber unmittelbar vor mir, zum Greifen nahe einen großen schwarzen Wagen – so dicht vor mir, daß ich ihn nicht einmal identifizieren kann, aber es ist mit Sicherheit ein Wagen, mit viel Chrom und einem spiegelblanken schwarzen Lack. CHRYSLER steht über dem großen, breiten Kühlergrill.

«Mein Gott, Wade», sage ich und sehe ihn seitlich neben dem langen Kotflügel stehen, eine Hand auf der Spitze einer hohen Heckflosse, direkt über dem roten Rücklicht. Er grinst wie ein Verkäufer in der Fernsehwerbung, der diesmal etwas ganz Besonderes anzubieten hat, etwas, das der kleinen Hausfrau einfach gefallen *muß*, etwas, auf das jeder halbwegs vernünftige Mensch stolz sein würde, weil es eine Kapitalanlage darstellt, deren Wert nur noch steigen kann.

Es ist ein großer Geldschrank von einem Wagen, mit breiten Weißwandreifen, raketenähnlichen Stoßstangen und der Ausstrahlung eines gehaltvollen Nachkriegsstylings, von dem mein Malibu nur noch traurige Reste aufweist.

«So was bauen sie heute nicht mehr, Frank.» Wade macht eine Pause, um diese Worte wirken zu lassen. «Ich hab ihn selber wiederhergestellt. Cade hat mir ein bißchen geholfen, aber als die Arbeit am Motor getan war, wurde es ihm zu langweilig. Hab das Ding von einem Speckstein-Griechen in Little Egg gekauft, Sie hätten es sehen müssen. Braun. Voller Löcher. Vom Chrom kaum noch was zu sehen. Löchrig wie Schweizer Käse.» Wade mustert den Lack, als habe er ihn murmeln hören. Es ist kühl im Kellergeschoß, und der Chrysler scheint so kalt und hart wie ein schwarzer Diamant. «Mit der Jalousie da hinten gibt's noch einige Arbeit», räumt Wade ein.

«Wie haben Sie den Wagen nur hier reingebracht?»

Wade grinst. Auf die Frage hat er gewartet. «Ein Bilco-Tor, da hinten, von hier nicht zu sehen. Der Abschleppwagen hat ihn einfach runtergleiten lassen. Cade und ich hatten eine Rampe aus U-Eisen montiert. Ich mußte wieder schweißen lernen. Verstehen Sie was vom Lichtbogenschweißen, Frank?»

«Rein gar nichts», sage ich. «Ich sollte aber, ich weiß.» Ich sehe mir wieder das Foto von der Erdkugel an. So etwas trägt dazu bei, denke ich mir, die Dinge im richtigen Verhältnis zu sehen; in der schlichten Umgebung hier wirkt das Bild allerdings so exotisch wie ein Gobelin.

«Nicht nötig», sagt Wade sachlich. «Im Prinzip ist es recht unkompliziert. Alles dreht sich um den Widerstand. Sie würden das im Handumdrehen lernen.» Wade lächelt bei der Vorstellung, ich könnte eines Tages eine brauchbare Fertigkeit besitzen.

«Was haben Sie eigentlich mit dem Wagen vor, Wade?» Die Frage ist mir eben eingefallen.

«Darüber hab ich noch nicht nachgedacht», sagt Wade.

«Fahren Sie auch mal damit?»

«O ja, sicher. Ich lasse den Motor an und fahre einen halben Meter vor und einen halben Meter oder etwas mehr zurück. Viel Platz ist hier unten nicht.» Er steckt die Hände in die Taschen, lehnt sich seitlich an den Kotflügel und blickt nach oben zu den tief hängenden Sparren und den Schlackensteinen dazwischen. Über uns höre ich gedämpfte Stimmen, das

Geräusch von Schritten zwischen Küche und Eßzimmer. Ich höre Cade in eine andere Richtung stiefeln, zweifellos nach oben, um sich umzuziehen. Ich höre Elvis Presleys Pfoten über den Küchenboden tappen. Dann nichts. Wade und ich schweigen, mit dem Chrysler und miteinander.

Diese Situation könnte natürlich in eine Katastrophe münden, wie es solche Situationen oft tun. Angst vor dem, was er mich jetzt vielleicht arglos fragen wird, oder die noch größere Angst, daß mir dann möglicherweise keine Antwort einfallen wird und daß ich dann nur dastehen werde, stumm wie ein Fisch – das alles läßt mich wünschen, ich wäre wieder oben, um Seite an Seite mit meinem alten Freund Cade im Fernsehen zu verfolgen, wie die Knicks die Cavaliers am Boden zerstören. Der Sport ist ein erstklassiges Sicherheitsventil, wenn du mitsamt deinem Wertesystem zwar freundlich, aber unerwartet einer genauen Prüfung unterzogen wirst.

«Was sind Sie eigentlich für ein Typ?» wäre eine vollkommen natürliche, neugierige Frage. «Welche Absichten verfolgen Sie bei meiner Tochter?» («Ich bin mir da keineswegs sicher», wäre keine sehr befriedigende Antwort.) «Für wen, zum Teufel, halten Sie sich eigentlich?» (Ich wäre sprachlos.) Plötzlich ist mir kalt, obwohl Wade, so wie's aussieht, keine Überraschungen aus dem Ärmel ziehen wird. Er ist jemand mit Prinzipien, die ich achte, und ich hätte gern, daß er mich mag. Mit anderen Worten: All die guten Züge unterscheiden sich bei ihm nicht so sehr von all den schlechten. Wade legt die Fingerspitzen auf den porzellanschwarzen Kotflügel und starrt sie an. Ich bin sicher, wenn ich näher dran wäre, würde ich in allen Einzelheiten wie in einem Spiegel zu sehen sein.

«Frank», sagt Wade, «essen Sie gern Fisch?» Er blickt fast flehentlich zu mir auf.

«Das können Sie annehmen!»

«Ach, tatsächlich?»

«Und ob.»

Wade blickt wieder auf das glänzende Schwarz hinunter. «Ich dachte nur, Sie und ich könnten uns vielleicht irgendwann an einem Abend zum Essen im *Red Lobster* treffen, einfach mal ohne diese Frauen. Wir könnten uns dann ausgiebig unterhalten. Waren Sie schon mal dort?»

«Aber ja. Schon oft.» Tatsächlich war ich in der ersten Zeit nach meiner Scheidung von X fast ausschließlich dort. Die Bedienungen kannten mich mit der Zeit alle, wußten, daß ich den Blaubarsch nicht zu lange gegrillt haben mochte, und taten alles, um mich aufzumuntern – für nichts anderes werden sie ja bezahlt, aber gewöhnlich geben sie sich keine Mühe.

«Mich interessiert nur der Schellfisch», sagt Wade. «Er ist schon für sich allein eine Mahlzeit. Ich nenne ihn den Hummer des kleinen Mannes.»

«Wir sollten da mal hingehen. Eine sehr gute Idee.» Ich lasse meine kalten Hände in die Jackentaschen gleiten. Alles in allem liegt mir immer noch daran, möglichst rasch wieder nach oben zu kommen.

«Frank, wo sind Ihre Eltern?» fragt mich Wade mit ernstem Blick.

«Sie sind beide tot, Wade. Schon lange.»

«Meine auch.» Er nickt. «Beide sind sie gestorben. Letztendlich kommen wir alle von nirgendwoher, stimmt's?»

«Eigentlich stört mich das nicht besonders», sage ich.

«Genau, genau, genau.» Wade hat die Arme verschränkt und lehnt jetzt bequem an dem schwarzen Kotflügel. Sein Blick streift mich von der Seite und wandert dann wieder nach oben zwischen die Sparren. «Was hat Sie nach New Jersey gebracht? Sie sind doch Schriftsteller, ist das richtig?»

«Das ist eine ziemlich lange Geschichte, Wade. Ich war ja verheiratet. Ich hab zwei Kinder in Haddam oben. Es würde eine Weile dauern, das alles zu erklären.» Mit einem Lächeln hoffe ich, ihn davon abbringen zu können, obwohl ich weiß, daß sich Wade wahrscheinlich einen Dreck dafür interessiert. Er versucht nur, freundlich zu sein.

«Frank, ich mag Frauen. Wie ist das bei Ihnen?» Wade dreht den kurzgeschorenen Kopf zu mir herum und grinst; es ist ein offenes, amüsiertes Grinsen, gestützt auf die gedankliche Vorwegnahme von Genüssen – zu achtzig Prozent die Quelle aller Glückseligkeit. Es ist das gleiche für ihn wie seine Vorliebe für Schellfisch, wenn auch interessanter, da es unter Umständen etwas unanständig werden könnte.

«Das kann ich von mir wohl auch sagen, Wade.» Und ich erwidere sein Grinsen.

Wade reckt das Kinn – «Ich hab's ja gewußt», heißt das – und drückt von innen die Zungenspitze gegen die Wange. «Ich hab noch nie in meinem Leben das Bedürfnis gehabt, mit anderen Männern auszugehen und einen draufzumachen, Frank. Was daran Spaß machen soll, weiß ich nicht.»

«Viel bringt's nicht», sage ich. Und ich denke an meine trübseligen Abendkurse unter dem Motto «Für Leute, die's wissen wollen» und dann bei den «Geschiedenen Männern», als wir in den kalten Gewässern vor Mantoloking herumkurvten, wie eine Armee, die einen neuen Angriff auf die Küsten des gelebten Lebens plant. Ich gelobe im stillen, mich bei ihnen nie wieder sehen zu lassen. Damit und mit ihnen bin ich fertig. Das Leben spielt sich schließlich an Land ab (möge Gott sie dennoch lieben).

«Verstehen Sie mich jetzt nicht falsch, Frank», sagt Wade vorsichtig und blickt immer noch von mir weg, als stünde ich anderswo. «Ich mische mich nicht in Ihre und Vickis Angelegenheiten ein. Ihr beide müßt das unter euch austragen.»

«Es wird kompliziert.»

«Aber sicher wird es das. Es ist in Ihrem Alter schwer herauszufinden, was man will. Wie alt sind Sie eigentlich, Frank?»

«Achtunddreißig», sage ich. «Und Sie?»

«Sechsundfünfzig. Ich war neunundvierzig, als meine Frau an Krebs starb.»

«Das ist jung, Wade.»

«Wir lebten zu der Zeit in Irving in Texas. Ich arbeitete als Ingenieur für Beutler Oil, keine zwei Meilen von dem Haus, das zu hundert Prozent mir gehörte. Ich brachte eine Tochter unter die Haube. Ich ging mit meinem Sohn zu den großen Footballspielen in Dallas. Wir fanden, es war ein gutes

Leben. Und dann, peng, traf uns ein furchtbarer Verlust. Praktisch über Nacht, so schien es. Vicki und Cade konnten es nicht verkraften. Ich weiß also, was ‹kompliziert› heißt.» Er nickt, um das eigene Elend zu bestätigen.

«Es war bestimmt eine schwere Zeit», sage ich.

«Eine Scheidung ist wohl ähnlich, Frank. Lynettes geschiedener Mann war eigentlich ganz nett. Ihr zweiter Mann – der erste ist auch gestorben –, den hab ich kennengelernt. Ein netter Kerl, auch wenn wir keine Freunde sind. Aber sie konnten's einfach nicht miteinander. Das ist nicht abfällig gemeint. Sie hat in Oklahoma auch einen Sohn verloren.»

Vicki hat offenbar Ralph erwähnt – warum auch nicht, er ist schließlich ein offizieller Teil meiner Vergangenheit. Sein verlorenes Leben hilft, mein eigenes besser zu erklären und in Teilen zu verdeutlichen. Wade – und darüber freue ich mich – tut hier sein möglichstes, mich, um es in seinen eigenen Worten zu sagen, «als Individuum zu akzeptieren» und, wie ich es ausdrücken würde, in dem Maße er selbst zu sein, wie das einem Mann gegenüber überhaupt möglich ist, den er nicht kennt und den er ebensogut vom ersten Moment an hassen könnte. Er könnte mich hier unten durch die Mangel drehen, und ich würde ihn gern wissen lassen, wie sehr ich zu schätzen weiß, daß er es nicht tut – ich weiß nur nicht recht, wie ich das anstellen soll. Mit seiner direkten und unzweideutigen Art, die so gar nicht meinen Erwartungen entspricht, hat er bewirkt, daß mir die Worte fehlen.

«Wade, wo in Texas sind Sie aufgewachsen?» frage ich mit einem hoffnungsvollen Lächeln.

«Ich komme aus dem Nordosten Nebraskas, Frank. Aus Oakland, genauer gesagt.» Er kratzt sich am Handrücken, vielleicht denkt er an Weizenfelder. «Nach Texas bin ich erst als Student gekommen. 1953 hab ich mit der Landwirtschaftlichen und Technischen Hochschule angefangen. Da war ich schon verheiratet. Vicki war unterwegs, glaube ich. Ich brauchte ewig bis zu meinem Abschluß, und all die Jahre hab ich auf dem Ölfeld gearbeitet. Was ich da aber über Frauen gesagt habe, hat damit zu tun, daß ich nach dem Tod meiner ersten Frau, Esther, Angst hatte, ich könnte mich nie mehr für Frauen interessieren. Verstehen Sie? Man kann nämlich das Interesse an Frauen verlieren, Frank. Ich meine jetzt nicht, was das Bett angeht, sondern hier oben.» Wade sieht mich an und deutet mit dem Zeigefinger mitten auf die Stirn. «Man verliert den Kontakt *zu sich selbst*, zu den eigenen Bedürfnissen. Und genau das ist mir passiert. Vicki kann Ihnen das bestätigen, sie hat sich damals um mich gekümmert.» Wade verdreht auf eine Weise die Augen, die bei ihm geradezu lächerlich wirkt; bei Vicki habe ich es allerdings schon oft beobachtet, und es ist absolut möglich, daß er es von ihr übernommen hat. Es ist die Gebärde einer Frau und läßt auch Wade fraulich erscheinen, so als sei er nicht Manns genug gewesen, die schweren Lektionen auszuhalten, die das Leben ihm erteilt hat. «Ich hab in dieser Zeit einige verrückte, wirklich verrückte Dinge getan, Frank», sagt Wade mit einem versöhnlichen Lächeln an die eigene Adresse (er ist kein New-Ager, das steht fest). «In einem Einkaufszentrum hab ich ein Baby gekidnappt. Ist das verrückt genug?» Wade sieht mich voll Verwunderung an. «Ein kleines farbiges Mädchen. Ich kann Ihnen heute nicht mal sagen warum. Damals hätte ich wohl gesagt, es sei der Griff nach einer Bindung gewesen, nach einer Verpflichtung. Ein Ruf aus der Wüste. Ich hätte aus dem Todestrakt des Zuchthauses rufen können, wenn sie mich erwischt hätten. Und das hätte ich auch verdient gehabt, weiß der Teufel.» Wade nickt ernst in den Schatten, als seien dort nun all seine dunkelsten Antriebskräfte eingesperrt und könnten ihn nicht mehr erreichen.

«Das ist schon eine üble Geschichte, Wade. Wie sind Sie da wieder rausgekommen?»

«Ich saß verdammt tief in der Patsche, Frank. Zum Glück hab ich das Baby zu seinem Kinderwagen zurückgebracht. Aber ich hatte es vorher schon bei mir im Auto. Weiß der Herr, was ich mit ihm angefangen hätte. Du gerätst da in einen Dämmerzustand, eine Art Zwischenwelt.»

«Vielleicht wollten Sie's ja gar nicht tun. Daß Sie die Geschichte nicht durchgezogen haben, spricht stark dafür, finde ich.»

«Die Theorie kenn ich natürlich, Frank. Aber ich will Ihnen sagen, was passiert ist. Eines Tages traf ich einen alten Studienkameraden namens Buck Larsen wieder. Es war bei einem Jahrgangstreffen in College Station. Wir hatten uns wohl sechsundzwanzig Jahre nicht mehr gesehen. Und wie es der Zufall will, war er bei der Mautbehörde angestellt. Und wir plapperten einfach so drauflos. Ich erzählte ihm, daß Esther gestorben war und so weiter und so fort, Kinder, Frauen, Tränen und daß ich aus Dallas raus müßte. Ich wußte es bis zu dem Moment selbst nicht, verstehen Sie? Sie wissen bestimmt, wie das ist. Sie sind der Schriftsteller.»

«Ganz gut, glaube ich.» (Wenigstens landeten er und Buck nicht in einem Motel.)

«Es ist ziemlich schwer, genau zu sagen, welche Absichten man hat, nicht wahr?» Wade schaffte ein armseliges Lächeln.

«In Büchern ist es sehr viel leichter, soviel weiß ich.»

«Da haben Sie verdammt recht. Wir haben während des Studiums einige Bücher gelesen. Nicht *sehr* viele, fürchte ich.» Jetzt können wir beide zusammen grinsen. «Wo haben Sie studiert, Frank?»

«Michigan.»

«East Lansing, stimmt's?»

«Ann Arbor.»

«Na ja, da haben Sie mehr Bücher gelesen als ich in College Station, das ist mir klar.»

«Also, wenn ich mich hier so umsehe, habe ich das Gefühl, Sie haben die richtigen Entscheidungen getroffen, Wade.»

«Frank, ich glaube schon.» Mit dem Zeh scharrt Wade an einer Unebenheit im Betonboden. Auch als er einigen Druck ausübt, gibt der kleine Höcker nicht nach, und Wade schüttelt den Kopf. «Es gibt hundert Möglichkeiten, wie sich ein Leben verändern kann.»

«Ich weiß, Wade.»

«Ich hab einen Job bei der Mautbehörde angenommen.

Cade hab ich bei Esthers Familie in Irving gelassen und bin hier raufgekommen und hab ein Jahr lang wie ein Junggeselle gelebt. Ich wollte von meinem anderen Leben so weit weg, wie ich nur konnte. Aus dem Ingenieur in Texas wurde innerhalb einer Woche ein Mautner in New Jersey. Mit einiger Hilfe natürlich. Es war ein Abstieg. Mit starken finanziellen Einbußen. Aber es störte mich nicht, ich war ein völliges Wrack. Man will nicht wahrhaben, daß man ein völliges Wrack ist, aber es ist nun mal so, und ich mußte wieder von vorn anfangen, mich in einer neuen Umgebung zurechtfinden, einer so verrückten Umgebung wie der hiesigen, aber es spielte keine Rolle. Ich bin von Haus aus ein Problemlöser, Frank. Das sind Ingenieure immer. Und das war mein Problem. Wenn Sie mich fragen, reagieren Amerikaner zu empfindlich, wenn sie an Status verlieren. Es ist gar nicht so schlimm.»

«Aber es hört sich nicht gerade an, als ob es leicht wäre. Gemessen daran, scheinen meine Probleme harmlos.»

«Ich kann Ihnen nicht sagen, ob es leicht war oder nicht.» Seine Stirn umwölkt sich, als wolle er, er könne auch dazu etwas sagen, nur ist es für ihn außer Reichweite – eine Gnade. «Ich will Ihnen was erzählen. Es gibt da einen Typ, der arbeitet auch bei uns an der Ausfahrt 9. Ich will jetzt nicht seinen Namen nennen. Aber damals, 1959, lebte er im Westen draußen, in der Nähe von Yellowstone. Er hatte Frau und drei Kinder, ein Haus und eine Hypothek. Einen Job, ein Leben. Eines Abends war er in einer Kneipe gewesen und machte sich auf den Heimweg. Und unmittelbar nach seinem Weggehen geriet der ganze Berghang ins Rutschen und deckte die Kneipe zu. Er hielt mitten auf der Landstraße an, so erzählte er mir, und im Mondlicht konnte er zu der Stelle zurückblicken, wo eben noch viele Lichter gewesen waren und wo jetzt nichts mehr war, weil der Erdrutsch alles unter sich begraben hatte. Außer ihm waren dort alle ums Leben gekommen. Und wissen Sie, was er tat?» Wade zieht die Augenbrauen hoch und verdreht die Augen.

«Ich kann es mir ganz gut vorstellen.» (Wer würde in einer modernen Welt anders handeln?)

«Sie haben es erraten. Er stieg in seinen Wagen und fuhr nach Osten. Es war – so erzählte er –, als habe jemand zu ihm gesagt: ‹Hier, Nick, hier hast du dein ganzes Leben, du bekommst es zurück. Sieh zu, daß du diesmal mehr daraus machst.› Und draußen in Idaho oder Wyoming oder in einem dieser Staaten gilt er heute als tot: die Versicherung hat bezahlt. Wer weiß, wo seine Familie ist? Seine Kinder? Und er arbeitet direkt neben mir an der Mautstraße, so glücklich, wie ein Mensch nur sein kann. Ich würde ihn natürlich nie verraten. Und ich hatte viel mehr Glück als er. Wir bekamen beide schlicht ein neues Leben serviert und dazu den festen Willen, etwas daraus zu machen.» Wade sieht mich ernst an, streicht mit den Handflächen feinfühlig über den verchromten Türgriff neben ihm. Er will mir mitteilen, daß er spät im Leben etwas Wichtiges entdeckt hat, etwas Wissenswertes, wo doch die wenigsten Menschen einfach dadurch, daß sie leben, etwas entdecken. Er möchte eine Weisheit aus dem Ressort «Nimm's, wie ich's sage» weitergeben, aber ich kann nicht umhin, mich zu fragen, was seine Frau wohl denken würde, wenn sie je im richtigen Augenblick an der Ausfahrt 9 vorbeikäme. Es könnte ja passieren. «Wollen Sie wieder heiraten, Frank?»

«Ich weiß nicht.»

«Das ist eine gute Antwort», sagt Wade. «Mir ist es auch so gegangen. Allein zu leben schien mir nach neunundzwanzig Jahren Ehe gar nicht so übel. Was meinen Sie?»

«Es hat seine guten Seiten, Wade. Haben Sie Lynette hier oben kennengelernt?»

«Es war bei einem Rockkonzert, und fragen Sie mich nicht, wieso ich dort war, ich könnte es Ihnen nämlich nicht sagen. Es war in Atlantic City, vor drei Jahren. Ich bin kein Vereinsmeier, und so eine Haltung kann dazu führen, daß du dich an ziemlich seltsamen Orten wiederfindest, nur weil du dir beweisen willst, daß du unabhängig bist.»

«Ich finde mich meistens zu Hause wieder, beim Lesen. Manchmal setze ich mich allerdings auch ins Auto und fahre einen Tag lang herum. Das ist wohl so ähnlich wie das, was Sie meinen.»

«Hört sich nicht sehr gut an, finde ich.»

«Das ist es auch nicht immer, nein.»

«Na gut. Da war nun also Lynette. Sie ist ungefähr in Ihrem Alter, Frank. Verwitwet, geschieden, und zu diesem Konzert kam sie mit einem vielleicht fünfundzwanzigjährigen Spanier. Und der ist dann einfach verschwunden und hat sie sitzenlassen. Die schlimmen Einzelheiten will ich Ihnen jetzt nicht alle erzählen. Jedenfalls landeten wir schließlich in dem *Howard Johnson's* draußen an der Fernstraße, tranken Kaffee und sagten einander die Wahrheit, bis morgens um vier. Es stellte sich heraus, daß wir beide das Verlangen hatten, mit der Zeit, die uns noch blieb, etwas Nützliches und Positives anzufangen, und wir waren beide keine Perfektionisten, womit ich sagen will, wir wußten beide, daß wir füreinander nicht unbedingt perfekt waren.» Wade verschränkt die Arme und macht ein strenges Gesicht.

«Wie lang hat's dann gedauert, bis Sie geheiratet haben, Wade? Nicht sehr lang, möcht ich wetten.» Ich strahle Wade mit einem verschlagenen Grinsen an, denn der Gedanke an jene Sternennacht an der smogverseuchten Fernstraße müßte auch ihm ein breites, verschlagenes Grinsen aufs Gesicht zaubern, und ich will ihm da gern ein wenig behilflich sein. Es muß ihnen so vorgekommen sein, als seien sie zusammen an einen verfluchten, verlassenen Kiesstrand geschwemmt worden und hätten dabei verdammt Glück gehabt. Es ist keine schlechte Geschichte, und sie ist mehr wert als nur ein Grinsen.

«Nein, nicht *sehr* lang, Frank», sagt Wade stolz und zeigt genau das Grinsen, das er braucht, um wieder in die Stimmung jener alten, verzauberten Zeit zu kommen. «Ihre Scheidung war geregelt, und wir sahen keinen Sinn darin zu warten. Sie ist schließlich katholisch. Eine Scheidung war schlimm genug. Und sie wollte nicht, daß wir zusammen lebten, was mir recht gewesen wäre. Schon nach einem Monat war ich verheiratet und hatte dieses Haus! Mann!» Wade lächelt und kommentiert die bemerkenswerte Einzigartigkeit ungeplanten Lebens mit einem Kopfschütteln.

«Sie haben das Große Los gezogen, würde ich sagen.»

«Nun, Lynette und ich verkörpern gewisse Gegensätze. Sie ist in ihren Ansichten ziemlich festgelegt. Und ich bin weit weniger festgelegt, heutzutage jedenfalls. Sie nimmt ihren katholischen Glauben ziemlich ernst – erst recht, seit ihr Sohn getötet worden ist. Und ich laß ihr da mehr oder weniger ihren Willen. Ich bin nur ihr zuliebe beigetreten, aber wir halten hier keine Messen ab, Frank. Ich würde sagen, wir waren uns nur in dem einen entscheidenden Punkt gleich – wir sind keine reichen Leute, und ich bin nicht sicher, daß wir uns wirklich lieben oder daß es das braucht, aber wir wollen in einer kleinen Welt ein guter Einfluß sein und für die Zeit, die noch bleibt, eine gute Rechenschaft ablegen können.» Wade blickt zu mir herüber, als hätte ich über ihn zu urteilen und als hoffe er, ich werde die Treppe herunterkommen und ihn wie ein Footballspieler mit einem heftigen Schulterstoß umrennen. Ich bin sicher, er hat mir das alles nur erzählt – ein Thema, das wir im *Red Lobster* hätten vertiefen können, wo ich vielleicht mehr beigetragen hätte –, weil er mir ein faires Bild von der Familie hier vermitteln möchte, für den Fall, daß ich mit dem Gedanken spiele, ein Teil davon zu werden. Und es stimmt, daß die Arcenaults meilenweit von dem entfernt sind, was ich erwartet habe. Nur im positiven Sinn. Wade könnte mir seine eigene Person oder sein geordnetes Leben gar nicht angenehmer, sympathischer schildern. Was könnte einem Besseres passieren, als hier einzuheiraten? Eine Verpflichtung in Sherri-Lyn Woods einzugehen (lange Wochenenden und Feiertage). Ich würde mich auf längere Sicht vielleicht sogar mit Cade anfreunden, ihm mit einem geschickten Empfehlungsschreiben zur Aufnahme in einem guten College verhelfen; erreichen, daß er sich für Marketing-Techniken interessiert, anstatt für Polizeiarbeit und Schußwaffen. Ich könnte mir ein eigenes kleines Boot zulegen und die Anlegestelle hinter dem Haus nutzen. Es könnte ein verdammt gutes, normales Leben sein, das steht fest.

Doch aus irgendeinem Grund bin ich nervös und verlegen. Meine Hände sind immer noch kalt und steif, und ich stecke sie in die Hosentaschen, und als ich Wade wieder anblicke, sind meine Augen so leer wie die Tür einer Grabkammer. Daß ich mich just in dem Augenblick zurückhalte, ist eine schwerwiegende Charakterschwäche.

«Frank», sagt Wade, auf einmal sehr beflissen und scharfsinnig. «Ich möchte da eine Antwort von Ihnen. Finden Sie, es hat zuwenig mit *Ihrem* Leben zu tun? Wenn einer nur Mautgebühren kassiert, eine Familie großzieht, einen solchen alten Wagen wieder herrichtet, mit seinem Sohn aufs Meer rausfährt und Plattfische angelt? Vielleicht seine Frau liebt?»

Ich kann kaum schnell genug antworten, jede Zurückhaltung ist weggefegt. «Nein», brülle ich fast. «Überhaupt nicht. Herrgott, Wade, ich finde es phantastisch, und Sie sind ein verdammter Glückspilz, Himmelarsch!» (Ich schockiere mich selber mit meinen Kraftausdrücken.)

«Was Sie tun, Frank, ist wahrscheinlich romantischer, abenteuerlicher. Ich seh an meinem Arbeitsplatz nicht viel vom Leben, aber ich hab ja auch schon genug davon gesehen.»

«Ihr Leben und meins sind sich wahrscheinlich viel ähnlicher, als Sie glauben, Wade. Vielleicht haben Sie sogar das bessere Leben, wenn ich das so sagen darf.»

«Es ist nicht wenig, was man in so einen alten Wagen reinsteckt, wenn Sie verstehen, was ich damit sagen will.» Wade lächelt nun stolz; meine beifällige Äußerung hat ihm gutgetan. «Kleinigkeiten, die ich nicht mit Worten beschreiben kann. Manchmal komm ich um vier Uhr früh hier runter und bastle bis Tagesanbruch herum. Und wenn ich abends nach Hause fahre, kann ich mich immer schon darauf freuen. Und noch eins will ich Ihnen sagen: Wenn ich von hier nach oben komme, bin ich immer glücklich und zufrieden, und meine Teufel bleiben in ihrem Höllenloch.»

«Das ist großartig, Wade.»

«Und es ist alles absolut begreiflich, jedes kleinste Teil. Drähte und Bolzen. Ich könnte Ihnen alles zeigen, ich kann's nur nicht in Worte fassen. Sie könnten das bestimmt selber tun.» Er sieht mich an und schüttelt voll Verwunderung den Kopf. Wade ist kein Mann der totalen Enthüllung, mag es auch anders erscheinen. Und in diesem Fall weiß ich genau, was er entdeckt hat, weiß, wie wertvoll und vergnüglich es für jemanden sein kann. Doch während ich auf Wade hinunterblicke, der zu mir heraufsieht, ist es aus irgendeinem seltsamen Grund Wade allein, den ich in Gedanken vor mir sehe, wie er in einem Krankenhaus, einen einzelnen Koffer mit sich tragend, über einen langen, leeren Gang geht, vor einer nicht numerierten Tür stehenbleibt und dann in einen sauberen, leeren Raum hineinspäht, wo das Bett zurückgeschlagen ist und grelles Sonnenlicht durch ein Fenster dringt und wo alles so sauber ist, wie man es sich nur vorstellen kann. Es sind *Tests*, derentwegen er hier ist. Viele, viele Tests. Und wenn er erst einmal diesen Raum betreten hat, wird er nie wieder der alte sein. Es ist der Anfang vom Ende, und es macht mich, ehrlich gesagt, verrückt vor Angst, und ein entsetzlicher Schauder befällt mich. Ich würde ihn jetzt gern in die Arme schließen, ihm sagen, er solle sich von Krankenhäusern fernhalten, den Sensenmann zu Hause erwarten. Aber ich kann nicht. Er würde es falsch verstehen, und zwischen uns wäre alles ruiniert, gerade jetzt, wo es doch so gut angefangen hat.

Über uns, in der sporadischen Betriebsamkeit des Hauses, hat jemand angefangen, auf der Elektroorgel die einleitenden Baßtöne von *‹What'd I Say›* zu spielen, die aus vier tiefen Molltönen bestehende Begleitung, sexy und voller Ahnungen, ehe der alte Ray mit seinem Stöhnen einsetzt. Das tiefe Brummen dringt durch die Sparren und füllt den Kellerraum mit einer unentrinnbaren neuen Stimmung. Hoffnungslosigkeit.

Wade hebt den Blick kurz zur Decke, in einem Maße glücklich, wie es ein Mensch überhaupt nur verlangen kann. Es ist, als habe er gewußt, daß genau das eintreten würde, und als nehme er es als ein Zeichen dafür, daß sein Haus in einem optimalen Betriebszustand ist und daß er dort nun wieder den ihm zustehenden Platz einnehmen kann. Er ist ein Mann, für den es keinerlei Zwischentöne gibt, ein Realist erster Ordnung.

«Mir kommt es so vor, Frank, als ob ich Ihr Gesicht schon mal gesehen hätte. Ich kenne es. Ist das nicht seltsam?»

«Sie müssen eine Menge Gesichter sehen, Wade, nicht wahr?»

«Jedes aus New Jersey mindestens einmal.» Wade zeigt das patentierte Mautnergrinsen. «Aber ich erinnere mich nicht an viele. Sie haben nun mal ein Gesicht, an das ich mich erinnere. Es war mein erster Gedanke, als ich Sie heute sah.»

Ich bringe es nicht über mich, Wade zu sagen, daß er meine 1,05 Dollar schon vierhundertmal kassiert und mir mit einem Lächeln einen «Supertag» gewünscht hat, bevor ich wieder losgebraust bin, um im wilden Getümmel auf der Fernstraße 1 nach Süden zu kommen. Es wäre eine zu gewöhnliche Antwort auf seine besondere Art der Frage und in der aufgeladenen Stimmung dieses Augenblicks. Wade geht es hier um das Unerklärliche, und ich will mich dem nicht entziehen. Das wäre so, als wenn sich Mr. Smallwood aus Detroit als ehemaliger Mechaniker von Frenchy Montreux' Tankstelle entpuppt hätte, der den Ölwechsel für mich gemacht und meinen Wagen abgeschmiert hatte, nur daß er mir nie aufgefallen war – wie wenn ich den also plötzlich erkannt und darauf angesprochen hätte: das Unerklärliche, erst bestaunt, dann durch die Fakten ruiniert. Ich würde lieber auf der Seite der guten Vorzeichen bleiben, Teil des Unerklärlichen sein, ein unvermuteter Leithammel für künftige Entwicklungen. Zurückhaltung ist seltsamerweise die beste Reaktion für den, der seine Reaktionen immer hinauszögert.

Hinter mir geht die Küchentür auf, und als ich mich umdrehe, sehe ich Lynettes hübsches Jungmädchengesicht auf uns beide herunterblicken, belustigt, wie es scheint – eine fühlbare Erleichterung, obwohl ich ihrer Miene ansehe, daß diese ganze Geschichte eines «Gesprächs von Mann zu Mann unter Deck» von vornherein geplant war und daß sie die Küchenuhr im Auge behalten hat, um uns in einem vorher abgesprochenen

Augenblick wieder an Deck zu holen. Ich bin das glückliche Individuum (aber nicht das Opfer), das in den Plänen anderer eine Rolle spielt, und das ist nie schlecht. Ja, es gibt mir ein Gefühl des Wohlbehagens, auch wenn sich damit nichts Nutzbringendes anfangen läßt.

Die schweren, kirchlichen Ray Charles-Klänge kommen nun lauter nach unten. Es ist Vickis Werk. «Ihr Männer könnt den ganzen Tag über alte Autos fachsimpeln, wenn ihr wollt, aber andere Leute möchten jetzt gern zu Tisch gehen.» Lynettes Augen sprühen vor ungeduldiger guter Laune. Sie sieht, daß hier unten alles in bester Ordnung ist. Und sie hat recht. Vielleicht sind wir noch keine dicken Freunde, aber wir werden es bald sein.

«Schön, essen wir also ein Stück von einem toten Schaf, was, Frank?» Wade lacht und reibt sich dabei den Bauch. «Agnus Dei», sagt er glucksend in Lynettes Richtung.

«Das ist es *nicht*», sagt Lynette und verdreht die Augen in der (wie ich jetzt weiß) Art der Arcenaults. «Was diesem Mann nicht alles einfällt, Frank. Agnus Dei ist das, was du *bist*, Wade, nicht was du *ißt*. Du lieber Himmel.»

«Ich bin mit Sicherheit zu zäh zum Kauen, Frank, das sag ich Ihnen gleich. Ha.» Und aus dem Schattenreich des Kellers kommen wir – alle Mann an Deck – in die warme und sonnenhelle Küche, die ganze Arcenault-Crew ist zum rituellen Sonntagsmahl versammelt.

Dieses Essen ist eine feierlichere Angelegenheit, als ich vermutet hätte. Lynette hat ihr Eßzimmer in ein tolles Schmuckkästchen verwandelt, Kerzenleuchter aus Kristallglas, bestes Silbergeschirr auf feiner Tischwäsche. Kaum daß wir Platz genommen haben, verlangt sie, daß wir uns alle um das Oval die Hände reichen, und ich greife schließlich mit einigem Unbehagen nach den Händen Wades und Cades (kein Widerstand von Cade), während Vicki die von Wade und Lynette zu fassen bekommt. Und mir drängt sich dabei der Gedanke auf – während ich mit festgeschlossenen Augen unergründlich tief in den vertrauten Todesball aus flüssigen blutroten Flammen hinunterspähe, hinter dem ein unendlich tiefer Abgrund schwarzer Seelen darauf wartet, daß ich hinunterstürze, und nur Wades und Cades klobige Hände können mich zurückhalten –, was für ein merkwürdiges Glück es doch ist, von diesen Menschen wie ein willkommener Verwandter aus Peoria angesehen zu werden. Aber ich komme nicht an der Frage vorbei, wo meine eigenen Kinder in diesem Augenblick wohl sind und wo X ist – und ich hoffe nur, daß sie nicht bei einem vaterlosen Oster-Brunch zum Pauschalpreis in irgendeinem küstennahen *Ramada* in Asbury Park sitzen und daß nicht Barksdale klammheimlich aus Memphis zurückgekommen ist, um meinen Platz einzunehmen. Ohne diese Neuigkeit wäre es leichter gewesen, einen glücklichen Tag zu erleben, aber wir können Dinge nicht aufhalten, die zu Recht auf uns zukommen. Ohnehin habe ich längst mal einen Dämpfer verdient und kann von Glück sagen, daß ich diesen Tag nicht damit zubringe, auf der Suche nach einem Osteressen zum Mitnehmen durch irgendein Einkaufszentrum zu streifen – wie das zweifellos der arme Walter Luckett macht, auf Irrwegen im wilden Dschungel des zivilisierten Lebens.

Lynettes Tischgebet ist angenehm kurz und im Detail optimistisch-ökumenisch – mir zuliebe, nehme ich an –, denn sie berücksichtigt zwar den Tag und die geplagte Welt, in der wir leben, verzichtet aber auf das Zweite Vatikanische Konzil und alle frommen Sprüche, die sie fraglos im Kopf hat – wo sie auch hingehören –, und erwähnt zum Schluß ihren Sohn Beany, der zwar in einem Soldatengrab in Fort Dix liegt, den aber alle vor ihrem inneren Auge haben, auch ich. (Tatsächlich verflüchtigen sich die flüssigen Flammen und machen Platz für Beanys hinterhältige Visage, die mich aus den verborgenen Tiefen der Vergessenheit höhnisch angrinst.)

Wade und Cade haben beide schreiend bunt geblümte Krawatten und Sportsakkos angezogen und sehen aus, als gehörten sie in ein Varieté. Vicki schielt heftig mit beiden Augen zur Nasenspitze hin, sobald ich ihr lächelnd zu verstehen geben will, daß ich mich im Kreis der Familie wohl fühle. Das Wetter ist das Gesprächsthema, als wir uns über das Lamm hermachen; es folgt ein kurzer Abstecher in die Landespolitik. Danach Cades Chancen, schon früher mit der Polizeischule beginnen zu können, und Mutmaßungen darüber, ob Uniformen wohl schon am ersten Morgen zugeteilt werden oder ob da erst noch weitere Prüfungen zu bestehen sind, was Cade als eine grausame Möglichkeit zu betrachten scheint. Er führt eine Diskussion über die Geschwindigkeitsbeschränkung auf neunzig Stundenkilometer und ihre Auswirkungen und bemerkt, eine solche Beschränkung sei für alle anderen angebracht, aber nicht für ihn. Dann ist Lynettes Arbeit bei der katholischen Krisenleitung dran, gefolgt von Vickis Arbeit in der Klinik, die von allen als ein denkbar schwerer und lohnender Dienst am Menschen eingeschätzt wird – mehr wert, so wird stillschweigend impliziert, als Lynettes Arbeit. Niemand erwähnt unser Wochenende in der fernen Motor City, aber ich habe das Gefühl, daß Lynette praktisch in jedem ihrer Sätze nach einer Möglichkeit sucht, das Wort Detroit unterzubringen, um uns alle wissen zu lassen, daß sie nicht von gestern ist und keinen Stunk macht, da ihrer Meinung nach Vicki, wie alle anderen geschiedenen Frauen, selber wissen muß, was sie tut.

Cade ködert mich mit einem Grinsen und fragt mich, welches Baseballteam mir im Osten am liebsten ist, worauf ich Boston nenne (das Team, das ich am wenigsten mag). Ich stehe natürlich voll und ganz hinter Detroit und weiß auch, daß sie mit folgenschweren Spielerwechseln und einem neuen Coach für die Werfer ab September nicht mehr zu halten sein werden.

«Boston, eh?» Cade grinst in seinen Teller. «Die sehen kein Land.»

«Abwarten», sage ich mit absoluter Gewißheit. «Wir haben schließlich hundertzweiundsechzig Spiele. Die brauchen nur kurz vor dem Stichtag einen cleveren Spielertausch über die Bühne zu bringen, und schon geben sie den Ton an.»

«Dann müßten sie einen wie Ty Cobb holen.» Cade bricht in

schallendes Gelächter aus und wirft, im Mund ein halbes Brötchen, einen unterwürfigen Blick auf seinen Vater.

Ich lache am lautesten, während Vicki wieder auf ihre Nasenspitze schielt, da sie weiß, daß ich Cade wie einen dressierten Esel zu dem Witz verleitet habe.

Lynette lächelt höflich und schiebt das Fleisch, die Erbsen und das Minzgelee auf ihrem Teller enger zusammen. Sie ist eine gescheite Zuhörerin, aber auch eine freimütige Fragestellerin, bei der einer, der die Krisenleitung mit einer albernen Krise behelligte, nicht so leicht davonkommen würde. Wie es aussieht, konzentrieren sich ihre Gedanken jetzt auf mich. «Sagen Sie, Frank, waren Sie auch Soldat?» fragt sie freundlich.

«Ich war bei den Marines, aber dann wurde ich krank und war draußen.»

Auf Lynettes Gesicht spiegelt sich echte Sorge. «Was ist denn passiert?»

«Verschiedene Symptome in meinem Blut ließen einen Arzt an eine tödliche Krebserkrankung glauben. Es war ein Irrtum, aber eine Zeitlang kam niemand dahinter.»

«Da hatten Sie ja Glück, nicht wahr?» Lynette denkt wieder an den armen, toten Beany, der kalt im katholischen Teil des Friedhofs von Fort Dix liegt. Das Leben ist nie fair.

«Sechs Monate später sollte ich rübergehen, insofern haben Sie wohl recht, gnädige Frau.»

«Die ‹gnädige Frau› dürfen Sie gern weglassen, Frank», sagt Lynette mit einem Augenaufschlag und blickt um den ganzen Tisch. Sie lächelt verträumt in Wades Richtung, der wie ein Gentleman in alter Südstaatenmanier zurücklächelt. «Mein früherer Mann war bei der Küstenwache in Vietnam», sagt Lynette. «Nicht viele wußten, daß die überhaupt drüben waren. Aber ich habe Briefe, die im Mekong-Delta und in Saigon abgestempelt worden sind.»

«Die hast du wohl gut versteckt?» Vicki grinst abfällig in die Runde.

«Vorbei ist vorbei, Schätzchen. Ich hab sie rausgeworfen, als ich diesen Mann da kennenlernte.» Lynette lächelt Wade mit einem Kopfnicken zu. «Wir brauchen hier ja wohl nicht zu heucheln. Jeder war schon mal verheiratet, von Cade abgesehen.»

Cade blinzelt mit seinen dunklen Augen wie ein verwirrter Bulle.

«Diese Burschen hatten wirklich brutale Einsätze», sagt Wade. «Stan, Lynettes früherer Mann, hat mir erzählt, daß er wahrscheinlich zweihundert Menschen getötet hat, die er nie sah, einfach durch Schüsse in den Dschungel während der Patrouillen, Tag für Tag, Nacht für Nacht.» Wade schüttelt den Kopf.

«Das ist schon was, aber wirklich», sage ich.

«Und ob», brummt Cade sarkastisch.

«Bedauern Sie, keine richtigen Kampfhandlungen erlebt zu haben?» fragt Lynette, wieder an mich gewandt.

«Die erlebt er zur Genüge», sagt Vicki und grinst wieder. «Dafür bin schließlich ich zuständig.»

Lynette deutet ein Lächeln an. «Sei lieb, Schätzchen. Versuch es wenigstens.»

«Ich bin perfekt», sagt Vicki. «Seh ich vielleicht nicht perfekt aus?»

«Ich würde noch etwas von dem Lamm nehmen», sage ich. «Cade, kann ich Ihnen was rüberschicken?» Cade wirft mir einen verschlagenen Blick zu, als ich mir eine Scheibe von dem grauen Lammfleisch nehme und die Platte an ihn weiterreiche. Aus irgendeinem Grund will mir kein gutes Sportthema einfallen, obwohl mein Kopf arbeitet wie ein Computer. Mir fallen nur Fakten ein. Trefferquoten. Daten. Zahl der Sitzplätze in einzelnen Stadien. Anzahl der Ballverluste im letztjährigen Finale um die Footballmeisterschaft (obwohl ich mich nicht einmal an die Mannschaften erinnern kann, die im Finale standen). Manchmal hilft auch der Sport nicht weiter.

«Frank, mich hätte interessiert, wie Sie folgendes sehen», sagt Wade und schluckt ein großes Stück Lamm hinunter. «Was würden Sie, aus der Sicht des Journalisten, sagen: Sind wir heute in diesem Land eher in einer Vorkriegs- oder in einer

Nachkriegssituation?» Wade schüttelt, ehrlich besorgt, den Kopf. «Manche Dinge machen mich richtig sauer, fürchte ich. Ich wollte, es wäre anders.»

«Ich hab mich die letzten paar Jahre kaum um Politik gekümmert, um ehrlich zu sein, Wade. Meine Meinung schien nie viel zu zählen.»

«Ich hoffe nur, es gibt einen Weltkrieg, bevor ich zu alt bin, um mitzumischen. So seh ich das», sagt Cade.

«Das hat Beany auch gedacht.» Lynette blickt Cade stirnrunzelnd an.

«Was weiß ich», sagt er nach einem Moment betretener Stille zu seinem Teller.

«Im Ernst, Frank», fängt Wade wieder an. «Wie kann man sich von den Ereignissen auf einer höheren Ebene so abschotten, frag ich mich.» Wade will mich nicht in die Enge treiben. Es ist einfach seine ernsthafte Art.

«Ich bin Sportreporter, Wade. Wenn mir ein guter Artikel für meine Zeitschrift gelingt, sagen wir über die Bedeutung des Teamgedankens hier in Amerika, dann habe ich dabei ein ganz gutes Gefühl. Auch als Patriot und nicht als einer, der sich abschottet.»

«Das klingt plausibel.» Wade nickt nachdenklich. Er stützt sich auf die Ellbogen und beugt sich mit gefalteten Händen über den Teller. «Das kann ich Ihnen so abnehmen.»

«Was *ist* denn die Bedeutung des Teamgedankens?» fragt Lynette und sieht alle am Tisch der Reihe nach an. «Ich weiß nicht mal richtig, was damit gemeint ist.»

«Es ist ziemlich kompliziert», sagt Wade, «würden Sie nicht auch sagen, Frank?»

«Wenn man sich, wie ich, viel mit Sportlern und Trainern unterhält, dann bekommt man das ständig zu hören, vor allem von den Profis. Baseball, Football. Der springende Punkt ist, jeder hat eine Rolle zu spielen, und für den, der seine Rolle nicht spielen will, ist in den Plänen des Teams kein Platz.»

«Für mich hört sich das vernünftig an, Frank», sagt Lynette.

«Das ist doch Kacke ist das.» Mit finsterer Miene blickt

Cade auf seine eigenen Hände, die er vor sich auf dem Tisch liegen hat. «Alles Arschlöcher, einer wie der andere. Die haben doch keine Ahnung, was ein Team ist. Nichts als Schleimscheißer. Und die Hälfte ist auch noch schwul.»

«Wie intelligent du wieder bist, Cade», sagt Vicki. «Vielen Dank für deinen brillanten Beitrag. Nur weiter, du hast doch sicher noch mehr auf Lager.»

«Das war aber nicht nett von dir, Cade», sagt Lynette. «Du bist Frank ins Wort gefallen.»

«Baah», schnaubt Cade verächtlich und rollt die Augen.

«Ist das eine neue Sprache, die du als Mechaniker gelernt hast?» sagt Vicki.

«Mal im Ernst, Frank.» Wade stützt sich immer noch auf die Ellbogen wie ein Richter. Er hat ein Thema angeschnitten, das einiges hergibt, und er ist entschlossen dranzubleiben. «Ich finde, was Lynette da sagt, ist nicht so leicht von der Hand zu weisen.» (Cades Meinung läßt er erst mal außer acht.) «Ich meine, was spricht dagegen, daß man seiner Aufgabe innerhalb des Teams nachkommt? Während meiner Zeit auf der Bohrinsel haben wir es genauso gehalten. Und ich kann nur sagen, es hat funktioniert.»

«Nun, vielleicht bin ich in dem Punkt zu kleinlich. Aber wie diese Leute den Teamgedanken einsetzen, das erinnert mich zu sehr an eine Maschine, Wade. An einen Bohrturm etwa. Die vergessen dabei den Anteil des einzelnen Spielers – er spielt oder spielt nicht, er spielt gut oder nicht so gut, er gibt sein Bestes. Diese ganzen Leute denken beim Teamgedanken nur an Zahnräder in einer Maschine. Sie vergessen dabei, daß sich so ein Spieler täglich neu entscheiden muß, wieder sein Bestes zu geben, und daß Menschen nicht wie Maschinen funktionieren. Ich glaube nicht, daß das eine verrückte Überlegung ist, Wade. Es ist nur das Weltbild des 19. Jahrhunderts – Dynamos und der ganze Quatsch – und dafür hab ich nicht viel übrig.»

«Aber das Ergebnis ist letztlich doch das gleiche, nicht wahr?» sagt Wade ernst. «Unser Team gewinnt.» Er blinzelt heftig.

«Wenn sich das jeder zum Ziel setzt, dann ja. Wenn sie ihre Rolle gut genug und lange genug spielen. Nur um das *Wenn* mache ich mir Gedanken, Wade. Und um die *Zielsetzung* wohl auch. Wir halten zu vieles für selbstverständlich. Was ist, wenn ich diesen unbedingten Siegeswillen nicht aufbringen will oder kann?»

«Dann sollten Sie nicht im Team sein.» Wade scheint total verwirrt (und ich kann es ihm nicht verargen). «Vielleicht stimmen wir ja überein, und ich weiß es nur nicht, Frank?»

«Es sind alles Nigger mit großen Gehältern, alles Fixer, wenn ihr mich fragt», sagt Cade. «Wenn jeder eine Kanone bei sich hätte, gäb's weit weniger Probleme.»

«Ach du großer Gott!» Vicki schleudert ihre Serviette auf den Tisch und blickt von ihm weg ins Wohnzimmer.

«Kenn ich nicht.» Cade glotzt in ihre Richtung.

«Du wirst dich sofort zurückziehen, Cade Arcenault», sagt Lynette scharf und bestimmt. «Geh und tu dich mit den anderen Höhlenmenschen zusammen. Sag's Cade, Wade. Er wird uns jetzt verlassen.»

«Cade.» Wade schickt einen unmißverständlichen, unaussprechliche Gewalttaten ankündigenden Blick in Cades Richtung. «Das Faß ist voll, junger Mann.» Aber Cade kann sein einfältiges Grinsen nicht lassen und lehnt sich, lauernd wie ein Verbrecher, auf seinem Stuhl zurück, verschränkt die kräftigen Arme und ballt haßerfüllt die Fäuste. Auch Wade ballt jetzt die Fäuste und drückt sie vor der Brust sanft gegeneinander, während sein Blick zu einer etwa fünf Zentimeter vom Tischrand entfernten Stelle auf dem weißen Leinentuch zurückkehrt. Er denkt immer noch über Teams nach, über Eigenschaften, die ein Team braucht und nicht braucht. Ich könnte mich eindringlich darüber auslassen, bis es Zeit wird, wieder nach Hause zu fahren, aber ich muß zugeben, daß mir das ganze Thema inzwischen ein unbestimmtes Unbehagen verursacht.

«Sie wollen damit also sagen, Frank, und möglicherweise hab ich mich da jetzt völlig verheddert, aber Sie wollen doch wohl sagen, dieses Konzept –» Wade sieht mich glückstrahlend an «– läßt unser menschliches Element außer acht. Hab ich recht?»

«Das drückt es gut aus, Wade.» Ich nicke in völliger Übereinstimmung. Wade hat es jetzt auf einen Nenner gebracht, der ihm gefällt (und der zudem ein vielseitig verwendbares Sportklischee darstellt). Und mich befriedigt es wie einen guten Sohn, daß ich ihm beipflichten kann. «Ein Team ist wirklich etwas Faszinierendes für mich, Wade. Es ist ein Ereignis, keine Sache. Es ist die Zeit und nicht die Uhr. Es läßt sich nicht auf einen Mechanismus und auf feste Rollen reduzieren.»

Wade nickt und hält dabei das Kinn zwischen den Daumen und Zeigefingern. «Schön, schön, ich hab's, glaube ich, verstanden.»

«So wie heute darüber geredet wird, Wade, bleibt die ganze Idee des Helden draußen, und ich persönlich bin noch nicht bereit, darauf zu verzichten. Ty Cobb hätte sich nicht damit zufriedengegeben, eine Rolle zu spielen.» Ich blicke erwartungsvoll zu Cade hinüber, aber seine Augen wirken schläfrig und voller Abscheu. Unter dem Tisch fangen meine Knie an zu zucken.

«Ich auch nicht», sagt Lynette mit unruhigem Blick.

«Ungeklärt bleibt dabei auch, warum die größten Spieler wie Ty Cobb oder Babe Ruth manchmal nicht die Leistung bringen, die sie bringen sollten. Und warum die besten Teams verlieren, während Teams, die eigentlich verlieren sollten, gewinnen. Da geht es um Teamwork einer anderen Art, glaube ich. Da geht's nicht nur um das Spielen von Rollen und um Maschinen, wie einem heute viele weismachen wollen.»

«Ich glaube, ich hab das verstanden, Wade», sagt Lynette und nickt. «Er will sagen, Sportler und all die Leute, die mit Sport zu tun haben, sind nicht allzu schlau.»

«Ich glaube, das faßt es ganz gut zusammen, Schatz, auf das läuft's wohl hinaus», sagt Wade trübsinnig. «Manchmal reicht es. Manchmal wird es zuwenig sein.» Er spitzt die Lippen und fixiert meine These wie eine im dünnen Äther seines Geistes schwebende Kristallvase.

Ich blicke auf den Nachschlag auf meinem Teller, von dem ich noch nichts gegessen habe und auch nichts essen werde, das blasse Lamm, erstarrt und hart wie ein Stück Holz, und daneben die unberührten Erbsen und Brokkoli, so kalt wie die Weihnacht. «Wenn ich diese Überzeugung in unserer Kolumne ‹Meinungen aus der Redaktion› vertreten kann, Wade, und damit eine halbe Million Menschen erreiche, dann habe ich mich – aus meiner Sicht – in einen größeren Zusammenhang gestellt, mich, wie Sie es nannten, den Ereignissen auf einer höheren Ebene zugewandt. Ich weiß nicht, was ich danach eigentlich noch tun kann.»

«Da ist das ganze Leben auf den Punkt gebracht, finde ich», sagt Lynette, denkt dabei aber an etwas anderes, und ihre klaren grünen Augen erkunden, wer seinen Teller noch nicht leer gegessen hat.

Aus der Küche kommt das Klicken einer elektrischen Kaffeemaschine, dann ein Sprudeln und Tropfen, Seufzer wie von einer eisernen Lunge, und ich erwische unverhofft eine Duftwolke von Cade, der nach Schmieröl und spätjugendlicher Wildheit riecht. Er kann hier nicht anders. Sein kurzes Leben – von Dallas bis Barnegat Pines – hat noch kaum etwas Besonderes geboten, und er weiß es. Zu meinem – kleinen – Bedauern gibt es jedoch nichts auf Gottes Erdboden, womit ich sein Leben bereichern könnte. Ein künftiges Empfehlungsschreiben von mir und Angeltouren nur für uns drei Männer – so etwas zieht bei ihm nicht. Vielleicht wird er mich eines Tages bei zu schnellem Fahren erwischen, und dann können wir das Gespräch, das jetzt nicht möglich ist, nachholen und in wesentlichen Fragen völlige Übereinstimmung erzielen – ob es nun um den Patriotismus geht oder um die Baseballtabelle am Ende der Saison, Themen, die an diesem Nachmittag sofort zu Handgreiflichkeiten führen würden. Das Leben wird für Cade besser laufen, wenn er erst mal seine Uniform zuknöpfen und es sich in seinem schwarzweißen Streifenwagen bequem machen kann. Er ist der geborene Vollstrecker, und es ist durchaus möglich, daß er ein gutes Herz hat. Gewiß, es gibt bessere

Positionen in der Welt, aber auch schlimmere. Viel schlimmere.

Vicki hält den Blick auf ihren vollen Teller gesenkt, aber einmal blickt sie mich an, ohne den Kopf zu heben, ernüchtert und verbittert, ja angewidert. Es wird Ärger geben, wie ich vermutet habe. Ich habe zuviel geredet, um es ihr recht zu machen, und, schlimmer noch, ich habe die falschen Dinge gesagt. Und was das schlimmste ist, ich habe wie ein betrunkener alter Onkel in einer Stimme drauflosgeplappert, die sie noch nie gehört hat, in einem profanen Norman Vincent Peale-Ton, mit dem ich öffentliche Auftritte bestreite und der sogar *mir* manchmal übel aufstößt, wenn ich mich auf Tonband höre. Das könnte einen Verrat bedeutet haben, eine Abwertung der Vertrautheit, die Zerstörung einer Illusion, und aus vorhandenen Zweifeln könnte auf diese Weise Abneigung geworden sein. Unsere eigenen Unterhaltungen haben immer einen witzig-witzelnd-ironischen Anstrich und lassen uns unbeschwert von «gewissen Dingen» zu anderen «gewissen Dingen» springen – intime Wärme, Sex und Verzückung, sie sind für uns immer in Reichweite. Doch nun habe ich möglicherweise den Bereich, den sie zu kennen glaubt und in dem sie sich sicher fühlt, verlassen und bin zu einem Gildersleeve geworden, den sie nicht kennt und dem sie instinktiv mißtraut. Es gibt keinen schlimmeren Verrat als den mit der Stimme. Frauen hassen ihn. Manchmal hörte mich X etwas sagen – etwas so Harmloses wie «Wis-sconsin» statt des üblichen «Wis-consin» –, und schon bekam sie mißtrauische Adleraugen und streifte zwanzig Minuten lang grüblerisch und sauer durchs Haus. «Du hast da etwas gesagt, das hat sich gar nicht nach dir angehört», warf sie mir dann nach einer Weile vor. «Ich weiß nicht mehr, was es war, aber so redest du sonst nicht.» Ich war natürlich um eine Antwort verlegen und konnte ihr nur sagen, wenn ich es so ausgesprochen habe, dann müsse es ja wohl von mir sein.

Ich müßte allerdings auch wissen, daß es keine gute Idee ist, jemanden über die Feiertage nach Hause zu begleiten. Feiertage mit Fremden verlaufen nie wunschgemäß, außer auf entlegenen Bahnhöfen, auf Skihütten in Vermont oder auf den Bahamas.

«Wer trinkt alles Kaffee?» fragt Lynette und strahlt. «Ich hab auch koffeinfreien.» Sie räumt geschickt den Tisch ab.

«Knicks», murmelt Cade, steht polternd vom Tisch auf und schlurft davon.

«Selber ‹nix›, Cade», sagt Lynette und geht schwer beladen durch die Küchentür. Sie dreht sich stirnrunzelnd um und wirft einen Blick auf Wade, der mit einem liebenswürdigen, zerstreuten Ausdruck in seinem breiten Gesicht dasitzt, die Hände flach auf der Tischdecke und über den Teamgedanken und die Ereignisse auf einer höheren Ebene nachdenkt. Sie gibt ihm mit ausgeprägten Lippenbewegungen zu verstehen, daß er diesem Cade Arcenault-Früchtchen einiges klarmachen solle, sonst werde die Hölle los sein, und verschwindet dann in der Küche, aus der ein neuer Duft nach starkem Kaffee kommt.

Wade ist wie elektrisiert; mit einem gequälten Lächeln für Vicki und mich steht er vom Kopfende des Tischs auf, und er sieht klein aus, so als fühle er sich in dem locker sitzenden Sportsakko und mit der häßlichen Krawatte nicht wohl – die er fraglos als Gag von der Familie oder von seinen Mautnerkollegen geschenkt bekommen hat. Er hat die Dinge zum Zeichen seiner guten Laune angezogen, aber die ist ihm vorübergehend vergangen. «Ich glaub, ich hab ein paar Dinge zu erledigen», sagt er unglücklich.

«Sei ja nicht grob zu dem Jungen», flüstert ihm Vicki drohend zu. Sie hat die Augen wütend zusammengekniffen. «Sein Leben ist auch nicht grad ein Honigschlecken.»

Wade blickt mich mit einem hilflosen Lächeln an, und wieder stelle ich ihn mir vor, wie er in ein leeres Krankenzimmer späht, aus dem er nie mehr herauskommen wird.

«Cade kommt schon zurecht, Schwester», sagt er lächelnd und macht sich dann auf die Suche nach Cade, schon weit weg in einem seiner quadratischen Räume am Ende eines Gangs, auf einer anderen Ebene.

«Das wird schon werden», sage ich, nun wieder ruhig, mit sachlicher Stimme, die mich auf den Weg zurück zur Vertrautheit bringen soll. «Es gibt einfach zu viele neue Menschen in Cades Leben. Ich käme damit auch nicht gut zurecht.» Es gelingt mir, gleichzeitig zu lächeln und zu nicken.

Vicki zieht eine Augenbraue hoch – ich bin ein fremder Mann mit unmaßgeblichen Meinungen über ihr Familienleben, und die sind ihr so willkommen wie ein Kropf. Sie nimmt einen Eßlöffel und zwirbelt ihn zwischen den Fingern wie einen Rosenkranz. Der Bootsausschnitt ihres pinkfarbenen Jerseykleids ist ein klein wenig zur Seite gerutscht und enthüllt ein Stückchen von ihrem schneeweißen BH-Träger. Der Anblick beflügelt mich, und ich wollte, unsere Bemühungen würden uns in diese Richtung führen anstatt in den ewig gleichen Trübsinn – obwohl ich ja selber schuld daran bin. *Sic transit gloria mundi*. Wann trifft das jemals nicht zu?

«Dein Vater ist ein Prachtexemplar», sage ich, und meine Stimme wird mit jedem Wort sanfter. Ich sollte still sein, einen ganz anderen Menschen beschreiben, sollte bei mir irgendwelche widerstreitenden Gefühle vortäuschen, um die ihren auszugleichen. Aber ich bin dazu einfach nicht in der Lage. «Er ist für mich wie ein großer Sportler. Ich bin sicher, er wird nie einen Nervenzusammenbruch haben.»

Lynette klappert mit Dessertschalen und Kaffeetassen in der Küche. Sie hört uns zu, und Vicki weiß es. Alles, was von nun an gesagt wird, zielt auf eine breitere Öffentlichkeit.

«Daddy und Cade sollten allein hier leben», sagt Vicki. «Er hätte sich nicht mit der Alten zusammentun sollen. Als Junggesellen könnten die beiden so richtig einen draufmachen.»

«Auf mich wirkt er ganz glücklich.»

«Also bitte, erzähl mir bloß nichts von meinem eigenen Daddy. Ich kenn *dich* schon gut genug, oder? Da werd ich *ihn* ja erst recht kennen!» Ihre Augen blitzen jetzt vor Abneigung. «Was war das eigentlich für 'n Blödsinn, den du die ganze Zeit verzapft hast? Patriotismus. Teamgedanke. Du hast dich angehört wie ein Pfarrer. Ich bin fast gestorben.»

«Das sind Dinge, an die ich glaube. Und ich sag dir auch, es wär kein Fehler, wenn noch mehr Leute so dächten.»

«Wenn du schon so was glaubst, dann behalt's wenigstens für dich. Ich ertrag das nicht.»

In diesem Augenblick kommt Elvis Presley an die Wohnzimmertür und blickt zu mir hoch. Er hat etwas gehört, was ihm nicht gefällt, und will feststellen, ob ich dafür verantwortlich bin. «Ich mag einfach keine Männer», sagt Vicki und starrt streitlustig auf ihren Löffel. «Ihr schafft es ja nicht mal zehn Minuten, glücklich zu sein. Da seid ihr gleich, du und Everett. Ihr führt euch auf wie geschlagene Hunde. Und daran seid ihr auch noch selber schuld.»

«Meiner Meinung nach bist du's, die unglücklich ist.»

«Ach ja? Aber tatsächlich bist du's, oder vielleicht nicht? Du haßt doch alles.»

«Ich bin recht glücklich.» Ich zeige ein strahlendes Lächeln, aber ich bin tatsächlich tief betrübt. «Du machst mich glücklich. Das weiß ich. Darauf kannst du dich verlassen.»

«O Mann. Geht das schon wieder los. Ich hätte dir die Sache mit deiner Ehemaligen und diesem Wie-heißt-er-doch-gleich nicht erzählen sollen. Seither bist du hier der Ernste Eduard.»

«Ich bin nicht der Ernste Eduard. Mir macht's nicht mal was aus.»

«Von wegen. Du hättest dein Gesicht sehen müssen, als ich's dir erzählt hab.»

«Dann sieh's dir doch jetzt mal an.» Ich grinse von einem Ohr zum anderen, aber man kann nicht die eigene gute Laune verfechten, ohne sie restlos zu verderben und verdammt wütend zu werden. Elvis Presley hat genügend gesehen und geht wieder hinter die Couch. «Warum heiraten wir nicht einfach?» sage ich. «Ist das vielleicht keine gute Idee?»

«Weil ich dich nicht genügend liebe, deshalb.» Sie blickt wieder weg. Wieder kommt Geklapper aus der Küche. Tassen werden geräuschvoll auf Untertassen gestellt. Weit weg, in einem Raum, von dem ich nichts weiß, klingelt leise ein Telefon.

«Telefon», hör ich Lynette vor sich hin sagen, und das Telefon ist still.

«Doch, das tust du», sage ich lebhaft. «Das ist doch alles Unfug. Ich geh jetzt augenblicklich auf die Knie vor dir.» Ich knie mich hin und rutsche auf Knien um den ganzen Tisch, dorthin, wo sie sitzt, die Schenkel fürstlich übereinandergeschlagen und in strammen Strumpfhosen begraben. «Ein Mann liegt vor dir auf den Knien und fleht dich an, ihn zu heiraten. Er würde dir treu sein und den Müll raustragen und den Abwasch machen und kochen oder zumindest jemanden für diese Arbeiten bezahlen. Wie kannst du da nein sagen?»

«Das ist nicht schwer», sagt sie kichernd, aus einem weiteren Grund von mir in Verlegenheit gebracht.

«Frank?»

Mein Name. Unerwartet. Von irgendwoher aus den unerforschten Tiefen des Hauses. Wades Stimme. Wahrscheinlich wollen er und Cade mich da oben haben, um mit mir das Ende des Spiels mit den Knicks anzusehen – wo sich wieder mal alles in den letzten zwanzig Sekunden entscheiden wird. Aber keine zehn Pferde könnten mich von der Stelle bringen. Das hier ist ernst.

«Ho, Wade», rufe ich laut, immer noch auf den Knien in meiner Bittstellerpose vor seiner fürstlichen Tochter. Noch eine letzte Runde des leidenschaftlichen Flehens und Kitzelns, und wir werden beide lachen, und sie wird einwilligen. Und warum sollte sie auch nicht? Mein *immer* braucht ja nicht in alle Ewigkeit zu gelten. Ich bin bereit zum Sprung, nervös wie ein Todesspringer. Doch wenn die Dinge irgendwann völlig schieflaufen, können wir ja beide von neuem auf die Klippen steigen. Das Leben ist lang.

«Der Anruf ist für Sie», ruft Wade. «Sie können hier oben telefonieren, im Zimmer von Lynette und mir.» Wade klingt ernüchtert und irgendwie durcheinander, eine klägliche Erscheinung auf der obersten Treppenstufe. Eine Tür fällt leise ins Schloß.

«Wer ist das denn?» sagt Vicki mit kratziger Stimme und

zerrt an ihrem Rock, als seien wir beim heißen Petting ertappt worden. Ihr BH-Träger ist nun ganz zu sehen.

«Ich weiß nicht.» Dabei ist mir der Schreck in die Knochen gefahren, die furchtbare Angst, ich könnte etwas Wichtiges vergessen haben, und die Katastrophe breche nun über mich herein. Vielleicht hatte ich einen speziellen Artikel zu schreiben, habe das aber völlig vergessen, und nun rennen sie alle aufgeregt in New York herum und versuchen mich zu finden. Oder ich habe eine seit Monaten feststehende Verabredung vergessen, aber andererseits kenne ich niemanden so gut, daß er mich einladen würde. Ich kann den Anrufer nicht erraten. Ich drücke einen baldige Wiederkehr versprechenden raschen Kuß auf Vickis bestrumpftes Knie, stehe auf und mache mich daran, der Sache auf den Grund zu gehen. «Rühr dich nicht von der Stelle», sage ich und laufe los, und noch im selben Moment höre ich die Küchentür aufgehen.

Im Obergeschoß führt ein dunkler und kurzer, mit Teppichen ausgelegter Gang zu einem Badezimmer, in dem ein Licht brennt. Zwei Türen auf der einen Seite sind geschlossen, aber auf der anderen Seite steht eine offen, und ein bläuliches Licht fällt auf den Gang. Vor mir höre ich einen Thermostaten klicken und dann das Zischen ausströmender Luft.

Ich betrete Wades und Lynettes Ehegemach, wo das blaue Licht von einer Lampe beim Bett ausgestrahlt wird. Das Bett selbst ist ebenfalls blau, ein gesäumtes und mit Volants besetztes Himmelbett mit vier Pfosten, überlang und breit wie ein friedlicher See. Nichts ist auch nur einen Zentimeter verrückt. Die Bettvorleger sind gebürstet. Der Toilettentisch funkelt. Keine Unterwäsche und keine Socken liegen auf dem blauen Zweisitzersofa aus superweichem Wildleder neben dem Fenster mit Blick auf den windigen Schiffskanal. Die Tür zum Bad ist diskret geschlossen. Der Duft von Gesichtspuder hängt in der Luft. Das Zimmer bietet die perfekte Umgebung, in der Fremde private Telefonanrufe entgegennehmen können.

Das Telefon steht auf dem Nachttisch, das gewissenhafte kleine Nachtlicht schimmert dezent.

«Hallo», sage ich, ohne mir vorstellen zu können, was ich gleich hören werde, und sinke erwartungsvoll in die weiche Stille der Volants.

«Frank?» X' Stimme, ernsthaft, verläßlich, ungezwungen. Es macht mich augenblicklich munter, sie zu hören. Aber da ist ein Unterton, den ich nicht begreife. Etwas, das außerhalb der Sprache liegt, und das ist auch der Grund, weshalb sie die einzige ist, die mich anrufen kann.

Ich spüre, wie ich bis zu den Fußsohlen erstarre. «Was ist los?»

«Es ist nichts», sagt sie. «Es ist alles in Ordnung. Es geht allen gut hier. Das heißt, eigentlich nicht allen. Ein Mann namens, wie war das noch mal, Walter Luckett ist offenbar tot. Ich glaube nicht, daß ich ihn kenne. Der Name kommt mir zwar bekannt vor, aber ich weiß nicht warum. Wer ist das?»

«Wieso sagst du, er ist tot?» Sofort durchströmt mich wieder tröstliche Wärme. «Ich war noch gestern abend mit ihm zusammen. Bei mir zu Hause. Er ist nicht tot.»

Sie seufzt in den Hörer, und eine sprachlose Stille entsteht in der Leitung. Ich höre Wade Arcenault, der mit leiser und beschwörender Stimme hinter einer geschlossenen Tür über dem Gang auf seinen Sohn einspricht. Von einem Fernseher kommen Hintergrundgeräusche, das leise Gemurmel einer Menschenmenge, die ferne Pfeife eines Schiedsrichters. «Heute in der besten aller möglichen Welten...» höre ich Wade sagen.

«Folgendes», sagt X ruhig. «Die Polizei hat vor etwa einer halben Stunde hier angerufen. Sie glauben, daß er tot ist. Es gibt einen Brief. Er hat ihn an dich geschrieben.»

«Wie meinst du denn das?» sage ich und bin verwirrt. «Du redest gerade so, als hätte er sich umgebracht.»

«Er hat sich erschossen, sagte der Polizist, mit einer Jagdflinte.»

«Nicht doch, nein.»

«Seine Frau ist anscheinend verreist.»

«Sie ist mit Eddie Pitcock in Bimini.»

«Hmm», sagt X. «Je nun.»

«Was, je nun?»

«Nichts. Tut mir leid, daß ich dich dort anrufen muß. Ich hab gerade deine Nachricht abgehört.»

«Wo sind die Kinder?»

«Sie sind hier. Sie machen sich Sorgen, aber das ist nicht deine Schuld. Clary hat den Hörer abgenommen, als die Polizei anrief. Bist du bei Den-Namen-vergeß-ich-immer?» (Ein hervorragender Michigan-Ausdruck für geübte Gleichgültigkeit.)

«Vicki.» Vicki Den-Namen-vergeß-ich-immer.

«War nur 'ne Frage.»

«Walter hat mich gestern abend besucht und ist lange geblieben.»

«Ach so», sagt X. «Es tut mir leid. Dann war er also ein Freund von dir?»

«Ich glaub schon, ja.» In Cades Zimmer drüben klatscht jemand laut in die Hände, dreimal nacheinander, dann ein Pfiff.

«Ist mit dir alles in Ordnung, Frank?»

«Es ist ein Schock.» Tatsächlich spüre ich, wie meine Fingerspitzen kalt werden. Ich lege mich zurück auf die seidenweiche Tagesdecke.

«Die Polizei erwartet deinen Anruf.»

«Wo war er?»

«Nur zwei Ecken von hier. Coolidge 118. Ich könnte den Schuß sogar gehört haben. Es ist nicht sehr weit.»

Ich blicke nach oben durch den offenen Betthimmel in eine absolut blaue Decke. «Was wird jetzt von mir erwartet? Hast du das schon gesagt?»

«Du sollst einen Sergeant Benivalle anrufen. Ist alles in Ordnung? Möchtest du, daß ich komme und dich irgendwo treffe?»

Überm Gang bricht Cade in ein lautes, rauhes Gelächter aus.

«Herrgott noch mal, wie wahr!» sagt Wade in Hochstimmung. «So was Ver*rücktes* hab ich überhaupt noch nie gehört!»

«Ich würd dich gern irgendwo treffen», flüstere ich. «Ich werd dich aber anrufen müssen.»

«Wo um alles in der Welt bist du?» (Wie die scheltende Geliebte von früher: «Wo willst du denn *noch* überall hin?» – «Wo um *alles* in der Welt bist du gewesen?»)

«Barnegat Pines», sage ich leise.

«Wo immer das sein mag.»

«Kann ich dich anrufen?»

«Du kannst auch herkommen, wenn du möchtest.»

«Ich ruf an, sobald ich weiß, was zu tun ist.» Ich habe keine Ahnung, warum ich flüstere.

«Vergiß nicht, die Polizei anzurufen, okay?»

«Okay.»

«Es ist kein angenehmer Anruf, ich weiß.»

«Es ist im Augenblick schwer, darüber nachzudenken. Armer Walter.» Ich wollte, ich würde an der blaßblauen Decke etwas Vertrautes entdecken. Irgendwas, fast alles wäre mir recht.

«Ruf mich an, wenn du herkommst, Frank.»

Aber es gibt da oben natürlich nichts zu sehen. «Mach ich», sage ich. X legt ohne ein weiteres Wort auf, gerade so, als sei «Frank» gleichbedeutend mit «Lebwohl, ich liebe dich».

Ich lasse mir von der Auskunft die Nummer der Polizei in Haddam geben und rufe sofort an. Während ich warte, versuche ich mich zu erinnern, ob ich Sergeant Benivalle je gesehen habe, aber es ist eigentlich keine Frage. Im Rathaus bin ich der ganzen Itaker-Sippe schon oft begegnet. Im normalen Alltag sind sie nicht zu vermeiden und man nimmt sie zur Kenntnis wie Gepäckstücke.

«Mr. Bascombe», sagt eine Stimme behutsam. «Richtig?»

«Ja.»

Ich weiß auf Anhieb, wer er ist – ein massiger, kleinäugiger Polizist mit fürchterlichen Akne-Narben und einem militärischen Bürstenschnitt. Es ist ein Mann mit sanften großen

Händen, mit denen er mir damals, als in unser Haus eingebrochen wurde, die Fingerabdrücke abnahm. Noch nach all den Jahren weiß ich, wie weich diese Hände waren. Er ist ein guter Kerl, wenn ich mich recht erinnere, aber es ist auch klar, daß er mich längst vergessen hat.

Und tatsächlich könnte Sergeant Benivalle ebensogut mit einem Anrufbeantworter reden. Tod und Überleben sind für ihn das, was Klaviere für einen Möbelpacker sind – dicke Brocken, aber Teil eines Arbeitstages, der zu Ende geht.

Mit desinteressierter Stimme erklärt er mir, er hätte gern, daß ich «den Verstorbenen» eindeutig identifiziere. Niemand aus seiner Umgebung möchte es machen, und so erkläre ich mich widerstrebend dazu bereit. Yolanda ist in Bimini nicht zu erreichen, aber das scheint ihn nicht weiter zu stören. Er sagt, er könne mir nur ein Thermofax von Walters Brief geben, da er das Original zu den «Beweisstücken» nehmen müsse. Da Walter eine zweite Nachricht für die Polizei hinterlassen hat, denkt niemand an ein Gewaltverbrechen. Walter habe sich, sagt er, mit einer Jagdflinte in den Kopf geschossen, und der Tod sei etwa um 13 Uhr eingetreten. (Da spielte ich Krocket.) Er habe, sagt Sergeant Benivalle, die Schrotflinte oben auf dem Fernseher festgemacht und eine Fernsteuerung montiert, mit der er den Abzug betätigen konnte. Als er gefunden wurde, lief der Fernseher – die Übertragung aus Richfield, die Knicks gegen die Cavaliers.

«So, Mr. Bascombe», sagt der Sergeant und benutzt nicht mehr seine «dienstliche», sondern seine «private» Stimme. Ich höre, wie er in Papieren blättert, Rauch in den Hörer bläst. Er sitzt, das weiß ich, an einem metallenen Schreibtisch, und seine Gedanken streifen andere Verbrechen, andere Vorfälle von größerer Bedeutung. Es ist schließlich Ostern, auch bei ihm. «Kann ich Ihnen eine persönliche Frage stellen?»

«Was denn?»

«Also gut.» Papiere werden durchgeblättert, eine metallene Schublade geschlossen. «Haben Sie und dieser Mr. Luckett eigentlich miteinander, äh, Sie wissen schon?»

«Sie meinen, hatten wir Streit? Nein.»

«Ich meine nicht, ob Sie, äh, Streit hatten. Ich meine, ob Sie ein intimeres Verhältnis hatten. Ihre Antwort würde uns weiterhelfen.»

«Warum würde meine Antwort weiterhelfen?»

Sergeant Benivalle seufzt, sein Stuhl ächzt. Er bläst wieder Rauch in den Hörer. «Einfach als Erklärung für den, äh, besagten Vorfall hier. Keine große Sache. Sie brauchen natürlich nicht zu antworten.»

«Nein», sage ich. «Wir waren nur befreundet. Wir waren zusammen in einem Klub geschiedener Männer. Das hier kommt mir wie eine Einmischung vor.»

«Ich arbeite nun mal in der Einmischungsbranche, wenn Sie so wollen, Mr. Bascombe.» Schubladen gehen auf und wieder zu.

«Schon gut. Ich will nur nicht recht einsehen, warum das eine Rolle spielen muß.»

«Okay, danke», sagt Sergeant Benivalle müde (ich weiß auch nicht recht, was er damit meint). «Falls ich nicht hier bin, fragen Sie am besten den diensthabenden Kollegen nach Ihrer Kopie. Sagen Sie denen, wer Sie sind, damit Sie den, äh, Verstorbenen identifizieren können. Okay?» Seine Stimme ist ohne erkennbaren Grund auf einmal freundlicher geworden.

«In Ordnung, mach ich», sage ich gereizt.

«Vielen Dank», sagt Sergeant Benivalle. «Einen schönen Tag noch.»

Ich lege den Hörer auf.

Aber es ist *kein* schöner Tag, und es wird auch keiner mehr werden. Ostern hat sich gewandelt, ist nur noch Regen und Gezänk und Tod. Da ist nichts mehr zu retten.

«Waaas?» ruft Vicki, ganz Überraschung und Erschütterung über die Nachricht vom Tod eines Menschen, den sie nicht kannte, ihr Gesicht zu einer bekümmerten und gleichgültigungläubigen Miene verzogen.

«Neeein, o neeein», ruft Lynette laut und schlägt, schnell

wie der Teufel, zweimal das Kreuz, ohne die Küchentür zu verlassen. «Der arme Mann. Der arme Mann.»

Ich habe ihnen nur erzählt, ein Freund von mir sei tot, und ich müsse sofort zurückfahren. Dutch Babies und kochender Kaffee stehen an allen Plätzen, obwohl Wade und Cade immer noch oben sind, um verschiedenes auszubügeln.

«Aber das ist doch klar», sagt Lynette mitfühlend. «Am besten fahren Sie gleich los.»

«Willst du, daß ich mitkomme?» Irgend etwas veranlaßt Vicki, bei dieser Vorstellung zu grinsen.

Warum habe ich nur das Gefühl, daß sie und Lynette irgendeinen geheimen Pakt geschlossen haben, solange ich am Telefon war? Eine Übereinkunft, die die alten Streitigkeiten vergessen läßt und mich ausschließt – die Familie schließt plötzlich und förmlich die Reihen und läßt mich in der Kälte stehen. Das ist die grausame Seite der konventionellen Familie – ihre Fähigkeit, Unglück auf Unglück zu häufen. (Mist, verdammter!) Sobald ich weg bin, werden sie das Kaminfeuer schüren, die Noten herausholen und die guten alten Lieder singen – zusammen allein. Ich werde im absolut schlechtesten Augenblick weggerufen, bevor ihnen klarwird, wie sehr sie mich alle wirklich mögen und wie sehr sie sich jemanden wie mich für immer in ihrer Familie wünschen. Ein präventiver, schlecht gemeinter Tod hat sich eingemischt. Seine klebrigen Gerüche haben sich auf mich gelegt. Ich kann sie *selber* riechen.

«Nein», sage ich. «Du könntest da ohnehin nichts tun. Bleib du ruhig hier.»

«Natürlich, du hast absolut recht.» Vicki steht auf, kommt zu mir an die Wohnzimmertür und hakt sich bei mir unter. «Ich bring dich aber noch raus.»

«Lynette...» beginne ich, aber Lynette schwenkt am Ende des Tischs bereits einen Löffel, um mich zu verabschieden.

«Sie brauchen kein Wort mehr zu sagen, Frank Bascombe. Gehen Sie jetzt nur und sehen Sie nach Ihrem Freund, der Sie braucht.»

«Sagen Sie bitte Wade und Cade, daß es mir leid tut.» Mehr als alles wünsche ich mir, nicht gehen zu müssen, noch eine Stunde dableiben zu können, um «Edelweiß» zu singen und in meinem Sessel einzunicken, während sich Vicki die Fingernägel macht und ihren Tagträumen nachhängt.

«Was tut Ihnen leid? Was ist denn los?» Wade hat die lauten Stimmen gehört und ist heruntergekommen, um zu sehen, was es für Probleme gibt. Er steht auf dem Treppenabsatz, ein halbes Geschoß über uns, und beugt sich vor, als wolle er gleich losfliegen.

«Ich erklär dir alles später, Dad», sagt Vicki und legt die Finger auf die Lippen.

«Ihr zwei habt euch doch nicht gestritten, oder?» Wades Verwirrung ist komplett. «Ich hoffe doch, niemand ist verärgert. Warum gehen Sie, Frank?»

«Sein bester Freund ist tot, das ist alles», sagt Vicki. «Er hat es gerade am Telefon erfahren.» Es ist offenkundig, daß sie mich hier raushaben will, und zwar schnell, und daß sie beabsichtigt, den Hitzkopf in Texas anzurufen, noch bevor ich den Zündschlüssel im Schloß habe.

Doch was habe ich eigentlich getan, das so falsch war? Kann ein ersehntes Leben in den Wellen untergehen, nur weil ein Ton in meiner Stimme nicht sonderlich geschätzt wurde? Können Gefühle so zerbrechlich sein? Meine sind jedenfalls robuster.

«Wade, mir tut das wahnsinnig leid.» Ich lehne mich zu der kurzen, teppichbelegten Treppe vor, um ihm die harte Hand zu schütteln. Die Verwirrung ist noch nicht ganz gewichen, weder von ihm noch von mir.

«Mir auch, mein Junge. Ich hoffe, Sie kommen wieder, Sie finden uns immer hier.»

«Er kommt wieder», zwitschert Lynette. «Dafür wird schon Vicki sorgen.» (Vicki schweigt zu diesem Thema.)

«Grüßen Sie Cade von mir», sage ich.

«Wird gemacht.» Wade kommt herunter, stellt sich vor mich hin und legt mir eine kleine, ehrliche Hand auf die Schulter – fast so etwas wie eine männliche Umarmung. «Kommen Sie wieder, dann fahren wir zum Angeln raus.» Wade läßt ein quiekendes, verlegenes Lachen hören. Er sieht tatsächlich leicht benommen aus.

«Mach ich, Wade.» Und das würde ich auch, weiß Gott. Aber es wird in hundert Jahren nicht passieren, und ich werde sein Gesicht nie wieder außerhalb eines Mautnerhäuschens sehen. Wir werden nie mit einem Bärenhunger ein *Red Lobster* aufsuchen, nie Freunde jener besonderen Art sein, die ich mir erhofft hatte – Freunde fürs Leben.

Es ist ein Abschied für immer.

Auf dem Rasen vor dem Haus ist alles, einschließlich unserer leeren Krockettore, verloren und grau und auf dem direkten Weg zur Hölle. Ich stehe im flatternden Wind und nehme die menschenleere Kurve des Arctic Spruce ins Visier, bis hin zu der Stelle, wo er aus dem Blickfeld verschwindet, und die Bepflanzung ist überall noch neu und im Werden, die Häuser haben alle versetzte Stockwerke und sind gleichschenklig. Wade Arcenault ist ein Glückspilz, hier leben zu können, und ich bin hier, in dieser Straße, im Innersten entmutigt und deprimiert.

Vicki weiß, daß ich Zeit schinde, und macht sich am Türgriff meines Malibu zu schaffen, bis er wie durch Zauberei plötzlich aufgeht.

Sie ist tief in Gedanken, nicht zum Reden aufgelegt, während ich natürlich bis Mitternacht reden würde, wenn ich das Gefühl hätte, meine Chancen damit verbessern zu können.

«Warum fahren wir nicht einfach los und suchen uns irgendwo ein Motelzimmer?» Ich zaubere ein Grinsen auf mein Gesicht. «Du warst noch nie am Cape May. Wir könnten's uns dort richtig gutgehen lassen.»

«Und was ist mit deinem Toten, diesem Herb?» Vicki reckt hochmütig das Kinn. «Was ist mit ihm?»

«Walter.» Sie hat mich ein klein wenig verlegen gemacht. «Der unternimmt nichts mehr. Aber ich lebe noch. Frank ist immer noch unter den Lebenden.»

«Ich würde mich schämen», sagt Vicki und stößt die Tür

zwischen uns weit auf. Der Wind hat jetzt einen winterlichen Biß. Die Wetterfront ist rasch über uns weggezogen und hat uns in einer grauen Frühjahrskälte zurückgelassen. In einer halben Minute wird sie gehen. Dies ist die letzte Chance, sie zu lieben.

«Also ich nicht», sage ich laut in den Wind. «*Ich* hab mich nicht umgebracht. Ich möchte, daß du mitkommst und zuläßt, daß ich dich liebe. Und morgen heiraten wir.»

«Wohl kaum.» Sie blickt bedrückt auf die trockene, schwarze Dichtungsleiste am armseligen Fensterrahmen meines armseligen Wagens. Mit einem knallroten Fingernagel bricht sie ein Stück heraus.

«Und warum nicht?» sage ich. «*Ich* möchte es. Gestern um diese Zeit lagen wir wie Neuvermählte zusammen im Bett. Ich war für dich einer von nur sechs Menschen auf der Welt. Was zum Teufel ist passiert? Bist du plötzlich verrückt geworden? Noch vor zwanzig Minuten warst du glücklich wie ein Äffchen.»

«*Ich* bin jedenfalls nicht verrückt geworden. Weit gefehlt, José», sagt sie heiser.

«Ich heiße nicht José, verdammt noch mal.» Ich werfe einen frostigen Blick auf Lynettes nachgemachten beigefarbenen Jesus, der an die Seitenwandung genagelt ist. Er macht das Leben für so viele wie möglich zu einem großen Elend und hält dann nie den Kopf dafür hin. Er sollte es mit der Auferstehung mal in der heutigen komplizierten Welt versuchen. Er würde glatt vom Kreuz fallen und auf dem Arsch landen. Er könnte keine Zeitung verkaufen.

«Irgendwie haben wir keine gemeinsamen Interessen, so wie's aussieht», sagt Vicki fast unhörbar und fummelt dabei mit dem Finger an ihrem blauen Navajo-Ohrring herum. «Vorhin am Eßtisch, da hab ich das kapiert.»

«Aber *ich* hab Interesse an *dir*!» brülle ich. «Reicht das denn nicht?» Der Wind wird stärker. Hinter dem Haus knallt Wades Bostoner Walfänger gegen den Bootssteg. Meine eigenen Worte werden zerrissen und wie Spreu davongeweht.

«Nicht zum Heiraten, nein», sagt sie und schiebt energisch den Unterkiefer vor. «Wenn man so rumspinnt, wie wir das gemacht haben, dann ist das schon recht; aber es reicht nicht fürs ganze Leben, bis zum Tod.»

«Und was würde reichen? Sag's, und ich tu's. Ich will mit dir durchs ganze Leben gehen, bis zum Tod.» Worte, meine beste Zuflucht, meine ältesten Verbündeten, bleiben plötzlich ohne Wirkung, und ich bin hilflos. Ja, im Wind scheinen mir Worte kaum noch über die Lippen zu kommen. Es ist wie ein Traum, in dem sich meine Freunde gegen mich wenden und dann verschwinden – der Cäsarentraum eines armen Mannes, für sich allein schon ein Alptraum. «Also gut, ich werde mich für Krankenpflege interessieren. Ich werde die richtigen Bücher lesen, verdammt noch mal, dann können wir uns Tag und Nacht über Krankenpflege unterhalten.»

Vicki versucht zu lächeln, wirkt aber nur verblüfft. «Ich weiß wirklich nicht, was ich sagen soll.»

«Sag ja! Oder wenigstens irgend etwas Intelligentes. Es könnte sein, daß ich dich einfach entführe.»

«Das wirst du nicht.» Sie schürzt die Lippen und kneift die Augen zusammen, ein Anblick, den ich noch nie gesehen habe und der mir angst macht. Sie ist ohne Furcht, falls Furchtlosigkeit erforderlich ist. Aber Hauptsache, sie läuft furchtlos zu mir über.

«Ich laß nicht mit mir spielen», sage ich und bewege mich auf sie zu.

«Ich liebe dich einfach nicht so, daß ich dich heiraten könnte.» Sie breitet wütend die Hände aus. «Ich liebe dich nicht auf die richtige Art. Also, geh jetzt lieber. Du bist imstande, einfach alles zu sagen, und ich mag das nicht.» Ihre Haare sind längst vom Wind zerzaust.

«Es gibt keine richtige Art», sage ich. «Es gibt nur Liebe und Nichtliebe. Du bist verrückt.»

«Du wirst schon sehen», sagt sie.

«Du steigst jetzt in diesen Wagen.» Ich halte ihr die Tür auf. (Sie hat beschlossen, mich nicht zu lieben, weil ich sie möglicherweise verändern würde, aber damit liegt sie völlig daneben: Ich bin es, der sich glücklich verbiegen wird.) «Du glaubst nur, du willst ein kleines Leben wie das Lynettes, damit du was zu klagen hast, aber ich werde dir die beste aller Welten bieten. Du weißt gar nicht, wie glücklich du sein wirst.» Mit einem breiten, vielsagenden Grinsen mache ich einen Schritt nach vorn, um die Arme um sie zu legen, aber sie versetzt mir einen Schlag voll auf den Mund: Mit einer gemeinen, kleinen, nervösen Faust erwischt sie mich mitten in einer Vorwärtsbewegung und streckt mich nieder. Ich kann mich noch an der Autotür festhalten, um den Sturz abzufangen, aber dieses Mädchen hat einen linken Haken ansatzlos von der Schulter geschlagen, und ich bin mit offenen Augen voll hineingelaufen.

«Ich krieg dich schon klein», sagt sie wütend, die beiden Fäuste zu kleinen Kartätschen geballt, die Daumen nach innen. «Der letzte Kerl, der mir auf die Pelle rücken wollte, mußte sich hinterher im Krankenhaus zusammenflicken lassen.»

Und ich kann mir ein Lächeln nicht verkneifen. Es ist natürlich das Ende von allem, aber es ist ein gebührendes Ende. Ich habe dickes, übelschmeckendes Blut im Mund. (Hoffentlich hat vom Haus aus niemand zugesehen und glaubt jetzt, mir helfen zu müssen.) Als ich den Kopf hebe, ist sie einen halben Schritt zurückgewichen, und rechts neben dem hängenden Jesus sehe ich Cades großen Kopf auf mich herunterblicken, ungerührt wie ein Buddha. Doch Cade spielt in dieser Sache absolut keine Rolle, und daß er meine Niederlage sieht, stört mich nicht. Es ist eine Erfahrung, die er bereits gemacht hat und mit der er sympathisieren würde, wenn er könnte.

«Nun steh schon auf, dein toter Kumpel wartet», sagt Vicki mit zitternder und zugleich warnender Stimme.

«Okay.» Ich habe immer noch mein dämliches Grinsen im Gesicht, wie Joe Palooka in dem alten Comic strip. Vielleicht kreisen auch um meinen Kopf Sterne und Windrädchen. So ganz habe ich meine Sinne wohl nicht beisammen, aber ich bin mir sicher, daß ich Autofahren kann.

«Ist doch alles in Ordnung, oder?» Sie kommt keinen Schritt näher, wirft aber aus der Distanz einen prüfenden Blick auf mich. Ich bin bestimmt leichenblaß, aber ich empfinde es nicht als Schande, von einem Mädchen niedergestreckt worden zu sein, einer starken jungen Frau, die erwachsene Männer in ihren Betten umdrehen und sie ohne fremde Hilfe zu entlegenen Toiletten und wieder zurück transportieren kann. Ja, es bestätigt alles, was ich schon immer von ihr geglaubt habe. Noch könnte es Hoffnung für uns geben. Dies könnte genau die Liebe sein, die sie gesucht, der sie aber nicht getraut hat; vielleicht konnte erst ihr Faustschlag uns beiden die Augen öffnen.

«Ruf mich doch morgen mal an», sage ich, auf die Ellbogen gestützt, mit beginnenden Kopfschmerzen, aber immer noch mit dem Lächeln des guten Verlierers.

«Das glaube ich kaum.» Sie verschränkt die Arme wie Maggie in den Comics. Gibt es einen besseren Jiggs als mich? Gibt es jemanden, der noch weniger aus Erfahrung lernt als ich?

«Du gehst jetzt besser ins Haus», sage ich. «Es ist demütigend, in deiner Gegenwart wieder auf die Beine zu kommen.»

«Ich wollte dich nicht richtig treffen», sagt sie rechthaberisch.

«Von wegen! Du hättest mich k. o. geschlagen, wenn du wüßtest, wie man eine Faust macht. Du machst eine Mädchenfaust.»

«Ich schlag nicht oft zu.»

«Jetzt geh schon», sage ich.

«Bist du sicher, daß du klarkommst?»

«Rufst du mich morgen an?»

«Vielleicht, vielleicht auch nicht.» Ich kann tatsächlich hören, wie sich ihre Strümpfe aneinander reiben, als sie sich abwendet und im Wind über den Rasen aufs Haus zugeht und dabei mit den Armen schlenkert und sorgfältig die Schuhspitzen immer zuerst aufsetzt, um nicht im Dreck zu versinken. Sie dreht sich nicht um – das sollte sie auch nicht – und verschwindet rasch im Haus. Cade hat seinen Platz am Fenster inzwischen auch verlassen. Und eine Zeitlang bleibe ich dort, wo ich am Boden gelandet bin, neben meinem Wagen sitzen und blicke, während sich die ganze Welt um mich dreht, hinauf zu den berstenden Wolken und versuche, den schrecklichen Wirbel zu stoppen. Eben noch schien eine verlockende Zukunft vor mir zu liegen, doch nun frage ich mich, ob nicht das Leben wie ein großer, lärmender Sattelschlepper über mich hinweggerollt ist und mich – platt und am Boden – hier neben der Straße zurückgelassen hat.

ELF

Windstöße erfassen immer wieder den Wagen und behindern mich auf der Heimfahrt. Es ist, was das Wetter betrifft, in der Tat ein schlimmes Wochenende gewesen, aber wer hätte das Freitagmorgen am Grab meines Sohnes vorhersehen können.

Meine Entscheidung, über die Autobahn zurückzufahren, war nicht sehr klug – nirgends eine tröstliche Landschaft, nur Kiefern und traurige, mit Riedgras bewachsene Hügel und ferne Starkstromleitungen, die sich am Horizont verlieren, auf Lakehurst und das seelenvolle Fort Dix zu. Gelegentlich lugt das Firmenschild eines Pontiac-Händlers oder eine Traglufthalle für Tennisspieler über den Nadelwald, aber sie sind viel zu spärlich und isoliert. Ich bin mal wieder nervös vor Angst, ohne konstruktive Distanz zu dem, was kommen wird, und ich sehe nur den langen, leeren Horizont, von dem X mir erzählt hat, den ich aber in meiner Dummheit nicht fürchtete.

Der Verkehr aus Atlantic City und den Küstenorten nimmt jetzt rasch zu, und bei der Abzweigung der Landstraße 98 studiere ich die Straßenkarte und nehme mir vor, auf die Nummer 9 überzuwechseln und dann auf ländlichen Nebenstraßen über Freehold nach Hause zu kommen. Das schlechte Wetter ist weitergezogen, und im Radio sind unerwartete Sender mit unerwarteten Neuigkeiten zu hören – was es morgen im Seniorenheim in South Amboy zum Mittagessen gibt (Kalbsspießchen und Texas-Toast); das Wetter in Kalispell und Cœur d'Alene (viel sommerlicher als hier). Im feministischen Sender in New Brunswick liest eine Frau, deren Stimme sexy klingt, schmutzige Abschnitte aus dem ‹*Wendekreis des Krebses*› – Van Nordens Selbstgespräch über die Liebe, wo er den Orgasmus mit der heiligen Kommunion vergleicht und dann um eine Frau bittet, die besser ist als er. «Find mir eine solche Fotze, okay?» bettelt Van Norden. «Wenn du das für mich tun könntest, würd ich dir meinen Job überlassen.» Anschließend verpaßt die Moderatorin dem armen Miller wegen seiner Einstellungen eine ordentliche Tracht Prügel, und sofort danach kommt von einem Sexklub, nicht weit von meinem Büro, ein Einführungsangebot «zum Kennenlernen». Ich höre diesem Sender zu, bis der Wind die Worte verweht, und mir bleibt der angenehme, wenn auch kurze Eindruck, daß irgendwo eine Hundert-Dollar-Hure auf mich warten würde, wenn ich nur den Mumm hätte, sie zu finden, und wenn mich nicht andere Pflichten davon abhalten würden. Traurige Pflichten. Von der schlimmsten Sorte.

Plötzlich, zwei entsetzliche Minuten lang, mache ich eine Bestandsliste von *allem*, was in den nächsten vierundzwanzig bis sechsunddreißig Stunden möglicherweise besser werden könnte, und finde nichts außer einer flackernden, trügerischen Erinnerung an die einige Jahre zurückliegende Zeit mit Selma Jassim, unsere nächtlichen Stunden, halb schlafend und halb betrunken und im Zustand heftiger Erregung, sie in einem unverständlichen Arabisch stöhnend und ich in animalischer Vorfreude (und das alles, während ich Hausarbeiten der Studenten hätte korrigieren sollen). Natürlich kann ich mich an nichts erinnern, was wir gesagt haben könnten, und auch nicht, wie wir unser Interesse aneinander längere Zeit wachhalten konnten, wo doch jeder aus dem Randbereich seines gescheiterten Lebens nur wenig zu bieten hatte. Doch alles wird möglich, jedes Ausmaß an taumelnder Verzückung, wenn du erst einsam genug bist und kein Schrittchen mehr weiter weißt. Eine wilde Freiheit wartet dort auf den, der sie ertragen kann.

Tatsächlich erinnere ich mich an das lange Auf und Ab von

Seufzern in der Nacht und das gelegentliche Klimpern von Eiswürfeln in Gläsern, ihren Zigarettenrauch im dunklen Haus der Tänzerin und die stille Oktoberluft, elektrisch aufgeladen vom Sehnen und Verlangen. Und an den nächsten Tag mit seinem langen Nebel nach der durchwachten Nacht, und das Gefühl, allein schon mit dem Überstehen der Nacht etwas Besonderes geleistet zu haben.

Ich bereue keinen Augenblick davon, so wenig wie jemand bereuen würde, das letzte Stück, sagen wir, eines Brombeerkuchens hinuntergeschlungen zu haben, wenn er im Dezember auf einer abgelegenen Landstraße in Wyoming im Schnee festsitzt, und kein Mensch weiß, wo er ist, und er sieht zum letztenmal in seinem Leben die Sonne untergehen. Reue hat in einer solchen Situation keinen Platz, das steht fest (auch wenn die Begegnung mit Selma damals den Abstand zwischen X und mir absolut vergrößerte und mich im falschen, entscheidenden Moment träumerisch und wortkarg machte).

Aber ich bin keiner, der sich mit der Vergangenheit herumplagt. Und mitten im Städtchen Adelphia auf der Verbindungsstraße 524 fahre ich auf einen leeren Acme-Parkplatz und rufe die Auskunft in Providence an, wo ich sie vermute. Eine Stimme würde jetzt helfen. Besser als vier Hundert-Dollar-Huren und eine kostenlose Reise nach Cœur d'Alene.

In der Telefonzelle lehne ich mich schwer gegen das kühle Plexiglas und fixiere einen auf dem leeren Parkplatz gestrandeten Einkaufswagen, während das Fräulein vom Amt im fernen Bezirk 401 die Liste der Namen durchgeht. Auf der anderen Seite des geteerten Platzes hat eine Hamburger-Bude über Ostern geöffnet. *Ground Zero Burg* – ein Andenken an die alten, niedrigen Imbißlokale der vierziger Jahre: auf Schienen laufende Fliegengitter, ringsum Fenster, gestreifte Markisen. Ein einzelner schwarzer Wagen steht mit der Schnauze unter der Markise; durch das Seitenfenster beugt sich ein für die Autos zuständiges Serviermädchen und unterhält sich mit dem Fahrer. Der Himmel ist weiß und gleitet mit hoher Geschwindigkeit aufs Meer zu. Dinge können einem zustoßen. Ich weiß es. Das Böse lauert fast überall, und die meisten der gewöhnlichen Heilmittel kommen gegen den Tod nicht an. Ich habe schon öfter mit ihnen zu tun gehabt.

Es klingelt einmal, und schon meldet sich jemand.

«Halloo.»

«Selma?» Ein unerklärlicher Name, ich weiß, aber im Arabischen wird er anders ausgesprochen.

«Ja?»

«Tag, Selma, Frank hier. Frank Bascombe.»

Schweigen. Verwirrung. «Ach. Ja. Natürlich. Und wie geht es dir?» Zigarettenrauch, gegen den Hörer geblasen. Bis dahin keine Überraschung.

«Gut. Mir geht's gut.» Es könnte mir nicht schlechter gehen, aber das werde ich nicht zugeben. Und wie weiter? Ich habe sonst nichts zu sagen. Was erwarten wir von anderen Menschen, was sollen die für uns tun? Zu meinen Problemen gehört, daß ich *kein* Problemlöser bin. Ich verlasse mich auf andere, auch wenn ich das nicht wahrhaben will.

«Na so was. Wie lang ist das jetzt her?» Es ist verdammt nett von ihr, daß sie versucht, Konversation zu machen, da ich dazu offenbar unfähig bin.

«Drei Jahre, Selma. Kommt einem irgendwie lang vor.»

«O ja. Und du schreibst immer noch... worüber hast du damals geschrieben, was ich so lustig fand?»

«Über Sport.»

«Genau, über Sport. Jetzt erinnere ich mich wieder.» Sie lacht. «Es waren keine Romane.»

«Nein.»

«Gut. Es hat dich so glücklich gemacht.»

Ich beobachte die Ampel an der Verbindungsstraße 524, wie sie von Gelb auf Rot umspringt, und versuche mir das Zimmer vorzustellen, in dem sie sitzt. Ein Haus im Queen Anne-Stil, weiß oder blau, beim College oben. Angell Street oder Brown Street. Vom Fenster aus ein schöner Blick auf Ulmen und Straßen, die auf die großen alten Fabrikgebäude zulaufen, und im fernen, dunstigen Hintergrund die große Bucht. Wenn ich nur dort sein könnte, anstatt auf einem Parkplatz in Adelphia. Ich wäre unendlich viel glücklicher. Neue Aussichten. Echte Möglichkeiten, die wie neue Berge ins Blickfeld rücken. Ich wäre im Nu zu überzeugen, daß die Dinge gar nicht so schlecht stehen. «Frank?» unterbricht Selma das nachdenkliche Schweigen an meinem Ende der Leitung. Ich sehe mich auf einem Segelboot in der Bucht, berechne Wind und Strömungen. Bevölkere eine andere Welt.

«Was denn?»

«Fühlst du dich auch wirklich gut? Du hörst dich ziemlich merkwürdig an. Ich freu mich immer sehr, wenn ich von dir höre. Aber du klingst gar nicht so, als ob es dir gut geht. Wo genau bist du jetzt?»

«In New Jersey. In einer Telefonzelle in einem Städtchen, das sich Adelphia nennt. Gewiß, es könnte mir besser gehen. Aber das ist schon in Ordnung. Ich wollte nur mal deine Stimme hören und an dich denken.»

«Das finde ich sehr nett. Vielleicht sagst du mir einfach, was dir fehlt.» Das vertraute Klimpern eines einzelnen Eiswürfels (manche Dinge bleiben immer gleich). Ich frage mich, ob sie im Augenblick wohl ihren Al Fatah-Burnus trägt, der unsere jüdischen Kollegen verrückt machte. (Privat waren sie natürlich davon begeistert.)

«Was machst du im Augenblick?» frage ich und lasse den Blick über den Acme-Parkplatz schweifen. Im Glas vor meinen Augen ist der Name Shelby eingeritzt. Ein kühler Uringeruch umgibt mich. Vor dem *Ground Zero Burg* tritt das Serviermädchen plötzlich von dem einsamen Wagen zurück, die Hände – wie es aussieht, angewidert – in die Hüften gestemmt. Ärger könnte dort in der Luft liegen. Die wissen nicht, wie gut sie's haben.

«Hm. Na ja. Ich lese heute», sagt Selma mit einem Seufzer. «Was werde ich schon tun?»

«Sag mir, was du liest. Ich hab schon ich weiß nicht wie lange kein Buch mehr gelesen. Ich wollte, es wäre anders. Das letzte, das ich gelesen habe, war nicht sehr gut.»

«Robert Frost. Ich soll ihn von der nächsten Woche an im Unterricht behandeln.»

«Das klingt großartig. Ich mag Frost.»

«Großartig? Ich weiß nicht so recht.» Klimper, klimper.

«Ich find's großartig, das kannst du mir glauben. Du wirst alle ‹i› herausstreichen, nicht wahr?»

«Ja, natürlich.» Ein Lachen. «Wie albern das war. Er ist aber wirklich ein Langweiler. Einfach ein ungezogenes Kind, das zu schreiben anfing. Hier und da ist er wohl amüsant. Wenigstens schreibt er kurze Dinge. Ich hab ja jetzt Jane Austen gelesen.»

«Die ist auch großartig.»

Böser blauweißer Rauch schießt plötzlich unter den Reifen des schwarzen Wagens hervor, obwohl kein Laut zu hören ist. Das Serviermädchen wendet sich ab und geht, unbeeindruckt, betont langsam auf den Bordstein zu. Der Wagen macht einen Satz zurück, hält an und rast dann kreischend direkt auf sie zu, aber sie bewegt sich nicht einmal, als die Stoßstange wie der gesenkte Kopf eines Stiers heranschießt, jäh anhält und tief in die Knie geht. Sie hebt den Arm und schmäht den Fahrer mit dem ausgestreckten Finger, und der Wagen rast wieder mit viel weißem Rauch rückwärts, bis auf den Acme-Parkplatz herüber, und dreht sich schleudernd um hundertachtzig Grad, spektakulär wie im Fernsehen. Wer da am Lenkrad sitzt, versteht sein Geschäft. Was weiß ich, vielleicht leben Rennfahrer in Adelphia.

«Sag, Frank, bist du wieder verheiratet?»

«Nein, du? Hast du jetzt einen Industriellen gefunden?»

«Nein.» Schweigen, gefolgt von einem grausamen Lachen. «Es gibt immer wieder Männer, die mich heiraten wollen... gar nicht wenige sogar. Aber sie sind alle dumm und sehr arm.»

«Wie sieht's mit mir aus?» Ich werfe im Geist noch einmal einen Blick aus ihrem Fenster, auf die stimmungsvolle Narragansett-Bucht. Massenhaft Segelboote. Es ist alles wunderbar.

«Wie sieht's mit dir aus?» Sie lacht wieder und nippt an ihrem Drink. «Bist du reich?»

«Ich hab immer noch Interesse.»

«Ach *ja*?»

«Das kannst du aber annehmen.»

«Na, das ist gut.» Sie ist belustigt – warum sollte sie es nicht sein? Allgemeine Belustigung war schon immer ihre Reaktion auf die westliche Welt. Es ist ja nicht bös gemeint. Frost und ich, wir sind für sie einfach zwei Kasper. Ich will sogar zugeben, daß ich mich ein winziges bißchen besser fühle. Und was hat es irgend jemanden gekostet? Ein Wortgeplänkel von zwei Minuten zu Lasten meiner nächsten Telefonrechnung.

Aus irgendeinem Grund ist der Wagen auf dem Acme-Parkplatz stehengeblieben. Es ist ein langer Trans-Am, eines der haifischähnlichen GM-Modelle, mit dem Heckspoiler eines Rennwagens. Tief geduckt hinter dem Lenkrad ist ein kleiner Kopf zu sehen. Plötzlich zischt wieder weißer Rauch unter den übergroßen Reifen hervor, obwohl sich der Wagen eigentlich nicht bewegt, sondern so aussieht, als wolle er sich bewegen – der Fahrer steht auf der Bremse, vermute ich. Dann macht der Wagen einen regelrechten Satz, weg von Reifenrauch und Heckflossen und über den Acme-Parkplatz (es muß für den Fahrer verdammt schwer sein, den Wagen geradeaus zu lenken), fliegt haarscharf an einem der Lichtmasten vorbei, hat wieder Bodenberührung, schießt an einem zweiten Lichtmast vorbei und kracht mit voller Wucht in den leeren Einkaufswagen, schleudert ihn in die Luft, wo er sich überschlägt, die Rädchen fliegen wie Geschosse weg, der Plastikgriff zersplittert, das rote Schild mit der Aufschrift «Eigentum der Firma Acme» segelt hoch in den weißen Himmel, und die Masse des schweren Drahtkorbs kommt mit wirbelnden Saltos genau auf die Telefonzelle zugeflogen, von wo ich mit Selma in Rhode Island rede.

Der zertrümmerte Einkaufswagen kracht – BÄNG – in die Telefonzelle, schlägt die untere Plexiglasscheibe ein und läßt das ganze Häuschen schwanken. «Jessas Gott!» rufe ich.

«Was war das?» sagt Selma in Providence. «Was ist geschehen, Frank? Ist etwas mit dir?»

«Nein, es ist alles in Ordnung.»

«Es hat sich angehört wie eine Explosion im Krieg.»

Ich bin über und über mit Staub bedeckt, und der Trans-Am ist unmittelbar nach dem Zusammenstoß mit dem Einkaufswagen mit hechelndem Motor stehengeblieben, *ge-lag, ge-lag*.

«Ein Junge ist mit seinem Auto gegen einen Einkaufswagen gefahren, und der ist durch die Luft und gegen dieses Telefonhäuschen geflogen. Eine Glasscheibe ist herausgefallen und zerbrochen. Es ist seltsam.» Die Glasscheibe lehnt nun an meinem Knie.

«Also, irgendwie versteh ich das nicht.»

«Es ist auch schwer zu verstehen.»

Die Fahrertür an dem Trans-Am geht auf, ein Negerjunge mit Sonnenbrille steigt aus und starrt mich an, wobei sein Kopf kaum über die Wagentür reicht. Er scheint die Entfernung zwischen uns abzuschätzen. Ich weiß nicht, ob er erwägt weiterzumachen und auch die Telefonzelle zu rammen.

«Wart mal einen Moment.» Ich trete ins Freie, wo er mich sehen kann. Ich winke, und er winkt zurück, und dann steigt er wieder in seinen Wagen und stößt langsam zwanzig Meter zurück – ohne jeden Grund, denn er ist mitten auf einem leeren Parkplatz –, ehe er den Vorwärtsgang einlegt und langsam zum Ausgang beim *Ground Zero* fährt. Als er auf die Straße einbiegt, hupt er für das Serviermädchen, und sie schmäht ihn noch einmal mit dem ausgestreckten Finger. Sie ist eine Weiße, versteht sich.

«Was ist denn nun wirklich los?» fragt Selma. «Hat dich jemand verletzt?»

«Nein. Sie haben mich nicht erwischt.» Mit dem Fuß schiebe ich die Ecke des Einkaufswagens zu dem kaputten Fenster hinaus. Auf Kniehöhe weht ein leichter Wind herein. Auf der anderen Seite des Parkplatzes unterhält sich das Serviermädchen mit jemandem über das Geschehene. Es würde eine gute Episode für «Vorsicht Kamera» abgeben, wobei nur unklar ist, wer dabei der Dumme wäre. «Kaum ruf ich dich an, und schon kracht hier alles zusammen. Es tut mir leid.» Der Einkaufswagen fällt vollends aus dem Fenster.

«Das macht doch nichts», sagt Selma und lacht.

«Es muß aussehen, als ob mein Leben nur aus Chaos und Verwirrung besteht», sage ich und denke zum erstenmal an diesem Nachmittag an Walters Gesicht. Ich sehe es lebend vor mir, dann starr und tot, und mir drängt sich der Gedanke auf, daß er einen schrecklichen Fehler gemacht hat und daß ich ihn vor diesem Fehler hätte warnen können, wenn ich nur rechtzeitig daran gedacht hätte.

«Sicher, es sieht schon danach aus.» Selma scheint wieder belustigt. «Aber das macht auch nichts. Es scheint dich nicht zu stören.»

«Was würdest du sagen, wenn ich mich in einen Zug setzte und heute abend zu dir raufkäme? Oder ich könnte mit dem Auto fahren. Was meinst du?»

«Nein. Das wär nicht so gut.»

«Okay.» Ich schwebe jetzt wie auf Wolken. «Und wie wär's in ein paar Tagen? Ich bin zur Zeit nicht sehr beschäftigt.»

«Vielleicht, ja.» (Geringe Begeisterung für dieses Vorhaben, aber wer würde mich schon als mitternächtlichen Besucher wollen?) «Nein, ich glaube, es ist doch keine so gute Idee.» Ihre Stimme deutet verschiedene Dinge an, ein Übermaß an besseren Möglichkeiten.

«Okay», sage ich und finde es möglich, ein wenig Mut zu fassen. «Ich bin froh, daß ich mit dir reden kann.»

«Ja, es ist sehr, sehr schön. Es ist immer *sehr* schön, von dir zu hören.»

Am liebsten würde ich ja sagen: *Geh doch zum Teufel, es gibt nicht so viele Möglichkeiten in der Welt, die besser wären als ich. Sieh dich mal um. Tu dir doch den Gefallen.* Aber was müßte das für ein Mann sein, der so was sagt? «Ich sollte jetzt wahrscheinlich gehen. Ich muß nach Hause fahren.»

«Ja. Gewiß», sagt Selma. «Du solltest auf dich aufpassen.»

«Geh zum Teufel.»

«Ja, auf Wiedersehen», sagt Selma – Queen Anne-Haus,

strahlende Aussichten, geordnetes Dozentenleben, Segelboote, Straßen voller Laub, vom Wind durcheinandergewirbelt, und alles plötzlich wieder verschwunden.

Ich trete aus dem Scherbenhaufen hinaus auf den windigen Parkplatz, und mein Herz pocht wie ein Außenbordmotor. Ein paar langsame Wagen befahren die 524, doch sonst ist der Ort – hier in seinen Randbezirken – in der diesseitigen Ziellosigkeit des Sonntags versunken, die für die Einsamen dieser Welt durch das Osterfest nur noch verschlimmert wird. Und aus irgendeinem Grund komme ich mir blöd vor. Der farbige Junge im Trans-Am gleitet vorbei, blickt mich an, als sähe er mich zum erstenmal, fährt bei Gelb über die Kreuzung und dann zur Stadt hinaus, nach Point Pleasant und zu den Badestränden, in Gedanken schon beim nächsten weißen Mädchen. Sein Armaturenbrett, sehe ich, ist mit weißem Pelz überzogen.

Wie bin ich eigentlich hierhergeraten, das würde ich gern wissen, denn wenn ich mich in einer ungewohnten Umgebung wiederfinde, habe ich gewöhnlich das Bedürfnis, ein paar Dinge zu addieren, zu überlegen, welche Kräfte mich hierhergeführt haben, und mich zu fragen, ob dieser Kurs für das, was ich mein Leben nennen würde, typisch ist oder nur außergewöhnlich und nicht weiter beunruhigend.

Quo vadis, mit anderen Worten. Keine leichte Frage. Und im Augenblick habe ich keine Antworten.

«Hmm, äh, Sie sind nicht tot, wie?» Eine Stimme spricht mich an.

Ich drehe mich um und sehe ein schmächtiges, bläßliches Mädchen mit seltsam gespreizten Hüftknochen. Auf der flachen Vorderseite ihres ärmellosen T-Shirts steht der Name einer Rockband, THE BLOOD COUNTS, und ihre pinkfarbenen Jeans heben ihre O-Beine unglücklicherweise noch hervor. Sie ist das Serviermädchen vom *Ground Zero Burg*, das Mädchen, das Männer mit dem ausgestreckten Finger beschimpft. Sie ist herübergekommen, um mit eigenen Augen zu sehen, was mit mir los ist.

«Ich glaube nicht», sage ich.

«Sie sollten dem schwarzen Früchtchen die Bullen auf den Hals schicken», sagt sie mit einer böse klingenden Stimme, die Haß vermitteln soll, aber es gelingt ihr nicht. «Ich hab gesehen, was er mit Ihnen gemacht hat. Ich hab eine Zeitlang mit seinem Bruder zusammengelebt, Floyd Emerson. Der ist nicht so.»

«Vielleicht hat er es gar nicht so gemeint.»

«Mm-hmm», sagt sie, blinzelt zu der ramponierten Telefonzelle und dem zerschmetterten Einkaufswagen hinüber und sieht dann wieder mich an. «Sehr fit sehen Sie nicht gerade aus. Sie bluten am Knie. Und den Mund haben Sie sich, glaube ich, auch angeschlagen. Ich würde die Bullen holen.»

«Am Mund war ich vorher schon verletzt», sage ich und werfe einen Blick auf mein Knie, wo der leichte Stoff zerschnitten und vom Blut durchtränkt ist. «Ich hab von einer Verletzung nichts gemerkt.»

«Setzen Sie sich lieber hin, bevor Sie umkippen», sagt sie. «Sie sehen aus, als würden Sie gleich sterben.»

Ich schiele hinüber zu den orangefarbenen Markisen des *Ground Zero*, die wie Fähnchen im Wind flattern, und fühle mich schwach. Das Mädchen, die zerstörte Telefonzelle, der verbeulte Einkaufswagen scheinen plötzlich weit weg. Unerklärlich weit. Eine Möwe schreit am hohen weißen Himmel, und ich muß mich auf den Kotflügel meines Wagens stützen, um nicht das Gleichgewicht zu verlieren. «Ich wüßte nicht, warum das wahr sein sollte», sage ich mit einem Lächeln, bin mir aber nicht ganz sicher, daß ich weiß, was ich damit meine. Und dann weiß ich eine ganze Weile gar nichts mehr.

Das Mädchen ist gegangen und wiedergekommen. Sie steht an der Tür meines Wagens und hält mir einen großen braunen und weißen Pappbecher hin. Ich lehne im Fahrersitz, aber meine Füße hängen aus der offenen Tür wie bei einem benommenen Unfallopfer.

Ich versuche zu lächeln. Sie raucht eine Zigarette; die Schachtel hat sie in ihrer Jeanstasche stecken, wie die Umrisse erkennen lassen. Starker Dieselgestank hängt in der Luft. «Was ist das», frage ich.

«Cola mit Eiskrem. Wayne hat Ihnen das gemacht. Trinken Sie's.»

«Okay.» Ich nehme den schäumenden Becher und trinke. Das Cola ist süß und cremig und so gut, daß mir die Zähne weh tun. «Wunderbar.» Ich fingere nach Geld in meiner Tasche.

«Nee, lassen Sie, das gibt's umsonst», sagt sie und blickt weg. «Wo wollen Sie hin?»

Ich nehme noch einen Schluck von meinem Eiskremcola. «Nach Haddam.»

«Wo is'n das?»

«Ein Stück weiter im Westen, drüben beim Fluß.»

«Mm-hmm, beim Fluß», sagt sie und wirft einen skeptischen Blick auf die breite Straße. Sie ist vielleicht sechzehn, aber es ist schwer zu sagen. Es wäre mir gar nicht recht, wenn Clary aussehen würde wie sie, aber inzwischen habe ich da ja kaum noch Einfluß. Ich hätte allerdings nichts dagegen, wenn Clary so freundlich wäre, wie mir dieses Mädchen zu sein scheint.

«Wie heißen Sie?»

«Debra. Spanelis. Ihr Knie blutet nicht mehr. Eine gute Reinigung kriegt das wieder hin.»

«Danke. Spanelis ist ein griechischer Name, nicht wahr?»

«Mhm. Woher wissen Sie das?» Sie blickt von mir weg und zieht an ihrer Zigarette.

«Ich hab neulich eine griechische Familie auf einem Schiff kennengelernt. Sie hießen Spanelis. Es waren wunderbare Leute.»

«Na ja, es ist ein ganz gewöhnlicher griechischer Name.» Sie drückt innen an der Tür den Knopf hinein und zieht ihn dann wieder heraus; sie mustert mich mit einem Flackern in den Augen, als wäre ich der seltenste aller exotischen Vögel. «Ich wollte Ihnen Heftpflaster besorgen, aber Wayne hat keins mehr da.» Sie blickt mich an, doch ich sage nichts. «Und? Was machen Sie denn so?» Sie redet jetzt anders, klingt schläfrig, als könne sie sich nichts Langweiligeres vorstellen als mich. Wieder höre ich eine Möwe schreien. Meine Lippe pulsiert dort, wo Vicki mich mit der Faust erwischt hat, wie eine verdammte Eiterbeule.

«Ich bin Sportreporter.»

«Aha.» Sie bewegt sich mit der Hüfte zum Türrahmen und lehnt sich dann schwer dagegen. «Und was schreiben Sie da so?»

«Also, ich schreibe über Football und Baseball und über einzelne Spieler.» Ich trinke wieder von meinem sußen, kalten Getränk. Ich fühle mich tatsächlich besser. Wer hätte gedacht, daß ein Eiskremcola sowohl den Glauben als auch die Gesundheit wiederherstellen kann oder daß ich das in einer so gesichtslosen Stadt wie dieser finden würde, einem Ort, in dem es gerade noch ein paar Gebrauchtwagenhändler, einen Pornoladen und, ein wenig außerhalb, ein längst geschlossenes Autokino gibt – Überbleibsel eines Aufschwungs, der nie in Schwung gekommen ist. Und in der Umgebung taucht eine Samariterin auf. Eine Debra.

«Hmm», sagt sie, sucht wieder die Straße ab und kneift dabei die kleinen grauen Augen zusammen, als erwarte sie, daß jemand vorüberfährt, den sie nicht kennt. «Haben Sie auch eine Lieblingsmannschaft und so?» Sie verzieht das Gesicht, als sei ihr schon die Vorstellung peinlich.

«Im Baseball mag ich die Tigers aus Detroit. Manche Sportarten mag ich gar nicht.»

«Zum Beispiel?»

«Eishockey.»

«Genau. Kann man vergessen. Die hatten eine Schlägerei, und dann wurde ein Spiel draus.»

«So sehe ich das auch.»

«Und, waren Sie selber ein guter Sportler, als Sie noch jung waren?»

«Baseball hat mir auch da schon gefallen, aber ich hab den Ball nicht getroffen und war zu langsam.»

«Mhm. Genau wie ich.» Sie zieht auf eine groteske Art an ihrer Zigarette und bläst den ganzen Rauch aus ihrem Mund und in die Luft des Einkaufszentrums. «Und, wie sind Sie dann draufgekommen? Haben Sie irgendwas drüber gelesen?»

«Ich war auf dem College. Und als ich dann älter wurde, ist mir alles andere danebengegangen. Es war schließlich das einzige, was ich tun konnte.»

Debra blickt auf mich herunter und kneift besorgt die Augen zusammen. In ihrer Vorstellung vom großen Erfolg sind keine Anlaufschwierigkeiten vorgesehen. Ich kann ihr in diesem Punkt eine verdammt nützliche Lektion erteilen. «Hört sich nicht so toll an», sagt sie.

«Ist es aber *trotzdem*. Ein erfolgreiches Leben verläuft nicht immer geradlinig, bis der Gipfel erreicht ist. Manchmal geht etwas daneben, und man muß eine neue Einstellung zu den Dingen finden. Aber man darf nicht einfach aufhören und sich entmutigen lassen, wenn es hart auf hart geht. Das wäre der schlimmste Zeitpunkt. Wenn ich aufgehört hätte, als mir einiges schiefgelaufen ist, wäre ich heute weg vom Fenster.»

Debra seufzt. Ihr Blick wandert von meinem Gesicht zu meinem aufgerissenen und blutigen Knie, zu meinen abgenutzten Halbschuhen und wieder hinauf zu dem feuchten, weichen Pappbecher, den ich mit beiden Händen halte. Ich bin nicht das, was sie sich unter einem Erfolgsmenschen vorgestellt hat, aber ich hoffe, sie wird das, was ich gesagt habe, nicht ganz außer acht lassen. Ein kleiner Teil der tatsächlichen Wahrheit kann großen Eindruck machen.

«Haben Sie irgendwelche Pläne?» frage ich.

Die Art, wie Debra an ihrer Zigarette zieht, macht erforderlich, daß sie das Kinn in die Luft reckt. «Wie meinen Sie das?»

«College zum Beispiel. Nicht daß es das unbedingt braucht. Nur so eine Idee, wie's weitergehen könnte.»

«Ich möchte hier raus und im Yellowstone Park arbeiten», sagt sie. «Ich hab davon gehört.» Sie blickt hinunter auf ihr T-Shirt mit den BLOOD COUNTS.

Aber ich bin sofort Feuer und Flamme. «Das ist eine großartige Idee. Ich wollte das selber schon mal tun.» Ich spielte tatsächlich mit dem Gedanken, als ich nach meiner Scheidung über mein weiteres Leben nachdachte. Ein blaues Plastikschildchen mit dem Aufdruck FRANK: NEW JERSEY konnte ich mir damals gut vorstellen. Ich sah mich als Manager des Andenkenladens in der *Old Faithful Inn*. «Wie alt sind Sie eigentlich, Debra?»

«Achtzehn.» Sie nimmt ihre Zigarette unter die Lupe, als sei damit irgend etwas nicht in Ordnung. «Im Juli.»

«Genau richtig für Yellowstone. Sie werden dieses Frühjahr mit der Schule fertig, nehm ich an?»

«Ich bin ausgestiegen.» Sie wirft die Zigarette auf den Asphalt und drückt mit der Sohle ihres Turnschuhs die Glut aus.

«Also, wahrscheinlich spielt das für die Leute dort draußen nicht mal eine Rolle. Die sind an jedem interessiert.»

«Mhm...»

«Nein, wirklich, es ist eine gute Idee, finde ich. Es wird bestimmt Ihren Horizont erweitern.» Ich würde ihr jederzeit auf dem Briefpapier des Magazins eine Empfehlung schreiben: *Einem Mädchen wie Debra Spanelis begegnet man gewiß nicht alle Tage*. Die würden sie sofort nehmen.

«Ich hab ein Baby, einen kleinen Jungen», sagt Debra mit einem Seufzer. «Ich glaube kaum, daß die Yellowstone-Leute ihn akzeptieren würden.» Sie sieht mich an, die Augen glanzlos, der Mund hart wie bei einer erwachsenen Frau, und blickt dann wieder hinüber zum *Ground Zero*, wo unter den flatternden Markisenenden nicht ein einziges Auto steht.

Sie hat jedes Interesse an mir verloren, und ich kann es ihr nicht verargen. Ich hätte ebensogut Französisch vom Planeten Pluto reden können. Ich bin in keinem Fall der Mann für die richtigen Antworten.

«Nein, das glaube ich auch nicht», sage ich undeutlich.

Debras Blicke wandern zurück zu mir, und sie ist erstaunlich locker. Mein Pappbecher ist mittlerweile wachsweich, und wir haben einander nicht mehr viel zu sagen. Es gibt nun mal Begegnungen, die keinem irgendeine Verbesserung bringen –

eine unangreifbare Tatsache des Lebens. Einige kleine, leere Momente sind bei allem guten Willen und hoffnungsfrohen Erwartungen nicht zu vermeiden.

«Und wie fühlen Sie sich jetzt?» In der Art eines Anwalts legt sie einen Zeigefinger ans Kinn.

«Besser. Viel besser. Das hier hat sehr geholfen.» Mit einem optimistischen Lächeln deute ich auf meinen Pappbecher.

«Das war wohl eine Art Medizin.» Sie verlagert das Gewicht aufs andere Bein und hält sich mit den Fingerspitzen an der Fensterscheibe fest. «Finden Sie's schlimm, daß ich noch keine festen Pläne habe?» Sie blinzelt mich an und versucht für den Fall, daß ich mich für eine Lüge entscheiden sollte, meine richtige Antwort zu erraten.

«Überhaupt nicht», sage ich. «Sie werden schon noch Pläne machen. Und das kann ganz schnell gehen. Sie werden sehen.» Ich blinzle unsicher. «Ihr Leben wird sich noch fünfzigmal ändern, bevor Sie fünfundzwanzig sind.»

«Weil, ich werd nämlich älter, okay? Ich will nicht mein ganzes Leben verpennen.» Sie trommelt mit den Fingernägeln auf die Glasscheibe und läßt es gleich wieder sein. Ich muß an Herb Wallaghers Traum von Tod und Haß denken. Jeder hat ein absolutes Recht auf Glück, aber manchmal gibt es nichts, womit du selber dazu beitragen kannst.

«Das werden Sie auch nicht», sage ich. «Es liegt ja noch vor Ihnen.» Ich will ihr mit einem breiten Grinsen Mut machen, aber ich glaube, es bringt uns beide nicht weiter.

«Klar, okay.» Zum erstenmal lächelt sie; es ist das Lächeln eines schüchternen Mädchens, höflich und voller Zweifel. «Ich muß gehen.» Sie blickt flüchtig zum *Ground Zero* hinüber, wo ein gelber Corvette unter die Markise gerollt ist; der rote Blinker blinkt weiter.

«Soll ich Sie rüberfahren?»

«Nee, das Stück kann ich gehen.»

«Vielen Dank noch mal.» Sie wirft einen Blick auf die Telefonzelle, wo der Einkaufswagen an dem fensterlosen Rahmen lehnt und der Hörer von der Gabel gerutscht ist. Es sieht trostlos aus. Ich würde von dort aus nicht mehr telefonieren wollen.

«Haben Sie schon mal übers Skilaufen geschrieben?» fragt sie und schüttelt dazu den Kopf, als kenne sie die Antwort schon im voraus. Der Wind wirbelt Staub auf und bläst ihn uns ins Gesicht.

«Nein, ich kann nicht mal Ski laufen.»

«Ich auch nicht», sagt sie, lächelt wieder und seufzt dann. «Also dann. Einen schönen Tag noch. Wie heißen Sie noch mal?» Sie ist schon im Gehen.

«Frank.» Aus irgendeinem Grund behalte ich den Familiennamen für mich.

«Frank», sagt sie.

Wie ich sie so über den Parkplatz auf das *Ground Zero* zugehen sehe, die Hände in der Tasche nach einer neuen Zigarette angelnd, die Schultern wegen eines kalten Windes hochgezogen, der gar nicht weht, da sind ihre Hoffnungen auf einen schönen Tag vermutlich so begründet wie meine: Wir sind beide draußen im Wind, erwartungsvoll, für eine Verbesserung jederzeit erreichbar. Und ich habe die Hoffnung, daß uns beiden ein wenig Glück beschert sein möge. Im Leben geht es nicht ständig aufwärts.

ZWÖLF

Es ist die letzte Stunde des Tages, wenn aus tiefen Schächten Schatten steigen und unstetes Halblicht, wenn der späte Nachmittag endet und der frühe Abend beginnt und wir alle den Wunsch haben, uns in einen Ledersessel ans offene Fenster zu setzen, mit jemandem, den wir lieben oder mögen, ein Glas zu trinken, den Sportteil der Zeitung zu lesen und vielleicht ein Weilchen zu dösen und wieder aufzuwachen, ehe der Tag ganz zu Ende ist, uns ein wenig in unseren kühlen Gärten zu bewegen und den Vögeln zuzuhören, die in den Bäumen ihre lieblichen Abendlieder singen. Für solche wohltuenden Intermezzi sind unsere Vororte gebaut worden. Und wenn wir uns behutsam mit ihnen einlassen, können sie uns wohl befriedigen, ganz gleich, wo wir im Leben stehen, ganz gleich, ob wir die obengenannte Freiheit besitzen oder nicht. Zuweilen – wenn ich, sagen wir, allein im nebligen Spokane oder im kühlen Boston bin – kann ich mich nach diesem schlichten Einklang von Tag und Ort so sehr sehnen, daß mir fast eine unvernünftige Träne kommt. Es ist natürlich eine Art Sehnsucht nach dem Land, aber sie kann uns alle übermannen.

Alles scheint sich nun schneller zu bewegen.

Ich bin im Nu durch Freehold, biege an der Trabrennbahn rechts ab und schlage mich zur Landstraße 1 durch, vorbei an Pheasant Meadows und Pheasant Run. «Ein gutes Leben – hier ist es erschwinglich» steht auf der Rückseite der Hinweistafel.

Im Radio bringt der Sender in Trenton gerade ein Sportquiz, und ich weiß auf die Fragen nie die richtige Antwort; ich muß jedesmal raten. Wessen Rekord brach Babe Ruth mit seinen sechzig Homeruns im Jahre 1927? Harry Heilmanns Rekord, rate ich, aber die Antwort war: «Seinen eigenen.» Wer wurde 1941 in der Nachwuchsrunde zum besten Spieler gewählt? George Kell, der Blitz aus Newport, ist meine Vermutung. Phil Rizutto, der Spaghetti aus Glendale, ist die Antwort. Ich kann ganz gut damit leben, solche Kenntnisse nicht zu besitzen und im Schreiben von Sportreportagen keinen eigentlichen Beruf zu sehen, sondern eine angenehme Gemütsverfassung, eine gewisse *Art*, Dinge zu vermitteln und nicht die Vermittlung exakten Wissens. Eine Vermutung auf Grund solider Kenntnisse macht mir immer wieder Spaß, denn ich fühle mich dabei wie einer aus der großen Masse und nicht wie ein Computer, der Statistiken ausspuckt und den Sport auf eine fade Angelegenheit von Buchhaltern reduziert. Wenn im Sport kein Platz mehr ist fürs Theoretisieren, selbst seichtes, zielloses, auf falschen Informationen beruhendes Theoretisieren, dann ist etwas kaputtgegangen – ganz gleich, was Mutt Greene denkt –, und dann wird es Zeit, aus dem Geschäft auszusteigen und den Statistik-Freaks und Computer-Assen die Show zu überlassen.

An der Kreuzung der Landstraße 1 mit der 533 fahre ich nach Süden zum Haus Mrs. Millers. Ich würde gern die am Donnerstag ausgefallene Sitzung nachholen, vielleicht sogar mit komplettem Handlesen. Wenn mir Mrs. Miller beispielsweise sagen würde, ich riskierte eine schwere Störung meines seelischen Gleichgewichts, wenn ich Walter im Leichenschauhaus identifizierte, und ich würde dann möglicherweise nie mehr meine Kinder zu sehen bekommen, dann würde ich doch anfangen, an Alaska-Krabben und einen Abend vor dem Fernseher in einem Motel irgendwo bei Philadelphia zu denken, um am nächsten Morgen die Dinge vielleicht in einem neuen Licht zu sehen. Warum über unglückselige Prophezeiungen hohnlächelnd hinweggehen?

Leider ist aber Mrs. Millers kleines Backsteinhäuschen hermetisch verschlossen. Keine staubigen Buicks stehen in der

Garageneinfahrt. Nirgends ein Zeichen von dem immer knurrenden Dobermann in dem eingezäunten Teil hinter dem Haus. Die Millers (wie mochten sie wirklich heißen?) sind für die Feiertage verreist, und ich habe zwei Sitzungen nacheinander verpaßt – für sich allein schon kein gutes Zeichen.

Ich fahre in die Einfahrt und bleibe dort, wie vor drei Tagen, stehen und starre auf eine Lücke zwischen den schweren Vorhängen, als könnte ich so erzwingen, daß dort jemand erscheint. Ich komme «zufällig» an meine Hupe. Ich wäre glücklich, wenn die Lücke etwas vergrößert würde, wenn die Tür hinter dem staubigen, feinmaschigen Gitter einen Fingerbreit aufginge, so wie letztes Mal. Eine nette Nichte würde schon genügen. Ich würde zehn Dollar für ein bißchen Small talk mit irgendeiner dunkelhäutigen Schwägerin zahlen. Sie bräuchte keine wahrsagerischen Fähigkeiten. Ich würde trotzdem gestärkt von hier weggehen.

Aber dazu wird es nicht kommen. Autos rasen hinter mir über die Landstraße, und keine Nichte kommt und winkt mich herein. Keine Tür bewegt sich. Die Zukunft, zumindest mein Anteil an ihr, bleibt ungewiß, und ich werde besonders gut auf mich aufpassen müssen. Ich stoße zurück auf die Landstraße 1, um nach Hause zu fahren, und komme gerade noch an einem laut hupenden, nach Süden fahrenden Sattelschlepper vorbei, und mein Kiefer pocht immer noch von der Begegnung mit Vickis Knöchel; das ist jetzt zwei Stunden her.

Ich nehme gleichsam den Vordereingang nach Haddam, winde mich durch die King George Road und die Bank Street, auf der Nordseite des Instituts an den Grünanlagen vorbei und über den Marktplatz. Doch nachdem ich nun wieder auf den vertrauten Straßen bin, weiß ich nicht, was ich als erstes tun soll, und mir fällt auf, daß der Ort irgendwie unfreundlich ist, daß er einem mit seiner kleinlichen Art keine Hinweise gibt, wie man die Dinge am besten anpackt – es werden keine Prioritäten gesetzt, keine monumentalen Bauten bestimmen ein echtes Zentrum, keine Hauptstraße greift ordnend ein. Und ich sehe wieder, daß es eine traurige Stadt sein kann, eine stumme Sonntagsstadt, keine besonderen Vorkommnisse, jeder bleibt für sich – die Bücherei geschlossen, die Fenster hinter grünen Blenden. Frenchy's Tankstelle verlassen. Der *Coffee Spot* menschenleer (überall liegen Teile der Sonntagszeitung, von den Frühstücksgästen verstreut). Das Institut liegt unnahbar im Schatten von Bäumen, eine vom Gottesdienst übriggebliebene Familie steht mit ihrem Sohn auf dem Marktplatz herum. Es ist ein überraschend fremder Ort, so fremdartig wie Moline oder Oslo, die übliche, ungezwungene Offenheit gerefft wie ein Segel, als sei Schreckliches zu erwarten, ein abgestandener Todesgeruch, ganz anders als die von den Swimmingpools durchtränkte Luft, die ich kenne und der ich traue.

Ich parke in meiner Zufahrt und gehe ins Haus, um mich umzuziehen. Die Hoving Road liegt im Schlaf, mit bleiernen blauen Schatten wie ein Bonnard. Bei den Deffeyes ist nur das Zischen der Berieselungsanlage zu hören, und der Richter ein paar Häuser weiter hat auf seinem langgestreckten Stück Rasen ein Badmintonnetz aufgebaut. Ein alter Ford Woody steht in seiner Einfahrt. Irgendwo in der Nähe höre ich lockeres Plaudern und Gläserklirren, sicher eine der bei uns üblichen gemütlichen Gartenrunden – die Ostereiersuche ist vorbei, die Kinder schlafen, das klatschende Geräusch eines einzelnen, ins Wasser springenden Schwimmers. Doch das ist auch alles an diesem Tag. Man bleibt zu Hause bei der Familie, bis nach Einbruch der Dunkelheit. Der Osterschmuck ist von allen Haustüren entfernt. Die Welt nun wieder ein Ort, den wir gut kennen.

In meinem Haus herrscht ein seltsamer, öffentlicher Geruch, ein Geruch, den ich an jedem anderen Tag begrüßen würde, den ich heute aber als ungesund empfinde. Ich gehe nach oben, versorge mein Knie mit einem Antiseptikum und einem großen Heftpflaster und ziehe Khakihosen und ein ausgebleichtes, rotes Madras-Hemd an, das ich in dem Jahr, als mein Buch veröffentlicht wurde, bei Brooks Brothers gekauft habe. Saloppe Kleidung kann einen manchmal den Ereignissen etwas fernhalten.

Ich habe nicht viel an Walter gedacht. Gelegentlich ist sein Gesicht in meine Gedanken eingedrungen, ein erwartungsvolles Gesicht mit traurigen Augen, der nüchterne, unpraktische Mann, mit dem ich auf der ‹Mantoloking Belle› an der Reling stand und über das Leben an Land nachdachte, in das wir beide eingebettet waren, und mit ihm feststellte, daß wir dazu neigten, die Welt aus zwei ziemlich unterschiedlichen Blickwinkeln zu sehen, daß das aber letztlich keine große Rolle spiele.

Und das war alles, was *ich* brauchte! Ich brauchte nichts von Yolanda und Eddie Pitcock zu wissen. Bestimmt nichts von seinen Dummheiten im *Americana*. Wir brauchten uns auf nichts *festzulegen*. Das ist nicht meine Art.

Ich bekomme keine Antwort, als ich zu Bosobolo hinaufrufe. Er und seine Miss Right, Dr. theol., sind zweifellos bei irgendeinem hühnerbrüstigen Christologieprofessor eingeladen, und in diesem Moment sieht er sich wahrscheinlich in eine Ecke voller Bücher gedrängt, hält seinen ebenholzschwarzen Ellbogen und ein Glas Chablis, während Professor Soundso über hermeneutische Möglichkeiten plappert, etwas gegen Paulus, diesen alten Radikalen, in die Hand zu bekommen. Bosobolo, da bin ich sicher, würde jetzt lieber etwas anderes in die Hand bekommen, lernt derzeit aber, ein erstklassiger Amerikaner zu werden. Und er könnte es auch schlechter haben. Er könnte noch in einem Palmenröckchen im Dschungel herumlaufen. Oder er könnte an meiner Stelle sein, mit einem Termin im Leichenschauhaus und im Kampf gegen eine schwer faßbare Hoffnungslosigkeit.

Mein Plan, den ich mir kurz zurechtgelegt habe, sieht vor, daß ich X anrufe, bei der Polizei erledige, was ich zu erledigen habe, vielleicht X aufsuche – in ihrem Haus (eine kleine Chance, meine Kinder zu sehen) – und dann *was*, ich habe keine Ahnung. Der Plan geht nicht sehr weit, doch die nüchternen Möglichkeiten würden mir vielleicht nur Ärger bringen.

Eine stumme rote «3» blinkt am Anrufbeantworter, als ich X anrufen will. «1» ist höchstwahrscheinlich Vicki, die sich erkundigt, ob ich gut nach Hause gekommen bin, und die ein Palaver an irgendeinem öffentlichen Ort arrangieren will, wo wir unsere Beziehung wie Erwachsene beenden können – weniger Schärfe, weniger linke Haken –, eine letzte halbe Drehung des alten Juwels.

Und sie hat natürlich recht und ist klug genug, das auch zu wissen. Wir haben, was die «großen» Interessen betrifft, wirklich zu wenig gemeinsam. Ich bin nur in sie vernarrt. Und im günstigsten Fall ist sie sich über ihre Gefühle für mich im unklaren, und wie sieht es dann in einem halben Jahr mit uns aus? Ich wäre für ein Mädchen aus Texas sowieso nie genug. Die Faszination hat ihre rechtschaffenen Grenzen. Sie braucht jemand, der für mehr Dinge Interesse aufbringt, als ich es kann: für Walter Scotts Kolumne, für das Lebensgefühl der New-Ager, für die Ausstaffierung eines Liebesnestes, für hundert Dinge, an denen mir nicht allzuviel liegt, die aber ihre Phantasie beflügeln. Folglich werde ich mich lossagen, ohne zu klagen (obschon ich bereit wäre, noch einmal eine glückliche Nacht in Pheasant Run zu verbringen und es damit dann gut sein zu lassen).

Ich drücke auf den Wiedergabeknopf.

Piep. Frank, hier spricht Carter Knott. Ich verdrücke mich morgen, will runter ins Stadion zum Spiel mit den Cardinals. Wie's aussieht, kann ich von euch Typen nicht genug kriegen. Walter sag ich auch noch Bescheid. Es ist jetzt Sonntagmorgen. Ruf mich zu Hause an. *Klick*.

Piep. He, du alter Schlawiner. Du wolltest doch um halb zwölf dasein. Wir sind hier unten alle sauer auf dich, am besten läßt du dich gar nicht erst blicken. Du weißt ja wohl, wer ich bin, oder? *Klick*.

Piep. Frank, hier spricht Walter, Walter Luckett junior. Es ist jetzt genau zwölf, Frank. Ich hab gerade ein paar alte *Newsweeks* ausgemistet, und da bin ich wieder auf das Foto von dieser DC-10 gestoßen, die vor einem Jahr oder so in Chicago draußen abgestürzt ist. O'Hare. Vielleicht erinnerst du dich. Frank, man sieht die Köpfe von all diesen Leuten, wie sie zum Fenster rausgucken. Es ist wirklich ein Ding. Und ich überleg mir jetzt die ganze Zeit nur, was den Leuten wohl durch den Kopf gegangen sein muß, denn die sitzen ja *tatsächlich* auf einer Bombe. Auf einer großen silbernen Bombe. Das ist eigentlich alles, was ich sagen wollte. Hmmm. Bis dann. *Klick*.

Hätte er mir das auch erzählt, wenn ich zu Hause gewesen wäre? Was für ein Ostergruß! Da schiebt dir einer kumpelhaft ein Stück Leben rüber, während er schon seinen eigenen Start in ein anderes Leben vorbereitet. Ein *Du warst grad nicht zu Hause* aus dem Grab! Kann es noch dicker kommen?

Ich kann immer noch nicht in einem längeren Zusammenhang über Walter nachdenken. Dafür denke ich aber über den armen Ralph Bascombe nach, über *seine* letzten Stunden auf der Erde, nur vier Straßen von hier, in der Ärzteklinik, vor einem ganzen Menschenleben. In seinen letzten Tagen veränderte sich Ralph. Selbst in seinen Gesichtszügen erschien er mir wie ein Vogel, ein seltsam angespannter Albatros, und nicht wie ein neunjähriger Junge, der todkrank war und das unvollendete Leben satt hatte. Einmal bellte er mich an wie ein Hund, laut und deutlich, und dann federte er in seinem Bett auf und ab und lachte. Dann gingen blitzschnell seine Augen auf und bohrten sich in mich, als wisse er über mich besser Bescheid als ich selbst und als könne er alle meine Fehler sehen. Ich saß auf meinem Stuhl neben seinem Bett und hielt ein Glas Wasser für ihn bereit und seinen fürchterlichen, biegsamen Strohhalm. X stand am Fenster und blickte gedankenverloren auf einen sonnigen Parkplatz hinaus (und wahrscheinlich auf den Friedhof). Ralph sagte laut zu mir: «Ach, du Mistkerl, was sitzt du da und hältst dieses blöde Glas? Dafür könnte ich dich umbringen.» Und dann schlief er wieder ein. Und X und ich sahen einander nur an und lachten. Es ist wahr, wir lachten und lachten, bis uns die Tränen kamen. Nicht aus Angst oder Kummer. Was sollten wir denn sonst tun, müssen wir uns wohl gedacht haben und uns dann einig gewesen sein, daß Gelächter zu diesem Zeitpunkt völlig in Ordnung war. Niemand würde etwas dagegen haben. Es ging auf niemandes Kosten, und niemand außer uns beiden würde es hören – nicht einmal Ralph. Es mag gefühllos scheinen, aber es ging nur uns etwas an, und wer wollte sich in einer so vertraulichen Sache zum Richter aufschwingen? Es war einer unserer letzten Momente ungetrübter Zärtlichkeit in der Welt.

Ich vermute allerdings, daß diese Rückbesinnung auf einen schmerzlichen Verlust auch den armen Walter einschließt, so widersinnig und zweifelsfrei tot wie mein Sohn und ebenso absurd. Ich habe versucht, nicht daran teilzuhaben. Aber warum sollte ich das nicht? Wir alle verdienen das Mitgefühl der Menschheit, ihren Kummer. Und vielleicht nie so sehr, wie wenn wir über die gewohnten Horizonte hinausgehen und nicht mehr zurückkommen können.

In X' Haus geht keiner ans Telefon. Vielleicht bringt sie die Kinder gerade zu irgendwelchen Freunden. Steht uns wieder mal eine offene Aussprache bevor, frage ich mich. Werde ich weitere unglückselige Neuigkeiten zu hören bekommen? Wird Fincher Barksdale Dusty verlassen, um mit X die Nerzfarm in Memphis noch größer aufzuziehen? Wie dünn ist der Faden, an dem das ganze Gleichgewicht hängt?

Ich hinterlasse die Nachricht, daß ich bald vorbeikommen werde, und mache mich dann auf den Weg zur Polizei, um mir Walter anzusehen, hoffe jedoch, daß ein verantwortungsbewußter Bürger – vielleicht einer der «Geschiedenen Männer» mit der Möglichkeit, den Polizeifunk mitzuhören – von sich aus hingegangen ist und mir diesen Dienst abgenommen hat.

Die Polizeiwache befindet sich in dem neuen Rathaus aus

Backstein und Glas, das an die Ausstellungsräume eines Autohändlers erinnert und in dem ich die zu Herzen gehenden Tage meines Scheidungsverfahrens gut überstand. Das Gebäude liegt in der Nähe einer Wohngegend mit ein paar unserer schöneren älteren Villen, und bis auf die hellerleuchteten kleinen Räume auf der Rückseite, wo die Polizei haust, ist es um diese Stunde geschlossen. Von außen, wo man sich auf einer kreisförmigen Einfahrt nähert, haben die letzten, schläfrigen Stunden des Osterfestes den standhaft-eisernen republikanischen Eindruck abgeschwächt. Aber es bleibt für mich ein Haus voller Risiken, das ich jedesmal mit großem Unbehagen betrete.

Wie sich herausstellt, ist Sergeant Benivalle doch noch im Dienst, als ich mich bei dem Schalterbeamten melde, einem jungen, italienisch aussehenden Burschen mit Bürstenschnitt und einer gewaltigen Pistole; auf seinem goldenen Namensschild steht PATRIARCA. Er ist anscheinend in einer läppischen Stimmung, und sein verstohlenes Lächeln läßt darauf schließen, daß schon den ganzen Tag einige nicht ganz salonfähige Witze die Runde machen und daß er mich, wären wir auch nur ein klein wenig befreundet, in die spaßige Geschichte einweihen würde. Ich bin jedoch, trotz meines Lächelns, nicht zu Witzen aufgelegt, und so macht er sich, nachdem er meinen Namen notiert hat, auf die Suche nach Benivalle.

Ich setze mich auf die für die Öffentlichkeit bestimmte Bank neben einem großen, gerahmten Stadtplan, atme den Scheuerlappengeruch aller Wartezimmer ein, lege die Ellbogen auf die Knie und spähe durch die Glastüren und die Eingangshalle hinaus auf den Rasen mit den Ulmen und Ginkgos und Eschenahornen. Draußen ist jetzt alles in Mandellicht getaucht, und in einer Stunde wird eine verträumte, himmlische Finsternis wiederkehren und ein weiterer Tag sein Ende finden. Und was für ein Tag! Ganz und gar kein typischer. Und doch endet er so sanft, in einer so samtenen und federleichten Stille wie jeder andere. Der Tod verträgt sich nicht mit dieser Umgebung, und alle Einflüsse hier – ob öffentlich oder privat – wirken in diesem Sinn zusammen und sagen: Es ist nur ein Irrtum, ein dummes Gerücht, das man vergessen sollte. Nichts ist passiert. Das hier ist nicht der Ort, an dem man stirbt und damit Aufsehen erregt, aber es läßt sich hier, alles in allem, gut leben.

Zwei Radfahrer gleiten lautlos durch mein Blickfeld. Vorn ein Mann, eine Frau dahinter; ein Kind in einem sicheren Kindersitz, eng an Papa gegurtet. Alle drei tragen weiße Mützen. Rote Fähnchen flattern in der Dämmerung. Alle drei sind auf dem Weg nach Hause; sie kommen von einer zwanglosen Abendandacht irgendwo in irgendeiner dänisch-modernen Unitarierkirche, wo Freunde sich umarmen und Most ausgeschenkt wird und wo es einem erlaubt ist, *Verdammt!* und *Zum Teufel!* zu sagen – das Leben im fortwährenden Aufschwung, Woche um Woche. (So wirkt sich das aus, wenn man ein Seminar am Ort hat.) Nun sind sie auf dem Nachhauseweg, gesund und munter, und ihre schwachen Dynamolichter flüstern ein «Achtung, wir kommen!» in die alte Dunkelheit. Hier kommen die Jamiesons. Mark, Pat und der kleine Jeff. Hier kommt das Leben. Alles klar. Nichts kann uns mehr stoppen.

Aber sie irren sich, irren sich mächtig, diese Jamiesons. Ich sollte es ihnen sagen. Das Leben-ohne-Ende ist eine Lüge der Vororte, ihre schlimmste Lüge – das solltet ihr wissen, ehe ihr euch von ihrem angenehmen, albernen Traum gefangennehmen laßt. Fragt Walter Luckett. Er würde es euch sagen, wenn er könnte.

Sergeant Benivalle kommt aus einem weiter hinten liegenden Büro, und er ist genau der Mann, den ich erwartet habe, mächtiger Brustkorb, Bürstenschnitt, traurige Augen, mit schlimmen Akne-Narben und Händen so groß wie Arbeitshandschuhe. Seine Mutter war wohl keine Spaghettibiegerin, denn er hat blaßblaue Augen, und sein kantiger Schädel hat etwas nordisch Stures. (Allerdings hat er einen strammen italienischen Bauch, der sich über seine Gürtelschnalle schiebt und den kleinen Revolver einklemmt, der über seiner Ledertasche befestigt ist.) Er ist kein Mann, der einem die Hand gibt; vielmehr blickt er, als wir uns begrüßen, nach oben auf das rote Schild mit der Aufschrift NOTAUSGANG. «Wir können uns gleich hier hinsetzen, Mr. Bascombe», sagt er. Seine Stimme klingt heiser, müder als vor ein paar Stunden.

Wir setzen uns auf die blankgeputzte Bank, und er blättert in Papieren, die in einem braunen Aktendeckel stecken. Der andere, Patriarca, nimmt wieder hinter dem Schalter Platz, legt die Beine hoch und fängt an, in einer Zeitschrift herumzulesen; es ist ein *Road & Track* mit einem Schwarzen auf dem Titelbild, der es vom Helden vieler Dragsterrennen zur TV-Persönlichkeit gebracht hat.

Mit einem tiefen Seufzer wühlt Sergeant Benivalle in den Papieren. Stumm wie ein Gefangener warte ich ab.

«Aaalso. Okay. Wir haben Kontakt mit der Familie aufgenommen... mit einer Schwester... in... Ohio, glaube ich. Das...» Er hebt kurz ein mit einer Heftklammer befestigtes Blatt an und läßt ein klares Foto erkennen, auf dem die Füße eines Mannes zu sehen sind, in geflochtenen Sandalen, die Zehen nach oben gebogen. Mit absoluter Sicherheit sind das Walters Füße, und damit hat sich die Identifizierung hoffentlich erledigt. *Bascombe identifiziert Verstorbenen. Erkennt Füße auf einem Foto.* «Das heißt», fährt Sergeant Benivalle langsam fort, «daß für Sie wohl keine Notwendigkeit mehr besteht, den, äh, Verstorbenen zu identifizieren.»

«Eigentlich hab ich ja diese Notwendigkeit gar nicht empfunden», sage ich.

Sergeant Benivalle wirft mir einen geringschätzigen Blick zu. «Es kommen natürlich noch die Fingerabdrücke. Aber auf die Art geht's einfach schneller.»

«Ich versteh schon.»

«Also», sagt er und blättert weiter. Es überrascht mich, wieviel Papierkram bereits zusammengetragen worden ist. (War Walter schon vorher in irgendwelchen Schwierigkeiten?) «Also», wiederholt er und sieht mich an. «Sie sind der Sportreporter, nicht wahr?»

«Stimmt.» Ich schaffe ein dünnes Lächeln.

Sergeant Benivalle blickt wieder in seine Akte. «Wer holt im Osten dieses Jahr den Titel?»

«Detroit. Die sind ganz schön stark.»

Er seufzt. «Mhm. Gut möglich. Wenn ich bloß mal Zeit hätte für 'n Spiel. Aber ich hab zu tun.» Er schiebt die Unterlippe vor und senkt den Blick. «Ich spiel ein bißchen Golf, alle Jubeljahre mal.»

«Meine Frau ist Golflehrerin in Cranbury Hills drüben», sage ich, füge aber rasch hinzu: «Meine ehemalige Frau, meine ich.»

«Ach ja?» sagt Benivalle und hat Golf schon wieder vergessen. «Vom Gras krieg ich Asthmaanfälle», sagt er, und da ich dazu nichts sagen kann, schweige ich. «Haben Sie», er legt eine kleine Pause ein, «haben Sie eine Vorstellung, warum sich dieser Mr., äh, Luckett das Leben genommen hat, Mr. Bascombe, ohne daß Sie jetzt groß nachdenken?»

«Nein. Ich nehme an, er hat die Hoffnung aufgegeben. Das ist alles.»

«Ah ja, ah ja.» Sergeant Benivalle überfliegt ein Formular mit der maschinegeschriebenen Überschrift: TÖTUNGSDELIKT – VORUNTERSUCHUNG. «Das kommt normalerweise in der Weihnachtszeit häufiger vor. Nicht viele Leute tun's an Ostern.»

«Darüber hab ich nie groß nachgedacht.»

Sergeant Benivalle atmet mit einem leisen Pfeifen, das unten aus seiner Brust kommt. Er blättert in der Akte weiter nach hinten. «Ich könnte nie schreiben», sagt er nachdenklich. «Ich wüßte nicht, was sagen. Es muß schwer sein.»

«So schwer ist es eigentlich nicht.»

«Hmm, ja. Ich hab hier die, äh, Kopie dieses Briefes für Sie.» Er zieht hinten aus seinem Papierbündel eine glänzende Thermofax-Kopie, die er nur mit zwei Fingern an einer Ecke anfaßt. «Wir behalten das Original; auf Antrag bekommen Sie es in drei Monaten, falls der Nachlaßverwalter nichts dagegen hat.» Er sieht mich an.

«Okay.» Ich nehme das Blatt an einer der anderen glitschigen Ecken. Es ist eine schlechte graue Kopie, die höchst unangenehm nach einer Konservierungsflüssigkeit riecht. Ich sehe, daß der Text in einer sauberen, sehr kleinen Handschrift geschrieben ist und daß nicht weit vom unteren Rand des Papiers eine Unterschrift steht.

«Passen Sie auf, daß Sie mit dem Zeug nicht an die Kleidung kommen. Polizisten riechen die ganze Zeit danach; daran merkt jeder gleich, daß wir in der Gegend sind.» Er macht die Akte zu und holt ein Päckchen Kools aus der Tasche.

«Ich les das später», sage ich und falte den Brief auf ein Drittel seiner Größe zusammen; dann sitze ich mit dem Brief in der Hand da und warte, daß kommt, was immer als nächstes kommen soll. Daß das alles so einfach gewesen ist, hat uns beide gelähmt.

Sergeant Benivalle zündet seine Zigarette an und steckt das abgebrannte Streichholz ins Heftchen zurück, hinter die anderen, unbenutzten. Dann sitzen wir beide da und starren auf die gelbe Straßenkarte der Stadt, in der wir leben – und wahrscheinlich blickt jeder auf die Straße, wo sein eigenes Haus steht. Sie können nicht weit voneinander entfernt sein. Möglich, daß er in The Presidents wohnt.

«Wo, sagten Sie noch mal, ist seine Frau abgeblieben?» fragt Benivalle und zieht eine Menge Rauch in die Lungen. Obwohl er mindestens wie fünfzig aussieht, ist er nicht älter als ich. Er hat bislang wohl kein leichtes Leben gehabt.

«Sie ist mit einem anderen Mann nach Bimini gegangen.»

Er bläst Rauch in die Luft und schnieft dann zweimal geräuschvoll. «Scheiß die Wand an.» Er stemmt sich gegen die geschwungene Rückenlehne der Bank, klemmt sich die Zigarette zwischen die Zähne und denkt über Bimini nach. «Man kann doch irgendwie anders reagieren, man muß sich ja nicht gleich umbringen. So schlimm ist es doch auch wieder nicht. Oder was meinen Sie?» Er dreht mir seinen großen Kopf zu und fixiert mich mit diesen Augen, die so blau sind wie Fjorde. Ihm hat diese ganze Geschichte mit Walter genausowenig gefallen wie mir, und er würde gern etwas hören, was ihm aus seinen Grübeleien heraushilft.

«Da bin ich ganz Ihrer Meinung», sage ich und nicke.

«Mann o Mann. Mmmpf. Schöne Schweinerei.» Er streckt beide Beine aus und legt sie an den Knöcheln übereinander. Es ist seine Art, ein Gespräch von Mann zu Mann einzuleiten, aber ich weiß absolut nicht, was ich sagen soll. Möglich, daß er es verstehen würde, wenn ich nichts sagte.

«Ist es wohl möglich, daß ich zu Walters Haus rübergehe?» Ich überrasche mich selbst mit dieser Frage.

Sergeant Benivalle sieht mich seltsam an. «Was wollen Sie denn dort?»

«Ich will mich einfach umsehen. Ich würde nicht lange bleiben. Nur, es ist wahrscheinlich die einzige Möglichkeit für mich, diese ganze Geschichte in den Griff zu bekommen. Er hat mir einen Schlüssel gegeben.»

Sergeant Benivalle brummt, während er über dieses Anliegen nachdenkt. Er raucht seine Zigarette und betrachtet den Rauch, den er ausatmet. «Sicher», sagt er fast gleichgültig. «Nehmen Sie dort aber nichts an sich. Die Familie hat Anspruch auf alles. Okay?»

«Ich nehm schon nichts.» Jeder vertraut hier jedem. Und warum auch nicht? Niemand tut je etwas, was anderen schaden könnte; man schadet hier höchstens sich selbst. «Sind Sie verheiratet?» frage ich.

«Geschieden.» Aus mißtrauischen kleinen Schweinsaugen wirft er mir einen harten Blick zu. «Warum?»

«Na ja, einige von uns, wir sind alle geschiedene Männer – es gibt davon ziemlich viele in der Stadt –, also, wir treffen uns hin und wieder. Nichts Großartiges. Wir trinken einmal im Monat im *August* ein Bier zusammen. Gehen ein-, zweimal zum Baseball. Letzte Woche waren wir wieder mal beim Angeln. Ich dachte mir, wenn Sie Lust haben, dann würd ich Sie mal anrufen. Es ist eine ganz nette Truppe. Alles ganz zwanglos.»

Sergeant Benivalle hält seine Kool zwischen dem dicken Daumen und dem gekrümmten Zeigefinger, wie ein Franzose im Film, und schnippt die Asche auf den blankgewienerten Boden. «Hab viel zu tun», sagt er und schnieft. «Polizeiarbeit...» Er will noch mehr sagen, bricht dann aber ab. «Ich hab vergessen, was ich sagen wollte.» Er starrt auf den Marmorboden.

Ich habe ihn ungewollt in Verlegenheit gebracht, und jetzt würde ich ganz gern gehen. Möglicherweise ist Sergeant Benivalle nur das, was Cade Arcenault in einigen Jahren sein wird, und ich sollte ihn seiner Polizeiarbeit nachgehen lassen. Andererseits schadet es nie, wenn man jemandem klarmacht, daß seine eigenen kolossalen Sorgen und Probleme genau die gleichen sind, mit denen alle anderen auch kämpfen. Wir haben alle unsere eigene Polizeiarbeit zu erledigen.

«Ich werd Sie trotzdem anrufen, okay?» Ich grinse wie ein Handelsvertreter.

«Ich glaub kaum, daß ich's schaffe», sagt er, auf einmal verwirrt.

«Wir sind da ja auch ganz flexibel. Ich geh selber nicht immer hin. Aber ich mag die Vorstellung, hingehen zu können.»

«Ja, sicher.» Sergeant Benivalle schiebt wieder seine dicke Unterlippe vor.

«Ich glaube, ich geh dann jetzt», sage ich.

Er blinzelt mich an, als sei er aus einem Traum aufgewacht. «Wie kommt's, daß Sie einen Schlüssel zu dem Haus haben?» Er kann nie aufhören, Polizist zu sein, eine Tatsache, die ich befriedigend finde. Man kann ihn sich kaum als etwas anderes vorstellen.

«Walter hat ihn mir einfach gegeben. Ich weiß nicht warum. Ich weiß nicht, ob er viele Freunde hatte.»

«Es ist nicht üblich, daß man anderen die Hausschlüssel gibt.» Er schüttelt den Kopf und macht hinten im Mund einen Schnalzlaut.

«Die Menschen benehmen sich manchmal seltsam.»

«Die ganze Zeit», sagt er und schnieft wieder. «Hier», sagt er. Er greift in die Tasche und zieht hinter der Zigarettenpackung einen kleinen blauen Plastikbehälter mit Visitenkarten hervor. «Nehmen Sie das mit, wenn Sie rübergehen.» Er gibt mir eine gedruckte Karte mit seinem Namen und Titel und dem Amtssiegel der Stadt Haddam. *«Geni Benivalle. Sergeant of Detectives.»* Unten auf der Karte steht seine private Telefonnummer, zweifellos eine Geheimnummer. Ich könnte ihn wegen des «Klubs der Geschiedenen Männer» unter ebendieser Nummer anrufen, was ihm sicher bewußt ist.

«Okay.» Ich stehe auf.

«Nehmen Sie dort aber nichts an sich, klar?» sagt er mit rauher Stimme, immer noch mit der dicken Akte vor dem Bauch auf der Bank sitzend. «Es wäre verkehrt.»

Ich stecke mir seine Karte in die Brusttasche. «Vielleicht kommen Sie an einem Abend mal zu uns.»

«Wohl kaum», sagt er, tritt mit einer heftigen Fußbewegung seine Zigarette aus und bläst dabei Rauch auf seine großen Knie.

«Ich ruf Sie wahrscheinlich trotzdem an.»

«Mir gleich», sagt er müde. «Ich bin immer hier.»

«Bis dann», sage ich.

Aber er mag keine Abschiede, so wie er ja auch nicht der Typ ist, der einem die Hand gibt. Ich gehe, und er bleibt unter dem roten Schild mit der Aufschrift NOTAUSGANG sitzen und blickt mir durch die Glastür nach.

X' Wagen steht in der fortschreitenden Dämmerung vor dem Rathaus neben meinem. Sie selbst sitzt auf dem vorderen Kotflügel und feuert unsere zwei Kinder an, die auf der öffentlichen Grünfläche radschlagen und kichern. Paul ist nicht bereit, seine Beine hoch genug in die Luft zu werfen, um ein perfektes Gleichgewicht zu erzielen, aber Clarissa, die viele Stunden geübt hat, macht ihre Sache sehr gut und kann sogar in dem Großmutterkleid aus Gingham, das sie von mir bekommen hat, «auf den Wolken gehen», wobei ihr Baumwollhöschen im letzten Rest des Tageslichts erstaunlich leuchtet. An der vorderen Stoßstange ihres Wagens hat X einen Aufkleber, der verkündet: «Eine Runde Golf wär mir lieber».

«Ich hab den zweien ein Eis gekauft, und das hab ich jetzt davon», sagt X, als ich mich zu ihr auf den warmen Kotflügel setze. Sie hat mich nicht angesehen, hat einfach meinen Wagen als Beweis dafür genommen, daß ich da bin. «Es scheint das Kind in ihnen geweckt zu haben.»

«Dad», ruft Paul vom Rasen herüber. «Clary geht zum Zirkus.»

«Zieh *bloß* Leine», sagt Clary und steht schon wieder auf den Händen. Die beiden sind nicht überrascht, mich zu sehen, aber mir entgeht nicht, daß sie sich kurz einen verstohlenen Blick zugeworfen haben. Ihr Alltag ist voll von Geheimnissen, und mir begegnen sie mit heimlichem Humor und heimlicher Sympathie. Es würde ihnen Spaß machen, wenn wir hier auf dem Rasen eine Balgerei anfingen, so wie zu Hause, aber das geht jetzt nicht. Paul hat wahrscheinlich wieder einen neuen Witz auf Lager, der besser ist als der vom letzten Donnerstag.

«Sie macht das recht gut, findest du nicht?» rufe ich.

«Das war auch als Kompliment gemeint, in Ordnung?» Paul steht da, die Hände in den Hüften wie ein Mädchen. Er und ich ertragen Mißverständnisse nur schlecht. Clary läßt sich auf den Hintern fallen und lacht. Sie sieht aus wie ihr Großvater und hat seine fast silbernen Haare.

«Ich finde es merkwürdig, daß ein Ort wie dieser ein Leichenschauhaus haben kann, meinst du nicht?» sagt X nachdenklich. Sie trägt einen Wickelrock aus Segeltuch in leuchtendem Rot und Grün und dazu ein minzfarbenes Strickhemd von Brooks, wie ich sie auch trage, und sieht lässig sportlich aus. Sie streicht den Stoff über den Knien glatt und klopft mit den Absätzen leicht gegen den Autoreifen. Sie ist großmütig aufgelegt.

«Ich hab nie darüber nachgedacht», sage ich und beobachte meine Kinder voller Bewunderung. «Aber du hast wohl recht, es ist schon überraschend.»

«Einer von Pauls Freunden hat einen Pathologen zum Vater, und der sagt, sie hätten eine sehr moderne Einrichtung hier im Untergeschoß.» Sie blickt mit gelassenem Interesse zu der Fassade aus Backsteinen und Glas hinüber. «Allerdings keinen Leichenbeschauer. Der kommt von New Brunswick herunter, wenn er seine festgelegte Tour abfährt.» Zum erstenmal sieht sie mir direkt in die Augen. «Und wie geht's *dir*?»

Ich bin froh, diese vertrauensvolle Stimme wieder zu hören. «Es geht schon. Dieser Tag ist auch mal vorbei.»

«Tut mir leid, daß ich dich dort anrufen mußte, wo immer du warst.»

«Das macht nichts. Walter ist gestorben. Wir können nichts dafür.»

«Mußtest du ihn dir *ansehen*?»

«Nein. Seine Verwandten in Ohio kommen her.»

«Ohio und Selbstmord, das paßt zusammen.»

«Kann schon sein.» Sie demonstriert – vollendet, wie immer –, daß sie aus Michigan stammt. Niemand dort hat etwas für Ohio übrig.

«Was ist mit seiner Frau?»

«Sie sind geschieden.»

«Du armer Junge, du.» Mit einem kurzen und unverhofften Lächeln tätschelt sie mir das Knie. «Gehst du mit mir einen trinken? Das *August* ist offen. Ich bringe erst noch diese zwei Indianer nach Hause.» Sie starrt in das Beinahe-Dunkel, wo unsere Kinder im Gras eine private Konferenz abhalten. In allen kritischen Angelegenheiten vertraut sich einer dem anderen an.

«Ich komm schon zurecht. Wirst du Fincher heiraten?»

Sie mustert mich gleichmütig und blickt dann weg. «Ganz gewiß nicht. Er ist verheiratet, wenn sich die letzten drei Tage nichts geändert hat.»

«Vicki sagt, ihr beide seid das heiße Thema in der Notaufnahme.»

«Vicki-Schmicki», sagt sie und schnauft hörbar durch die Nase. «Bestimmt irrt sie sich. Und dich kann das doch bestimmt nicht interessieren.»

«Er ist ein Arschloch, einer, der dauernd mit dem Kleingeld klimpert, das ist alles. Er ist in diesem Augenblick in Memphis unten, um eine klimatisierte Nerzfarm aufzumachen. So einer ist das.»

«Ich weiß.»

«Es ist also wahr.»

«Wahr?» X sieht mich eiskalt an. Ich bin hier natürlich das Arschloch, aber das ist mir gleich. Es scheint etwas auf dem Spiel zu stehen. Die Stabilität und Unverletzlichkeit meiner Scheidung.

«Ich denke, du interessierst dich für Software-Verkäufer.»

«Wen ich heirate *und ficke*», flüstert sie furchtbar, «entscheide ich immer noch selbst.»

«Es tut mir leid», sage ich, aber das stimmt nicht. Draußen auf der Seminary Street sehe ich langsam die Lichter angehen; sie flackern einmal und bleiben dann an.

«Männer halten andere Männer *immer* für Arschlöcher», sagt X kalt. «Überraschend ist nur, wie oft sie recht haben.»

«Hält Fincher mich für ein Arschloch?»

«Er läßt sich von dir einschüchtern. Im übrigen ist er gar nicht so übel. Einige Dinge in seinem Leben sind ihm sehr wichtig. Er zeigt das nur nicht.»

«Was ist mit Dusty?»

«Frank, ich bringe deine Kinder nach Michigan, und du wirst sie nie wiedersehen, höchstens zwei Wochen jeden Sommer im *Huron Mountain Club*, mit meinem Vater als Aufsicht. Ich tu's wirklich, wenn du mich nicht augenblicklich in Ruhe läßt. Wie würde dir das gefallen?» Es ist nicht ihr Ernst, und ich halte es nun auch für möglich, daß Vicki aus Gründen, die nur sie kennt, die ganze Geschichte erfunden hat, auch wenn ich lieber an einen Irrtum glauben würde. X seufzt wieder gequält. «Ich hab Fincher Nachhilfe im Putten gegeben, weil er im Rahmen eines Jahrgangstreffens ehemaliger Studenten an einem Turnier in Memphis mitspielen will. Es war ihm peinlich, deshalb sind wir ins Bucks County rüber und haben dort in Idelwood ein paar Tage geputtet. Er mußte sein Selbstvertrauen verbessern.»

Und, hast du ihn hochgebracht? hätte ich sie gern im Hinblick auf den mutmaßlichen Kuß gefragt, aber der Augenblick ist vorbei.

Es herrscht nun völlige Dunkelheit, und wir sind still und allein in ihr. Von der Cromwell Lane herüber kommt das leise Rauschen von Autos, und ihr Scheinwerferlicht streift das Institut, wo heute abend sicherlich ein «Ostersingen» auf dem Programm steht. Die Glocken Sankt Leos mahnen mit ihrem Läuten zur Eile. Drei uniformierte Polizisten schlendern lachend aus dem Rathaus, auf dem Weg nach Hause und zum Abendessen. Ich erkenne die Beamten Carnevale und Patriarca, die ich mir aus irgendeinem Grund als entfernte Cousins vorstelle. Wie marschierende Soldaten gehen sie dicht hintereinander zu ihren Privatwagen und beachten uns nicht. Es ist ein verträumter, durchschnittlicher, schwindelerregender Vorortabend – nicht zuviel Aufregendes, nur die Leben einzelner Individuen in der harmonischen Verschwiegenheit eines düsteren Zeitalters.

Ich kann allerdings nicht leugnen, daß ich wegen Fincher Barksdale erleichtert bin – an ein Mißverständnis zu glauben, bin ich bereit. «Dein Vater läßt etwas ausrichten», sage ich.

«Ach ja?» Sofort wird ihre Miene skeptisch.

«Er sagt, ich soll deiner Mutter ausrichten, er habe Blasenkrebs.»

«Das hat sie ihm auch mal gesagt, als ich noch ein kleines Mädchen war, und er hat schon am nächsten Tag vergessen, sich danach zu erkundigen und ging auf irgendeine Geschäftsreise. Aber heute ist das was anderes. Es dient dazu, leidenschaftliche Gefühle zu wecken. Sie wird das sehr lustig finden.»

«Er sagt auch, ich könnte dich wieder heiraten, wenn ich wollte.»

X zieht die Nase hoch und studiert dann ihre offenen Hände, als könnte sie in einer von ihnen etwas finden, was sie vergessen hat. «Er kann es nicht lassen, mich wegzugeben.»

«Er ist ein netter Kerl, nicht wahr?»

«Nein, das ist er nicht.» Sie wirft mir einen verstohlenen Blick zu. «Das mit deinem Freund tut mir leid. War er ein netter, guter Freund von dir?» Die Rampenlichter für die Beleuchtung des Strauchwerks rings um das Rathaus gehen alle gleichzeitig an. Ein schwarzer Hausmeister kommt an die Glastür und späht zwischen seinen Handflächen ins Freie, ehe er, einen langen Staubwedel hinter sich herziehend, wieder im Haus verschwindet. Es ist jetzt kühl im Freien. Ein Auto hupt kurz. Die Rücklichter der Polizisten verlieren sich auf den dunklen Straßen.

«Nein, ich habe ihn nicht sehr gut gekannt.»

«Was kann da nur geschehen sein?» Ich höre meine Kinder im feuchten Gras kichern, liebliche Musik zum Thema «Keine Angst in dieser Welt».

«Es hat ihn einfach nicht mehr interessiert, was als nächstes kommt, würde ich sagen. Ich weiß nicht. Ich neige nicht dazu, immer gleich schwarz zu sehen.»

«Du quälst dich also nicht mit dem Gedanken, daß es deine Schuld gewesen sein könnte?»

«Daran habe ich nicht gedacht, nein. Ich wüßte nicht wie.»

«Du hast reichlich merkwürdige Beziehungen. Ich weiß nicht, wie du das aushältst.»

«Ich habe überhaupt keine Beziehungen.»

«Ich weiß. Aber du willst es ja so.»

Clarissa ruft zögernd aus der Dunkelheit und möchte die genaue Uhrzeit wissen. Es ist 19 Uhr 36. Sie fängt an, sich unter freiem Himmel fremd zu fühlen, als könne sie plötzlich ausgesetzt und im Stich gelassen werden. «Es ist noch früh», flüstert Paul.

«Ich fahre heute abend rüber zu Walters Haus. Möchtest du mitkommen?»

X sieht mich völlig verblüfft an. «Wieso, um alles in der Welt? Hat er Dinge dort, die dir gehören?»

«Nein. Ich will dort nur mal vorbeischauen. Er hat mir einen Schlüssel gegeben, und den will ich benutzen. Die Polizei hat nichts dagegen, solange ich nichts mitnehme.»

«Es ist makaber.»

Ich sitze still da und horche auf bedeutungsvolle Geräusche im Dunkeln – die Signalpfeife einer Eisenbahn weit draußen auf der Hauptstrecke, das Dröhnen eines schweren Sattelschleppers auf der Landstraße 1, vielleicht aus dem fernen Arkansas, das Brummen eines kleinen Flugzeugs am engelhaften Nachthimmel – irgend etwas zu unserer beider Trost in diesen letzten, mageren Momenten. Wirklich gute Unterhaltungen mit der früheren Ehefrau haben enge Grenzen, da es einen sich ausweitenden Bereich an Vertrautheit gibt, der einem versperrt bleibt. Es ist letztlich wohl in Ordnung, nehme ich an. «Ist schon gut», sage ich.

«Aber wahrscheinlich gehst du trotzdem hin, nicht wahr?» X blickt mich an und starrt dann hinüber zu der beleuchteten Eingangshalle des Rathauses, hinter der das eingeglaste Büro des Steuereinschätzers liegt. Wir sehen beide den Hausmeister mit seinem Staubwedel, der sich in Zeitlupe bewegt.

«Ich glaube schon», sage ich. «Es ist wirklich okay.»

«Warum?» Sie blickt mich aus schmalen Augen an, voller Skepsis gegenüber irdischen Unbestimmtheiten, Dingen, die sie nie sonderlich gemocht hat.

«Das brauche ich nicht zu sagen. Männer empfinden Dinge, die Frauen nicht empfinden. Du brauchst das nicht zu mißbilligen.»

«Du tust so merkwürdige Dinge.» Sie lächelt verständnisvoll, zugleich aber von oben herab. «Du bist manchmal so unbestimmt. Ist mit dir *wirklich* alles in Ordnung? Du warst ganz blaß, als ich dich noch sehen konnte.»

«Alles ist mit mir nicht in Ordnung, aber es wird schon wieder.» Ich könnte ihr erzählen, wie mir Vicki eins vor den Latz geknallt hat und wie mich ein Einkaufswagen attackiert hat. Aber was zum Teufel würde das nützen? Es würde in den Bereich der totalen Enthüllung gehören, und davon wollen wir beide nichts mehr wissen, jetzt nicht und in Zukunft nicht. Wahrscheinlich sind wir schon zu lange hier.

«Wir sehen uns nur noch, wenn's um den Tod geht», sagt X düster. «Ist das nicht traurig?»

«Die meisten Geschiedenen sehen sich gar nicht mehr. Walters Frau ging nach Bimini, und er hat sie nie mehr gesehen. Da halten wir uns doch ganz gut. Wir haben wunderbare Kinder. Wir leben nicht sehr weit voneinander entfernt.»

«Liebst du mich», sagt X.

«Ja.»

«Ich war mir nicht so sicher. Ich hab dich lange nicht mehr danach gefragt.»

«Ich sag's dir aber immer gern wieder.»

«Ich hab es wirklich schon lange nicht mehr gehört, außer von den Kindern. Sicher hast du's etliche Male zu hören bekommen.»

«Nein.» (Es wäre allerdings gelogen zu sagen, ich hätte es überhaupt nie gehört.)

«Manchmal muß ich daran denken, daß du mit allen möglichen Leuten zu tun hast, von denen ich nichts weiß, und das kommt mir so merkwürdig vor. Ich mag das Gefühl nicht.»

«Es werden immer weniger Leute, mit denen ich zu tun habe.»

«Macht dich das einsam?»

«Nein. Überhaupt nicht.»

Der Kotflügel ihres Citation ist in der Dunkelheit kühl geworden. Unsere beiden Kinder – nun doch der Geheimnisse des jeweils anderen überdrüssig – haben sich aufgerappelt, ragen wie schüchterne Geister ihrer selbst aus der Dunkelheit und möchten nun, daß man auf sie eingeht und sich um sie kümmert. Es ist ein bißchen wie früher. Sie stehen nicht weit von uns entfernt und schauen herüber, fragen sich, was los ist, und sagen nichts, genauso, wie es wohl ihre eigenen Geister machen würden.

«Möchtest du wirklich, daß ich mit dir hingehe?» fragt X, blinzelnd, aber zum Nachgeben bereit.

«Du mußt nicht.»

«Gewiß. Nun gut», sagt sie, «ich kann die beiden hier eine halbe Stunde bei den Armentis lassen. Bei denen gefällt's ihnen sowieso. Wer weiß, was aus dir wird, wenn du allein hingehst.»

«Ich zahle auch, wenn's was kostet.»

X schüttelt den Kopf und gleitet vom Kotflügel herunter. «Du willst also zahlen, wie?» Der Mond ist plötzlich über den hochstämmigen Ulmen aufgegangen – eine helle, weite und ätherische Welt über uns, die Bäume und leere Straßenabschnitte und die älteren weißen Villen dahinter beleuchtet. X sieht mich belustigt an. «Wer sollte denn sonst zahlen?» Sie lacht.

«Ich wollte dir nur entgegenkommen.»

«Was ist dir auf der ganzen Welt am wichtigsten? Das ist momentan die große Frage, glaube ich.»

«Du. Nichts anderes.»

X lacht wieder und macht die Tür weit auf. «Entgegenkommend bist du wirklich, weiß Gott. Auf deine Art.»

Ich lächle sie in der öffentlichen Dunkelheit an. Meine Kinder drücken sich an mir vorbei ins Wageninnere. Die Tür geht zu. Und wir sind wieder einmal unterwegs.

Walters Adresse in der Coolidge Street 118 ist ein zweigeschossiges Mietshaus aus Schlackensteinen zwischen zwei schöneren älteren Häusern im Kolonialstil, in die von den Eigentümern – jungen Ehepaaren, die heute abend zu Hause sind – beträchtlich investiert worden ist. Dieses Mietshaus mit den Einzelwohnungen ist mir noch nie aufgefallen, obwohl es von einer Straßenlaterne beleuchtet wird und von X' Haus nur zwei Straßen entfernt ist und obwohl es hier in jeder Hinsicht genau so aussieht wie in X' Straße – bis auf dieses Mietshaus. Die fensterlose Fassade schmücken Aluminiumstreifen in der Art von Jalousien, über die in Schreibschrift *The Catalina* gepinselt worden ist und die von einem fahlen Licht indirekt beleuchtet werden. Außenleuchten an den seitlichen Eingängen werfen ihr Licht zur Straße hin. Es ist ein Haus für ärmliche ältere Seminaristen, eingefleischte Junggesellen und Geschiedene – Menschen im Übergang –, und ich finde es, alles in allem, gar nicht so schlecht. Ich hätte es beispielsweise Mitte der sechziger Jahre in Ann Arbor akzeptiert, oder selbst heute, wenn ich gerade mein Jurastudium beendet hätte und nun versuchte, Boden unter die Füße zu bekommen, um danach mit dem eigentlichen Leben zu beginnen und mich nach einer Frau umzusehen. Aber ich wäre nicht sehr glücklich, wenn ich den Rest meines Lebens in so einem Haus zu verbringen hätte, ja, ich möchte es nicht einmal als Durchgangsstation während meines Erwachsenenlebens benutzen müssen. Das *Catalina* wäre mir nicht richtungweisend genug. Und es wäre gewiß kein Ort, den ich mir fürs Sterben aussuchen würde. Als ich es so vor mir sehe, frage ich mich, welcher Art wohl das Liebesnest ist, das sich Yolanda und Eddie Pitcock in Bimini teilen. Es ist bestimmt völlig anders. Bestimmt ist der blaue Ozean in der Nähe, und Bananenstauden rauschen in kühlenden Brisen, und Windglöckchen klirren an schwülen Nachmittagen. Auf jeden Fall besser.

X parkt hinter Walters MG, und wir gehen auf dem Betonweg hinüber zu den Briefkästen, wo eine einzelne, von Insekten umschwirrte Lampenglocke schwaches Licht verbreitet. Walters Visitenkarte ist so zurechtgestutzt worden, daß sie in die Vertiefung neben «6 D» paßt, und wir gehen die untere Reihe der Türen entlang, wo ich das Gemurmel von Fernsehern höre.

«Es ist *muffelig* hier», sagt X. «Ich war noch nie irgendwo, wo es richtig *gemuffelt* hat. Du?»

«In Umkleideräumen», sage ich, «in einigen Stadien.»

«Wahrscheinlich sollte mich das nicht überraschen, stimmt's?»

«Ich glaube kaum, daß Walter viel dafür übrig hatte.»

«Nun, das Problem hat er jetzt nicht mehr.»

An der Tür von 6 D brennt kein Licht, und ein leuchtend orangefarbener Aufkleber warnt: POLIZEILICHE UNTERSUCHUNG. FÜR UNBEFUGTE KEIN ZUTRITT. Ich drehe den Schlüssel im Schloß und öffne die Tür ins Dunkel.

Ein kleines grünes Licht und die winzigen Zahlen 7:53 leuchten aus dem Schwarz. Ich habe genau den gleichen Wekker zu Hause.

«Das ist *wirklich* unangenehm, *sehr* unangenehm», sagt X.

«Ich glaube, dieser Mann wäre über mein Auftauchen hier nicht sehr erfreut.»

«Du kannst ja zurück», sage ich.

Ein Geruch ist in dem Zimmer und scheint hier fehl am Platz, ein medizinischer Geruch aus einer Arztpraxis, die wegen Urlaubs geschlossen ist.

«Können wir denn kein Licht machen?»

Auf Anhieb finde ich jedoch keinen Wandschalter, und als ich ihn entdeckt habe, funktioniert er nicht. «Der Schalter ist kaputt.»

«Du lieber Himmel, dann find eben eine Lampe. Ich mag seinen Wecker nicht.»

Ich stolpere über den dunklen Boden, die Möbel um mich her erscheinen so dick wie Elefanten. Ich streife etwas, was sich wie eine Ledercouch anfühlt, stoße mit dem Bein gegen einen kleinen Couchtisch, fahre mit der Hand über eine Sessellehne, bekomme schließlich irgendwo in der Mitte des Zimmers eine Hängelampe zu fassen und ziehe an der kleinen Kette.

X steht allein in der Tür, ihr Gesicht ist ein einziger Vorwurf. «Du lieber Himmel», sagt sie noch einmal.

«Ich will's ja nur sehen», sage ich, mitten in Walters Wohnzimmer stehend, und schaue mich um.

Die Hängelampe taucht alles in ihr feines gelbes Licht, aber es ist auch tatsächlich ein recht hübsches Zimmer. Überall sind lackierte, getäfelte Wände, und eine Tür führt zu einem dunklen Schlafzimmer. Eine raumsparende, kompakte Küche liegt hinter der offenen Theke, alles ist aufgeräumt und sauber. Es gibt genügend große, bequeme, neu aussehende Möbel – eine rote Ledercouch gegenüber einem großen RCA 24 mit Schraubenlöchern oben, wo Walter seine Schrotflinte befestigt hat. Verschieden große Hanteln lehnen in einer Ecke, und auf mehreren Tischchen stehen Lampen mit interessanten orientalischen Schirmen. An der einen Wand steht ein kleiner Mahagonisekretär, auf dem leeres Papier und Bleistifte säuberlich bereitgelegt sind, als habe sich Walter ernsthaft ans Schreiben machen wollen.

An der Wand vor der Schlafzimmertür ist eine Galerie aus gerahmten Fotografien zu sehen, die mich brennend interessieren. Ein Schwarzweißfoto zeigt Grinnells Ringermannschaft aus dem Jahre 1966, und Walter kniet als schlaksiger Federgewichtler in einer alten Turnhalle mit Drahtglasfenstern, die kräftigen Arme verschränkt, nüchtern wie ein Indianer. Darunter ist ein hübsches, blondes Mädchen mit einer etwas vollen Oberlippe und weit auseinanderstehenden Augen – Yolanda, ohne Zweifel –, aufgenommen in einem Ruderboot bei windigem Wetter. Hier sind die Delta Chi-Bundesbrüder auf verschieden hohen Podesten; hier sind auf einem Bild zwei streng dreinblickende Senioren zu sehen, ein Mann in einem steifen, wollenen Anzug, eine Frau in einem geblümten Kleid – Ma und Pa Luckett in Coshocton, keine Frage. Hier ist Walter mit einem eingegipsten Bein im Streckverband auf einem Krankenbett neben einer hübschen Schwester, und beide halten strahlend den Daumen nach oben; und Walter mit Sträflingsanzug und Mütze neben Yolanda auf einem Kostümball, beide feixend. Walter hat die Aufnahmebestätigung der Harvard Business School gerahmt, und daneben hängt ein Bild, das einen jüngeren Walter zeigt, wie er vor einem Stapel wichtig aussehender Papiere an einem Schreibtisch sitzt und eine Meerschaumpfeife raucht. Unten hängt zu meiner Überraschung ein Foto des «Klubs der Geschiedenen Männer», auf dem wir um unseren großen runden Tisch im *August* versammelt sind. Es wurde bei einem unserer Donnerstagabende aufgenommen. Ich habe einen gewaltigen Bierkrug in der Hand und ein idiotisches Grinsen im Gesicht und höre munter irgendwelchen Sprüchen zu, die Knöterich Knott von sich gibt, und langweile mich zweifellos zu Tode. Knöterich hält das Lachen offenbar nur mit Mühe zurück, aber ich habe keine Ahnung, wovon wir geredet haben könnten. Ich kann mich nicht einmal an jenen Donnerstag erinnern, und wenn ich dieses Bild sehe, habe ich das Gefühl, Walter müsse sich das alles eingebildet haben.

Ich stecke meinen Kopf in das Schlafzimmer und mache das Deckenlicht an. Hier hinten ist die Möblierung kärglicher, aber auf eine eigene Art durchaus befriedigend. Ein Aquarium steht auf dem Toilettentisch, und in seinem fahlen Licht sieht man winzige schwarze Mollies herumschwimmen. Auf Walters Bett liegt eine Decke mit geometrischem Design, dazu drei übergroße Kissen, und auf dem Nachttisch liegt ein Exemplar meines Buches, *‹Blauer Herbst›*, mit meinem Autorenporträt nach oben, und es ist ein bemerkenswert mageres und ironisches Gesicht. Ich habe mir in einer Kneipe unter freiem Himmel in San Miguel Tehuantepec einen Platz erkämpft und trinke ein Bier. Ich habe einen Bürstenschnitt und rauche eine Zigarette und könnte nicht lächerlicher aussehen. «Mr. Bascombe», steht in den biographischen Notizen, «ist ein junger Amerikaner, der in Mexiko lebt. Er wurde am Ende des Zweiten Weltkriegs geboren, war bei den Marines und hat die Universität von Michigan besucht.» Ich nehme das Buch in die Hand und sehe, daß es das Exemplar aus der örtlichen Bücherei ist und daß lediglich der Plastikeinband abgenommen wurde. (Walter hat es geklaut! Er erzählte mir zwar im *Manasquan*, daß er ein Exemplar aus der Bücherei habe, aber ich glaubte ihm nicht.) Er hat gewisse Titel im Inhaltsverzeichnis mit kleinen Pluszeichen oder Nullen markiert. Ich würde mir das gern näher ansehen, das Buch vielleicht auch mitnehmen, aber ich weiß auch, daß Sergeant Benivalle eine Bestandsliste bei seiner Akte hat. Ich lege das Buch zurück und schaue mich kurz um – Schuhe, Schuhleisten, ein schmaler Schrank mit Anzügen und Hemden, ein Behälter für kleine Abfälle, ein Computer-Terminal am Boden in der Ecke, eine von außen her installierte Klimaanlage, ein Wimpel von Grinnell – die nicht außergewöhnlichen Überreste eines nicht zu Ende gelebten Lebens.

X sitzt auf der Kante der Ledercouch; sie hat die Handgelenke auf den Knien liegen und starrt einen roten Keramikhummer an, der über den Rand einer großen grünen Dip-Schale auf dem Couchtisch späht. «Weißt du, was?» Sie blickt dem Hummer fest in die Augen. Ihre Stimme klingt hohl, wie ein Echo.

«Was?»

«Ich fühle mich hier drin an ein Verbindungshaus erinnert, an einen Raum bei den Phi Delts, in dem ich öfter mal war. Ron Irgendwas. Ron Kirk. Es war genauso eingerichtet, als ob jemand im Sprechzimmer eines Zahnarztes wohnt. Überall nur das schreckliche Zeug für kleine Jungs. Ich wette, hier liegt auch irgendwo ein Stapel *Playboys* herum. Ich hab mich schon ein bißchen danach umgesehen.» Sie schüttelt verwundert den Kopf. Auf dem Boden vor dem Couchtisch findet sich noch mehr von dem orange Klebeband, das die Polizei um den Sessel herum angebracht hat, in dem Walter gesessen hat, einen Sessel, der jetzt fehlt. Zwei große dunkelbraune Flecken sind auf einem der gekettelten Läufer getrocknet; sie sind mit einer durchsichtigen Folie abgedeckt und dann mit Klebestreifen gesichert worden. Auch an der Wand ist eine Fläche abgedeckt und versiegelt worden. X hat dazu nichts gesagt. «Mein Gott, Frank, ihr seid so was von merkwürdig. Ich versteh nicht, wie einer von euch allein zurechtkommt.» Sie zwinkert mir zu, lächelt, möchte begreifen, was für ein Mensch es wohl ist, der sich selber umbringt, wünscht sich eine vernünftige Erklärung für eine so merkwürdige Tat. «Verstehst du?»

«Ich hab mir gerade überlegt, wie Walter das Ding ausgelöst hat. Er muß ein Experte gewesen sein.»

«Glaubst du, du verstehst das alles?»

«Ich glaube schon.»

«Dann erklär es mir, ja?»

«Walter hat sich ganz dem Hier und Jetzt ausgeliefert, ist dabei aber gestrandet. Dann gingen, glaube ich, seine Gefühle mit ihm durch, und er wußte nichts Besseres, als noch sentimentaler an sein Leben heranzugehen, was ihn prompt alles bereuen ließ. Wenn er den heutigen Tag noch überstanden hätte, wäre alles in Ordnung gewesen, glaube ich.» Ich nehme ein Streichholzheftchen vom *Americana* von der Küchentheke und sehe mir die Anschrift und Telefonnummer an. Darunter liegt eine Ausgabe von *Bimini Today* mit einem langen, silbrig schimmernden Strand auf dem Titelbild. Ich lege die Streichhölzer wieder hin.

«Glaubst du, du hättest ihm helfen sollen?» fragt X, immer noch lächelnd. «Er scheint so konventionell. Allein, wenn man sich hier so umsieht.»

«Er hätte sich selber helfen sollen», ist meine Antwort, und das ist auch meine Überzeugung. «Man kann gar nicht konventionell genug sein. Das wird einen schließlich retten.» Und einen Moment lang übermannt mich ein plötzlicher, unerwünschter Schmerz: Es schmerzt mich wohl, daß Möglichkeiten mißdeutet worden sind, daß Trost nicht angenommen worden ist (und genau darum geht es ja beim Schmerz). Ich teile, ich kenne – und nur einen Moment lang – den Schmerz, den der arme Walter allein hier gespürt haben muß, aber nicht hätte spüren müssen. Das hier ist kein wirklich guter Raum. Hier ist wenig Nahrung für kleine Rätsel und Hoffnungen und Vorfreude – doch andererseits ist hier auch nichts so verderblich oder so einsam, daß damit nicht fertig zu werden wäre. Ich könnte hier durchhalten, bis ich den richtigen Weg gefunden hätte, aber ich würde zusehen, daß es schnell geht.

«Du machst ein Gesicht, als wäre dein bester Freund gestorben, Schatz», sagt X.

Ich antworte mit einem Lächeln, und sie steht in dem düsteren, nach Tod riechenden Zimmer auf, ist größer, als ich sie mir gewöhnlich vorstelle, mit einem Schatten, der bis zu der knotigen Decke reicht.

«Laß uns gehen», sagt sie und lächelt freundlich zurück.

Ich denke kurz an die Gläser, die Walter wahrscheinlich besaß, bin mir sicher, daß meine Vermutung über sie richtig war, aber ich werde mir nicht die Mühe machen nachzusehen. «Gerade eben», sage ich, «hatte ich plötzlich das Gefühl, daß wir uns lieben sollten. Laß uns die Tür dort zumachen und ins Bett gehen.»

X starrt mich mit grimmiger Miene ungläubig an. (Ich sehe, daß der Gedanke sie entsetzt, und ich wollte, ich könnte die Worte sofort wieder zurücknehmen, denn es war ein unsinniger Vorschlag, und kein Wort davon war ernst gemeint.) «Wir tun das nicht mehr. Hast du das vergessen?» sagt X bitter. «Wir sind geschieden. Du bist wirklich ein schrecklicher Mann.»

«Es tut mir leid.» Sergeant Benivalle würde das verstehen, und er hätte auch eine Strategie, mit der alles wieder in Ordnung zu bringen wäre. Es war schließlich nicht der beste Tag in unserem Leben, für uns beide nicht.

«Ich erinnere mich nun wieder, warum ich die Scheidung wollte.» X wendet sich ab und ist mit drei unerwartet langen Schritten an der Tür. «Du bist wirklich schrecklich *geworden*. Du warst nicht immer schrecklich. Aber jetzt bist du's. Ich mag dich nicht besonders, wirklich nicht.»

«Vermutlich bin ich das», sage ich und versuche zu lächeln. «Aber du brauchst keine Angst zu haben.»

«Ich hab keine Angst», sagt sie mit einem kurzen, harten Lachen, und als sie sich umdreht, um hinauszugehen, steht ein kleiner Mann in einem weißen Hemd vor ihr. Sein Anblick läßt sie erstarren. Die Augen des Mannes sehen hinter den dicken Brillengläsern groß aus, und er versperrt X den Weg, ohne es zu wollen. Er beugt sich etwas zur Seite, um an ihr vorbei zu mir herüberzublicken. «Sind Sie die Geschwister?» fragt er.

Ich beuge mich genauso zur Seite wie er und versuche, ihn zu sehen und freundlich zu wirken. «Nein», sage ich, «ich bin ein Freund von Walter.» Es ist die einzige Erklärung, die ich ihm geben kann, und seinem Gesicht sehe ich an, daß es ihm nicht genügt. Er ist ein ziemlich junger Frank Sinatra-Typ mit blassen, narbigen Wangen und lockigem Haar (möglicherweise ist er nicht so jung, wie er aussieht, denn er hat etwas von einem vertrockneten Bibliothekar an sich). Er argwöhnt jedoch, daß irgend etwas nicht stimmt, und ist entschlossen, der Sache umgehend – ganz der strenge Bibliothekar – auf den Grund zu gehen. Seine Gegenwart macht mir bewußt, wie wenig ich mit allem hier zu tun habe und daß X recht hatte. Ein Glück nur, daß wir nicht im Bett gelandet sind.

«Sie gehören hier nicht her», sagt der junge Mann. Er ist

irgendwie durcheinander und überlegt sich offenbar, ob er nicht verdammt wütend werden soll. Es wäre denkbar, ihm jetzt Sergeant Benivalles Karte zu zeigen.

«Sind Sie der Hausverwalter?»

«Ja. Was stehlen Sie? Sie können nichts mitnehmen.»

«Wir nehmen nichts mit.»

«Entschuldigen Sie mich», sagt X und drängt sich an dem Mann vorbei hinaus ins Dunkel. Sie hat mir nichts mehr zu sagen. Ich horche auf ihre leiser werdenden Schritte und fühle mich furchtbar.

Der Mann blinzelt mich im Lichtschein des Wohnzimmers an. «Was zum Teufel *machen* Sie eigentlich hier? Ich rufe am besten die Polizei. Dann werden wir ja –»

«Die wissen schon Bescheid», sage ich müde. An dem Punkt sollte ich zweifellos Sergeant Benivalles Karte präsentieren, aber ich bringe es nicht übers Herz.

«Was wollen Sie hier?» sagt der Mann mühsam, immer noch in der Tür stehend.

«Ich weiß nicht. Hab's vergessen.»

«Sind Sie von irgendeiner Zeitung?»

«Nein. Ich war nur Walters Freund.»

«Niemand außer der Familie hat hier Zutritt. Verschwinden Sie also.»

«Sind Sie auch ein Freund von Walter?»

Bei dieser Frage blinzelt er mehrmals. «Das war ich», sagt der Mann. «Das war ich, weiß Gott.»

«Warum sind Sie dann nicht hin, um ihn zu identifizieren?»

«Verschwinden Sie endlich», sagt der Mann. Er sieht benommen aus.

«Okay.» Ich will das Licht ausmachen, und mein Buch in dem dunklen Schlafzimmer fällt mir ein. Ich würde es gern mitnehmen und der Bücherei zurückgeben. «Tut mir leid», sage ich.

«Ich mach das aus», sagt der Mann abrupt. «Gehen Sie endlich.»

«Danke.» Ich gehe an dem Mann vorbei und streife dabei

seinen Ärmel. Dann gehe ich hinaus, wo die Luft auf mich wartet, duftend und schwer und voller Ängste.

X sitzt in ihrem Citation unter der Straßenlaterne, Motor im Leerlauf, der Lichtschein vom Armaturenbrett grün in ihrem Gesicht. Sie hat hier auf mich gewartet.

Ich lehne mich auf der Beifahrerseite durchs Fenster, wo die Luft warm ist und nach X' Parfum duftet. «Ich kann nicht einsehen, warum wir da rein mußten», sagt sie eisig.

«Es tut mir leid. Es ist meine Schuld. Was ich da drin sagte, hab ich nicht so gemeint.»

«Du bist *so* ein Klischee. Mein Gott.» X schüttelt den Kopf, ist aber immer noch wütend.

Es ist natürlich absolut wahr. Es ist außerdem wahr, daß ich so etwas wie einen heimlichen Versuch gemacht habe, zu einer totalen Enthüllung zu kommen, dabei erwischt worden bin und nun damit rechnen muß, mit leeren Händen dazustehen.

«Ich kann wirklich nicht einsehen, warum ich mich auszeichnen muß, obwohl ich ein erwachsener Mann bin. Ich brauche doch niemanden mehr zu beeindrucken.»

«Du bringst mich nur in Verlegenheit. Aber das ist richtig.» Sie nickt und starrt unglücklich geradeaus in die Nacht. «Ich wollte dich eigentlich bitten, zu mir nach Hause zu kommen. Ist das nicht komisch? Ich hab die Kinder bei den Armentis gelassen.»

«Ich würde mitkommen. Eine sehr gute Idee.»

«Nein.» X greift nach hinten und schließt den Sitzgurt über ihrem Rock, der sich wunderschön um die Schenkel legt, und greift mit beiden Händen nach dem Lenkrad. «Dieser kleine Mann da drin kam mir so merkwürdig vor. War er ein Freund von deinem Freund?»

«Ich weiß nicht. Er hat ihn nie erwähnt.» Sie fragt sich wahrscheinlich besorgt, ob Walter und ich nicht ein «intimeres Verhältnis» hatten.

«Vielleicht war es deinem Freund einfach bestimmt, sich umzubringen.» In ihrem Lächeln ist zuviel Ironie, zuviel jedenfalls für Leute, die einander so lange kennen wie wir, die miteinander geschlafen und Kinder in die Welt gesetzt haben, die sich geliebt haben und geschieden worden sind. Ironische Bemerkungen sollten in so einer Situation verboten sein. Sie nerven nur und helfen keinem. Bei ihr kommt da bedauerlicherweise die für den Mittleren Westen typische Reaktion auf das komplizierte menschliche Dilemma.

«Walter hat die in ihm steckenden Möglichkeiten nicht verstanden. Er brauchte das nicht zu tun. Im übrigen finde ich, auch dir würde es nicht schaden, anpassungsfähiger zu sein. Wir konnten jetzt einfach nach Hause gehen. Niemand ist dort.»

«Ich glaube nicht.» Sie lächelt immer noch.

«Ich möchte nach wie vor.» Ich grinse durch das Fenster. Ich rieche die Auspuffgase, die unter mir durchströmen, spüre, wie der Wagen hinter seinen sicheren Scheinwerfern vibriert. Die Mulde zwischen den Schalensitzen ist nicht, wie üblich, mit Kleingeld, sondern mit orangefarbenen Golf-Tees gefüllt.

«Du bist kein wirklich schlechter Mann. Es tut mir leid. Ich glaube nicht, daß die Scheidung Wunder bei dir bewirkt hat.» Sie legt den Gang ein, so daß der Wagen einen kleinen Ruck macht, ohne gleich loszufahren. «Es war einfach eine schlechte Idee von mir.»

«Seinen Lieben sollte man eigentlich vertrauen», sage ich. «Wer kommt danach?»

Aus dem Dämmerlicht des Armaturenbretts heraus sieht sie mich mit einem traurigen und einsamen Lächeln an. «Ich weiß nicht.» Ich sehe ihre Augen in Tränen tanzen.

«Ich weiß es auch nicht. Es wird langsam ein Problem.»

X läßt die Bremse los, und ich trete zurück aufs Gras. Ihr Citation zögert kurz und zischt dann los, die Coolidge Street entlang und in die Nacht. Und ich bleibe in der kühlen Stille zurück, allein mit der Straße und dem MG des toten Walter, ein unbekanntes Mietshaus hinter mir, eine Gegend, in der mich keiner kennt, ein Mann, der kein bestimmtes Ziel vor Augen hat, dem fürs erste die guten Ideen ausgegangen sind – am traurigen Ende eines traurigen Tages, der in einer besseren Welt überhaupt nie Wirklichkeit geworden wäre.

Wo, in der Tat, geht einer wie ich hin?

Wo gehen Sportreporter hin, wenn der Tag in jeder Hinsicht gelaufen ist und die Möglichkeiten so begrenzt sind, daß weder Gut noch Böse bedrohlich erscheinen? (Ich würde liebend gern schlafen gehen, aber diese Möglichkeit steht mir offensichtlich nicht offen.)

Es ist jedoch kein echter leerer Moment und braucht als solcher nicht bekämpft zu werden. Er braucht nicht einmal vermieden oder mit besonderem Wagemut angegangen zu werden. Es ist nicht der Auftakt zu schrecklichem Bedauern. Ein leerer Moment erfordert zum einen echte Erwartungen und zum anderen, daß diese Erwartungen schließlich durch die Kräfte des Schicksals zerschlagen werden. Und ich habe keine solchen Hoffnungen, die zunichte zu machen wären. Im Augenblick stehe ich jenseits aller Hoffnungen, so wie an dem Abend, als X ihre Aussteuertruhe verbrannte, während ich die Sterne beobachtete.

Walter würde sagen, ich sei weder der Seher geworden, noch das Gesehene – so unsichtbar wie Claude Rains im Film, auch wenn ich keine Feinde habe, an denen ich mich rächen wollte, keine Schulden, die zu tilgen wären. Tatsächlich ist die Unsichtbarkeit gar nicht so übel. Wir sollten alle versuchen, sie besser kennenzulernen, sie, anders als Claude Rains, zu unserem Vorteil zu nutzen, denn früher oder später – ob es uns nun gefällt oder nicht – werden wir alle unsichtbar; losgelöst von unserem Leib und unseren Pflichten können wir dann auf dem Nachtwind dahintreiben, tun, was wir wollen, uns nach dem umschauen, was wir gern wären, wenn wir das nächste Mal zur Welt kommen. Das – darauf gebe ich mein Wort – ist kein leerer Moment. Und noch weiter entfernt ist es vom schrecklichen Bedauern. (Vielleicht *war* ja Walter an mir interessiert, aber wer weiß das schon? Oder macht sich was daraus?) Einfach dahinzugleiten wie ein Flüstern im Wind ist keine geringe Freiheit, und wenn wir das Glück haben, eine solche Freiheit zu erlangen – selbst wenn schlimme Ereignisse der Auslöser sind –, dann sollten wir sie nutzen, denn sie ist der einzige natürlich sich ergebende Trost, der auf uns zukommt, allein und unumschränkt, ohne Stützen und ohne die Nachsicht anderer – zu denen ich auch Gott selbst zählen will, der uns nicht lange unsichtbar bleiben läßt, denn das ist ein Zustand, den er für sich selbst reserviert.

Gott hilft denen nicht, die ebenfalls unsichtbar sind.

Ich fahre, ein unsichtbarer Mann, durch die schläfrigen, hügeligen, nachösterlichen Straßen Haddams. Und es ist, wie ich schon geahnt habe, kein guter Ort für den Tod. Der Tod ist ein widernatürlicher Eindringling. Ein Bruch. Ein Gebäude, das nicht zu den anderen paßt. Ein völliges Rätsel, so dunkel wie Sanskrit. Große Städte werden viel besser damit fertig. So viel anderes findet dort seinen Platz, da würde ein so kleiner Tod wie der Walters bequem hinpassen, das volle Mitgefühl der Stadt bekommen und rasch wieder vergessen sein.

Haddam ist jedoch ein erstklassiger Ort für die Unsichtbarkeit – es ist praktisch dafür geschaffen. Ich fahre langsam über die Hoving Road, vorbei an meinem eigenen dunklen Haus, etwas abseits zwischen seinen Buchen stehend. Bosobolo ist noch nicht zurück (mit seiner braven Barbara immer noch unterm Brombeerbusch). Ich könnte mit ihm über die Unsichtbarkeit sprechen, aber es ist möglich, daß ein echter Afrikaner davon weniger versteht als einer unserer einheimischen Neger, und dann würde ich erst mal eine Menge zu erklären haben, aber er würde es dann begreifen – ist er doch stark dem Reich der Geister verpflichtet.

Ich streife durch den dunklen Friedhof, wo mein Sohn zur letzten Ruhe gebettet ist und wo dich das Unsichtbare praktisch anschreit, nach Ruhe, Ruhe und noch mehr Ruhe verlangt. Ich könnte mich auf Craigs Grabstein setzen und mit

Ralph in unserer alten, versonnenen Art stumm und unsichtbar sein. Aber ich würde schon bald mit meiner eigenen übermäßigen Nüchternheit in Konflikt geraten, und die tröstliche Wirkung würde zum Stillstand kommen.

Ich fahre an X' Haus vorbei, wo alle Fenster hell erleuchtet sind und der Eindruck von geschäftigem Hin und Her hinter geschlossenen Türen erweckt wird, als wollten alle aufbrechen. Hier gibt es nichts für mich. Meine einzige Hoffnung bestünde darin, Ärger zu machen, mildernde Umstände für jedermann zu schaffen, herumzubrüllen und eine Lampe kaputtzuschlagen. Und ich habe – es sollte keinen überraschen – auch dazu nicht das Herz. Es ist neun Uhr abends, und ich weiß, wo meine Kinder sind.

Wo, frage ich mich, finde ich etwas, was Spaß macht?

Ich fahre am *August* vorbei, wo ein rötlicher Schimmer hinterm Seitenfenster Wärme verspricht und wo sicher ein lebenslanger Haddamer oder ein Geschiedener sitzt und sich nach Gesellschaft sehnt – eine Ware, die ich kaum auf Lager habe.

Unten in der Cromwell Lane brennt im Rathaus immer noch ein Licht in der gläsernen Eingangshalle – im Steueramt steht der Hausmeister in der Tür und starrt nach draußen, den Staubwedel einsatzbereit in den Händen. Irgendwo weit weg pfeift eine Lokomotive, dann singt eine Sirene durch die mächtigen Ulmen auf dem Institutsgelände. Ich sehe die blinkenden Lichter, höre das leise, monotone Frühlingslied aller heimatlichen Vororte. Mancher wird vielleicht sagen, nichts sei für den, der ganz allein ist, auch nur annähernd so einsam wie eine Vorortstraße bei Nacht. Aber das wäre völlig falsch. Für mich gibt es viele Dinge, die schlimmer sind. Ein Sitz an der New Yorker Börse, zum Beispiel. Ein stiller Tod auf hoher See, wo keiner sieht, wie du untergehst. Herb Wallaghers Leben. Das alles wäre schlimmer. Ja, ich könnte eine meterlange Liste aufstellen.

Ich fahre die Straße mit dem Kopfsteinpflaster hinunter zum Bahnhof, wo, wenn ich es recht weiß, demnächst ein Zug ankommen wird. Es ist nicht schlecht, irgendwo im Dunkeln zu sitzen und zu beobachten, wie Pendler ins helle Licht von Autoscheinwerfern treten und schwungvoll den Versprechungen des Abends entgegengehen, freigebigen Umarmungen, kühlen, tapezierten Zimmern, Drinks, die für sie gemixt werden, Eis im Kübel, einer Zeitung, einem langen, ungestörten Abend mit Inlandsnachrichten und Schlaf. Ich habe schon bald nach meiner Scheidung angefangen, hierherzukommen, um Leute, die ich kannte, zu beobachten, wenn sie von Gotham nach Hause kamen, um zu beobachten, wie sie abgeholt, umarmt, geküßt, getätschelt wurden, wie ihnen jemand mit dem Gepäck half und dann im Auto mit ihnen wegfuhr. Und mancher wird glauben, ich sei neidisch oder tief betrübt gewesen, oder ich hätte alles nur getan, um mich richtig betrogen zu fühlen. Doch für mich war es eine der hoffnungsvollsten und lohnendsten Beschäftigungen, und wenn dann der Zug fort und der Bahnhof wieder leer und die Taxis in die Stadt zurückgefahren waren, ging ich nach Hause und legte mich fast immer in besserer Stimmung schlafen. An den Tröstungen für andere – auch den ganz kleinen Dingen – Freude zu finden ist möglich. Und mehr als das: Es wird manchmal verdammt nötig, wenn es wirklich hart auf hart geht. Es erfordert einen so starken und stabilen Charakter, wie ihn ein Auswechselspieler braucht, der bereit ist, sein Bestes zu geben, obwohl er genau weiß, daß er in der Mannschaft nie einen Stammplatz bekommen wird. Oder wie ihn einer braucht, der darauf verzichtet, mit der schönen Frau seines besten Freundes ins Bett zu gehen. Walter Luckett könnte noch am Leben sein, wenn er das gewußt hätte.

Und ich habe recht.

Aus dem knotig-buschigen, stählernen Dunkel entlang der Bahnlinie kommt das Rattern des letzten Zugs aus Philadelphia an diesem Abend, auf dem Rückweg nach New York. Schaffner lehnen sich aus den silbrigen Verbindungsgängen zwischen den Wagen, mustern den Bahnhof, in den sie einfahren, und nehmen die zwei wartenden Autos mit fachmännischer Gleichgültigkeit zur Kenntnis. Auch sie führen ein Leben, das mir nicht gefallen würde, obwohl ich durchaus glauben will, daß es Momente echter Befriedigung mit sich bringt. Ich bin sicher, ich würde meinen Fahrgästen unangemessen viel Aufmerksamkeit schenken, würde herumstehen und mir ihre Geschichten anhören, erfahren, wohin sie reisen, mich mit ihnen über das Bahnfahren im allgemeinen unterhalten, mir hier und da eine Telefonnummer geben lassen und nie rechtzeitig meine Fahrkarten geknipst bekommen und schließlich gefeuert werden – ich wäre in dem Beruf nicht besser als im Lichtbogenschweißen.

Der Zug kommt neben dem Bahnhofsgebäude quietschend zum Stehen. Die Schaffner sind, noch bevor die letzten Wagen aufgelaufen sind, auf dem Bahnsteig und schwenken ihre winzigen Taschenlampen wie Polizisten. An dem einzelnen Taxi leuchtet das orange Schild auf, und die zwei wartenden Autos bringen im Gleichklang ihren Motor auf Touren.

Aus dem Inneren der gelbbeleuchteten Eisenbahnwagen blicken bleiche, verträumte Gesichter in die österliche Nacht. *Wo sind wir jetzt*, scheinen sie zu fragen. *Wer lebt hier? Ist es ein friedlicher Ort? Oder was?* Vom Dösen sind ihre Gesichtszüge gläsern und glatt.

Ich schlendere zum Bahnsteig und unter die Markise, die Hände in den Taschen, trete von einem Fuß auf den anderen, als erwartete ich jemanden – ein Familienmitglied, eine Freundin, einen alten Studienfreund zum ersten Wiedersehen nach vielen Jahren. Die beiden Schaffner streifen mich mit leeren Fischaugen und beginnen dann ein schon länger aufgeschobenes Gespräch unter vier Augen. Aber ich fühle mich dadurch keineswegs ausgeschlossen, denn ich genieße diese Nähe zu Zügen und den Eindruck großer Bedeutung, den sie vermitteln, ihr unnachgiebiges Zischen, die Zielstrebigkeit. Ich habe irgendwo gelesen, es sei aus psychologischer Sicht gut für uns, neben Dingen zu stehen, die größer und mächtiger seien als wir selbst, so daß sie uns (und unsere mickrigen Brüder) vergleichsweise schrumpfen lassen. Das bewirke, sagte der Autor, daß der Geist aus seiner Verankerung im Alltag befreit werde, und es erkläre auch, warum die Einwohner Montanas oder die Sherpas, die in der Nähe einschüchternder Berge leben, nicht viel vom Jammern oder von irritierender Selbstbeobachtung hielten. Er schrieb von der besseren «Nutzung» von Wolkenkratzern, und wenn Sie mich fragen, dann trifft der Bursche den Nagel auf den Kopf. Während ich ganz allein neben den belebten Eisenbahnwagen stehe, spüre ich tatsächlich, wie sich meine Verankerung löst, und ich sage es auch hier wieder, vielleicht zum letztenmal: Es gibt überall Unerklärliches, selbst in einem ordinären, leicht nach Urin riechenden Vorortbahnhof wie diesem hier. Du mußt nur bereit sein, dich darauf einzulassen. Du kannst nie wissen, was auf dich zukommt. Es besteht aber immer die Chance, daß es – ein erstaunlicher Gedanke – etwas sein wird, was du dir wünschst.

Aus dem Zug steigt eine dralle junge Nonne in der schwärzesten, orthodoxesten Tracht, mit einem schicken Aktenköfferchen und einem Stockschirm. Sie hat strahlende Augen in ihrem lächelnden, runden Gesicht und verabschiedet sich mit einem neckischen «Dankeschön und auf Wiedersehen» von den Schaffnern, die lächelnd einen Finger an die Mütze legen, ihr aber auch einen finsteren Blick zuwerfen, als sie ihnen den Rücken gekehrt hat. Sie wird von niemandem abgeholt und stapft fröhlich an mir vorbei, zweifellos auf dem Weg zum Seminar rauf, wo sie mit den Presbyterianern eine kirchliche Angelegenheit zu besprechen hat. Ich lächle ihr zu, um ihr zu versichern, daß auf unseren Straßen keine Gefahren auf sie lauern werden. Keine Möchtegernvergewaltiger oder Abstaubertypen. Sie macht allerdings auch den Eindruck einer Frau, die der Gefahr ins Auge sehen und jedem den Schneid abkaufen kann.

Als nächste kommen zwei Bürotypen mit gelockerten Krawatten, Handköfferchen und teuren Aktentaschen – Rechtsanwälte mit Sicherheit, die aus Philadelphia oder der Bundeshauptstadt heraufgekommen sind und mit einer der vielen in dieser Gegend angesiedelten Weltzentralen geschäftlich zu tun haben. Beide sind Juden, und beide sehen hundemüde aus, bereit für einen Martini, ein Bad, ein frisch überzogenes Bett und einen fürs Fernsehen gedrehten Film. Sie steigen in das Taxi. Ich höre den einen sagen: «Zum *August*», und im Nu rollen sie den Berg hoch, und vom Taxi sind nur noch die Rücklichter zu sehen, rot wie verschmierte Rosen.

Zwei blonde Frauen trippeln heraus, verabschieden sich mit überschwenglichen, verlogenen Umarmungen und springen in die zwei wartenden Autos – jedes von einem Mann gefahren – und verschwinden. Einen Augenblick lang glaubte ich, die eine von ihnen zu kennen, vielleicht von irgendeiner Cocktailparty in den alten Tagen. Eine stachelige, verheiratete Laura oder Suzannah mit knabenhaften Hüften, roten Seidenhosen und lederartiger Haut: eine Frau ungefähr in meinem Alter, die ich höchstwahrscheinlich fürchterlich angeödet habe und von der ich umgekehrt so angeödet war, daß ich mir keine Mühe gab. Möglicherweise eine Freundin von X, die über mich Bescheid weiß. Die eine der Blondinen traf mich tatsächlich mit einem wilden Blick wie mit einem Peitschenhieb, bevor sie in ihren wartenden Grand Prix stieg und dem Herrn am Steuer einen dicken, gut geübten Kuß ablieferte, aber sie schien mich nicht zu erkennen. Wenn du dich scheiden läßt, hast du in einer Stadt dieser Größe das Problem, daß alle Frauen sofort zu Freundinnen deiner Ex-Frau werden, ob sie sie nun kennen oder nicht. Und das ist nicht einfach Paranoia. Es wird ständig schwieriger, ein Mann zu sein.

Die Schaffner gehen langsam zurück auf ihre Plätze in den Verbindungsgängen. Das Blinklicht über dem offenen Bahnübergang blitzt jetzt unentwegt. Die Fahrgäste im Zug schlafen alle wieder. Es wird langsam Zeit, nach Hause zu gehen. Um was dort zu tun?

Aus dem fernen, silberglänzenden Wagen nähert sich ein letzter Ankömmling. Eine kleine Frau mit rehbraunen Haaren, als zerbrechlich, aber irgendwie hübsch einzustufen und nicht aus dieser Stadt. So viel ist in dem Moment klar, da ihre

Schuhe – die Art, bei der die Absätze niedriger sind als die Spitzen – den Boden berühren. Sie trägt ein Zeltkleid, obwohl sie gertenschlank ist, hat ein angenehmes, frisch wirkendes Vogelgesicht, und ihre Art, sich rasch in ihrer Umgebung zu orientieren, läßt sie die Nase prüfend in die Luft halten. In der einen Hand trägt sie so etwas wie einen tiefen brasilianischen Weidenkorb als Koffer, auf den sie zusätzlich einen voluminösen, gestrickten Pullover geschnallt hat. Und in der anderen hat sie ein dickes Buch, dessen Titel ich als *‹Teddy Roosevelts Leben›* entziffern kann und zwischen dessen Seiten viele Papierschnitzel stecken.

Sie schnuppert in der Luft, als sei sie gerade im Pandschab aus dem Zug gestiegen. Als nehme sie eine Fährte auf, dreht sie den Kopf, um zu dem älteren der zwei Schaffner etwas zu sagen, der daraufhin in die Richtung deutet, die die Nonne eingeschlagen hat, den Berg hoch und in die Stadt, direkt an der Stelle vorbei, wo ich neben der Phalanx der Zeitungsboxen an einem Balken lehne und spüre, wie ich im Frühlingsabend langsam schläfrig werde.

Das Wort «Taxi» fällt, und sie blicken beide zu den leeren Parkplätzen hinüber und schütteln den Kopf. Mein Malibu steht allein auf der anderen Straßenseite, halb unter dem dunklen Roseneibisch hinter dem Theatersaal – ein dunkler, kaum wahrzunehmender Klecks. Ich sehe, wie die zwei wieder in meine Richtung schauen, und ahne, daß da eine Verbindung hergestellt wird. «Vielleicht wird Sie dieser Herr dort in die Stadt mitnehmen», sagt einer von ihnen. «Die Bewohner dieser Stadt sind anständige Menschen. Nicht mal einer von zehntausend würde Sie ermorden.»

Ich bin wider Erwarten sichtbar!

Die Frau dreht sich mit ihrem sondierenden Vogelblick zu mir um. Sie und ich sind in derselben Zeit groß geworden. Wir haben in den sechziger Jahren gelernt, fremden Leuten zu vertrauen, und es ist uns noch nicht aufgegangen, daß das ein Fehler gewesen sein könnte (obwohl wir schon in unseren eigenen Falschheiten einen guten Fingerzeig gehabt hätten).

Die Hände in den Gesäßtaschen, bin ich jedoch bereit, mich benutzen zu lassen, auszuhelfen, arglos wie der alte Huck. Vielleicht könnte als «Dankeschön» sogar die Einladung zu einem spätabendlichen Cocktail herausspringen, zu einem *intime* in der dunklen Schankstube des *August*, gleich neben den todmüden Anwälten. Und danach, wer weiß? Mehr? Weniger?

Tief in der einen Tasche berühren meine Finger ein Stück Papier, das nichts beweist. Walters armen Brief, auf ein Drittel seiner Größe zusammengefaltet und hinter mein Portemonnaie gesteckt, bis zu diesem Augenblick vergessen. Und eine plötzliche, freudlose Wärme überflutet mich, bis mir Ohren und Kopfhaut brennen.

Das ist Walters Schwester, diese Frau! Weidenkorb. Gesundheitsschuhe. Roosevelts Leben. Sie ist angekommen, um ihre traurige Pflicht zu erfüllen und hat so viel trockenes und jeden Kummer vertreibendes praktisches Zweckdenken mitgebracht, daß ein Ertrinkender lieber am Meeresboden Hilfe suchen würde. Sie ist eine erbärmliche Montessori-Lehrerin aus Coshocton. Eine Frau mit einer Leseliste und einer Tagesordnung, Freunden im Peace Corps, einem ausführlichen NPR-Programm tief in ihrem brasilianischen Korb. Eine ordentliche, flachbrüstige Pat oder Fran aus Oberlin oder Reed, bei der Schulbehörde in hohem Ansehen. Mein Herz schlägt einen Trommelwirbel für die verschwundene Blondine, in ihrem Grand Prix längst unterwegs zu irgendeinem abgelegenen und verschwiegenen italienischen Lokal, das den Mut hat, an Ostern seine Türen zu öffnen. Ich sehne mich danach, dort zu sein. Das Essen könnte auf meine Rechnung gehen. Die Drinks. Das Trinkgeld. Alles wäre mir lieber als vernünftige Trauer und stundenlanges Klartextreden. (Natürlich bin ich nicht sicher, daß sie's ist, aber ebensowenig bin ich sicher, daß sie's nicht ist.) Wo diese Frau ist, fürchte ich, sind Scherereien nicht weit, und ich folge lieber meinem Herzen und meinem Geld, wo mein Mund nichts zu sagen hat.

«Entschuldigen Sie bitte», sagte die knochendürre Fran / Pat mit ihrer geschäftsmäßigen Stimme, als sie auf mich zukommt. Sie hat bestimmt einen robusten Händedruck und sieht im Tod nur eine der langsamen Kurven des Lebens, der man standhalten muß, Bruder oder nicht Bruder. Ich möchte wirklich nicht wissen, was sie sonst noch alles in diesem Korb hat. «Ich wollte fragen, ob es Ihnen sehr viel ausmachen würde...» Sie spricht mit dem aufgesetzten Akzent einer Internatsschülerin, die Nase in der Luft, so daß sie mich – wenn überhaupt – nur mit dem unteren Drittel ihrer Augen sehen kann.

Der Zug läßt ein lautes Zischen hören. Eine Glocke gibt ein letztes, schrilles Signal. «Eeeinsteigen», ruft der Schaffner aus seinem dunklen Verbindungsgang. Der Zug fährt ruckartig an, und im selben Augenblick – das verletzte Knie ist vergessen – bin ich an Bord, plötzlich ein Fahrgast, und weg von allem. «Tut mir leid», sage ich, als mein Gesicht vorübergleitet, «ich fahre mit der Bahn.»

Die Frau sieht blinzelnd mit an, wie ich wegfahre, hat den Mund schon zu den nächsten Worten geöffnet, die ich nicht mehr werde hören müssen, Worte, für die selbst eine heiße Liebesnacht kein ausreichendes Gegengift wäre.

Im staubigen Bahnhofslicht wird sie klein – quälend klein und undeutlich –, das Bild eines Augenblicks, in dem aus Gewißheit Verwirrung wurde; verwirrt unter anderem deshalb, weil die Menschen hier draußen so anders an Dinge herangehen, weil sie abrupter sind, weniger bereit, sich festzulegen, weniger geübt in den altmodischen Manieren; verwirrt, weil das geringste unter den Kindern Gottes fähig ist, jemandem seine Hilfe zu verweigern und damit einen schlechten Dienst zu erweisen. Mag sein, daß Pat/Fran recht hat. Es *ist* verwirrend, obwohl es manchmal besser ist, kein Risiko einzugehen. Denn wenn du zu viele Risiken eingehst, kann es dir passieren, daß du am Ende nichts hast, was dir in der Nacht Gesellschaft leistet, außer deinem eigenen Bedauern – und das in einer Nacht, die einfach nicht enden will, nicht um alles in der Welt.

DREIZEHN

Klapperdiklack, wir schwanken und schaukeln durch den düsteren Korridor im abendlichen Jersey nach Norden. Ich sitze in einem der alten Wagen mit geflochtenen braunen Kunststoffsitzen und bauchigen Fensterscheiben. Ein Geruch wie von erhitztem Metall zieht durch die Gänge zwischen den Sitzen und haftet an den Gepäcknetzen, während die alten Lichter flackern und trübe werden. Es ist die Kehrseite der Medaille «öffentliche Verkehrsmittel».

Trotz allem tut es aber gut, unterwegs zu sein. Da ich den Sitz gegenüber mitbenutzen kann, habe ich keine Mühe, es mir bequem zu machen; ich lege die Füße hoch und sehe draußen die Sternenstädtchen Edison, Metuchen, Metropark, Rahway und Elizabeth vorbeigleiten.

Ich habe natürlich nicht die geringste Ahnung, wo ich hinfahre oder was ich nach meiner Ankunft dort tun werde. Schnelle Fluchten vor finsteren Mächten sind manchmal lebenswichtig, doch was dann folgt, kann Verwirrung stiften. Den Abendzug *nach* New York habe ich mit Sicherheit nicht mehr benutzt, seit ich einmal an einem Winterabend, als es schneite, mit X raufgefahren bin, um *‹Porgy and Bess›* zu sehen. Wie lange mag das her sein – fünf Jahre? Acht? Die spezifischen Einzelheiten aus der Vergangenheit haben eine Art, sich zu vermischen, ein Vorgang, der mich nicht sonderlich stört. Und heute abend schreckt mich die Aussicht, in Gotham aus dem Zug steigen zu müssen, nicht so wie sonst. Es scheint mir eine weniger fremd wirkende Welt mit dem reizvollen Ruch des Verbotenen, wie eine Frau, die du kaum kennst und kaum begehrst, die dich aber trotzdem läßt. Alles ändert sich. Das ist etwas, auf das wir uns freuen können. Tatsächlich könnte ich, wenn ich heute abend in einem dieser heimlich-heimeligen Jersey-Nester aussteigen würde, von einer schlimmeren Panik erfaßt werden, als mir das in New York je passiert ist.

Nur ein paar vereinzelte Fahrgäste teilen den Wagen mit mir. Die meisten schlafen, und von den Gesichtern, die ich vom Bahnsteig aus gesehen habe, erkenne ich hier keines wieder. Ich hätte nicht mal etwas dagegen, ein bekanntes Gesicht zu sehen. Bert Brisker wäre zum Beispiel ein willkommener Begleiter, ganz erfüllt von einem langen, mit kleinen Neuigkeiten gespickten Exkurs über das Buch, das er gerade rezensiert, oder über ein Interview, das er mit einem berühmten Autor gemacht hat. Ich würde gern wissen, wie er über die Zukunft des modernen Romans denkt. (Mir fehlen diese Insider-Gespräche auf Gesellschaften, die Gelegenheit, wieder einmal bestätigt zu bekommen, daß du mit deiner Schulbildung nicht völlig auf dem trockenen sitzt.) Gewöhnlich steckt Bert tief in seiner eigenen Arbeit, und ich in der meinen. Und wenn wir diese Ebene, wo wir in unserer eigenen Codesprache witzeln und nörgeln, erst verlassen, fällt kaum noch ein weiteres Wort zwischen uns. Aber im Augenblick würde mir so ein freundliches Wortgefecht Spaß machen. Das ist bei mir zu kurz gekommen; das ist einer der schlechten Aspekte der Tatsache, daß ich oft in Gesellschaft mit Sportlern und Menschen bin, die ich nicht gut kenne und nie gut kennen werde, Menschen, die verdammt wenig zu sagen haben, was von allgemeinem Interesse wäre. Als Sportreporter – traurig, aber wahr – verbringst du dein Leben zum größten Teil mit deinen eigenen Gedanken und bekommst mit den Gedanken anderer nur am Rand zu tun. Genau das ist der Grund, weshalb Bert aus dem Geschäft ausgestiegen ist und weshalb er heute abend zu Hause bei Penny und seinen Mädchen und seinen Schäferhunden ist und sich im HBO-Programm einen Shakespeare ansieht oder bei einem guten Buch eindöst. Und weshalb ich allein in einem leeren, übelriechenden Bummelzug sitze und einem finsteren Reich entgegenfahre, vor dem ich immer Angst hatte.

Der junge Schaffner mit den Fischaugen kommt mit wiegenden Schritten in meinen Wagen und mustert mich mißtrauisch, während er mein Fahrgeld kassiert und an der Rückenlehne meines Sitzes einen Kontrollabschnitt befestigt. Es gefällt ihm nicht, daß ich meine Fahrkarte im Zug lösen muß oder daß ich vorhin Walters Schwester nicht in die Stadt mitgenommen habe oder daß ich ein Madras-Hemd trage und offenbar glücklich bin und in allem sein Gegenteil, wo doch alles andere in der Welt, so wie er – in seiner glänzenden schwarzen Schaffneruniform – sie kennt, exakt dort ist, wo es hingehört. Er ist noch keine dreißig, schätze ich, und ich gebe ihm mit einem beruhigenden Lächeln zu verstehen, daß ich ein harmloser Kunde bin und daß alles in Ordnung ist. Ich stelle für keine seiner Überzeugungen eine Bedrohung dar; wahrscheinlich teile ich sogar die meisten. Ich sehe jedoch seinem Fischauge an, daß er die Nacht und das, was sie birgt, nicht mag – dieses unbeständige, plündernde, unheilvolle, friedlose Etwas, dem er hier im Innern der trommelnden Röhre seiner beruflichen Pflichten aus dem Weg zu gehen hat. Und da ich, unerwartet, aus der Nacht gekommen bin, bin ich auch verdächtig. So schnell er kann, steckt er seine Lochzange in die Tasche, überprüft die Kontrollabschnitte an den Sitzen der anderen Fahrgäste und zieht sich in den Barwagen zurück, wo er mit dem schwarzen Kellner ein Gespräch anfängt.

Als ich für meine Fahrkarte bezahlte, stieß ich mit den Fingern wieder an Walters Brief, und unter den Umständen habe ich keine andere Möglichkeit, als ihn zu lesen, und das tu ich nun, beginnend in Rahway, mit Hilfe des kläglichen kleinen Lämpchens über dem Sitz.

Lieber Frankie,
als ich heute aufwachte, war mir vollkommen klar, was ich tun muß. Ich bin mir da absolut sicher. Einen Roman schreiben! Ich weiß nicht, wozu ich ihn schreibe oder wer ihn lesen wird oder ähnliche Dinge,

aber die Schreiblust hat mich am Wickel, und wer's lesen will, kann's lesen oder auch bleiben lassen. Ich habe mich über alles hinweggesetzt, und das ist ein gutes Gefühl!

Das habe ich geschrieben: «Eddie Grimes wachte am Ostermorgen auf und hörte weit weg in einem vergessenen Vorortbahnhof eine Lokomotive pfeifen. Sein allererster Gedanke an diesem Tag war: ‹Du verlierst langsam die Kontrolle, nach und nach.›» Das schien mir ein verdammt guter Anfang. Eddie Grimes bin ich. Es ist ein Roman über mich, und er wird meine eigenen Vorstellungen und persönlichen Auffassungen und Überzeugungen enthalten. Es ist schwer, sich über die Themen des eigenen Lebens klarzuwerden. Man sollte meinen, das kann jeder. Aber ich finde es sehr, sehr schwer. So ziemlich unmöglich. Bei Deinem Leben tue ich mich da viel leichter, Frank. Ich bin konservativ, leidenschaftlich, einfallsreich und fair – als Anlageberater, wo es prächtig funktioniert! Aber es ist schwer festzuhalten und in die Romanform zu übertragen, das weiß ich jetzt. Ich bin hier auf ein Nebengleis geraten.

Vielleicht könnte ein Abschiedsbrief am Anfang des Romans stehen. Das wäre so etwas wie ein erzählerischer Kinnhaken. Ich weiß, das hat es schon gegeben. Aber was hat es noch nicht gegeben? Für mich war es jedenfalls neu. Ich mache mir darüber keine Gedanken.

Ich war weg und bin wiedergekommen. Die Idee mit dem Abschiedsbrief bringt romanmäßig eigentlich nicht viel Interessantes, Frank. Ich weiß gar nicht, welchem launischen Herrn und Meister ich hier dienen will (haha). Übrigens entschuldige ich mich für diese Flugzeuggeschichte am Telefon. Ich habe da nur versucht, meine Gefühle zu manipulieren, um in die richtige Stimmung fürs Schreiben zu kommen. Hoffentlich bist Du jetzt nicht sauer. Meine Bewunderung für Dich und Deine Arbeit ist nur noch größer geworden. Ich sehe in Dir immer noch meinen besten Freund, auch wenn wir uns gar nicht so gut kennen.

Ich habe heute schon versucht, Yolanda zu erreichen. Erst gar nichts, dann belegt. Dann wieder gar nichts. Ich habe auch mit Warren alles geklärt. Das war eine schöne Geschichte, die ich mir da geleistet habe. Ich gebe zu, ich hätte mit ihm einfach Freundschaft schließen sollen. Hab ich aber nicht. Na und? Oder? Verklagt mich doch. Paß gut auf Dich auf, Frank.

Ich hätte gern, daß dies wenigstens ein interessanter Brief wird, wenn es schon kein Romanbestseller sein kann. Ich habe das Gefühl, ich weiß jetzt ganz genau, was ich tue. Das ist kein leeres Geschwafel. Man muß verrückt sein, wenn man sich das Leben nimmt? Also, das kannst Du vergessen. Man kann gar nicht klarer sein im Kopf. So viel steht fest.

So, Frank, und jetzt kommt der dicke Hund: Ich habe eine Tochter! Und ich weiß ganz genau, was du jetzt denkst. Es ist aber so. Sie ist neunzehn. Eine dieser unglückseligen Liebesaffären unter Teenagern, noch in Ohio, im Frühsommer in meinem zweiten Jahr am College, als ich selber noch neunzehn war! Sie heißt Susan –Suzie Smith. Sie lebt in Sarasota in Florida bei ihrer Mutter Janet, die mit irgendeinem Matrosen oder Verkehrspolizisten zusammenlebt. So genau weiß ich's nicht. Ich schicke ihnen immer noch Schecks. Ich würde gern mal runterfahren, um einiges für sie aufzuklären. Und für mich. Ich hab sie nämlich nie gesehen. Es hat damals eine Menge Ärger gegeben. Heute würde das natürlich nicht passieren. Aber ich fühle mich ihr sehr nahe. Und Du bist der einzige, der damit irgendwas anfangen kann, Frankie. Ich hoffe, es macht Dir nichts, wenn ich Dich bitte, runterzufahren und mit ihr zu reden. Vielen Dank im voraus. Du hast den kurzen Urlaub gebraucht, stimmt's?

So klar im Kopf wie jetzt habe ich mich das letzte Mal in Grinnell draußen gefühlt, als ich mich entscheiden mußte, ins Leichtgewicht aufzurücken und das Federgewicht, in dem ich erfolgreich war, aufzugeben, weil ganz plötzlich einer auftauchte, der besser war – zudem einer im ersten Semester. Ich mußte ganz aufgeben oder eine große Entscheidung treffen. Ich gewann schließlich auch in der höheren Gewichtsklasse manchen Kampf, aber ich war nie mehr so gut. Und ich war nie wieder stolz auf mich. Ich bin auch jetzt nicht stolz auf mich, aber ich glaube, ich hätte jedes Recht dazu.

Alles Gute,
Wally

Alles *Gute*? Ausgerechnet von ihm, sehr glaubwürdig! Erst alles Gute, und dann zack – eine Kugel in den Kopf? Wieso werden wir so sehr von Leuten in Anspruch genommen, die wir nicht mal kennen, das wäre meine Frage an den Briefkastenonkel. Ich würde in diesem Moment alles darum geben, Walter Luckett jun. nie gekannt zu haben; oder wenn er noch lebte, könnte ich ihn fallenlassen wie eine heiße Kartoffel, und er hätte dann keinen Adressaten für seinen blödsinnigen Brief und müßte auf die großen Fragen selber eine Antwort finden. Vielleicht hätte er dann seinen Roman zu Ende schreiben können. In gewisser Weise könnte man sagen, wenn ich nicht sein Freund wäre, würde er noch leben.

Wer hat eigentlich in seinem Leben ewig mit dem Unerklärlichen zu tun? Ein Astronaut? Der Boxweltmeister aller Klassen? Ein Stammesangehöriger der Ubangi? Sogar der alte Bosobolo muß einen höheren akademischen Grad anstreben, und eine sichere Sache ist es dann immer noch nicht, was auch seine heimliche Liebschaft erklärt. Wenn Walter hier wäre, würde ich ihm mal gründlich den Kopf waschen.

Er hätte Mrs. Miller finden können (falls er von ihr gewußt hätte); er hätte bis in die Nacht hinein in Katalogen blättern oder Johnny einschalten oder eine Hundert-Dollar-Hure wegen eines Hausbesuchs anrufen können. Er hätte einen Grund aufstöbern können weiterzuatmen. Ist die gewöhnliche Welt denn zu etwas anderem da, als uns Gründe dafür zu liefern, nicht vorzeitig auszusteigen?

Walters Verhältnisse wären ein gutes Argument für eine Reise nach Bimini, wo ich seine Schulden begleichen könnte, oder für einen Ausflug zum Yellowstone Park in einem Supercamper. Nur daß ich jetzt nicht einmal *diesen* Luxus genießen kann. Das einzige, was ich habe, ist ein furchtbarer, blasser, faktischer Tod, der, wenn du erst anfängst, darüber nachzudenken, nicht mehr weggehen wird und sich in deinem Leben festsetzt wie ein totes Stinktier unter der Veranda.

Und eine Tochter? Nichts zu machen. Ich habe meine eigene Tochter. Und auch sie wird schon bald genug einige Erklärungen hören wollen. Und das ist, ehrlich gesagt, das einzige, an dem mir gelegen ist: die Antworten, mit denen ich dann aufwarten kann. Was Walter auf dieser Erde zugestoßen ist, ist allein Walters Sache. Es tut mir ja verdammt leid, aber er hatte seine Chance wie wir anderen auch.

Plötzlich haben wir das üppig wuchernde Grasland hinter uns und sind schon in dem langen Tunnel nach Gotham, wo draußen die Lichter weg sind, so daß du nicht mehr weiter sehen kannst als bis zu deinem Spiegelbild im schmutzigen Fensterglas, und ich habe urplötzlich das Gefühl, aus dem Raum und in einen gefahrvollen Traum zu stürzen – einen Traum, genau gesagt, der mich nach meiner Scheidung immer quälte (auch wenn diesmal der Anstoß sicher von Walter kommt) und in dem ich neben einer Person im Bett liege, die ich nicht kenne und die ich nicht anfassen kann und darf (es ist, Gott sei Dank, eine Frau), neben der ich aber im Zustand der Angst und Erregung und mit brennenden Schuldgefühlen Stunde um Stunde liegen bleiben muß. Es ist ein fürchterlicher Traum, aber es würde mich nicht wundern, wenn ihn alle Männer zu irgendeinem Zeitpunkt einmal hätten. Oder viele Male. Und die Wahrheit ist, daß ich mich nach sechs Monaten daran gewöhnte und jedesmal schon nach fünf Minuten wieder einschlafen konnte. Allerdings lag ich beim Aufwachen wenn nicht sogar schon am Boden, zumindest dicht an der Bettkante, verkrampft und mit Gliederschmerzen, als klammerte ich mich an den Rand eines Rettungsboots auf einem riesigen und übellaunigen Meer. Wie an alle Dinge, die schlechten und die guten, gewöhnen wir uns auch an sie, und mit den Jahren gehen sie an uns vorbei.

In zehn Minuten stehen wir in der Gruft der Penn Station, und ich lasse ihren heißen Tunnel hinter und unter mir und durchquere die helle, obere Eingangshalle, wo mein Traum in der Masse der Gestrandeten und Osterheimkehrer verblaßt, hinaus auf die windige Seventh Avenue und zu den weiten Ausblicken Gothams an einem warmen Osterabend. Es ist jetzt zehn Uhr fünfzehn. Ich habe keine Ahnung, was ich tun soll. Deshalb bereue ich aber nicht, hier zu sein. Der übliche zermürbende Feuersturm – rasende Taxis, knallhelle Lichter und eulenhafte Städterstimmen – hat mir noch nicht so zugesetzt, daß mich die bedrückende Angst vor dem Komplizierten und Unverständlichen schon gepackt hätte, wo dann alles zu wichtig und zu gefährlich wird, als daß es zu ertragen wäre. Hier draußen, an der Kreuzung der Seventh Avenue und der 34. Straße, spüre ich eine ungewohnte Zuversicht, eine auf die Liebe folgende, für den Mittleren Westen typische, zärtliche Zuneigung zu den Dingen – die stets dämmrige Luft noch hoch und irgendwie hohl, die Straßen voll von wirbelnden Rädern eines hungrigen Verkehrs, der an mir vorbeifließt und rasch verschwindet.

Umgeben von Menschenmassen, die von einer Chrysanthemen-Ausstellung im Madison Square Garden kommen, blicke ich hinüber auf das Schirmdach und die nächtliche Beleuchtung des alten Hotel *Statler* und ahne, daß man hier ein paar fröhliche Stunden verbringen und vielleicht sogar die Heiterkeit einer Frau – am richtigen Ort und zur richtigen Zeit – erträglich finden könnte. Vielleicht wäre es einem hier sogar möglich, seine Taten (und sei es nur kurz) für sich selbst sprechen zu lassen – etwas, was hier noch nie möglich schien – und sich tatsächlich eine Weile mit dem unmoralischen Verbotenen abzufinden, ehe es lebenswichtig wurde zu fliehen. Das müssen wohl alle Vorortbewohner empfinden, wenn ihnen die Vororte plötzlich wunderlich und fragwürdig vorkommen: daß die Dinge nicht weiterhin und in alle Ewigkeit zurückgehen können und daß ein neues, lebendiges Zeitalter überfällig ist. Es ist peinlich, wenn man in meinem Alter so weltfremd und furchtsam ist.

Dennoch. Was soll ich in dieser unsicheren Atempause tun? Wenn ich nicht einfach bereit bin, die Treppe hinunterzuspringen, meine Rückfahrkarte zu kaufen und auf dem ganzen Nachhauseweg zu schlafen, was *soll* ich dann tun?

Meine Antwort in dieser Situation, da die Stadt gezähmt

und bereit scheint, meinen Bedürfnissen halbwegs entgegenzukommen, beweist nur, wie wenig ich vom komplizierten Leben echter Stadtbewohner verstehe. Ich springe in das erste freie Taxi und verdrücke mich, rauf zur Ecke 56. Straße und Park Avenue, wo ich meinen Beruf als Sportreporter ausübe. Nichts reizt mich jetzt mehr als der Versuch, mit neuen Strategien an Herb heranzukommen und dieses Sinnbild der Trostlosigkeit in etwas Besseres zu verwandeln, selbst wenn das heißt, die eine oder andere Tatsache zu verdrehen.

In der zweiundzwanzigsten Etage surren die fluoreszierenden Lichter in den aneinandergereihten, gläsernen Bürozellen. Als ich aus dem Aufzug komme, höre ich aus den hinteren Büros laute, streitbare Stimmen in einer heftigen Debatte. «Ja doch... *Jaa* doch!» Dann: «Nee, nee, nee. Der ist zu lahm. Reines Arbeitstier.» Dann: «Ich *glaub* das einfach nicht. Der Bursche verfolgt dich noch im Traum, also ehrlich. *Ehrlich!*» Es geht um die Vorschau auf die Footballsaison. In zehn Tagen ist die Spielerbörse der NFL, und sie haben sich zu einer Sondersitzung getroffen.

Ich steure mein eigenes kleines Büro an, werfe aber vorher noch einen kurzen Blick in den vollen Sitzungsraum. Auf dem langen, mit Kunststoff beschichteten Tisch sieht man Hamburgertüten und Aschenbecher und Pappbecher mit Kaffee, dicke grüne Ringbücher, einen grünen Computer-Bildschirm, der eine Reihe von Namen zeigt. An der Wand lehnt eine weiße Tafel mit Fettstiften. Der ganze Footballstab und einige der jüngeren, im Impressum weiter hinten stehenden Leute starren durch den dichten Rauch gebannt auf eine große Videomaschine, die eine Szene aus einem Footballspiel auf Kunstrasen zeigt. Dies ist die entscheidende Sitzung, auf der unsere Experten die Namen und die Reihenfolge der ersten vierzig College-Spieler festlegen, die von den Profimannschaften verpflichtet werden. Nach der Nummer, die alles über die Endspiele im Baseball bringt, ist das die wichtigste Ausgabe des Jahres. Als junges Redaktionsmitglied war ich bei ebendiesen Sitzungen dabei, kaute auf einer kalten Zigarre herum, brüllte die Namen meiner Lieblingsspieler genauso hinaus, wie es diese Jungen jetzt tun (eine Frau sitzt im Hintergrund, an die ich mich dunkel erinnere), und es wurde eine verdammt wertvolle Erfahrung. Jüngere Redakteure, Rechercheure und Praktikanten aus Yale und Bowdoin bekommen zu sehen, wie diese alten Knaben ihre Arbeit tun, wie es dabei wirklich zugeht. Die älteren Redakteure würden solche Geschichten normalerweise bei ein paar Drinks in der Kneipe um die Ecke lösen. Aber für die große Vorschau – und zu ihrer Ehre – gehen sie mit der ganzen Prozedur an die Öffentlichkeit und gestalten das Ganze so, daß es wirklich nach einem demokratischen Verfahren aussieht. Später schlendern sie dann alle miteinander in den frühen Morgenstunden auf die Straße hinaus, sehr zufrieden mit sich und dem Football und der Welt im allgemeinen, lachen und fluchen und genehmigen sich noch die eine oder andere Runde in einem irischen Lokal drüben in der Third Avenue. Manchmal bleiben sie dort alle, bis es Tag wird; dann kann man sie um neun um die Kaffeemaschine herumstehen sehen, oder sie sind schon wieder – müde, aber zufrieden – auf dem Weg zu ihren Schreibtischen, bereit, die ganze Geschichte in Druck zu geben.

Oft genug habe ich Schriftsteller – berühmte Romanautoren und Essayisten und sogar Dichter mit Namen, die jeder kennt und deren Werk ich bewundere – im Rahmen irgendeiner hochbezahlten Auftragsarbeit durch diese Büros wandern sehen. Ich habe den Ausdruck in ihren Augen gesehen, verängstigt und einsam, ich habe sie in dem abgelegenen Büro, das wir ihnen zuweisen, am Schreibtisch gesehen, wie sie die Beine hochlegten und sofort anfingen, mit lauter, übermütiger, gutmütig-derber, herausfordernder Stimme zu reden und mit aller Macht versuchten, sich wie feste Redaktionsmitglieder zu fühlen, wie sie hofhielten und sich wie gute Kumpel benahmen und bereit waren, zu allem und jedem ihren Rat zu geben oder ihre Meinung zu äußern. Wie sie sich, mit anderen Worten, großartig amüsierten.

Und wer wollte es ihnen verargen? Autoren – alle Autoren – brauchen das Gefühl dazuzugehören. Leider sehen sich aber richtige Schriftsteller in einem Verein, der nur ein Mitglied hat.

Die alten Footballhasen sind sich uneins, wer der Begabtere ist: der polnische Kraftprotz von der Iowa State, schnell und ohne Angst, oder der giftige schwarze Rückraumspieler von einem kleinen Baptisten-College in Georgia, mit schnellen Reflexen und einem natürlichen Talent. Große Zigarren wippen zwischen fest zupackenden Fingern. Haufenweise sind Bewertungsbögen über den Tisch verstreut. Alle Augen gehen zu dem Bildschirm, wo der schwarze Junge – als «Tyrone, der Killer» angesprochen – in einem blau- und orangefarbenen Jersey mit der Nummer 19 einem spindeldürren weißen Außenstürmer einen Schlag versetzt, der die meisten Menschen geradewegs unters Sauerstoffzelt befördern würde. Doch beide Spieler sind wie Stehaufmännchen sofort wieder auf den Beinen, und Tyrone gibt dem weißen Jungen, während sie zu ihrem Team zurücktraben, einen Klaps auf den Hintern.

«Leck mich am Arsch, da war der Killer aber *voll* da», ruft ein Praktikant von einem kleineren College wie Williams. «Der Hund rennt zu spät los, kriegt den Spielzug nicht mit, und dann schafft's der Hund trotzdem, und wie!» Eddie Frieder, der Chefredakteur, eine Zigarette zwischen den Zähnen und eine Red Sox-Baseballmütze auf dem Kopf, zieht eine Augenbraue hoch und nickt und wendet sich wieder seinen Listen zu. Er ist der Chef hier, aber davon ist nichts zu merken. Die anderen jungen Männer murmeln zustimmend, aber die Meinungen sind immer noch geteilt. Zwei Männer melden ihre Bedenken an, weil der Killer dem anderen einen freundlichen Klaps gegeben hat. Sie vermuten, die Profis könnten das als ein Zeichen für einen nicht genügend ausgeprägten Wettkampfinstinkt ansehen, während andere meinen, das spreche vielmehr für den guten Charakter des Killers. «Der ist erst in der zweiten Runde dran, und da höchstens auf Platz acht», scheint die allgemeine Einschätzung.

«Was meinst denn du, Frank?» Eddie blickt zur Tür, wo ich halb im verborgenen stehe und nicht angesprochen werden will.

Alle Augen sehen mich – einen lächelnden, schlanken, leicht erröteten Mann in Madras-Hemd und Khakihosen. Zwei der Jungen legen ihren Bleistift aus der Hand und glotzen. Ich bin kein Mann für die Vorschau; ja, Eddie weiß, daß ich Football nicht mal mag, und doch werde ich am Ende wahrscheinlich von dem, was heute hier herauskommt, eine Menge umschreiben und in einem Kasten von der lebenslangen Angst des Killers berichten, er könnte die tödlichen Alkoholprobleme seines Vaters erben (bei wem würde das den Wettkampfinstinkt nicht beeinträchtigen).

«Ich hör viel Gutes über diesen Jungen aus Hawaii, der für Arkansas A & M spielt», sage ich. «Der läuft wie eine Vierfünf und geht gern zur Sache.»

«Ist schon weg!» rufen vier Leute gleichzeitig. Köpfe werden geschüttelt. Augen blinzeln. Alle wenden sich wieder ihren Bewertungsbögen zu. Jemand läßt den mörderischen Angriff des Killers noch einmal laufen, und am Tisch wird gekritzelt, was mich wieder daran erinnert, daß ich aus Detroit nichts mitgebracht habe, was hier von Nutzen wäre. «Denver hat ihn für ein Tauschgeschäft mit Miami vorgesehen. Für den kann nichts mehr schiefgehen», sagt Eddie Frieder für alle und blickt auf seine Notizen.

«Da haben wir den nächsten Millionär, Mike», witzelt einer.

«Ihr seid die Experten», sage ich. «Ich komm eben erst aus Altoona zurück.» Ich mache eine Handbewegung in Eddies Richtung und stehle mich davon, an den anderen Büros vorbei und in mein eigenes.

Mein Schreibtisch. Meine Schreibmaschine. Mein Videorecorder. Mein Rollpult. Mein Reservehemd, an der verschiebbaren Trennwand hängend. Mein Telefon mit drei Hausanschlüssen. Mein Blick aus dem nicht zu öffnenden Fenster auf das Dunkel der Stadt. Meine Bilder: Paul und Clary lachend unter einem Schirm, während einer Regenpause bei einem Spiel der Mets. X und Clary in Six Flags-T-Shirts, aufgenommen vor unserer Haustür, ein halbes Jahr vor unserer Scheidung (X wirkt glücklich und optimistisch). Ralph bei einer Geburtstagsparty im Garten hinter dem Haus, offensichtlich gelangweilt. Ein geklebtes Hochglanzfoto von Herb Wallagher mit seinem Detroiter Footballhelm, daneben eines von Herb in einem Anzug, in seinem Rollstuhl im Gras in Walled Lake. Auf dem zweiten lächelt er, die Brille sauber, die Haare gekämmt – glückselig. Auf dem ersten Foto ist er einfach ein Sportler.

Als Strategie habe ich mir vorgenommen, das erstbeste, was mir einfällt, auf einen Notizblock zu schreiben – Sätze, Sprüche, einzelne Gedanken, ein ausgleichendes Wort oder Detail. Als ich noch ernsthaft schrieb, saß ich oft stundenlang über einem einzigen Satz – und meistens hatte ich diesen Satz noch nicht mal aufgeschrieben und hatte meistens auch nicht die leiseste Ahnung, was ich sagen wollte. (Das hätte eigentlich ein Fingerzeig für mich sein müssen.) Doch als ich dann mit den Sportartikeln anfing, fand ich schnell heraus, daß es keine große Rolle spielte, wie der Satz aussah oder ob er überhaupt einen Sinn ergab, da andere – Rhonda Matuzak etwa – ihn nach eigenen Vorstellungen änderten, bevor er in Druck ging. Ich machte es mir zur Gewohnheit, alles so aufzuschreiben, wie es mir einfiel, und schon bald stellte sich heraus, daß die Wahrheit der meisten Dinge genau dort anfing, wo ich aufhörte, mir sorgenvolle Gedanken zu machen, und schließlich konnte ich so schreiben, daß praktisch kein Redigieren mehr erforderlich war. Falls ich je noch einmal eine Short Story schreibe, werde ich genau diese Technik anwenden; so wie ich beispielsweise über einen amerikanischen Eishockeyspieler schreiben würde, der säuft und auf die schiefe Bahn gerät, sich bei den Anonymen Alkoholikern wieder fängt, vierzig Tore erzielt und als Mannschaftskapitän und Gewissen der Nordiques aus Quebec den Stanley Cup gewinnt.

Im Fall Herb Wallaghers schreibe ich: *Möglichkeiten beschränkt.*

Ich denke kurz an meine erste Fahrt nach New York. Das war 1967. Im Herbst. Mindy Levinson und ich fuhren im Auto eines Bundesbruders von Ann Arbor aus die ganze Nacht hindurch, damit ich rechtzeitig zu einem Aufnahmegespräch der juristischen Fakultät der New York University kommen würde. (Nach meinem Ausscheiden aus dem Marine Corps wollte ich eine kurze Zeit lang unbedingt Rechtsanwalt werden und für das FBI arbeiten.) Mindy und ich übernachteten – als Mann und Frau – im alten *Albert Pick* in der Lexington Avenue, fuhren mit der U-Bahn nach Greenwich Village, kauften Eheringe aus Messing, damit alles legal aussah, und verbrachten unsere übrige Zeit im Bett, wo wir ausgiebig aneinander herumfummelten und Sportsendungen im Fernsehen ansahen. Früh am nächsten Morgen fuhr ich mit dem Taxi zum Washington Square und zu dem Aufnahmegespräch. Es war eine freundliche Unterhaltung mit einem beflissen wirkenden jungen Mann, der, da bin ich mir heute sicher, nur ein älterer Student war, der sich etwas hinzuverdiente, der mich damals aber als ein junges und exzentrisches Genie beeindruckte. Ich konnte ihm auf keine einzige seiner Fragen eine Antwort geben, ja, diese Dinge waren mir so fremd, daß ich nicht einmal die Fragen hätte stellen können. Später an diesem Tag verließen Mindy und ich das Hotel, fuhren über die George Washington Bridge, dann auf die Mautstraße und zurück nach Ann Arbor, und ich hatte das Gefühl, daß ich mit meinen Antworten auf die Fragen, die wichtig gewesen *wären*, mir aber nicht einmal gestellt worden waren, überdurchschnittlich gut abgeschnitten hätte und daß ich eines Tages die Juristenzeitung herausgeben würde.

Natürlich wurde ich weder von der NYU noch von einer der anderen juristischen Fakultäten, bei denen ich mich bewarb, zum Studium zugelassen. Und heute kann ich nicht über den Washington Square gehen, ohne mit einem gewissen Bedauern wehmütig an damals zu denken. Was wäre aus mir geworden, denke ich dann gewöhnlich. Was wäre in meinem Leben anders? Und mein Gefühl sagt mir – angesichts der unsteten, unvorhersehbaren Natur der Dinge –, daß alles möglicherweise genauso gekommen wäre, wie es dann gekommen ist, von einigen Kleinigkeiten vielleicht abgesehen: Scheidung. Kinder. Berufliche Veränderungen. Leben in einer Stadt wie Haddam. Darin liegt etwas Tröstliches, aber auch – das sei nicht verschwiegen – etwas Unheimliches.

Ich kehre zu Herb zurück und schreibe: *Herb Wallagher spielt nicht mehr mit.*

Ich überlege mir, wen ich um diese Zeit noch anrufen könnte. 10 Uhr 45 am Abend. Ich könnte noch einmal in Providence anrufen. Möglicherweise X, obwohl mich die Aktivitäten in ihrem Haus vermuten ließen, daß sie bereits unterwegs ist, zu den Poconos oder sonstwohin. Ich könnte Mindy Levinson in New Hampshire anrufen. Ich könnte Vicki bei ihren Eltern anrufen. Ich könnte meine Schwiegermutter in Mission Viejo anrufen, wo es erst Viertel vor acht ist, die Sonne noch kaum hinter Catalina auf einem österlichen Ozean. Ich könnte Clarice Wallagher anrufen, da es möglich ist, daß sie abends lange aufbleibt und sich fragt, was aus ihrem Leben geworden ist. Alle diese Leute würden mit mir reden, da bin ich mir absolut sicher. Aber ich bin mir auch beinahe sicher, daß sie es alle nicht besonders gern tun würden.

Ich komme erneut auf Herb zurück: *Wie Herb Wallagher die Dinge sieht, starrt einem das wahre Leben jeden Tag ins Gesicht. Man muß ihm nicht nachlaufen.*

«Hallo», sagt hinter mir eine Stimme, fast so flott wie ein Seemann.

Ich drehe mich um und sehe in dem rechteckigen Rahmen aus Aluminium ein Gesicht, das selbst einen Ertrinkenden retten würde. Ein strahlendes, selbstsicheres Lächeln. Honigfarbene Haargirlanden, an der Seite zu je zwei nach hinten laufenden Zöpfen geflochten, eine komplizierte Privatschulfrisur. Die Haut von der Reinheit einer Tulpe. Lange Finger. Hellblonder Flaum auf dem Unterarm, auf dem sie gerade mit der offenen Hand ein wenig hin- und herfährt. Khaki-Hosenrock. Eine weiße Baumwollbluse, die ein Paar ansehnliche Pampelmusen verbirgt.

«Hallo.» Ich lächle zurück.

Sie lehnt sich mit der Hüfte gegen den Türrahmen. Unterhalb des Rocksaums sind die Beine stramm und blank wie der Sattel eines Kavalleristen. Ich weiß nicht recht, wo hinsehen, doch das strahlende Lächeln sagt mir: *Guck ruhig hin, Jack. Dazu hat Gott es geschaffen.* «Sie sind Frank Bascombe, nicht wahr?» Sie lächelt immer noch, als wisse sie etwas. Ein Geheimnis.

«Ja, der bin ich.» Mein Gesicht wird angenehm warm.

Augen blitzen, und Brauen wölben sich. Ein Ausdruck der Bewunderung, der nichts Zwielichtiges bedeuten muß – eine Feinheit im Benehmen, in den besten Internaten Neuenglands erworben und im Erwachsenenleben gemeistert –, der schlichte, aber provozierende Wunsch, sich vollkommen verständlich zu machen. «Es tut mir leid, daß ich hier so hereinplatze. Ich wollte Sie einfach kennenlernen, schon seit ich hier bin.»

«Arbeiten Sie hier?» frage ich unaufrichtig, denn ich weiß mit absoluter Sicherheit, daß sie hier arbeitet. Ich habe sie vor einem Monat über den Gang gehen sehen – und erst noch vor zehn Minuten bei der Sitzung für die Footballvorschau – und in ihrer Personalakte nachgeschaut, ob sie die richtigen Voraussetzungen für bestimmte Recherchen mitbringt. Sie ist eine Praktikantin vom Dartmouth College oben, eine Melissa oder eine Kate. Ich kann mich im Moment allerdings nicht daran erinnern, da ihre Art von Schönheit gewöhnlich voller Hingabe von einem stiernackigen Dartmouth-Dan überwacht wird, mit dem sie eine moderne Ein-Zimmer-Wohnung in der Upper East Side teilt, da sie gemeinsam ein «Urlaubssemester» einlegen, um zu einer Entscheidung darüber zu kommen, ob eine Heirat zu diesem Zeitpunkt klug wäre. Ich erinnere mich jedoch, daß ihre Familie aus Milton in Massachusetts kommt und daß ihr Vater ein kleiner Politiker ist, dessen Namen, wie ich mich vage entsinne, in der Sportgeschichte Harvards einen guten Klang hat (einer der entscheidenden Leute des Magazins ist ein alter Kumpel von ihm). Ich sehe ihn sogar vor mir – klein, vierschrötig, mit pendelnden Schultern, ein kampflustiger Draufgänger, der auf Grund guter Zensuren von Harvard angenommen wurde und dann gleich in zwei Sportarten in die Harvard-Auswahl kam, obwohl in seiner Familie noch nie jemand aus dem Kartoffelacker herausgekommen war. Ein Typ, wie ich sie normalerweise mag. Und hier ist nun seine Tochter mit dem sonnigen Gesicht, nach New York gekommen, um ihren Lebenslauf mit ein paar interessanten Details zu würzen, die sie einsetzen kann, wenn sie sich um die Zulassung zum Medizinstudium bewirbt, oder später, wenn sie in Vermont in New Hampshire in die Kommunalpolitik einsteigt, noch während ihre Scheidung von Dartmouth-Dan läuft. Keine schlechte Idee, das eine wie das andere.

Doch wie sie da in meiner Tür steht, gesund wie ein Kajakfahrer, mit einem Bostoner Akzent, bereits in Dingen «erfahren», von denen man nur träumen kann – was für ein Anblick für müde Augen. Vielleicht ist Dartmouth-Dan gerade mit Dads Zwölf-Meter-Yacht unterwegs, oder er paukt noch in Hanover oben auf seine Betriebswirtschaftsprüfungen. Vielleicht findet er auch dieses große, in seiner verbindlichen Art schöne Mädchen nicht mehr «interessant» (ein Urteil, das er noch bereuen wird), oder sie ist nicht die Richtige für seine Karriere (die nach einer kleineren oder etwas weniger selbstsicheren Frau verlangt), oder sie müßte aus einer besseren Familie kommen oder Französischkenntnisse haben. Solche Fehler werden immer noch gemacht. Wie könnte sonst auch nur einer von uns in die Zukunft blicken?

«Ich habe mir eben die Footballsitzung angesehen», sagt Melissa/Kate. Sie beugt sich zurück, um einen Blick auf den Gang zu werfen. Stimmen verlieren sich in Richtung der Aufzüge. Die Vorschauarbeit ist vorbei. Ihre Frisur läßt die süßen, kleinen, schneckenförmigen Ohren frei, so daß sie, wie gerade eben, die Haare von dort wegschnipsen kann. «Ich heiße Catherine Flaherty», sagt sie. «Ich mache dieses Frühjahr hier ein Praktikum. Von Dartmouth aus. Ich will nicht stören. Sie sind wahrscheinlich sehr beschäftigt.» Ein schüchternes, verschwiegenes Lächeln, und erneut ein Wegschnipsen der Haare.

«Ich hab, ehrlich gesagt, nicht viel Glück mit meiner Beschäftigung.» Ich lehne mich auf meinem Drehstuhl zurück und verschränke die Hände hinter dem Kopf. «Gegen ein bißchen Gesellschaft hab ich nichts einzuwenden.»

Wieder ein Lächeln, mit einem winzigen Schuß Sinnlichkeit. *Irgendwas an dir gefällt mir*, heißt das, *aber zieh daraus bloß keine falschen Schlüsse*. Ich antworte mit meinem eigenen festen Lächeln, das sie in Sicherheit wiegen wird.

«Ich wollte Ihnen einfach sagen, daß ich Ihre Geschichten in dem Magazin gelesen habe und daß sie mir wirklich sehr gut gefallen.»

«Das ist sehr freundlich von Ihnen, danke.» Ich nicke, harmlos wie der alte Onkel Gus. «Ich bemühe mich, den Job hier einigermaßen ernst zu nehmen.»

«Ich bin *nicht* freundlich.» Ihre Augen blitzen. Sie ist eine Frau, die sowohl plaudern als auch provozieren kann. Und ich bin sicher, sie kann auch ironisch werden, wenn die Situation es verlangt.

«Nein. Ich glaube, Sie wären keine Sekunde lang freundlich. Es ist nur nett von Ihnen, das zu sagen, selbst wenn Sie nicht nett sind.» Ich lege das Kinn, genau da, wo Vickis Schlag gelandet ist, in die weiche Innenseite meiner Hand.

«Akzeptiert.» Ihr Lächeln drückt aus, daß ich ja doch ein ganz guter Typ bin. Alles wird in ein Lächeln umgerechnet.

«Und, wie läuft's so beim Football?» sage ich mit erzwungener Unbeschwertheit.

«Na ja, ich find's ganz schön aufregend», antwortet sie. «Am Ende werfen sie einfach ihre ganzen Tabellen und Bewertungen raus und verlassen sich auf ihr Gefühl. Dann geht das Gebrüll erst richtig los. Ich fand's gut.»

«Nun, wir geben uns schon Mühe, all die Hintergründe auszuleuchten», sage ich. «Als ich hier anfing, konnte ich überhaupt nicht begreifen, wieso von denen jemals einer recht haben oder auch nur etwas wissen kann.» Ich nicke, zufrieden mit meiner Aussage, die natürlich eine gewichtige Wahrheit eines gelebten Lebens wiedergibt; andererseits gibt es keinen Grund anzunehmen, diese Catherine Flaherty wisse das nicht schon länger als ich. Sie ist zwar gerade erst zwanzig, aber ihr scharfsichtiger Blick verrät, daß sie gerade über die Dinge, die mir am wichtigsten sind, besser Bescheid weiß als ich – die Früchte eines privilegierten Lebens. «Wollen Sie's denn auch damit versuchen, wenn Sie mit der Schule fertig sind?» sage ich und hoffe auf ein *Na klar, da können Sie Gift drauf nehmen.* Doch sie sieht sofort nachdenklich drein, als wolle sie mich nicht enttäuschen.

«Ach wissen Sie, ich hab die Eignungstests für ein Medizinstudium bereits hinter mir, und jetzt hab ich etliche Bewerbungen draußen. Müßte jeden Tag Bescheid kriegen. Aber ich wollte das hier einfach mal versuchen. Ich fand's schon immer gut.» Wieder bahnt sich ein breites Lächeln an, aber plötzlich kommt ein ernster Ausdruck in ihre Augen, als könnte ich an allem, was irgendwie nach Spaß aussieht, Anstoß nehmen. Was sie wirklich von mir will, ist ein guter, handfester Rat, mein Votum für die eine oder andere Richtung. «Mein Bruder hat für Bowdoin Eishockey gespielt», sagt sie ohne jeden für mich erkennbaren Grund.

«Ich finde», sage ich glücklich und ohne eine Spur von Aufrichtigkeit, «mit dem Beruf des Mediziners können Sie nichts falsch machen.» Ich drehe mich in gespielter Munterkeit auf meinem Stuhl und trommle mit den Fingerspitzen auf die Armlehne. «Die Medizin ist eine verdammt gute Wahl. Sie haben auf eine ziemlich nützliche Weise am Leben von Menschen teil, was mir persönlich wichtig ist. Ich bin allerdings überzeugt, daß man das auch als Sportreporter tun kann – recht gut sogar.» Mein verletztes Knie meldet sich mit einem hämmernden Schmerz, der fast mit Sicherheit von meinem Herzen ausgelöst wurde.

«Was hat den Wunsch in Ihnen geweckt, Sportreporter zu

werden?» fragt Catherine Flaherty. Sie ist kein Mädchen, dem man was vormacht. Sie hat ihrem Vater einiges abgeguckt.

«Es war so, daß mich jemand in einer Phase gefragt hat, als ich, ehrlich gesagt, einfach keine bessere Idee hatte. Mir waren die erstrebenswerten Ziele ausgegangen. Ich versuchte damals, einen Roman zu schreiben, und das lief nicht wie gewünscht. Ich war froh, daß ich das aufgeben konnte, um hier einzusteigen. Und ich habe es noch keinen Augenblick bereut.»

«Haben Sie Ihren Roman je zu Ende geschrieben?»

«Nein. Wahrscheinlich könnte ich das immer noch, wenn ich wollte. Mein Problem war, daß ich mir sagte, solange ich nicht Cheever oder O'Hara hieß, würde niemand lesen, was ich schreibe, selbst wenn ich es zu Ende brächte, was ich nicht garantieren konnte. Jetzt habe ich dagegen eine Menge Leser und kann mich immer noch den Dingen zuwenden, die mir wichtig sind. Jedenfalls, nachdem ich einen guten Ruf erworben hatte.»

«Also, alles, was Sie schreiben, scheint einen Zweck zu haben, will etwas Wichtiges aufzeigen. Ich weiß nicht, ob ich das könnte. Vielleicht bin ich zu zynisch», sagt Catherine.

«Wenn Sie sich Gedanken darüber machen, sind Sie's wahrscheinlich nicht. Ich mache mir deshalb selber die ganze Zeit Gedanken. Es gibt genügend Typen in diesem Geschäft, die denken nie drüber nach. Und dazu gehören auch unsere Zahlenkünstler. Aber meiner Meinung nach kann man lernen, nicht zynisch zu sein – wenn man daran interessiert ist. Jemand könnte Ihnen erklären, was die Warnzeichen sind. Ich könnte Ihnen das wahrscheinlich in kürzester Zeit beibringen.» Hämmern im Knie und im Herzen: Laß mich dein Lehrer sein.

«Was ist denn so ein typisches Warnzeichen?» Sie grinst und schnipst ihr Honighaar von den Ohren, wie um zu sagen: Jetzt wird's lustig.

«Na ja, sich *keine* Gedanken zu machen, ist eines. Aber das trifft ja nicht auf Sie zu. Ein anderes ist gegeben, wenn man plötzlich mit jemandem, über den man schreibt, Mitleid hat, denn als nächstes hat man dann wahrscheinlich mit sich selber

Mitleid, und dann hat man echte Probleme. Wenn ich je das Gefühl habe, jemandes Leben sei eine Tragödie, dann bin ich mir ziemlich sicher, daß ich einen großen Fehler mache, und ich fange sofort nochmals von vorn an. Und ich glaube wirklich nicht, daß ich bei diesem Vorgehen je das Gefühl einer besonderen Ratlosigkeit oder Entfremdung hatte. Richtige Schriftsteller fühlen sich die ganze Zeit entfremdet. Ich habe Zitate gelesen, wo sie das selber zugeben.»

«Glauben Sie, Ärzte fühlen sich je entfremdet?» Catherine scheint besorgt (und das sollte sie auch sein). Ich muß an Fincher und sein bestimmt trostloses, idiotisches Leben denken. Aber es könnte auch schlimmer sein.

«Ich kann mir eigentlich nicht vorstellen, daß es für sie ganz zu vermeiden ist», antworte ich. «Sie bekommen schon eine Menge an Elend und Gemeinheit zu sehen. Trotzdem, Sie könnten es doch mit dem Medizinstudium mal ehrlich versuchen, und wenn nichts daraus werden sollte, können Sie ziemlich sicher sein, daß Sie einen Job als Sportreporter bekommen. Wahrscheinlich könnten Sie sogar hierher zurückkommen.»

Sie zeigt mir ihr bestes, augenzwinkerndes Lächeln, und die langen Bostoner Zähne fangen das Licht ein wie Opale. Wir sind jetzt ganz allein hier. Leere Bürozellen erstrecken sich in leeren Reihen bis nach vorn zum leeren Eingangsbereich und den leeren Bänken bei den Aufzügen – ein idealer Ort für eine erblühende Liebe. Wir haben einiges in der Hand und genügend miteinander zu teilen – ihre Bewunderung für mich, meine Ratschläge für ihre Zukunft, ihre Achtung vor meiner Meinung (die vielleicht sogar ihrem alten Herrn Konkurrenz macht). Vergessen wir, daß ich doppelt so alt bin wie sie oder noch älter. Um das Alter wird in diesem Land zuviel Getue gemacht. Die Europäer grinsen hinter unserem Rücken, während sie sich auf alles freuen, was zwischen dem Jetzt und dem Tod noch kommen mag. Catherine Flaherty und ich sind einfach zwei Menschen hier, die vieles gemeinsam haben, denen vieles durch den Kopf geht und die sich nach einem echten Gedankenaustausch sehnen.

«Sie sind einfach *großartig*», erlaubt sie sich zu sagen. «Ein wahrer Optimist. Wie mein Vater. Meine ganzen Sorgen sehen wie winzige Problemchen aus, die sich von selbst lösen werden.» Ihr Lächeln bestätigt mir, daß sie jedes Wort auch genauso meint, und ich kann es kaum erwarten, ihr weitere Weisheiten zukommen zu lassen.

«Ich schätze mich selbst im wesentlichen als einen Realisten ein», sage ich. «Was immer mit uns geschieht, ist in dem Moment, wo es geschieht, real. Ich versuche nur, die Dinge entsprechend meinen Fähigkeiten möglichst gut zu arrangieren.» Ich werfe einen Blick über die Schulter auf meinen Schreibtisch, als sei mir gerade etwas Wichtiges eingefallen, das ich hier erwähnen möchte – eine nur in meiner Einbildung existierende Ausgabe der *‹Grashalme›* oder ein abgegriffener Schmöker von Ayn Rand. Doch da liegt nur mein leerer gelber Notizblock, der mit den hingekritzelten falschen Anfängen wie eine alte Einkaufsliste aussieht. «Die Möglichkeiten sind wirklich unbegrenzt, es sei denn, natürlich, Sie sind eine echte Calvinistin», sage ich und schürze die Lippen.

«Meine Familie ist presbyterianisch», läßt mich Catherine Flaherty wissen und zeigt eine perfekte Nachahmung meiner schmallippigen Gebärde. (Ich hätte jede Wette angenommen, daß sie zum Team des Papstes gehört.)

«Das ist auch mein Verein. Aber ich hab das ziemlich schleifen lassen. Ich hab momentan ein bißchen viel um die Ohren.»

«Ich muß auch noch eine Menge lernen. Glaube ich.»

Und einen langen Moment herrscht nüchterne Stille, während über uns leise die Lichter summen.

«Was läßt man Sie hier denn tun, damit Sie Erfahrung sammeln?» frage ich aufgeschlossen. Welche Vorstellung auch in mir reifen mag, sie ist noch hinter dem Horizont, und ich will auf keinen Fall berechnend wirken, denn das würde sie augenblicklich von hier vertreiben. (Mir wird in diesem Moment klar, wie sehr es mir zuwider wäre, ihren Vater kennenzulernen, obwohl ich ja annehme, daß er ein toller Hecht ist.)

«Na ja, ich hab nur einige Leute am Telefon befragt, das ist ganz interessant. Der frühere Coach der Princeton-Ruderer ist ein russischer Überläufer aus den fünfziger Jahren, der auf Wettkampfreisen Informationen über H-Bomben herausgeschmuggelt hat. Das ist wohl alles vertuscht worden, und die Regierung hielt den Job in Princeton schon für ihn bereit.»

«Hört sich gut an», sage ich. Und es stimmt. Eine kleine Intrige, eine Geschichte, in die man sich reinknien kann.

«Aber ich habe große Schwierigkeiten damit, gute Fragen zu stellen.» Sie legt die Stirn in Falten, um zu zeigen, daß sie sich um ihre Fähigkeiten in diesem Gewerbe echte Sorgen macht. «Ich frage zu kompliziert, und niemand läßt viel raus.»

«Das überrascht mich nicht», sage ich. «Sie müssen nur darauf achten, daß die Fragen einfach sind, und denken Sie dran, dieselben Fragen immer und immer wieder zu stellen, manchmal nur anders formuliert. Die meisten Sportler brennen richtig darauf, einem die ganze Wahrheit zu sagen. Man darf ihnen nur nicht in die Quere kommen. Genau das ist auch der Grund, weshalb so viele Sportreporter verdammt zynisch werden. Ihre Rolle ist viel kleiner, als sie gedacht haben, und die Erkenntnis läßt sie sauer werden. Dabei haben sie sich immer nur bemüht, in ihrem Handwerk besser zu werden.»

Catherine Flaherty lehnt an dem Aluminiumpfosten in der Tür, die Augen funkelnd, der Mund unsicher, und sagt in diesem wichtigen Moment nichts, exakt nichts, nickt nur mit dem hübschen Kopf. Ja. Ja.

Es liegt alles an mir.

Der klare Mond dieser Nacht hat an meinem dunklen Horizont einen glatten silbernen Höcker postiert, und ich muß nur aufstehen, mir die Hände wie Sankt Stephan fest auf die Brust legen und vorschlagen, daß wir an die frische Luft gehen und über die Park Avenue bummeln, vielleicht auf ein Sandwich und ein Bier in eine Kneipe gehen, die ich dann kennen sollte (aber noch nicht kenne), am besten drüben in der Second Avenue, und für alles andere mag dann die verträumte Nacht sorgen. Ein Paar. Die üblichen Stadtbewohner, Arm in Arm unter dieser Mondsichel, vertraut mit diesen angenehmen Straßen, alte Hasen in diesem neuen Geschäft der romantischen Liebe.

Ich werfe einen Blick auf die Uhr über Eddie Frieders Büro, spähe, genauer gesagt, durch seine Bürofenster und durch die helle Nacht hinüber zu dem Gelände auf der anderen Straßenseite. Die Fenster dort sind altmodisch gelb beleuchtet. Ein massiger Mann mit einer Weste steht da und schaut hinunter auf die Straße. Auf was? Was geht ihm wohl durch den Kopf, frage ich mich unwillkürlich. Eine Reihe von Alternativen, die ihm nicht zusagen? Eine Zwangslage, die ihn beschäftigt und ihn die ganze Nacht kosten kann? Eine schwarze Zukunft, schwärzer noch als die Nacht? Hinter ihm ist offenbar jemand, den ich nicht sehen kann, und spricht ihn an oder ruft seinen Namen; jedenfalls dreht er ab, hebt die Hände in einer zustimmenden Geste und verschwindet aus dem Blickfeld.

Nach Eddie Frieders Uhr haben wir jetzt genau die elfte Stunde in dieser Osternacht. Im Büro ist es still und ruhig, abgesehen vom fernen Summen eines Computers und von der Uhr selbst, die sich auf die nächste Minutenstation zuschlängelt. Ein süßer Duft liegt in der geruchlosen Luft, der Duft von Catherine Flaherty; Kleiderschränke, geheime Privatschulstreiche, dunkle (aber nicht zu dunkle) Rendezvous. Und einen Moment lang werde ich davon abgehalten, zu reden oder mich zu bewegen, denn ich stelle mir präzise vor, wie sie die Pflicht übernehmen wird, mich zu lieben. Es ist natürlich eine Art, die ich schon kenne, die ich, bedenkt man alles, einfach kennen muß (das ist ein Thema, das dich nicht überrascht, wenn du erst erwachsen bist). Es wird die halbernsteste aller Arten sein, jemanden zu lieben. Nicht die Art, wie sie Dartmouth-Dan liebt und auch nicht die Art, wie sie den glücklichen Mann lieben wird, den sie höchstwahrscheinlich einmal heiratet – einen arglosen Columbia-Absolventen mit einer bereits auf ihn wartenden Anwaltskanzlei in der Familie. Sondern eine Art, die zwischen diesen liegt, eine Art, die besagt:

Das hier ist ziemlich ernst, aber nur der Erfahrung wegen; ich wäre das am meisten überraschte Mädchen in ganz Boston, wenn daraus irgend etwas Wichtiges werden sollte; es wird interessant sein, ganz sicher, und im Rückblick werde ich eines Tages sicher sein, daß ich richtig gehandelt habe und alles, aber ich werde nicht so genau wissen, warum ich das glaube; volle Kraft voraus.

Und wie stelle ich mich dazu? Von einem gewissen Punkt an spielt eigentlich *nichts anderes* mehr eine Rolle als deine Einstellung – deine Hoffnungen, deine Risiken, deine Opfer, deine potentiellen Inseln der Reue und Belohnungen –, wenn du dich auf das einläßt, was nicht mehr ist als Erfahrung durch Routine.

Meine, darf ich sagen, ist die bestmögliche.

«Was meinen Sie», sage ich mit wach werdender Stimme, die Hände auf der Brust, «sollen wir nicht ein bißchen rausgehen an die frische Luft, auf einen kleinen Spaziergang? Ich hab seit heut mittag nichts gegessen, und ich könnte jetzt glatt ein Pferd essen. Ich lad Sie zu einem Sandwich ein.»

Catherine Flaherty nimmt ein Stückchen ihrer Lippe zwischen die Zähne, während sie mir ein Lächeln zeigt, das meines noch übertrumpft, und in ihre Tulpenwangen kommt Farbe. Das ist eine wirklich gute Idee, will sie sagen, voller Gefühl. (Auch wenn sie mit dem Nicken einer Geschäftsfrau ihre Zustimmung gibt, noch bevor sie redet.) «Klingt *großartig.*» Sie schnipst mit einer präzisen Bewegung ihr Haar zurück. «Ich hab auch ziemlich Hunger, glaub ich. Ich hol nur meinen Mantel, dann kann's losgehen.»

«Abgemacht», sage ich.

Ich höre ihre Füße auf dem mit Teppichen ausgelegten Gang mal gleiten, mal hopsen, höre, wie die Tür zur Damentoilette ächzend auf- und dann ächzend wieder zugeht, ins Schloß fällt (immer praktisch denkend, das Mädchen). Und es gibt auf Erden keinen schöneren Augenblick als diesen – alles zeichnet sich ab, nichts ist schiefgegangen, alles ist möglich –, genau das Gegenteil dessen, was ich neulich abends auf der Nachhausefahrt empfand, als es nur noch abwärts ging und im Umkreis von tausend Meilen nichts war, auf das ich mich hätte freuen können. Das hier ist wirklich das einzige, wofür zu leben sich lohnt, wenn man sich's recht überlegt.

Das Licht über der Straße ist jetzt aus. Doch als ich da stehe und hinausschaue (mein kaputtes Knie so gut wie neu) und darauf warte, daß dieses unwiderstehliche, gefühlvolle Mädchen zurückkommt, kann ich nicht sicher sein, daß der Mann, den ich dort sah – der massige Mann mit seiner Weste und Krawatte, überrascht vom plötzlichen Laut einer Stimme und seinem Namen, einem Laut, den er nicht erwartet hatte –, daß dieser Mann nicht immer noch dasteht und auf die nächtlichen Straßen einer freundlichen Stadt hinausblickt, allein. Und ich trete näher an die Fensterscheibe heran und versuche, ihn im Dunkel zu finden, gebe mir alle Mühe, hoffe auf wenigstens das Trugbild eines Gesichts eines Menschen, der dort steht und mich hier beobachtet. Weit unten ahne ich die Geräusche der Autos und des bewegten Lebens. Hinter mir höre ich, wie die Tür wieder ächzend zugeht, und dann Schritte, die näher kommen. Und ich ahne, daß es nicht mehr möglich ist, von dort drüben etwas zu sehen, aber ich vermute ohnehin, daß mich niemand beobachtet. Niemand hat beachtet, daß ich hier stehe.

SCHLUSS

Das Leben wird immer ohne einen natürlichen, überzeugenden Abschluß bleiben. Mit einer Ausnahme allerdings.

Walter wurde genau an dem Tag in Coshocton in Ohio beerdigt, an dem ich meinen neununddreißigsten Geburtstag feierte. Ich wäre fast zu seinem Begräbnis gegangen, ging dann aber doch nicht. (Carter Knott war dort.) Trotz allem hatte ich einfach nicht das Gefühl, daß ich da hingehörte. Ein, zwei Tage behielten sie ihn drüben bei Mangum & Gayden in der Winthrop Street, wo vor vier Jahren auch Ralph war, und dann wurde er mit einem Fernlaster in den Mittleren Westen zurückgebracht. Es zeigt sich, daß es nicht seine Schwester war, die ich an jenem Abend auf dem Bahnsteig in Haddam sah, sondern irgendeine andere Frau. Walters Schwester, Joyce Ellen, ist eine kräftig gebaute, brillentragende Frau, die man sich gut in einem Kirchenchor vorstellen könnte, eine Frau, die nie geheiratet hat und männlich wirkende Anzüge und Krawatten trägt, eine Person, wie man sie sich angenehmer nicht vorstellen kann, und sie hat nie Teddy Roosevelts *‹Leben›* gelesen. Sie und ich saßen lange und freundschaftlich in einem Café in New York zusammen und unterhielten uns über den Brief, den Walter hinterlassen hatte, und über Walter im allgemeinen. Joyce sagte, er sei für sie und ihre ganze Familie so etwas wie ein Rätsel gewesen, und er habe schon länger keine engere Verbindung mehr zu ihnen gehabt. Erst in der letzten Woche seines Lebens, sagte sie, habe Walter mehrmals angerufen; er habe von der Jagd gesprochen und von der Möglichkeit zurückzukommen und ein Geschäft zu eröffnen, und er habe sogar von mir gesprochen und mich als seinen besten Freund bezeichnet. Joyce sagte, sie habe den Eindruck gehabt, daß ihr Bruder sich sehr merkwürdig verhalte, und als dann schließlich der Anruf kam, habe sie das gar nicht so sehr überrascht. «Solche Dinge kann man im voraus spüren», sagte sie (ich bin da allerdings anderer Meinung). Sie sagte, sie hoffe, Yolanda werde nicht zu der Beerdigung kommen, und ich habe den Verdacht, daß ihr der Wunsch erfüllt wurde.

Walters Tod, das kann man wahrscheinlich sagen, hat auf mich genau die Wirkung gehabt, die der Tod beabsichtigt: Er hat mich an meine Verantwortung für eine etwas größere Welt erinnert. Allerdings passierte das in einer Zeit, als ich wenig Lust hatte, darüber nachzudenken, und ich finde es auch jetzt noch schwer, mich damit auseinanderzusetzen, und bin mir nicht so ganz sicher, was ich anders machen kann.

Walters Geschichte von einer unehelichen und inzwischen in Florida lebenden Tochter, war, wie sich jetzt herausstellt, frei erfunden, nichts als ein liebenswürdiger Scherz. Er wußte, glaube ich, daß ich nie riskieren würde, ihn im Stich zu lassen, und er hatte recht. Ich flog nach Sarasota, schnüffelte eine ganze Menge herum, rief mehrmals in Coshocton an, um vielleicht über das Geburtenregister etwas herauszufinden. Ich rief Joyce Ellen an, engagierte sogar einen Privatdetektiv, der mich eine Stange Geld kostete, stöberte aber nichts und niemanden auf. Und ich kam zu dem Schluß, daß die falsche Spur, die er legte, nur ein allerletzter Versuch war, sich einer totalen Enthüllung zu entziehen. Eine Finte wie im Roman. Und ich bewundere Walter dafür, denn für mich zeugt eine solche Geste von einem Gespür für Heimlichkeiten, etwas, was sonst in Walters Leben fehlte, so sehr er sich darum bemühte. Ich glaube, Walter könnte etwas Wichtiges herausbekommen haben, bevor er zum letztenmal den Fernseher einschaltete, obwohl ich nicht versuchen will, für ihn zu sprechen. Aber man kann ohne weiteres glauben, daß einige persönliche Fragen ihre Antwort finden – das liegt einfach in der Natur der Sache –, während man darauf wartet, daß der Vorhang fällt.

Daß ich nach Florida gekommen bin, hat mir gutgetan, und so bin ich einige Monate geblieben – wir haben jetzt September –, aber ich glaube nicht, daß ich für immer hierbleiben werde. Ans untere Ende des Landes zu kommen, beschwört ein angenehmes Gefühl herauf, eine tropische Gewißheit, daß einem hier etwas zustoßen wird. Überall scheinen hier bescheidene Hoffnungen zu wuchern. Ich habe herausgefunden, daß die Leute in Florida sind, um von irgendwelchen Dingen wegzukommen, um das Leben voll auszuschöpfen, und fast jeder, den ich kennenlerne, ist von einer Festigkeit und Geradheit, die ich sympathisch finde. Keiner versucht, den anderen zu betrügen, wie meine Mutter immer sagte und wie es auch in allen Berichten heißt. Viele Leute kommen aus Michigan hierher, und die blauen Nummernschilder an ihren Pkw und Kleinlastern treten stark in Erscheinung. Es ist nicht wie New Jersey, aber es ist nicht übel.

Die Zeit seit letztem April ist rasch vergangen, fast im Zeitraffertempo und in Technicolor – viel schneller, als sie sonst für mich vergeht –, und vielleicht ist das der große Vorzug Floridas und nicht das warme Wetter: Die Zeit vergeht schnell und in einer vollkommen zeitlosen Art. Ganz anders als in Gotham, wo du jede Sekunde spürst, die du am Leben bist, dabei aber irgendwie alles andere verpaßt.

Mit meinen Bankersparnissen habe ich mir einen sportlichen, meergrünen Datsun geleast und meinen Wagen und mein Haus in Bosobolos Obhut gelassen. Das hat es ihm ermöglicht – wie er in einem Brief erklärte –, seine Frau aus Gabun herüberzuholen und in Amerika ein richtiges Eheleben zu führen. Was aus dem plumpen weißen Mädchen geworden ist weiß ich nicht. Möglich, daß er sie aufgegeben hat, muß aber nicht sein. Und ich weiß auch nicht, was meine Nachbarn von der neuen Situation halten – wenn sie Bosobolo draußen im Garten sehen, wie er Geißbart und Schierling inspiziert, seine langen Arme in die Luft reckt und aus Herzenslust gähnt.

In Longboat Key an der Küste habe ich in einer Wohnanlage («Nur für Erwachsene») ein möbliertes Apartment, und von meinem Magazin habe ich mich auf unbestimmte Zeit beurlauben lassen. Und mein Leben war in diesen paar Monaten eine durchaus angenehme Mischung. Am Abend kommt es oft vor, daß jemand Big Band- oder Reaggae-Platten auflegt, und Männer und Frauen versammeln sich am Pool, mixen Drinks, tanzen und plaudern. Es gibt natürlich genügend Mädchen in Badeanzügen und Strandkleidern, und hin und wieder ist eine von ihnen bereit, die Nacht mit mir zu verbringen, und zieht am nächsten Morgen wieder ab, zurück zu dem, was sie vorher interessierte: ein Job, ein anderer Mann, Reisen. Ein paar sympathische Homosexuelle wohnen hier ebenso wie eine große Anzahl von pensionierten Offizieren der Navy – Burschen aus dem Mittleren Westen die meisten, zum Teil in meinem Alter –, die über viel Zeit und Energie verfügen und nicht genügend zu tun haben. Die Männer von der Navy wissen Geschichten aus Vietnam und Korea, die alle zusammen ein gutes Buch ergeben würden. Ein paar von ihnen haben mich dann auch gefragt, ob ich nicht ihre Lebensgeschichte aufschreiben würde, nachdem sie erfuhren, daß ich vom Schreiben lebe. Doch sobald mich diese Dinge langweilen, oder wenn ich nicht in der richtigen Stimmung dafür bin, gehe ich hinüber zum Strand, der gleich hinter der Staumauer liegt, und gehe eine Weile im späten Tageslicht spazieren, wo der Himmel wirklich hoch und weiß ist, sehe den Horizont in Richtung Kuba dunkel werden, das letzte Touristenflugzeug des Tages aufsteigen und weiß Gott wohin fliegen. Ich mag den flachen Plexus des Golfs und das Gefühl, daß eine unermeßliche, beunruhigende Landschaft unter Wasser liegt, für immer verloren, während uns nur das festumrissene Land bleibt, eine traurige und flache und melancholische Prärie, die einsam sein kann, aber auf eine reizvolle Art. Ich bin sogar zum Sunshine Skyway raufgefahren, wo ich an Ida Simms denken mußte und an den Abend, als Walter und ich von ihr redeten und er mir sagte, wieviel sie ihm bedeutet habe. Ich habe mich dann gefragt, ob sie je dort oder auf den Seychellen oder an einem ähnlichen Ort zu sich gekommen und zu ihrer Familie zurückgegangen ist. Wahrscheinlich nicht.

Mir ist klar, daß ich das alles erzählt habe, weil ich – ohne daß es mir bewußt war – an diesem Donnerstag vor einigen Monaten mit einem besonderen Gefühl aufwachte, mit einer Ahnung, daß alle möglichen Dinge sich ändern und geregelt werden und schon bald zu einem Abschluß kommen würden und daß ich vielleicht etwas zu erzählen haben würde, etwas Wichtiges und vielleicht sogar Interessantes. Und nun bin ich wieder an dem Punkt, wo ich nicht weiß, wie alles ausgehen wird, eine Gemütsverfassung, die ich als angenehm empfinde. Ich ahne, daß ich einem großen, leeren Moment in meinem Leben ins Auge gesehen habe, aber ohne das übliche schreckliche Bedauern zu empfinden – und das ist ja schließlich die Art und Weise, wie ich anfangs versucht habe, das alles zu beschreiben.

Gelegentlich fahre ich in meinem Datsun hinüber und streiche in den Trainingszentren der großen Baseballklubs aus dem Norden herum, wo im Augenblick nicht viel los ist. Die Tigers haben eine Rekordserie hingelegt und sind meiner Ansicht nach nicht mehr aufzuhalten. Im Quartier der Spieler herrscht eine seltsame, gespannte Fröhlichkeit. Ein paar Spieler, die sich Hoffnungen machen, beginnen mit dem Herbsttraining, Jungs von südlich der Grenze und einige ältere Spieler, deren beste Zeit vorbei ist und von denen ich einige schon vor vielen Jahren habe spielen sehen. Sie sind aus eigenem Antrieb hier und hoffen, die Jungen zu besseren Leistungen oder zu einer besseren Einstellung motivieren zu können und so zu zeigen, daß sie gute Trainer oder Talentsucher abgeben würden, vielleicht bei einer Fohlenmannschaft in Iowa draußen – um weiterhin ein Leben nach ihrem Geschmack führen zu können. Es ist ein bitteres Dasein hier, bestenfalls ein planloses Spiel ohne rechte Freude, und jeder wartet auf den Sieg. Ein guter, bewegender Artikel ließe sich über diese kleine Welt schreiben. Ein alter Fänger kam tatsächlich auf mich zu und bekannte, er habe Zucker und werde langsam blind, und er meinte, daraus sei doch eine gute Geschichte für junge Leser zu machen. Aber ich werde sie nie schreiben, so wie ich über Herb Wallagher nie etwas Ordentliches geschrieben habe und diese Niederlage einräumen mußte. Manchmal ist ein Leben nur ein Leben, nicht zu konjugieren, so wie es auf manche Fragen keine Antworten gibt. Es läßt sich nichts dazu sagen. Ich habe die Geschichte von dem Fänger mitsamt meinen Gedanken dazu an Catherine Flaherty weitergegeben, für den Fall, daß sich ihre derzeitigen Pläne zerschlagen.

Die Dinge erscheinen mir nun in einem anderen Licht, vielleicht so wie einer Figur am Ende einer guten Short Story. Ich habe andere Begriffe für das, was ich sehe und voraussehe, sogar andere Arten von Gedanken und Reaktionen; sie sind jetzt reifer und scheinen wirklich zu zählen. Wenn ich eine Short Story schreiben könnte, würde ich das tun. Aber ich glaube nicht, daß ich es könnte, und habe nicht vor, es zu versuchen, aber das beunruhigt mich nicht. Offenbar genügt es mir, wie ein guter Sohn Michigans in die Grünanlagen zu gehen und mir die Sonne ins Gesicht scheinen zu lassen, während ich irgendwo in der Nähe das Pfeifen und den dumpfen Knall eines Baseballs höre, der auf Handschuhleder trifft. So könnte das Traumleben eines Sportreporters aussehen. Manchmal komme ich mir sogar wie der Mann vor, von dem Wade mir erzählte, dessen Leben sich spurlos in dem Erdrutsch verlor.

Es ist aber nicht so, als wäre mein altes Leben völlig ausgelöscht. Denn in der Zeit, die ich hier bin, hatte ich überraschend die Gelegenheit, mit richtigen Verwandten Kontakt aufzunehmen, Cousins meines Vaters, die mir auf dem Umweg über Irv Ornstein (den Stiefsohn meiner Mutter) nach Gotham schrieben, um mir zu sagen, ein gewisser Großonkel Eulice sei in Kalifornien gestorben, und sie würden mich gern kennenlernen, wenn ich einmal nach Florida kommen sollte. Ich kannte sie natürlich nicht und glaube auch nicht, daß ich je ihre Namen gehört hatte. Aber ich bin froh, daß ich sie jetzt kenne, denn sie sind das wahre Salz der Erde, und mir hat es geholfen, daß sie mir geschrieben haben und daß ich mir die Zeit genommen habe, sie kennenzulernen.

Buster Bascombe, früher Bremser bei der Eisenbahn, ist Rentner und so schwer herzkrank, daß jederzeit, jede Stunde, sein Ende kommen kann. Und Empress, seine Frau, ist eine koboldhafte kleine Rechtsradikale, die Bücher liest wie *‹Meister der bewußten Täuschung›* und die Ansicht vertritt, wir sollten die Goldwährung wieder einführen, keine Steuern mehr bezahlen, Jalta und die UNO vergessen, und die am laufenden Band Camel raucht und nebenher ein bißchen Immobilien verkauft (auch wenn sie nicht so schlimm ist, wie diese Leute oft scheinen). Beide sind ehemalige Alkoholiker, und sie glauben immer noch an die meisten der Prinzipien, an die auch ich glaube. Ihr Haus ist ein großer, gelbverputzter Bungalow außerhalb von Nokomis an der Tamiami-Route, und ich bin mindestens schon viermal runtergefahren, zu einem Steakdinner bei ihnen und ihren erwachsenen Kindern – Eddie, Claire Boothe und (zu meiner Überraschung) Ralph.

Diese Florida-Bascombes sind für mich eine prächtige Familie modernen Typs, Menschen, die darauf vertrauen, daß die Welt immer noch einige wichtige Dinge zu bieten hat, und die glauben, das Leben habe ihnen mehr gegeben, als sie je erwartet oder verdient hätten, und daran ändert für sie auch die Tatsache nichts, daß der junge Eddie zur Zeit arbeitslos ist. Ich bin stolz darauf, das neueste Mitglied ihrer Familie zu sein.

Buster ist ein großer, fröhlicher Mann mit feuchten Augen und blassem Gesicht, der wegen seiner Herzprobleme zu einer Handleserin geht und der es genießt, Fremde wie mich ins Vertrauen zu ziehen. «Dein Daddy war ein kluger Mann, oder siehst du das anders», erzählte er mir einmal auf seiner mit Fliegengittern versehenen hinteren Veranda nach dem Essen, mitten im lieblichen Duft der Grapefruit-Plantagen und Azaleen. Ich kann mich kaum an meinen Vater erinnern, und deshalb ist mir das alles neu, sogar die Erkenntnis, daß ihn *irgend jemand* kannte. «Er konnte in die Zukunft blicken wie kein anderer», sagt Buster und grinst. Meine Mutter hatte er nie kennengelernt. Und mein Eingeständnis, daß ich mich an kaum jemanden aus der damaligen Zeit erinnern kann, läßt ihn kalt. Es ist für ihn lediglich ein bedauerlicher Fehler des Schicksals, und er ist bereit, diesen Fehler für mich zu korrigieren, obwohl ich ihm umgekehrt keine interessanten Geheimnisse zu bieten habe. Und ich muß ehrlich sagen: Wenn ich am Abend auf der 24 zurückfahre, während hinter meiner Wohnanlage und hinter der breiten Allee aus Dattelpalmen und Laternenpfählen die Sonne untergeht, dann bin ich gewöhnlich (wenn auch nur vorübergehend) froh, eine (wenn auch abgeleitete und entlegene) Vergangenheit zu haben. Es ist schon was. Und es ist keine Bürde, auch wenn ich das früher immer gedacht habe. Ich kann nicht sagen, daß wir alle eine Vergangenheit im großen literarischen Stil brauchen oder daß sie einem letztlich viel nützt. Aber so eine kleine Vergangenheit kann nicht schaden, vor allem, wenn du schon ein Leben nach deinem eigenen Geschmack führst. «Deine Freunde suchst du dir aus», sagte Empress zu mir, als ich das erste Mal dort war, «aber was deine Familie angeht, da gibt's nichts auszusuchen.»

Was bleibt am Ende noch zu sagen? Es ist keine sehr komplizierte Angelegenheit, glaube ich.

Mein Herz schlägt noch, wenn auch, ehrlich gesagt, nicht genauso wie vorher.

Meine Stimme ist so stark und überzeugend wie eh und je und hat mich nach jenem Ostersonntag in Barnegat Pines nicht im Stich gelassen.

Ich habe engen Kontakt zu Catherine Flaherty gehalten, und nach den zwei Tagen, die wir in ihrer unordentlichen kleinen Wohnung im Ostteil der 5. Straße verbrachten, sahen wir uns ziemlich oft, bis ich dann meine Sachen packte und hier runterkam. Sie ist ein wunderbares, wißbegieriges, tendenziöses Mädchen, genau in den Dingen ironisch, wo ich es halb geahnt habe, und über ernste Dinge reden wir auch heute noch manchmal. Sie hat am Dartmouth College mit ihrem Medizinstudium angefangen und will an Thanksgiving hierher fliegen, falls ich dann noch hier bin, was jedoch ganz unwahrscheinlich ist. Es hat sich gezeigt, daß es keinen Dartmouth-Dan gibt, und das sollte uns allen eine Lehre sein: Die besten Mädchen sind oft ungebunden, wahrscheinlich eben *weil* sie die besten sind. Es genügt, daß ich das weiß und daß wir uns wie Jungverliebte benehmen, bis spät in die Nacht miteinander telefonieren, Besuche an Feiertagen planen, insgeheim hoffen, uns nie wiederzusehen. Ich bezweifle, daß uns eine echte Liebe verbindet. Ich bin zu alt für sie; sie ist zu klug für mich. (Ich hätte nie den Mut, ihren Vater kennenzulernen, der sich «Punch» Flaherty nennt und seine Kandidatur fürs Abgeordnetenhaus vorbereitet.) Doch als Nachtrag sei zugegeben, daß ich mich, was ihre Einstellung zur Liebe und zum Bett angeht, völlig geirrt habe und daß ich auch mit Befriedigung festgestellt habe, daß sie modern genug ist, nicht zu glauben, ich könne ihr auf die eine oder andere Art den Weg ebnen, obwohl ich mir wünsche, ich könnte es.

Von Vicki Arcenault habe ich kein Wort mehr gehört, und es würde mich nicht überraschen, wenn sie nach Alaska gezogen wäre und sich mit ihrem ersten Mann – und ihrer neuen Liebe –, dem hitzköpfigen Everett, ausgesöhnt hätte und wenn sie zusammen New-Ager geworden wären und in heißen Bädern säßen und dort über ihre Ziele und Diäten diskutierten und zusammen mit Verbraucherschützern einer kalten Welt den Kampf ansagten, überzeugt von dem, was sie sind und was sie wollen. Die Welt wird ihr gehören, nicht mir. Ich hätte ihre Entwicklung hinauszögern können, aber nur eine Weile, und wir wären sicher auf eine bittere Scheidung zugegangen. Ich vermute – und das macht mich nicht glücklich –, sie wird eines Tages entdecken, daß sie die Männer nicht mag und nie mochte (genau wie sie sagte), ihren Vater eingeschlossen, und sie wird eine Fahne herumtragen, auf der genau diese Worte stehen. So ist das nun mal: In Angelegenheiten des Herzens kehren sich Erwartungen um; die Liebe: ein Opfer des Zufalls und des Schicksals; das, was wir nach eigener Aussage nie tun wollen, ist schließlich genau das, was wir unter allen Umständen tun wollen. Ich glaube heute, daß sie mir über Fincher Barksdale und meine frühere Frau eine Lüge erzählt hat, auch wenn es letzten Endes keine verletzende Lüge war. Vielleicht ist ihr das alles peinlich. Aber sie verfolgte ihre eigenen Zwecke damit, und wenn ich nicht vorhatte, mich ihr anzuvertrauen (und ich hatte es nicht vor), dann gab es keinen Grund, weshalb sie sich mir anvertrauen sollte. Mein Schaden war nicht größer als der Schaden, den einem ein schmerzendes Kinn zufügt, und ich bin ihr nicht böse. Sällawie, wie sie selbst oft sagte.

Ich bin schließlich aus dem «Klub der Geschiedenen Männer» ausgetreten. Aber nach Walters Tod schien dort die Begeisterung ohnehin nicht mehr groß. Der Klub schien seinen Zweck nicht sehr gut zu erfüllen, und ich glaube, die anderen Männer werden irgendwann dazu übergehen, einfach wieder altmodische Freundschaften zu pflegen.

Was meine Kinder angeht, so haben sie vor, mich zu besuchen, aber das wollten sie schon den ganzen Sommer über, und es könnte sein, daß ihre Mutter sie nicht schickt, weil sie den Verdacht hat, daß ich hier ein anstößiges Junggesellenleben führe. Irgendwie kommt immer etwas dazwischen. Sie waren enttäuscht, daß unsere Fahrt um den Lake Erie ins Wasser fiel, aber es wird noch andere Gelegenheiten geben, solange sie noch jung sind.

X' Mutter, Irma, ist zu Henry nach Michigan zurückgekehrt. Nach zwanzig Jahren sind sie wieder zusammen. Sie haben mit Sicherheit Angst davor, allein zu sterben. Im Gegensatz zu mir spüren sie, wie die Zeit verfliegt. In ihrem letzten Brief schrieb Irma: «In der *Free Press* habe ich gelesen, Franky, daß *viele* Prominente – mit Ausnahme einer Fernsehsprecherin – jeden Tag in der Frühe den Sportteil der Zeitung lesen. Ich finde das ermutigend. Du nicht?» (Doch.) «Ich finde, Du solltest da besser am Ball bleiben.»

Was X selbst angeht, so kann ich da nur sagen: Wer weiß? Sie hält mich nicht für einen schrecklichen Mann, und das ist mehr, als die meisten Ehen als Kapital für die Zukunft haben.

Sie spielt in letzter Zeit auf Golfturnieren, die von Klubs im Osten veranstaltet werden, und tritt dabei gegen neue Gegnerinnen in Pennsylvania und Delaware an. Sie sagte mir am Telefon, sie spiele im Augenblick den besten Golf ihres Lebens, habe großes Vertrauen in ihre Putts, und mit den Eisen für die langen Schläge komme sie jetzt bestens zurecht – Fertigkeiten, die sie vielleicht nicht einmal hätte, wenn sie all die Jahre Turniere gespielt hätte. Sie sagte auch, es gebe Teile ihres Lebens, die sie gern zurücknehmen würde, ging aber nicht näher darauf ein. Ich fürchte, sie ist verstärkt zur Selbstbeobachtung übergegangen, was nicht immer ein gutes Zeichen ist. Sie redete von einem Umzug, sagte aber nicht wohin. Sie sagte, sie werde nicht wieder heiraten. Sie sagte, sie wolle vielleicht Flugstunden nehmen. Nichts würde mich überraschen. Beim letztenmal fragte sie mich kurz, bevor sie auflegte, warum ich sie an dem Abend damals, vor Jahren, nicht getröstet hätte, als in unser Haus eingebrochen worden sei, und ich antwortete ihr, das alles sei mir so idiotisch und zugleich so unerklärlich vorgekommen, daß ich einfach nicht gewußt hätte, was sagen, aber daß es mir leid tue und daß ich in der Situation versagt hätte. (Ich hatte nicht das Herz, ihr klarzumachen, daß ich sehr wohl mit ihr geredet, daß sie mich aber nicht gehört hatte.)

Das Leben hat, wie ich schon sagte, nur einen einzigen sicheren Abschluß. Es ist möglich, eine einzige Person und sonst niemanden zu lieben und trotzdem nicht mit dieser Person zusammenzuleben oder sie auch nur zu treffen. Wer etwas anderes sagt, ist ein Lügner oder ein sentimentaler Spinner oder noch Schlimmeres. Es ist möglich, verheiratet zu sein, geschieden zu werden und danach mit einer Reihe ganz neuer Übereinkünfte einen neuen Anfang miteinander zu machen, mit Dingen, die du vorher in deinem Leben nicht gemocht oder auch nur verstanden hättest und die nun zu deiner Überraschung absolut perfekt scheinen. Die einzige Wahrheit, die nie eine Lüge sein kann, ist das Leben selbst – das, was geschieht.

Werde ich je wieder in Haddam und in New Jersey wohnen? Ich habe nicht die leiseste Ahnung.

Werde ich wieder als Sportreporter arbeiten und tun, was ich früher tat, und zwar mit Vergnügen? Dito.

Vor einer Woche habe ich in der *St. Petersburg Times* gelesen, daß in der De Tocqueville Academy ein Junge gestorben ist, der Sohn eines bekannten Astronauten, weshalb die Meldung auch in die Zeitung kam, obwohl der Junge friedlich gestorben war. Natürlich mußte ich an Ralph denken, meinen Sohn, der überhaupt nicht friedlich gestorben ist, sondern halb wahnsinnig, mit einer ganz eigenen Stimme, mit irren Flüchen und Grobheiten und sogar Scherzen. Und ich begriff, daß meine eigene Trauer um ihn endgültig vorbei ist – wo die des Astronauten gerade erst beginnt. Schmerz, echter Schmerz, ist relativ kurz, doch die Trauer kann lange gehen.

Ich bin heute morgen aus dem Haus und hinüber zum flachen, weichen Sandstrand gegangen, um – ohne Hemd, nur in der Badehose – einen Spaziergang zu machen. Und mir ging der Gedanke durch den Kopf, daß es zu den natürlichen Einflüssen des Lebens gehört, dich mit einer dünnen Schicht zu überziehen, einer Schicht aus... Ja, was? Ist es ein Film? Ein Rückstand oder eine zweite Haut aus all den Dingen, die du getan hast und gewesen bist und gesagt hast und in denen du fehlgegangen bist? Ich bin nicht sicher. Aber du *bist* unter dieser Hülle, und du bist es lange, und nur selten wird es dir bewußt, es sei denn, du kommst aus irgendeinem unerwarteten Anlaß oder bei irgendeiner Gelegenheit darunter hervor – für eine Stunde oder auch nur für einen Augenblick – und fühlst dich auf einmal richtig gut. Und in diesem magischen Augenblick wird dir klar, wie lange es her ist, daß du dich genauso gefühlt hast. Du fragst dich, ob du vielleicht krank gewesen bist. Ist das Leben selbst eine Krankheit oder ein Syndrom? Wer weiß? Wir alle kennen das Gefühl, da bin ich sicher, denn ich kann unmöglich etwas empfinden, was Hunderte von Millionen anderer Bürger nicht empfunden haben.

Nur bist du dann plötzlich draußen – aus dieser Hülle, dieser Lebenshaut –, wie damals, als du noch ein Kind warst. Und du denkst: Genauso muß es schon *einmal in meinem Leben* gewesen sein, auch wenn es dir damals nicht bewußt war und du dich nicht einmal daran erinnern kannst – an dieses Gefühl des Windes auf Wangen und Armen, das Gefühl des Befreitseins, des Losgelassenseins, des schwerelosen Dahingleitens. Und da es lange Zeit nicht mehr so gewesen ist, möchtest du diesmal, daß es anhält, dieser glitzernde eine Augenblick, diese kühle Luft, dieses neue Leben, damit du dir einen Eindruck von diesem Gefühl bewahren kannst, denn wenn es wiederkommt, könnte es zu spät für dich sein. Du könntest dann zu alt sein. Und in Wahrheit könnte es natürlich das letzte Mal sein, daß du dieses Gefühl erlebst.

3292/3

Paul Auster

Paul Auster, geboren 1947 in Newark / New Jersey, gilt in Amerika als eine der großen literarischen Entdeckungen der letzten Jahre. Er studierte Anglistik und vergleichende Literaturwissenschaft an der Columbia University und verbrachte danach einige Jahre in Paris. Heute lebt er in New York.

Die New-York-Trilogie *Roman*
Deutsch von J. A. Frank
(rororo 12548)
Die «New-York-Trilogie» machte Paul Auster mit einem Schlage berühmt. Zunächst wirkt sie wie eine klassische, spannungsgeladene Kriminalgeschichte, die den Leser raffiniert in ihren Bann zieht. Aber bald scheinen die vordergründig logischen Zusammenhänge nicht mehr zu stimmen. Die Rollen der Täter und Opfer, der Verfolger und Verfolgten verschieben sich auf rätselhafte Weise ...
«Eine literarische Sensation!»
Sunday Times

Mond über Manhattan *Roman*
Deutsch von Werner Schmitz
(rororo 13154)
«Paul Auster ist der vielleicht bedeutendste amerikanische Autor der letzten Jahre; seine literarischen Qualitäten suchen auch hierzulande ihresgleichen.»
Deutschlandfunk

Die Erfindung der Einsamkeit
Deutsch von Werner Schmitz
256 Seiten. Gebunden
Paul Auster erzählt in zwei aufrichtigen autobiographischen Texten von der Einsamkeit und dem Sterben seines ihm bis zu-letzt fremdgebliebenen Vaters.

Literatur

Die Musik des Zufalls *Roman*
Deutsch von Werner Schmitz
256 Seiten. Gebunden
Jim Nashe, ein Feuerwehrmann aus Boston, kündigt Job und Wohnung und begibt sich auf eine ziellose Reise, nachdem er unerwartet zweihunderttausend Dollar geerbt hat. Eines Tages liest er einen Anhalter auf: Jack ("Jackpot") Pozzi, einen bankrotten Zocker. Die beiden haben nichts zu verlieren und riskieren alles ...

Im Land der letzten Dinge
Roman
Deutsch von Werner Schmitz
(rororo 13043 und als gebundene Ausgabe)
«Ein ausgezeichnetes, höchst lesbares Buch. Paul Auster hat sowohl der modernen Literatur als auch unserer Sicht der Welt eine Dimension hinzugefügt.»
The Boston Globe